사자를 닮은 소녀

사자를 닮은 소녀

에릭 포스네스 한센 지음
손화수 옮김

잔

인내심이 많은 사람들 중에서도
인내심이 가장 강한 다니엘에게

"여성의 내면에 잠재한 사자의 모습은
이 세상 그 무엇보다 무서운 것이다."
-셰익스피어

– ·–· · – · –· / ··· ·· · / –· ·–·– ···· · ·–·

(TRETEN/SIE/NÆHER, 더 가까이 오세요.)

차례

프롤로그

자, 신사 숙녀 여러분, 더 가까이 오십시오. 여기 계시는 신사분, 저기 계시는 숙녀분, 더 가까이 오십시오! 오늘 저녁에는 시반 형제와 키예프에서 온 곡예사이자 라인 댄서인 벨리아예프 가족의 공연을 보실 수 있습니다. 너무나 귀엽고 똑똑한 다섯 살짜리 막내 피요트르가 공중제비를 돌며 멋지게 균형을 잡는 모습도 보실 수 있습니다. 또한 여러분은 하이데라바드에서 온 코끼리 케르바, 벨라와 함께 그들의 조련사인 압둘도 만나 보실 수 있습니다. 잘츠부르크에서 날아온 아름다운 곡예사 슈만과 그녀의 대리석처럼 하얗고 번개처럼 빠른 네 마리 아라비아 말의 묘기도 보실 수 있습니다. 이곳에 오면 나이와 성별을 막론하고 모든 가족이 즐길 만한 서커스를 보실 수 있습니다. 자, 더 가까이 오십시오! 오늘은 작년과 마찬가지로 마술사 빅토르 엘 그레노도 자리했습니다. 여러분은 얼마 전 스톡홀름의 왕궁에서 공연한 엘 그레노의 새롭고 진귀한 마술도 보실 수 있습니다.

그가 스웨덴 왕족 앞에서 공연했다는 것은 사실이다. 그는 매년 왕실 사람들 앞에서 마술 공연을 해 왔다. 사람들

은 그의 공연을 보고 또 봐도 싫증 내지 않는다. 그의 묘기가 뜻밖에도 매우 단순하다는 점을 생각한다면 참으로 이상한 일이다.

자, 여러분, 어서 오십시오! 더 가까이 오시기 바랍니다. 막간 휴식 시간에는 제노바에서 온 두 머리의 남자 안토니우스는 물론 파이프 담배를 피우고 포니를 타며 갖가지 묘기를 선보이는 이 세상에서 가장 작은 사람 미누스콜로 장군을 만나 보실 수 있습니다.

솔직히 말하자면 그 공연은 참으로 지루하기 짝이 없다. 하지만 그가 깜짝 놀랄 만큼 작은 것은 사실이다.

여러분, 더 가까이 오십시오! 입장권은 25외레(노르웨이와 스칸디나비아 지역의 화폐 중 가장 작은 단위-옮긴이)부터 구하실 수 있습니다. 텔레마크 출신으로 유럽에서 가장 큰 키다리 삼손 그림손과 함께 키도 재어 보고, 과거 인육을 먹고 살았으나 지금은 독실한 기독교도가 되어 평범한 삶을 살아가는 가레브와 그의 아내도 만나 보시기 바랍니다!

짐작하건대 식인종 부부도 텔레마크 출신 같다.

아이슬란드에서 온 늑대여인 잉힐두르도 이 자리에 함께 했습니다. 그녀는 늑대 무리에서 자랐으며 늑대와 의사소통도 할 수 있습니다. 네, 그렇습니다. 그녀는 늑대처럼 온몸이 털로 뒤덮여 있습니다. 막간 휴식이 시작되면 여러분도 직접 확인하실 수 있습니다. 또한 베들레헴의 마구간에서 탄생한 예수 그림도 덤으로 감상하실 수 있습니다. 자, 여러분, 어서 가까이 오십시오!

가까이 오세요. 저 붉은 장막과 극적인 분위기를 연출하는 전구 불빛을 보세요. 북소리가 들리나요? 이제 저 붉은 장막이 펼쳐질 거예요. 주목하세요. 주목해서 저를 봐 주세요.

한 번도 본 적은 없지만 나는 당신이 누군지 이미 알고 있어요. 자, 더 가까이 와 보세요. 이제 당신도 나를 알아볼 수 있나요?

나는 여기 닫힌 문 뒤에 있어요.

신사 숙녀 여러분, 소년 소녀 여러분, 이제 우리는 여러분께 아이슬란드의 외딴 황무지에서 온 소녀를 소개합니다! 세상에 센세이션을 일으킨 그 주인공. 이제 여러분의 두 눈으로 직접 보실 수 있습니다. 그녀는 11개국 언어를 유창하게 구사하는 천재이기도 합니다!

나는 정말 11개국 언어를 자유자재로 말할 수 있어요.

그녀의 목소리는 인간의 목소리라고 믿기지 않을 정도로 아름답습니다. 인간 나이팅게일. 자연의 법칙에 어긋난다 말해도 과언이 아닙니다!

자연의 법칙에 어긋난 존재지요.

문은 여전히 닫혀 있다. 누군가 대기실 문을 힘껏 두드린다. 문손잡이 움직이는 소리. 그 뒤로 보이는 무대 위 자욱한 연기. 싸구려 화장품 냄새. 귓전에 들리는 목소리.

"얼른 나와. 이제 네 차례야."

"싫어요. 나는 할 수 없어요."

"괜찮아. 얼른 서둘러. 지금 마음을 바꾼다는 건 있을 수 없는 일이야. 이미 늦었어."

"나는 할 수 없어요. 할 수 없다고요."

"얼른 문 열어! 시간이 없어. 어린아이처럼 굴면 안 돼!"

하지만 나는 도저히 자신이 없다. 내 모습을 보라.

문에 가려 나를 볼 수 없다고 소리치던 목소리는 조금 전보다 훨씬 부드러워진 것 같다.

"얼른 문을 열어 봐. 그래야 내가 볼 수 있지. 자, 이제 됐어. 이제 네가 보여."

"할 수 없어요! 이런 옷을 입고 나갈 수는 없다고요. 내 모습을 보세요!"

"괜찮아. 그건 단지 네가 이런 옷에 익숙하지 않기 때문이란다. 내 눈에는 아주 예쁘게만 보이는걸."

"하지만 다들 이상하게 쳐다볼 거라고요."

"그래, 틀린 말은 아니야."

"지금 내 모습을 보라고요. 나는……."

"하지만 네게 잘 어울려. 매우 이국적으로 보이는걸. 이제 얼른 나와 보렴. 후회하기엔 이미 늦었어. 이건 네가 스스로 선택한 일이잖아."

내가 스스로 선택한 일이 맞아요.

자, 어서 가까이 오십시오! 세상에 센세이션을 일으키며 등장한 인간 페키니즈(털이 길고 귀가 처졌으며 꼬리는 등 쪽으로 휜 강아지. 원산지는 중국-옮긴이)를 소개합니다. 신사 숙녀 여러분, 보르네오, 시베리아 숲, 알래스카 툰드라, 수마트라 습지에서 온 친구입니다. 더 가까이 와서 두 눈으로 직접 확인해 보십시오!

더 가까이 와서 저를 보세요. 이것은 모두 사실입니다. 전지전능한 신을 두고 맹세합니다. 나는 내 삶과 내 몸에 관해 거짓말하기 싫습니다. 나는 러시아의 귀족 가문에서 태어났습니다. 아버지는 오블로프스크 트리모프스크의 백작이었습니다. 부모님은 부유하게 살지 못했으나 독실한 신앙심과 겸소함으로 항상 주변 사람들에게 존경받았습니다. 두 분은 황폐하고 외진 지역에 살았습니다. 어느 날 저녁 부모님이 마차를 타고 집으로 오는 길에 늑대 무리와 마주쳤습니다. 늑대들은 마차를 끄는 말을 공격했습니다. 유능한 사냥꾼인 아버지는 늑대들에게 총을 쏘며 온 힘을 다해 어머니를 보호했습니다. 총알이 떨어지자 단검을 들어 늑대들과 맞서 싸웠고, 결국은 맨주먹으로 밤새 늑대들에게 대항했습니다. 동이 틀 무렵 아버지는 늑대들의 날카로운 발톱과 이빨을 견뎌 내지 못하고 결국 숨을 거두었습니다. 아버지의 몸은 갈기갈기 찢어진 채 눈 위에 버려졌지만 어머니는 목숨을 구할 수 있었습니다. 그리고 석 달 후 제가 태어났습니다. 명예로운 가문이지만 너무나 가난했기에 나는 어머니와 형제들을 보살피기 위해 세상에 나와야만 했습니다. 지금 여러분에게 제 모습을 드러내는 것도 바로 그 때문입니다.

"너는 작은 고양이 같구나. 복슬복슬한 털로 뒤덮인 엉덩이와 등을 보니 작은 고양이 같아. 나는 네가 원하는 건 뭐든지 줄 수 있단다."

분명한 사실입니다. 지금 이 손에 들고 있는, 나의 선조들이 만든 성스러운 아칸소 주법을 앞에 두고 맹세합니다. 내 몸에는 이 나라의 수많은 사람처럼 스칸디나비아인의 피가 흐르고 있습니다. 하지만 나의 기묘한 외모는 어머니의 진귀한 경험 때문입니다. 어머니는 나를 임신하고 숲속을 산책하다 매우 희귀한 스칸디나비아의 야생 짐승 스라소니와 맞닥뜨렸습니다. 그 순간 저는 어머니 뱃속에서 난생처음 발길질을 했습니다. 어머니는 그 순간 뱃속의 생명을 체감한 셈입니다. 동시에 어머니의 눈이 스라소니의 눈과 마주쳤습니다. 깊은 숲속 폭포수 옆에 자리한 교차로였습니다. 여러분도 보시다시피 털로 뒤덮인 제 몸이 스라소니를 꼭 빼닮은 건 바로 그 때문입니다.

"참으로 흥미롭고 진귀한 이야기군요. 당신만 괜찮다면 나와 동료가 당신의 몸을 조사해 봐도 될까요? 인류 발전을 위한 과학적 근거를 찾아보기 위해서……."

분명한 사실입니다. 저의 명예와 양심을 걸고 단언할 수 있습니다. 부모님은 아프리카 사바나에서 사냥하다 사자 한 마리를 죽인 적이 있습니다. 어머니는 바로 그 순간 나를 잉태

했습니다. 독일인 아버지는 전문 사냥꾼이고 영국인 어머니는 귀족 가문에서 태어났습니다. 둘 다 가정이 있는 몸이라 금지된 사랑을 할 수밖에 없었습니다. 두 사람의 손에 죽은 사자가 크나큰 영감을 준 모양입니다. 사자의 가죽이 벗겨지는 동안 두 사람은 서로를 탐닉했습니다. 신사 숙녀 여러분, 내가 이러한 모습으로 세상에 태어난 것은 그 일 말고는 달리 설명할 길이 없습니다.

"작은 사자소녀여, 내게 더 가까이 와 주세요. 사자가 서로에게 사랑을 드러내듯 나 또한 당신의 몸을 어루만져 보고 싶군요."

분명한 사실입니다. 예수 그리스도를 지극정성으로 믿은 어머니는 숨을 거두는 순간 예수의 모습을 가슴속에 간직했습니다. 그로 인해 저는 털과 수염이 난 남자, 아니 천사의 모습으로 태어났습니다. 저의 온몸을 뒤덮은 이 털은 신의 영광이라 할 수 있습니다.

"예수님은 세상 모든 만물에 의미를 두고 있습니다. 이제 나는 당신의 죄를 용서하고자 합니다."

더 가까이 오세요. 북유럽의 작고 외딴 시골 마을에서 온

저를 가까이에서 두 눈을 크게 뜨고 잘 보세요. 더 가까이 오세요. 곧 장막이 걷힐 거예요.

*

당신도 더 가까이 오세요. 누군지 알 수 없지만 어쩌면 벌써 만났을지도 모를 당신. 내가 보이나요? 이제 나를 볼 수 있나요? 더 가까이 오세요.

1장

루트 아르크탄데르의 짧은 삶

그것은 예수를 그린 그림이지만 왠지 다른 의미로 다가왔다. 구불구불한 길을 따라 종종걸음으로 집에 가던 그녀의 머릿속에도 다른 생각들이 자리 잡았다. 송진으로 이음새를 마무리한 장화 밑에서 길에 쌓인 눈이 뽀독뽀독 소리를 냈다. 머리 위에서는 검푸른 하늘을 휘감은 오로라가 그녀와 별들 사이에 장막을 드리우며 넘실넘실 움직였는데, 갑자기 생각지도 못한 색으로 변하기도 했다. 그녀는 발을 멈추고 엄지장갑으로 코를 문지르며 하늘을 올려다보았다. 넘실거리는 빛무리가 세상을 감싸고 있었으며, 세상에는 길이 하나뿐이었다. 그 길은 프레드헤임회관이 자리한 언덕에서 기차역이 자리한 강가 아래쪽, 그녀가 사는 동네로 이어졌다.

그녀는 밤 풍경이 너무나 아름답다고 생각했다. 언덕길에 쌓인 눈은 푸른 물결처럼 보였고, 그 물결 속에는 드문드문 하늘을 향해 수직으로 뻗은 거뭇거뭇한 나뭇가지와 울타리가 자리했다. 부드러운 떨림을 간직한 채 하늘을 뒤덮은 신비한 오로라가 갑자기 황금색 장밋빛으로 그 색을 바꾸더니 어느새 분홍빛으로 변했다. 물감의 원색도에서 서로 다른 두 색 사이에 자리한 그 어떤 색도 거치지 않고 별안간 바뀌어 버린 오로라를 바라보며, 그녀는 입을 벌린 채 멍하니 서 있었다.

곧 부드러운 오로라 빛이 저 북쪽 하늘에 한데 모이면서 높다란 탑을 이루었다. 그녀의 가슴과 입술 사이에는 방금 성가대에서 연습한 곡의 멜로디가 오로라 빛처럼 부드럽게 피어올랐다. *문을 활짝 열라. 주님은 굳건한 성이니.* 그녀는 노랫말의 성이 매우 부드럽고 반짝이는 물질로 지어졌을 거라 생각했다. 문득 프레드헤임회관 벽에 걸어 놓은 예수 그림이 오늘 저녁 특별히 더 아름답게 보였다는 생각이 스쳤다. 이유는 알 수 없었다. 성가대 연습을 할 때마다 보아 온 그 단순한 그림에서 예수는 어린아이들에게 둘러싸여 있었다. 예수의 두 눈은 푸르디푸르고, 정갈한 윗옷으로 윤기 가득한 머리카락과 턱수염이 흘러내렸다. 그녀는 두 손으로 배를 쓰다듬으며 생각에 잠겼다. 조악한 싸구려에 불과한 그 그림이 오늘 저녁엔 이상하리만큼 감동을 준 것이다. 이상하기 그지없었다. 예수는 진실이요 길이다. 그를 위해 모든 성문을 활짝 열어라. 그녀는 속으로 노랫가락을 흥얼거렸다.

왕은 우리에게 다가올지니.

오로라가 그녀에게 손짓했다. 어린 시절 동네 할머니한테 오로라를 한참 동안 뚫어지게 쳐다보면 안 된다는 말을 들은 적이 있었다. 어느새 지구의 극점에 그 중심을 둔 오로라가 피처럼 붉게 변했다. 그녀는 살을 에는 듯한 추위를 막아 내기 위해 목도리를 여몄다. 머릿속을 맴도는 노랫가락은 속으로만 흥얼거릴 뿐이었다. 이제 드넓은 평지 사이의 외길을 지나 조그마한 언덕 하나만 더 넘으면 집이 보일 것이다.

그녀는 저 멀리서 들려오는 금속성 소리가 오로라 소리라고 생각했다. 물론 그녀의 착각이며, 그녀도 잘 알고 있었다. 사실은 9시 30분 기차가 역에 들어오며 속력을 줄이는 소리였다. 이처럼 추운 날은 기차 바퀴가 더 큰 소리를 만들어 내기 마련이다. 기차는 정시에 도착한 것 같았다. 그렇다면 구스타브도 기뻐할 것이다. 아니, 기뻐하기보다는 소리 없는 환호를 하며 만족해할 것이다.

그녀는 구스타브를 떠올리며 홀로 웃음 지었다.

곧 검열관이 손잡이가 긴 쇠망치와 손전등을 들고 플랫폼에 나가 기차를 검열할 것이다. 발을 멈추고 바퀴마다 정확하고 세심하게 두드리며 그 메아리에 귀를 기울인 뒤 천천히 걸음을 옮길 것이다. 기차가 서서히 한숨 소리를 내뱉으면 엔진기관사와 조종사는 기차역으로 내려와 화장실에 들르거나, 역에서 파는 따스한 죽이나 수프로 허기를 채울 것이다. 승객은 그리 많지 않아도 이미 기차의 엔진은 출발 준비를 마쳤을 테고, 일등조종사와 검표원은 객차를 돌아다니며 역 이름을 크게 외칠 것이다. 구스타브는 제복을 입고 역무실에 앉아 그 모든 광경을 조용히 지켜볼 것이다. 엔진기관사와 조종사는 제자리로 돌아와 탱크 입구가 잘 막혀 있는지, 압력은 정상인지 확인한 뒤 역장에게 가서 정중하게 인사를 건넬 것이다. 그와 동시에 검열관과 검표원도 역장에게 인사할 것이다. 구스타브는 조용히 서서 만족한 표정으로 인사를 되돌려 줄 것이다. 조용하고 만족스런 표정으로. 그 생각을 하니 그녀의 입가에 절로 미소가 떠올랐다. 그는 곧 반짝이는 은색 호루라기를 입에 물고 신호등을 손에 쥔 채 기차를 향해 천천히 걸어가서 빨간 신호등을 초록색으로 바꾸어 놓을 것이다. 그녀의 머리 위에도 초록색 빛이 내리비치고 있었다. 아니, 그 빛은 기차역의 초록색 신호등보다 훨씬 더 강렬하고 아름다웠다. 구스타브는 손전등을 들어 올리고 호루라기를 불었다.

그녀의 귓전에는 아직도 노래를 부르는 듯한 그 소리가 맴돌았다. 기차가 멈추는 소리. 그녀는 땅에 등을 대고 널브러져 있었다. 얼마나 오랜 시간 그렇게 누워 있었는지는 알 수 없었다. 눈을 떴다. 여전히 귓전에는 기차 멈추는 소리가 맴돌았다. 아니, 이미 출발을 알리는 호루라기 소리가 들렸던가? 하늘에선 넘실거리는 빛이 세상을 향하고, 그 세상에 길은 오직 하나뿐이었다. 그녀는 바로 그 길에 누워 있었다. 몸이 떨리기 시작했다. 그 떨림은 넘어질 때 등에 느낀 충격이 만들어 낸 거였다.

그다지 큰 통증은 느낄 수 없었다. 단지 가끔 바늘에 찔린 듯한 따끔함이 찾아왔을 뿐. 그녀는 당황하지 않았다. 하지만 몸을 일으키는 게 쉽지 않다는 걸 깨닫고 조금 두려워지기 시작했다. 등과 골반이 아려 왔다. 그녀의 이름은 루트 아르크탄데르. 1912년 12월 13일, 바로 그날 저녁에 스물일곱 번째 생일을 맞은 역장의 아내이자 피아노 선생이었다.

그녀는 별로 오래 누워 있지 않은 것 같으니 그 자리에 조금 더 누워 있어도 상관없을 거라고 생각했다. 그렇게 생각하니 어느덧 마음이 안정되는 것 같았다. 잠시 후엔 몸을 일으킬 수 있을 거야. 그다지 춥지도 않은걸.

사실 넘어졌다는 것만 제외한다면 그 순간은 무척 아름다웠다.

하늘을 감싸고 넘실거리던 연초록빛 오로라는 어느새 지평선 뒤로 사라졌다. 루트 아르크탄데르는 북동쪽 밤하늘에서 금방이라도 뛰쳐나올 것만 같은 큰곰자리를 바라보았다. 커다란 곰 한 마리가 허공을 향해 뛰어 오르는 순간 그대로 얼어 버린 모습이었다. 그 옛날 선생님이 들려준 이야기가 뭐였더라? 아, 그 이야기를 기억해 낸 순간 그녀의 울먹대는 가슴이 젖어 왔다. 불쌍한 칼리스토! 곰이 되어 평생을 숨어 살아야 하는 기괴한 운명의 여인이여. 그녀는 다시 오늘 저녁에 본 예수 그림과 귀에 익은 노랫가락을 떠올렸다. *문을 활짝 열어라.* 예수님, 저에게 자비를 내려 주소서. 이 세상의 구원자이자 빛이며 길이자 진실인 주님, 저를 도와주소서.

순간 길 뒤쪽에서 발자국 소리가 들려왔다. 그녀는 소리 나는 쪽으로 고개를 돌렸다.

"안녕하세요……." 그녀가 허공을 향해 소리쳤다. 평상시엔 생기가 가득하건만 지금 그녀의 목소리는 너무나 작고 가냘파서 들리지도 않을 정도였다. 끊어질 듯 가느다란 목소리는 그녀의 머릿속 또는 그녀의 입술에 금방이라도 터질 것 같은 방울처럼 간당간당 붙어 있었다. 굳건한 성인 줄 알았는데. 다행히도 발자국의 주인공은 그녀의 목소리를 들은 것 같았다. 아니, 어쩌면 길 위에 널브러진 그녀를 먼저 발견했는지도 모른다. 발자국이 점점 빨라졌다. 곧 그녀 곁에 발자국의 주인공이 당도할 것이다.

그녀는 행인들의 발길로 꾹꾹 다져진 미끄러운 길에 오른손을 짚고 상체를 조금 일으킨 뒤 발자국의 주인공을 향해 고개를 돌렸다. 약사 비르게르손 씨의 부인이 총총걸음으로 다가오고 있었다.

"아니, 세상에 이게 무슨 일이야?"

"넘어졌나 봐요." 루트 아르크탄데르가 대답했다.

"어쩌다 그런 거야. 몸을 생각해서 조심했어야지."

"길이 미끄러웠어요."

그녀는 비르게르손 부인의 도움으로 몸을 일으켜 앉았다. 비르게르손 부인은 쭈그리고 앉아 조심스럽게 그녀의 등을 받쳐 주었다. 아무렇지도 않다고 생각한 일이 갑자기 심각한 일로 변한 것만 같았다.

"이만하니 다행이야." 비르게르손 부인이 목이 쉰 듯 컬컬한 목소리로 말했다. "내가 마침 이 길을 지나갔기에 망정이지, 안 그랬으면 어쩔 뻔했어. 시간도 많이 늦었는데."

"다행히 같은 방향이었네요……."

"페데르센 씨 댁에 약을 주고 돌아오는 길이었어. 이젠 기차역에 들러 주문한 약을 찾아 집으로 가면 돼. 남편 약국에 항생제가 다 떨어졌거든."

"누가 많이 아팠나요?"

"페데르센 씨의 막내아들 얀이 디프테리아에 걸렸어. 아마 오늘을 못 넘길 것 같아. 얀 말고도 우리 마을에 디프테리아에 걸린 아이가 둘이나 더 있어."

"세상에…… 불쌍해라……."

"불쌍하지. 고치기 힘든 큰 병이니까."

"약이 도움이 되었으면 좋겠네요."

"그럴 거야. 어쨌든 지금 이렇게 이야기할 여유가 없어. 먼저 자네가 일어설 수 있도록 도와줘야겠군. 어디 아픈 데는 없나?"

"크게 아픈 곳은 없어요. 단지 조금……."

"자, 이렇게, 조금만 더. 먼저 한 발을 앞으로 디뎌 봐. 잘하고 있어. 이제 됐어. 그건 그렇고 출산 예정일은 언젠가?"

"2~3주밖에 남지 않았어요."

"언뜻 봐도 그렇게 보이는군. 그 몸으로 오밤중에 혼자서 돌아다니면 안 돼."

"성가대에 알토가 더 필요해요."

"소문에는 테너도 필요하다고 하더군. 하지만 난 아직 성가대에 연락하지 않았어." 비르게르손 부인이 쉰 목소리로 말했다.

루트는 웃음을 참을 수 없었다. 비르게르손 부인은 양가죽 코트에 묻은 눈을 툭툭 털어 냈다.

"혼자 걸을 수 있겠어?"

"네, 그럴 수 있을 것 같아요."

"내가 집까지 데려다줄게. 천천히 조심해서 가야지. 집에 도착하면 의사 레빈 씨에게 전화하자고."

"그럴 필요는 없을 것 같아요. 저는 아무렇지도 않은걸요."

두 사람은 천천히 완만한 언덕길을 오르기 시작했다. 그런데 갑자기 루트가 부드러운 떨림을 지닌 채 몸속에 남아 있던 빛이 아래쪽으로 흘러내리기 시작한다는 걸 깨달았다. 그녀의 몸에서 터져 나온 양수가 눈 쌓인 길로 흘러내렸다. 처음엔 가슴께에서 시작된 떨림과 함께 조심조심 흘러내리던 양수가 어느새 부드러운 파도를 만들어 내며 점점 거세게 흘러내리기 시작했다.

"오, 세상에!" 비르게르손 부인의 목소리가 저 먼 곳에서 들려오는 것 같았다. "오, 세상에!"

"레빈 선생님한테 전화해야 할 것 같아요." 루트 아르크탄데르가 불안한 목소리로 말했다.

"레빈 씨가 지금 어디 있는지 알아."

"난 예수님을 사랑해요."

"쉿, 조용히 해. 지금은 아무 말도 하지 마."

"오늘 저녁 내내 예수님을 생각했어요."

"쉿, 쉿, 자, 내 어깨에 팔을 얹어 봐. 내가 부축해 줄게. 이제 발을 옮기기가 좀 쉬울 거야."

"주님이 나를 도와줄 수 있을까요?"

"쉿, 울지 마."

"나는 주님의 도움을 받아야만 해요."

"지금은 아무 말도 하지 마. 집에 도착하자마자 의사 선생님한테 전화할게. 지금 그가 어디 있는지 아니까 전화하면 금방 올 거야."

두 사람은 기차역이 보이는 곳에 이르렀다.

*

의사 레빈 씨가 모습을 드러내기까지는 꽤 오랜 시간이 걸렸다. 루트는 형형색색의 고통을 수반한 혼수상태에 빠져들었다. 그들은 루트를 2층까지 옮겨 주었다. 루트는 걱정으로 가득한 구스타브의 얼굴과 제복 모자 아래 양 볼을 덮은 하얀 수염을 보았다. 제복 모자에 달린 금색 단추가 반짝이는 것도 보았다. 심지어 역무원 크눗존 씨가 장화를 벗겨 주며 미안하다고 말하는 소리도 똑똑히 들었다.

비르게르손 부인은 여기저기 바쁘게 돌아다니며 필요한 일을 했다. 대야에 뜨거운 물을 받아 온 것은 물론 수건과 걸레를 가져왔으며 그녀를 돌보고 위로해 주었다. 루트는 비르게르손 부인에게 그다지 좋은 감정을 가져 본 적이 없었다. 하지만 오늘은 그녀가 너무나 고마워 어쩔 줄을 몰랐다. 비르게르손 부인을 좋아할 수 없었던 건 거칠고 낮게 쉰 듯한 목소리 때문인 것 같았다. 그 목소리로는 성가대에서 노래할 수 없었다. 심지어 테너도 할 수 없을 것이다. 게다가 예수는 물론 그 어떤 종교도 믿지 않았다. 남편 비르게르손 씨도 마찬가지였다. 그녀는 항상 무뚝뚝하지만 어느 한 곳에 치우치지 않는 공정하고 정당한 사람이었다. 루트는 비르게르손 부인을 볼 때마다 외모와 행동이 목소리와 잘 어울린다고 생각했다. 어쨌든 루트가 그녀를 별로 좋아하지 않은 것만큼은 사실이었다. 하지만 지금은 그녀의 공정하고 정당한 성격과 바짝 마른 억센 손에 의지하고 있었다. 일정한 간격을 두고 파도처럼 온몸을 덮치는 고통 속에서 절벽에 매달려 지푸라기를 잡는 심정으로 그녀의 억센 손에 의지했다.

비르게르손 부인이 젖은 수건으로 이마를 닦아 주었다.

"한 남자가……." 루트가 힘없이 중얼거렸다. "예루살렘에서 예리코까지 가는 길에 도둑 떼를 마주쳤지요." 그녀는 말을 잇지 못했다. 또다시 참을 수 없는 통증이 온몸을 덮쳐 왔다.

비르게르손 부인이 이마를 어루만져 주었다.

이제 루트는 자기 목소리도 들을 수 없었다. 그녀의 귀에 들리는 것은 방 안의 정적뿐이었다. 너무나 고요했다. 방문 밖에서 왔다 갔다 하는 규칙적인 발자국 소리가 마치 먼 곳에서 들려오는 소리 같았다. 사실은 나무 바닥에 부딪치는 제복 구두의 안절부절못하는 소리였다.

"역장님을 불러올까?"

"구스타브 말인가요? 그럴 필요 없어요. 아직은……."

그녀는 이 모든 것이 구스타브 때문이라고 생각했다.

"아냐, 아무래도 구스타브 씨를 데려와야겠어."

"안 돼요. 가지 마세요. 가지 마세요."

"알았어. 아무 데도 가지 않을게. 여기 있을 테니 걱정하지 마."

"요즘은 참새 다섯 마리를 2외레에 파는 곳이 없나요? 혹시 깜박 잊고 주님의 집에 놓아둔 것은 아닐까요?"

"쉿, 아무 말도 하지 마. 두려워할 필요 없어. 다 잘될 거야."

방 안은 다시 조용해졌다. 루트는 여전히 비르게르손 부인의 손을 꼭 잡고 있었다. 계단을 뛰어 올라오는 발자국 소리가 들리더니 방문이 열렸다. 루트가 비명을 질렀다. 두려웠던 것이다. 그녀는 가끔 의식을 잃고 혼수상태에 빠지곤 했다. 빛이 반짝이는 따스한 물에 몸을 담근 듯한 상태인데, 이따금 참을 수 없는 통증 때문에 수면 위로 올라오기도 했다.

*

비르게르손 부인은 걱정되어 안절부절못하며 의사의 마차가 오는지 확인하려고 몇 번이나 창밖을 내다보았다. 한번은 역장더러 의사에게 다시 전화해 보라고 말하기 위해 방문 밖으로 나가기도 했다. 의사는 앞 환자의 집에서 이미 출발했으며 길이 별로 미끄럽지 않아 곧 도착할 거라고 했다.

비르게르손 부인은 의사가 얼른 도착했으면 더 바랄 것이 없겠다고 생각했다.

역장의 창백한 얼굴이 너무나 지치고 피곤해 보였다. 양 볼의 수염 사이에 보이는 호의적이고 발그스레한 얼굴은 간데없이 사라지고 제복의 깃만 꼿꼿하게 서 있었다. 그는 심각한 얼굴로 고개를 끄덕이곤 전화를 걸기 위해 자리를 떠났다. 눈 밑의 주름은 불그스름했으나 양 볼과 턱을 비롯해 얼굴이 우중충한 잿빛을 머금고 있었다.

그가 전화를 걸기 위해 발을 떼다 말고 비르게르손 부인을 향해 고개를 돌렸다.

"혹시 제가 아내를 잃을 수도 있다고 생각하십니까?"

"그럴 리가요. 다 잘될 거예요."

"네, 그 말씀만 믿겠습니다. 저는 이대로 아내를 떠나보낼 수 없습니다. 아내를 위해 할 수 있는 일은 모두 해 주십시오." 그의 목소리는 절박하기 그지없었다.

"빨리 다시 전화해서 의사 선생님이 이곳에 오려면 얼마나 걸릴지 물어보세요."

그가 서둘러 몸을 돌려 발을 옮기려다 말고 다시 비르게르손 부인을 돌아보았다. 무슨 말을 하려다가 한 손을 들어 얼굴을 가리곤 말없이 발을 옮기기 시작했다.

"참, 물이 더 필요해요." 비르게르손 부인이 그의 등에 대고 소리쳤다.

루트에게 되돌아온 부인은 두려워지기 시작했다. 피가 흥건했다. 일이 잘못되어 간다고 생각했다. 비르게르손 부인으로 말하자면 조산원의 지식과 경험도 풍부하고 웬만한 일에는 눈도 깜짝하지 않을 만큼 대담한 사람이지만, 눈앞의 광경은 결코 침착할 수 없었다. 그녀는 얼른 의사가 도착하기만 바라며 젊은 여인의 손을 꼭 잡았다. 차갑고 축축했다.

그 순간 아르크탄데르 역장이 문을 두드렸다. 그녀는 얼른 문을 열었다.

"새로운 소식은 없습니다." 그가 숨을 헐떡이며 말을 이었다. "하지만 여기로 오는 것은 틀림없습니다. 중앙전화국 기지의 교환수가 그러는데, 조금 전 오레모교차로에서 의사 선생님을 본 사람이 있다고 합니다." 숨을 거칠게 몰아쉬었다. 그도 나이는 속일 수 없는 모양이었다.

"제 남편에게도 전화하는 게 좋겠어요." 비르게르손 부인이 다급하게 지시했다. "지금 집에 있거나 약국에 있을 거예요. 얼른 칼륨명반을 갖다 달라고 전해 주세요. 의사 선생님이 온다 하더라도 진료 가방에 칼륨명반(보통 칼륨알루미늄 명반을 지칭하며 지혈을 위해 국소적으로 사용하기도 한다.-옮긴이)이 있는지 확신할 수 없으니까요."

"칼륨명반이라고요?"

"네. 한시가 급해요. 남편에게 급한 일이니 서둘러 오라고 전하세요."

"칼륨명반." 역장은 굳은 목소리로 단호하게 한마디를 되풀이하고 발을 옮겼다. 그러나 몇 발자국 떼지 않아 다시 고개를 돌리고는 애원하는 표정을 지으며 비르게르손 부인의 어깨너머로 방 안을 확인했다.

"혹시……."

비르게르손 부인은 굳은 표정으로 그를 바라보았다.

"그렇습니다. 매우 심각합니다. 서두르세요."

그가 모습을 감추자마자 정문 밖에서 약사가 타고 온 마차의 종소리가 들려왔다. 거의 동시에 의사도 함께 문 안으로 들어섰다.

*

루트는 통증이 스칠 때마다 기면 상태에서 벗어났다. 시간이 흐를수록 통증이 몸에 머무는 시간도 점점 길어졌다. 동시에 평안하고 따스한 기면 상태에서 벗어난 시간도 더욱 길어졌다. 저 멀리서 사람들의 목소리가 들려왔지만, 그 목소리가 무엇을 말하는지 감을 잡을 수 없었다. 그녀 주변에서도 무슨 일인가 벌어지는 게 분명했다. 차가운 금속성 소리가 귓전을 스치는 순간 언뜻 정신이 들었지만, 다시 기분 좋은 기면 상태로 깊이 빠져들었다. 망망대해의 심연 속으로 빠져 들어가는 것 같기도 했다. 이제 그녀를 괴롭힌 통증은 거의 사라졌다. 순간 두 눈에 예수가 보였다. 그가 다시 나타난 것이다. 그녀는 초저녁에 본 아름다운 예수의 모습을 내내 기억했다. 길에서 미끄러져 넘어진 뒤로 그 이름을 부르고 애원하며 찾았던 예수가 마침내 그 깊은 심연에서 모습을 드러낸 것이다. 그녀는 예수의 존재를 확실히 느낄 수 있었다. 두 눈을 번쩍 떴다. 눈이 부실 정도로 환했다. 문득 뭔지 알 수 없는 이상하고 불쾌한 소리가 들려왔다. 하지만 저 멀리 환한 빛을 발하는 얼굴이 보였다. 바로 예수의 얼굴이었다. 그녀가 생각해 온 얼굴보다 훨씬 부드럽고 작았으며 거룩하고 아름답기 그지없었다. 황금빛이 어린 머리카락과 수염은 고통으로 젖어 있었다. 그녀의 입가에 미소가 떠올랐다. 다음 순간 숨이 멎었다.

*

핏덩이 갓난아이가 미끄러지듯 세상에 나오는 순간 의사

는 의자에 등을 기대 숨을 돌려야만 했다. 얼굴이 창백하기 그지없었다. 그 자리에서 평정을 유지한 사람은 비르게르손 부인뿐이었다.

"아브라함!" 그녀가 의사를 향해 소리쳤다. "정신 차려요. 산모를 잃을 것 같아요!"

의사 아브라함 레빈은 정신을 가다듬고 의자에서 몸을 일으켰다.

"이런 일은 지금껏 단 한 번도 본 적이 없어요." 그가 굳은 표정으로 말했다.

시대를 앞선 자유주의자이며 약사 남편의 일하는 모습과 그의 전문 서적까지도 어깨너머로 섭렵한 비르게르손 부인이 의사 레빈을 진정시키려 애썼다.

"자주 있는 일은 아니지만 가끔 이런 경우가 발생하기도 한다고 해요." 그녀가 말을 이었다. "시간이 지나면 없어진다고 합니다. 몇 주만 지나면 정상으로 돌아올 거예요. 자, 이제 제가 탯줄을 자를 테니 여기를 잡아 보세요."

의사는 그녀가 시키는 대로 했다. 갓난아기가 낑낑거리는 신음 소리를 냈다.

"그건 그렇고 얼른 출혈을 멈춰야 하지 않겠어요?" 비르게르손 부인은 루트가 아이를 볼 수 있도록 들어 올리며 의사를 향해 나직이 말했다. 그녀는 초점을 잃은 채 눈을 반쯤 뜨고 누워 있는 젊은 여인이 아기를 볼 수 있기를 바랐다. 순간 여인의 몸에서 피가 폭포수처럼 흘러내려 내부 출혈을 막아 보려 애쓰는 의사의 팔뚝을 흥건히 적셔 버렸다.

루트 아르크탄데르가 두 번이나 눈을 치켜뜨며 알 수 없는 말을 중얼거렸다. 동시에 그녀는 이 세상을 영원히 떠났다.

의사는 다시 의자에 털썩 주저앉았다.

"세상에, 이럴 수가!" 그는 절망에 빠져 고개를 푹 숙이고 상체를 앞뒤로 흔들었다. 턱수염은 땀으로 흥건하게 젖고 접어 올린 소맷단은 붉은 피로 물들어 있었다. 어쩔 줄 몰라 하며 서 있던 비르게르손 부인이 서둘러 아기를 담요로 감쌌다. 아기는 신음 소리를 내긴 했지만 소리 내어 울진 않았다.

방문 앞에서 왔다 갔다 하던 장화 발자국 소리도 더 이상 들리지 않았다. 의사는 여전히 상체를 굽힌 채 의자에 앉아 있고 그녀는 침대 옆에 서 있었다. 의사의 회중시계가 조끼 주머니를 빠져나와 허공에서 흔들거렸다. 비르게르손 부인은 회중시계의 바늘이 움직이는 소리까지 들을 수 있었다. 침대에서 나직하게 쌔근거리는 소리가 들려왔다. 비르게르손 부인이 깜짝 놀라 몸을 움찔했지만, 의사는 천천히 고개를 들어 절레절레 저으며 슬픈 표정으로 그녀를 바라보았다. 잠시 후 그는 단호하게 몸을 일으켜 핏물에 흥건히 젖은 수건과 침대보를 치우기 시작했다. 비르게르손 부인은 새 수건을 찾아 대야의 뜨거운 물에 적셔서 아기의 몸을 닦아 주었다.

"여자아이군요." 그녀가 나직이 말했다.

"그런가요?" 의사가 되물었다.

몸에 물이 닿자 아기가 소리를 지르며 울기 시작했다.

"쉿……." 비르게르손 부인은 떨리는 손으로 아이를 씻겼다.

의사는 깨끗한 침대 시트로 시신을 가리고 이불을 고인의 가슴께까지 끌어올렸다. 그리고 피에 젖은 침대 시트와 수건을 둘둘 뭉쳐 침대 밑에 발로 차 넣었다. 비르게르손 부인이 우는 아기의 몸을 닦아 주었다. 의사가 청진기를 꺼내 아기의 가슴에 대고 귀를 기울이며 고개를 끄덕였다.

"아기가 이것 때문에 아플까요?" 비르게르손 부인이 물었다. "불편하진 않을까 걱정이군요."

아기를 바라보는 의사의 눈에 놀라움과 혐오감이 한데 담겨 있었다.

"저는 모르겠습니다." 그가 꿈을 꾸듯 멍하니 대답했다.

비르게르손 부인은 정성스레 아이의 몸을 닦고 나서 다시 담요로 감쌌다. 그리고 닫힌 방문과 의사를 번갈아 가며 쳐다보았다.

의사는 침통한 표정으로 그녀를 바라보더니 마지못한 듯 무거운 한숨을 쉬며 말했다. "제가 하죠."

*

문밖에서 중얼거리는 목소리가 들려왔다. 뒤를 이어 한숨과 절규, 분노인지 슬픔인지 모를 이상한 울부짖음이 닫힌 문을 너머 방 안까지 찾아들었다. 잠시 후 정적이 흘렀다. 비르게르손 부인은 품에 안은 갓난아기를 쉴 새 없이 들여다보며 자기 눈을 믿지 못하겠다는 표정을 지었다. 아기를 볼 때마다 처음 보는 듯한 기분에 사로잡히기도 했다. 아기는 조용히 누워 눈을 치켜뜨기도 하고, 무언가를 잡아 쥐듯 손가락을 꼬물거리기도 하고, 하품을 하기도 했다. 방금 치러 낸 힘겨운 전쟁 때문에 무척 피곤했으리라. 어느새 방 안과 그녀의 양팔에는 달콤한 꽃향기를 닮은 신생아 냄새와 시큼하고 퀴퀴한 피비린내가 배어들었다.

별안간 아이에게 먹일 우유가 없다는 생각이 스쳤다. 비르게르손 부인은 어떻게든 우유를 손에 넣어야 한다고 생각했다. 젖병도 필요했다. 그런데 지금 어디서 젖병을 구한단 말인가. 그녀는 고인이 된 아르크탄데르 부인이 젖병을 비롯한 신생아용품을 어딘가에 보관해 두었으리라 짐작했다.

비르게르손 부인은 숨이 끊어진 루트 아르크탄데르를 돌아보았다. 그녀의 얼굴은 핏기 없이 창백했지만 매우 평온해 보였다. 비르게르손 부인은 두 눈으로 마주하고 있지만 그 자리에는 존재하지 않는 생명을 보며 너무나 이상하다는 생각에 사로잡혔다.

숨이 끊어졌다고는 하나 침대에 누운 젊은 여인의 얼굴은 살아 있는 사람과 다를 게 없었다. 깊은 잠에 빠진 듯 반쯤 벌린 입술 사이로 소리 없는 숨소리가 새어 나오는 것 같기도 했다. 이제 시신 경직이 일어나면 부드럽고 평온한 얼굴이 딱딱하게 굳을 것이다. 비르게르손 부인은 루트가 세상을 떠났다는 사실을 믿을 수가 없었다. 어딘가 다녀오기 위해 잠시 자리를 비운 것만 같았다.

이상하고 조그마한 아기는 낑낑 신음 소리를 내며 눈을 깜박였다. 비르게르손 부인은 아기를 들어 올려 고인의 얼굴을 보여 주었다. 아기에게 엄마의 모습을 처음이자 마지막으로 보여 주고 싶었다. 하지만 그 또한 부질없는 짓이라는 생각을 하며 홀로 고개를 저었다.

방문이 열렸다. 의사의 뒤를 따라 역장 아르크탄데르가 약사 크늣 비르게르손의 부축을 받고 들어왔다. 금방이라도 쓰러질 것 같은 역장의 잿빛 얼굴은 창백하기 그지없었다. 그가 약사의 팔을 놓고 천천히 비틀거리며 침대로 다가왔다. 비르게르손 부인은 그가 바닥에 쓰러질 거라 짐작했지만 놀랍게도 꼿꼿이 서 있었다. 사람들에게 등을 돌린 채 세상을 떠난 아내를 바라보고 소리 죽여 흐느끼기 시작했다. 저 멀리서 들려오는 가느다란 플루트 소리 같기도 했다. 그동안 강하고 굳건하게 보이던 덩치 커다란 남자가 소리 없이 눈물 흘리는 모습을 본 세 사람은 당황해서 어쩔 줄을 몰랐다. 한참 후 그에게서 가벼운 흐느낌과 무거운 한숨이 동시에 새어 나왔다. 마침내 얼굴과 머리카락을 매만지고 그들에게 고개를 돌렸다.

"애도를 표합니다, 아르크탄데르 씨." 비르게르손 부인이 그의 손을 잡으며 위로의 말을 건넸다.

"감사합니다." 아르크탄데르가 나직이 중얼거렸다. "감사합니다." 세상을 떠난 아내에게 몸을 돌려 더욱더 나직한 목소리로 말을 이었다. "고맙소, 내 사랑……." 말을 채 맺기도 전에 다시 울먹이며 두 손으로 얼굴을 감싸 쥐었다.

의사가 그의 어깨에 손을 얹었다. "무슨 말씀을 드려야 할지 모르겠군요. 제가 더 할 수 있는 일은 없었습니다. 최선을 다했지만 정말 어쩔 수 없었습니다. 죄송합니다."

"아닙니다. 감사합니다." 역장이 그의 손을 잡으며 말했다. "감사합니다."

"하지만 아이는 살아 있습니다, 아르크탄데르 씨." 의사 레빈이 조심스레 말했다.

"네." 역장이 대답했다.

"아이도 보셔야죠?"

구스타브 아르크탄데르는 어두운 눈빛으로 한참이나 멍하니 의사를 바라보다 가까스로 마음을 다잡고 비르게르손 부인에게 다가가 그녀의 팔에 안긴 갓난아기에게 시선을 던졌다.

"세상에!" 그가 외마디 소리를 내뱉으며 고개를 돌렸다.

"충분히 이해합니다만……." 의사가 그를 다독이기 시작했다. "제가 이미 말씀드렸듯이……."

"저…… 저것이…… 살아 있습니까?" 역장이 나직하게 물었다. "그러니까 제 말은…… 아이가 생존할 수 있는지요?"

"네, 그렇습니다." 의사가 말을 이었다. "예정보다 일찍 태어나긴 했지만 생명에는 전혀 지장이 없고 매우 건강합니다."

"세상에!" 역장은 다시 아이에게 시선을 던졌다.

"며칠만 지나면……." 비르게르손 부인이 말문을 열었다.

"당장 제 눈앞에서 치워 주세요." 역장이 크게 소리 질렀다. "제 눈으로 보고 싶지 않습니다. 저건 인간의 아이가 아닙니다. 누가 봐도 스라소니가 분명합니다. 얼른 제 눈앞에서 치워 주십시오!"

"친애하는 구스타브 씨……." 비르게르손 부인이 서둘러 말했다. "제가 장담하건대 며칠 혹은 몇 주만 지나면……."

"엘사……." 약사 비르게르손이 단호한 목소리로 아내의 말을 막았다.

"저건 괴물입니다." 아르크탄데르가 집이 떠나갈 정도로 크게 소리쳤다. "제 눈앞에서 당장 치워 달라고 말하지 않았습니까! 그리고 저는 당신에게 친애하는 구스타브로 불리고 싶지도 않습니다. 아니, 여기 있는 어느 누구에게도 그렇게 불리고 싶지 않습니다." 역장은 자기 집에 침입한 도둑이라도 되는 양 기분 나쁜 표정으로 그들을 둘러보다가 별안간 고개를 푹 숙였다. "죄송합니다." 그가 나직하게 중얼거렸다. "죄송합니다." 그리고 발을 돌려 방을 나갔다.

방에 남은 세 사람은 난데없는 상황에 어쩔 줄 몰라 하며 서로의 얼굴만 바라보았다.

의사 레빈이 역장을 따라 나가려 하자 약사가 말렸다. "아브라함, 지금 그를 위해 당신이 할 수 있는 일은 많지 않습니다."

"하지만 그는 큰 충격에 빠졌어요." 의사가 설명했다.

"이상한 일도 아니지 않습니까?" 약사가 말을 이었다. "잠시 혼자 있도록 내버려 두는 것도 좋을 듯합니다."

"우유!" 비르게르손 부인이 소리쳤다. "우유와 젖병이 필요해요."

"그렇군." 그녀의 남편이 멍하니 대답했다. "아브라함, 이제 우리는 현실적으로 해야 할 일을 생각해 봐야……." 그리고 시신을 돌아보았다.

"이 일을 도와줄 사람이 누가 있을까요?" 의사가 불안한 듯 물었다.

"제가 알기로 아르크탄데르 씨의 친척과 가족은 모두 세상을 떠났어요. 도와줄 사람이 없죠. 그리고 루트는…… 북부 지방에서 혈혈단신으로 여기 왔으니……." 약사는 잠시 고민하다 짐짓 해결 방법을 찾았다는 듯 자신만만하게 말했다. "역무원들이 도와줄 수 있을 거예요."

"그렇군요." 의사가 말을 이었다. "일단 필요한 서류를 작성하고 지역 목사님께 연락한 뒤 그들과 이야기를 나눠 보겠습니다."

"네." 약사가 대답했다.

"엘사, 당신도 역에 함께 가겠습니까?" 의사 레빈이 비르게르손 부인에게 물었다.

두 사람은 잠시 서로를 마주 보았다.

"우유가 필요해요." 비르게르손 부인은 아이를 걱정했다. "젖병도 필요하고요. 누군가는 아이를 돌봐 줘야 해요."

"그렇군요." 의사 레빈이 수긍했다.

*

의사가 기차역에 가 보니 역장은 불도 켜지 않은 어둑한 사무실에 홀로 앉아 있었다. 안내실로 향한 창문도 커튼을 쳐 놓았다. 의사 레빈이 노크했지만 역장은 아무런 반응도 보이지 않았다.

"여기 혼자 계시는군요." 의사는 의자에 앉아 있는 커다란 그림자를 발견하고 입을 열었다.

아르크탄데르는 대답 없이 고개만 끄덕였다.

의사는 역장에게 묻지도 않고 불을 켰다.

"필요한 건 없나요?" 의사가 물었다. "먹을 거라든가…… 마실 걸 좀 가져올까요?"

역장이 고개를 저었다.

"맥주는요?"

"사양하겠습니다." 역장이 대답했다. "근무 시간엔 술을 마시지 않습니다."

침묵이 흘렀다. 창 너머로 벽시계의 바늘 소리와 텔레그래프 소리가 들려왔다.

"부하 직원들을 참 잘 둔 것 같습니다." 의사가 말을 이었다. "장례 준비는 그들이 도와주기로 했습니다."

"네." 아르크탄데르가 힘없이 말했다. "잘됐군요. 저는…… 오늘 저녁엔 아무것도 못 할 것 같습니다."

"필요하다면 제가 사람을 불러 드릴까요? 만나고 싶은 사람이 있나요? 친구라든가 친척 중에……."

"괜찮습니다." 아르크탄데르가 대답했다. "저는 가족이 없습니다. 모두 세상을 떠났지요."

"그렇군요."

"결국은 모두 세상을 떠나는군요. 하나도 빠짐없이."

의사가 헛기침을 하며 조심스레 말문을 열었다. "오늘 세상에 태어난 따님에 관한 이야기입니다. 비르게르손 씨 부부가 며칠 동안 따님을 데려가서 돌봐 주겠다고 했습니다. 역장님이 원하신다면 말이죠."

"네."

"부족함 없이 잘 돌봐 줄 겁니다."

"네."

"역장님이 장례식 준비를 마칠 때까지."

역장이 말없이 고개를 끄덕였다.

“그리고 유모를 알아봐야 할 것 같습니다. 그게 여의치 않다면 적어도 아이를 돌볼 도우미를 구해야 합니다. 물론 지금 당장 서두를 필요는 없겠지요.” 의사가 조심스럽게 말했다.

“레빈 선생님, 도대체 아이가 뭐가 잘못된 것인지 말씀해 주십시오.”

“잘못된 것은 없습니다.” 의사는 확신에 찬 모습을 보여 주려 애쓰며 말을 이었다. “자주 있는 일은 아니지만, 가끔 그런 모습으로 태어나는 아기도 있습니다. 시간이 흐르면서 자연스레 정상적인 모습을 찾아간답니다.”

“네, 그렇군요.”

“전혀 걱정할 필요 없습니다. 다 잘될 거예요. 이제 눈 좀 붙여야 할 텐데요. 수면에 도움이 되는 약을 처방해 드릴까요?”

“괜찮습니다.” 아르크탄데르가 거절했다. “그런 약은 단 한 번도 복용해 본 적이 없습니다.”

“만약을 대비해 여기 조금 두고 가겠습니다.”

“감사합니다.”

“침대에 누워 편히 잠드는 게 더 좋지 않겠습니까? 크늣존 씨의 부인이 역장님을 위해 손님방에다 침대를 마련해 두었다고 하던데요.”

“괜찮습니다.” 역장이 무거운 목소리로 말했다. “아직은 괜찮아요. 여기 좀 더 앉아 있고 싶군요.”

"그러시죠. 원하신다면……."

"나갈 때 불을 좀 꺼 주시겠습니까?" 아르크탄데르 역장이 의사의 등에 대고 말했다.

*

역장의 갓난아기는 세상에 나온 첫날 밤을 낯선 집에서 보내야만 했다. 비르게르손 씨 부부는 아기를 집으로 데려왔고, 약사 남편은 약국으로 내려가 인공 젖꼭지 한 통을 들고 올라왔다. 그들은 루트 아르크탄데르의 서랍장에 차곡차곡 개어 놓은 배냇저고리와 기저귀도 함께 가져왔다.

부부는 젖병을 끓는 물에 소독한 다음 젖꼭지를 끼우고 우유를 데워 아기의 배를 채워 주었다. 슬하에 자식이 없는 두 사람은 옷 바구니에 누워 있는 작은 생명체를 보며 이상한 기분을 지울 수가 없었다. 아기 자체도 이상했으니까. 갓난 소녀는 짙푸른 눈동자로 비르게르손 부인을 뚫어지게 쳐다보았다. 온몸이 실크처럼 부드럽고 기다란 황금색 털로 뒤덮여 있었다. 언뜻 털이 북슬북슬한 고양이를 보는 것 같기도 했지만, 소녀의 몸을 감싼 털은 고양이 털보다 훨씬 부드럽고 아름다웠다. 소녀의 팔과 다리, 등과 배를 뒤덮고 심지어는 얼굴에도 빽빽했다. 털이 없는 곳은 눈 주변과 손바닥, 발바닥뿐이었다. 비르게르손 부인은 작은 짐승을 안은 것 같다고 생각하며 부드러운 털로 뒤덮인 아기의 몸을 조심스레 쓰다듬었다. 북슬북슬한 털 때문에 아기의 표정이 잘 보이지 않았다. 얼굴에서 알아볼 수 있는 것이라곤 커다랗고 선명한 눈동자뿐이었다.

"오늘 저녁 네가 들을 자장가가 내 목소리가 아닌 다른 사람의 목소리였다면 더 좋았을 텐데……." 엘사 비르게르손이 슬픈 목소리로 말했다. 잠시 후 그녀는 컬컬하게 쉰 목소리로 자장가 비슷하게 들리는 노래를 부르기 시작했다. 아직도 이름을 얻지 못한 아기는 곧 잠에 빠져들었다.

역장 아르크탄데르의 슬픔

내게 삶을 가져다준 당신, 오늘 저녁에는 어디서 당신을 볼 수 있을까요? 당신은 어디로 사라져 버렸나요? 저 하늘에서 넘실거리는 신비한 오로라 속으로 사라져 버렸나요? 아니면 지금쯤 아름다운 하프 연주가 흐르는 천상에 있나요? 당신이 그토록 그리던 예수는 만났나요? 그곳에서 예수는 성가대 지휘자 같은 역할을 하고 있나요? 아니면 당신은 지금 나와 함께 있나요? 혹시 오늘 저녁 내내 나와 함께 있었던 건 아닌가요?

당신은 오늘 저녁 어디에 있었나요? 정말 나와 함께 있었던 건 아닐까요? 아니, 당신은 오직 슬픔의 형태로 내게 머물렀던 것은 아닌가요?

*

역장 아르크탄데르는 한참 동안 어둠 속에 앉아 있었다. 그는 꼼짝도 하지 않았다. 울지도 않고 거의 숨도 쉬지 않았다. 조용히 앉아 내면을 들여다보았다. 그의 눈에 보인 건 너무나 단순한 것들뿐이었다. 단지 그 자신에 관한 것과 지금은 세상을 떠나고 없는 아내에 관한 것들. 그가 본 것은 파란색 원피스와 여행 가방 세 개 그리고 수하물 손수레였다.

"실례지만 근처 여관까지 가는 길을 가르쳐 주시겠습니까?"

"물론이죠."

"바쁘실 텐데 죄송합니다."

"짐이 많군요. 제가 도와드리겠습니다."

"참으로 친절하군요."

"이런, 아름다운 여자분이 들기에는 짐이 너무나 무겁군요. 크늣존! 크늣존!"

"이렇게 신경 쓰지 않아도 되는데……."

"아, 죄송합니다. 잠깐만 기다려 주시겠습니까? 제가 크늣존을 찾아 데려오겠습니다. 크늣존이 당신의 여행 가방을 옮겨 드릴 겁니다. 여관까지는 꽤 멀거든요."

"너무나 고맙습니다만, 가방은 제가……."

"아닙니다. 무슨 말씀을……. 그런데…… 크늣존을 찾을 수 없으니 제가 가방을 들겠습니다."

"당신은 정말 친절한 분이군요."

"제가 당연히 해야 하는 일이기도 합니다."

그렇다. 아니, 정말 그랬을까? 어쩌면 기억의 순서가 바뀌었을지도 모르는 일 아닌가. 세월이 지나서 그가 만들어 낸 기억은 아닐까? 정말 그녀가 이런 말도 했을까?

"꼭 한번 오세요. 목소리가 참 아름답군요. 저는 당신이 베이스 파트에 잘 어울릴 거라고 확신합니다!"

적어도 그 기억만큼은 확실한 것 같았다. 하지만 그는 그녀의 제안을 거절했다. 평상시 자기 목소리는 기차 화통 삶아 먹은 소리라 말하지 않았던가? 그녀는 마지못해 그의 거절을 받아들였다. 그녀는 이곳에 도착한 지 보름도 채 되지 않아 성가대 일을 맡아 하기 시작했다.

"당신의 굵직한 목소리는 러시아 남성 성가대의 베이스를 연상시키는군요." 적어도 그녀가 이런 말을 했다는 건 기억할 수 있었다. 그 말을 한 그녀의 목소리와 억양, 얼굴 표정과 몸짓까지 기억했다. 그는 그 순간의 기억을 고이 간직하고 싶어 얼른 어둠 속으로 시선을 돌렸다. 또 다른 그림을 그려내고 싶지 않았던 것이다. 그때부터였다. 그때부터 그녀와 함께할 운명이라는 걸 확신했다.

"구스타브, 빗! 빗을 잊으면 안 돼요." 바닷가 휴양지 호텔에서 그는 짐을 싸고 있었다. 그녀는 숱이 많은 빨간 곱슬머리였다. 그는 그녀의 머리카락 속에서 영원히 살 수도 있다고 생각했다. 우리의 머리카락. 그는 그녀의 머리카락을 두고 그렇게 말하곤 했다. 신혼여행의 마지막 날. "빗, 구스타브."

단 한 마디. 그는 다시 시선을 돌렸다. 언젠가는 다시 떠올릴 기억이기에.

그날 밤 그는 기억 속의 그림을 한 장 한 장 꺼내 들춰 보았다. 벽시계의 시침 소리와 함께 시간은 계속 흐르고, 마을과 기차역 위에 자리한 하늘에서는 오로라 빛이 서서히 사그라들고 있었다. 그는 앞으로도 수많은 밤을 이렇게 보낼 것이다. 가슴속에 간직해 온 그림들을 조심스레 한 장 한 장 꺼내 보며 기억 속으로 되돌아갈 것이다. 그날 밤 난생처음 자문해 보았다.

슬픔은 무엇인가?

역장은 기독교도였지만, 그 같은 지위에 있는 남자라면 흔히 그렇듯 자기 삶을 오로지 신에게 의지하지는 않았다. 아내와는 반대였던 것이다. 그렇다고 해서 형이상학자라는 말은 아니다. 그는 삶에 슬픔이 깃들면 성인으로서 또 남자로서 꿋꿋이 이겨 냈다. 인간의 삶에서 슬픔은 피할 수 없는 거라고 생각한 것이다. 하지만 지금 이 순간 과연 슬픔이 무엇인지 곰곰이 생각해 보지 않을 수 없었다.

슬픔은 무엇인가?

그는 어릴 때부터 숲과 들판에서 꽤 많은 시간을 보냈다. 처음에는 아버지와 할아버지와 함께, 그 후에는 친구들과 함께 시간을 보냈으며, 성인이 된 후에는 홀로 숲과 들판을 찾았다. 혼자 있는 게 좋아서였다. 그는 항상 자연에 관심이 많았다. 홀로 보내는 시간이 많은 사람에겐 적합한 취미라 할 수도 있을 것이다. 슬픔의 의미에 관해 사색하고 아내와의 기억들이 파도에 흔들리는 암초처럼 가슴을 헤집는 지금 이 순간에도 그는 단순한 방정식을 연상시키는 자연의 모습에서 그 위로를 찾으려 하고 있었다.

사슴 무리가 늑대들의 공격을 받았고, 그 와중에 암사슴 한 마리가 무리에서 떨어졌다. 무리는 늑대들의 집중 공격을 받는 동료를 지켜 주려는 마음에서 절망적으로 늑대들에게 뿔을 겨누지만 아무 소용이 없다. 결국 암사슴은 늑대들의 먹이가 되고, 엄마를 잃은 어린 사슴은 여름 저녁 내내 슬프게 울부짖었다. 인간이 울부짖는 소리와 별로 다르지 않았다. 엄마의 따스한 체온과 젖을 그릴 뿐 아니라 사랑과 안전을 갈구하고 다가갈 수 없는 개별 존재의 원초적 동경을 담아내는 소리이기 때문일 것이다. 이것이 바로 슬픔 아닐까. 적어도 슬픔의 의미에 가깝다고 볼 수 있을 것이다. 물론 불과 몇 시간만 지나면 엄마를 잃은 아기 사슴은 무리를 따라갈 것이다. 아르크탄데르는 신비로운 한밤의 숲속에 홀로 서서 슬픔에 울부짖는 어린 사슴을 본 적도 있었다.

동물의 세계도 저마다의 가족 관계는 물론 그들만의 질서와 규칙이 존재한다. 포유동물뿐 아니라 조류의 세계도 마찬가지다. 눈을 들어 나뭇가지 사이를 바라보라. 공원이나 도시나 할 것 없이 우리의 귀에 익숙한 새소리. 우리는 흔히 그 소리를 새들이 지저귀는 소리 또는 노래 부르는 소리라 치부해 버린다. 어느 순간 날개를 퍼덕이는 소리, 수십 마리의 개똥지빠귀가 일제히 지저귀는 소리가 들려온다. 나무 꼭대기에는 동요와 불안이 스며든다. 동시에 자작나무 꼭대기를 유유히 나는 커다란 갈매기 한 마리가 눈에 띈다. 순간 갈매기는 둥지에서 새끼 한 마리를 휙 낚아챈다. 개똥지빠귀 무리는 조금 전 숲속의 사슴 무리와 마찬가지로 분노와 절망을 감추지 못한 채 사방에서 갈매기를 공격하기 시작한다. 동시에 갈매기를 겁주려는 듯 나뭇가지 사이를 날아다니며 기괴한 소리를 만들어 낸다.

그러나 갈매기는 부리에 새끼를 문 채 크고 긴 날개를 퍼덕거리며 유유히 창공을 날아 개똥지빠귀 무리의 공격을 쉽게 피한다. 절망과 분노에 가득 찬 개똥지빠귀 무리가 갈매기를 따라오며 빼앗긴 새끼를 가로채 보려 하지만 갈매기의 재빠른 날갯짓을 따라갈 수 없다.

개똥지빠귀 무리의 절망을 담은 울부짖음이 다시 들려온다. 저 높은 하늘에 또 다른 갈매기가 모습을 드러낸다. 붉은부리갈매기. 갈매기는 단지 그곳을 지나갈 참인데, 개똥지빠귀 무리의 분노에 찬 울음소리는 점점 커진다. 물론 그 또한 시간이 흐르면서 점점 사라지기 마련이고, 새끼를 잃은 둥지 근처에서만 간간이 들을 수 있다. 다시 평온함이 찾아든다. 10여 분이 지났을까. 개똥지빠귀는 다시 하늘로 날아올라 저마다 제 할 일을 하기 시작한다. 남아 있는 새끼들에게 먹일 곤충과 날벌레를 찾기 위해서. 20여 분이 지나자 새끼를 낚아챈 갈매기가 다시 날아온다. 갈매기는 근처 나뭇가지에 자리를 잡고 앉지만, 개똥지빠귀 무리에서 그 어떤 분노와 복수 또는 슬픔도 찾아볼 수 없다.

동물의 세계에는 슬픔이라곤 전혀 느낄 수 없는 또 다른 생명체들도 있다. 그들은 항상 무관심한 듯 그 어떤 일에도 신경 쓰지 않는다. 아무렇지도 않게 제 새끼를 잡아먹는 악어와 동반자의 숨을 끊어 놓는 거미. 더욱 하위 종으로 내려가 보면 다른 생명체에게 잡아먹히는 걸 아무렇지 않게 생각하는 듯한 작고 단순한 유기체들도 볼 수 있다.

그들의 세계에서 슬픔이란 낯선 개념일 뿐이다. 어쩌면 슬픔이 존재하지 않을지도 모른다. 그들에게 기억과 사고가 존재하지 않는 것처럼.

*

그날 밤 구스타브 아르크탄데르는 이러한 생각에 빠져들어 시간을 보냈다. 그는 슬픔이 존재하지 않는 단순한 유기체들의 세상에 사는 것도 좋을 듯싶었다. 새벽 3시쯤 역무원들이 역장의 집무실을 찾았을 때, 그는 잠에 빠져 있었다. 역무원들은 그를 가만히 내버려 두었다. 다음 날 아침 눈을 뜬 역장은 그날이 일요일 같은 이상한 기분에 사로잡혔다. 지난밤의 꿈을 더듬어 보았다. 옷을 잘 차려입은 사람들이 음악에 맞춰 행진하고 있었다. 그는 일요일이 틀림없다고 확신했다. 잠시 후 지역 교구를 담당하는 목사가 그의 집무실을 찾았다. 목사의 얼굴은 심각하기 그지없었다. 그의 얼굴을 보는 순간 역장은 세상에 갓 태어난 자기 핏줄이 스라소니를 닮았다는 사실을 떠올렸다. 역장은 자리에서 일어나 목사와 악수를 나누며 정중하고 예의 바른 미소를 지었다.

"안녕하십니까, 목사님. 이곳까지 찾아 주셔서 감사합니다. 안 그래도 찾아뵙고 대화를 나눠 보려 했습니다."

*

그날 일간지《티엔데》에 다음과 같은 글이 실렸다.

……우리의 가슴속에는 아르크탄데르 부인의 외적인 면과 지난 삶이 말해 주는 것 이상으로 많은 것이 자리하고 있습니다. 나는 이 글을 빌려 그녀와 함께 한 아름다운 시간에 감사의 말을 남깁니다. 그녀는 피아니스트이자 성악가로서 각종 콘서트는 물론 지역의 파티와 예배에서 아름답고 감성적인 연주로 깊은 감동과 여운을 남겼습니다. 특히 종교 음악과 성가에 관한 섬세하고 감성적인 해석과 연주, 파티 연주에서 보여 준 동시대 음악의 이해력은 그녀의 특출난 음악성을 잘 설명해 줍니다. 슈베르트와 그리그의 음악성에 비교해 절대 뒤지지 않습니다. 그녀는 이곳에 터전을 잡고 산 지 얼마 안 되었지만, 음악 교사로서 이 지역에 음악을 전파하고 발전시키는 데 큰 역할을 했습니다.

이 지역의 모든 어린이는 얼굴 가득 미소를 지으며 친절하게 대해 준 주일학교 교사로 그녀를 기억합니다. 그녀는 주일학교에서도 음악으로 기쁨과 활력을 전파하기 위해 애썼습니다. 겨울이 되면 살을 에는 추위에도 불구하고 거동이 불편한 지역 주민들을 찾아다니며 도움을 주었고, 그들과 따스한 대화를 나누는 데 주저하지 않았습니다. 항상 상냥하게 관심을 보이는 피아노 교사로 그녀를 기억하는 어린이들도 있습니다. 그녀는 이 아이들을 음악의 세계로 이끌어 준 사람입니다. 다른 이들은 교회 성가대 단원이자 영롱한 악기의 음색으로 그녀를 기억할 것입니다. 그녀는 이곳에 온 첫날부터 성가대에서 헌신적이고 주도적으로 일해 왔습니다. 그 지칠 줄 모르는 열정이 이 지역의 음악 발전에 주춧돌이 되었다 해도 과언이 아닙니다. 그녀는 항상 겸손하고 상냥하게 만나는 사람마다 성가대를 권유했으며, 지역 바자회가 열리면 따스한 빵을 구워 대접하기도 했습니다. 루트 아르크탄데르는 한마디로 우리 지역 사회의 종교 음악에 새로운 힘이 되어 주었습니다. 나는 교회 성가대의 선창자이자 지휘자로서 그녀의 노력에 머리 숙여 깊이 감사드립니다. 나와 성가대 단원들은 그녀가 떠난 빈자리를 보며 말할 수 없는 슬픔과 무력감에 젖어 있습니다. 이제 우리는 어디로 가야 할까요? 우리는 하늘을 바라보며 절규합니다. 하지만 루트 아르크탄데르는 우리가 슬픔에 잠겨 무기력하게 서 있기를 바라지 않을 것입니다.

깊은 신앙심으로 우리에게 소리칠 것입니다. 신에게 의지하십시오! 당신들의 슬픔과 절망을 왕 중의 왕이신 신의 손에 맡기십시오. 신이 당신들을 위해 대신 슬퍼하고 자비를 베풀어 줄 것입니다.

그럼에도 불구하고 재능 있는 여인이 한창 꽃다운 나이에 세상을 떠났기에 우리의 슬픔과 의문은 사라지지 않습니다. 오늘 우리는 세상에 남은 아르크탄데르 역장님과 세상에 태어난 따님을 위해 기도합니다. 루트 아르크탄데르는 딸의 세례식과 동시에 영원한 안식을 얻을 것입니다. 두 사람의 딸은 평생 어머니를 향한 그리움과 함께 살 것이며, 우리는 그녀와 함께 어머니 루트 아르크탄데르를 기억하고 안식을 기원할 것입니다.

L. 스바메르담
성가대 수석 연주가

성가대 수석 연주가인 루드빅 스바메르담은 하이네를 읽고 노발리스를 좋아하는 낭만적인 사람이었다. 우리는 일간지에 실린 글에서 그의 성격과 루트 아르크탄데르를 애도하는 그의 진심을 엿볼 수 있다. 그는 루트의 사망 소식을 접하자마자 충격과 슬픔 속에서 글을 썼다.

글에서 직접 볼 수 없는 사실은 그가 애도의 글을 쓰는 동안 수차례나 눈물을 훔쳤다는 점이다. 그가 아름답고 고상한 필체로 적은 글은 군데군데 짜디짠 눈물방울에 젖어 번졌고, 그 바람에 다음 날 바로 그의 글을 지역 일간지에 실으려 했던 신문사 편집장 얀과 식자공 뉘그렌은 그의 글을 정확히 읽어 내느라 큰 어려움을 겪었다. 특히 기고문을 살펴보고 조판을 짜는 뉘그렌은 시간 여유가 없어서 더욱 그랬다(기고할 때마다 마감일을 넘기는 스바메르담이 이번에도 원고를 늦게 보낸 것이다). 눈물에 젖어 번진 글자들을 대충 짐작해서 읽을 수밖에 없었다. 예를 들어 '성악가이자 지휘자였던'은 '교회 성가대 단원이자 영롱한 악기의 음색으로', '헌신적이고 활발하게'는 '헌신적이고 주도적으로'라고 바꿔 놓았다. 물론 원문에서 크게 벗어나지 않았지만, 스바메르담은 다음 날 신문에 활자로 찍힌 글을 보고 짜증 나는 걸 숨길 수 없었다.

그는 기품 있고 낭만적인 음악가였지만 쏟아지는 눈물을 숨길 수가 없었다. 젊은 청년은 원고지에 눈물을 쏟아 냈고, 글을 마친 뒤에도 한동안 눈물을 멈추지 못했다. 그가 이토록 눈물을 흘린 까닭은, 세상을 떠난 루트가 지역 사회의 음악 발전에 특별한 의미를 지녔기 때문이기도 하지만(그는 지역에서 오래도록 음악가로 활동해 왔기 때문에 자신의 일이 그처럼 조그만 마을에선 의미 있게 받아들여지지도 않거니와 상당히 외로운 처지라는 걸 잘 알고 있었다), 마음속 깊은 곳에서 그 자신이 루트의 남편으로 살아왔다면 얼마나 좋을까 하는(물론 남들 앞에서 말할 수도 없으며, 그 자신도 있을 수 없는 일이라는 걸 잘 알았다) 마음이 있었다.

그는 루트의 남편이 현실적인 일과 그의 기준에서 아주 비낭만적인 일 때문에 아내 잃은 슬픔을 덮어 버리는 걸 보고 꽤 불쾌했으며 짜증이 났다. 루트의 남편은 노발리스를 읽지 않은 게 분명했다. 역장은 아내가 세상을 떠나고 며칠 동안 제복에 애도를 표하는 검은색 리본을 달았지만, 단추와 장식품, 구두 등은 그 어느 때보다 광을 냈고, 장례식을 위한 현실적이고 구체적인 일에만 신경 쓰는 것 같았다. 교회 성가대 수석 연주가 스바메르담이 진심으로 깊은 슬픔에 빠진 것과 대조되는 모습이었다.

그가 애도를 표하고 장례식과 세례식에서 연주할 음악을 논의하기 위해 아르크탄데르 역장을 찾았을 때, 역장은 자신이 선택한 관(사자 발 모양의 받침과 꽃무늬를 조각한 벚나무 관-옮긴이)과 수의 그리고 이들의 가격에 대해 쉴 새 없이 쏟아 냈다. 보아하니 아르크탄데르는 가장 최고급 장례용품만 선택한 것 같았다. 스바메르담은 화제를 돌려 음악과 음악으로 표현할 수 있는 슬픔 등 영원하고 이상적인 것들에 관해 이야기해 보려 했으나 아르크탄데르는 아랑곳없이 추모식에서 대접할 음식을 늘어놓기 시작했다. 청어 파테, 훈제 뱀장어, 순록의 혀 요리, 스테이크, 양고추냉이 소스 등 엄정하게 선택한 최고급 요리를 자랑하며 곁들이는 음료는 와인과 맥주, 포트와인 등을 준비했다고 덧붙였다. 또한 추모식장으로 프레드헤임회관을 빌렸으며, 100명이 넘는 추모객에게 음식을 대접할 거라고 했다.

"정말 훌륭하군요." 스바메르담이 당황해하며 말했다.

"테이블마다 교회처럼 하얀 카네이션으로 장식하는데, 중앙석은 흰 장미로 장식할 생각입니다. 양쪽으로 줄을 맞춰 벤치가 놓인 중앙 통로에 화환을 두고, 제단에는 거대한 화환 두 개를 따로 마련할 생각입니다." 역장은 열정적으로 설명했다.

"그렇군요. 굉장히 훌륭한 장례식이 될 것 같습니다." 스바메르담은 밋밋하게 맞장구를 쳤다.

"꽃가게 주인 호르네 씨는 따로 꽃을 더 주문해야만 했답니다." 역장이 말을 이었다. "오늘 저녁 냉장 화물 수송선에 실려 이곳에 도착할 예정입니다. 우리끼리 하는 말인데, 제가 역장이라 할인을 조금 받을 수 있었죠."

"잘됐군요." 스바메르담이 무뚝뚝하게 말했다. 그는 역장이 계획한 이 화려한 장례식과 추모식의 규모가 도를 넘는다는 생각을 하지 않을 수 없었다. 이 모든 것의 주인공은 바로 루트가 되어야 하지 않는가. 그녀의 아름다운 목소리와 순수한 미소는 역장의 돈과 세속적인 화려함 속에서 빛을 발하지 못할 것이다.

"그건 그렇고 이곳까지 저를 찾아온 이유가 단지 음식과 화환에 관한 건 아닌 듯한데…… 어쩐 일로 왔는지요?" 역장이 인자한 목소리로 물었다.

"네, 사실은……." 노발리스의 사도가 마지못한 듯 퉁명스럽게 말을 이었다. "장례식과 추모식에서 연주할 음악을 상의하려고 왔습니다. 성가대, 그러니까 루트의 성가대, 아니 아르크탄데르 부인의 성가대는 언제든지 준비되어 있습니다. 역장님이 원하신다면 성가대 단원들이 고인의 마지막 길을 위해 노래 부르는 것도 좋을 듯합니다만."

"물론이죠, 물론입니다." 아르크탄데르는 스바메르담의 손을 힘주어 잡으며 따스한 목소리로 말했다. "참으로 호의적인 생각을 했군요. 매우 고귀하고 아름다운 생각입니다. 그런데 성가대에선 그 대가로 얼마를 생각하는지요?"

"네? 무슨 대가를 말씀하시는 거죠?"

"대가로 지불하는 금액 말입니다. 장례식이나 결혼식에서 성가대가 연주하면 그 대가로 돈을 받지 않습니까? 아니, 제가 잘못 아는 건 아니겠죠? 아내는 1년 동안 성가대 회계일도 맡았기 때문에 기억합니다."

"네, 그렇긴 합니다만……. 역장님……." 스바메르담은 떨리는 목소리로 말을 이었다. "역장님도 잘 알 거라 믿지만, 저와 성가대, 아니 성가대와 저는…… 아르크탄데르 부인의 장례식이니만큼 대가를 바라고 하는 일이 아닙니다."

"오, 친애하는 스바메르담 씨!" 역장이 갑자기 끼어들어 감동 어린 목소리로 말했다. "적어도 조금은 받아야 하지 않겠습니까? 앞에서도 말했듯이 저는 아내가 성가대 회계 업무를 보며 상당히 어려워했던 걸 기억합니다. 덕분에 저도 성가대가 처한 상황을 잘 알고 있어요."

"아르크탄데르 씨, 저는 진심으로……."

"그런 말씀 마십시오. 대가는 꼭 지불하겠습니다. 75크로네(노르웨이의 화폐 단위-옮긴이)는 어떻습니까? 적당하다고 생각하는지요? 당신도 알다시피 아내가 성가대 일을 했지만, 이런 식으로 성가대를 이용하고 싶은 마음은 추호도 없습니다. 아내에게 성가대는 크나큰 의미였지요."

스바메르담은 어쩔 수 없다는 듯 무뚝뚝하게 말했다.

"그렇다면 50크로네는 어떨까요?"

"좋아요, 좋습니다."

"특별히 원하는 곡이 있습니까?"

"당신이 다 알아서 진행해 주세요. 아내가 들으면 좋아할 곡으로 선택해 주십시오."

"잘 알았습니다." 스바메르담의 목소리가 어느새 누그러졌다. 그는 머릿속으로 장례식을 위해 이미 연습을 시작한 성가대의 모습을 그려 보았다. "역장님은 물론 고인이 된 루트 또한 만족할 수 있도록 잘 알아서 준비하겠습니다."

"좋습니다, 아주 좋아요."

"성가대는 오전에 있을 또 다른 행사도 돕고 싶습니다만……. 물론 따로 돈을 지불하지 않아도 됩니다."

"무슨 행사를 말하는지요?"

"세례식 말입니다. 따님의 세례식……."

역장의 얼굴이 순식간에 어두워졌다.

"아, 그거요……." 그가 무거운 목소리로 말했다. "세례식은 이른 아침에 가장 가까운 가족들만 모여서 치를 예정입니다. 장례식이 시작되기 전에 말이죠."

"네, 그렇군요……." 스바메르담이 우물쭈물하며 말을 이었다. "하지만 교회에서 세례식을 치른다면 성가대나 여러 부가적인……."

"아닙니다." 역장이 단호하게 말했다. "장례식과 세례식을 하루에 다 치르려면 부담이 너무 큽니다. 세례식은 매우 간소하게 치를 생각입니다."

"충분히 이해합니다." 스바메르담은 대답과 달리 역장의 마음을 전혀 이해할 수가 없었다. "하지만 성가대 전체는 아니더라도 성악가 한 명 정도는 세례식에서 노래를 불러 줄 수 있다고 생각합니다만……. 저 또한 아르크탄데르 부인을 생각해서 얼마든지 연주할 수 있고……. 게다가……."

"아닙니다. 세례식에서는 짧고 쉬운 성가 한두 곡만 부를 생각입니다. 〈*주님은 굳건한 성이니*〉 정도의 성가면 충분합니다."

"네, 잘 알겠습니다, 역장님. 안 그래도 이것저것 힘드실 역장님을 더 귀찮게 만들 생각은 없습니다. 시간을 내줘서 감사드립니다.”

“천만의 말씀을요.”

“그런데 따님은 지금 어디에 있습니까? 건강한지 궁금하군요.”

“이이는 건강합니다. 약사 부부의 집에 있죠. 당분간 그렇게 하기로 했답니다. 제가 갑자기 홀아비 신세가 되다 보니 젖먹이를 돌보기가 쉽지 않군요. 보모를 구할 때까지만이라도 약사 부부의 도움을 받기로 했습니다.”

“건강하다니 참으로 기쁩니다, 아르크탄데르 역장님. 저는 따님이 지금은 물론 앞으로도 역장님한테 큰 기쁨을 드릴 수 있으리라 확신합…….”

“물론입니다, 물론입니다.”

둘 사이에 어색한 침묵이 흘렀다.

모자를 쥐고 우물쭈물하던 스바메르담이 말문을 열었다.

“혹시 저…… 혹시…… 실례가 안 된다면 관 속에 계시는 고인에게 제가 마지막 작별 인사를 전해도 될까요? 그러니까 제 말은…… 하관식을 하기 전에…….”

“가장 가까운 친지만 가능합니다.” 역장은 매우 감동받은 표정을 지으며 단호하게 고개를 저었다.

“네, 네, 잘 알겠습니다. 충분히 이해합니다.”

“당신의 마음은 감사히 잘 받아들이겠습니다.”

“네, 감사합니다. 안녕히 계십시오, 역장님. 아, 그리고……

거듭 애도를 표합니다."

두 사람은 악수를 나눴다.

"감사합니다."

*

몇 주 후에 치른 장례식은 더할 나위 없이 화려했다. 아르크탄데르 역장은 장례식 준비에 돈을 아끼지 않았다. 꽃장식은 과다할 정도로 화려하고 안내서와 프로그램은 최고급 종이에 인쇄했다. 황금색(사람들은 세상을 떠난 아르크탄데르 부인의 머리색과 비슷하다고 입을 모았다)으로 빛나는 관은 역장이 주문한 커다란 흰색 화환으로 장식했으며, 교회 중앙 통로는 제단부터 입구까지 마을 사람들이 보내온 화환과 꽃다발로 발 디딜 틈이 없었다. 관 옆에는 역무원과 성가대 단원들이 의장병처럼 자리했다. 심지어 역의 감독관 중 하나는 철도연합 휘장을 들고 서 있었다. 사람들은 그 과장된 규모에 스바메르담과 마찬가지로 혀를 내둘렀다. 시장과 신문사 편집장, 학교 교사는 물론 지역 유지들이 가장 좋은 옷을 차려입고 고인이 된 음악 교사를 추모하기 위해 모여들었다. 빳빳하게 다림질한 가운을 걸친 목사의 긴 추모사는 감동적이었으며 뒤를 잇는 오르간 연주 또한 장엄하기 그지없었다. 성가대가 스바메르담의 지휘 아래 〈*베니 크레아토르 스피리투*

스〉 〈*예수는 나의 기쁨*〉 〈*슬픔과 기쁨은 방랑자에게 희망을 주리니*〉(합창), 〈*땅 위의 십자가에 박힌 가시*〉(합창), 모차르트의 《*레퀴엠*》 중 〈*라크리모사*〉를 부르는 감동과 순수한 열정은 성가대의 부족한 점을 메우기에 충분했다. 마지막에 들려준 〈*장송행진곡*〉은 출처가 불분명한(스바메르담의 자작곡으로 판명되었다) 오르간 연주곡이었다.

뒤를 이은 추모식에서는 청어 파테, 훈제 뱀장어, 글레이즈를 바른 애저구이(역장은 마지막 순간까지도 양고추냉이 소스가 뷔페의 메인 요리에 어울리는지 고심했다)가 화려하게 치장한 프레드헤임회관에 선보였다. 추모객들은 그 어디에도 견줄 수 없을 만큼 화려하고 훌륭한 모습뿐 아니라 뷔페 한가운데 자리한 새끼돼지 요리를 보고 눈썹을 치켜떴다.

거대한 메인 테이블 끝에 무표정한 얼굴로 앉아 있던 스바메르담이 식사가 시작될 무렵 성가대를 대신해 감동적인 추모사를 전했다. 그의 추모사는 이미 신문에 실린 글을 조금 다듬은 정도였다. 그는 슬픔에 북받친 나머지 음식을 앞에 두고도 입맛이 없어 애를 먹었다.

식사가 어느 정도 진행되자 분위기가 조금씩 느슨해지기 시작했다. 이미 술을 거나하게 마시고 담배를 꺼내 드는가 하면, 청어와 뱀장어 요리를 접시에 담아 들고 여기저기 돌아다니며 대화를 나누기도 했다. 새끼돼지 요리는 다 먹고 머리만 남았다. 시간이 흐를수록 추모식이 평범한 파티처럼 변해 가자 스바메르담은 실망을 감출 수 없었다. 스물여섯 살 청년은 차디찬 땅속에 묻힌 루트를 떠올렸다. 그때까지만 해도 성가대 연습과 추모식 연주로 매우 바쁘게 지낸 터였다. 그런데 이제 자신의 임무를 다한 순간이 다가오자 땅속에 묻힌 그녀를 향한 말할 수 없는 슬픔이 밀려 왔던 것이다.

누가 슬픔을 아는가? 그는 슬쩍 출입문 쪽으로 시선을 던졌다. 얼른 그 자리를 벗어나고 싶었지만, 고인의 남편이 아직 남아 있는 한 먼저 자리를 뜰 순 없다는 걸 깨달았다. 약사 비르게르손 씨는 이미 떠나고 없었다. 하지만 그는 홀로 집에 남아 갓난아이를 돌보는 아내를 생각하여 일찍 돌아간 거였다.

스바메르담은 역장을 흘낏 쳐다보았다. 건장한 체격과 성성한 백발에 구김 하나 없는 제복 차림의 기품 있는 모습으로 옆자리에 앉은 목사 부인과 열정적으로 이야기를 나누고 있었다.

사람들은 자리를 벗어나 여기저기 돌아다니며 가벼운 대화를 나누기 시작했다. 구석진 곳에 서서 갑작스레 큰 소리로 웃음을 터뜨린 두 신사는 황급히 손가락을 입에 대고 서로에게 조용히 하라는 신호를 주고받았다.

스바메르담 옆자리에 누군가 무겁게 털썩 앉았다. 그는 고개를 돌려 옆자리를 돌아보았다. 원래 그 자리에 앉았던 하델란 부인은 어디로 갔는지 안 보이고 신문사 편집장 얀이 포트

와인잔을 손에 들고 앉아 있었다.

"안녕하십니까." 스바메르담은 편집장의 미소가 살찐 여우를 닮았다고 생각하며 예의를 갖춰 인사를 돌려주었다.

"스바메르담 씨, 매우 감동적인 추모사였어요." 편집장이 말을 이었다. "직접 만나 다시 한번 말씀드리고 싶었어요."

"따스한 말씀 감사드립니다." 그는 편집장이 매우 눈치 빠른 사람이라는 걸 떠올렸다. 마을에 떠도는 소문이 사실이라면 말이다.

"홀로 남은 역장님도 당신의 추모사에 흡족해했을 거라고 믿습니다." 편집장이 포트와인 한 모금을 들이키며 말했다.

"글쎄요, 저도 그러길 바라지만 역장님은 아직 추모사에 관해 단 한마디도 하지 않았습니다."

"그렇군요."

"어쩌면 깜박 잊었을 수도 있겠지요. 지난 며칠간 매우 바빴을 테니까요."

"네, 물론 그렇겠죠." 주위를 스윽 둘러보며 와인을 한 모금 더 마신 편집장이 스바메르담을 뚫어지게 쳐다보다 갑자기 말문을 열었다. "그건 그렇고 당신은 어떻게 생각하십니까?"

"무슨 말씀이죠?"

"이 모든 것…… 여기 이 모든 것 말입니다." 그가 추모식장을 턱으로 가리키며 의미심장한 미소를 지었다. 스바메르담은 그의 미소가 악마의 미소를 닮았다고 생각했다.

"글쎄요…… 역장님이 고인이 된 아내를 매우 사랑했다는 건 잘 알지만……."

"그렇지요? 어딘가 좀 이상하지 않습니까?" 편집장 얀이 나직이 말을 이었다. "언뜻 보면 사랑한 아내를 기리는 추모식이 아니라 큰 유산을 물려준 친인척이나 시바의 여왕을 기리는 자리 같습니다. 참으로 이상합니다. 당신은 그렇게 생각하지 않나요?"

"글쎄요, 그렇게 보이기도 합니다만……." 스바메르담은 조심스레 대답했다. 그는 매우 열정적이고 낭만적이지만 그 속을 깊이 들여다보면 조심성이 많은 사람이었다. 사회생활에서는 더욱 그랬다. "사람마다 슬픔을 표현하는 방식이 다를 수 있겠죠. 역장님은 자신만의 방식으로 고인을 애도하고 슬픔을 표현한 게 아닐까요?"

"흠…… 흠…… 그럴지도 모르겠군요. 정말 그럴지도 모르겠어요. 자신만의 방식으로 표현하는 슬픔이라……. 그런데 정말 그렇게 생각하십니까?"

"사람은 저마다 감정을 표현하는 방식이 다르니까요." 스바메르담은 매우 외교적으로 대답했다.

"그렇다면 제가 무슨 생각을 했는지 말씀드릴까요?" 편집장 얀이 스바메르담을 향해 얼굴을 바짝 들이밀며 말했다.

"네?"

"제 생각을 말씀드리겠습니다. 이건 장례식도 추모식도 아니에요. 이 모든 것은 사람들의 관심을 분산시키려는 술수일 뿐입니다. 네, 바로 그거죠." 그가 테이블에 탁 소리를 내며 술잔을 내려놓았다.

스바메르담은 영문을 모르겠다는 표정으로 그를 바라보았다.

"그럼 저는 얼마 안 남은 새끼돼지 요리를 한 점 더 먹어 봐야겠습니다." 편집장이 자리에서 일어나며 말했다. "그 후엔 바로 작별 인사와 애도의 말을 전하고 집으로 갈 겁니다. 분위기가 더 이상해지기 전에 말이죠. 스바메르담 씨, 또 봅시다. 다시 한번 아름답고 감동적인 추모사에 감사드립니다."

"안녕히 가십시오." 루드빅 스바메르담은 놀라지 않을 수 없었다. 편집장의 본능적인 직관력과 눈치는 소문과 달리 내보일 만한 게 아니라는 생각이 스쳤다. 그가 술을 너무 과하게 마셔서 그런 걸까? 스바메르담은 편집장이 한 말을 전혀 이해할 수 없었다. 한숨을 푹 내쉬며 자리에서 일어났다. 사과즙에 절인 청어 요리를 맛보기 위해서였다.

*

편집장의 본능적인 직관력이 소문처럼 대단할 수도 있고, 아니면 소리 없이 사람들 사이에 퍼져 나간 소문을 엿들은 것일 수도 있다. 같은 날 이른 아침 역장의 관사 거실에서 정말 무겁고 슬픈 일이 있었다. 그 자리에 참석한 사람은 역장과 약사 비르게르손 부부, 의사 레빈, 목사 그리고 비르게르손 부인이 안은 갓난아기뿐이었다. 비르게르손 부부는 세례받을 아기의 대모와 대부 자격으로 참석했고, 의사 레빈은 아이의 어머니를 지키지 못했다는, 차마 말로 다 할 수 없는 미안한 마음에 참석했다.

아버지는 아이를 안아 보려고도 하지 않았다.

하얀 겨울날 아침의 세례식은 음모를 꾸미는 공모자들의 모임처럼 진행되었다. 목사가 모든 걸 다 알고 있다는 듯 심각한 표정으로 그들을 둘러보며 성가를 부르자고 제안하자 다들 미리 입을 맞춘 듯 〈*주님은 굳건한 성이니*〉를 불렀다. 구석에 자리한 오르간을 연주하는 이는 없었다. 그 오르간을 연주하던 여인은 황금색 관 속에 누워 있었다. 관은 이미 닫혔고, 방 안은 달콤한 화환의 향기로 가득했다.

목사는 거실 벽 쪽으로 옮긴 테이블에 세례식에 필요한 물건들을 올려놓은 다음 초에 불을 붙이고 성수대에 물을 채웠다.

"아이가 정상이 아니라는 건 저도 알고 있습니다." 목사가 심각한 표정으로 진지하게 말했다. "하지만 제가 간이세례식을 해야 할 만큼은 아닙니다. 따라서 저는 기본 절차를 따르되 일반적인 가정세례식을 진행하고자 합니다."

역장이 목사의 말에 아무런 반응도 보이지 않자 약사 비르게르손이 그를 대신해 헛기침을 하며 고개를 끄덕였다. 목사도 고개를 끄덕였다.

"성부와 성자와 성령의 이름으로 아멘! 여러분, 이제 우리는 예수 그리스도의 이름으로 거행할 신성한 세례식을 위해……."

역장의 눈에서 소리 없는 눈물이 쉴 새 없이 흘러내렸다.

"……그들이 어린아이들을 예수에게 데려왔을 때, 사도들이 그들을 제지하고 멈췄습니다. 그것을 본 예수가 크게 화를 내며 그들에게 말하기를……."

그들은 다시 성가를 불렀고, 목사는 기도한 뒤 세례를 받는 이의 믿음과 마음가짐에 대해 이야기한 다음 사도신경을 읽었다. 창밖으로 날이 환하게 밝아 오기 시작했지만, 저 멀리 창백한 하늘에는 여전히 새벽녘의 불그스름한 빛이 남아 있었다. 아이가 낑낑대며 신음했다. 아이에게 눈길을 던진 아르크탄데르 역장은 굳은 표정을 지으며 얼른 창을 향해 고개를 돌렸다. 그의 눈에서는 계속해서 소리 없는 눈물이 흘러내리고 있었다.

세례받을 아이를 누가 데리고 나오겠냐는 목사의 말에 비르게르손 부인이 앞으로 한 발짝 나아갔다.

"당신은 이 아이가 성부와 성자와 성령의 이름으로 세례를 받고, 기독교의 믿음과 신념 아래 자라는 데 동의합니까?"

"네." 비르게르손 부인이 대답하자 목사가 아이를 향해 몸을 굽히고 손을 내밀었다.

“이제부터 영원히 주님의 보호를 받으리라. 이제 십자가로 세례자의 이마와 가슴에 성호를 그을 것이니, 이는 예수 그리스도를 위한 너의 믿음을 증명하리라.”

그가 성호를 긋고 두 손을 모았다.

“아이의 이름은 무엇입니까?”

비르게르손 부인의 눈빛이 흔들렸다. 그녀가 헛기침을 하며 아르크탄데르 역장을 쳐다보았다. 그들은 아직 아이의 이름을 생각해 보지 않은 것이다.

창밖을 바라보던 구스타브 아르크탄데르는 그 자리의 누군가 자신을 향하고 있다는 어렴풋한 느낌에 황금색 햇살 아래 하얗게 반짝이는 풍경에서 눈을 돌려 그들을 바라보았다.

“아…… 네…… 방금 뭐라고 하셨는지…….”

“아이의 이름이 무엇입니까?” 세 번이나 같은 질문을 하는 목사의 목소리에 짜증이 묻어났다.

“네…… 그건 저도 모릅니다.” 구스타브 아르크탄데르가 대답했다.

목사가 그를 뚫어지게 쳐다보더니 다시 물었다. “모른다고요?”

“네. 저…… 그간 생각할 일이 너무 많아서…… 미처…….”

네 사람은 서로를 마주 보며 말없이 멀뚱멀뚱 서 있을 뿐이었다.

역장의 흔들리는 눈빛은 다시 창밖을 향했다.

"구스타브!" 목사가 그의 팔을 조심스레 잡았다. "아이 이름을 알아야만 합니다."

"네……." 역장이 당황한 표정을 지으며 목사의 손에서 팔을 빼냈다. "아, 네…… 물론입니다." 그는 잠시 생각에 잠겼다. "아내는……." 고개를 돌려 관을 바라보며 말을 이었다. "기독교에 어울리는 훌륭한 이름을 생각했을 겁니다. 여자아이라면……." 그가 비르게르손 부인의 팔에 안긴 젖먹이를 턱으로 가리켰다. "아내는 레베카나 크리스티네 혹은 마리아를 생각했을 겁니다."

그가 말을 멈추고 침묵을 지키자 목사가 헛기침을 했다.

"하지만 지금 처한 사정을 고려한다면 그런 이름은 적합하지 않을 겁니다. 신성모독이라는 생각마저 드는군요……." 그가 안절부절못하며 목사를 바라보았다.

"친애하는 구스타브." 목사가 말문을 열었다. "주님은 당신의 딸이 이름을 얻길 원하실 겁니다."

"네." 역장은 여전히 말을 잇지 못했다. "하지만……." 한참 후 다시 입을 열었다. "아이는 여러모로 정상이 아닙니다. 시간이 지나도 이런…… 네…… 바로 이런…… 모습을 계속 유지한다면…… 네…… 그렇게 된다면……."

"구스타브, 이미 말했듯이 몇 주만 지나면 괜찮아질……."

역장은 비르게르손 부인의 말이 채 끝나기도 전에 끼어들었다. "……그럴 경우 이런 추악한 생명체에게 기독교식 이름을 짓는 건 어울리지 않는다고 생각합니다. 저의 솔직한 생각입니다. 이해해 주시기 바랍니다."

거실에 침묵이 감돌았다. 사람들은 서로 눈을 마주친 뒤 바닥만 내려다보았다.

"잘 알겠습니다, 구스타브." 목사는 이해한다는 듯 너그러운 표정으로 조심스레 말하며 두 손을 모았다. 잠시 정적이 흘렀다.

한참 후 목사가 헛기침을 하며 제안했다. "아이의 이름으로 루트는 어떻습니까? 어머니의 이름을 따서 부르는 것도 좋지 않겠습니까?"

아르크탄데르가 경악한 표정을 지으며 목사를 바라보았다. "아닙니다! 그건 있을 수 없는 일입니다. 미안하지만 그건 절대 안 됩니다."

다시 정적이 흘렀다.

"월바는 어떤가요?" 비르게르손 부인이 의견을 냈다. "월바는 전통적으로 내려오는 고대 노르딕 이름입니다."

"그건 너무나 이단적인 느낌이 드는군요." 그녀의 남편이 반대했다. "그 의미도 생각해 봐야 할 거 아니오? 아이에게 그런 이름을 지어 주면 사람들이……."

"사람들이 뭐라고 하든 상관할 필요 없잖아요." 비르게르손 부인은 물러서지 않았다.

"에바는 어떻습니까?" 의사 레빈이 제안했다.

사람들은 일제히 그를 돌아보았다.

"아브라함!" 약사 비르게르손이 소리쳤다.

"네……." 의사가 미안하다는 표정을 지으며 조심스레 말을 이었다. "물론 성경에 나오는 이름입니다. 에바는 인류의 어머니이자 여성을 의미하는 이름이며 모든 여성상을 대표하는 이름이기도 합니다. 하지만 과학적으로 보자면, 수억 년 전 우리 인류의 조상이자 어머니라고 볼 수 있는 존재는 여기 이 아이와 크게 다르지 않습니다."

목사가 그를 뚫어지게 쳐다보았다.

"에바는 원숭이처럼 생기지 않았습니다!" 목사의 입에서 분노에 찬 소리가 흘러나왔다. 순간 그는 얼굴을 붉히며 말문을 닫았다.

사람들이 목사를 향해 시선을 돌렸다.

"흠……." 약사 비르게르손이 어쩔 줄 몰라 하며 혼잣말을 했다. "흠…… 그렇군…… 그렇겠지……."

자기하곤 상관없다는 듯 무심한 태도를 보이던 아르크탄데르 역장의 얼굴에 별안간 의미심장한 미소가 떠올랐다. "제 생각엔 에바도 나쁘지 않을 것 같군요." 그의 미소는 비꼬듯 빈정대는 것 같기도 했다.

"네……." 목사가 난처한 듯 헛기침을 하며 말했다. "사실 따지고 보면 매우 좋은 이름입니다. 그렇다면 이의를 제기하실 분은 없습니까?" 그가 거실을 둘러보았다. "좋습니다, 좋아요." 아이를 안은 비르게르손 부인에게 고개를 끄덕였다. "에바!" 그가 아이에게 성수를 뿌렸다. "성부와 성자와 성령의 이름으로 에바에게 세례를 내리노라. 아멘."

갓난아기는 잠에 빠져 울지도 않았다.

"에바." 목사는 비르게르손 부인을 향해 말했다. "당신은 악마의 존재와 악마 행위를 거부합니까?"

"네, 그렇습니다." 비르게르손 부인이 에바를 대신해 대답했다.

"에바, 당신은 성부와 성자와 성령을 믿습니까?"

"네, 그렇습니다." 이번에도 비르게르손 부인이 대답했다.

역장의 뺨 위로 다시 눈물이 흐르기 시작했다. 그는 우는 모습을 보이지 않으려고 얼른 창 쪽으로 고개를 돌렸다. 창밖의 눈길 위로 검은 말 두 마리, 아니 네 마리, 다섯 마리가 마차를 끌며 달려오고 있었다. 관을 실을 칠흑처럼 까만 영구마차였다. 그 뒤로 높다란 모자를 쓴 장례집행인과 제복 차림에 휘장을 든 남자를 따라 여러 명이 줄지어 걸어오고 있었다. 그 모습을 본 역장은 이제 올 것이 왔다고 생각하며 정신을 가다듬었다. 목사는 서둘러 세례식을 마쳤다. 전지전능하신 분, 예수 그리스도의 아버지, 이제 당신은 이 신성하고 거룩한 의식을 통해 이 아이를 믿음의 세계로 받아들이셨나이다. 자비로우신 우리의 아버지, 자비와 평화로 이 아이에게 영원한 삶을 주소서. 아멘. 이제 시간이 없습니다. 목사는 세례식에 참석한 사람들과 하나하나 악수를 나누었다. 구스타브 아르크탄데르 역시 그들과 악수를 나눈 뒤 비르게르손 부인의 팔에 안긴 아이에게 흘낏 시선을 던졌다.

비르게르손 부인은 아이에게 모자를 씌우고 담요로 감싼 다음 서둘러 뒷문으로 빠져나가 미리 대기 중인 남편의 소형 마차에 몸을 실었다. 그와 동시에 시내 쪽으로 향한 정문을 무겁게 두드리는 소리가 들려왔다. 실크 모자를 쓴 남자들이 역장의 관사로 들어오자마자 비르게르손 부인이 탄 소형 마차가 움직이기 시작했다. 남자들은 실크 모자를 벗고 악수한 다음 관을 들어 옮겼다. 거대한 검은색 정문을 통해 관이 빠져나가자 역장은 목사의 손을 쥐며 다시 악수한 뒤 코트를 입고 제복 모자를 썼다. 그는 제복에 검은 리본이 잘 달려 있는지 확인하고 나서 화창한 눈길 위로 발을 옮겼다. 목사와 의사, 약사가 뒤를 따랐다. 이제 그들은 도시 인구의 반이 애도할 장례식장으로 향할 참이었다.

남자들의 대화

장례식이 끝나고 며칠 동안 사람들은 역장이 일상으로 돌아올 수 있도록 멀리서 지켜보기만 했다. 기괴하게 생긴 젖먹이와 그 보호자라 할 만한 약사 부부와 의사는 시간이 흐르기만 기다렸다. 떠도는 말에 의하면 아르크탄데르 역장은 장례식날 저녁에도 기차역에 나와 일했다. 사람들은 그를 보며 아무것도 달라진 게 없다고 감탄했다. 단지 눈에 띄는 것이 있다면 제복에 달린 검은색 리본과 가끔 멍해지는 눈빛뿐. 이를 제외한다면 예전처럼 항상 예의 바르고 호의적이며 신중한 태도를 유지했다. 그는 오고 가는 기차를 관리하고 여행객을 받아들이는 한편 시간이 날 때마다 기차역 곳곳을 둘러보며 임무를 다했다. 사람들과 마주칠 때면 기품 있게 인사를 건넸지만 역무원들에게는 약간 거리를 두기도 했다.

사람들은 그를 보며 슬픔에도 불구하고 지위와 책임을 잊지 않는 굳건한 모습이 인상적이라고 입을 모았다. 술에 의지해 어려운 시기를 이겨 내는 보통 사람들과 달리 마음을 다잡고 자신이 해야 할 일에 최선을 다하는 그에게 매우 강인하고 용감한 사람이라며 칭찬을 아끼지 않았다. 아르크탄데르 역장은 기차역 플랫폼을 돌아다니며 들어오고 나가는 기차를 관리하는 한편 서류 작업을 하고 역무원들의 일을 감독했다. 하지만 그도 시간이 흐를수록 커져만 가는 근심을 피하기란 쉽지 않았다.

젖먹이, 이제 에바라는 이름을 얻은 갓난아기는 여전히 약사 부부의 옷 바구니에 누워 있었다. 에바는 옷 바구니에서 잠을 자고 울음을 터뜨리기도 하며 비르게르손 부인의 팔에 안겨 우유를 먹었다. 가끔은 하품도 하고 두 눈을 동그랗게 치켜뜬 채 때로는 진지한 눈빛으로, 때로는 장난기를 담은 궁금한 눈빛으로 비르게르손 부인을 바라보기도 했다.

엘사 비르게르손은 그런 아기가 귀엽기도 하고 징그럽기도 했다. 아기를 안아 올릴 때마다 온몸을 덮은 부드러운 털을 가만히 쓰다듬어 보았다. 에바는 털을 어루만져 주는 그녀의 손길을 매우 좋아하는 것 같았다. 특히 허벅지 안쪽을 부드럽게 쓰다듬어 주면 눈을 지그시 감고 기분 좋게 잠들기도 했다. 하지만 가늘고 부드러운 털은 툭하면 한데 뭉치기 일쑤였으며 똥오줌이나 토한 걸 닦아 낼 때마다 아주 번거로웠다. 아기의 몸을 씻길 때도 여간 불편한 게 아닌 데다 물기를 닦아 내려면 또 오랜 시간을 들여야만 했다. 가끔은 축축한 습기가 남아 피부가 발개지기도 했는데, 비르게르손 부인은 매우 정상이라고 믿었다. 그도 그럴 것이 갓난아기 피부는 분홍색을 띠니까(이때까지만 해도 그녀는 시간이 지나면 에바의 털이 없어질 거라고 굳게 믿었다). 물기를 닦느라 몸을 문지르면 따갑고 아픈지 아기가 한참 동안 울음을 그치지 않았다. 며칠이 지난 후 비르게르손 부인은 에바의 털을 부드럽게 빗질하며 물기를 말리기 시작했다. 자신이 어렸을 때 쓰던 은 손잡이가 달린 빗으로 갓난아기의 젖은 털을 빗기며 빗이 지나간 자리를 입으로 조심스레 후후 불어 주자 아기는 기분이 좋은지 금방 잠들곤 했다.

비르게르손 부인은 갓난아기의 털로 덮인 몸에 손을 댈 때마다 이상한 기분을 감출 수 없었다. 언뜻 고양이와 인간의 솜털 중간 정도 같지만, 단 한 번도 직접 만져 보지 않은 이상한 털이었기 때문이다.

비르게르손 부인은 아이의 몸을 씻기고 보살피는 일에 많은 시간을 썼지만, 작은 에바의 얼굴에는 자주 불만스런 표정이 스치곤 했다. 어쩌면 비르게르손 부인 혼자만의 생각일지도 모른다. 우리는 갓 태어난 아기를 볼 때마다 조그만 행동 하나하나에서 그 성격을 유추하곤 한다. 그래서 아무 의미 없는 반사 행위나 표정이 그 아이의 성격이라고 오해하는 경우가 많다. 에바의 경우 온몸은 물론 얼굴마저 털로 뒤덮여 있어 아이의 표정을 읽는 게 쉽지 않았다. 털은 아이가 움직일 때마다 파도처럼 움직이며 온갖 표정을 만들어 내곤 했다. 예를 들어 턱수염이 긴 노인의 심각한 얼굴처럼 보였다가 어느새 말끔하고 잘생긴 청년의 얼굴처럼 보이기도 했다. 가끔은 어리석고 멍청한 청년처럼 보였다가 갑자기 성경에 나오는 예언자처럼 보이기도 했다. 이 모든 변화는 아이가 의식적으로 감정을 표현하지 않을 때도 볼 수 있었다. 잠을 잘 때도 마찬가지였다. 비르게르손 부인은 털에 감춰진 아이의 피부, 즉 진짜 표정이 자리한 털 밑의 얼굴을 찾아보려 애썼지만, 털이 너무나 빽빽해서 그 또한 쉽지 않았다. 비르게르손 부인은 생각 끝에 부드러운 빗을 가져와 털을 빗기며 입으로 후후 바람을 불어 보았다. 아이가 만들어 내는 소리와 행동으로 미루어 봤을 때 매우 만족하는 것 같았다.

비르게르손 부인의 생각과는 다르게 시간이 흘러도 에바의 털은 줄어드는 것 같지 않았다. 아이의 몸에 변화가 생겼는지 알아보려고 수도 없이 진찰해 온 의사 레빈이 보기에도 그랬다. 아이의 몸을 덮은 털은 시간이 지날수록 더 빽빽해지고 더 길어지는 것 같기만 했다. 갓 목욕한 아이를 보면 아름다운 황금색 털이 마치 글로리처럼 반짝이기도 했다. 비르게르손 부인이 물기를 말리려고 입으로 후후 불어 주면 아이의 털이 황금빛 가을 들녘 같은 파도를 만들어 냈다.

열흘이 지났다. 역장은 매일 기차역에 나가 임무를 다하면서도 약사 부부의 집 근처에는 거의 발길을 하지 않았다. 보다 못한 비르게르손 부인은 어느 날 오후 차를 마시던 남편이 역장의 칭찬을 늘어놓자 더는 참지 못하고 불만을 터뜨렸다.

"역장이 잘 견디는 것 같아 다행이야."

"저도 그렇게 생각합니다." 부부와 함께 차를 마시던 의사 레빈이 맞장구를 쳤다(그들은 일주일에 몇 번씩 만나 함께 차를 마시곤 했다). "참 대단한 것 같아요."

비르게르손 부인이 헛기침을 했다. "하지만 좀 이상한 것 같지 않아요?" 기분이 상한 듯 시무룩하게 말을 이었다. "그토록 자기 일에 열심인 사람이 우리 집은 단 한 번도 찾지 않으니까요."

"흠…… 그건 그렇고 오늘 오후에 소포를 찾으러 기차역에 들렀어요." 의사가 말을 이어 나갔다. "역장이 플랫폼에 서서 기차와 기차를 연결하는 작업을 감독하고 있더군요. 마치 아무 일도 없었던 것처럼. 하지만 그 속마음이 어떨까 생각하니 딱한 마음도 들더군요."

"인사를 나눴나요?" 비르게르손 부인이 물었다.

"멀리서 목례만 했는데, 역장은 나를 본 것 같지 않았어요. 멍한 눈빛이 마치 다른 곳을 보는 것 같았습니다. 어쩌면 자기 일에 집중하고 있었을지도 모르지요."

"어려운 시기를 참으로 굳건하게 잘 견뎌 내는 것 같군요." 약사가 호의적으로 말했다.

그의 아내가 다시 헛기침을 했다. "그의 젖먹이 딸이 우리 집 침실 옷 바구니에 누워 있어요. 그는 지금까지 단 두 번 아이와 얼굴을 마주했을 뿐이라고요."

두 신사는 말없이 눈빛을 교환했다.

"엘사, 그가 슬픔에서 벗어나려면 좀 더 시간이 필요할 것 같습니다." 의사가 천천히 동의를 구했다. "당신도 그렇게 생각하지 않습니까?"

"물론 그렇겠지요." 비르게르손 부인이 대답했다. "하지만 조만간 그에게 이 상황을 말해 보는 게 좋겠어요. 우리도 계속 이렇게 살 수는 없으니까요."

"그렇긴 하지만 그도 다시 일상으로 돌아와 이 상황을 받아들이려면 시간이 필요해요." 의사 레빈이 덧붙여 설명했다. "적응할 시간이 필요한 거죠. 큰일을 겪으면 누구나 시간이 필요합니다. 홀로 남아 젖먹이를 돌봐야 하는 남자는 더욱 그렇습니다. 저도 이런 경우를 자주 봤습니다. 다들 초기엔 도움이 필요합니다. 더욱이 그는 이곳에 친척도 없고 또…… 친구도 거의 없지 않습니까? 그가 앞으로 다가올 일상을 받아들이고 현실적인 계획을 짜려면 시간이 필요합니다."

"네, 그렇습니다. 지금까지는 매우 훌륭하게 잘 견뎌 냈다고 봅니다." 약사가 고개를 끄덕였다.

"하지만 그가 실제로 한 일이 뭐가 있죠?" 비르게르손 부인이 반박했다. "당신이 말하는 소위…… 그러니까…… 현실적인 계획을 짜기 위해 그가 실제로 한 일은 아무것도 없잖아요! 솔직히 말해서 지금까지 슬픔을 견뎌 내는 것 말고 따로 한 일이 뭐가 있냐고요?"

"흠……." 약사 비르게르손이 몸을 일으켜 장식장에서 초록색 액체가 담긴 병을 꺼냈다. "하지만 시간이 그리 많이 지난 것도 아니잖소……." 아내를 달래듯 부드럽게 말했다.

"게다가 아이는 좋은 사람들 손에서 보호받으며 잘 자라고 있잖습니까." 의사가 달래듯이 말했다.

"물론이죠." 약사는 따스한 눈빛으로 아내를 바라보며 의사의 말에 맞장구를 치고 잔 세 개를 꺼내 초록색 액체를 채워 넣었다.

하지만 비르게르손 부인의 기분은 조금도 좋아지지 않은 것 같았다. "그게 바로 제가 말하고 싶은 거라고요." 쏘아붙이듯 말을 이었다. "역장이 젖먹이 딸을 언제까지나 여기에 둘 수는 없어요. 뻐꾸기 아비도 아니고 도대체……. 어쨌든 그가 이 일을 어떻게 해결할지 아무 생각이 없다면 누군가 귀띔이라고 해 줘야 하지 않겠어요?"

"하지만 엘사…… 나는 당신이 에바를 좋아하는 줄 알았는데?" 그녀의 남편이 물었다.

"그래서 더…… 힘들단 말이에요." 비르게르손 부인이 대답했다.

"무슨 말인지 이해할 수가 없군요." 의사가 어리둥절한 얼굴로 말했다.

"아브라함!" 엘사 비르게르손이 심각한 표정을 지으며 의사에게 말했다. "당신이나 우리 부부에겐 자식이 없어요. 우리 부부는 아이를 낳을 수 없답니다." 그녀의 남편이 얼굴을 붉히며 시선을 내렸다. 하지만 비르게르손 부인은 전혀 당황하지 않고 당당하게 할 말을 했다. "아브라함은 의사니까 괜잖아요. 나는 자식이 없지만 젖먹이 아기에 대해 딱 한 가지는 알고 있어요. 아이는 습관과 규칙이 매우 중요하다는 사실입니다. 좋은 습관과 규칙은 아기 때부터 몸에 익혀야 가능한 것이지요. 따라서 이 상황이 오래 이어지면 안 된다는 것만은 확실합니다. 에바를 위해서도 그렇고 저를 위해서도 그렇습니다."

"흠……." 의사가 한숨을 내쉬었다.

"흠……." 그녀의 남편도 마찬가지였다.

"더군다나." 비르게르손 부인이 작정한 듯 말했다. "이 상황, 그러니까 모두 잘 알고 있지만 쉬쉬하며 입 밖에 내지 않는 이 상황을 언제까지 이어 갈 수 있다고 생각하세요? 절대 오래 가지 않을 거예요. 비밀은 언젠가 밝혀지기 마련이니까요."

"하지만 아직까지 직접 언급한 사람은 없는……." 의사 레빈은 비르게르손 부인이 노려보는 바람에 말을 맺지 못했다.

"어쨌든 매우 난처한 상황인 건 분명해요." 그녀가 사실대로 말했다. "우리 집에서 일을 돕는 아이도 이상하다고 생각하기 시작한 것 같아요. 우리 침실에 청소하러 들어오는 것도 금지했으니 그럴 만도 하죠."

"쉽지 않은 상황이에요." 약사도 인정하기 시작했다. "이미 알게 모르게 소문이 퍼졌나 봐요. 약국에 오는 손님 중에 소문이 사실이냐고 묻는 사람이 생겨나기 시작했답니다."

"참 난처한 상황이군요. 매우 난처한 상황이에요. 이런 일은 당사자의 친구나 친척이 말해 줘야 하는데, 역장의 경우엔……."

"직원뿐이죠." 약사가 말을 이었다. "유족도 없고……. 직원들 중엔 그나마 크눗존이라는 사람이 좀 가까운 것 같아요. 매우 성실한 사람이죠. 크눗존 씨가 역장에게 넌지시 말해 보면 어떨까요?"

"크눗존 씨는 잊어버리세요." 비르게르손 부인이 단호하게 말했다. "이 일에 관해서 역장과 진지하게 이야기할 사람은 바로 당신들이라고 생각해요." 그녀가 남편에게 눈을 돌렸다. "역장의 젓먹이 딸은 바로 당신 집에 있어요." 그러고는 의사를 향해 시선을 돌리며 말을 이었다. "당신은 출생을 도왔고요. 남편과 나는 아이의 대부이자 대모이기도 해요. 그렇다면 아르크탄데르 역장과 가장 가까운 사람은 누구죠? 우리밖에 없어요."

"듣고 보니 그렇군요." 약사 비르게르손이 내키지 않는 듯 주저하며 말했다.

다시 보름이 더 흘렀다. 역장은 여전히 약사 부부의 집에 코빼기도 비치지 않았지만, 여전히 광이 날 정도로 정갈하게 손질한 제복 속에 슬픔을 숨긴 채 매일 기차역에 출근해서 임무를 다했다. 그는 마주치는 모든 사람에게 따스함과 슬픔이 섞인 미소를 건넸고, 천사 그림이 인쇄된 값비싼 카드에 각이

진 듯한 필체로 감사의 뜻을 적어 장례식과 추모식에 참석한 이들에게 보내기도 했다.

비르게르손 부인은 카드를 열어 보는 남편을 노려보았다. 그녀는 아무 말도 하지 않았지만 남편은 죄지은 사람처럼 바닥만 내려다보았다.

약사 비르게르손은 그날부터 사흘 연속 밤잠을 자지 못했다. 에바가 밤새 울어 댔던 것이다. 참다못한 그는 다음 날 점심시간에 약국을 나와 기차역으로 발걸음을 옮겼다. 역장실로 안내받아 꽤 오랫동안 머물다 점심시간이 한참 지나서야 굳은 표정으로 기차역을 나섰다. 서둘러 약국으로 돌아오니 길게 줄지어 선 손님들과 당황해 어쩔 줄 모르는 아내가 기다리고 있었다. 그도 그럴 것이 아내는 처방전에 따라 약을 조제할 권한이 없었다. 2층에서는 갓난아기의 울음소리가 들려왔다.

부부는 눈빛을 교환했다. 비르게르손 부인은 서둘러 계단을 올라갔고, 약사 비르게르손은 의사의 처방전대로 약을 조제하기 시작했다. 사람들은 호기심 어린 눈초리로 그들을 바라보다 서로 눈빛을 교환했다. 모른 척 창밖을 내다보는 사람도 있고 바닥만 내려다보는 사람도 있었다.

약사 비르게르손은 평상시보다 30분이나 늦게 약국 문을 닫았다. 마지막 손님을 배웅하고 계산대를 정리한 뒤 필요한 서류 작업까지 하고 나서야 약국의 불을 끄고 2층 살림집으로 올라갔다. 아내는 에바를 안고 거실에 서 있었다.

"역장하고 얘기해 봤어요?"

"그렇소." 약사 비르게르손은 씁쓸한 표정으로 대답했다.

"시간이 꽤 걸렸더군요."

"그랬지요."

"그래서 어떻게 되었나요?" 그녀가 아기의 기저귀를 갈다 말고 남편을 비스듬히 쳐다보았다.

그는 아내의 시선을 피했다. "이젠 정리가 될 것 같소. 역장이 젖먹이 보모를 알아보겠다고 했으니까."

"그토록 성대한 장례식을 치렀는데 보모를 고용할 형편이 될까요?"

"오, 그건 별로 듣기 좋은 말이라고 할 수 없군……."

"그렇긴 해요." 비르게르손 부인이 수긍했다.

"그런 그렇고 젖먹이를 돌봐 줄 보모를 찾는 건 우리가 돕기로 했소."

"우리라뇨?"

"우리 부부와 의사 레빈 말이오. 아이를 자원해서 돌봐줄 사람을 구해야 해요."

"그렇군요."

두 사람은 아이를 내려다보았다.

"옷을 입혀 놓으니 참 이상하게 보이는군." 약사가 무덤덤하게 말을 이었다. "왠지 어울리지 않는 것 같기도 하고……."

"내 눈에는 예쁘게만 보이는데요."

"글쎄…… 뭐라고 해야 하나……. 옷이 불필요한 것 같기도 하고……." 약사가 주저하며 말했다. "마치 어…… 그러니까…… 옷이 필요 없는 무언가에 옷을 입혀 놓은 것 같기도 하고……."

아내가 남편을 노려보았다. "나도 이제 이런 일쯤은 매우 잘한다고 생각하는데요?"

*

그녀의 이름은 한나 올센이었다. 갈색 곱슬머리에 파란 눈동자가 또랑또랑해 보이는 들창코 소녀를 추천한 사람은 의사 레빈이었다. 그는 직업상 그녀의 사정을 잘 알고 있었다. 열일곱 살의 한나 올센은 한 명 또는 여러 명의 청년과 가까운 관계였다. 소문에 의하면 아이 아버지가 누군지 목사는 물론 의사도 알아내지 못했다. 그녀도 아이 아버지가 누군지 모를 거라고 말하는 사람도 있었다. 아이는 세상에 태어난 지 사흘 만에 숨을 거두었다. 조산 가능성도 있었다. 한나는 막노동꾼 아버지 요한 올센과 어머니 마리에 올센 사이에서 태어난 일곱 남매의 셋째였으며, 혼외 자식을 낳았다는 이유로 독실한 기독교도 부모에게 쫓겨날 처지에 있었다.

의사가 찾아오자 그녀는 매우 당황했다. 하지만 의사에게 자초지종을 듣고 나자 새로운 삶을 찾을 수 있다는 생각에서 표정이 밝아지기 시작했다. 죽은 아기가 누웠던 빈 침대와 의사 레빈을 번갈아 쳐다보다가 마침내 결심했다는 듯 진지한 표정으로 고개를 끄덕이며 제안을 받아들였다.

"좋습니다." 의사가 말을 이었다. "하지만 한 가지 알아 둬야 할 게 있습니다. 앞으로 돌봐야 할 갓난아기는 평범한 아이라고 할 수 없어요."

"저도 잘 알고 있습니다." 한나가 대답했다.

"이미 알고 있다고요?" 의사가 되물었다.

"모두 다 아는걸요. 역장님 아이 아닌가요?"

"그 아이가 평범하지 않다는 건 어떻게 알았나요?" 의사가 굳은 표정으로 물었다.

"짐승처럼 온몸이 털로 뒤덮였다고 하더군요."

*

사흘 후 한나는 역장을 찾아갔다. 의사는 기차역 대기실 밖에서 그녀를 맞아 2층으로 데려간 뒤 아르크탄데르 역장에게 소개했다. 역장은 정중하게 인사를 건넸지만, 관심 없다는 듯 무덤덤한 표정이었다. 두 사람은 그 자리에서 고용 조건에 합의했다. 시간이 많이 걸리지는 않았다. 역장은 별말 하지 않았고, 한나는 매우 좋은 조건에서 일할 수 있었다. 의사는 다락방으로 한나를 안내했다. 입환기관사들이 의사 레빈의 지휘를 받으며 사흘 만에 만든 방이었다.

한나는 매우 만족한 표정으로 방을 둘러보았다. 하얀 페인트를 칠한 거울 달린 화장대, 재봉틀 테이블, 창틀 밑에 자리한 작은 탁자, 의자, 침대와 옷걸이. 그녀는 새로 바른 벽지를 만져 보기도 했다. 역장은 다락방에 올라오지 않고 아래층에 있었다. 잠시 후 부족한 것은 없는지 물어보는 역장의 목소리가 계단 밑에서 들려왔다.

"부족한 것은 없습니까?" 의사가 굳은 목소리로 물었다.

그녀는 고개를 저으며 의사를 쳐다보았다. 의사는 한나가 긴장했다고 생각했다.

얼마 지나지 않아 비르게르손 부인이 갓난아기를 데리고 왔다. 아르크탄데르 역장은 할 일이 있다는 핑계로 이미 어디론가 자취를 감춘 뒤였다. 결국 낯선 집에서 에바를 맞아들인 사람은 한나였다. 이 모든 일은 플랫폼이 보이는 기차역 건물 2층, 사흘 만에 황급히 마련한 아이 방에서 이루어졌다. 역장은 에바를 침실에 들일 수 없었다. 밤낮을 가리지 않고 울어대는 아이에게 젖을 먹이기 위해 시도 때도 없이 보모가 침실에 들어온다면 그 또한 난처한 일 아니겠는가.

비르게르손 부인이 아이의 몸을 감싼 담요를 풀어헤치자 한나가 아랫입술을 꼬옥 깨물었다. 의사는 그 자리를 피해 방문 밖에 서 있었다. 기차역 건물에 정적이 흘렀다. 아래층 대기실에서도 아무런 소리가 들리지 않았다. 건물 전체가 한 자락 비명 소리를 기다리듯 귀를 기울이고 있는 것 같았다. 하지만 비명 소리는 들리지 않았다. 방문 너머에서 들려오는 소리라곤 갓난아기가 칭얼거리는 소리뿐이었다. 하지만 방문 밖에 서 있는 의사는 털이 북슬북슬한 갓난아기를 가슴께로 안아 올리는 한나의 일그러진 표정이 보이는 것만 같았다.

사실에 의거한 보고서

걷잡을 수 없이 퍼지는 소문을 막는 건 불가능했다. 무심코 던진 의사의 말 한마디, 비르게르손 부인의 가정부가 흘린 말 한마디, 역무원들의 말 한마디가 모여 어느새 동네 사람들이 알아차린 것이다. 장례식을 치른 지 보름이 지나자 누구 하나 직접 본 사람이 없음에도 불구하고 작은 마을에 역장의 아이에 대한 소문이 자자했다. 약사 부부와 의사는 당황해서 어쩔 줄을 몰랐다.

처음에는 비르게르손 부인의 말을 빌려 시간이 지나면 아이의 몸이 정상으로 돌아올 거라는 의견이 지배적이었다. 비르게르손 부인은 여전히 확신하는 반면 그녀의 남편과 의사 레빈은 생각이 달랐다.

"자연히 없어질 거예요." 그녀는 티타임에 차를 마시며 장담하듯 말했다. "책에서 읽은 적이 있어요. 생물학적 발생 과정의 한 부분이라고 하더군요."

"하지만 엘사……." 의사가 조심스레 이의를 제기했다. "벌써 한 달이 흘렀지만 변화의 조짐이 전혀 안 보여요. 오히려 시간이 흐르면 흐를수록 털이 더 수북해지는 것 같지 않아요?"

"난 확신해요." 엘사 비르게르손이 말했다. "태아의 발생 과정에서 매우 자연스러운 일이에요."

"나도 그쯤은 알아요!" 의사가 짜증을 내며 말했다. 비르게르손 부인의 말투는 에바가 태어난 날 저녁 자신의 불안과 우유부단을 상기시켰기 때문이다. "하지만 당신이 말한 건 매우 일반적인 경우예요. 갓난아기의 짧고 가는 털은 금방 사라진다고요. 당신도 알다시피……."

"그럼요, 나도 알아요. 에바는 매우 특별한 예외적인 경우라고요." 비르게르손 부인이 차갑게 쏘아붙였다.

"그렇다면……." 의사가 찻잔을 소리 나게 내려놓았다.

"하지만 난 확신해요." 비르게르손 부인이 좀 더 누그러진 목소리로 말했다.

"아내의 말은 대부분의 경우 다 맞아떨어지죠." 약사 비르게르손이 자리에서 일어나 술병을 가져왔다. 상한 기분을 누그러뜨리는 데 가끔은 술이 도움 될 때가 있다. 홀로 사는 의사 레빈은 자주 그들 부부의 집을 찾았다. 그가 마음에 있는 말을 자유롭게 털어놓을 만한 사람이 많지 않았다. 작은 시골 마을이다 보니 매번 흥미로운 화제를 찾기가 쉽지 않았다. 단조로운 일상이나 마을에 떠도는 결핵, 디프테리아, 가난 또는 마을 사람들의 비위생적인 행동 정도였으며, 이야기하다 보면 시들해지곤 했다. 의사는 결정론 신봉자라 해도 될 만큼 매사에 원리원칙을 강조했으나 약사 부부는 진보적인 이상주의자였다. 그러다 보니 간단한 주제, 예를 들어 충치나 의무 교육 확장에 관한 이야기가 나오면 부드럽게 비꼬는 말과 조심스럽게 개혁을 언급하는 말이 교차했고, 가끔은 정반대의 논리가 맞부딪쳐 불꽃 튀는 토론이 벌어지기도 했다. 그들은 사물과 세상을 보는 서로의 시각을 너무나 잘 알고 있었다. 그럼에도 불구하고 서로 만나 대화하는 시간을 더없이 소중하게 여겼다. 그러던 중 역장의 갓난아기가 화제에 오른 것은 많은 부분에서 기분 좋은 변화로 작용하기도 했다. 센세이션이라고도 할 만큼 중요한 상황에서 중심 역할을 한다는 것은 단조로운 일상에 자극이 되기도 하니까.

"시간이 흐르면 알겠지요." 의사는 초록색 액체가 담긴 잔을 들어 올리며 부부를 달래듯 부드럽게 말했다.

엘사 비르게르손이 고개를 끄덕이며 케이크 접시를 내밀었다. "네, 필요한 건 바로 시간이라고 생각해요."

*

몇 주가 흐르고 몇 달이 흘러도 갓난아기의 모습은 세상에 태어났을 때와 달라진 게 없었다. 석 달 후 의사는 직업적 책임감을 느끼며 아이의 외형을 자세히 기록한 보고서를 전국의료인협회에 전송해야겠다고 말했다. 함께 차를 마시던 비르게르손 부인은 아직 몇 달밖에 지나지 않았는데 너무 성급한 행동이라고 책망했다. 의사는 초록색 액체를 몇 잔이나 마신 상태였지만, 때가 왔다며 그녀의 말에 지지 않고 반박했다.

"더는 미룰 수 없습니다." 의사가 선언했다. "언젠가는 의료계 동료들도 어떤 식으로든 이 사실을 알게 될 겁니다. 그럼 보고서를 전송하지 않았다는 이유로 제 입지가 위험해질 수도 있습니다."

비르게르손 부인은 자기 입장만 생각하는 이기적인 사람이라고 몰아붙이며 경고했다. "당신의 보고서 때문에 아무것도 모르는 아이가 사람들의 구경거리와 놀림감이 될 거라는 생각은 해 보지 않았나요?"

의사는 그녀의 말에 짜증이 나는 걸 참을 수가 없었다. 그 또한 비슷한 생각을 한 적이 있었다.

"장담합니다." 비르게르손 부인이 다시 한번 강조했다.

하지만 의사도 물러서지 않았다. "만약 치료법을 찾을 수 있다면 어떡하시겠습니까? 도움을 받을 수 있다면요? 이런 촌구석에 사는 우리 같은 의료인이 접할 수 없는 치료법이 그 어딘가에 있을지도 모른다는 생각은 해 보지 않았나요? 우리는 지금 두 손을 무릎에 얹고 무기력하게 앉아 있을 뿐입니다."

비르게르손 부인은 말없이 케이크 접시를 슬쩍 내밀었다.

그날 의사는 집에 돌아가자마자 서재 문을 잠그고 틀어박혀 보고서를 작성하기 시작했다.

지난해 12월 13일, 본인의 지역구에 지금껏 어떤 기록에서도 보지 못한 비정상적인 신체 특징을 지닌 여자아이가 출생했습니다.

아이 어머니는 출산 직후 숨졌으며, 본인의 소견을 덧붙인다면 사망 원인은 실족으로 인한 과다 출혈이었습니다. 실족은 진통을 앞당겼고, 그 결과 태아는 30주째 되는 날 출생했습니다. 그러나 아이는 매우 건강하며 조산으로 인한 그 어떤 지체나 미숙함 또는 인지 발달 장애를 보이지 않았습니다. 반사 능력과 신체 비율 또한 다른 신생아와 다를 바 없이 정상이므로 조산 부작용은 없다고 판단됩니다. 단 한 가지 신생아가 출생부터 현재까지 다모증(多毛症)에 시달리는 것으로 보입니다. 태어날 때부터 아이의 몸을 촘촘하게 덮은 털은 매우 부드럽고 가늘며, 신체 부위에 따라 그 길이와 밀도가 다르게 나타났습니다. 주목할 점은 모든 부위의 털이 1인치 이하가 없을 정도로 길다는 것입니다. 털은 신체 전 부위에 걸쳐 균형을 이루며 조화롭게 펼쳐져 있으며, 머리와 등 부위의 털은 얼굴의 털보다 좀 더 길고 두꺼운 것으로 보입니다. 또한 사지의 털은 뒷부분과 밑부분보다 앞부분과 윗부분이 더 긴 것으로 나타났습니다. 가장 긴 털은 등 쪽이며 3인치 반 정도입니다. 털을 찾아볼 수 없는 신체 부위는 눈두덩, 입술, 팔꿈치, 손바닥, 발바닥 등입니다. 털 밑의 피부는 정상입니다. 털 색깔은 전반적으로 연한 갈색이며 간혹 황금색을 띤 부위도 있습니다. 일반적인 신생아의 솜털과 마찬가지로 전혀 뻣뻣하지 않고 부러지거나 꺾이는 현상도 볼 수 없습니다. 본인이 전문 서적에서 참고한 성인의 다모증과는 성격이 다르다고 생각합니다. 전체적으로 신생 여아의 외모는 털이 긴 기품 있는 짐승을 연상시키기도 합니다.

현재까지 신생아를 보호하려고 갖은 노력을 했으나 사람들의 호기심에서 완전히 벗어나기는 쉽지 않았습니다. 사람들의 상상력은 신생 여아에게 늑대인간, 괴물 또는 어떤 이유인지 모르겠지만 스페인 여자라는 별명을 붙여 주기도 했습니다. 물론 신생 여아의 외모는 그 어떤 면에서도 늑대인간이나 이베리안 원주민과 닮은 점이 없습니다. 오히려 신생아의 발달 과정은 신체 전 부위를 덮은 털을 제외한다면 일반 신생아와 전혀 다를 게 없습니다. 다행스러운 점은 현재 젊은 여성이 자원해서 신생아의 수유를 책임지고 있다는 사실입니다.

신생아의 부친은 삶의 동반자를 떠나보낸 슬픔에서 헤어나지 못한 채 딸의 비정상적인 외모 때문에 깊은 상심에 빠져 있습니다.

본인은 신생아의 부친에게 시간이 흐르면 해결될 거라고

조언했습니다. 신생아의 신체에서 발생하는 다모증은 결코 비정상이라 할 수 없다는 점도 함께 강조하며 부친의 걱정을 덜어 주기 위해 나름대로 노력했습니다. 하지만 본인의 개인 소견으로는 지금껏 이러한 상태를 그 어느 신생아에게서도 본 적이 없습니다. 태어난 지 이미 몇 달이나 지났지만 신생아의 신체를 덮은 털에서 아무런 변화를 볼 수 없습니다. 따라서 본인은 부친이 걱정하는 마음을 깊이 이해합니다. 이러한 상태가 지속된다면 신생아의 정신적 육체적 발달 과정이 자연스럽지 않을 거라고 쉽게 짐작할 수 있습니다. 물론 신생아의 다모증은 시간이 지나면 치유될 수 있을지도 모르나, 출생 후 지금까지의 상황으로 미루어 본다면 신생아의 털은 시간이 흐를수록 더욱 그 밀도를 더해 가기에 자연 치유가 이루어질 거라고 보기 어렵습니다. 이에 본인은 의료협회의 고명하신 전문가들에게 도움을 구하고, 궁극적으로 치료법에 관해 자문을 얻기 위하여 이 서신을 보냅니다.

본인은 면도칼로 조심스레 털을 제거해 보자는 주변인들의 제안에 반대했습니다. 신생아의 민감한 피부를 다칠 염려도 있거니와, 털이 다시 자랄 경우 일시적인 방편에 불과할 뿐이며 미적 의료적 관점에서 긍정적이라고 할 수 없기 때문입니다.

본인은 이 사안에 관해 갈피를 잡지 못하겠다고 솔직히 고백합니다. 이처럼 희귀한 사안에 관해 도움을 얻을 수 있을까 하는 희망과 함께 의료협회의 고명하신 분들께 자문을 요청하는 것은 바로 그 이유 때문입니다.

깊은 존경심을 담아

아브라함 레빈

의사

스바메르담의 눈에 띈 이상한 것

성가대의 수석 음악가 스바메르담이 이 사안을 공식적으로 세상에 드러내는 역할을 하리라곤 그 자신은 물론 어느 누구도 짐작하지 못했다. 장례식을 치른 지 석 달이 지난 어느 날 그는 역장의 관사를 찾아가 문을 두드렸다. 슬픔과 비통함에서 어느 정도 벗어났다고 생각했기 때문이다. 벗으로서 음악인으로서 그 관계를 다시 엮어 가고 싶은 마음이 있었다. 물론 그도 마을에서 떠도는 소문을 들어 본 적은 있으나 단 한 번도 귀를 기울이거나 호기심을 보인 적은 없었다. 그가 고인의 유족인 역장을 찾은 것은 가슴속 깊이 남몰래 사랑한 여인의 기억을 다시 되새기고 싶은 이유도 있었다.

역장은 관사에 없었다. 갓난아기를 팔에 안은 소녀가 문을 여는 순간 스바메르담은 예상치 못한 광경에 깜짝 놀랐다. 그가 누구인지 모르는 소녀도 깜짝 놀라긴 마찬가지였다. 갓난아기는 그를 멀뚱멀뚱 바라보았다.

"실례합니다." 스바메르담은 놀라움을 숨기지 못한 채 말을 이었다. "아르크탄데르 역장님이 집에 계십니까?"

"지금 외출 중이십니다." 소녀가 대답했다. "철로 검시를 한다고 했던가……. 아마 그럴 거예요."

소녀의 팔에 안긴 아기가 털에 싸인 얼굴로 진지한 표정을 지으며 호기심 어린 눈빛을 만들어 냈다.

"아, 그렇군요." 스바메르담은 당황한 나머지 할 말을 찾지 못했다. 지금까지 단 한 번도 그러한 생명체를 본 적이 없었다. "실례했습니다. 역장님이 돌아오시면 제가 다녀갔다고…… 다음에 다시 오겠다고 전해 주시겠습니까?"

"누구라고 전하면 될까요?" 소녀는 질문을 던졌지만, 스바메르담은 이미 모자를 푹 눌러쓰고 발길을 돌린 뒤였다.

그는 한참이나 마을 중심가인 스토르가텐거리를 왔다 갔다 했다. 머릿속에서 방금 본 이상한 모습이 사라지지 않았다. 끔찍하기 이루 말할 수 없었다. 그렇다면 마을에 떠도는 소문은 모두 사실인가.

정처 없이 발길을 옮기던 그는 집으로 돌아가 하던 일을 마저 해야겠다고 생각했다. 전통 멜로디를 바탕으로 성가를 편곡하는 중이었다.

골목길 모퉁이에서 신문사 편집장 얀이 모습을 드러냈다. 스바메르담은 혼자만의 생각에 빠져 걷느라 코앞에 다가온 그도 알아보지 못했다.

"안녕하십니까?" 편집장이 인사를 건넸다. "그간 잘 지냈습니까?"

"아, 네, 감사합니다." 스바메르담은 얼떨결에 한마디를 내뱉고 서둘러 발길을 옮겼다.

"스바메르담 씨, 무슨 일인가요? 안색이 매우 좋지 않습니다.” 편집장이 그의 팔을 붙들고 물었다.

“아, 네…….” 여전히 당황해하던 스바메르담은 방금 본 아기에 관해 모두 털어놓았다. 두 번이나 연거푸 같은 말을 반복했다.

취조하듯 날카로운 질문을 던지던 편집장이 결국 한마디로 말을 맺었다. “그렇다면 마을에 떠도는 소문이 모두 사실이었군요.”

“네, 그렇습니다.” 스바메르담이 대답했다.

“갓난아이의 눈이 짐승을 닮았던가요?”

“짐승의 눈이라니요? 천만에요! 절대 그렇지 않았습니다.”

“이빨이 뾰족하던가요?”

“아닙니다. 그런 말씀은 마십시오.”

“흠…… 그렇다면 조만간 우리 신문에서 이 사안을 한번 다뤄야 할 것 같군요.”

스바메르담은 충격에 휩싸인 눈빛으로 편집장을 바라보았다.

“근거 없는 소문을 잠재우기 위해서죠.” 편집장이 말을 이었다. “사실에 근거한 논평을 실을 겁니다. 그럼 좋은 저녁 시간 보내기 바랍니다.”

이상한 일들

최근 우리 지역에 도는 근거 없는 억측과 공론을 잠재우기 위해 논평을 내기로 했습니다. 뒷말과 소문은 미신처럼 부정적일 수밖에 없습니다. 이에 편집실에서는 다른 진지한 매체들과 발을 맞춰 그런 불명예스러운 일들에 반해 당연하고 필수적인 행동을 취하기로 결정했습니다. 소문은 정확한 정보와 이성적 사고를 방해할 뿐 아니라 사회 발전을 가로막는 요소이기도 합니다. 더욱이 개인에게 일어난 일은 사회 구성원 전체의 주요 관심사가 될 수 없는 터, 굳이 시간적 경제적 타격을 막론하고 본지에 논평을 실을 이유는 없습니다.

그러나 개인에게 일어난 일이 너무나 특별해서 지역 사회 구성원 전체가 관심을 보이는 일도 없지 않습니다. 이 경우 미디어 매체는 자연히 관심과 책임을 보여야 합니다.

최근의 일이 바로 그렇습니다. 지역 사회에 번지는 갖가지 근거 없는 억측과 공론을 잠재우고, 관련 사안의 실제와 진실을 알리는 것이야말로 우리 매체의 책임이라고 생각합니다. 최근 우리 지역에 여아가 출생했습니다. 소문처럼 여아의 신체는 무성한 털로 뒤덮여 있습니다. 소위 다모증이라고 부르는 증상입니다. 여아의 주치의는 희귀하지만 자연스러운 현상이며 시간이 흐르면서 털은 자연스레 사라진다고 말합니다. 많은 사람이 임신 중 태아의 몸(정확한 시기는 7개월째입니다)에 털이 자란다는 사실을 모릅니다. 전문가들은 인간이 미개생물체에서 고등생물체로 진화하는 과정이 모태에서 자연반사적으로 반복되는 현상이라 말하기도 합니다. 이러한 이론을 차치하더라도 태아가 7개월째 접어들면 몸이 털로 뒤덮인다는 사실은 의학적 기정사실이기도 합니다. 이때 태아의 몸에 생긴 털은 출생 전후 사라지지만, 간혹 예외도 있습니다. 출생 후 몸, 특히 등과 팔다리에 털이 수북한 신생아를 자주 볼 수 있는 것은 바로 이 때문입니다. 지금 지역 사회는 최근에 출생한 여아를 두고 갖가지 억측이 만무합니다. 바로 여아의 몸을 덮고 있는 털 때문입니다. 사실 확인 결과 해당 여아의 몸에는 일반적 경우보다 훨씬 많은 양의 긴 털이 있다는 것을 알아냈습니다. 아직 그 이유는 밝혀내지 못했습니다. 여아의 건강 상태는 매우 양호하며, 주치의 소견에 따르면 여아의 털은 희귀하긴 하지만 자연스러운 현상이라고 합니다. 이제 막 세상을 구경한 신생아를 두고 늑대인간이니 기괴한 미신 현상이니 하며 갖가지 부정적 공론에 휩싸이는 것은 매우 무책임하고 무의미한 일일 수밖에 없습니다. 이에 본 매체는 친애하는 독자들에게 우리의 이웃이자 지역 사회의 한 구성원을 책임 있는 태도로 조심스레 대하기를 권하는 바입니다.

편집실 배상

저널리스트 한센

4월 초 기품 있는 트위드 정장을 입고 고급 구두를 신은 낯선 젊은이가 마을을 찾았다. 11시 20분 기차에서 내려 햇살에 얼굴을 찌푸리는 모습을 보고 사람들은 이 마을이 처음이라는 사실을 짐작했다. 그가 들고 내린 짐은 여행 가방 하나와 서류 가방 하나가 전부였으며, 팔에는 가죽을 덧댄 코트가 걸려 있었다. 초봄의 따스함과는 어울리지 않는 코트지만, 팔에 걸고 보니 기품 있는 장식처럼 매우 보기 좋았다. 그는 지나가는 사람에게 매우 예의 바르고 정중한 태도로 예약해 둔 호텔의 위치를 물어보았다. 그의 명함에는 '한센, 저널리스트'라고 인쇄되어 있었다. 호텔에 도착해서는 역시나 매우 세련되고 기품 있는 말투로 얼마나 오래 머물지 기약할 수 없지만, 최소 이틀은 묵을 예정이라고 말했다. 그의 정중한 태도에 혹한 호텔 지배인은 통상적인 사전 지불 방식을 면제해 주었다. 그는 셔츠를 갈아입고 머리와 콧수염을 잘 빗은 다음 구두를 닦고 오후의 햇살 속으로 다시 나갔다.

이번에는 코트를 팔에 걸치지 않고 30여 분 동안 마을의 명소를 찾아다니며 시간을 보냈다. 분수대가 있는 잔디밭과 시청, 경찰서, 학교를 둘러본 뒤 마을 중심가인 스토르가텐 거리를 왔다 갔다 반복하며 지나가는 사람에게 모자를 벗어

정중하게 인사를 건네기도 했다. 봄기운에 어울리는 가벼운 옷을 차려입은 그 행인은 우연하게도 비르게르손 부인이었다. 그는 신문사로 가는 길을 물었다. 그의 매력적인 미소와 정중한 태도, 기품 있는 말투와 호의로 가득한 목소리에 반한 비르게르손 부인은 평상시 무뚝뚝한 태도에서 벗어나 성심성의껏 대답했다. 그녀는 다른 사람이 아닌 바로 자신에게 길을 물었다는 사실에 감사하며 신문사의 위치를 설명해 주었다. 두 번째 골목에서 왼쪽으로 방향을 틀면 강가에 자리한 노란 건물이 보일 거예요. 그는 정중하게 감사의 말을 건네고 발을 옮겼다. 그녀는 그가 발을 옮긴 후에도 몇 번이나 뒤를 돌아보았다.

그는 편집장을 만나기 위해 신문사 대기실에서 조용히 기다렸다. 비서에게 사전 약속도 없이 왔다며 거듭 죄송하다고 사과한 터였다. 비서는 그의 기품 있는 태도에 매료되어 만면에 미소를 띠며 커피를 권했다. 그는 커피잔을 들고 편집장을 기다렸다.

편집장 얀은 한참이 지나서야 모습을 드러냈다. 어깨가 넓고 체격이 건장한 남자가 매우 바쁜 듯 부산스럽게 나타나자, 한센은 의자에서 벌떡 일어나 정중하게 자기 소개를 하며 추천서를 내밀었다. 소신 있게 당당한 태도를 유지해 온 얀도 눈앞에 서 있는 젊은이의 정중한 태도와 안주머니에서 꺼낸 훌륭하고 인상적인 추천서에 녹아 버렸다. 그로서는 드문 일이었다. 젊은이를 동료처럼 대하며 바로 그날 저녁 식사에 초대할 정도였다. 저녁 7시 두 사람은 호텔 레스토랑의 최고급 테이블에 마주 앉아 비프 스테이크를 주문했다. 웨이터가 다가와 보르도산 메독와인을 따라 주었다. 두 남자는 식사를 하는 동안 정치와 제지 산업, 철로 확장 그리고 다가올 선거에 관해 대화를 나눴다. 편집장 얀은 사람에 관한 통찰력만큼은 자신 있었고, 그의 눈에 비친 저널리스트 한센은 아첨이나 중상모략과 거리가 멀었다. 오히려 그가 던진 신중하고 깊이 있는 묵직한 질문에 예리하고 지혜로운 대답을 하기 위해 애써야만 했다. 그와 대화하는 동안 편집장 얀은 자신이 매우 지혜롭고 통찰력이 풍부하며 관대한 윗사람이라고 생각했다. 저널리스트 한센이 젊은 패기를 숨기지 않으며 그의 토론 수준을 확인하듯 밀어붙였던 것이다. 얀은 매우 만족하며 그와의 대화를 자신을 자극하고 격려하는 기회로 받아들였다.

이처럼 기분 좋고 만족스러운 저녁 식사는 꽤 오랜만이었다. 그도 그럴 것이 지금껏 상관인 시장과의 대화에서 싫증을 느끼고 있었기 때문이다. 약사와 의사, 목사도 마찬가지여서 그들과의 대화는 꼭 필요한 때가 아니라면 피하기 일쑤였다. 저녁 식사를 마치자 디저트로 초콜릿 푸딩이 나왔다. 편집장 얀은 맞은편에 앉은 너무나 흔한 성을 가진 젊은 저널리스트의 논리적이고 기품 있는 말솜씨와 수도에서 발행된 감탄할 만한 추천서에 다시 한번 속으로 감탄하며, 커피와 코냑은 물론 메독와인 한 잔도 추가로 주문했다. 두 글쟁이의 화기애애한 저녁 시간이 더욱 무르익기 시작했다. 한센은 경험 많은 노련한 동료와 농담을 주고받고 토론을 하며 미소 지었고, 그 모습을 본 편집장 얀은 기분이 좋아 그를 위해 자신이 무엇을 해 줄 수 있는지 물어보았다.

젊은 한센은 그 틈을 놓치지 않고 자신이 이곳에 온 목적을 설명했다.

"충분히 이해합니다." 편집장 얀이 넓은 아량을 자랑하듯 관대하게 말했다. "물론 일반인들에게 큰 관심을 불러일으킬 사안이긴 합니다만……." 잠시 말을 멈추고 시가에 불을 붙인 뒤 생각에 잠긴 표정으로 말했다. "네, 어떤 면에서 보자면 그렇습니다."

"다시 한번 확신을 드리겠습니다." 저널리스트 한센이 자신 있게 말했다. "저는 오로지 사실 관계에 의거해 기사를 쓰겠다고 약속합니다."

"그렇습니다. 바로 그게 제 뜻이기도 합니다. 당신도 이해하겠지만 현재 신생아의 가족은 매우 비참한 상태입니다. 그리고 역장은, 신생아의 부친이죠, 나이도 있기 때문에……."

"아, 역장님 가족에게 일어난 일입니까?"

"네, 그렇습니다. 몰랐나요?"

"네, 전혀 몰랐습니다." 한센이 대답했다.

"매우 슬픈 이야기죠. 비통하기 짝이 없습니다. 물론 굉장히 흥미롭기도 합니다."

"실례지만 더 자세히 설명해 줄 수 있습니까?"

"물론이죠. 아르크탄데르 역장은…… 흠…… 우리끼리 하는 말인데…… 사실 그가 그 나이에 결혼하리라곤 아무도 짐작하지 못했습니다. 그는 매사에 진지하고 최선을 다하는 성실한 사람이며 예의 바르고 정중하기도 하지만…… 글쎄요, 뭐라고 해야 하나…… 어떤 면에서 보자면 꽤 단순한 사람이라 할 수 있습니다. 어리석다고 둔하다는 뜻이 아니라 단순하고 정직한 사람이라고 해야 할까…… 관심 분야가 한정되어 있다는 말이죠. 제 말을 이해하리라 믿습니다. 사람들이 모인 자리에선 말도 별로 없습니다. 원래 사람들과 자주 어울리지도 않고요. 제가 보기엔 자연과 기술 분야에 관심이 많았습니다. 짧은 기간이긴 하지만 음악에도 관심을 보인 적이 있는데 아마도 아내 때문인 것 같아요. 세상을 떠난 그의 아내가 음악 교사였거든요."

"아, 그렇습니까? 매우 흥미롭군요."

"북쪽 지방 출신인데 이곳으로 발령받아 음악 교사로 일했습니다. 매우 아름다운 여성이었죠. 남녀를 막론하고 그녀를 싫어하는 사람은 없었습니다. 루트는 매우 종교적인 사람이라 행동거지도 반듯했습니다. 남자들이 함부로 접근하지 못했죠." 편집장이 나직이 코웃음을 치자 젊은 저널리스트가 미소를 지었다. "그런데 어느 날 갑자기 아르크탄데르 역장과 약혼을 했단 말입니다. 두 사람이 팔짱을 끼고 스토르가텐 거리를 산책하는 모습을 보며 놀란 사람이 한둘이 아니었어요. 아마 당신도 오늘 기차역에서 역장을 봤을걸요?"

"그런 것 같진 않습니다."

"한 번 보면 단숨에 알아볼 수 있는 사람이에요. 이미 말했듯이 조금 특별한 사람이죠. 백발에 체격도 건장하고 잘생겼습니다. 하지만 나이로 보면 루트의 아버지뻘이었습니다. 물론 그를 생각한다면 축하해 줄 일이지만, 그들의 관계를 아무도 이해하지 못한 것은 사실입니다. 게다가 이젠 이런 일까지 일어났으니……. 아담이 에덴동산에서 얼마나 머물렀다고 생각합니까? 역장이 기쁨과 행복을 누릴 수 있는 나날도 에덴동산의 아담처럼 그리 길지 않았습니다. 따지고 보면 매우 슬픈 이야기지요."

"이해합니다." 한센이 동조했다.

"제가 이런 이야기를 하는 건 당신에게 정확한 배경을 알려 주려는 겁니다. 우리 매체의 편집실에서도 이 사안을 다룬 적이 있습니다. 그때도 어법과 단어 선택에 매우 신중했습니다. 당사자의 이름을 거론하지 않고 사실만 언급함으로써 잘못된 상황을 바로잡으려는 의도였지요. 알다시피 소문이란 건 한번 퍼지면 사실 여부와 관계없이 건잡을 수 없게 번지기 마련입니다."

"네, 충분히 상상할 수 있습니다." 저널리스트가 꿈꾸듯 생각에 잠긴 표정으로 말했다.

"역장도 우리의 의도를 깨달았는지는 모르겠습니다. 적어도 우리에겐 아무 말도 하지 않았습니다. 우리 매체는 역장의 입장을 대변한 셈이라 긍정적으로 생각하고 있습니다. 물론 논평에서 그의 이름과 직업을 언급하지는 않았습니다. 하지만 신문을 받아 든 사람들은 그가 누군지 다 알고 있었지요. 소문이 온 마을에 걷잡을 수 없이 퍼진 상태니까요. 작은 마을이라 이런 일을 다룰 때는 분별력과 균형 감각을 발휘해야 합니다. 언젠가 한번은 여기저기서 마주치기 마련이니까요. 당신도 이해하죠?"

"그럼요, 충분히 이해합니다. 지금 하신 말씀은 절대 외부로 새어나가지 않게 조심하겠다는 약속도 드립니다."

"좋아요, 아주 좋아요."

"그건 그렇고 아르크탄데르 역장에 관해 좀 더 설명해 줄 수 있을까요? 간단히 말해도 좋습니다. 평상시 누구와 가까이 지내는지, 함께 일하는 사람은 누구인지, 또 신생아에 대해 좀 더 말해 줬으면 합니다만……."

"물론이죠." 편집장 얀은 기분 좋게 대답했다. "얼마든지."

두 사람은 매우 기분 좋은 저녁 시간을 보냈다. 다음 날 아침 눈을 뜬 편집장 얀은 전날 과음을 했지만 당혹해하거나 난처할 만한 일은 전혀 없었기에 매우 만족했다. 경솔하거나 무분별하게 행동한 기억도 없었다. 자신이 말하는 동안 젊은 저널리스트가 메모를 하지 않았다는 점이 이상했지만, 기분 좋게 숙취를 이겨 낼 수 있었다.

*

저널리스트 한센도 마찬가지였다. 다음 날 눈을 뜨자마자 일을 시작했다. 오전에는 시내 공원으로 나가 지나가는 사람들과 자유롭게 이런저런 이야기를 나누며 정보를 더 얻어 보려 애썼다. 대화를 나눈 사람은 가판대 점원, 행상인, 주부와 가정부 등이었다. 호텔로 돌아와서는 레스토랑에 자리를 잡고 앉아 탄산수를 마시며 웨이터와 가볍게 대화를 나눴다. 그리고 방으로 올라와 다시 머리를 빗고 아르크탄데르 역장을 만나 보기 위해 기차역으로 발을 옮겼다. 그의 예의 바르고 정중한 태도는 물론 편집장 얀이 써 준 추천서를 포함해 여러 장의 감탄할 만한 추천서를 본 역장은 매우 호의적인 태도로 의자를 권했다. 하지만 역장의 호의는 오래 가지 않았다. 저널리스트는 그곳까지 찾아온 목적을 명확하게 조목조목 말했고, 역장은 그의 말에 귀 기울이며 커피를 따를 뿐 아무 말도 하지 않았다. 한센의 거침없는 능변이 이어질수록 역장의 침묵은 더욱 깊어졌고, 결국은 동의나 거부를 표하는 작은 추임새와 헛기침조차 들리지 않았다. 그의 침묵은 너무나 크고 무거웠다.

"따라서…… 바로 그런 이유로…… 균형 잡힌 저널리즘이 필요하다고 생각합니다. 제가 말씀드리고 싶은 요점은 이 사안이 공공의 관심사가 될 수 있기 때문에……. 역장님도 그렇게 생각하지 않습니까?"

백발의 노신사에게선 여전히 아무 말도 들을 수 없었다. 역장은 한센을 뚫어지게 바라보았다. 아니, 그의 시선이 머문 곳은 한센 뒤에 자리한 텅 빈 벽이었을지도 모른다. 그는 한센의 말에 전혀 귀를 기울이지 않는 것 같았다. 한센은 거대한 산맥을 마주하고 앉은 기분이었다. 마음을 가다듬고 다시 용기 내어 시도했지만 생각처럼 잘되지 않았다. 당황한 나머지 잔에 남은 커피를 한 모금에 다 비워 버렸다.

한동안 침묵이 흘렀다.

역장은 슬픈 표정으로 머리를 절레절레 흔들며 말문을 열었다. "한센 씨, 한 가지만 이해해 줬으면 합니다." 그가 차분하게 말을 이었다. "저는 국립철도공사의 간부입니다." 강조하려는 듯 목소리를 높였다. "누구든 저나 제 가족을 동물원의 구경거리로 만드는 데 동의할 수 없습니다……. 더구나 제겐 남은 가족도 없습니다."

저널리스트는 마침내 침묵에서 벗어나 어떠한 형태로든 대답을 얻어 냈다는 점에 고무되었다. "이해합니다. 물론 이해하고 말고요. 하지만 저는 역장님께 확신을 드릴 수 있습니다……."

"그래서 저는 귀하의 요청을 받아들일 수 없습니다." 역장의 목소리는 호의를 담았지만 단호하기 그지없었다.

"……물론 제가 확신을 드린다고 하지만 공공의 관심사는……." 그는 적당한 표현을 찾기 위해 잠시 생각에 잠겼다가 다시 말을 이었다. "……자연스러운 인간의 호기심뿐 아니라 과학적 호기심도 동반합니다. 이 경우는 과학에 관심이 많은 사람으로서……."

하지만 역장은 관심 없다는 듯 무덤덤한 표정으로 고개를 돌렸다.

저널리스트는 절망하기 시작했다. "……다시 한번 말씀드리지만 저는 역장님의 존함과 직업, 거주지 등은 절대 밝히지 않겠다고 약속합니다."

역장은 그를 향해 천천히 고개를 돌렸다. "먼 길을 왔는데 참으로 죄송합니다." 조용한 목소리로 차분하게 말하며 몸을 일으켰다.

저널리스트도 자리에서 일어났다.

"저는 이만 할 일이 있어서……." 아르크탄데르가 손을 내밀며 작별의 악수를 청했다. "서쪽 지방으로 출발하는 화물열차가 있거든요."

저널리스트는 역장의 커다란 손을 힘주어 잡았다. "저는 며칠 더 머물 예정입니다. 호텔에 묵고 있으니 혹여 마음이 바뀌면……."

역장이 그를 쳐다보았다. "여기 있는 동안 편안히 지내기 바랍니다."

*

기차역을 나선 저널리스트는 전보전신국에 들러 상관에게 전보를 보냈고, 일주일 정도 더 머물며 몇 가지 일을 했다. 편집장 얀과 점심을 먹으며 진지한 대화를 나눴고, 주변 지역을 돌아다니며 본사에서 지시받은 일을 처리하기도 했다. 그는 알음알음으로 마을 사람들을 찾아갔고, 누구에게나 항상 친절하고 예의 바르게 대했다. 반면 그를 맞은 사람들의 반응은 가지각색이었다. 문전박대를 당하기도 했지만 대부분은 친절하고 예의 바른 젊은이를 반갑게 맞아 주었다. 의사 레빈의 집에선 초인종을 누르자마자 쫓겨나다시피 했고, 집에 홀로 있던 비르게르손 부인은 반갑게 맞아 주었다. 그녀는 얼마 전 길에서 잠시 만난 그를 기억했던 것이다. 하지만 이야기를 나누고 돌아가자 그를 집 안에 들인 걸 후회했다. 한센은 역무원들과 목사, 성가대 수석 연주자 스바메르담(그와는 매우 오랫동안 대화를 나누었다. 루트 아르크탄데르의 외모와 성격 그리고 재능에 관한 이야기였다)을 비롯해 기차역의 급사와 청소부까지 만나 이야기를 나누었다. 쉬는 날이라 부모님 집에 있는 한나를 찾아가기도 했다. 물론 그가 찾아온 목적을 미리 알았다면 집 안에 들이지도 않았을 것이다. 하지만 이상하게도 한센이 찾아오고 며칠 후 한나는 시내에서 고급 모자를 구입했다. 물론 한나는 일해서 모은 돈으로 모자를 구입했을 수도 있다. 아르크탄데르가 아기 보는 대가를 넉넉하게 지불했으니까.

닷새가 지난 날 한센은 스케치북과 연필을 들고 호텔방 책상 앞에 앉았다. 한참을 앉아 있다가 근처에 사는 재봉사를 방문했다. 막 아기를 출산한 그녀의 집에서 몇 시간 있다가 다시 호텔방으로 돌아와 그림을 그리기 시작했다. 마을에 온 지 엿새째 날을 그렇게 보낸 다음 날 거리에서 우연히 역장과 마주쳤다.

지난 며칠 동안 그가 비밀리에 움직였다고 할 수 없기에 그를 대하는 역장의 태도가 눈에 띄게 차갑고 무뚝뚝했다.

“보아하니 요즘 마을 사람들을 찾아다니며 온갖 질문을 하는 것 같더군요.”

“네, 그렇습니다. 역장님이 저를 만나 주지 않으니 그렇게라도 해야 할 것 같아서요.”

“당신은 내 지인들까지 찾아갔더군요.”

“그분들은 역장님한테 누가 되는 해로운 말은 절대 하지 않았습니다.”

“뿐만 아니라 제 부하 직원들까지 만나 봤더군요. 그것만큼은 자제해 달라고 부탁하지 않았습니까?”

"아르크탄데르 씨, 충분히 이해합니다. 하지만 당신은 제 일을 가로막을 권리가 없습니다."

역장은 그를 뚫어지게 쳐다보았다. 그 눈빛이 싸늘하기 그지없었다.

"당신은 참으로 야비한 사람이군요."

"전혀 그렇지 않습니다, 아르크탄데르 씨." 저널리스트가 반박했다. "전혀 그렇지 않아요. 저를 믿어 주십시오. 저는 여기에 일하러 왔습니다. 그 사실만큼은 이해해 주기 바랍니다. 이 일을 마무리하기 전에는 이곳을 떠나지 않을 겁니다. 당신이 대화를 거부했으니 저는 다른 사람을 찾아볼 수밖에 없었습니다."

"어쨌거나 나는 당신이 야비하기 짝이 없는 사람이라는 생각밖에 안 드는군요."

"그렇게 생각한다면 어쩔 수 없죠. 죄송합니다."

"당신이 진심으로 미안해하길 바랍니다."

두 사람은 그렇게 헤어졌다.

*

한센의 그림 실력은 결코 부족하다 할 수 없었다. 적어도 전문적인 시각에서 보자면 그림 실력이 저널리스트로서의 재능보다 뛰어났다. 흑백 일러스트는 선이 분명하고 사실적이며 형식과 스타일이 극적으로 두드러졌다. 바로 그 때문에 《일러스트레이션》지에서 매우 존중받는 위치에 있었다. 기사에 맞는 삽화를 그릴 때 핵심을 짚어 내는 본능적 재능은 그 누구와도 비교할 수 없었다. 또한 마감에 맞춰 확실하게 일하는 신뢰할 만한 사람이었다. 그의 재능과 전문적 입지는 편집장 얀보다 크다고 할 수 있었다. 미디어 신디케이트의 멤버이기도 했기 때문이다. 신디케이트 멤버로 활약할 때는 한센 대신 하즐레라는 이름을 사용했다. 특히 타이타닉호의 마지막 여정과 불운에 관한 기사와 삽화는 사고 순간을 놀랄 만큼 생생하게 인상적으로 묘사해서 전 유럽인이 그의 재능을 확인하는 기회가 되기도 했다. 밤하늘의 별과 빙산. 무선통신사. 구명보트. 왕족에 관심이 많은 일부 유럽인은 에드워드 7세의 삶을 그린 전기(傳記) 시리즈에도 큰 관심을 보였다. 한센은 정치적 중대사, 즉 파리에서 벌어진 살해 시도와 관련하여 에드워드와 알렉산드라의 영웅 행위를 요점만 강조하여 매우 조심스럽고 신중하게 그려냈다. 가든 파티의 한 장면을 그린 그 삽화의 등장인물 중에는 가슴이 드러나는 화려한 파티복을 입은 무명의 여인이 있는데, 누가 보더라도 에드워드 7세의 내연녀라고 알려진 앨리스 케펠과 똑닮았다.

정확한 초상화는 대중의 인기와 관심을 모았다. 한센은 초상화에도 큰 재능을 보였다. 하지만 이번에는 마을 사람들에게 얻은 얼마 안 되는 정보를 바탕으로 그려야 했기 때문에 수도를 떠나기 전에 입수한 사료를 참고하여 임시변통으로 펜을 움직일 수밖에 없었다. 스트룀 교수는 그를 매우 호의적으로 맞았지만, 정작 그가 찾아낸 건 1600년대 그림을 재생산한 자료와 러시아에서 찍은 희미한 사진을 펜으로 보정한 자료 그리고 머나먼 아시아 국가에서 전해 내려오는 그림 한 장뿐이었다.

한센이 기대한 대로 당사자를 단 한 번이라도 봤다면 그림이 실물과 다르지 않았을 것이다. 하지만 그의 그림이 실물과 다르다 하더라도 너무나 설득력 있고 인상적이라 전 유럽 수천수만의 독자 중 뭐라고 할 사람은 아무도 없었다. 너무나 다른 남녀가 만나 사랑하고 결혼해서 이상한 아이가 태어난 과정을 그린 이야기 중에 걸러 낸 건 아무것도 없었다. 나이 지긋한 역장은 대령으로 그 직책이 바뀐 것 말고는 당사자와 그리 다르지 않았다. 반면 루트 아르크탄데르는 이미 언급한 앨리스 케펠과 예수의 탄생을 알리러 온 천사 가브리엘을 맞아들이는 성모 마리아를 섞어 놓은 인물로 묘사되었으며(스바메르담의 말을 참고했기 때문이다), 비르게르손 부인은 억센 중년 여자로 묘사되었다(그녀는 훗날 이를 생각하기도 싫어했다). 의사 레빈은 매부리코에 몸집이 큰 사람으로 그려졌다(그의 집에서 문전박대를 당했기 때문일 것이다).

에바 아르크탄데르를 묘사한 그림은 매우 특별했다. 한센은 영혼을 쏟아부어 창의성을 발휘했다. 이러한 태도는 박해

당하고 순교한 성자의 그림을 그린 르네상스 시대 대가의 행적과 다르지 않았다. 한센의 그림은 얼굴이 알려지지 않은 채 먼지에 쌓인 인물을 제단으로 끌어 올려 교인들의 기쁨과 교회 발전의 밑거름이 되는 상징적 주춧돌로 묘사한 대가들의 창의 행위에 견줄 만한 것이었다. 사실 한센의 펜 끝에서 창조된 에바는 실물과 같다고 할 수 없었다. 그림의 에바는 몸이 뒤덮은 털이 실제보다 훨씬 길고 거칠었으며 머리도 형체가 불분명했고 입은 짐승을 닮은 듯 살짝 튀어나왔다.

기사에 등장한 인물들의 이름과 사는 지역은 신중하게 바꿔 놓았다. 물론 독자들은 그 지역이 어디인지 알지 못했다(그의 독자는 편집장 얀의 기사를 읽는 사람들보다 훨씬 많았다). 그들은 한센의 그림이 얼마나 정확한지 알 수 없었지만 상상력을 충족시켰기에 초상화보다 훨씬 큰 가치를 지녔다고 할 수 있으며, 시간이 흐를수록 사람들의 뇌리에 더욱 깊이 박혀 버렸다. 예를 들어 한센의 글과 그림이 실린 잡지를 거실 테이블 또는 화장실에 놓아두면 소일거리를 찾아 오가며 뒤적이기 마련이다. 그때 사람들 눈에 들어오는 건 유모차에 몸을 숨겨 문밖을 나서거나 기차역 건물의 흐릿한 창문 너머 담요로 꽁꽁 싸맨 여자 아기의 그림인 것이다.

영매 베르그

역장은 지금껏 단 한 번도 미신에 마음을 둔 적이 없었다. 그는 한마디 과장도 없이 평생을 오로지 루터교에 의지하며 살아왔다. 하지만 세상을 떠난 아내와 달리 종교를 통해 안식과 기쁨을 구하는 일도 없었다. 미신과 영매 활동은 무신론자의 관념처럼 존중받는 삶과 거리가 멀다고 느낄 뿐이었다. 그는 또한 자기 일에 충실한 사람이었다. 그의 일상은 기차역과 무선통신 그리고 표준 시각으로 점철되었으며, 비논리적인 일이나 세간의 관심을 모으는 극적인 일은 본능적으로 거부했다.

학창 시절엔 수학과 화학, 기계 과목에 두각을 나타냈다. 담임이 훗날 엔지니어가 되면 좋겠다고 권유하기도 했다. 하지만 돈이 드는 고등교육을 뒷받침할 만큼 부유하지 않았기에 서비스 직종으로 진로를 정해야만 했다. 일단 기차역의 급사로 취직한 뒤 철도공사의 야간 학교에서 무선통신사 자격증을 땄다. 그는 모든 일을 정확하고 신속하게 해낼 뿐 아니라 행정 능력까지 보여서 상사들의 신뢰를 한몸에 받았다. 상사들의 회계장부와 갖가지 서류를 처리하기도 했다. 덕분에 꽤 빠르게 높은 직위에 오를 수 있었고, 급기야 대도시 기차역의 부역장이 되었다. 세월이 흘러 고향 마을 기차역의 역장 자리가 비었다는 소식을 듣자마자 이력서를 보냈고 마침 내 역장으로 부임했다. 고향으로 돌아온 그는 노쇠한 어머니를 돌보며 일했다. 어머니는 아들이 역장으로 부임한 지 2년째 되는 해 세상을 떠났다. 아르크탄데르 역장은 정확성과 신뢰성을 대변하는 인물이었다. 그는 자신이 고용한 무선통신사에게 마을의 기차역 시각이 수도의 표준 시각과 일치하도록 매일 정오에 시계를 맞추라고 지시했다. 원칙적으로는 일주일에 한 번 전국 기차역의 시계를 맞추는 것이 의무였지만 말이다.

무선통신사를 비롯한 역무원들은 그런 역장을 보며 속으로 웃곤 했다. 하지만 그가 오후에 고급 천 주머니에 담은 자신의 크로노미터(항해용 정밀 시계-옮긴이)를 들고 통신실에 들어와 표준 시각 조정을 위해 통신 라인을 오픈하라고 말할 때면 절대로 웃지 못했다. 역장은 거기서 멈추지 않고 다시 크로노미터를 챙겨서 기차역 곳곳에 자리한 시계들을 찾아다녔다. 시계 앞에 한참이나 서서 초침과 분침이 정확하게 움직이는지 확인한 후에야 자리를 떴다. 창밖이나 건물 모퉁이에 있던 사람들은 시곗바늘의 움직임을 확인하는 그의 모습을 보고 미소 지으며 '초침 사나이'라 부르기도 했다.

물론 그가 하는 일은 그 외에도 많았다. 업무상 정확성과 신중함이 필요한 검열관에겐 일을 제대로 수행하도록 충분한 시간을 주려고 노력했다. 살을 에는 듯 추운 겨울날이면 시계를 들고 검열관과 함께 철로를 따라 걸으며 객차와 바퀴를 검열하는 데 시간이 얼마나 걸리는지 확인했다. 철도공사 본부에 장문의 서신을 보내 긴 열차가 자신의 기차역을 통과할 때는 정확한 검열을 위해 5분을 더 달라고 요청했다. 폭설이 내리고 다음 역까지 상당히 멀 경우 더욱 정확한 검열이 필요하기 때문이었다. 영하의 날씨에 기차 바퀴가 손상되지 않도록 검열과 수리를 하려면 자신의 기차역에서 11분간은 머물러야 한다고 덧붙이기도 했다. 본부와 여러 차례의 서신을 교환한 후에야 마침내 그의 뜻이 관철될 수 있었다. 검열 작업 하나하나를 분, 초까지 적어 가며 정확하고 세세히 기록한 터라 본부에서 그의 요청을 거절할 수 없었다. 그 결과 철도본부에서는 전국 각지의 기차 시간표를 다시 조정하는 대규모 작업을 해야만 했다. 그는 부하 직원이 객차와 바퀴를 더욱 확실히 검열할 수 있도록 5분을 더 받아 냈고, 철도본부는 골치 아픈 퍼즐을 해결해야만 했던 것이다.

반면 역장은 부하 직원들에게 더욱 큰 존경과 신뢰를 받았으며, 검열관에게 이 시간만큼은 폭풍이 불어와도 꼭 지켜야 한다고 못을 박았다. 그는 자신의 기차역이나 자신이 담당하는 지역에서 열차가 지연되는 일은 있을 수 없다고 생각했다. 한겨울이면 철로에 쌓인 눈을 치우기 위해 직원들과 함께 삽과 제설 기구를 들고 나가는 일이 적지 않았다. 같은 방식으로 끈질기게 요청한 결과 겨울철에는 직원 둘을 더 고용했으며 더욱 성능이 좋은 제설 기구도 구입할 수 있었다. 사람들이 그를 향해 미소 짓고 초침 사나이라 부르는 것은 다 호의적인 시선이라 해야 할 것이다. 그는 시간이 날 때마다 직접 레일바이크를 몰며 철로를 돌아보기도 했다. 그러다 보니 각 교차 지점과 커브 지점은 물론 신호등의 위치까지 속속들이 잘 알고 있었다. 무더운 8월이 되면 언제쯤 직원들을 내보내 뜨거운 햇살에 철로가 굽었나 확인해야 하는지 알았으며, 그가 보초를 서는 날이면 시간이 날 때마다 밖으로 나가 직접 확인하기도 했다. 기차역의 레스토랑이 항상 청결을 유지하는지도 살펴보았으며, 기차역을 오가는 승객들도 진심으로 응대했다. 화장실은 매일 빠지지 않고 소독약을 뿌려 청소했으며, 역장실에 앉아 사무를 볼 때도 자주 창밖을 내다보며 도움이 필요한 승객은 없는지, 제복 단추는 잘 채워졌는지 신경을 곤두세웠다. 그는 이 마을에 부임할 때부터 나이가 지긋했는데 세월이 흐르면서 더욱 늙어 가는 것만 같았다.

그러다 갑자기 결혼하자 사람들은 그가 역장 임무에 소홀할까 봐 내심 걱정하기 시작했다. 하지만 그는 이전과 다름없이 성실하게 임무를 수행했고, 그 어떤 허점도 보이지 않았다. 오히려 결혼 전보다 훨씬 부드럽고 행복해 보였다. 하루에 5만 4000초는 한 여인의 남편으로 지냈고, 3만 2400초는 역장의 임무에 충실했다. 하지만 그는 절대 가벼운 사람이 아니었다. 그것만큼은 역장 자신도 장담할 수 있었다. 그는 한

마디로 무의미한 일에 쓸 시간이 없는 사람이었다. 아내가 성가대 연습을 하러 프레드헤임회관에 갈 때면 같은 장소에서 열리는 자연과학 강의를 듣기 위해 함께 집을 나서곤 했다.

하지만 이제 모든 것이 달라졌다.

그러던 어느 날 한나가 제안했다. 궁지에 몰리면 설령 역장이라 해도 체면과 자존심을 꺾어야 할 때가 있는 법.

"저, 역장님." 한나는 오후 일을 마치고 에바를 재운 뒤 조심스레 말문을 열었다. 미간에 생긴 주름이 심각한 분위기를 만들었다. "사실은…… 솔직히 말씀드리자면…… 제가 이런 말을 할 처지는 아닙니다만……." 그녀는 만족스럽게 새근새근 잠든 에바를 내려다보았다.

역장은 한나에게 주급을 주려고 들렀다가 그녀의 말에 궁금한 표정을 지었다. "계속 말해 보게, 한나."

"화내지 않으셨으면……."

"안심하게나. 그런 걱정 말고 마음에 담아 둔 말을 해 보게."

"네. 지난주 집에 들렀을 때 얘기했습니다." 그녀가 얼굴을 살짝 붉히며 말을 이었다. "사람들 사이에서 어떤 말이 도는지 역장님도 잘 아시겠지만……."

"계속해 보게, 한나."

"네. 어머니와 이야기를 나눴는데, 어머니 말로는 역장님이 아직 영매 베르그 부인에게 연락하지 않은 게 이상하다는 겁니다. 역장님이 처한 상황은 물론이고 아이도 이러니…….” 한나가 다시 바닥을 내려다보았다.

“계속 말해 보게나.” 역장이 나직이 말했다.

“이런 괴물…… 그러니까 그건 제 말이 아니라 어머니가 한 말입니다. 절대 오해하지 마세요.” 한나가 재빨리 둘러댔다.

역장은 잠시 바닥을 내려다보았다. “괜찮아, 한나.” 그가 조용히 말했다. “그보다 더한 말을 하는 사람도 분명히 있을 테니까.”

한나가 갑자기 손을 내밀어 역장의 제복을 쓰다듬다가 재빨리 손을 빼고 시선을 아래로 향했다. “저는 에바가 매우 사랑스러운 아기라고 생각합니다.”

“자네가 그런 말을 자주 했지. 사실은 나도 그런 생각을 할 때가 있어.”

“네…….”

“그러니까 자네 어머니는 내가 영매 베르그 부인에게 연락해야 한다고 생각하신다는 건가?”

“네, 그렇습니다.”

“자네도 그렇게 생각하나?”

“…….”

“한나, 자네도 그렇게 생각하는지 물었네.”

“손해 볼 일은 아니라고 생각합니다.”

“음.”

“영매 베르그 부인은 지금까지 많은 사람을 도와줬습니다.

결핵에 걸렸던 안토넨 씨의 아들을 기억하시나요? 레빈 선생님은 더 이상 손을 쓸 수 없다고 포기했지만, 영매 베르그 부인은 그의 몸에 납을 녹여 부었지요. 크리스마스 이브였던가요, 사람들은 그가 해를 넘기지 못할 거라고 입을 모았지만 여름이 되자 건강을 되찾았습니다. 3년이 지난 지금까지 건강하게 살아 있는 건 물론이고요. 최근엔 일을 시작했다는 소문도 들었습니다."

"그렇군."

"목재소에서 일하던 남자도 있어요. 이름은 기억나지 않는데 나무를 하다 낫으로 다리를 찍었지요. 피가 펑펑 쏟아져서 바닥에 있던 톱밥이 붉게 물들 정도였답니다. 동료들이 마침 근처를 지나는 베르그 부인을 데려왔고, 그녀 덕분에 의사가 오기 전에 피가 멎었습니다."

"무슨 말인지 알겠네, 한나. 나도 영매 베르그 부인에 관해 들어 본 적이 있다네."

"네, 그렇죠?" 한나는 갑자기 들뜬 목소리로 말을 이었다. "베르그 부인을 모르는 사람은 없어요. 신기한 능력을 지닌 사람이죠."

"그래서 자네 생각은 어떤가?"

"손해 볼 일은 없다고 생각합니다." 한나는 갑자기 수줍어하며 기어 들어가는 목소리로 말했다.

"알았네." 아르크탄데르 역장이 생각에 잠긴 표정으로 잠든 에바를 향해 허리를 굽혔다. 한나는 그의 표정이 무엇을 의미하는지 알 수 없어 안절부절못했다. "자네 말대로 손해 볼 일은 없겠군."

"제 말이 바로……."

"한번 생각해 보겠네."

영매 베르그 부인은 4월 말에 기차역을 찾았다. 역상 아르크탄데르는 직원들에게 베르그 부인에 관해 물어보았고, 직원들은 하나같이 그녀가 행한 신기한 기적을 말해 주었다. 어느 날 오후 역장은 홀로 저녁을 먹고 곰곰이 생각에 잠겼다. 그는 처음부터 매우 회의적이었지만 영매 베르그 부인이 갖가지 신기한 일을 해낸 것만큼은 명백한 사실이기에 손해 볼 건 없다는 생각으로 한나를 보내 기차역까지 와 달라고 부탁했다. 물론 사람들의 억측과 뒷말을 피하기 위해 남들 눈에 띄지 않게 와 달라는 말도 덧붙였다. 하지만 소문이 퍼지는 건 막을 수 없다는 생각에 금방 체념했다.

베르그 부인은 모든 사람이 볼 수 있는 대낮에 찾아왔다. 역장은 집무실에 앉아 있었다. 그녀가 하는 일이 비밀스럽고 이상하긴 하지만 이처럼 자신의 존재를 알릴 수 있는 기회를 대놓고 마다할 만큼 어리석진 않았던 것이다.

역장은 그녀의 갑작스런 방문에 어쩔 줄 몰라 당황했다. 크뉴존이 머뭇거리며 베르그 부인이 대기실에서 기다린다고 말하자 역장은 코가 길쭉하고 머리가 허연 노부인을 연상했다. 하지만 그녀가 역장실로 발을 들이는 순간 선입견이었음을 깨닫고 조금 안심했다. 사실 그는 지적으로 보이는 날씬한 중년 여인을 보고 적잖이 놀라기도 했다. 금발 머리, 회색 눈동자에 상당히 큰 키였다. 새 옷은 아니지만 깨끗하고 정갈하게 차려입었으며 왼쪽 어깨에 모직 가방을 메고 있었다. 그녀는 어깨를 쭉 펴고 당당하게 들어와서 전혀 흔들리지 않는 모습으로 역장을 향해 손을 내밀었다. 그는 얼른 자리에서 일어나 손을 잡았다. 그녀의 검은 눈썹 아래에 자리한 눈동자가 날카롭게 역장의 얼굴을 훑었다.

"안녕하세요." 그녀가 먼저 인사를 건넸다.

"안녕하십니까." 역장이 주저하며 말을 이었다. "오늘 당장 오실 거라곤 생각도 못 했습니다. 어…… 저는 지금 업무 중이라……. 이해하시리라 믿습니다……."

"그래서요?" 그녀가 보일락 말락 한 미소를 지으며 역장을 바라보았다.

"어쨌든 이렇게 찾아와 줘서 감사합니다." 그가 서둘러 말했다.

"저는 와 달라는 요청을 받으면 어디든지 갈 수 있습니다." 그녀의 목소리는 매우 특별했다. 고음과 저음이 동시에 들리는 것 같으면서 당당하고 확신에 찬 기분 좋은 목소리였다.

"네, 그렇군요." 그가 헛기침을 하며 화제를 돌렸다. "요즘 날씨가 참 좋군요."

"그런데 이 집 사정은 어떤가요?" 베르그 부인이 단도직입적으로 물었다.

"네…… 그게 사실은……." 아르크탄데르는 주저하며 말했다. "당신도 이미 들어 알고 있으리라 짐작합니다만."

"하지만 저는 당신의 말을 직접 듣고 싶습니다."

역장은 헛기침을 하며 얼굴을 붉혔다.

"어디 좀 앉을까요?" 베르그 부인이 여유롭게 말했다.

"아, 네! 물론이죠. 제가 생각이 짧았습니다. 여기…… 여기 앉으시죠." 그가 의자 하나를 내오며 말했다.

"역장님도 커피를 마실 거라고 짐작합니다만?"

"물론입니다. 제가 얼른 가서 커피를 가져오겠습니다."

영매 베르그 부인은 찻잔에 커피를 따라 마셨다. 그것만 제외한다면 매우 기품 있고 예의 바른 사람이었다. 특별히 이상한 점도 보이지 않았다. 그녀는 커피를 마시며 쉴 새 없이 날카로운 눈빛으로 역장을 살폈다.

"이제 말씀해 보시죠." 그녀가 나직이 말했다.

"그게……저……." 역장이 벽시계를 쳐다보며 머뭇거렸다.

"시간은 충분하니 천천히 말씀하세요." 그녀가 상냥하게 말했다.

"네, 물론이죠. 저는 단지……."

"일단 생각나는 대로 한번 말씀해 보세요."

"네." 아르크탄데르 역장이 마지못해 말을 이었다. "이미 들어 보셨으리라 짐작합니다만, 저는 몇 달 전에 아이 아버지가 되었습니다……." 다음 말을 위해 적당한 단어를 찾느라 고심하는 그의 얼굴에 짙은 그림자가 드리워졌다.

"잠깐만." 그녀가 역장의 말을 멈추고 가방에서 무언가를 꺼냈다. "이걸 하나 드셔 보세요." 조그만 양철 상자를 내밀었다. 역장은 의심스런 눈초리로 상자를 바라보았다. "라벤더 사탕입니다. 이상한 건 절대 아니니까 걱정하지 마세요."

"그렇다면야…… 고맙습니다." 역장은 라벤더 사탕 한 알을 입에 넣었다.

"저도 하나 먹을게요." 베르그 부인이 말을 이었다. "참 맛있죠?"

참 맛있는 사탕이었다. 부드럽고 달싹한 꽃향기가 입속과 콧속에 번졌다. 역장은 혀로 사탕을 굴려 가며 빨아 먹었다. 사탕을 먹으니 정신이 번쩍 드는 동시에 마음이 안정되는 것 같기도 했다.

"그러네요. 정말 맛이 좋군요."

"제가 말했잖아요." 베르그 부인이 자신 있게 말했다.

"사탕 가게를 차려도 되겠어요." 역장은 농담을 건네다 그녀의 회색 눈동자에 진지한 빛이 떠오르는 걸 보고 얼른 입을 다물었다.

"자, 이제 본론으로 들어가죠. 중요한 것은 당신이 저를 두려워할 필요가 없다는 점입니다. 저는 오직 당신을 위해 도움을 주러 온 사람일 뿐입니다."

"네." 역장이 체념한 듯 힘없이 말했다.

"차분하게 말씀해 보세요. 시간은 얼마든지 있으니까. 라벤더 사탕은 탁자에 놓아둘 테니 필요하면 얼마든지 드세요."

"네, 고맙습니다." 역장은 다시 얼굴을 붉히며 말했다.

"저는 기억력이 좋지 않다는 점도 염두에 두면 좋겠습니다. 솔직히 기억력이 좋다면 이런 일을 할 수 없을 겁니다."

"네."

"저는 이 마을의 수많은 가족을 만나 봤습니다. 온갖 이상한 일을 보고 듣고 경험했지요. 하지만 그 모든 건 다른 사람을 만나기 전에 잊어버려야 합니다. 안 그러면 제가 견딜 수 없기 때문이죠. 제가 그 모든 일을 기억한다면 제 삶이 어떻게 되겠어요? 그렇죠?"

"네, 듣고 보니 그렇겠군요."

"자, 이제 역장님이 마음에 둔 이야기를 해 보세요."

역장은 이 모든 일의 시작부터 털어놓기 시작했다. 아이의 출생과 아내의 죽음, 에바의 기괴한 외모, 약사 부부와 의사가 한 말들. 영매 베르그 부인은 그의 말을 귀담아들었고, 그가 이야기를 마치자 잠시 정적이 흘렀다. 그녀는 역장에게 방금 한 이야기를 다시 해 보라고 말했다. 이번에는 역장의 말 중간중간에 끼어들어 좀 더 자세하게 물어보았다.

에바, 그녀가 네 어머니에 관해 묻더구나. 네 어머니 배에 모반이 있느냐고 물었어. 아주 큰 모반.

정말 그녀가 그런 것까지 물어봤나요, 아버지?

응. 참 이상하지? 이전부터 잘 알고 있었다는 듯이 물어봤어.

그게 정말인가요?

뭐가?

어머니 말이에요. 어머니 배에 정말 모반이 있었나요?

응, 있었어. 바로 그 모반 때문에 이상하다고 생각했단다. 사실 네 어머니의 모반은 배가 아니라 조금 더 위쪽에 있었지. 중요한 건 아니라고 생각해. 어차피 배 부분이라 해도 틀린 말은 아니니까. 베르그 부인은 모반의 형태가 특이했냐고 다시 물었지.

정말 그랬나요, 아버지?

응. 네 어머니의 모반은 매우 특별한 형태였어. 휴…… 네게 이런 이야기는 안 하려고 했는데…….

괜찮아요, 아버지. 계속해 보세요.

베르그 부인은 그 또한 이미 알고 있었다는 듯이 물었어. 참으로 이상했지.

어머니의 모반은 어떤 형태인가요?

베르그 부인은 그 외에도 많은 걸 물었어.

어느새 마음이 차분해진 구스타브 아르크탄데르는 맞은편에 앉은 낯선 여인에게 마음에 담아 둔 이야기를 속속들이 털어놓았다. 자기를 도와주러 온 사람이라 생각하니 마음이 편해진 것이다. 자신도 모르는 사이에 지금껏 어느 누구에게도 말하지 않은 걸 전부 털어놓았다. 결혼 생활, 걱정과 기쁨, 결혼 전후의 사사로운 생각들 그리고 어린 시절의 이야기까지.

영매 베르그 부인은 그의 이야기를 귀담아들으며 가끔 맞장구를 치거나 고개를 끄덕이기도 했다. 이야기를 더 해 보라는 듯 호의를 담은 진지한 눈빛을 보내거나 짤막한 질문을 던지기도 했다.

그리고 아내의 배에 모반이 있다는 것도 말했다. 네, 모반. 바로 거기에. 베르그 부인은 때를 놓치지 않고 바로 끼어들었다. 혹시 그 모반의 형태가 특별하지 않았나요? 그녀가 조심스런 눈초리로 역장을 바라보았다. 종 모양, 아니 잠깐만요, 종이 아니라…… 잠깐 기다려 보세요. 혹시 그 모반이 짐승을 닮지 않았던가요? 그렇죠? 개가 아니었나요? 개의 머리 모양? 제겐 그렇게 보이는군요.

역장은 사랑과 슬픔에 대해서도 털어놓았다.

베르그 부인은 오랜 시간 그의 이야기를 들어 주면서 몇 가지 더 묻기도 했다. 루트의 손가락이 매우 하얗고 길쭉했나요? 네, 그렇습니다. 물론 그렇겠죠. 그녀가 고개를 끄덕였다.

베르그 부인은 두 사람이 1년 중 언제 처음 만났는지도 물어보았다. 그녀는 역장의 대답을 들으며 진지하게 고개를 끄덕였다.

이제 보이는군요. 당신은 매우 오랫동안 외로움에 휩싸여 있었습니다.

네, 그렇습니다.

그리고 당신과 가까이 있던 사람들이 하나둘 세상을 떠났군요.

그렇습니다. 역장은 가슴이 저려 오기 시작했다. 당신 말이 맞습니다.

당신은 아내를 만나면서부터 이제 다시는 외롭지 않을 거라고 생각했죠?

네.

역장은 가슴에 품은 걱정과 울분을 쏟아 놓았다. 가슴에 꼭꼭 묻어 둔 모든 감정이 한꺼번에 터져 나오는 것 같았지만 그는 거부하지 않았다.

오, 아버지! 아버지는 참 어리석군요. 그건 게임이에요. 확신해요. 난 이미 그런 걸 배워서 알고 있거든요. 아버지는 간단하고 보편적인 게임에 넘어간 거예요.

그게 뭔지 모른다고요? 아버지도 다른 평범한 사람들과 다를 게 없군요. 그건 무당이나 영매들이 사용하는 도구예요. 강신술사, 신비주의자, 무당이나 영매들의 도구죠. 그건 쇠지

레, 아니 이건 너무 난폭하게 여겨지는군요, 사람들의 영혼과 믿음을 열고 들어가는 열쇠 같은 거예요. 아니, 열쇠는 너무 아름다운 말 같아요. 잠긴 문을 열고 들어가는 송곳이나 핀 같은 거죠.

예언자들은 모습을 드러내며 자, 여기를 보라, 내가 왔노라, 라고 말하죠. 그들은 이미 옷차림에서 게임을 시작하는 거예요. 그들은 평범하게 입지 않아요. 사람들 눈에 신비하게 보이려는 거죠. 가끔은 매우 화려하기도 하고, 또 가끔은 너무나 간소하답니다. 평범한 옷차림과는 확연히 달라요. 그런 옷차림을 하고선 예언자인 척 명성과 이름을 퍼뜨리는 거죠. 옷차림 외에도 목소리와 몸짓 그리고 눈짓을 이용해 사람들을 현혹시키죠. 아버지, 제가 거짓말하는 것 같나요? 아니에요. 이런 수단을 통해 사람들의 믿음을 얻기 시작하면 마침내 그들의 게임이 시작됩니다.

잠깐만! 점쟁이들은 항상 이렇게 말을 걸죠. 젊은이, 잠깐만! 자네에게서 뭔가 보이는군. 아! 걱정하지 말게. 내가 직설적이라 불편했다면 용서해 주게. 하지만 자네의 왼쪽 고환은 오른쪽 고환보다 조금 처졌구먼. 내 말이 맞나? 자네는 그것 때문에 좀 걱정한 모양이군. 내 말이 맞지? 그렇지? 네, 그렇습니다. 걱정할 것 없네. 위험하진 않아. 자네는 앞으로 자식을 많이 나을 수 있을 거야.

잠깐만! 당신은 나이도 지긋하고 살도 통통하게 쪘어요.

그런데 눈빛에 생기가 없군요. 그 옷도 당신과 어울리지 않아요. 오, 뭔가 보이는군. 오, 보여. 이제 보이는군. 지인 중에 걱정되는 사람이 있군요. 내 말이 맞습니까? 그렇죠? 네, 그렇습니다. 혹시 그 사람이 당신 아들……. 네, 아들이 맞습니다. 그렇군. 내 말이 맞았어요. 당신 아들의 이름이 혹시, 잠깐만, 이름 중에 알파벳 R이 들어 있죠? 내 말이 맞습니까? 오, R이 아니라고요? 미들네임에도 R이 없습니까? 아, 그렇군요. 맞습니다. 아들의 미들네임이 크리스티안이니 R이 들어 있네요. 당신 아들의 이름에 N도 보이는군요. 그렇습니다. O도 보이는데, 맞습니까? 혹시 아들 이름이 요한입니까? 요하네스입니다. 그렇군요. 당신은 요하네스 때문에 걱정이군요. 아들의 소식을 자주 듣지 못해서 그런 것 같은데, 내 말이 맞나요? 혹시 아들이 다른 도시에 살고 있습니까? 아니면 다른 나라에? 그렇죠? 네, 맞습니다. 아들이 편지를 자주 보내지 않는군요. 하지만 조만간 요하네스가 편지가 보내올 겁니다. 요하네스는 미국에서 잘살고 있습니다. 최근 돈 때문에 힘든 일이 있었지만 앞으로는 사정이 나아질 테니 걱정하지 마세요.

"이제 아이를 보여 주시겠습니까?" 베르그 부인이 물었다.

"아, 네, 물론입니다."

역장은 집무실을 나가서 대기실 옆 복도를 지나 2층 관사로 올라갔다. 유리창 너머에서 호기심 어린 눈빛을 느꼈지만 당당하게 어깨를 펴고 앞만 보며 발을 옮겼다. 2층 관사로 올라가니 한나가 식탁에 앉아 커피를 마시고 있었다. 그녀는 문을 들어서는 역장을 보고 자리에서 벌떡 일어났다.

"앗, 죄송합니다. 역장님이 갑자기 찾을 줄은 몰랐습니다."

"안녕, 한나!" 베르그 부인이 한나의 두 손을 맞잡으며 그녀의 얼굴을 뚫어지게 바라보았다. "잘 지내고 있겠지?"

"네, 덕분에……." 한나가 바닥으로 시선을 내리며 대답했다. "잘 지내고 있습니다."

"그래야지." 베르그 부인이 말했다.

"네…… 여기선 부족한 것 없이 잘 지내고 있어요."

"아르크탄데르 역장님이 잘 대해 주시니?"

"네." 한나가 다시 바닥을 내려다보며 말했다. "제게 매우 친절하게 대해 주십니다."

"잘됐어, 정말 잘됐어." 베르그 부인이 날카로운 눈으로 구스타브 아르크탄데르를 흘낏 쳐다보며 말했다.

아르크탄데르는 헛기침을 했다.

"에바를 보려고 왔네." 그가 한나에게 말했다.

"지금 잠들었어요. 방금 젖을 먹고 목욕했거든요."

"잘했어, 한나." 베르그 부인이 말을 이었다. "그래도 우리가 한나를 살펴보는 데는 문제가 없겠지?"

"네, 그럼요." 한나가 주저하는 눈빛으로 역장을 바라보며 물었다. "저도 함께 들어갈까요?"

"너도 함께 들어오렴." 베르그 부인이 아르크탄데르의 대답을 기다리지도 않고 말했다.

에바의 방은 어두침침하고 조용했다. 침대에서 갓난아기의 부드러운 숨소리가 새근새근 들려왔다. 베르그 부인은 침대로 다가가 조심스레 아기의 몸을 덮은 담요를 들추고 한동안 아기를 바라보았다. 한 손을 내려 아기의 옷을 살짝 벗긴 뒤 혼잣말처럼 알 수 없는 말을 중얼거렸다.

"아기의 온몸이 이렇습니까?" 그녀가 에바에게서 눈을 떼지 않은 채 물었다.

"네." 구스타브 아르크탄데르가 나직이 대답했다.

"흠……." 베르그 부인은 알 수 없는 말을 중얼거리더니 다시 질문을 던졌다. "건강은 어떻습니까?"

"네, 매우 건강합니다. 의사도 그렇게 말했고, 제가 보기에도 그렇습니다."

"성품은 어떤가요? 생기 있게 움직이나요?" 베르그 부인이 그를 돌아보며 물었다.

역장은 눈만 껌벅거리며 한나를 바라보았다.

"네, 착하고 생기도 있어요." 한나가 나직이 대답했다. "재바르고 똑똑하기도 해요. 다른 갓난아기들처럼 기어 다니며 옹알이도 한답니다."

"기분은 어떤가요?" 베르그 부인은 여전히 아르크탄데르를 향해 물었지만, 그는 이번에도 한나를 돌아볼 뿐이었다.

"얼마 전부터 소리 내어 웃기 시작했어요. 걱정할 건 하나도 없다고 생각해요. 딱 한 가지 걱정되는 건 가끔 아이가 어떤 상태인지, 또는 어떤 기분인지 알 수가 없다는 점이에요. 아이가 소리 지르며 울거나 웃지 않을 때 말이죠."

"무슨 말이지?"

"네…… 그게…… 얼굴 표정을 알아차리기가 힘들다는 말이에요. 털 때문에 웃는지 울먹이는지 잘 알아볼 수가 없어요. 기분이 좋은지 나쁜지도 알 수 없어서 가끔은 좀 힘들어요. 게다가 부인도 봐서 알겠지만, 아기 털이 평범한 털하고 다르잖아요. 이건 마치……."

"나도 봤어, 한나." 베르그 부인이 말을 이었다. "그런데 아이가 미소 짓는 건 확실한가요?" 이번에도 아르크탄데르에게 질문을 던졌지만, 한나가 재빨리 대답을 가로챘다.

"그럼요. 아이에게 익숙해지면 금방 알 수 있어요. 에바는 정말 나무랄 데 없는 아기예요."

"보아하니 아기랑 정이 많이 든 것 같구나?" 베르그 부인이 두 사람을 돌아보지도 않고 말했다.

"물론이죠." 한나는 신이 나서 대답하다가 얼른 목소리를 낮추고 말을 이었다. "사실 처음에는 좀 불안했어요. 젖을 먹이려고 아이를 안을 때면 기분이 정말 끔찍했답니다." 뺨에 손을 가져가며 말했다. "하지만 지금은 괜찮아요. 많이 익숙해졌어요."

"그렇구나. 가끔 호기심 많은 사람들이 아이에 관해 물어볼 때도 있지?"

"네, 그럼요." 한나가 다시 목소리를 낮춰 대답했다. "하지만 저는 아무 말도 하지 않아요."

"한나, 이제 아이를 깨우지 않고 안아 보렴. 그렇게 할 수 있겠니?"

"한번 해 볼게요." 한나는 잠에 빠진 갓난아기를 조심스레 안아 올렸다.

"잠을 깊이 잘 자는구나." 베르그 부인이 말했다.

"에바는 배만 부르면 세상모르고 잘 자요."

"아르크탄데르 역장님, 이제 시작해 볼까요?" 베르그 부인이 의식을 치르듯 엄숙하게 말했다. "납을 녹여 에바를 살펴볼까 합니다."

"흠…… 그렇게 하려고요?" 역장은 의심이 깃든 목소리로 말하곤 체념한 듯 고개를 끄덕였다. "네…… 그렇게 하시죠."

"아버지가 아이를 안는 게 가장 좋을 것 같습니다." 베르그 부인은 커다란 가방에서 무언가를 찾으며 말했다.

"흠……." 역장이 결심한 듯 말했다. "아닙니다. 한나가 안는 게 좋을 것 같군요. 그게 가장 좋을 것 같습니다."

"제가요……?" 한나가 불안한 듯 머뭇거리며 그들을 둘러보았다.

"그래, 한나. 아이 아버지 뜻이 그렇다면 괜찮아."

한나가 바닥을 내려다보았다.

"누구든 자기 의지와 상관없이 억지로 하는 건 좋지 않아."

베르그 부인은 가방에서 꺼낸 물건들을 에바의 기저귀 테이블에 늘어놓았다.

아르크탄데르는 말없이 그녀를 지켜보았다. 갑자기 그녀의 모습이 변했다는 느낌이 스쳤다. 알 수 없는 물건들을 앞에 두고 서 있는 그녀를 보니 조금 전과는 다른 사람 같았다. 작은 신약 성경, 하얀 양초, 라벤더 사탕이 들어 있던 것과 똑같은 양철 상자 두 개(상자를 흔들었을 때 나는 소리로 미루어 내용물은 다른 것 같았다) 그리고 무늬나 장식이라곤 전혀 보이지 않는 검은 천 한 장. 그녀는 가방에서 손잡이가 긴 숟가락과 예네베르 술병을 닮은 뚜껑 달린 점토 물병, 낡은 맥주컵처럼 겉면에 갖가지 장식을 새겨 넣은 튼튼한 주석 컵을 꺼냈다. 컵과 술병이 나란히 자리한 것을 보니 왠지 우스꽝스럽기도 했다. 역장은 그것들을 보며 재미있다고 생각했다.

하지만 영매 베르그 부인은 진지하기 그지없었다. 어두침침한 불빛 때문인지 조금 전보다 키도 더 큰 것 같고 금발 머리는 회색에 가깝게 변한 것 같기도 했다. 소리 없이 움직이는 그녀의 몸을 따라 불가사의한 표정을 담은 얼굴이 허공에 붕 떠 있는 듯했다. 언뜻 몸이 얼굴에 달린 부속품처럼 보이기도 했다.

그녀는 창가 쪽으로 걸어가서 발을 멈추고 커튼을 확 닫았다. 한나와 역장은 그녀의 갑작스런 행동에 깜짝 놀랐다.

베르그 부인이 자신이 가져온 물건들 앞으로 돌아갔다. 그들에게 등을 돌린 채 가만히 서 있다가 말문을 열었다. "한나, 두려워할 필요 없어." 그녀의 목소리는 조금 전과 비교해 훨씬 깊게 변했다. "구스타브 아르크탄데르 씨, 당신도 마찬가지입니다. 내가 신호를 주기 전엔 아무도 먼저 입을 떼선 안 됩니다. 그리고 내가 묻는 말에는 예, 아니오로 대답하시기 바랍니다."

그녀가 서랍장 위 선반에 천을 펼치고 양초와 주석 컵, 숟가락, 신약 성서를 놓은 다음 주머니에서 성냥을 꺼내 촛불을 붙였다. 촛불이 움직이지 않고 타들어 갈 때까지 기다렸다가 양손으로 신약 성서를 들어 올렸다. 가슴께까지 성경을 올리고 알 수 없는 말을 나직하게 한동안 중얼거렸다. 그 소리가 마치 숨소리처럼 들렸다. 이어서 몸을 앞뒤로 천천히 흔들었다. 동시에 나직이 중얼거리는 그녀의 목소리가 연기처럼 방 안을 가득 채웠다. 역장은 순간적으로 몸을 떨었다. 그녀가 천천히 그를 돌아보며 신약 성서를 턱까지 들어 올린 다음 깜짝 놀랄 만큼 날카롭고 높은 목소리로 노래하듯 소리쳤다.

"예수의 이름으로!"

역장과 한나는 깜짝 놀랐다.

"예수의 이름으로 너를 부르노라. 예수의 이름으로 명령하노라. 예수의 이름으로 너를 읽어 내리라!"

그녀가 성경을 내려서 마치 성경을 감싸듯 몸을 앞으로 굽힌 채 한나에게 다가갔다. 한나는 무거운 걸 들고 있는 듯한 그녀의 모습을 보고 몸을 떨었다.

영매 베르그 부인이 아이의 몸 위로 허리를 굽히고 알 수 없는 말을 나직이 중얼거렸다. 잠시 후 다시 소리를 높여 말했다. "예수의 무릎 안에서 안식을 취하고 예수 앞에서 영원히 존재하리라." 그리고 손을 뻗어 아이의 이마에 무엇인가를 그렸다.

역장은 생각에 잠겼다. 어쩌다 여기까지 와 버렸군. 루트가 이 광경을 보면 뭐라고 할까.

베르그 부인이 무엇인지 모를 말을 중얼거리다 갑자기 목청껏 소리쳤다. 그녀는 여전히 아이의 몸 위로 허리를 굽히고 있었다. "구스타브 아르크탄데르! 신의 이름으로 당신의 딸 에바가 질병과 고뇌에서 벗어나길 원하는가?"

"저는……." 역장은 말을 하려다 말고 주저하며 멈췄다. 루트를 떠올렸던 것이다.

"예 또는 아니오로 대답해 보시오!"

"예!" 그는 마지못해 대답하고 침을 꿀꺽 삼켰다.

"그렇다면 예수의 이름으로 에바를 위해 기도하시오!" 그녀가 다시 알 수 없는 말을 중얼거리고 목소리를 높였다. "한나 올센!"

"네!" 한나가 소리 높여 대답했다.

"에바의 어머니 역할을 하는 너에게 신의 이름으로 묻겠다. 너는 에바가 고통과 슬픔에서 벗어나 기쁨과 행복을 누리길 원하는가?"

"네." 한나는 짤막하고 분명한 대답을 돌려주었다.

"그렇다면 예수의 이름으로 에바를 위해 기도하라!" 베르그 부인은 아이의 머리 위에 한동안 손을 올려놓았다.

의식이 끝나자 베르그 부인은 몸을 돌려 서랍장에 성경을 내려놓고 양철 상자 두 개를 열었다. 하나에는 어두운 색 덩어리가, 다른 하나에는 하얀 가루가 들어 있었다. 그녀는 상자 속의 하얀 가루를 집어 들고 양초에 흩뿌렸다. 양초의 불꽃이 지지직 소리를 내며 타들어 갔다. 다음은 점토 물병에 있던 액체를 주석 컵에 흘려 넣고 다시 하얀 가루를 집어 들어 컵에 흩뿌렸다.

이어서 오른손으로 숟가락을 집어 들고 양초 위로 가져가자 불꽃이 혀를 널름거리듯 숟가락을 감쌌다. 잠시 후 왼손으로 양철 상자에 들어 있던 거뭇거뭇한 덩어리를 집어 들어 숟가락에 올리며 알 수 없는 말을 중얼거렸다. 그녀가 몸을 앞뒤로 흔들기 시작하자 숟가락에 있던 물질이 소리를 내며 녹아내렸다. 동시에 방 안이 이상한 금속성 냄새로 가득 찼다. 동전에 열을 가할 때 나는 냄새와 비슷했다.

에바가 잠에서 깨어 칭얼거렸다.

"아이를 안으시오!" 베르그 부인이 날카롭고 선명한 목소리로 외쳤다. "내가 예수의 이름으로 아이를 치유할 수 있도록 아이를 안으시오!"

한나가 아이를 안아 앞으로 쭉 내밀었다.

"바스탐, 바스티, 비오리, 아넥스, 아넥시스, 아라브스! 에바의 몸과 영을 점령해 버린 사악한 존재를 저 멀리 헤켄산(마녀들이 모이는 곳이라는 전설이 있는 아이슬란드의 산-옮긴이)으로 내쫓아 다시는 돌아오지 못하게 하소서. 성부와 성자와 성령의 이름으로! 아멘!" 베르그 부인이 몸을 홱 돌려 주석 컵을 에바의 몸 위로 들어 올리고 숟가락에 담긴 미지의 액체를 컵 위로 천천히 흘려 넣었다.

지지직 소리가 강렬하게 들리다가 조용해졌다. 베르그 부인은 숟가락을 내려놓고 주석 컵에 손을 넣었다. 잠시 후 젖은 손가락으로 에바의 이마에 무언가를 그렸다. 다시 주석 컵에 손을 넣어 바닥에 있는 금속 덩어리를 건져 올렸다. 촛불에 비춰 한참 동안 살펴보다가 손가락 사이로 금속 덩어리를 굴렸다. 꽈배기처럼 길쭉하게 비비 꼬인 모양이었다.

그녀가 두 눈을 지그시 감고 알 수 없는 주문을 외우며 금속 덩어리를 양초 앞에 내려놓은 뒤 손끝으로 양철 상자에서 하얀 가루를 집어 올렸다. 한나에게 다가가서 그녀가 안은 아이의 입술에 하얀 가루를 가져갔다.

역장이 깜짝 놀라 소리쳤다. "앗, 잠깐만요!"

"이건 아주 곱게 빻은 소금입니다." 베르그 부인이 의외로

상냥하게 말하며 역장을 바라보았다. 그녀의 얼굴이 조금 전과 달리 화사해 보였다. 소금 알갱이를 에바의 입술 사이에 밀어 넣고 재빨리 두 발자국을 떼어 구스타브 아르크탄데르에게 다가가 그의 입으로 손을 들어 올렸다. "직접 맛을 보시죠." 그녀는 역장이 뭐라 말하기도 전에 소금 알갱이를 입속에 밀어 넣었다. "한나, 너도 맛을 보렴." 한나는 고개를 끄덕인 뒤 조금도 반항하지 않고 천천히 입을 벌렸다. "아주 잘했어!" 베르그 부인이 미소 지으며 한나의 뺨을 쓰다듬어 주었다. "예수 그리스도의 이름으로 감사하고 기도하고 그 뜻을 따릅니다. 아멘." 그녀는 두 손을 모으고 고개를 끄덕이며 두 눈을 지그시 감았다. 입에서 나직한 한숨이 새어 나왔다. 잠시 후 그녀가 창가로 다가가 커튼을 힘차게 열었다. 하얀 빛이 방 안을 가득 채웠다. 한나는 칭얼거리는 에바를 달래느라 정신이 없었다.

베르그 부인이 역장을 돌아보았다. 그녀의 목소리는 어느새 평범한 여인의 목소리로 되돌아왔다. 하지만 조금 전의 날카로움이 완전히 사라진 것 같지는 않았다. "구스타브 아르크탄데르 씨, 제가 해야 할 일을 모두 마쳤습니다. 앞으로의 일은 전능한 존재에게 맡기는 수밖에 없습니다."

역장은 안절부절못하며 말했다. "아이가 정상적인 모습을 찾을 수 있을까요?"

"인간의 행위는 짐작에 그치지만 신은 세상의 모든 일을 결정합니다. 제가 납을 녹여 들여다본 아이의 미래는 일부에 불과합니다. 제 눈에 보인 것 또한 명확하지 않습니다. 당신이 할 수 있는 일은 아이를 성심으로 돌보는 것뿐입니다. 그렇게만 한다면 아이는 건강하게 잘 자랄 겁니다."

구스타브 아르크탄데르는 고개를 끄덕였다.

"또한 아이로 인해 당신의 슬픔이 깊어질 수도 있으니 마음의 준비를 단단히 해야 합니다. 처음에는 깊은 고뇌에 빠지는 날이 매우 많을 겁니다. 하지만 그 시기가 지나면 기쁨이 찾아올 것입니다. 매우 큰 기쁨이지요. 아이는 변화가 많고 불안정한 삶을 살아갈 겁니다. 수많은 나라를 여행하며 살지도 모릅니다. 제 눈에는 먼 훗날 아이가 누릴 부와 행복이 보입니다. 동시에 물과 불로 인한 큰 위험도 따를 테지만 아이 옆에는 항상 구원과 도움의 손길이 있을 겁니다."

"네, 그렇군요." 역장의 목소리에 걱정과 불안이 담겨 있었다.

"아이를 잘 보살펴 주시길 다시 한번 당부드립니다." 베르그 부인은 평범한 여인으로 돌아와 상냥한 목소리로 말하며, 가져온 물건을 챙겨 가방에 넣고 물을 싱크대에 버렸다. "역장님, 이제 가 보겠습니다. 나가는 길을 안내해 주시겠습니까?" 그녀는 한나와 악수하고 뺨을 쓰다듬어 주었다. "잘 지내렴, 한나. 행운을 빌게. 에바, 이제 너와도 작별해야겠구나." 칭얼거리는 작은 아기의 머리를 어루만지며 말했다.

역장은 베르그 부인을 기차역 앞길까지 배웅해 주었다. 그녀는 역장과 악수를 나누며 살짝 미소 짓는 얼굴로 행운을 빌고 발을 옮겼다. 지나가는 사람들이 호기심 가득한 눈길로 그녀를 흘깃흘깃 쳐다보았다.

점쟁이가 발을 멈추고 말을 걸었답니다. 오, 젊은 여인이여, 나를 보시오. 지금 당신의 머릿속은 한 남자로 가득하군요. 그의 눈동자는 파란색인가요? 그렇지요? 그의 이름은 아르비드가 아닌가요? 파란 눈동자에 하얀 미소를 지닌 남자군요? 지금 당신이 그리는 사람이 바로 그 사람이군요?

네, 그렇습니다. 저는 아르비드를 생각하고 있습니다.

이건 게임이에요, 아버지. 처음부터 끝까지 속임수에 불과하다고요.

한나

그들의 집에선 많은 일이 일어나지 않았다. 그들의 집. 그렇다. 어느덧 한나는 그 집에서 사는 데 익숙해졌다. 그렇다고 우리 집이라 부를 수는 없는 일. 그 집은 역장의 집, 더 정확히 말하자면 국립철도공사의 관사였다. 그럼에도 불구하고 한나는 그 집이 자기 집인 양 익숙해졌다. 가끔 우리 집이라 부를 정도로. 하긴 한나도 그 집에 살고 있으니 틀린 말은 아니었다. 그 집에는 한나와 에바 그리고 집안일에 전혀 관심이 없는 아르크탄데르가 살았다. 한나는 매일 에바의 기저귀를 갈고 목욕시킨 다음 아르크탄데르 역장의 아침을 차리고 커피를 끓였다. 역장은 한나가 같은 식탁에서 아침을 먹어도 마음에 두지 않는 것 같았다. 오히려 함께 먹자고 권할 때도 있었다. 그러나 한나가 앞에 앉아 있어도 혼자 먹는 듯 한마디도 하지 않았다. 가끔 예의를 차려 '좋은 아침'이라고 인사를 건네거나, 그날 꼭 해야 할 중요한 일을 언급할 때도 있었지만 대부분은 말을 나누지 않았다.

그는 아침을 먹고, 신문을 읽고, 커피를 마셨다. 눈앞에 아무도 없는 듯. 한나는 역장이 혼자 있고 싶어 하는 걸 감추기 위해 신문을 이용한다는 사실을 전혀 몰랐다. 역장은 식사를 마치면 예의 바르게 잘 먹었다고 인사했으며, 제복과 모자를 갖춰 입고 업무를 보러 아래층으로 내려갔다.

역장이 출근하면 한나는 오전 내내 에바와 함께 지냈다. 오후 1시가 되면 아르크탄데르 역장이 점심을 먹고 커피를 마시기 위해 다시 2층 관사로 올라왔다. 한나는 그 시간이 되면 어김없이 식탁을 차렸지만 역장과 함께 먹지는 않았다. 침묵의 무게를 견딜 수 없기 때문이었다.

그녀는 에바와 이야기를 하고, 에바에게 음식을 먹이고, 에바의 몸을 씻겼다. 그 외에는 할 일이 별로 없었다. 에바는 덥수룩한 털 속에서 커다란 눈이 진지하게 빛나는 꽤 이상한 아기였다. 소리 높여 우는 일도 없었다. 잠들기 직전 한나가 털을 쓰다듬거나 노래를 불러 주면 매우 좋아했다. 한나는 장을 볼 때 에바를 유모차에 태워 데려가도 좋은지 역장에게 물었다. 한나 또래의 소녀들이 이웃집 아기를 유모차에 태워 산책시키는 아르바이트를 하기 때문에 스토르가텐거리에 나가면 그녀들을 만날 수 있었다. 물론 한나는 역장이 허락하지 않을 거라고 물어보기도 전에 지레짐작했다.

"앞으로는 집에 필요한 물건이 있으면 따로 메모해 주게." 아르크탄데르가 말했다. "급사를 시켜서 물건을 사 오게 할 테니까."

"하지만 그건 좋지 않아요." 한나가 자기 뜻을 밀고 나가기 위해 조심스럽게 말을 이었다. "매일 집에만 있으면 에바는 신선한 바깥 공기를 마실 수가 없습니다. 그러면 나날이 창백해질 테고 깊이 잠들 수도 없으며 소화불량에 걸릴 확률도 높아요."

"음……." 역장은 이해할 수 없다는 듯한 표정을 지었다.

"제가 에바를 데리고 매일 스토르가텐거리나 프레드헤임 회관 쪽으로 산책하면……."

"한번 생각은 해 보겠네." 아르크탄데르가 그녀의 말을 잘랐다.

사흘 후 새 유모차가 배달되었다. 한나가 말한 것과 똑같은 유모차였다. 하지만 산책 코스는 전혀 달랐다. 역장의 지시는 특별 열차를 떠나보낼 때처럼 정확하고 명료했다. 플랫폼이 텅 비는 오전 10시 15분이 되면 에바를 태운 유모차를 끌고 플랫폼이 끝나는 지점에서 철로를 건너 그 반대편 공터로 갔다. 공터의 담장 뒤에 살짝 숨겨진 오솔길을 따라 걸으면 엔진 창고가 나왔다. 창고 옆 햇살이 잘 들어오는 담장 밑에 작은 벤치가 있었다. 그 벤치에 앉아 있는 역무원들하곤 대화를 나눠도 좋다는 허락을 받았다. 산책은 한 시간을 넘길 수 없었고, 왔던 길 그대로 돌아가야 했다. 즉 철로 너머 오솔길을 지나 화물출하실을 거친 다음 비좁은 화물선 플랫폼을 따라 승객용 플랫폼까지 와야만 했다. 승객용 플랫폼에 이르면 절대 발을 멈추거나 주변을 두리번거리지 않아야 했다. 역장이 엄격하게 금지한다고 말했기 때문이다.

산책 코스는 역장이 행정 서류를 처리할 때처럼 세세하고 명확하게 지정했으며 반대 의견이란 있을 수 없었다. 한번은 역장의 지시를 어기고 시내까지 유모차를 끌고 갔다가 일자리를 잃을 뻔했다. 역장은 불같이 화를 냈지만 며칠이 지나자 수그러졌다. 물론 한나는 그날의 짧은 산책을 통해 깨달은 것이 있었다. 사람들은 그녀가 발을 옮길 때마다 호기심 어린 눈으로 바라보며 수군거렸다. 결코 유쾌한 경험은 아니었다. 역장의 지시를 따르는 건데, 하는 후회도 스쳤다. 유모차를 끌고 산책길에 나온 소녀들은 한나에게 아는 척도 하지 않았다. 한나는 무안해져서 에바를 살펴보는 척 유모차를 내려다보며 종종걸음으로 그곳을 벗어나야만 했다.

그날 이후 에바의 유모차를 끌고 역장이 지정해 준 산책로만 왔다 갔다 했다. 사실은 역무원만 출입할 수 있는 장소였다. 직원들은 한나를 보면 매우 친절히 대해 주었다. 물론 그들도 호기심이 있었지만 한나가 알아차릴 만큼 대놓고 드러내진 않았다.

역장도 바깥 출입을 하지 않았다. 한나가 차려 준 저녁을 먹고 나면 거실에 멍하니 앉아 있거나 책을 읽었다. 가끔은 혼자 솔리테어 카드 게임을 했지만 대개는 끝까지 완성하지 못했다. 에바의 방에 들어와 잘 자라는 인사를 건네는 일도 거의 없었다. 의사와 약사 부부는 일주일에 한 번 정도 저녁 시간이나 일요일에 에바를 찾아왔는데, 가끔 스바메르담이 함께 오기도 했다. 그럴 때면 아르크탄데르도 어쩔 수 없이 그들과 함께 에바의 방에 얼굴을 내보였다.

비르게르손 부인은 에바와 한나를 매우 친절히 대해 주었다. 시간이 나면 오전 중에도 찾아와서 한나와 한두 시간쯤 담소를 나누기도 했다. 한나는 바깥출입을 못 해 사람들을 만날 수 없는 터라 그녀가 찾아오면 매우 기뻐했다. 비르게르손 부인을 믿고 따르며 마음속에 있는 크고 작은 걱정거리도 함께 나누었다. 비르게르손 부인은 아는 것도 많고 겸손하며 신중하지만 나이 차이가 너무 커서 친구라고 말할 수는 없었다. 하지만 그녀는 항상 한나의 기분을 북돋아 주고 잘 보살펴 주었다.

한나는 처음 역장의 관사에 왔을 때만 해도 갓난아기 돌보는 일이 서툴러서 매사에 안절부절못했다. 역장이 크게 요구하는 건 없었지만 그의 식탁을 차리는 일도 쉽지 않았다. 집에서 먹던 평범한 음식과는 수준이 달랐기 때문이다. 하지만 무뚝뚝한 듯 알게 모르게 여러모로 도움을 준 비르게르손 부인 덕분에 날이 갈수록 솜씨가 늘었고, 어느덧 한나는 비르게르손 부인의 방문을 손꼽아 기다렸다. 그녀와 함께 이런저런 이야기를 나누며 커피를 마시고 에바와 놀아 주면서 생기를 되찾았다. 어느 날 비르게르손 부인이 모눈 노트를 가져와 가계부 쓰는 법을 가르쳐 주었다(비르게르손 부인은 약국에서 회계일을 했기 때문에 그 정도는 아무것도 아니었다). 에바나 한나가 아프면 약국에서 목사탕이나 연고를 비롯해 갖가지 약품을 가져오기도 했다. 한나가 일주일에 한 번 쉬는 날 본가로 돌아가면 비르게르손 부인이 에바를 돌봐 주었다. 한나가 저녁 시간에 친구들을 만나느라 자리를 비울 때도 마찬가지였다.

역장에게 아이를 봐 달라고 부탁하는 건 아무 소용 없는 일이었다. 그는 아이를 앞에 두고도 다른 세상에서 온 사람처럼 이해할 수 없다는 표정으로 멀뚱멀뚱 바라보기만 했다. 이따금 에바의 방문을 열고 무슨 일이 있는지 확인할 때도 마찬가지였다.

한나와 비르게르손 부인은 역장의 태도를 두고 한숨만 내쉬었다. 에바가 엉금엉금 기기 시작했을 때도 역장의 태도는 무덤덤했다. "좋아." 한마디만 내뱉고는 고개를 돌려 버렸다. 자기 삶을 제3자의 눈으로 보는 듯 무관심한 태도는 한나를 두렵게 만들고 비르게르손 부인을 걱정시켰다. 저녁이 되면 역장은 제복 차림 그대로 가만히 앉아 있었다. 화려하게 장식한 묵직한 액자 속에서 어렴풋한 슬픔을 머금은 뻣뻣한 초상화와 다를 게 없었다.

한나는 그가 세상을 떠난 아내를 그리는 거라고 짐작했다. 물론 그렇겠지?

비르게르손 부인은 그가 여러 가지 생각으로 머릿속이 복잡할 거라고 넘겨짚었다.

*

5월 말 어느 날 아침부터 천둥번개가 치고 우박이 쏟아졌다. 잿빛 하늘 아래에선 갑자기 세찬 비바람이 몰아치기도 했다. 집 안에도 어두컴컴하고 무거운 기운이 감돌았다. 한나는 불을 켰다. 에바가 소리 지르며 칭얼댔다. 귀가 먹먹할 정도로 천둥번개가 몰아치자 정전이 되었다.

한나는 허겁지겁 집 안을 돌아다니며 양초에 불을 붙였다. 에바의 울음소리가 더욱 커졌다. 한나는 에바를 안아 올렸다. 그 순간 정문을 두드리는 소리가 들렸다. 한나는 에바를 안은 채 계단을 뛰어 내려갔다. 홀로 어쩔 줄 몰라 안절부절못하는 그녀를 위로하기 위해 비르게르손 부인이 찾아온 거라고 짐작하며 반가운 얼굴로 얼른 문을 열었다.

문 앞에 서 있는 사람은 비르게르손 부인이 아니었다. 검은 머리에 피부가 창백하고 키가 큰 신사였다. 그는 넓은 검은색 넥타이를 매치한 고상한 정장에 코트를 걸치고 왼손에는 우산을 들고 있었다. 한나는 그가 세찬 비바람에 실려 문 앞까지 온 사람인 양 겁에 질린 표정으로 바라보았다. 에바의 울음소리는 더욱 높아졌다. 낯선 신사는 에바를 흘낏 바라본 다음 옅은 미소를 지으며 역장을 만날 수 있냐고 매우 정중하게 물었다.

"실례합니다만 지금 역장님을 만나 뵐 수 있을까요?"

낯선 이의 갑작스런 방문과 정중하고 기품 있는 말투에 한나는 얼떨떨하여 어쩔 줄을 몰랐다. 그도 그럴 것이 세찬 비바람이나 우박과는 전혀 상관없는 사람처럼 보였던 것이다.

"역장님은 지금 집무실에 계십니다."

"아, 그렇군요. 그렇다면 제가 지금 역장실로 찾아가면 뵐 수 있을까요?" 그가 다시 보일락 말락 옅은 미소를 지으며 한나와 아이를 향해 살짝 허리를 굽혔다.

"네, 그렇습니다." 한나는 여전히 얼떨떨해하며 대답했다. 낯선 신사의 수수께끼 같은 태도에 끝까지 경계를 놓지 않았다.

"진심으로 감사드립니다." 검은색 정장을 입은 신사는 다시 허리를 굽혀 정중하게 인사한 뒤 두 발짝 물러나 우산을 펴고 자갈길 아래쪽으로 걸음을 옮겼다. 잠시 후 그는 건물 모퉁이를 돌아 반대편 문을 두드렸다. 한나는 그의 뒷모습을 지켜보다 시야에서 벗어나자마자 문을 힘껏 닫았다.

세차게 몰아치던 비바람은 곧 자취를 감추고 창밖은 다시 햇살로 환해졌다. 비가 그치자마자 비르게르손 부인이 한나를 찾아왔다. 두 여인은 이제 막 이유식을 시작한 에바가 턱에 음식을 흘려 가며 먹는 모습을 보고 미소 지었다. 에바의 얼굴은 덥수룩한 털 때문에 또래의 평범한 아이들보다 훨씬 이상했지만 어떻게 보면 더 귀여운 것 같기도 했다. 문제는 흘린 음식이 털에 붙어서 말라 버리면 씻어 내기가 여간 힘든 게 아니라는 거였다. 한나는 비르게르손 부인에게 방금 정문을 두드린 낯선 남자 이야기를 하고 싶었지만 기회를 찾을 수 없었다. 그녀가 입을 열 때마다 생각지도 않은 일이 일어난 것이다. 현실적이고 구체적인 일들이라 그녀가 하고 싶은 말보다 훨씬 중요했다. 그렇게 시간을 흘려보내고 나니 한나는 천둥번개가 내리칠 때 정문을 두드린 남자가 실제 인물인지, 자신의 머릿속에만 존재한 상상의 인물인지 헷갈리기 시작했다. 비르게르손 부인이 집으로 돌아가기 직전에야 낯선 남자의 이야기를 하려고 입을 열었지만, 그 순간 전기가 들어오는 바람에 두 사람의 대화는 자연스럽게 정전과 전기로 흘렀다.

저녁 먹기 한 시간 전쯤 역장이 관사로 올라와 오늘 저녁은 방문객과 함께 먹을 계획이니 한나 혼자 미리 먹으라고 말했다.

한나는 고개를 끄덕였지만 걱정이 되어 안절부절못했다. 그날 저녁거리는 어묵과 감자, 채소가 전부라 손님을 대접하기에 마땅치 않았다.

"괜찮아, 한나." 역장이 안심시켰다. "있는 그대로 대접하면 돼. 나머지 일은 내가 알아서 할 테니까."

한나는 에바와 먼저 저녁을 먹고 두 사람 몫의 식사를 다시 준비했다. 한나는 에바를 재우고 자기 방에 있다가 몇 시간 뒤 잘 자나 살펴보려고 아이 방으로 가는 도중 낮에 찾아

온 신사의 목소리가 거실에서 들려오는데도 그다지 놀라지 않았다. 그가 말하는 중간중간에 가끔 아르크탄데르의 말소리도 들려왔다. 그의 목소리는 역장의 목소리보다 훨씬 명확하고 나직했으며 노래하듯 부드러웠다. 한나는 그의 목소리를 들으며 기분 좋은 만족감과 불안감이 동시에 엄습하는 걸 느꼈다.

역장은 다음 날은 물론 여러 날이 지나도 낯선 방문객에 대해 한마디도 꺼내지 않았다. 한나도 비르게르손 부인에게 신사 이야기를 하지 않았다. 몇 번이나 혀끝에 낯선 남자의 이야기가 맴돌긴 했지만, 두 사람에겐 항상 그보다 더 중요한 일이 기다렸기 때문에 금방 잊어버리고 말았다. 에바는 점점 자랐고, 에바의 몸을 덮은 털도 더 길어졌다. 에바의 털을 씻기고 빗질하는 일에 점점 더 손이 많이 갔으며, 그 때문에 에바가 짜증 내고 칭얼거리는 일이 잦아졌다.

전문가의 의견

친애하는 레빈 선생

귀하가 보내 준 매우 흥미로운 보고서에 감사하며, 답신이 늦어진 점을 깊이 사과드립니다. 답신이 늦어진 이유는 귀하의 보고서를 둘러싸고 본 협회에 속한 피부과 전문의들 간에 장시간의 토론이 있었기 때문입니다.

귀하의 보고서를 바탕으로 우리는 당사자가 매우 희귀한 질병인 선천적 배냇털 과다증에 노출된 것으로 결론을 내렸습니다. 흔히 곤살부스병이라고도 합니다. 발생률이 지난 400년간 10여 건 이하로 추산될 만큼 매우 희귀한 질병입니다. 이러한 정황 때문에 귀하의 보고서는 본 협회의 흥미와 관심을 일으켰습니다. 해당 사항은 노르웨이뿐 아니라 런던과 베를린의 의학협회 전문가들에게도 알려져 그들의 관심을 불러일으키고 있습니다.

조만간 본인이 조력 임무를 맡아 줄 마티센 의사와 함께 그곳을 방문하고자 하니 귀하와 당사자께서 넓은 아량으로 허락해 주시기 바랍니다. 우리는 당사자가 앓고 있는 병이 정말 곤살부스병인지 검사하고, 필수불가결한 몇 가지 검진도 병행할 계획입니다. 이러한 질병에 노출된 환자가 현대 의학의 도움을 확실하게 받을 수 있는 기회가 흔치 않은 만큼 저희의 방문을 허락해 주시길 다시 한번 부탁드립니다.

의학협회 대표

교수 요한 Q. 스트룀 박사

협회에서 보낸 서신을 받아 든 의사 레빈은 들뜬 마음으로 비르게르손 부부에게 달려가 보여 주었다. 현대 의학을 대변하는 권위 있는 협회에서 3개월 만에 그의 보고서에 흥미와 깊은 관심을 나타낸 것이다. 뿐만 아니라 협회 대표가 직접 답장을 보내 이곳까지 와서 환자를 살펴보겠다고 했다. 이 얼마나 영광스러운 일인가. 비르게르손 부부가 찻잔을 앞에 두고 칭찬하며 부러워하자 아브라함은 상기된 표정으로 기뻐 어쩔 줄을 몰랐다. "정말 훌륭하군요, 아브라함." 그는 비르게르손 부인의 격려에 힘입어 이 기쁜 소식을 역장에게도 전하려고 서둘러 발을 옮겼다.

편지를 읽은 구스타브 아르크탄데르의 얼굴에 화색이 돌았다. 감동과 기쁨이 어우러진 그의 표정은 의사 레빈의 표정과 별로 다르지 않았다.

"정말…… 정말 그 전문가들이…… 우리를…… 우리를 도와줄 수 있다고 생각하십니까?" 역장은 아름다운 로고와 비스듬히 휘갈긴 서명을 보며 기쁨에 넘쳐 말을 더듬었다.

"글쎄요……." 의사는 최대한 무덤덤하게 말하려 했지만 희망과 기대로 가득 찬 속마음을 숨길 수는 없었다. "의학 전문가들이 이렇게까지 말했으니 우리는 두고 보면 될 일이라 생각합니다."

"당장 그들에게 전보를 보냅시다." 아르크탄데르가 서둘러 말했다.

"하지만 전신송출실이…… 문을 닫지 않았습니까? 시간이 많이 늦었……."

"시내 송신국은 아직 문을 닫지 않았습니다." 아르크탄데르가 힘차게 말을 이었다. "어차피 시간이 걸리는 일이긴 합니다만……. 지금 당장 아래층 전신송출실로 내려가 전보를 작성하면 시내 전보국을 통해 바로 보낼 수 있을 겁니다. 같이 내려가 봅시다."

두 사람은 서둘러 아래층으로 내려갔다. 아르크탄데르는 창문이 없는 전신송출실로 들어가자마자 교대 근무 중인 직원을 내보내고 책상 앞에 앉아 전보문을 작성하기 시작했다.

귀하의 방문을 고대하며, 방문 일시는 직접 결정해서 알려주기 바람. 레빈.

역장은 모스전신기를 이용해 전보를 수도로 보내면서 최대한 빨리 수신자에게 전달해 달라고 덧붙였다.

*

두 차례의 전보 송수신과 전화 통화를 하고 8일 후 레빈과 역장은 주일에만 입는 근사한 옷을 차려입고 기차역 플랫폼에 섰다. 6월 12일이었다.

기차에서 내린 의사협회 대표는 40대 중반의 남자였다. 회색 와이셔츠에 보타이를 맸는데 검은색 정장 재킷의 소매가 닳아서 반들거렸다. 얼굴은 텁수룩한 갈색 턱수염 뒤로 여드름 자국이 남긴 흉터가 빽빽했다. 언뜻 매우 까다롭고 차가워 보였다. 요한 Q. 스트룀 교수는 의사 레빈에게 형식적인 인사를 건넨 뒤 아르크탄데르 역장에겐 호의를 보이며 함께 온 마티센 박사를 소개했다. 스트룀 교수보다 훨씬 어려 보이고 턱수염도 기르지 않은 마티센 박사는 기차에서 짐을 내리느라 애쓰고 있었다.

스트룀 교수는 마중 나온 이들의 인사말을 무지르며 이미 요청한 대로 욕실이 딸린 호텔을 예약해 놓았는지 물었다.

"제가 기억하기엔 그런 요청은 없는 것으로……." 의사 레빈이 말문을 열자 스트룀 교수가 한참이나 노려보았다. "제가 통화 내용을 오해한 것 같습니다." 레빈은 겨우 말을 맺으며 정중하게 사과했다.

그들은 함께 호텔을 향해 걷기 시작했다. 보슬비가 내리자 역장이 손님을 위해 커다란 우산을 폈다. 손님의 짐을 들고 일행을 따르는 레빈은 흠뻑 젖은 채 걸어야만 했다.

의사 레빈이 예약해 둔 방에 욕실이 없어서 방문객들은 복도의 공용 욕실을 사용해야 했다. 아르크탄데르 역장은 레빈에게 책망하는 눈초리를 던졌다. 레빈은 미안한 표정을 지으며 안내 데스크로 달려가 협상에 나섰다. 그사이 마티센과 아르크탄데르가 몇 마디 주고받는 동안 스트룀 교수는 호텔 로비의 거대한 열대목(호텔의 자랑거리였다) 옆에 꼼짝 않고 서서 창밖의 거리를 내다보았다. 협상 결과 방문객들은 욕실이 딸린 방 하나를 얻었고, 그 방은 자연히 스트룀 교수에게 돌아갔다. 마티센 박사는 지금 상태에 만족한다며 미소를 지었다.

스트룀 교수는 열쇠를 받아 들고 말 한마디 없이 방으로 올라갔다. 교수의 짐을 운반하는 급사가 종종걸음으로 그를 따라갔다.

"교수님은 기차 여행을 좋아하지 않습니다." 뒤에 남은 마티센 박사가 설명했다. "기차를 타면 멀미하거든요."

"그럼에도 불구하고 여기까지 기차를 타고 오시다니 깊이 감사드립니다." 의사 레빈이 정중하게 말하자 옆에 있는 역장도 맞장구를 쳤다.

"이제 교수님은 목욕을 하실 겁니다." 마티센 박사가 보일락 말락 옅은 미소를 지으며 말을 이었다. "두 분은 잠시 후 여기서 다시 뵙는 게 어떨까 싶습니다만."

"아, 네, 물론이죠, 물론입니다……. 그렇다면…… 한 시간 후쯤 다시 올까요?"

마티센 박사는 어이없다는 표정으로 두 사람을 바라보았다. "두 시간 후에 오십시오." 그는 말을 마치자마자 짐을 들고 계단을 올라갔다.

*

역장과 의사는 스트룀 교수가 목욕을 하고 나면 기분이 나아지리라 짐작했지만 현실은 달랐다. 그는 두 시간 반이나 지난 후에 마티센 박사를 포함해 세 명이 기다리는 로비로 내려왔다. 그의 몸에서는 라벤더 향이 풍겼지만 기분은 조금도 달라지지 않았다.

아르크탄데르와 레빈은 호텔 레스토랑에서 방문객들과 점심을 먹을 계획이었다. 그런데 점심시간이 한 시간 전에 끝난 걸 알고 역장이 레스토랑 매니저에게 애원하다시피 식사 시간을 좀 더 연장해 달라고 부탁했다. 하지만 아르크탄데르의 점심 초대는 스트룀 교수의 한마디에 무산되어 버렸다.

"그런 일로 시간을 낭비하고 싶지 않습니다." 깨끗하게 목욕하고 내려온 교수는 인상을 찌푸리며 말했다. "얼른 환자를 만나러 갑시다. 역장님이 길을 안내해 주시죠." 그가 호텔 정문을 가리켰다.

"아, 물론입니다. 그렇게 하죠." 역장이 그를 위해 육중한 마호가니 문을 열어 주었다.

레빈은 레스토랑 앞에서 짜증 난 듯 손가락으로 문을 톡톡 두드리는 매니저에게 다가가 사과해야만 했다.

"교수님은 항상 저런 식인가요?" 레빈이 마티센 박사에게 나직이 물었다.

"네, 원래 그렇습니다." 마티센 박사는 레스토랑 쪽을 향해 아쉬운 눈빛을 던지긴 했지만, 교수의 태도에 전혀 개의치 않는 눈치였다.

교수는 역장의 관사에 도착해서도 무뚝뚝하고 무례했다. 비르게르손 부인에겐 인사를 하는 둥 마는 둥 하고 한나에겐 가볍게 고개만 끄덕일 뿐이었다. 하지만 한나가 에바를 데려와 진찰을 위해 옷을 벗기자 태도가 싹 달라졌다. 그는 만족한 표정을 지으며 아! 또는 오! 등의 감탄사를 내뱉었다. 심지어는 덥수룩한 턱수염 뒤로 미소가 생겨나기 시작했다. 마티센 박사는 진료 가방을 열었다. 스트룀 교수는 에바의 몸을 머리부터 발끝까지 세세히 살펴보았다. 팔과 다리를 들어 올리고, 귀와 입속을 보고, 털의 길이를 자로 재고, 작은 가위로 털을 잘라 샘플로 챙겨 두었다. 그는 마티센을 향해 쉴 새 없이 말했고, 마티센은 그의 말을 열심히 받아 적었다.

"신체 전 부위를 감싸고…… 혀에는 모낭이 없는 것 같고…… 손바닥도 마찬가지로…… 길이는 35에서 45밀리미터 정도……. 살 속에 파고든 털은 전혀 없군. 마티센 박사, 이 사실은 매우 주목할 만한걸…….” 두 의학 전문가는 털에 관해 추가 진료를 하고 혈액검사까지 했다. 에바는 금방이라도 숨이 넘어갈 듯 소리를 지르며 울어 댔다.

두 사람은 주변에서 무슨 일이 일어나는지 전혀 관심을 보이지 않은 채 오직 진료에만 집중했다.

마침내 역장이 용기를 내어 말문을 열었다. “교수님, 이 병의 원인이 무엇인지 설명해 줄 수 있는지요?”

교수는 멍한 표정으로 역장을 돌아보더니, 갑자기 만면에 화색이 돌면서 기분 좋게 대답했다. “네. 제 소견을 말씀드리자면 이 사안은 매우 흥미롭기 그지없습니다. 아주 흥미롭습니다. 아름답기까지 합니다. 온몸을 뒤덮은 털이라니요.” 그는 마치 크리스마스 이브를 맞은 어린아이처럼 기쁨에 넘치는 것 같았다.

“하지만 병의 원인은…….”

“원인이라…… 원인이라…….” 스트룀 교수는 매우 권위적인 태도로 말을 이었다. “적어도 일반적인 의견을 말씀드릴 수는 있습니다. 우리 인간은, 당신과 나를 포함한 세상 모든 남녀의 몸은 미세한 털주머니로 뒤덮여 있습니다. 흔히 모낭이라고 부르는데 아시다시피 그 수가 엄청나게 많습니다. 직접 자세히 살펴보면 아시겠지만, 털이 없는 줄 알았던 부위에서도 모낭을 찾아볼 수 있습니다. 이 털주머니는 털이 성장하는 근원지라고 볼 수 있지요. 모낭은 신체 부위에 따라 서로 다르게 작용합니다. 머리에 자라는 털, 얼굴에 자라는 털. 머리카락과 수염은 경모라고 부릅니다. 팔다리에 자라는 미세한 솜털은 연모라고 부르지요. 그 외에 직접 언급하기 민감한 부위, 즉 생식기에 자라는 털도 있습니다."

역장은 헛기침만 할 뿐 아무 말도 하지 않았다.

"이미 짐작하셨겠지만, 우리 몸의 털은 그 부위에 따라 매우 다릅니다. 눈썹과 머리카락 등은 그 길이와 굵기, 부드러운 정도가 다르지요. 부위에 따라 그 색깔이 다른 경우가 있고, 자라는 속도도 다릅니다. 여기까지 이해하시겠습니까?"

"네."

"우리 인간의 몸에는 털이 엄청나게 많습니다!"

"네, 잘 알고 있습니다."

"그렇다면 우리 몸에 자라는 털이 대충 몇 개나 될까요? 한번 맞혀 보십시오."

"교수님." 의사 레빈이 교수의 말에 끼어들었다. "아르크탄데르 역장님은……."

"우리 몸의 털은 수십만 개에 이릅니다." 스트룀 교수는 여전히 열정적인 태도로 말을 이어 나갔다. "온몸에 걸쳐 자라는 털은 그 부위에 따라 용도와 목적이 다릅니다. 예를 들어 역장님은 우리의 눈썹이 먼지와 빗물로부터 눈동자를 보호하기 위해 자란다고 생각하시겠죠? 그건 옳지 않습니다! 우리의 눈썹은 그보다 훨씬 미묘하고 세밀한 목적을 위해 존재합니다. 우리에게 눈썹이 없다고 상상해 보십시오. 눈썹이 없다면 상대방의 표정에서 속마음을 읽어 내는 게 쉽지 않을 겁니다. 의태 행위예술가나 무대의 연극배우도 눈썹이 없다면 그 역할을 해내지 못할 테지요. 인간의 눈썹은 먼지와 빗물로부터 눈동자를 보호하는 동시에 의사소통을 위한 기관이라 해도 과언이 아닙니다. 단지 빗물로부터 눈동자를 보호하기 위해 눈썹이 생겨났다면 지금보다 숱도 더 많고 길어야 합니다. 그래야 눈동자를 제대로 보호하지 않겠습니까. 또한 연모라고 부르는 솜털은……."

의사 레빈이 헛기침을 하며 무슨 말을 하려는 듯 입을 열었지만, 스트룀 교수의 열정적인 강의에 끼어들 수가 없었다.

"네, 연모는 우리 몸에 자라는 매우 미세하고 부드러운 솜털입니다. 털이 전혀 없다고 생각한 부위도 자세히 관찰하면 솜털이 보입니다. 그렇다면 이 솜털은 어떤 역할을 할까요? 궁금하지 않습니까?"

"저는……." 역장이 말문을 열었다.

"맞습니다. 매우 궁금할 겁니다. 궁금한 게 있으면 무엇이든 주저하지 말고 물어보시기 바랍니다. 그렇다면 이 솜털은 무엇에 쓰일까요? 이 솜털은 추위나 빗물로부터 우리 몸을 보호해 줄 수 없습니다. 통속적인 대중 의학의 관점에서 이 털은 다른 부위의 털과 마찬가지로 우리 인간이 태초부터 지녀 온 원시적 털의 일부라는 의견도 대두되어 왔습니다. 폰 우엑스퀼은 인간의 격세유전 현상이라고 했습니다. 바꿔 말하자면 과거의 잔재라고 할 수 있습니다. 하지만 이것은 명백한 오류입니다. 아시겠습니까? 오류란 말입니다. 쳇, 회복할 수 없는 참으로 어리석은 오류에 불과합니다."

"잘 알겠습니다……."

"우리 신체의 연모는 감각 도구입니다. 즉 촉각과 관계된 기능적인 신체 부위라 할 수 있습니다. 연모는 피부에 자리한 미세한 지레와도 같아서 신체 균형을 이루기 위해 자체적으로 소생활권을 유지하는 유기 조직체라고 이해할 수 있습니다. 예를 들어 성에 눈을 뜬 매혹적인 여인이 피부를 맞닿아올 때 연모가 없다면 감각적 인지를 할 수 없을 겁니다. 원하시면 지금 당장 직접 확인해 봐도 좋습니다."

순간 마티센 박사가 헛기침을 했지만 스트룀 교수는 아랑곳하지 않고 말을 이었다. "예를 들어 늙은 산토끼처럼 털이 없는 뒷다리를 살살 문질러 보면 비교적 털이 많은 앞다리와 전혀 다른 감각을 느낄 수 있을 겁니다."

"그런 일은 직접 해 보지 않았습니다만……."

"꼭 한번 실험해 보십시오. 어쨌든 우리 몸에는 엄청난 수의 털이 자라고 있습니다. 모낭은 털보다 훨씬 많습니다. 모낭은 얼굴, 등, 배…… 전체 부위에 퍼져 있습니다. 그러나 이들 모낭은 비활성 개체입니다. 우리는 이 사실에 만족할 수밖에 없습니다. 모든 모낭이 활성 개체라면 우리의 몸은 귀와 등은 물론 손바닥까지 긴 털로 뒤덮일 것이기 때문입니다. 이처럼 털을 생산하지 않는 모낭을 휴지기 모낭이라고도 부릅니다. 남자들의 경우 머리의 모낭이 일찍 휴지기에 들어갑니다. 이 시기에 접어들면 머리카락이 자라지 않습니다. 우리는 일부 모낭이 일찍 휴지기에 들어가는 이유를 밝혀내지 못했습니다. 머리가 벗어지기 시작하면 아스파라거스 추출물이나 팅크(알코올에 혼합하여 약제로 사용하는 물질-옮긴이)를 바르는 남자도 있습니다만, 전혀 도움이 되지 않습니다. 모낭은 그 자리에 존재하지만 말입니다. 털은 원시시대부터 인간의 몸에 자리해 왔는데, 시간이 흐르면서 그 일부만 남았습니다. 나머지는 모낭의 형태로만 존재하는 셈이지요. 지금 제가 무슨 말을 하는지 이해하시겠습니까?"

"네." 구스타브 아르크탄데르가 말했다. "지금 교수님은 인간이 원시시대의 하등 생명체에서 시간에 따라 고등 영장물로 진화했다는 말씀을 하시는 거죠?"

"이미 아실지 모르겠습니다만, 인간의 발생학 과정은 266일 또는 38주에 걸쳐 이루어집니다. 정자와 난자가 수정한 후 배를 형성하고 생장하여 새로운 개체가 되는 과정에 이만큼의 시간이 걸린다는 말이지요. 이 기간의 태아는 원시시대부터 현재까지 인간의 진화 과정을 모두 겪습니다. 단세포 동물에서 연체동물, 올챙이 같은 양서류, 도마뱀 등을 거쳐 털을 가진 포유동물까지의 과정을 모두 경험한다는 말입니다. 이러한 과정을 거치다가 일곱째 달이 되기 직전에 모낭이 생기는데, 이 모낭에서 한 군데도 빠지지 않고 털이 생성되어 자라납니다. 이 시기 태아의 몸은 털로 뒤덮이는 것이지요. 각각의 유기체가 제 기능을 다 할 수 있는지 시험해 보는 것처럼 말입니다. 이 시기에 자라는 털은 실크처럼 부드럽고 매우 가는 단일 형태를 유지합니다. 우리는 배냇솜털이라고 부릅니다. 이처럼 모체의 태아가 7개월째에 이르면 갑자기 성장이 촉진되고, 이때부터…….”

“그렇다면 인간은 바로 그 시기에 동물에서 인간으로 변하는군요?”

“글쎄요…… 그렇다고도 할 수 있겠죠. 어쨌든 이 시기엔 또 다른 기이한 일도 일어납니다. 배냇솜털은 일정 시간이 흐르면 태아의 몸에서 떨어져 자궁의 양수를 떠다닙니다. 세상에 태어난 갓난아기가 가장 처음 내놓는 진초록색 배설물, 즉 태변을 살펴보면 대부분이 배냇솜털이라는 걸 알 수 있습니다. 세상에 태어난 아이의 몸에서 가장 먼저 털이 자라는 부위는 바로 머리입니다. 간혹 아이가 세상에 태어난 후에도 등부위에 배냇솜털이 남는 경우가 있습니다. 이러한 털은 레빈 선생, 이름이 레빈 맞던가요, 레빈 선생과 약사님도 아시겠지만 일정한 시기가 지나면 자연히 사라집니다. 따라서 두 분의 주장이 전혀 근거 없는 것이라 말할 수 없습니다. 하지만 이번 경우엔 맞지 않습니다."

"그렇다면요?"

"여기 이 아이의 경우는 매우 특별합니다. 선천적으로 타고난 자연스러운 털이 아닙니다. 지금 우리가 두 눈으로 보는 이 털은 모체의 태아가 7개월째 되는 시기에 잃어버리는 배냇솜털입니다. 어떤 이유인지 이 아이는 배냇솜털이 사라지지 않고 지금까지 자라는 중입니다."

"그렇다면 이 아이는 배냇솜털을 여태까지 가지고 있다는 말입니까?"

"그렇습니다. 매우 희귀한 현상이지요. 아르크탄데르 역장님, 솔직히 말씀드리자면 저는 이처럼 희귀하고 훌륭한 현상을 난생처음 접했습니다. 물론 저는 지금 학자로서 드리는 말씀입니다. 이는 의학계의 대사건이라 해도 과언이 아닙니다. 유일무이한 생리학적 견본입니다."

"그렇다면…… 이 털은 언제 사라질까요?"

"언제 사라지냐고요? 그런 일은 없을 겁니다. 이 털은 평생 사라지지 않을 겁니다."

역장은 입을 벌렸지만 아무 말도 하지 않았다. 그는 아직도 열정적으로 말하는 전문가를 바라볼 뿐이었다.

"생후 아이의 몸에 생겨났어야 하는 털은 아예 찾아볼 수 없으며 앞으로도 자라지 않을 겁니다. 이 아이는 털을 생성하지 않는 불활성 모낭과 사춘기가 지나서야 활발하게 움직일 모낭에서 이처럼 길고 가는 배냇솜털을 생성해 내고 있습니다. 이 얼마나 진귀하고 멋진 광경입니까? 저는 정말 믿을 수가 없습니다. 아이는 평생 이 아름다운 털을 지니고 살아갈 겁니다."

"평생이라고요?"

"네. 그럴 거라고 추측합니다."

"그렇다면 이 아이는 평생 이런 모습으로 살아야 한다는 말씀입니까?"

"여러 정황으로 미루어 봤을 때 그렇습니다. 이것은 역사상 통틀어도 열 손가락 안에 들 만큼 극도로 희귀한 현상입니다. 살아 있는 사람 중에서 같은 증세를 보이는 경우는 제가 알기로 머나먼 동쪽 아시아에 단 한 명뿐입니다. 아르크탄데르 역장님, 따님의 경우는 온 세상을 통틀어 유일무이하다 할 정도로 독특하고 진기합니다. 제가 직접 두 눈으로 볼 수 있도록 초대해 주셔서 진심으로 감사드립니다."

"하지만…… 앞으로 아이에게 변화가 생길 가능성은 조금도 없는지요?"

"물론 장담할 수는 없는 일입니다. 하지만 제 의견을 말씀드리자면 의심의 여지가 없습니다. 따님의 몸에 자라는 털은 평생 이 상태를 유지할 겁니다. 매우 특이한 현상이지요. 실례지만 사진을 찍어도 되겠습니까?"

2장

분열자와 소모자

잭, 잭, 퀸, 에이스, 클럽 7, 클럽 5, 난쟁이 한스, 하트 5, 추악한 이다, 일마 일, 클럽 잭, 아리마, 나의 아리마.

전부 다 그녀 앞 테이블에 질서정연하게 놓여 있었다. 아버지의 카드. 아버지는 매우 비싼 고급 카드라고 입버릇처럼 말했다. 귀족들이 즐기는 휘스트 게임을 위해 특별히 제조한 카드라고 했던가.

스페이드 에이스 카드에는 '비단실 카드 제조사, 빈'이라고 적혀 있었다. 아이는 글자를 읽을 수 있었다. 아이는 일곱 살이 되었다. 아이는 카드놀이도 할 수 있었다. 하지만 함께 할 사람을 찾을 수 없었다. 아버지가 시간이 나면 카드놀이를 함께 할 수도 있겠지만, 아버지는 항상 바쁘기만 했다. 아이는 홀로 할 수 있는 솔리테어 게임을 배웠다. 두 명이 편을 이루는 휘스트 게임은 어차피 할 수 없었다. 한나는 좀처럼 카드놀이를 하지 않기 때문이다. 카드놀이는 죄를 짓는 거라고 생각했다.

카드 데크 세 개가 근사한 상자에 보관되어 있었다. 테두리를 황금색으로 장식한 상자는 연두색 벨벳으로 덮어 놓았다. 언뜻 봐도 매우 값비싼 고급 카드라는 걸 알 수 있었다. 아이는 카드를 만지기 전에 손부터 씻었다. 아버지는 귀족들의 휘스트 게임용으로 만든 거라고 말했다. 하지만 아버지는 단 한 번도 카드놀이를 한 적이 없었다. 카드는 항상 파이프 청소용 솔, 주사위 주머니, 도미노 상자, 체스 말을 담아 둔 상자 그리고 서랍을 꽉 채운 냄새의 주인공인 메마른 시가 상자와 함께 거실 테이블의 오른쪽 서랍에 자리했다.

카드에선 특유의 고유한 향을 맡을 수 있었다. 코끝에 가져가면 향수를 뿌린 듯 달싹한 산딸기 냄새가 났다. 신하 잭, 퀸 모나, 킹 요한. 값비싼 고급 카드. 각각 뒷면에 빨간색, 파란색, 초록색으로 장식한 세 개의 카드 데크. 인쇄한 면을 보렴. 너무나 정교하지 않니? 아버지는 항상 그렇게 말했다. 카드 앞면의 그림은 살아 있는 것처럼 생생하기 그지없었다. 다른 평범한 카드와는 차원이 달랐다. 장밋빛 뺨, 고불거리는 긴 머리, 황금색으로 반짝이는 왕관과 왕홀, 짙은 파란색 벨벳.

아이는 솔리테어 게임을 할 때마다 가장 윗자리까지 풀어냈다. 가끔 가장 윗자리까지 올라가지 못할 때면 평상시보다 더 지루해했다. 하지만 아버지가 저녁때 교대 근무를 하러 가면 한나가 차려 놓은 저녁을 먹고 거실 창을 통해 새어 들어오는 달빛 아래 홀로 앉아 카드를 꺼내 들곤 했다. 테이블의 과일 쟁반과 양초를 옆으로 밀어놓은 뒤 카드 데크 세 개를 모두 꺼내 쭉 펼치고 솔리테어 게임을 시작했다. 빠진 카드는 단 한 장도 없었다. 모서리와 중앙을 가리지 않고 테이블 가득 온갖 카드가 자리를 잡았다. 어떤 카드는 그림이 위쪽으로 오게 배치하고, 또 어떤 카드는 그림이 보이지 않는 뒷면이 위쪽으로 오게 배치했다. 그 옆에는 몇 장의 카드를 쌓아 놓은 작은 산이 자리했다.

아이는 거실 테이블이 나라라고 생각했다. 오래전 어느 날 저녁 홀로 카드를 늘어놓고 도미노 게임을 할 때부터 거실 테이블은 머나먼 나라라고 생각했다. 둥그런 나이테 문양은 커다란 나라가 되기도 하고 커다란 섬이 되기도 했다. 그 나라는 수많은 도시에 시민들이 살았으며 시냇물과 높은 산, 깊고 푸른 바다와 널따란 평원도 있었다. 도시와 시민은 세 무리로 갈라졌으며 귀족과 장군, 왕자와 공주가 자기 무리를 지배했다. 아이는 언젠가 책에서 읽은 오랜 옛날, 음유시인이 노래하듯 이야기를 들려주는 중세에 사는 사람들이라 상상했다.

그렇다. 아이는 책을 읽을 수 있었다. 하지만 일곱 살인데도 학교엔 가지 않았다. 아버지는 학교 이야기가 나오면 생각해 볼 문제라고 얼버무릴 뿐이었다. 아이는 글 읽는 법을 홀로 깨우쳤다. 엘사 비르게르손이 조금 도와주긴 했지만 말이다. 아버지는 가끔 아이를 무릎에 앉혀 놓고 책을 읽어 주기도 했다. 아버지가 시간이 넉넉하고 기분도 좋을 때만 가능한 일이었다. 아이는 책을 많이 읽었다. 아이는 테이블에 자리한 나라는 라세, 그 수도는 케베시라고 이름 지었다. 케베시는 파란색 클럽 가문의 지배를 받았다. 물론 그 가문의 이름은 클럽이 아니었다. 그들이 사용하는 방패가 클럽을 닮았을 뿐. 엄밀히 말하자면 코르사가 가문과 혈연관계였다. 클럽 가문의 실질적 지배자는 왕이 아니라 신하 잭이었다. 잭, 아리마. 수염이 하얀 왕은 나이가 많아 일을 할 수 없기 때문이었다. 한나가 봤다면 정신 나간 왕이라고 한마디 했을 것이다. 항상 퉁명스럽게 보이는 여왕은 진실하지 못한 사람 같았다(어쩌면 거짓을 일삼는 사람일지도 모른다). 하지만 신하 아리마는 머리가 영민하고 미소가 부드러운 사람이었다. 항상 진실한 표정을 짓고 아름다운 벨벳 옷을 입었으며 아이가 카드를 뒤집을 때마다 기쁨에 가득 찬 얼굴로 맞아 주었다. 아이는 아리마를 보면 기분이 좋아졌다. 아리마가 나타나면 한참을 멍하니 앉아 그만 바라볼 때도 있었다.

아리마는 아이처럼 남자도 여자도 아니었다. 하지만 아이는 잭이 모습을 드러낼 때마다 '그녀'라고 불렀다. 그런 아이를 보고 아버지는 매번 미소만 지었다. 그러던 어느 날 저녁 부녀가 '크레이지 8' 게임을 하는 중에 에바가 스페이드 잭을 힘차게 내려놓으며 보란 듯 소리쳤다. "그녀가 나왔어요!" 아버지는 소리 내어 웃으며 말했다. "에바, 이건 남자야. 신하는 남자란다. 너도 이 정돈 구별할 수 있지?"

아이는 자존심이 상한 표정으로 아버지와 스페이드 잭을 번갈아 쳐다볼 뿐 아무 말도 하지 않았다. 아버지 말은 틀리지 않을 것이다. 아버지는 항상 옳은 말만 하는 사람이니까. 아이도 아버지가 맞다는 걸 인정할 수밖에 없었다. 하지만 카드의 잭은 긴 곱슬머리에 소녀 같은 얼굴이었다. 수염이 났지만 말이다.

아이는 생각에 잠겼다. 어쩌면 이 세상에는 두 종류의 사람이 살고 있을지도 몰라. 남자와 여자 그리고 남자도 여자도 아닌 사람. 파란 카드의 클럽 잭처럼. 나의 아리마처럼.

아이는 저녁이 되면 온 세상을 담은 카드를 펼쳐 놓고 홀로 시간을 보냈다. 한나는 문 앞에 서서 카드놀이에 빠진 아이를 바라보며 미소를 머금었다. 가끔은 한나도 카드놀이에 합류했다. 그럴 때면 아이 아버지가 눈치채지 못하도록 완벽하게 뒷정리를 하곤 했다. 아버지는 한나와 아이가 가끔 카드놀이를 한다는 걸 전혀 몰랐다. 카드놀이가 끝나면 말끔하게 정리해서 제자리에 놔뒀기 때문이다. 아이는 기억력이 매우 좋았다. 카드 순서를 기억하는 건 식은 죽 먹기였다. 1년 열두 달을 차례대로 말하고 왕실 족보를 기억했으며 구구단도 7단까지 외웠다. 며칠 전부터는 8단을 외우기 시작했다.

*

사람은 두 종류로 나뉜다. 분리자와 소모자. 분리자는 말 그대로 찢고 분리하는 사람이며, 아이들 중에서 많이 찾아볼 수 있다. 눈동자는 텅 비고 말이 없다. 어쩌다 말을 해도 짧게 내뱉거나 무뚝뚝하기 그지없다. 아이는 그들이 내뱉는 말은 사마귀 같다고 생각했다. 그들은 아이의 옷이나 털을 잡아당겼으며, 갑자기 알 수 없는 말을 폭포수처럼 내뱉기도 했다.

아이는 다른 아이들과 어울리지 않았다.

소모자는 어른들 중에서 찾아볼 수 있다. 그들은 아이가 다가와 무릎에 앉기를 바랐으며, 아이를 가까이서 더 자세히 보기 위해 온갖 달콤한 말로 꾀어내기도 했다. 어쩌면 아이를 인형이라고 생각하는지도 모른다. 그들의 눈빛은 달짝지근한 잼을 연상시켰지만 아이를 매우 피곤하게 만들었다. 그들이 쓰다듬을 때면 아이는 고양이나 인형이 되어 버린 기분이었다. 기분이 썩 좋지는 않았다. 아버지도 아이가 그런 취급을 받을 때면 기분이 좋지 않은 듯했다. 그래서 어른들을 만나는 일도 드물었다.

*

아버지는 아이에게 너무나 멀고 높은 곳에 있었다. 하얀 머리 때문인지 한나는 그의 나이가 꽤 많을 거라고 짐작했다. 아버지는 저 멀고 높은 곳에서 아이를 바라보았다. 자주 있는 일은 아니지만, 아이의 얼굴 가까이 내려와 미소 짓기도 했다. 그럴 때면 아이는 기뻐 어쩔 줄 몰랐다. 하지만 아버지는 그럴 만한 시간이 없었다. 한나는 아버지가 그곳에 들어오는 모든 기차를 관리하고 감독해야 하기 때문이라고 말해 주었다. 네 아버지가 그 일을 하지 않는다면 이 기차역은 혼란에 빠질 거야.

그렇다. 아이의 아버지는 오고 가는 모든 기차를 관리 감독했다. 하지만 가끔은 어렸을 때 읽고 좋아했던 책을 아이에게 읽어 줄 때도 있었다. 아이는 아버지가 읽어 주는 책을 모두 이해할 수는 없었지만 너무나 행복해했다. *《개척자》《로빈슨 크루소》《모히칸족의 최후》*.

하지만 아버지는 기차역에 산재한 일을 하느라 아이에게 시간을 낼 수 없었다.

저녁을 먹고 나면 아버지는 아이에게 등을 돌린 채 책상 앞에 앉아 신문이나 서류를 뒤적였다. 아이는 아버지가 집에 없는 것과 다르지 않다고 생각했다.

*

아버지는 방을 나설 때마다 소리 나지 않게, 그러나 매우 단호하게 문을 닫았다. 찰칵, 소리가 날 때까지 문을 끌어당겼다. 아버지는 아이도 그렇게 하기를 원했다. 문이 제대로 닫히지 않으면 견딜 수가 없었다. 아이에게도 문은 확실하고 철저하게 닫아야 한다고 강조했다.

기차역 건물 2층에는 문이 많았다. 다락방 문을 제외하고도 열두 개나 되었으니까. 아이는 집에 있는 문을 전부 세어

본 적이 있었다. 아이는 숫자 세는 걸 매우 좋아했다. 아이는 아버지가 시키는 대로 확실하고 철저하게 문을 닫았다.

어떤 문은 부엌 문처럼 힘들이지 않아도 쉽게 닫혔다. 반면 찰칵 소리가 날 때까지 확실하게 닫으려면 모든 힘을 다해 끌어당겨야만 하는 문도 있었다. 그런데 찰칵 소리가 들려도 확실하게 닫혔는지 확신할 수 없을 때가 있었다. 아버지의 침실 문이 그랬다.

아이가 사는 집은 닫힌 문으로 가득했다. 열두 개의 문. 하나같이 확실하고 철저하게 닫혀 있었다.

*

아버지는 가끔 기분이 좋을 때면 어린 시절의 추억담을 들려주기도 했다. 홀로 또는 친구들과 함께 산과 숲을 돌아다닌 이야기. 아버지는 냇가에서 올챙이와 개구리를 잡은 이야기도 해 주었다.

아이는 아버지가 그런 이야기를 들려줄 때마다 귀를 기울이고 들었다. 자주 있는 일이 아니었으니까. 게다가 아이는 단 한 번도 산이나 숲을 돌아다닌 적이 없었다. 아이가 숲에 가 보고 싶어 하면 아버지는 있을 수 없는 일이라고 잘라 말했다.

아이는 아버지의 이야기에 귀를 기울이는 수밖에 없었다.

아버지는 올챙이와 개구리, 도마뱀과 여우굴 이야기를 매우 재미있게 할 수 있는 사람이었다. 하지만 사람들 이야기는 재미있게 늘어놓지 못했다. 아버지는 아이에게 여우굴을 보여줄 수 있으면 좋겠다고 말했다.

네 아버지는 생각할 게 아주 많은 사람이란다. 언젠가 한나는 그런 말을 한 적도 있었다.

기관차가 작동하는 법

기관차가 어떻게 움직이는지 아니? 주전자에 물을 넣고 끓이면 길고 가느다란 밸브를 통해 고음의 피리 소리와 함께 수증기가 나온단다. 그때 작은 종이 풍차를 두 개의 작은 파이프 청소기에 끼워 수증기 앞에 가져가면 수증기의 압력 때문에 풍차 날개가 매우 빠른 속도로 돌아가지. 바로 이러한 원리를 이용해 바퀴를 돌리는 것이 증기기관차란다. 아버지는 기관차가 작동하는 법을 가르쳐 주었다.

한나

한나는 매우 착한 소녀였다. 아이와 아이 아버지를 위해 식탁을 차리고, 옷을 빨아 다림질하고, 집을 청소했다. 하루에 한 번 에바를 데리고 산책도 했다. 일주일에 엿새를 기차역 관사 다락방에서 지내고, 나머지 하루는 본가에서 가족들과 함께 보냈다. 한나의 가족을 한 번도 만난 적이 없는 에바는 그녀에게도 가족이 있다는 사실이 이상했다. 에바가 아는 한나는 기차역 관사에서 그들과 함께 사는 사람이니까. 한나의 다락방에는 코트, 모자, 기타 등이 있었다. 저녁이 되면 에바를 위해 기타 연주를 들려주곤 했다. 에바는 자기 방에 앉아 다락방에서 들려오는 한나의 노랫소리를 들을 때도 있었다. 죽음과 고통을 말하는 가슴 아픈 노래들이었다. 에바는 한나가 부르는 노래를 매우 좋아했다.

가끔 에바가 한나의 다락방을 찾을 때도 있었다. 빛이 잘 들어오는 작고 서늘한 방이었다. 창문의 초록색 커튼과 재봉틀 옆에 자리한 커다란 램프는 에바의 어머니가 쓰던 거였다.

에바는 한나의 장갑과 모자를 써 보기도 했다. 한나는 한창 유행하는 멋진 모자를 좋아했다. 그녀는 종종 모자에 너무 많은 돈을 쓴다며 한숨을 내쉬다가도 외롭고 불쌍한 가정부에겐 그런 낙이라도 있어야 한다며 자신을 합리화했다. 한나는 가정부라는 말을 매우 엄숙하게 했는데, 자기가 가정부라는 사실이 수치스럽기 때문이었다.

그렇다. 한나는 에바네 집에서 일하는 소녀였다.

에바는 한나의 모자와 장갑 그리고 코트를 걸쳐 보는 게 세상에서 가장 즐거운 일이었다. 한나의 방에는 커다란 거울이 있어서 자기 모습을 비춰 볼 수 있었다.

에바가 거울에서 본 건 갈색 술이 달린 커다란 털모자였다. 손바닥에 느껴지는 부드러운 감촉이 너무나 좋았다. 털모자 아래에는 머리와 얼굴이 황금빛 털로 뒤덮인 작은 소녀가 있었다. 콧잔등의 털은 양쪽으로 정갈하게 빗었으며, 가슴 털은 블라우스 속으로 자취를 감추었다.

"참 예쁘구나. 작은 공주님 같아." 한나가 에바를 살짝 껴안으며 말했다.

아이의 몸은 털로 뒤덮여 있었기에 한나는 매일 저녁 아이의 몸을 씻겼다. 부드러운 큰 수건으로 물기를 닦아 내고 기다란 빗으로 아이의 털을 정성스레 빗어 내렸다. 아이의 털이 말라서 푸석푸석해지지 않도록 오일도 발라 주었다. 아침이 되면 다시 아이의 털을 빗겨야 했다. 한나와 아버지는 아이의 몸에 벼룩이나 이가 생길까 봐 걱정이 이만저만이 아니었다. 아침저녁으로 아이의 털을 빗기는 일은 여간 귀찮고 까다로운 일이 아닐 수 없었다. 가끔은 에바가 지루해하다 짜증을 내며 칭얼대기도 했다. 하지만 에바는 한나가 등이나 다리

뒷부분의 털을 빗기고 조그맣게 뭉친 털 하나라도 매끄럽게 손봐 주는 그 시간을 매우 좋아했다. 뭉친 털이 펴지고 빗질이 매끄러워지기 시작하면 에바는 다시 기분이 좋아졌다. 한나는 빗질을 하며 어릴 적 이야기를 하거나 노래를 불러 주었다. 에바는 창 너머 바깥 풍경을 늘어놓곤 했다. 그래 봤자 기차역을 오가는 사람들을 묘사하는 게 전부였지만 말이다. 에바는 그들을 한 번도 만나 본 적이 없었지만, 그들이 누구인지, 심지어는 그들의 이름까지 잘 알고 있었다.

털이 많은 건 결코 실용적이지 않았다. 털을 정갈하게 손질하는 데 너무나 많은 시간이 걸렸다. 털 때문에 더 덥기도 했다. 여름이면 관사가 매우 더워서 차라리 옷을 벗고 싶었다. 하지만 있을 수 없는 일이었다. 무더운 6월 오후 에바가 몰래 블라우스를 벗어던지면 한나는 옷을 입어야 한다고 엄하게 꾸짖었다.

게다가 털이 쉽게 지저분해졌다. 얼굴과 손의 털이 더욱 그랬다. 음식 찌꺼기나 물감이 자주 묻었으니까. 가끔은 테이블 모서리 틈새나 장난감 또는 재봉틀에 털이 낄 때도 있었다. 결국 두 손을 들어 올린 채 손가락만 움직여서 음식을 먹거나 장난감을 가지고 놀았다.

에바는 소모자나 분리자가 가까이 다가오지 않도록 매사에 조심했다. 자칫하면 크리스마스 파티에서 겪은 일을 다시 경험할 테니 말이다.

프레드헤임회관의 크리스마스 파티

크리스마스 파티에서 벌어진 일은 한나에게서 시작되었다 해도 과언이 아니었다. 한나가 나쁜 의도를 가진 건 절대 아니었다. 크리스마스를 앞둔 어느 날 한나와 에바는 거실에서 크리스마스 트리를 장식하고 있었다. 아버지는 소파에 앉아 그들을 지켜볼 뿐이었다. 한나는 어린 시절 크리스마스 파티를 위해 프레드헤임회관에 갔던 이야기를 늘어놓기 시작했다.

"한나, 크리스마스 파티가 뭐야?"

"그게 뭔지 모르니?"

"크리스마스에 여는 파티 아닐까?"

한나는 허리에 양손을 얹고 에바를 바라보며 미소 지었다. 한나는 매우 착한 소녀였다. 그녀는 파티장에 있던 크리스마스 트리 이야기를 하기 시작했다. 지금 거실에서 장식하는 크리스마스 트리보다 세 배는 커서 저 하늘에도 닿을 만큼 높았다. 고된 하루 일을 마치고 돌아와 크리스마스 트리의 받침대를 고정하던 에바의 아버지는 한나에게 반은 궁금한 눈빛, 반은 경고하는 눈빛을 보냈다.

일곱 살 에바는 한나의 이야기에 나오는 장면을 상상해 보았다. 너무나 아름다웠다. 물결치듯 예쁘게 주름 잡힌 빨간 종이 사슬, 황금빛 구슬 그리고 천장에 장식한 별과 커다란 양초.

“한나, 정말 나무가 집채만큼 컸어?”

“응. 게다가 우리처럼 은색 종이로 장식한 게 아니라 진짜 은줄과 금줄로 장식했단다.”

“한나, 정말 금으로 만든 장식이었어? 다이아몬드 장식도 있었어?”

“다이아몬드? 응, 그런 것 같아.”

“눈 덮인 산꼭대기처럼…….” 에바가 꿈꾸듯 혼잣말을 중얼거렸다.

“난 가장 예쁜 드레스를 입었단다. 파란색 벨벳 벨트가 달린 빨간 드레스였지. 어머니가 내 구두에 크리스마스 트리처럼 반짝이는 은장식을 달아 줬어.”

“공주님처럼 예뻤겠다.”

“응, 그랬지.” 한나는 나무에 종이 나팔을 매달며 살짝 한숨을 내쉬었다.

“왕관도 썼어?”

“아니. 왕관 대신 머리에 커다란 파란색 리본을 달았단다. 드레스 벨트와 똑같은 색이었지. 여자아이들은 머리에 리본 장식을 달고 남자아이들은 세일러복을 입었어. 집에 세일러복이 없는 아이들은 다른 옷을 입기도 했지만 말이야. 어쨌든 다들 근사하게 차려입고 반짝반짝 광을 낸 구두를 신었단다. 한 해를 마감하는 크리스마스 파티를 위해 한껏 멋을 낸 셈이지. 너무 멋을 내서 알아보지 못하는 아이들도 있었어. 매일 학교에서 보던 그 아이가 맞는지 확인하느라 한참을 바라보다 코웃음을 치기도 했다니까. 크리스마스 파티는 누구나 참석할 수 있었지." 한나는 웃음을 터뜨리며 나무를 장식하다 잠시 생각에 잠기더니 나무 꼭대기에 반짝이는 구슬을 매달았다.

"한나." 소파에 앉아 있던 에바의 아버지가 근엄하게 말했다. "그 장식은 조금 더 밑에 달아야 하지 않겠니?"

그들 앞에 자리한 전나무는 형형색색의 반짝이는 장식과 과자로 만든 사람, 니세(노르웨이를 비롯한 북유럽의 크리스마스를 상징하는 작은 요정. 농장과 농부의 가족을 보살펴 준다고 한다.-옮긴이)로 채워지며 크리스마스를 상징하는 모습으로 변해 갔다. 에바는 화려하게 장식한 커다란 나무를 보며 인상이 좋은 낯선 손님을 맞이하듯 들뜨기 시작했다. 집 안은 이미 구석구석 크리스마스가 떠오르는 달콤한 향내로 가득했다.

그들은 크리스마스 트리를 장식하기 위해 몇 주 전부터 종이 사슬과 작은 종이 바구니를 만들었다. 에바는 어른들이 말하는 대림절 첫 주부터 크리스마스 빵을 굽기 위한 하얀 밀가루 반죽을 손가락 털에 묻힌 채 크리스마스를 손꼽아 기다려 왔다. 에바는 크리스마스 트리가 눈앞에 서 있는데도 그보다 더 크고 더 높고 더 반짝이는 나무 이야기를 듣고 싶어 했다. 에바에겐 크리스마스 트리가 친절하고 향긋하고 환하게 반짝이며 온 집 안을 가득 채우는 살아 있는 존재로 다가왔던 것이다. 크리스마스 트리가 주인공이 되는 크리스마스 파티를 연다고 해도 전혀 이상하지 않았다. 에바는 한나에게 더 많은 것을 물었고, 한나는 신이 나서 전부 대답해 주었다.

"크리스마스 트리 댄스도 빼놓을 수 없단다."

"크리스마스 트리가 춤도 출 수 있어?" 에바는 그런 일은 있을 수 없다는 걸 알면서도 자기가 틀릴지도 모른다고 생각했다.

"크리스마스 트리가 춤을 춘다고? 아냐. 어떻게 그런 일이 있겠니. 크리스마스 트리는 여기 이 나무처럼 제자리에 가만히 서 있을 뿐이란다. 춤을 춘 건 나무가 아니라 우리였어. 크리스마스 트리를 빙빙 돌며 춤을 추었지." 한나가 갑자기 생각난 듯 재빨리 말을 이었다. "너와 네 아버지 둘만으로는 이 크리스마스 트리를 돌아가며 춤출 수 없을 거야. 그 춤을 추려면 많은 사람이 있어야 하거든. 손을 잡고 나무를 빙 둘러설 수 있을 만큼."

에바는 실망하여 고개를 떨궜다. 에바는 아버지의 트럼프 카드처럼 크리스마스 트리도 비밀스런 생명체라고 생각했다. 밤이 되어 모두가 잠이 들면 그때부터 살아 있는 생명체처럼 여기저기 돌아다니는 나무. 그렇다. 크리스마스 트리 역시 아무도 보지 않을 때면 조금씩 움직일 수 있지 않을까.

"우린 크리스마스 트리를 빙빙 돌면서 노래도 부르고 게임도 했어. 그 후엔 크리스마스 니세가 와서 거기 있는 모든 아이에게 과자 봉지를 나눠 주었지. 참, 마술사도 왔어. 니세보다 먼저 온 것 같아."

"한나, 마술사가 뭐야?"

소파에서 아버지의 목소리가 들렸다. "크리스마스 트리에 얼른 장식을 다는 게 좋지 않겠니? 벌써 시간이 많이 늦었어."

"마술사는 마술을 부리는 사람이야." 한나가 말을 이었다. "마술이란 건 눈속임에 불과하지만 말이야. 마술사는 아무것도 없는 곳에서 꽃을 피워 낼 수도 있단다."

"꽃……."

"황금색 파이프 속에서 커다란 깃털과 형형색색의 천을 수도 없이 뽑아내기도 해. 기억해 보니 빈 상자에서 쉴 새 없이 물을 흘려 낸 것 같기도 해."

"정말 그랬어?"

"응. 그가 이 컵에서 저 컵으로 물을 옮겨 담으니 물이 빨갛게 변하기도 했단다. 지금 당장 기억할 수 없어서 그렇지, 사실은 내가 말한 것보다 훨씬 많은 마술을 보여 주었어. 기억력이 흐려지는 걸 보니 나도 나이가 드나 봐."

듣고 있던 아버지가 헛기침을 했다. "한나, 얼른 크리스마스 트리 장식을 마무리해야 하지 않겠니?"

그의 말에 한나와 에바는 서둘러 장식을 마무리했다. 이제 그들의 손을 거친 크리스마스 트리는 아름답게 반짝이며 다음 날을 맞기 위해 그 자리에서 기다릴 것이다.

에바는 밤이 되어 잠자리에 들었지만 도저히 잠을 이룰 수가 없었다. 다음 날은 크리스마스 이브였다. 한나가 들려준 크리스마스 파티와 꽃이며 깃털을 만들어 내는 마술사를 떠올렸다. 에바는 이제 모든 걸 선명하게 볼 수 있었다. 마술사가 만들어 내는 황금 사과와 커다란 파란색 꽃, 하늘을 찌를 듯 높다란 프레드헤임회관의 천장 그리고 에바의 거실에 있는 것보다 몇 배는 높은 거대한 크리스마스 트리. 꼭대기가 보이지 않을 정도로 높다란 나무는 갖가지 은색 장식으로 반짝반짝 빛을 발했고, 나무를 빙 둘러싸고 춤추는 아이들의 얼굴은 아버지의 카드에서 본 왕과 왕비의 얼굴처럼 아름답기 그지없었다. 한 번도 만나 본 적 없는 아이들이지만, 하나같이 친절한 눈빛으로 에바를 바라보고 함께 놀아 주었다.

다음 날 오전 그들은 가장 먼저 약사 부부와 의사 레빈을 찾아가 준비한 선물을 전달했다. 집으로 돌아와서는 역무원들이 모인 자리를 찾았다. 에바는 여느 때와 달리 아버지를 따라 그 자리에 참석할 수 있었다. 아버지는 직원들에게 정확성과 책임 등 에바가 이해할 수 없는 말만 잔뜩 늘어놓은 뒤 크리스마스 인사를 건넸다. 해마다 직원들은 에바에게 크리스마스 선물을 주었고, 아버지는 직원들에게 수첩을 주었는데 아이가 없는 집에는 커피와 담배, 아이가 있는 집에는 초콜릿을 덤으로 주었다.

다음 일정으로 에바와 아버지는 교회에 갔다. 에바는 주일에 교회 가는 걸 그리 좋아하지 않았다. 여름이나 겨울이나 교회 안에서는 스카프와 장갑 등으로 온몸을 꽁꽁 싸매기 때문에 숨도 못 쉬게 더웠다. 하지만 아버지가 결정한 일이라 따를 수밖에 없었다. 또한 다른 사람들보다 먼저 도착해서 맨 앞줄에 앉기 때문에 에바가 목도리와 장갑으로 몸을 싸매는 시간이 더 길어질 수밖에 없었다. 다른 사람들보다 늦게 도착할 때면 미리 온 사람들이 목을 길게 빼고 호기심 어린 눈빛을 던지기 일쑤였다. 에바는 그 시선을 눈치채지 못할 만큼 아둔하지 않았다. 자연스레 에바와 아버지가 교회에 가는 날은 점점 줄어들었다. 에바가 교회 음악을 좋아하지만 말이다. 그래도 크리스마스엔 교회에 가야 했다. 한나는 에바의 털을 정성스레 빗겼다. 머리털은 특별히 예쁘게 꾸며 주었다.

그들은 발치에 선물이 가득 자리한 크리스마스 트리를 두고 집을 나섰다. 교회에 도착하니 이미 빽빽하게 들어찬 사람들이 부녀를 뚫어지게 쳐다보았다. 목사는 긴 설교를 했고 성가대는 스바메르담의 지휘 아래 아름다운 노래를 불렀다. 스바메르담은 지휘봉을 위아래로 흔들었다. 때로는 작은 새가 날갯짓을 하듯 가볍게 움직였고, 때로는 무언가를 내려치듯 힘차게 휘둘렀다. 에바는 그를 보며 지휘가 매우 재밌을 것 같다고 생각했다. 부녀는 일찌감치 교회를 나섰다. 이번에도 다들 목을 빼고 그들을 쳐다보았다.

에바와 아버지는 저 멀리서 들려오는 교회종 소리를 들으며 한나가 준비한 스테이크를 먹었다. 한나는 함께 먹지 않았다. 가족과 함께 크리스마스를 보내러 집에 가야 했다. 한나는 그들과 함께 〈고요한 밤, 거룩한 밤〉을 부른 뒤 자기 몫의 선물을 장바구니에 넣고는 서둘러 발길을 옮겼다. 에바는 식사를 마치고 나서 선물을 열어 보았다. 역무원들이 건넨 상자에는 퍼즐 게임이, 아버지가 준 선물 상자에는 물감과 도화지 그리고《톰 아저씨의 오두막》이 들어 있었다. 의사와 약사 부부는 책을 여러 권 선물했고, 한나는 직접 뜨개질한 목도리와 모자, 퍼즐 게임을 주었다.

아버지는 기분이 좋은지 커피와 대추야자를 먹으며 키플링을 읽었다. 반짝이는 크리스마스 트리에서는 향긋한 나무 향이 났다. 에바는 아버지의 목소리를 듣지 않고도 책 속의 킴에게 어떤 일이 벌어지는지 이미 알고 있었지만, 책을 읽어 주는 아버지의 목소리에 귀를 기울였다. 아버지 기분이 매우 좋았으니까. 아버지는 오래도록 읽어 주다가 마침내 책을 덮고 만족스러운 표정으로 대추야자를 입에 넣어 우물우물 씹었다. 에바는 조심스레 말문을 열었다. 아버지, 우리도 프레드헤임회관에서 열리는 크리스마스 파티에 가면 안 될까요?

정말 그렇게 말했을까? 어쩌면 의도치 않게 저절로 튀어나온 건 아닐까? 아버지는 못 들은 척 여전히 대추야자만 우물우물 씹을 뿐이었다.

안 돼, 에바. 우리하고 상관없는 일이야.

하지만 한나는 모든 사람을 위한 파티라고 말했어요.

보아하니 이번에도 한나가 네 머릿속을 어지럽힌 것 같구나.

아버지는 짜증이 나는 듯 한 모금에 커피잔을 비웠다.

에바는 말없이 의자에서 내려와 바닥에 앉은 채 선물들을 바라보았다. 적어도 아버지 눈에는 그렇게 보였다.

*

지금 무엇을 보고 있니?

친구라곤 한 명도 없는 작은 소녀를 보고 있니? 기차역 관사 2층에 홀로 앉아 카드 게임을 하거나 도화지에 그림을 그리는 소녀여. 표정을 읽을 수 없는 얼굴을 비스듬히 돌린 채 앉아 있는 소녀여. 너는 지금 무슨 생각을 하고 있니?

*

"에바, 너도 사람들이 어떤지 잘 알잖아." 의자에 앉은 아버지가 조심스레 말문을 열었다.

"네, 잘 알고 있어요. 괜찮아요, 아버지." 소녀는 뾰로통한 목소리로 대답했다.

“한번 생각해 볼게. 자, 이제 잘 시간이 되었구나.”

그날 저녁은 아버지가 에바의 털을 빗기고 세수를 도와주었다. 아버지는 손길은 세심하고 신중하면서도 어딘지 모르게 서툴렀다. 평상시 한나가 해 온 일이기 때문이다. 한나에겐 20분이면 충분했지만 아버지는 한 시간 가까이 소비했다. 그럼에도 불구하고 에바의 털은 여기저기 뭉치기만 했다. 에바는 상관없었다. 아버지니까. 아버지는 빗질을 마치고 에바의 침대 옆에 앉았지만 한나처럼 자장가를 불러 주진 않았다. 아버지가 에바를 재울 때면 책을 읽어 주거나 어린 시절의 추억담을 들려주었다. 아주 가끔이지만 세상을 떠난 어머니 이야기를 할 때도 있었다. 에바가 다른 이야기를 꺼내서 슬쩍 주제를 돌려 어머니에 대해 물어보면 아버지가 대답해 주곤 했던 것이다. 오늘 저녁은 그렇게 하지 않아도 자연스레 어머니 이야기를 할 수 있었다.

“아버지, 제가 태어나기 전에도 크리스마스 트리를 장식했나요?”

“응, 그랬지. 너도 알다시피 네 어머니는 별과 천사 인형을 직접 만들어서 크리스마스 트리를 장식했단다.”

“아, 그건 잊고 있었어요.”

아버지가 에바를 비스듬히 내려다보더니 시선을 앞으로 옮겨 꿈꾸듯 말했다. “네 어머니는 손재주가 뛰어난 사람이었지. 첫 크리스마스를 맞이할 때 우리 집에 크리스마스 장식이 하나도 없다는 걸 알아채고 색종이로 갖가지 장식품을 직접 만들기 시작했단다."

아버지는 말을 멈추고 생각에 잠겼다.

에바는 아버지의 이야기를 계속 듣고 싶어 얼른 질문을 던졌다. "그렇다면 어머니를 만나기 전에는 크리스마스를 어떻게 보냈나요?"

"음…… 크리스마스라……. 물론 나도 크리스마스를 보내긴 했지. 하지만……."

"크리스마스 트리는 없었단 말인가요?"

"그렇다고 할 수 있지. 네 어머니를 만나기 전까지 혼자 살았거든. 크리스마스가 되면 다른 직원들이 가족들과 함께 보낼 수 있도록 대신 근무하곤 했어. 내겐 크리스마스 트리가 별로 중요하지 않았단다."

"그래서요?"

"그러던 어느 날 네 어머니 루트를 만났지." 그가 다시 침묵에 빠졌다.

침대에 누운 에바는 침묵을 깰 용기를 낼 수 없었다. 숨도 쉴 수 없을 지경이었다.

"네 어머니와 함께 한 크리스마스는 세 차례뿐이었어." 아버지가 천천히 말을 이었다. "크리스마스 이브가 되면 네 어머니는 오르간을 치며 모든 크리스마스 캐럴을 불렀단다."

"모든 캐럴요? 그렇게나 많이요?"

"아니, 전부 다는 아니고…… 거의."

"어머니가 캐럴을 부를 때 아버지는 뭘 했어요?"

"네 어머니가 노래 부르는 걸 감상했지. 네 어머니는 목소리가 매우 아름다웠어. 가끔 나도 노래를 부르긴 했단다. 네 어머니가 시키면 말이야."

"그 노래 중에 하나만 지금 불러 보세요, 아버지." 에바가 갑자기 부탁했다.

"아냐. 난 노래를 못해." 순간 에바는 아버지가 잘 자라는 인사를 건네고 방을 나설 것 같아 두려워졌다. 하지만 다행히도 아버지는 계속 말을 이었다. "네 어머니는 캐럴을 부르고, 스테이크를 굽고, 크리스마스 장식을 손수 만들었지. 우리는 그렇게 세 번의 크리스마스를 함께 보냈단다."

"어머니가 크리스마스 장식을 만들면서 저를 생각했을까요, 아버지?" 에바가 나직이 물어보았다.

"너를?" 아버지가 어이없다는 눈으로 에바를 흘낏 바라보았다. "아냐, 그러진 않았을 거야."

에바는 얼른 두 눈을 감아 버렸다.

*

그는 이야기를 하며 모든 걸 볼 수 있었을까? 아니면 그도

다른 사람들이 볼 수 있는 것만 보았을까? 그녀가 둥지 속의 작은 새처럼 자신을 숨기긴 했지만, 그도 그녀의 숨겨진 모습을 제대로 찾아보려 노력한 적은 없었다. 아니, 정말 그랬을까?

*

아버지는 한동안 자리를 지켰다. 에바는 아버지의 시선을 느낄 수 있었다.

"잘 자렴, 아가." 그가 에바의 머리를 조심스레 쓰다듬어 주고 이마에 입을 맞췄다. 지금까지 없었던 일이다. 아버지가 자리에서 일어나 문을 향해 발을 옮겼다.

"안녕히 주무세요, 아버지." 에바가 나직하게 말했다.

"프레드헤임의 크리스마스 파티는 한번 생각해 볼게." 아버지가 불을 끄고 방을 나섰다. 문 닫히는 소리가 났다. 아버지는 항상 확실하고 철저하게 문을 닫는 사람이었다.

*

크리스마스는 평상시와 다름없이 조용하게 지냈다. 에바는 선물 받은 것들을 가지고 놀다가 책을 읽었다. 그즈음이면 역으로 들어오는 기차도 확연히 줄어들어 아버지가 집에 있는 시간이 많아졌다. 아버지는 에바를 위해 책을 읽어 주었다. 대부분은 키플링의 책이었다. 아버지는 항상 선명하고 똑똑한 목소리로 읽기 때문에 내용이 귀에 쏙쏙 들어왔다.

크리스마스부터 사흘이 지나자 살을 에는 듯한 추위를 뚫고 한나가 돌아왔다. 아버지는 날이 갑자기 추워지는 걸 그리 좋아하지 않았다. 몇 번이나 책을 놓고 창밖의 철로를 살펴보았다. 아버지는 아무 말도 없이 아주 오랫동안 창가에 서 있었다. 에바는 아버지를 방해하지 않도록 매우 조심했다. 아버지는 아무 일도 없었다는 듯 다시 의자에 앉아 책을 읽었지만, 그 목소리는 조금 전과 같지 않았다. 에바는 알고 있었다. 항상 알고 있었다. 아버지가 그런 모습을 보이는 건 어머니를 떠올렸기 때문이라고.

*

책상 위 벽면에 어머니 사진이 걸려 있었다. 은빛 액자에 자리한 푸르스름한 색조의 사진. 아버지는 사진이 잘못 나왔다며 어머니의 모습이 제대로 표현되지 않았다고 불평했다. 털모자를 쓰고 장갑을 낀 사진의 어머니는 꿈꾸는 듯한 눈동자로 사진사 뒤쪽, 저 멀리 알 수 없는 곳을 바라보았다. 어머니는 나무 울타리를 배경으로 의자에 한 손을 얹고 서 있었다. 상체의 윤곽이 또렷이 드러나는 코트는 단추를 채웠고,

밑단은 페르시안 양털로 장식했다. 언뜻 아리마의 옷과 비슷한 것 같기도 했다. 아버지는 어머니가 원래는 저런 모습이 아니라며 사진을 보고 한숨을 내쉬었다. 하지만 에바의 눈에는 사진 속 어머니가 매우 아름다웠다. 동그랗고 커다란 눈, 털모자 아래로 드러난 올림머리, 부드러운 곡선을 그리는 작은 코, 조금 튀어나온 듯한 턱. 에바는 사진 앞에 서서 한참 동안 어머니를 바라보곤 했다. 사진이 잘못 나왔다는 아버지의 말을 떠올리며 어머니의 원래 모습은 어떨까 상상해 볼 때도 있었다. 사진을 오래도록 바라볼 때면 사진의 어머니가 팔을 살짝 들어 올리거나 목을 살짝 치켜드는 듯한 착각이 들기도 했다.

가끔 어머니 꿈을 꿀 때도 있었다. 자주 있는 일은 아니었다. 꿈속의 어머니는 사진의 어머니와 너무나 달랐다. 훨씬 아름답고 환한 표정에 눈동자도 밝은 파란색이었다. 목소리는 나직했지만 바로 옆에 있는 듯 가깝게 들렸다. 가끔 어머니가 미소 지으며 말을 걸기도 했지만, 잠을 깨면 무슨 말을 했는지 기억할 수가 없었다. 에바는 어머니 꿈을 자주 꾸지 않아서 다행이라고 생각했다. 어머니 꿈을 꾸고 아침에 눈을 뜨면 가슴 한구석이 먹먹했던 것이다. 하지만 꿈에서나마 볼 수 있는 어머니가 좋았다.

사진을 아무리 들여다보아도 어머니와 닮은 점을 찾을 수 없었다. 거울에 비친 에바는 사진의 어머니와 너무나 달랐다.

에바는 잘 알고 있었다. 항상 알고 있는 사실이었다. 다들 얼굴이 있는데 에바는 얼굴이 없었다. 물론 얼굴이 있긴 하지만 털로 뒤덮여 알아볼 수가 없었다. 얼굴에서 알아볼 수 있는 건 눈동자뿐이었다. 털이 너무 길었다. 에바는 털이 없는 모습은 어떨까 궁금해했다. 한번은 어머니 얼굴에도 털이 난 꿈을 꾸었다. 에바의 몸엔 털이 하나도 없었다. 이상하기 짝이 없는 꿈이었다. 꿈속의 에바는 피부가 매끄러웠다. 잠에서 깨자마자 거울로 달려갔지만 어제하고 달라진 건 아무것도 없었다.

에바는 현실을 부정하고 싶었다. 그녀는 어느 누구도 닮지 않았다. 그 어떤 것과도 닮지 않았다. 어머니를 닮지도 않았다. 하지만 아버지는 사진의 어머니가 실제 모습과 많이 다르다고 했다. 사진이 잘못 나왔다고 했던가.

*

에바는 착한 어린이라고 할 수 없었다. 자신도 잘 아는 사실이었다. 에바는 갖은 노력을 다 했지만 착한 아이가 되는 건 불가능했다. 가끔은 물건을 깨부술 때도 있었다. 접시와 컵, 심지어는 아버지가 할머니에게 물려받은 딸기 그림이 있는 파란색 컵까지 깨 버렸다. 커다란 보헤미아 크리스털 물병과 액자를 깬 적도 있었다. 책과 퍼즐 게임, 장난감 등을 벽에다 던지기도 했다. 그것들은 에바의 손을 벗어나 날개 달린 새처럼 벽을 향해 날아갔다. 에바는 거울도 여러 번 깼다.

아버지는 에바를 벌할 수밖에 없었다. 에바는 매를 들고 오는 아버지를 증오했지만 착한 아이가 되려면 아버지의 매가 필요하다는 걸 잘 알고 있었다. 에바는 어쩌다 물건을 깨고 부수는 나쁜 아이가 되었는지 곰곰이 생각해 보았다. 하지만 그런 일은 생각지도 않을 때 갑작스럽게 일어나는 터라 적당한 이유를 찾을 수가 없었다. 결국 처음부터 나쁜 아이로 태어났을지도 모른다고 생각했다.

아버지에게 매를 맞는 것보다 더 싫은 건 다락방 창고에 갇히는 거였다. 창고에는 낡아 부스러질 것 같은 아버지의 스키와 바짝 마른 쌍둥이 키다리 노파 같은 후이트펠트 스키바인딩이 보관되어 있었다. 따지고 보면 에바는 바깥 출입을 하지 않으니 매일 집 안에 갇혀 사는 셈이었다. 그런데 별로 집 안의 더욱 깊숙한 곳에 갇히는 것이다.

창고는 싫어요, 아버지! 싫어요, 싫단 말이에요! 에바가 아무리 소리쳐도 아버지는 들은 척도 않고 스키와 함께 창고에 가둔 채 문을 잠가 버렸다.

에바는 한동안 울부짖듯 소리쳤지만, 어둠이 그녀의 목까지 스멀스멀 잦아들기 시작하면 더 이상 소리를 낼 수가 없었다. 밖에선 오고 가는 기차 소리 외에 아무 소리도 들리지 않았다. 평상시엔 기차 소리를 들으면 마음이 안정되는데, 창고에 갇히면 어둡고 둔탁하며 심지어는 위협하는 소리처럼 들리기도 했다. 한번은 한나가 에바를 창고에서 꺼내 달라고 역장에게 간청하는 소리도 들렸다. 하지만 딱 한 번뿐이었다. 창고 안의 어둠이 점점 자라서 눈과 머리, 배까지 채우면 에바는 그제야 체념하고 한숨과 함께 어둠을 들이마시고 내쉬며 숫자를 세기 시작했다. 그녀만의 기다리는 방식이었다. 어둠 속에서는 노래를 불러도 소용없었다. 그녀의 목소리는 어둠을 이기지 못했다. 다른 생각을 하려고 애쓰면 두려움만 커질 뿐이었다. 그래서 숫자를 세기 시작한 것이다. 에바는 숫자를 좋아했다. 창고에 갇혔을 때는 숫자를 빨리 세는 게 도움 되지 않았다. 일정하게 규칙적인 속도로 천천히 세어야 했다. 그렇게 하다 보면 어둠 속에서 숫자가 보이기 시작했다.

6까지의 숫자는 연두색을 지녔으며, 오른쪽 밑에서부터 왼쪽 위로 차례차례 올라왔다. 6이 넘으면 산호색으로 변했다. 그녀의 눈 바로 앞에 자리한 숫자 10은 선명한 노란색을 띠었고, 11부터는 색깔이 점점 연해지기 시작했다. 12부터는 다시 연두색으로 변했는데 오른쪽으로 차례차례 정렬하다 20이 되면 형언할 수 없는 탁하고 이상한 색을 머금은 채 그녀의 관자놀이 바로 옆에 자리 잡았다. 숫자 30부터는 색깔이 연해지기 시작했고, 왼쪽 위로 반짝이며 차례차례 올라갔다. 그렇게 올라간 숫자들은 70이 되면 다시 어두운색을 띠기 시작했다. 숫자 80은 빨간색으로 반짝였다. 90은 노란색과 빨간색 중간쯤에 있는 색깔이지만 주황색이라고 할 순 없었다. 숫자들의 움직임은 왼쪽 위로 한없이 올라갔다. 숫자 100에 이르니 짙은 파란색과 황금색을 동시에 볼 수 있었다. 두 색깔이 양옆에 나란히 자리한 것이 아니라 서로 섞인 거였다. 이상하게도 숫자의 행렬은 위로 올라가기만 했다.

하지만 그녀는 항상 눈앞에서 숫자를 볼 수 있었다. 그녀는 개별 숫자와 전체 숫자의 조합을 동시에 볼 수 있었던 것이다. 가끔은 여덟 개 또는 열두 개의 숫자가 아래로 위로 움직이는 걸 볼 수도 있었다. 45, 53, 61, 99, 87, 75. 숫자는 꼬리에 꼬리를 물고 번개처럼 빨리 움직였다. 숫자 100부터는 오른쪽으로 방향을 틀어 움직이기 시작했다. 색깔은 이전 숫자들과 달리 보라색과 옥색을 띠었으며 그 높이도 느껴지기 시작했다. 왼쪽 밑에서 오른쪽 위로 비스듬히 계속해서 올라간 숫자는 500에 이르면 노란색, 600에 이르면 주황색으로 변했고, 숫자 1000에 이르면 눈부시게 밝은 빛을 발했다.

그녀가 천천히 일정한 간격을 두고 숫자를 바르게 세면 1000에 이르렀을 때 밝은 빛이 뿜어져 나와 어둠 속에서 두 손을 볼 수 있을 정도였다.

아버지는 에바가 3000을 세기 전에 창고에서 꺼내 주었다. 그쯤 되면 에바도 차분해졌으며, 수많은 숫자 때문에 털이 흠뻑 젖기 일쑤였다.

*

그녀는 크리스마스 이후부터 착한 아이가 되었다. 아버지 말도 잘 듣고 소리도 지르지 않았다.

*

그녀의 기억 속에는 프레드헤임의 크리스마스 파티가 평생 남을 것이다. 가슴속 깊이. 선명하게 반짝이는 꿈처럼.

마침내 파티날이 다가왔다. 그들은 몇 날 며칠 동안 신중하게 준비해 왔다. 에바는 한나가 어렸을 때처럼 파란 벨트를 두른 빨간 드레스를 입고 은장식을 단 구두를 신고 싶다고 말했다. 아버지는 한나를 시내로 보내 필요한 것을 사 오라고 했다. 한나는 너무나 아름다운 빨간 드레스를 골랐다. 길이가 좀 길긴 했지만 문제 될 것은 없었다. 단을 줄여 입히면 되니까.

에바는 한나의 방에서 드레스를 입고 자못 심각한 표정으로 커다란 거울 앞에 섰다. 한나는 에바의 발치에 앉아 드레스의 단을 접고 핀으로 고정했다. 이어서 파란 벨벳천을 드레스 여기저기에 대어 보고 바느질을 시작했다. 잠시 후 에바의 왼쪽 어깨와 오른쪽 무릎에 장미꽃을 닮은 예쁜 리본이 생겨났다.

아버지는 에바의 신발을 사러 직접 시내에 갔다. 에바는 어른들처럼 검은색이나 빨간색 구두를 신고 싶었지만, 아버지는 하얀색 구두가 가장 예쁘다며 이미 결정한 후였다. 아버지가 사 온 구두는 너무나 예뻤다. 하지만 에바의 기대와 달리 발등을 덮는, 끈이 달린 구두였다. 아버지는 구두를 꾸밀 작은 은장식 두 개도 함께 사 왔다. 언뜻 보기에도 엄청나게 비싸 보이는 장식이었다.

에바는 한나가 재봉틀로 완성한 드레스와 아버지가 사 온 신발을 신고 거울 앞에 다시 섰다. 아버지와 한나는 에바 뒤에 서서 감탄하는 눈길을 보냈다. 에바는 왼쪽 귀 뒤편의 머리에 리본 핀을 꽂았다. 그 또한 파란색이었다. 한나는 자신의 액세서리 상자에서 작은 진주 목걸이를 꺼내 에바의 목에 걸어 주었다. 한나가 어렸을 때 쓰던 거였다.

에바는 거울을 바라보았지만 거울 속에서 상상한 공주님을 찾을 수 없었다.

*

낡은 거울이었다. 에바는 바닷속을 연상시키는 어두침침한 불빛 아래서 거울에 비친 자신의 모습을 바라보며 두 눈을 질끈 감았다. 불꽃처럼 빨간 드레스는 부드러운 물결처럼 흘러내려 가녀린 몸을 감쌌고, 파란 리본은 하늘 한 조각을 잘라 내어 만든 것처럼 아름답기 그지없었다. 목에는 하얀 초승달 조각으로 만든 듯한 진주 목걸이가 걸려 있었다. 한나는 아버지의 주문대로 드레스 목 부분에 높다란 깃을 달았다. 에바의 털을 조금이나마 감추기 위해서였다. 에바는 드레스의 목깃 위로 드러난 얼굴을 응시했다. 비눗물에 씻고 빗질한 털이 빨간 드레스 사이에서 태양처럼 황금색으로 반짝였다. 파란색 눈동자와 루즈를 바른 빨간 입술은 살짝 긴장감을 머금고 있었다.

"참 예쁘구나, 에바." 뒤에 서 있던 한나가 자랑스러운 듯 감탄하며 말했다. 그 말에 동의하는 것처럼 아버지도 고개를 끄덕였다.

기차역에서 프레드헤임회관까지 가는 마차를 예약해 놓은 아버지는 연회용 정장 제복을 차려입고 단추와 구두를 광이 반짝반짝 나도록 닦았다. 한나는 단순하고 정갈한 검은색 드레스를 입었다. 아버지는 한나더러 크리스마스 파티에 함께 가자고 말했다. "한나, 너도 함께 가는 게 좋겠구나. 처음부터 네 아이디어였으니까."

정문 밖에서 기다리던 마부는 그들이 등장하자 두 눈을 휘둥그레 떴다. 그의 시선은 에바에게 고정되었다. 하얀 모직 코트를 입은 에바는 너무나 예뻤다. 목둘레의 하얀 털 장식이 머리의 황금색 털과 섞여 빛을 발했다. 아버지는 코트와 어울리는 털 장식이 달린 하얀 모자도 사 주었다. 에바의 차림새는 한눈에 봐도 엄청난 돈을 들였구나, 할 정도로 고급스러웠다. 마부는 마차에 오르는 에바를 곁눈질하면서 아무 말도 하지 않다가 다들 올라타자 무릎에 안전끈을 매어 주며 뚫어지게 쳐다보았다. 보다 못한 아버지가 헛기침을 하자 얼른 제자리로 돌아가 마차를 몰기 시작했다.

*

마차의 종소리는 프레드헤임회관까지 가는 동안 쉬지 않고 울려 퍼졌다. 길은 눈으로 살짝 덮여 있고, 어둠 속 허공에는 살을 에는 듯한 추위를 뚫고 보일락 말락 한 작은 눈송이가 휘날렸다. 에바는 그 모습을 보며 앞으로 평생 그날을 기억하리라 마음먹었다. 마치 공주님이 된 기분이었다. 길 양옆에 나란히 늘어선 주택의 창에서 따스한 불빛이 새어 나왔다. 행인들은 발을 멈춘 채 마차를 타고 가는 그들을 바라보았다.

아버지의 짐작대로 그들이 맨 나중에 도착하지 않았다면 상황은 달라졌을지도 모른다. 아니, 그들이 언제 도착하든 상황은 매한가지였을지도 모른다. 어쨌든 그들이 도착했을 때 회관은 사람들로 가득 차 발 디딜 틈조차 없었다. 그들을 맞아 준 사람은 지역 교구의 목사였다. 에바는 그를 보자마자 소모자형이라고 생각했다. 그들 앞에는 수많은 어린아이와 그 부모들이 보였다. 그들을 향하는 호기심 어린 곁눈질과 민을 수 없다는 듯한 표정을 보니 교회 안의 모습과 그리 다르지 않았다. 에바는 아버지 손을 잡고 하얀 구두를 신은 발을 천천히 앞으로 내밀었다. 연회용 정장 제복을 입은 아버지는 그 어느 때보다 멋있고 근엄해 보였다. 에바는 그런 아버지가 자랑스러웠다. 그들은 벽 쪽에 자리한 긴 테이블을 향해 발을 옮겼다. 에바는 바로 그때 회관 한가운데 자리한 커다란 크리스마스 트리를 보았다.

발을 멈추고 고개를 들어 아버지를 쳐다보았다. 한나의 말은 거짓이 아니었다. 크리스마스 트리는 셀 수도 없이 많은 갖가지 색깔의 장식으로 빛을 발했다. 특히 반짝이는 하얀 장식은 따스한 눈을 보는 것처럼 아름답기 그지없었다. 회관 천장에 닿은 크리스마스 트리 꼭대기에는 긴 색종이 사슬을 내려뜨렸고, 회관 기둥과 대들보에는 수많은 풍선과 형형색색의 전구를 매달아 놓았다.

회관을 채운 크리스마스 향기에 머리가 어질어질할 정도였다.

향기와 불빛과 분위기. 에바는 이 모든 것에서 눈을 뗄 수가 없었다.

비르게르손 부부와 레빈은 그들을 위해 이미 같은 테이블에 자리를 마련해 두었다.

비르게르손 부인은 환한 표정으로 미소를 지으며 에바를 옆으로 끌어당겨 나직이 귀엣말을 했다. "정말 예쁘구나. 드레스도 참 멋있어." 목소리를 조금 더 높여 말을 이었다. "한나가 바느질한 옷이니?"

"한나는 단을 올리고 리본 장식을 달아 줬어요. 드레스는 아버지가 사 주셨고요."

"오, 그랬구나. 아버지가 시내에서 가장 예쁜 드레스를 산 게 틀림없어."

"네. 하지만 드레스를 고른 건 한나예요."

비르게르손 부인이 웃음을 터뜨렸다. 옆자리의 한나도 함께 웃었다.

회관 중앙으로 아이들이 하나둘 모여들기 시작했다. 무대 앞에 모인 아이들도 있고, 어른들이 앉은 테이블 가까이에 모인 아이들도 있었다.

"리본이 참 예쁘구나." 의사 레빈이 에바의 뺨을 쓰다듬으며 칭찬했다.

두 테이블 떨어진 곳에서 몇몇 어른이 목을 길게 뺐다. 그 중 한 명은 자리에서 엉거주춤 일어나 손가락으로 그들을 가리키기도 했다.

"이제 시작하려나 봐요." 한나가 손가락으로 무대를 가리켰다. "목사님이 환영 인사를 하면 파티가 시작될 거예요."

지역 교구 목사가 무대 가장자리에 섰다. 에바는 허리가 사라진 듯한 그를 보며 이상하다고 생각했다. 자세히 보니 그는 일반인과 다름없는 평상복을 입고 있었다. 성직자의 목을 두른 하얀 목깃도 보이지 않았다. 에바는 그 조그만 목깃에 그가 어떻게 머리를 집어넣는지 궁금해했다.

"친애하는 어린이 여러분." 목사가 말을 이었다. "그리고 친애하는 어른 여러분. 하하, 네, 조용히 해 주십시오. 하하, 어린이 여러분, 조용히 해 주세요! 파티에 와서 마음이 들뜬 건 충분히 잘 알겠습니다. 그러니 환영 인사는 짧게 하겠습니다."

꽤 많은 시간이 흘렀다. 목사가 인사말을 길게 늘어놓는 동안 에바는 회관 중앙에 모인 다른 아이들을 바라보았다.

다른 아이들. 기차역 관사 2층에서 창으로만 보아 온 아이들이었다. 앞서가는 부모의 발걸음을 따라잡기 위해 종종걸음으로 뛰다시피 걷던 아이들, 교회에서 멀찍이 떨어져 앉은 아이들, 가끔 아버지나 한나하고 시내에 가거나 비르게르손 부부 또는 의사의 집을 방문할 때 길에서 마주친 아이들.

길에서 마주친 아이들은 에바를 향해 호기심 어린 눈길을 길게 던지기도 했다. 지금처럼. 아이들이란…….

"자, 어린이 여러분, 이 세상에 다시 평화가 찾아들었습니다. 이 평화가 있기 때문에 고기 잡는 이들은 길고 추운 겨울밤 바다로 나갈 때 두려워하지 않아도 됩니다. 유럽 대륙에서 총소리가 멈춘 지 오래되었습니다. 오늘 저녁 나는 이 평화와 함께 여러분 한 명 한 명을 진심으로 환영합니다." 목사가 에바 일행이 앉은 테이블을 돌아보며 말을 맺었다. "이곳 프레드헤임의 크리스마스 파티에 처음 오신 분들을 특별히 환영합니다."

드디어 파티가 시작되었다. 첫 순서는 아이들의 놀이였다.

"너도 나가서 다른 아이들과 함께 놀아." 엘사 비르게르손이 에바의 등을 살짝 떠밀며 말했다.

다른 아이들. 에바는 크리스마스 트리와 무대 사이에 반원을 그리며 모인 아이들을 향해 천천히 발을 옮겼다. 권위 있어 보이는 나이 지긋한 여자도 아이들과 함께 서 있었다. 그녀는 의자 뺏기 놀이를 하기엔 수가 너무 많다며 아이들을 두 그룹으로 나누었다.

에바는 의자 뺏기 놀이를 어떻게 하는지 몰라서 그냥 테이블로 돌아왔다. 한나가 재빨리 놀이 방법을 설명해 주었고, 에바는 다시 회관 중앙으로 나아갔다.

자신보다 조금 어려 보이는 예쁘장한 소녀가 에바의 눈에 들어왔다. 하늘색 드레스를 입은 그 소녀는 매우 착해 보였다. 에바는 소녀에게 다가가 조용히 말을 걸어 보았다. "난 에바라고 해."

하늘색 드레스를 입은 소녀가 겁에 질린 눈초리로 에바를 바라보며 한 발짝 뒤로 물러섰다. 소녀의 시선은 에바의 얼굴에서 떨어지지 않았다. 잠시 후 소녀는 몸을 홱 돌려 크리스마스 트리 뒤로 숨어 버렸다.

"여러분! 여길 보세요!" 나이 지긋한 여자가 엄숙하게 소리쳤다. "지금부터 두 그룹으로 나누어 의자 뺏기 놀이를 하겠습니다. 시간이 많이 걸릴 것 같으니 짧게 진행하겠습니다. 아직 어느 그룹에 속할지 마음을 정하지 못한 사람은." 그녀가 에바를 바라보며 억지 미소를 지어 보였다. "……그런 사람은……." 에바는 두 무리로 나뉜 아이들 사이에 홀로 서 있었다. "흠, 너는 저기 가서 서 보렴." 여자가 한 무리를 손으로 가리키며 말했다.

에바는 아이들에게 다가가 조금 떨어져 섰다.

스바메르담이 무대에 마련된 피아노 앞에 자리를 잡고 앉았다. 무대 아래에는 의자 여러 개가 둥그렇게 놓여 있었다. 둘로 나뉜 무리 중 한 무리의 아이들이 의자를 빙 둘러싸자 음악이 시작되었다. 스바메르담은 신나는 전통음악을 연주했다. 아이들은 교활하고 약삭빠른 작은 동물처럼 의자 주변을 빙글빙글 돌다가 행렬의 끝부분에 이르면 갑자기 발걸음을 빨리했다. 스바메르담이 건반에서 손을 떼어 연주를 멈추자 의자 주위를 빙글빙글 돌던 아이들이 재빨리 의자에 앉았다. 에바도 놀이 방법을 알기에 얼른 의자를 차지하고 앉았다. 이 놀이가 매우 재미있었다. 마지막까지 의자를 차지한 사람은 틀림없이 상을 받으리라.

처음 두세 번은 문제없이 진행되었다. 에바는 음악이 멈출 때마다 앞에 놓인 의자에 번개처럼 앉았다. 스바메르담이 연주하는 곡이 마주르카로 바뀌었다. 네 번째로 음악이 멈췄을 때 에바와 뒤를 따르던 갈색 머리 소년 사이에 실랑이가 벌어졌다. 에바는 의자를 차지하기 위해 재빨리 몸을 움직였고, 허벅지가 의자에 닿으려는 찰나 소년이 에바의 팔을 홱 낚아채 바닥으로 힘껏 밀쳐 버렸다.

아이들의 놀이를 감독하던 나이 지긋한 여자가 보고 갈색 머리 소년을 놀이 대형에서 내보낸 뒤 에바가 몸을 일으키도록 도와주었다. 놀이는 다시 시작되었다. 음악이 멈추기를 두 번, 세 번. 스바메르담의 피아노 연주는 행진곡으로 바뀌었다.

다시 음악이 멈추자 같은 일이 되풀이되었다. 이번에는 창백하게 야윈 빨간 머리 소녀가 에바를 휙 잡아챘다. 에바는 바닥에 쓰러졌다. 감독관 여자는 그 장면을 보지 못했다. 어쩌면 빨간 머리 소녀가 에바보다 나이도 어리고 몸집도 훨씬 작아서 일부러 못 본 척했을지도 모른다. 놀이는 아무 일도 없었던 것처럼 계속되었다. 에바는 뾰로통한 얼굴로 테이블을 향해 터벅터벅 걸어갔다.

자리에 앉은 어른들이 에바를 위로했다. 가끔 그런 일도 있기 마련이란다, 에바. 신경 쓰지 말고 나가서 계속 놀아.

에바가 아이들을 향해 다시 발을 옮기려는 찰나 귓가에 어른들의 목소리가 들려왔다. 쟤는 다른 아이들과 함께 노는 데 익숙하지 않아.

다른 아이들. 다음 놀이는 에바도 잘 아는 '동대문을 열어라'였다. 창밖에서 이 놀이를 하는 아이들을 수도 없이 보아 왔기 때문에 노래와 게임 규칙도 잘 알고 있었다. 이번에는 잘할 수 있다는 생각에 마음이 들떴다. 에바는 자신 있게 아이들과 섞였다. 키가 큰 소녀 둘이 팔을 맞잡고 대문을 만들면 그 밑으로 아이들이 줄을 지어 차례차례 지나가는 놀이였다. 처음으로 걸린 아이는 검은 머리 소녀와 백발이라 해도 좋을 정도로 연한 금발 머리 소녀였다. 에바는 다른 아이들과 함께 노래 부르는 자신의 목소리를 들을 수 있었다.

동동동대문을 열어라.
남남남대문을 열어라.
열두 시가 되면 문을 닫는다.

아이들의 행렬은 계속 움직였고, 키가 큰 소녀들의 팔에 잡힌 아이들은 하나둘 그 수를 더하기 시작했다. 그럴 때마다 한숨 소리, 투정 부리는 소리, 비명 소리가 뒤를 이었다. 에바는 운 좋게 단 한 번도 잡히지 않았다. 방심한 탓일까. 한순간 에바의 머리 위로 키가 큰 두 소녀의 맞잡은 팔이 내려와 덮쳤다. 에바는 즐거움과 두려움에 사로잡힌 채 두 소녀의 팔에 몸을 맡겼다. 다른 아이들은 그들을 바라보며 슬금슬금 뒷걸음치기 시작했다. 그때 검은 머리 소녀가 화들짝 놀라며 에바의 몸에서 손을 떼고 한 발짝 뒤로 물러섰다. 아이들이 웅성거리기 시작했다.

"애는 네가 잡아!" 검은 머리 소녀가 마치 불에 덴 듯 왼팔을 문지르며 소리쳤다. 금발 머리 소녀는 에바를 흘겨보며 뒤로 힘껏 밀쳤다.

에바는 낙담하여 풀이 죽은 채 맨 뒷줄로 발을 옮겼다. 앞에 서 있는 소년의 어깨에 두 손을 올리려는 찰나 소년이 몸을 비틀어 에바의 손에서 벗어났다. 에바는 어쩔 줄 몰라 제자리에 가만히 서서 놀이를 감독하는 여자를 바라보았다. 하지만 그녀는 아이들 놀이에 관심 없다는 듯 어른들 테이블에 앉아 커피를 마시며 수다 떨고 있었다.

놀이가 다시 시작되기 직전 에바는 아이들 무리에서 벗어나 크리스마스 트리를 향해 천천히 걸어갔다. 그리고 나무를 검사하듯 찬찬히 살펴보았다. 음, 매우 아름답게 장식했군.

눈송이처럼 하얗고
재처럼 까만……

맞은편에서 아이들의 노랫소리가 들려왔다. 에바는 얼마나 오랫동안 크리스마스 트리 앞에 서 있었을까. 마치 억겁의 시간이 흐른 것만 같았다. 트리 옆으로 살짝 고개를 내밀어 아이들을 바라보았다. 짐작대로 아이들의 놀이는 다시 시작되었다. 대문에 갇힌 아이들은 바닥에 몸을 던지며 소리 지르고 깔깔거렸다. 에바는 테이블로 돌아왔다.

"에바, 왜 벌써 왔어? 다른 아이들과 더 놀지 그러니?" 비르게르손 부인이 걱정스레 말했다.

"조금 더 있다가 놀 거예요. 지금은 싫어요. 목이 말라요. 여긴 너무 더워요. 주스를 한 잔 마셔도 될까요?" 에바는 테이블에 자리한 주스병을 보며 물었다.

아이들은 이제 굴렁쇠 놀이를 시작했다. 에바는 주스를 마시며 그들을 바라보았다. 잠시 후 술래잡기 놀이가 시작되었다. 에바는 더 이상 가만히 앉아 있을 수가 없어 다시 아이들에게 다가갔다. 이번에는 문제없이 놀이가 진행되었다. 에바는 술래가 되는 편이 훨씬 좋다고 생각했다. 술래가 되어 다가가면 아이들은 비명을 지르며 몸을 피했다. 에바는 그런 아이들을 보는 게 재미있었다. 난 다른 건 할 수 없어도 아이들을 겁주는 일만큼은 잘해 낼 수 있어.

하지만 술래가 아닐 때는 그다지 재미가 없었다. 에바는 빨리 달리지도 못할 뿐 아니라 술래가 다가와 어깨나 등을 칠 때면 너무나 아팠다.

금발 머리 소녀가 에바의 리본을 낚아챘다. 에바는 술래잡기 놀이를 할 때 그런 행동도 할 수 있는지 알지 못했다.

술래잡기 놀이가 끝나자 스바메르담의 성가대가 무대에서 아름다운 성가 세 곡을 연이어 불렀다. 뒤를 이어 목사가 설교했다. 에바는 너무나 더워 주스만 연거푸 들이켰다. 술래잡기 놀이를 할 때 아이들의 손이 스친 어깻죽지도 너무나 아팠다.

잠시 후 마술사가 등장했다. 그는 자신을 엘스메랄도라고 소개했다. 이 마을에서 마술 공연을 한 적이 없는 사람이라 어른 아이 할 것 없이 잔뜩 기대하며 그를 맞이했다. 그는 목사가 설교하는 동안 무대 뒤에서 대기하고 있었다. 무대의 장막이 걷히고 조명이 켜지자 갖가지 이상한 물건들이 모습을 드러냈다. 굴렁쇠와 상자, 은색 종이로 감싼 파이프, 한문을 새겨 넣은 항아리, 커다란 오색 주사위. 마침내 엘스메랄도가 등장하자 스바메르담은 동양의 전통 음색이 느껴지는 멜로디를 피아노로 연주했다. 마술사는 검은 정장과 파란 망토, 달과 별이 그려진 높고 뾰족한 모자에다 잘 다듬은 콧수염과 끝을 살짝 구부린 염소 턱수염까지 한눈에도 마술사처럼 보였다.

"신사 숙녀 여러분! 신기한 마술의 세계에 오신 것을 환영합니다! 지금부터 여러분은 단 한 번도 보지 못한 신기한 마술을 경험할 것입니다! 불가능하다고 생각한 일들이 여러분의 눈앞에서 펼쳐질 것입니다! 준비되셨나요?" 그가 눈을 가늘게 뜨고 무대 아래쪽 바닥에 옹기종기 모여 앉은 아이들을 바라보았다. 에바는 무리의 가장 뒤편 가장자리에 앉았다. 이번에는 한나도 함께 나와 에바 옆에 앉아 있었다. 나이 지긋한 여자가 어른은 나오면 안 된다고 말했지만 한나는 코웃음을 쳤다.

"조용, 조용! 여러분을 사라지게 만드는 마술은 하지 않을 테니 안심해도 됩니다. 하지만 나쁜 아이들은 예외랍니다!" 엘스메랄도가 마술봉을 흔들며 말했다. 은색 마술봉 끝은 금색이었다.

그는 형형색색의 손수건을 가느다란 파이프에서 꺼내기 시작했다. 속이 텅 빈 가느다란 파이프에서 손수건이 끝도 없이 나오는 걸 보니 이상하기 그지없었다. 그는 마술을 하는 도중에도 몇 번이나 파이프가 비었다는 걸 아이들에게 확인시켜 주었다. 그리고 산더미처럼 쌓인 손수건을 커다란 상자에 차곡차곡 채워 넣은 다음 상자 뚜껑을 마술봉으로 꾹꾹 누르며 손을 휘휘 저었다.

"프레스토!"

그와 동시에 어디서 나타났는지 모를 커다란 꽃다발이 등장했다.

박수가 터졌다. 에바는 입을 쩍 벌리고 한나를 돌아보았다. 두 사람은 눈빛을 교환하며 미소 지었다. 에바는 마술 공연이 너무나 흥미진진해서 눈을 뗄 수가 없었다. 마술사는 카드와 구슬을 손가락 사이에서 굴리는 묘기를 보인 뒤 항아리의 물을 컵에 따르기 시작했다. 항아리의 물은 아무리 비워도 여전히 가득 차 있었다. 마술사는 사렙타의 항아리라고 불렀다. 그는 여러 개의 컵에 물을 가득 채우고, 그것도 모자라 커다란 물병에도 부었다. 마침내 항아리가 비워졌다. 하지만 그가 항아리에 마술봉을 넣고 휘저으니 다시 물이 가득 차는 게 아닌가. 무대의 마술사는 당황한 표정을 지으며 항아리의 물을 비우려 했지만, 이미 모든 컵과 물병이 가득 찬 터였다. 할 수 없이 항아리의 물을 직접 마시기 시작했다. 그는 물을 마시며 익살스런 표정을 지었고, 아이들은 웃음을 터뜨렸다. 항아리가 비워졌다고 생각할 때마다 물이 다시 차올랐다. 엎친 데 덮친 격으로 이제 항아리뿐 아니라 다른 물건들에서도 물이 생겨나기 시작했다. 레몬과 깔때기에서도 물이 쏟아졌다. 마술사는 허겁지겁 물병과 컵에 물을 채웠지만 도움이 되진 않았다. 그가 당황한 표정을 짓자 아이들의 웃음소리가 더욱 커졌다.

마침내 그가 기발한 생각을 떠올린 것 같았다. 신문지를 돌돌 말아 나팔처럼 만들어서 물병의 물을 흘려 넣더니 우아하고도 비밀스런 손짓을 했다. 잠시 후 신문지를 구겨서 잘게 찢었다. 잘게 찢은 신문지 조각이 춤을 추듯 천천히 바닥에 떨어져 내렸다. 언뜻 하늘에서 내리는 눈송이를 보는 것 같기도 했다.

우레 같은 박수 소리가 프레드헤임회관을 가득 채웠다.

"도대체 어떻게 하는 거지?" 에바가 나직이 속삭였다. 한나는 고개를 절레절레 저을 뿐이었다. "아무리 생각해도 어딘가에 물을 흘려보낼 수 있는 작은 파이프를 숨겨 놓은 것 같아." 확신 없는 목소리로 주저하며 말했다.

에바는 마술사의 옷 어딘가에 파이프를 숨길 만한 공간이 있으리라 짐작하고 자세히 관찰했다. 비밀스런 파이프는 그의 바지나 망토 속에 들어 있을지도 모른다. 그 파이프는 무대 뒤쪽에 숨겨 놓은 커다란 탱크와 연결되어 있으리라. 일종의 기관차처럼.

엘스메랄도는 다음 마술을 시작했다. 한 소녀를 무대로 불러 올린 다음 그녀가 고른 주사위 색깔을 보지 않고도 맞혔다. 소녀는 주사위를 상자에 넣어 두었고 마술사는 등을 돌리고 있었는데도 말이다. 그는 액자 속의 암탉이 사라지는 마술도 선보였다. 그 암탉은 마술사의 손짓과 함께 수건으로 덮어 놓은 다른 액자 속에서 나타났다.

몇 번을 계속하자 암탉이 온데간데없이 완전히 사라져 버렸다. 마술사가 아무리 마술봉을 흔들어도 암탉은 나타나지 않았다. 그는 아이들에게 "수리수리마수리"를 외쳐 보라고 했다.

"아하!" 마침내 엘스메랄도가 의기양양하게 소리쳤다. "나는 암탉이 어디 있는지 알 것 같아요! 암탉은 바로 이 속에 들어 있습니다!" 그가 검은 가죽 주머니를 들어 올리며 말했다.

아이들은 저마다 한마디씩 중얼거리며 어이없다는 표정을 지었다.

"내 말을 믿지 못하겠습니까?" 그가 가죽 주머니를 뒤집어 아이들에게 보여 주었다. "지금은 단지 눈에 보이지 않을 뿐입니다. 네, 그렇습니다. 이 암탉은 투명한 암탉이랍니다……."

여기저기서 웃음소리가 들렸다. 마술사가 무대 가장자리에 놓인 손잡이가 달린 빈 바구니를 들어 올렸다.

"아직도 내 말을 믿지 않나요? 흠…… 어디 보자…… 이 속에 틀림없이 암탉이 있을 텐데……."

관중석에서 야유가 터져 나왔다.

"여러분, 암탉이 하는 일은 무엇일까요?" 엘스메랄도가 가죽 주머니를 다시 뒤집어 보인 뒤 익살스런 표정으로 아이들을 바라보았다. "그건 뭘까요? 네, 그렇습니다. 바로 그거죠. 암탉은 알을 낳습니다. 여러분이 '꼬꼬댁' 하고 소리친 뒤 이 주머니 속을 들여다보면, 네, 바로 그렇게…… 꼬꼬댁, 꼬꼬댁…… 그러면……."

순간 주머니 속으로 무언가 묵직한 것이 떨어져 내렸다. 엘스메랄도는 주머니에 손을 집어넣고 작은 달걀 하나를 꺼내 조심스레 바구니에 옮겨 담았다.

아이들은 열심히 박수를 쳤다. 그때부터 마술사는 바구니를 팔에 끼고 무려 세 시간 동안 무대 아래에 모여 앉은 아이들 사이를 돌아다니며 마술을 선보였다. 먼저 주머니를 뒤집어 보이며 속이 비었다는 걸 확인시킨 다음 아이들에게 "꼬꼬댁!"을 외쳐 보라고 했다. 특히 어린아이들 차례가 돌아오면 사람들은 미소를 짓곤 했다. 아직 말을 제대로 못하는 남자아이는 너무나 진지한 표정으로 “꼬꼭, 꼬꼭!” 외치며 주머니를 들여다보았다. 그 모습에 모두가 웃음을 터뜨리지 않을 수 없었다. “꼬꼬댁!”이라는 마법의 한마디가 들릴 때마다 가죽 주머니 속에 묵직한 것이 생겨났고, 아이들은 투명한 암탉이 낳은 달걀을 직접 두 눈으로 확인할 수 있었다. 엘스메랄도는 달걀을 바구니에 집어넣고 계속해서 아이들 사이를 돌아다니며 같은 마술을 선보였다. 에바는 그 마술이 너무나 흥미로웠다. 아무것도 없는 곳에서 어떻게 달걀이 생겨날 수 있을까. 엘스메랄도가 자기를 향해 비스듬히 몸을 돌리는 순간, 에바는 심장이 바닥에 쿵 떨어질 것처럼 놀랐다. 마술사는 주머니에서 달걀을 꺼내며 천천히 에바 쪽으로 걸어와 상냥한 미소를 지어 보였다. 이제 에바 차례였다.

에바도 다른 아이들처럼 주머니를 향해 손을 뻗었다.

엘스메랄도가 갑자기 동작을 멈췄다. 그의 상냥한 미소가 이상하게 일그러져 있었다.

“우와!” 그가 높다랗고 뾰족한 마술사 모자를 잡으며 감탄의 소리를 토해 냈다. 그는 에바에게서 눈을 떼지 않았다. 에바도 지지 않으려고 그를 똑바로 쳐다보았다. 문득 그가 정신을 차린 것 같았다. 그가 누구인가. 마술사 엘스메랄도 아닌가. 그는 다시 만면에 미소를 띠고 에바를 뚫어지게 바라보며 한 발짝 뒤로 물러났다.

정적이 감돌았다.

“너는 참으로 근사한 율레북(크리스마스와 새해에 아이들이 갖가지 모습으로 변장하고 집집마다 돌아다니며 과자와 사탕, 조그만 선물을 받는 북유럽 전통-옮긴이) 가면을 쓰고 왔구나.”

에바는 힘없이 손을 내렸다. 여기저기서 킥킥 코웃음 치는 소리가 들려왔다. 문득 저 멀리서 한 아이가 소리쳤다. “가면이 아니에요. 걔는 원래 그래요.”

마법사가 당황하여 얼굴을 붉히고 이맛살을 찌푸리며 우물쭈물 둘러댔다. “그렇다면 너는 율레북 가면을 쓸 필요도 없겠구나!”

여기저기서 웃음이 터져 나왔다. 주저하듯 나직하게 시작된 웃음소리가 점점 커지기 시작했다. 마술사는 그 웃음소리가 자기를 향한 칭찬이라도 되는 듯 주변을 돌아보고 허리를 굽혀 가며 인사했다. 잠시 후 그가 에바의 코앞에 주머니를 들이댔다. 에바는 한나의 손을 꼭 잡고 있다가 주머니를 향해 손을 뻗었다.

“자세히 보니 니세 같기도 한데?” 마술사의 말에 아이들이 또 웃음을 터뜨렸다.

“세상에!” 한나가 화를 내며 어이없다는 듯 소리쳤다. 에바는 금방이라도 눈물이 터질 것 같았지만 꾹 참고 엘스메랄도를 노려보며 반항하듯 손을 쑥 내밀었다.

그가 주머니를 내려 주었다.

"꼬꼬댁 꼬꼬댁!" 에바는 그의 얼굴에 대고 있는 힘을 다해 소리쳤다. 에바는 마술사가 손목을 살짝 비튼다고 생각했다. 그 순간 주머니 속에 무언가 묵직한 것이 툭 떨어졌다. 에바는 마술사의 얼굴에서 눈을 떼지 않은 채 주머니에 손을 넣었다.

어디선가 에바를 놀리는 소리가 들렸다. "참 잘했어, 우리 강아지." 아이들의 웃음소리는 그 어느 때보다 컸다. 마술사는 소리 나는 쪽으로 고개를 돌려 의미심장한 미소를 던졌다. 아이들의 웃음이 다른 곳을 향했다는 점에서 고마워한 것일까. 주머니 속은 이미 여러 아이의 손이 거쳐 갔기 때문인지 축축했다. 에바의 손에 무언가 둥그런 것이 잡혔다. 달걀이 아니었다. 달걀을 닮은 물건일 뿐. 에바는 단번에 알 수 있었다.

달걀을 닮은 매끈한 돌멩이였다.

에바가 몸을 홱 일으켜 손에 든 돌멩이를 뚫어지게 바라보았다. 속임수였다. 아이들은 에바가 자리에서 일어나자마자 입을 다물고 침묵을 지켰다. 저 멀리서 허겁지겁 걷는 듯한 어른들의 발자국 소리가 들렸다. 한나가 에바의 팔을 낚아챘다.

"멍멍! 멍멍!" 에바는 마술사를 노려보며 크게 소리친 뒤 손에 든 돌멩이를 있는 힘껏 그의 얼굴에 던졌다.

그와 동시에 아버지가 다가와 에바를 끌고 갔다. 바닥에 널브러진 엘스메랄도는 한참 동안 일어나지 못했다.

마술쇼는 즉각 중단되었다. 끝 무대로 마술사가 달걀을 모두 냄비에 넣고 마술을 부려 황금색 깃털로 바꾼 뒤 아이들에게 나눠 주려던 계획은 자연히 무산되었다.

프레드헤임의 크리스마스 파티는 엉망진창이 되었다. 마술사는 무대 뒤로 옮겨져 목사의 부인과 의사 레빈의 보살핌을 받았다. 한참 후 테이블로 돌아온 레빈은 엘스메랄도의 머리에 거대한 혹이 생겼고 경미한 뇌진탕 증세를 보인다고 말했다.

아버지는 엄한 눈빛으로 에바를 쏘아보았다. 에바는 의자 위에 두 다리를 올려서 두 팔로 감싼 채 테이블만 내려다보았다.

"에바, 에바……." 이상하게도 아버지는 화를 내는 것 같지 않았다. "그건 그렇고 마술사의 상태는 어떻습니까?" 의사에게 물었다. "아무래도 제가 직접 무대 뒤로 찾아가서 사과해야 할 것 같습니다만……. 스메르겔……이라고 했나요?"

"스메즈루드입니다." 의사는 웃음을 참지 못한 채 겨우 대답했다.

"갑자기 이름이 기억나지 않아서……."

"그럴 수도 있죠. 그런데 직접 사과할 필요는 없을 것 같습니다. 제가 치료할 때 이미 목사님 사모님께서 지역 교구민을 대표해 사과했습니다. 그리고……."

두 사람은 에바가 곁에서 엿듣는 걸 눈치채고 얼른 말을 멈췄다. 비르게르손 부인은 에바에게 주스를 따라 주고 케이크 한 조각을 가져다주었다.

아버지는 역장의 근엄한 얼굴로 되돌아와 에바를 쏘아보았다. "다시는 이런 일을 하면 안 돼. 묵직한 것을 사람들에게 던진다는 건 있을 수 없는 일이야. 만약 그게 다른 곳을 명중했다면……."

"에바는 그게 돌멩인 줄도 몰랐어요." 비르게르손 부인이 끼어들어 에바 편을 들어 주었다. "분명히 평범한 달걀이라고 생각했을 거예요."

"그렇다면 더욱 안 될 일이지요." 그녀의 남편이 한숨을 내쉬며 한마디 끼어들었다.

"썩은 달걀이라면 더 좋았을 텐데." 에바는 의사가 커피잔을 젓느라 정신이 팔린 틈을 타서 혼잣말로 중얼거렸다.

"어쨌든." 아버지는 조금 전보다 부드러운 목소리로 말했다. "사람들에게 물건을 던지면 안 돼. 말이 나왔으니까 말인데……." 주변을 둘러보더니 목소리를 낮춰서 말을 이었다. "그는 무례하기 짝이 없었어. 매우 무례한 사내였지! 마술사니 예술가니 하는 사람은 전부……."

옆 테이블에 앉은 사람들이 고개를 돌려 그들을 쳐다보았다. 주변에는 사람들이 별로 없었다. 저 멀리서 몇몇 아이가 손가락질하며 고개를 절레절레 저었다. 크리스마스 트리 옆에 있던 목사 부인은 창백한 얼굴로 그들의 테이블 너머 어딘가를 뚫어지게 바라보고 있었다.

"자, 이제 돌아갈 시간이 된 것 같군요." 상황을 무마하기 위해 비르게르손 부인이 한마디 던졌다.

"어림도 없는 소리!" 역장이 단호하게 소리쳤다. "이제 크리스마스 트리를 돌며 함께 춤을 출 거요. 여기까지 온 것도 바로 그 때문이니까."

그들은 함께 크리스마스 트리를 빙글빙글 돌았다. 원래 아이들은 안쪽 원을 돌고 어른들은 바깥쪽에서 원을 그리며 돌아야 했으나 에바의 손을 잡으려는 아이는 아무도 없었다. 할 수 없이 바깥쪽 원에 있는 아버지와 엘사 비르게르손의 손을 잡아야만 했다.

분위기가 점점 고조되기 시작했다. 스바메르담의 성가대 대원들은 여기저기 화음을 넣기도 했다. 에바는 머릿속으로 상상한 크리스마스 파티와 너무도 다르다고 생각했다. 〈얼음 위를 건너는 여우〉(북유럽의 크리스마스 트리 파티에서 어린아이들이 즐겨 부르는 동요-옮긴이)를 부를 때도 아버지와 비르게르손 부인의 손을 잡고 가만히 서 있기만 했다.

에바가 아버지의 손을 힘껏 잡아 쥐었다. 아버지도 에바의 손을 잡은 손에 힘을 더했다.

〈장미 화관을 쓴 성모 마리아〉 노래가 시작될 때 아버지가 에바를 내려다보며 소리쳤다.

"너도 함께 불러 봐! 어서!" 에바는 주저하는 눈길로 아버지를 바라보았다. "얼른 불러 봐!"

에바는 아버지가 시키는 대로 있는 힘을 다해 목청껏 노래를 불렀다. 스바메르담이 에바를 돌아보았다.

그들은 크리스마스 트리를 한 바퀴 더 돌고 나서 다음 행사가 남아 있는데도 테이블로 돌아갔다. "꽉 막힌 사람들 같으니라고!" 아버지는 혼잣말처럼 중얼거리며 출구 쪽으로 걸어 나갔다.

지역교구 목사는 온데간데없이 사라져 찾을 수가 없었다. 역장은 목사가 배웅 나오지 않았다는 사실에 짐짓 기분이 나쁜 듯했다. 다행히도 그들이 외투를 걸칠 무렵 스바메르담이 얼굴을 내밀었다.

"감사합니다." 그가 아르크탄데르 역장의 손을 잡고 진심 어린 말을 건넸다. "와 주셔서 진심으로 감사드립니다!" 허리를 굽혀 에바를 내려다보며 말을 이었다. "노래를 정말 잘 부르더구나! 네 목소리가 그토록 아름다운지 오늘 처음 알았어. 모두가 네 노래를 들을 수 있었단다."

에바는 무슨 말을 돌려줘야 할지 몰라 고개를 들어 그를 쳐다볼 뿐이었다.

"정말 아름다운 목소리였어." 스바메르담이 역장을 향해 고개를 돌리며 말했다. "분명 어머니의 목소리를 물려받은 게……."

"누구나 이 아이 처지라면 그렇게 노래했을 겁니다." 에바의 아버지는 이맛살을 찌푸리며 못마땅한 듯 말했다. "스트룀 교수도 그렇게 말했습니다. 자, 그럼 저희는 이만 가 보겠습니다."

스바메르담은 역장의 말이 무엇을 의미하는지 알 수 없어 멍하니 서 있었다.

"어쨌든 와 주셔서 감사합니다. 오래도록 기억에 남을 시간이 된 것 같습니다."

에바는 프레드헤임회관의 계단을 내려오며 아버지를 쳐다보았다. 입을 꾹 다문 아버지의 얼굴이 붉게 상기되어 있었다. 한나는 두 사람 뒤를 종종걸음으로 따라갔다.

쌓인 눈 위에서 발을 구르던 말 옆에 이르자 아버지가 목소리를 높여 말했다(에바에게 하는 말인지 한나에게 하는 말인지 정확히 가늠할 수 없었다. 어쩌면 두 사람 모두에게 한 말인지도 모른다).

"자, 이제 너도 알겠지?"

*

다음 날 에바는 자기 방 창가에 앉아 기차역 플랫폼을 내려다보았다. 오전 기차를 기다리는 사람은 그리 많지 않았다.

머리숱이 거의 없는 대머리에 안경을 낀 남자가 손수레에 짐을 가득 싣고 플랫폼으로 걸어왔다. 그는 품이 넉넉한 갈색 외투에 징 박은 덧부츠를 신고 있었다. 언뜻 매일 기차로 이동하는 행상인처럼 보이기도 하고 사절단의 일원처럼 보이기도 했다. 그런 사람들은 어딘지 모르게 초라해 보이기도 하고 외로워 보이기도 했다.

가만히 보니 그를 어디선가 본 것 같기도 했다. 어디서 보았을까……. 바로 엘스메랄도였다. 뾰족한 마술사 모자와 파란 망토, 턱수염은 보이지 않았다. 손에 든 모자하며 외투와 신발 모두 꽤 평범하지만, 에바는 그를 알아볼 수 있었다. 동그랗고 두꺼운 안경 위로 보이는 이마에 커다란 솜을 대고 반창고를 붙인 자국이 있었다. 피부는 창백하기 그지없고 눈과 코 주변은 시퍼렇게 멍이 들었다. 에바는 이마의 반창고를 보고 그가 엘스메랄도라는 걸 확신했다.

그는 모자를 손에 쥔 채 손수레를 끄느라 힘겹게 발을 옮겼다. 잠시 후 모자를 쓰려 했지만 이마에 붙인 커다란 솜뭉치와 반창고 때문에 제대로 눌러 쓸 수가 없었다. 결국 포기했는지 모자끈을 목에 걸고 뒤로 넘겨 버렸다.

그가 발을 멈추고 투덜투덜 짜증을 냈다. 두 발을 동동 구르며 에바의 창 바로 밑에 자리한 기차역의 벽시계를 올려다보았다. 순간 에바는 한 번도 해 보지 않은 금지된 일을 해 버렸다. 창가로 다가가 남자를 정면으로 내려다본 것이다. 이름표가 붙은 낡고 누추한 상자에는 분명 마술사의 삶이 숨어 있으리라. 파란 망토와 뾰족한 모자, 달걀 주머니와 돌멩이 달걀. 기차를 기다리는 그는 평범한 대머리 특사, 아니 행상인과 다름없었다. 그의 이름이 뭐였더라? 스메르겔? 에바는 안경을 끼고 모자를 쓴 그를 보며 미소를 떠올렸다. 아, 스메즈루드였나?

그와 동시에 그가 다시 몸을 돌렸다. 모자챙에 내려앉은 에바의 미소를 느낀 것일까. 그가 눈을 들어 관사 건물 위쪽을 바라보았다. 순간 에바와 그의 눈이 마주쳤다.

두 사람은 깜짝 놀랐다. 남자는 두꺼운 안경을 콧잔등 위로 올렸다 내렸다 하더니 안경을 벗고 눈살을 잔뜩 찌푸린 채 에바를 뚫어지게 바라보았다. 그는 살을 에는 듯한 추위 속에서 창백한 얼굴로 심각한 표정을 지으며 꼼짝 않고 서 있었다.

마침내 그가 두 팔을 천천히 내리고 장갑 낀 손을 양옆으로 체념한 듯 벌렸다.

에바는 주저하며 손을 들어 짧게 흔들어 주었다. 남자는 짧게 미소 지으며 한 손을 들어 올려 모자챙을 살짝 잡고선 허리 굽혀 절을 했다. 무대에서 하듯이 근사하게 손을 흔들며 한 발을 앞에 살짝 내밀고 절하는 그를 보며, 에바는 한순간 바람에 휘날리는 파란 망토를 본 것 같은 착각에 빠졌다. 기차가 역에 도착했다. 그는 허리를 펴고 에바를 향해 미소 지은 뒤 서둘러 짐을 챙겼다. 기차에 오르기 전 다시 에바를 돌아보며 모자챙에 손을 얹어 인사를 건넸다. 잠시 후 그는 기차와 함께 사라졌다. 마술쇼는 이제 끝난 셈이었다.

외로움이란

외로움은 이런 것이다. 너무나 외로워서 한계에 이르렀다고 생각하는 바로 그 순간, 외로움은 더욱 강렬해진다. 그럴 때면 선택을 해야 한다. 미친 듯 소리를 질러 보거나 방 안에 가만히 앉아 밖에서 문을 두드리는 사람이 나라고 생각해 보는 것이다.

소리를 지르는 것은 그 어떤 말과 단어도 외로움을 표현할 수 없기 때문이다. 아리마, 나의 아리마. 하지만 조용히 앉아 있으면 적어도 방문을 두드리는 소리는 들을 수 있다.

그 후엔 카드놀이를 하거나 다른 일을 해도 된다. 마치 아무 일도 없던 것처럼. 또는 새로운 일을 시작하는 것처럼. 그러면 한 차례 덮친 외로움이 사라지기 마련이다.

그녀는 이 외로움의 속성을 누구에게 배웠는지 기억할 수 없었다.

철로 분기기란

분기기는 이런 것이다. 레일을 철로 교차 지점의 궤도 양옆에 설치하면 기차 바퀴가 자연히 방향을 바꿔서 움직인다. 기차 바퀴는 항상 레일 안쪽을 따라 움직이기 때문이다. 이전 지점의 레일을 궤도 안쪽 방향으로 밀어 놓으면 궤도가 좁아져 기차가 움직일 수 없어지는데, 이때 기차 바퀴는 분기기를 따라 방향을 바꾸고 새로 설치한 궤도를 따라 움직일 수밖에 없다. 기차는 이미 벗어난 궤도에서 후진하지 않는 이상 왔던 길을 되돌아갈 수 없다. 기차가 왔던 길을 되돌아가기란 쉽지 않은 일이다.

아버지가 에바에게 설명해 준 이야기다.

악보란

악보는 이런 것이다. 스바메르담이 집으로 찾아와서 아버지와 함께 삶의 의미에 관해 열정적인 대화를 나눌 때 필요한 것. 삶의 의미를 이야기하면서 음악은 빼놓을 수 없다는 것을 강조할 때 악보는 꼭 필요했다. 그는 자기 능력을 최대치로 발휘하기 전에는 진정한 인간이 될 수 없다고 했다. 에바에게는 음악 재능이 풍부하다고 덧붙이기도 했다.

자기 재능을 사용하지 않는 건 수치라고 할 수 있으나 에바의 경우 스바메르담에게 음악 레슨을 받기 위해 평범한 사람들처럼 시내 중심가를 걷는 일 또한 수치심을 느끼기에 충분했다. 다행히도 어머니가 사용하던 포지티브(가정용 소형 파이프오르간-옮긴이)가 여전히 거실 구석에 자리하고 있어서 스바메르담이 찾아와 건반악기와 성악을 가르치는 건 문제가 되지 않았다. 포지티브의 뚜껑을 열면 유대교의 성막처럼 보였다. 2단 건반 위에는 성직자의 영대를 연상시키는 진홍빛 덮개가 자리했다. 연주를 시작하기 전에 그 덮개를 걷고 잘 접어서 옆에 놓았다. 검은색과 흰색 건반은 매끈매끈하고, 진주처럼 반짝반짝 빛을 발하는 스톱 장치 위에는 프락투어체(귀갑문자라고도 부르는 독일 문자-옮긴이)로 적힌 글자들이 있었다. 그중 '플루트'라고 적힌 조작부를 작동하면 부드럽고 하얀 음색을 들을 수 있었다. '발트호른'과 '바이올린'이라고 적힌 조작부를 작동하면 또 다른 음색이 흘러나왔다. 에바는 아직 그것이 무엇을 의미하는지 알 수 없었다.

오르간 레슨을 받을 때면 왼발로 페달을 밟기 위해 엉거주춤 서서 연주해야만 했다. 앉아서 두 발로 페달을 밟을 만큼 키가 크지 않았다. 스바메르담은 오른쪽 페달을 밟도록 도와주었다. 그는 이처럼 연주하는 것이 궁극적으로는 절대 도움이 되지 않는 비실용적인 방법이라고 말했다.

에바는 악기의 송풍부에 공기가 충분히 채워지면 스톱 장치의 플루트 레버를 당기고 '도'를 짚었다. 그 소리는 송풍부에 바람을 전달하는 풀무 페달이 작동하는 한 선명하게 지속되었다. 첫 레슨에서 스바메르담은 '도'를 짚으며, 1도 C라고 가르쳐 주었다. 에바는 '도' 소리가 마치 하얀 새 같다고 생각했다. 스바메르담이 들려준 그 음정보다 높지도 낮지도 않은 음, 1도 C음은 그날부터 뇌리에 박혔다. 이제 누가 음악을 연주해 보라고 하면 C음을 낼 수 있는 것이다.

악보는 바로 그런 거였다. 종이 위에서도 마찬가지였다. 어떤 멜로디를 들으면 그것을 종이에 그리기만 하면 되는 것이고, 에바에겐 별로 어렵지 않은 일이었다. 에바는 악보가 숫자와 비슷하다고 생각했다. 다른 점이 있다면 악보에 적힌 음들은 그 소리를 들을 수 있다는 것뿐. 그런데 이상하게도 머릿속에선 아름답게만 들리던 음들이 종이에 악보로 그리면 그리 아름답지 않았다.

스바메르담은 첫 레슨 시간에 다장조 음계를 가르쳐 주었다. 에바는 '미'를 지나칠 때 엄지손가락을 셋째 손가락 밑으로 넣어 다음 음을 짚어야 하는 동작이 너무나 낯설고 생소했다. 하지만 좀 더 연습하니 별로 어렵지 않았다. 짧고 쉬운 곡을 배우기도 했지만, 에바가 가장 좋아한 것은 오르간 앞에 가만히 앉아 음계에 귀 기울이는 일이었다. 에바 혼자 연습할 때면 아버지나 한나가 오른쪽 페달을 밟아 줘야 하는데, 매번 도와줄 수는 없었다. 아버지는 바빠서 더 그랬다. 아버지는 에바가 연습할 때마다 딴생각에 빠진 사람처럼 이상하게 변하곤 했다. 딸이 연주하는 포지티브 음악이 들려올 때마다 아버지의 눈빛은 길 잃은 사람처럼 제자리를 찾지 못할 때가 많았다. 이런 여러 가지 이유로 에바는 송풍부에 바람을 집어넣지 않은 채 건반만 누르며 연습하곤 했다. 따지고 보면 그 방법이 가장 좋긴 했다. 아버지의 흔들리는 눈빛을 보지 않아도 되고, 주변 사람들을 귀찮게 할 필요도 없으니까.

기차

기차 소리는 하루의 시간에 흔적을 남긴다. 기차는 시간에 따라 움직이고 숫자로 구별된다. 에바는 오전 7시 10분 기차역에 들어오는 고속열차 603호의 끼익하는 브레이크 소리와 아침 숨결처럼 신선하고 강렬한 증기 소리에 잠을 깨곤 했다. 그 기차를 시작으로 하루 종일 방 안에 앉아 창밖을 지나는 기차 소리를 들었다. 11시 20분에 들어오는 느긋하고 여유로운 여객열차, 10시, 12시, 오후 1시에 콧방귀를 뀌듯 엔진 소리를 씩씩 내며 들어오는 작은 지역 열차들, 오후 1시 30분에 들어오는 화물열차, 오후 2시 5분에 들어오는 텅 빈 광석열차, 오후 2시와 3시에 새롭게 배치되어 천둥소리처럼 쿵쿵거리며 들어오는 여객열차 그리고 저녁 식사 후 축 처진 듯 활기라곤 느낄 수 없는 둔한 소리를 내며 6시 30분 열차가 들어오고, 9시가 되면 갑자기 활기를 되찾은 듯 씩씩하게 들어오는 고속열차. 11시가 되면 광석을 싣고 되돌아오는 마지막 갈색 열차가 묵직한 소리를 내며 기차역으로 들어왔다. 에바는 이미 잠에 빠져든 후였다. 아니, 적어도 잠자리에 들어야만 했다.

오전 1시 11분이 되면 첫 야간열차가 꿈속에서 살며시 움직이듯 조용히 역으로 들어오고, 두 시간이 지나면 반대편 철로로 다시 기차가 지나갔다. 야간열차에서는 가끔 기차에 오르내리는 사람들의 발소리를 제외하면 승객들의 소리를 들을 수 없었다. 조용하게 발을 끄는 듯한 역무원의 발자국 소리, 열차 바퀴를 망치로 툭툭 치며 확인하는 소리, 달그락거리는 체인 소리, 여름에 기관차에 물을 채워 넣으면 쉬익하고 김 빠지는 소리, 갖가지 기계 소리, 매표원의 재바른 발자국 소리, 텅 빈 플랫폼을 향해 들릴 듯 말 듯 나직한 목소리로 "출발!"을 외치는 역무원의 목소리. 야간열차는 역에 그리 오래 머무르지 않고 다시 어둠 속으로 사라졌다.

에바는 가끔 오전 1시 12분에 무언가 부족하고 빈 것 같은 느낌 때문에 잠을 깰 때도 있었다. 그럴 때는 야간열차가 제때 들어오지 않고 지연되었다. 마침내 야간열차가 역에 들어오면 그녀는 살금살금 발소리를 죽여 창가로 다가갔다. 야간열차는 낮에 운행하는 열차와 달랐다. 객실의 커튼을 내리고 복도는 희미한 노란 불빛으로 채웠다. 한 남자가 객실창 앞에 서서 담배를 피우고 있었다. 책을 읽으려고 불을 켜는 사람, 창밖의 낯선 기차역을 멍한 눈으로 내다보는 사람. 그들은 어둠 속 커튼 뒤에 서 있는 그녀를 볼 수 없었다. 설령 그녀를 보았다 할지라도 자신의 눈을 믿지 않았을 것이다. 한번은 객실창을 통해 벌거벗은 여자를 본 적이 있었다. 그녀 뒤에는 역시 벌거벗은 남자가 서 있었다. 꽤 흥미로웠다. 에바는 사람들이 옷을 벗으면 그렇게 보인다는 걸 그때 처음 알았다.

날이 밝으면 창가에 자리한 작은 책상 앞에 몇 시간이고 앉아 기차역의 플랫폼을 오가는 사람들을 바라보았다. 낯선 여행객들은 기차에서 내리면 짐을 챙겨 들고 얼떨떨한 표정으로 주위를 둘러보며 마중 나온 이들을 향해 발걸음을 재촉했다. 이곳이 익숙한 마을 사람들은 만면에 미소를 띠며 기차에서 내렸다. 후자의 경우는 먼 대도시에서 아무것도 모른 채 낯선 이에게 사기를 당했을지도 모른다. 하지만 고향에 돌아오면 나쁜 일이 일어나지 않는단 사실을 알기 때문에 외투를 팔에 걸치고 가볍고 느긋하게 기차역 모퉁이 밖으로 사라지는 게 아닐까. 그녀는 이처럼 기차역을 오가는 사람들을 지켜보았다.

여행을 자주 하는 은행장 비스테르 씨는 항상 시가를 입에 물고 기차에 올랐다. 기차에 오를 때면 시가가 위쪽을 향하고, 기차에서 내릴 때면 시가가 아래쪽으로 축 처졌다. 신문사 편집장 얀도 마찬가지였다. 아버지는 기차역에서 그를 만나도 자주 모른 척했다. 얀은 반질반질하게 닳은 갈색 정장을 입었고, 은행장은 검은색 정장을 입었다. 은행장의 구두는 반짝반짝 광이 났는데 편집장의 구두는 정반대였다. 두 사람은 자주 같은 기차를 탔지만 플랫폼에서 마주치면 무뚝뚝한 표정으로 인사를 하는 둥 마는 둥 했다. 대화를 나누는 일도 없었다. 한 사람은 좌파 정당 지지자였고 다른 한 사람은 우파 정당 지지자였다. 비스테르 씨는 일등칸 앞 노란 선 앞에 서서, 얀은 기차 뒤쪽 일반석 앞에 서서 기차를 기다렸다. 두 사람 다 기차에 오르면 짐을 자리에 두고 열차 중앙에 자리한 식당칸으로 갔다. 식당칸에서는 하얀 유니폼을 입은 웨이터들이 바쁘게 움직였다. 두 사람은 돌아올 때도 각각 기차 양쪽 끝에서 내렸다.

의사 레빈은 누이를 방문하기 위해 한 달에 한 번 기차를 탔다. 마을을 떠날 때는 항상 환하고 기대에 가득 찬 표정을 지으며 종종걸음으로 힘차게 기차를 탔다. 하지만 이틀 후 돌아오는 기차에서 내리는 그의 얼굴은 항상 무겁고 어두운 그늘이 졌다. 에바는 누이가 그를 닮았을 거라고 짐작했다. 그의 표정이 어두운 건 누이가 아프기 때문 아닐까. 의사 레빈은 기차역 건물 2층에서 에바가 플랫폼을 내려다본다는 걸 아는 몇 안 되는 사람이었다. 그는 비록 에바를 볼 수 없지만, 기차에 올라타기 전 2층 창문을 올려다보며 상냥한 미소를 지어 보였다. 에바는 아버지의 지시에 따라 철저하고 확실하게 문을 닫은 방 안에 앉아 있었다. 아버지는 여행객들에게 눈길을 주면 안 된다고 말했다. 에바도 사람들이 쳐다보는 걸 좋아하지 않아서 군말 없이 아버지가 시키는 대로 했다. 의사 레빈은 돌아오는 기차에서 내릴 때면 창문을 향해 미소 짓지 않았다. 에바는 누이가 많이 아픈 게 틀림없다고 생각했다.

비르게르손 부부도 에바가 2층 방에 홀로 앉아 있다는 걸 알고, 약국에서 주문한 물품을 가지러 올 때면 창문을 향해 상냥한 눈길을 보내곤 했다. 하지만 그들은 여행을 자주 하는 편이 아니었다. 아버지는 물론 그녀가 방에 홀로 앉아 있다는 걸 알지만 단 한 번도 창을 올려다보지 않았다. 자로 잰 듯 정확한 발걸음으로 플랫폼을 왔다 갔다 하며 할 일을 할 뿐이었다. 한나 역시 플랫폼 쪽은 발걸음을 하지 않았다. 역무원들도 에바가 2층에 홀로 앉아 있다는 걸 알았다. 에바는 대부분의 직원이 알 거라고 짐작했다. 하지만 그들은 절대 2층으로 눈길을 주는 일이 없었다. 금지된 일이기 때문이었다. 예외가 있다면 무선기사뿐이었다. 그는 에바의 창 아래를 지날 때면 항상 환한 미소를 지으며 2층을 올려다보았다. 단 한 번도 잊은 적이 없었다.

무선기사의 제복 모자 아래로 짧게 자른 빨간 머리가 듬성듬성 보였다. 한나는 그가 얼빠진 사내라며 웃음을 터뜨렸다. 그의 이야기를 할 때면 소리 내어 웃곤 했다.

무선기사는 에바의 벗이 되었다.

*

창가에 앉아 있을 때면 자주 그림을 그렸다. 에바는 커다란 스케치북이 여러 권 있었고, 시간이 흐를수록 한 권 두 권 그녀가 그린 그림으로 채워졌다. 주로 오후 1시 30분에 들어오는 화물열차를 그렸다. 처음엔 매일 1시 10분에서 1시 25분 사이에 화물열차의 앞부분부터 조금씩 그려 나갔는데, 보름

후 완성하고 보니 별로 마음에 들지 않았다. 화물열차를 다시 그리기 시작했다. 이번에도 보름이 걸렸다. 처음 그린 것보다 조금 나아 보였다. 시간이 흐를수록 그림 솜씨는 점점 늘기 시작했고, 이젠 보일러부터 완충기 등 세세한 부분까지 보지 않고 그릴 수 있었다. 겨울이 되면 기차에 장착된 순환 제설 장치까지 그려냈다. 하얀 눈을 이고 서 있는 가로등 밑에서 기차를 기다리는 사람들도 그렸다. 기묘하게 생긴 보일러를 장착한 작은 입환용 기관차. 플랫폼. 가끔 책에서 읽은 것 혹은 상상의 세계를 그릴 때도 있었으나 대부분은 직접 눈으로 본 걸 그렸다. 이미 본 것을 기억해 가며 그리다 보면 어느새 마음이 안정되는 걸 느낄 수 있었다. 연필을 들면 손 앞에서 또 다른 세상이 펼쳐졌고, 그 세상은 종이 위의 그림으로 표현되었다.

*

역무원들은 저마다 맡은 일이 있었다. 그들의 임무를 방해하거나 귀찮게 하는 건 있을 수 없는 일이었다. 에바는 일이 적은 오전이면 건물 밖으로 나갈 수 있었고, 대부분 한나와 함께였다. 가끔 한나가 함께 하지 못할 때면 홀로 나갈 수밖에 없었다. 그녀는 행동 범위에 제약이 많았다. 아버지는 매표소나 플랫폼, 식당은 발을 들이면 안 된다고 엄하게 못 박았다. 그녀가 갈 수 있는 곳은 건물 뒤편의 정원이었다. 높다란 담벼락으로 둘러싸여 플랫폼과 시내 쪽에서는 보이지 않았다. 엔진창고 뒤편의 공터도 에바가 갈 수 있는 곳이었다. 정원보다는 시간을 보내기에 좋은 곳이지만 한나를 데려가야 했다. 에바 혼자 철로를 건너거나 공터에 가는 걸 금지했기 때문이다.

둘은 화물창고나 엔진창고 또는 휴게실 쪽을 기웃거리기도 했다. 그들이 집 밖에 나올 수 있는 건 오전 두 시간밖에 없는데, 사람 만나는 걸 좋아하는 한나는 그 시간을 이용해 역무원들과 가벼운 대화를 나누고 싶어 했다. 한나는 밤낮으로 혼자 있다 보니 사람이 그립다고 말하기도 했다. 에바 역시 역무원들과 인사를 나누는 게 나쁘지 않았다. 다만 휴게실은 자주 가지 않았다. 낯선 직원들이 와서 수프를 먹거나 커피를 마셨는데, 그들이 에바와 한나를 이상하게 쳐다보았기 때문이다. 한나가 정작 가고 싶어 한 곳은 휴게실이지만 말이다.

화물창고는 별문제 없었다. 겨울에는 적당히 따스하고 여름에는 적당히 선선한 목조 건물인데, 에바는 더위를 타서 자주 찾곤 했다. 창고의 양철 선반에는 그곳을 들고나는 갖가지 소포와 화물이 자리했으며, 그곳에서 일하는 사람들은 항상 분주하게 움직였다. 그들은 무거운 것을 들어 올리고 손수레에 짐을 실어 옮겼다. 자전거와 스키 같은 것들은 노끈으로 단단히 동여맨 뒤 가느다란 철사를 이용해 누런 종이를 크게 달았다. 창고에서 일하는 직원들은 에바를 보면 매우 친절히 대해 주었다. 에바는 출하물 검열대 앞에 앉아 도장이나 스티커를 가지고 놀았다. 털에 잉크가 묻기도 했다. 한번 잉크가 묻으면 지워 내는 게 무척 힘들었지만 개의치 않았다. 오히려 잉크가 마르기 직전, 젖은 글자들이 선명하게 빛을 발하는 모양이 너무나 아름답다고 생각했다. 종이와 만나면 검은색으로 변하는 짙은 청색 잉크, 그와 함께 코를 간질이는 알코올 냄새. 셀 수 없이 많은 도장도 빼놓을 수 없었다. 직원들은 무슨 이유인지 도장을 고슴도치라고 불렀다. 출하물 검열대에 자리한 갖가지 도장은 저마다 역할이 달랐다. 속달. 공무 우편. 등기우편. 철도공사. 운송 중 훼손. 운송 전 훼손. 위험 물질. 여러 가지 고슴도치 중에는 손잡이 아래쪽을 살살 돌려 맞춰서 전국 각지의 기차역 이름과 그 고유번호를 찍는 도장이 있는데, 에바가 사는 동네의 기차역 이름과 고유번호를 새긴 도장도 보였다. 손잡이가 반질반질하게 닳은 이들 도장은 항상 출하물 검열대 중앙에 자리했다. 날짜와 기차역 이름, 운송 번호를 돌려 맞추는 커다란 도장도 있었다. 손잡이에 빨간 페인트를 칠한 그 도장은 반짝이는 금속성 재질이며 매우 길쭉했다. 에바는 그 도장의 자판을 돌려 맞출 때 나는 소리를 매우 좋아했지만 가지고 노는 건 금지였다.

그 커다란 도장은 불행히도 올센 씨만 만질 수 있었다. 올센은 멀리서 보면 매우 친절한 것 같지만, 직접 마주하면 친절하고 상냥한 사람과 거리가 멀었다. 에바가 출하물 검열대 앞에 앉으면 의심쩍고 떨떠름한 시선을 보냈다. 에바는 그가 소모자형이라고 생각했다. 다른 사람들은 '에바'라고 부르는데 웃음기라곤 전혀 없는 얼굴로 "고양이가 왔군." 하고 무뚝뚝하게 말했다. 당연히 에바는 기분이 좋지 않았다. 그는 에바를 고양이 새끼 또는 털양말이라고 부르기도 했다. 에바가 원하는 것은 단지 출하물 검열대에 앉아 도장을 가지고 노는 것뿐인데 말이다. 다른 이들이 올센에게 한마디씩 하곤 했다. 한나는 올센이 굼뜬 사람이라고 말했다. 들리는 말에 의하면 오랜 지병으로 고생했으며 그가 기차역에서 하는 일이라곤 화물에 도장을 찍고 운송장을 붙이는 것밖에 없다고 했다. 그는 화물창고에서 가장 나이가 많았지만 책임자는 아니었다. 책임자는 그란룬인데 꽤 상냥하고 친절했다. 올센은 별로 말이 없는 사람이었다. 에바를 보면 마지못한 듯 쓸모없는 스티커와 운송장, 스탬프를 슬쩍 밀어 주곤 했다. 그는 은빛 탑을 지키는 파수병처럼 자판 조종이 가능한 커다란 스탬프를 지켰다. 에바는 스탬프를 갖고 논 다음엔 항상 자판을 원래대로 맞춰서 제자리에 걸어 놓아야 했다. 안 그러면 올센이 불같이 화를 내곤 했다. 하지만 어렵지 않은 일이었다. 에바는 순서를 기억하는 능력이 뛰어났으니까.

*

엔진창고에는 작은 입환용 기관차와 제설기, 지역 열차 구간에서 사용하는 기관차의 엔진이 보관되어 있었다. 갖가지 엔진과 기계가 휴식을 취하는 공간으로 책임자는 크늇존이었다. 여름이면 불가마처럼 덥고, 겨울에도 보일러에 남은 열기 때문에 항상 따스했다. 기관차와 엔진을 청소하고 정밀 검사를 하기 때문에 항상 기름과 금속, 석탄과 숯, 생고무 냄새가 났다. 직원들은 기관차, 보일러, 바퀴, 구동축, 파이프 등을 반짝반짝 광이 날 때까지 닦고 문질렀다. 커다란 청소용 솜뭉치를 상하좌우로 움직이거나 원을 그리며 매우 오랫동안 힘껏 문질렀다.

크늇존은 그 일을 처음부터 끝까지 감독했다. 그는 역무원 중에서 가장 연륜이 오랜 사람이며 아버지가 가장 신뢰하는 사람이었다. 에바도 가끔 그에게 조그마한 솜뭉치를 받아 청동 팻말을 반짝반짝 빛이 날 때까지 닦곤 했다. 한동안 두 손으로 열심히 닦고 나면 그녀의 털은 기름과 광택제로 반들거렸고, 결국은 두 다리가 달린 거대한 솜뭉치처럼 보였다. 크늇존은 그런 에바를 보고 웃음을 터뜨리기 일쑤였지만, 그의 웃음은 항상 호의를 담았기에 기분 나쁘지 않았다.

광택을 내는 데 사용한 솜뭉치는 엔진창고 뒤 공터로 옮겨서 태워 버렸다. 그 공터는 에바가 마음 놓고 놀 수 있는 곳이기도 했다. 에바는 가끔 때 묻은 회색 솜뭉치를 모아 불꽃 속에 던져 넣곤 했다. 솜뭉치는 순식간에 불길을 머금고 오그라들었다가 조그맣고 까만 잿덩이로 변했다.

*

한번은 에바의 오른팔 털에 불이 옮겨 붙은 적이 있었다. 무선기사와 친구가 된 계기도 그 일이었다. 에바가 일곱 살이 되는 해 여름이었다. 불타는 듯한 여름 햇살과 모닥불에서 나오는 열기 때문에 너무나 더웠다. 그래서 그랬는지 에바는 털에 불이 붙은 것도 알지 못했다. 조금 떨어진 곳에 모여 있던 직원들도 마찬가지였다. 에바는 솜뭉치를 더 가져오기 위해 몸을 돌렸다. 오른팔이 평상시보다 조금 뜨겁다고 생각하면서도 마음에 두진 않았다. 순간 누군가 그녀의 어깨를 꽉 잡고 무언가로 몸을 세게 후려쳤다. 커다란 새가 세차게 날갯짓을 하는 것 같기도 했다. 에바는 비명을 질렀다. 갑자기 팔이 너무나 아팠다.

무선기사는 재킷을 벗어 에바의 몸을 마구 후려쳤다. 그는 한자리에 가만히 앉아 있는 걸 견디지 못했기에 자주 공터를 어슬렁거리곤 했다. 덕분에 에바와 한나는 그와 이야기할 기회를 얻을 수 있었다. 특히 한나는 그와 대화하는 걸 매우 좋아했다. 바로 그가 재킷을 벗어 에바의 팔에 붙은 불을 끄기 시작한 것이다.

에바는 비명을 지르며 그의 팔에서 벗어나려고 몸을 비틀었다. 갑자기 벌어진 일에 당황한 것이다. 소모자와 분열자를 막론하고 누구든 자기 몸을 잡아 쥐면 있는 힘껏 소리 지르며 손아귀에서 벗어나려 몸부림쳤다. 그처럼 힘껏 소리를 지르면 깜짝 놀라 얼른 손을 놓아 버리곤 했다. 물론 결과는 항상 같았다. 그런 일이 있고 나면 다락방에 갇히는 신세가 되었던 것이다. 하지만 그는 에바를 잡은 손을 놓지 않았다. 오히려 그녀를 번쩍 들어 올리고 버둥거리는 그녀의 팔을 더욱 힘주어 꾹 잡았다. 그가 팔을 툭툭 치자 통증이 느껴졌다. 그가 팔에 붙은 불을 끄는 동안 에바는 더욱 큰 소리로 비명을 질렀다. 에바는 자기 몸을 양손으로 꾹 잡은 그의 얼굴을 코앞에서 볼 수 있었다. 머리카락은 타오르는 불꽃처럼 빨간색이고, 붉은 눈썹 밑에 자리한 두 눈동자는 선명한 하늘색이었다. 얼굴에 듬성듬성 자란 수염조차 붉은 기를 띠었다. 그녀는 있는 힘껏 소리 지르느라 숨도 쉴 수 없을 지경이었다. 공터 반대쪽과 철로 반대쪽에서도 에바의 비명 소리를 들었으리라.

직원들이 하나둘 모여들었다. 조금 떨어진 곳에서 역무원들과 대화를 나누던 한나도 화들짝 놀라 허겁지겁 달려왔다. 여기저기서 걱정을 담은 어른들의 목소리가 들려왔다. 도대체 무슨 일이 일어난 것일까?

그가 에바를 붙든 손을 놓았다. 에바는 아무 말도 할 수 없었다. 그녀가 하고 싶은 말은 비명과 아래위로 정신없이 흔드는 두 팔의 움직임 속에 묻혀 버렸다. 한나는 에바의 팔을 후후 불어 주며 진정시키려고 애썼다. 어딘가로 잠시 사라졌던 무선기사가 양동이에 물을 가득 담아 엔진창고에서 나왔다. 그는 받아 온 물을 에바의 팔뚝에 퍼부었다. 얼음처럼 차가운 물에 깜짝 놀랐는지 에바의 비명도 쏙 들어가 버렸다.

그는 에바의 젖은 팔을 재킷으로 조심스레 닦은 뒤 무릎을 꿇고 앉아 화상 부위를 자세히 살펴보았다.

"생각보다 상태가 좋아서 다행이야."

차가운 물에 닿은 팔이 얼얼하게 아려 왔다. 에바는 놀란 눈으로 그를 뚫어지게 바라보았다.

"이 예쁜 털이 다 타 버렸으면 어쩔 뻔했니……." 그가 빨간 수염 사이에서 붉게 상기된 표정으로 말했다.

"하마터면 큰일 날 뻔했구나." 또 다른 직원의 목소리였다.

옆에 서 있는 한나의 얼굴이 죄책감으로 일그러졌다. 모두가 기차역 쪽을 돌아보았다. 아르크탄데르 역장이 화를 내며 달려오지나 않을까 걱정했던 것이다. 하지만 역장실에서는 아무 소리도 듣지 못한 것 같았다.

"세상에…… 우리 아기…… 많이 두려웠지?" 한나는 에바를 안고 공터를 가로질러 집으로 들어갔다.

'딧'과 '다'

한나와 에바는 다음 날 무선기사에게 감사의 말을 전하기 위해 전신송출실로 내려갔다. 에바의 출입이 금지된 장소였다. 아버지는 전신기사들은 조용히 집중해서 일하기 때문에 절대 방해하면 안 된다고 강조했다. 하지만 기분이 좋은 날이면 시계를 점검할 때 에바를 데려가기도 했다. 전신송출실은 창문이 없어서 항상 어둑어둑했는데 희미한 램프 아래는 파이프 담배 냄새로 가득했다. 에바는 한나와 함께 전신송출실로 들어갔다. 교대 근무 중인 무선기사가 문을 열고 들어서는 그들을 보자 환한 표정을 지었다.

한나가 에바의 등을 살짝 떠밀며 나직이 속삭였다. "이제 그걸 주면 돼. 어서 가 봐."

에바는 책상 앞에 앉아 있는 그에게 다가가 말없이 종이 한 장을 내밀곤 고개 숙여 인사하며 작게 말했다. "선물을 가져왔어요. 받아 주세요."

종이에는 어제 일어난 일이 그림으로 그려져 있었다.

그는 감탄한 눈빛으로 그림을 바라보았다. "정말 잘 그렸구나. 고마워."

"천만에요." 에바는 문득 어제 건물이 떠나갈 듯 비명을 지른 자신의 모습이 떠올라 얼굴을 붉혔다.

"에바, 얼른 고맙다는 인사를 해야지." 뒤에 서 있던 한나가 말을 이었다. "따지고 보면 나도 감사 인사를 해야 돼."

"그런데 이건 누구니? 나야?" 무선기사는 한나의 말을 듣지 못한 듯 그림만 뚫어지게 바라보며 물었다.

"네."

"여기 불꽃이 튀었구나."

"네."

"맞아. 이 그림 그대로였어." 무선기사가 다정하게 말했다. "네가 두려워한 건 전혀 이상하지 않아. 이 불꽃 좀 봐."

"네……."

"내 머리카락도 이 그림과 똑같아. 빨간색이지. 물론 네 털도 이 그림과 똑같아." 그가 반짝이는 파란 눈동자로 에바를 바라보았다.

"네."

"사실 내가 어렸을 땐 무선기사라고 부르지 않았단다. 또래 아이들이 나를 뭐라고 불렀는지 아니?"

"글쎄요……."

"아이들은 나를 성냥개비라고 불렀단다."

그가 에바를 다정하게 바라보았다. 그의 눈동자는 여전히 반짝였다. 에바가 웃음을 터뜨렸다.

"난 그 말을 들을 때마다 엄청 화를 내곤 했지. 하지만 지금은 누가 나를 성냥개비라고 불러도 화내지 않아."

"지금은 성냥개비 대신 무선기사라고 부르잖아요." 에바가 짚어 주었다.

"맞아. 그리고 무선과 관련된 일을 하지."

에바가 미소 지었다. 하지만 그는 에바의 미소를 볼 수 없었다.

"불 끄는 일도 하고요." 에바가 한마디 덧붙였다.

"맞아, 맞아. 그 일도 하지." 그는 소리 내어 웃다가 서랍에서 압정을 꺼내 에바의 그림을 벽에 꽂았다.

"앗!" 그가 갑자기 무언가에 놀란 듯 소리쳤다.

전신 기계에서 딸깍딸깍 소리와 함께 종이가 돌돌 말려 나오기 시작했다. 기다란 종이는 그의 초록색 책상 깔개로 이어져 나왔다. 에바는 그를 방해하지 않으려고 슬금슬금 문 쪽으로 뒷걸음쳤다. 하지만 무선기사는 미소 띤 얼굴로 가까이 오라고 손짓했다.

그는 기계가 뱉어 내는 길고 가는 종이를 바라보았다. "세상에! 카롤리우스! 이게 얼마 만이야!"

"카롤리우스가 누구예요?" 에바가 물었다.

"응, 오래전부터 잘 아는 사람이란다. 꽤 오랫동안 연락이 없어 궁금했는데, 오늘 이렇게 소식을 듣는구나. 여기 이렇게……." 그가 종이를 쏙 빼서 보여 주었다. 에바의 눈에 보이는 것은 오직 점과 선뿐이었다. "카롤리우스의 타이핑은 매우 정갈하단다. 여길 보렴. 나는 소리만 들어도 카롤리우스인지 아닌지 대번에 알 수 있어."

에바의 눈에는 여전히 점과 선밖에 보이지 않았다.

"매우 규칙적이고 아름다워. 간격도 정확해. 모스부호를 송신할 때는 정확한 간격을 유지하는 것이 매우 중요하단다. 실력 있는 무선기사들이 보내는 메시지를 보면 그 간격이 자로 잰 듯 정확하지. 우린 정확하고 규칙적으로 모스를 송신하는 사람들에게 필체가 좋다고 말하기도 해. 카롤리우스는 타이핑 속도도 매우 빨라. 한번 들어 보렴!"

기계에서는 길고 짧은 전류가 힘차게 흘렀고, 그에 리듬을 맞추는 듯 종이가 쑥쑥 빠져나왔다.

에바는 전신에 관해 아는 것이 없었지만, 멀리 떨어진 사람들이 의사소통을 하는 도구라는 것쯤은 알고 있었다.

"그가 뭐라고 하나요?" 에바가 물어보았다.

"흠…… 대부분 어른들만 알아들을 수 있는 말을 하는구나. 늙은 코끼리 중에서 지금 일하는 사람이 있냐고 묻기도 하고, 밖에서 일광욕을 하는지 묻기도 했단다."

"에바, 이제 우린 집에 돌아가는 게 좋겠다." 한나가 끼어들었다.

"늙은 코끼리란……." 무선기사는 한나의 말에 개의치 않고 하던 말을 계속했다. "예전에 학교를 같이 다닌 동창들을 가리키는 말이란다." 그는 말을 마치자마자 번개같이 빠른 손동작으로 모스전신기를 두드렸다. 그는 손가락 대신 손바닥을 사용했다. 그가 책상의 전신기를 내려칠 때마다 깜짝 놀랄 만큼 큰 소리가 울려 퍼졌다.

"뭐라고 대답하셨나요?" 에바가 궁금한 듯 물었다.

"음…… 난 지금 매우 아름다운 두 명의 젊은 여성과 함께 있다고 대답했단다." 무선기사가 장난기를 담은 미소를 띠며 말했다.

"어머나! 그런 말씀을 하시다니……." 한나가 키득키득 코웃음을 치며 말했다.

전신기에서 기분 좋은 똑딱음이 다시 들리기 시작했다.

"이제 기계가 잠을 깬 것 같구나." 무선기사가 기분 좋게 외쳤다. 그는 한 손을 들어 올려 짧게 자른 머리를 매만지며 기계 소리에 귀를 기울였다. "하하! 다들 내가 말한 아름다운 여성이 누군지 궁금해하고 있어!"

한나는 경박한 코웃음을 쳤다. 에바는 어쩔 줄 몰라 가만히 서 있을 뿐이었다. 무선기사는 둘을 바라보며 손으로 모스전신기를 두드렸다.

"지금은 뭐라고 쓰시는 거죠?" 에바가 물었다.

"그건 비밀이기 때문에 말해 줄 수 없다고 쓰는 중이야."

다시 기계에서 딸깍딸깍 소리가 났다.

"카롤리우스가 뭔가를 쓰고 있어." 무선기사가 말을 이었다. "어디 한번 볼까……. 자네는 허풍이 심하군. 마침표. 달라진 게 없어. 자네가 말한 아름다운 여성은 분명 늙은 암탉일 거야. 마침표."

이번에는 셋 다 소리 내어 깔깔 웃었다.

무선기사가 모스전신기를 두드리며 답신을 보냈다. "내 눈에는 아름답기만 한데. 마침표."

상대방이 번개같이 답신을 보내왔다. "자네가 무슨 재주로. 물음표. 쳇!"

무선기사가 의자에서 벌떡 일어났다. "카롤리우스, 이제 자네를 놀라게 해 주겠네." 그는 말을 타는 기사처럼 허리를 앞으로 굽히고 장난기 가득한 미소를 지으며 모스부호를 전송하기 시작했다.

"그녀들은 지금 내 옆에 서서 자네의 정확하고 고상한 모스 전송 능력에 감탄하고 있다네. 마침표. 하하! 이젠 그도 몸이 달아오르겠지?" 무선기사가 의기양양하게 웃으며 말했다.

전신기에서 다시 소리가 나기 시작하자 셋 다 모스 소리에 귀를 기울였다. 무선기사는 만족스러운 표정을 지으며 숨을 죽여 큭큭 코웃음을 쳤다.

"그도 지금 웃고 있어." 무선기사가 의자에 등을 기대며 말을 이었다. "에바, 너도 들을 수 있지?"

"아뇨……."

"너도 들을 수 있어. 넌 글자를 읽을 수 있잖아, 그렇지?"

에바는 순간적으로 어이없다는 표정을 지었다. 하지만 그는 에바의 표정을 읽을 수 없었다.

"에바는 글자를 술술 읽은 지 오래됐어요." 한나가 얼른 끼어들어 말했다.

"그렇다면야…… 에바, 저 소리가 들리니?" 무선기사가 에바에게 물었다. "딧 다 딧 딧 하는 소리 말이야."

에바는 전신기에서 나는 소리에 귀를 기울였다. 무선기사의 말대로 길고 짧은 소리가 번갈아 가며 들려왔다. 딧 다 딧 딧. 뒤를 이어 딧 다 딧 딧. 다시 같은 소리가 되풀이되었다.

"그 소리는 알파벳의 L을 의미한단다." 무선기사가 알려 주었다.

"L이라고요?"

"응. 알파벳의 L은 바로 이런 소리를 낸단다. L은 laugh(웃음/웃다)를 의미하지."

"L은 딧 다 딧 딧이군요."

"바로 그거야." 무선기사가 만족한 웃음을 터뜨렸다. "이처럼 알파벳마다 길고 짧은 소리의 조합으로 표시할 수 있단다. 여길 좀 보렴." 전신기에서 모스부호가 찍힌 기다란 종이를 찢어 냈다. "이걸 처음으로 발명한 사람은 미국인 조각가 모스였어. 매우 훌륭한 발명가이기도 했지. 그는 알파벳 하나하나를 점과 선으로 표현하는 방법을 고안해 냈단다. 이렇게 말이야. 여기 점과 선이 보이지? 점은 딧, 즉 짧은소리를 말하고 선은 다, 즉 긴소리를 의미한단다."

"딧과 다?"

"그건 전류가 흐르는 기계를 손으로 여닫으면서 긴 전류와 짧은 전류를 번갈아 가며 보내는 거에 불과해." 무선기사가 말을 이었다. "이 전신기의 스위치를 오래 누르면 긴 전류를 보낼 수 있지. 그건 선을 표시한단다. 그리고 점을 표시할 때는 전신기의 스위치를 짧게 누르면 돼."

이번에는 모스전신기를 에바에게 보여 주었다.

"딧 다 딧 딧. 이건 L을 표시한다고 했지? 이렇게 모스부호를 보내면 내가 웃고 있다는 걸 상대방에게 알리는 셈이란다. 사실 모스 전신을 하면서 자기가 한 농담을 두고 웃으면 안 돼. 자칫 분위기를 망칠 수도 있거든."

에바는 생각에 잠긴 표정으로 그를 바라보았다. 딧 다 딧 딧. L.

"그럼 E는 어떻게 표시하나요?" 에바는 무선기사의 말을 잘 이해했는지 확신할 수 없어 주저하며 질문을 던졌다.

"E는 알파벳 중에서 가장 쉬워." 무선기사가 신이 나서 설명했다. "점 하나. 작은 점 하나만 있으면 E를 표시할 수 있단다. 딧. 이렇게 말이야." 그가 책상을 손가락으로 가볍게 한 번 치며 말했다.

"딧?"

"그렇지."

"V는요?"

"그것도 굉장히 쉬워. 딧 딧 딧 다. 점 점 점 선."

"점 점 점 선이라고요?"

"맞아. 딧 딧 딧 다로 기억하렴. 그럼 더 쉬울 거야."

"A는요?"

"딧 다."

"딧 다?"

"그렇단다."

"딧 딧 딧 딧 다 딧 다." 에바가 숨 쉴 겨를도 없이 재빨리 말했다.

"아냐 아냐. 그렇게 빨리 하면 안 돼." 무선기사가 웃음을 터뜨렸다. "알파벳마다 적당한 시간 간격을 유지해야 한단다. 그 간격은 점 세 개 정도의 길이면 충분해."

"또는 선 하나의 길이……." 이제 그의 말을 충분히 이해한 듯 에바가 의기양양하게 덧붙였다.

"또는 선 하나의 길이! 바로 그거야!" 무선기사가 환한 표정으로 설명을 이어 갔다. "예를 들면 딧 – 딧 딧 딧 다 – 딧 다. 이렇게 말이야." 집게손가락으로 책상을 두드리며 말했다.

"딧 – 딧 딧 딧 다 – 딧 다?"

"맞아! 바로 그거야! 이젠 너도 참 잘하는구나. 이렇게 하면 종이에 찍힌 부호를 보지 않고 소리만 들어도 상대방이 무슨 말을 하는지 알 수 있지. 난 모스전신기에서 소리가 나면 상대방이 무슨 말을 하는지 대번에 안단다. 방금 카롤리우스의 메시지를 듣고 이해한 것처럼 말이야. 모스전신기를 켜 놓으면 여기 앉아서도 전국 각지에 흩어진 무선기사들이 어떤 대화를 나누는지 다 알 수 있어."

"그분은 지금 어디 있나요?" 에바가 물었다.

"전선의 끝. 마지막 역이지. 수도에 있는 전신국이란다."

"수도에 있는……." 에바가 음미하듯 천천히 말했다.

"맞아. 카롤리우스는 그곳에 앉아서 사방팔방에 흩어진 수많은 무선기사와 대화를 나누지. 그중에는 여자 무선기사도 꽤 있단다."

"여자도 있다고요?"

"물론이지. 상당히 많아. 너도 나중에 커서 무선기사가 되고 싶니?" 그가 의미심장한 미소를 지으며 물었다.

"저도 무선기사가 될 수 있나요?"

그가 웃음을 터뜨렸다. "연습을 많이 해서 실력이 늘면 충분히 될 수 있지."

에바는 꿈을 꾸는 듯한 표정으로 그를 올려다보았다. 하지만 그는 에바의 표정을 볼 수 없었다.

"그런데 카롤리우스라는 분 말이에요……." 에바가 말을 이었다. "아저씨는 그분이 어떻게 생겼는지 아시나요? 그러니까 제 말은…… 아저씨랑 그분이 잘 아는 사이인가요?"

"그럼, 물론이지. 우린 같은 학교를 다녔으니까 당연히 잘 알지. 하지만 전신국에 앉아 있는 사람들 중엔 내가 모르는 사람도 꽤 많아. 단지 모스부호로만 대화를 나눴으니까. 거리에서 우연히 만난다면 모르고 그냥 지나칠 게 분명해. 내가 아는 건 그들의 이름 정도니까."

"딧 – 딧 딧 딧 다 – 딧 다."

"아직도 기억하는구나. 넌 참 똑똑한 아이야."

실제로 에바는 순서를 기억하는 데 능력이 뛰어났다.

"에바는 기억력이 참 좋아요." 한나는 두 사람 뒤에 서서 만족한 표정을 짓다가 자랑스럽게 말했다.

"여기 와서 이걸 보렴." 무선기사가 에바를 안아 올려 무릎에 앉혔다. 에바는 미처 반항하지 못하고 그가 하는 대로 가만히 있었다. "그건 그렇고 불에 덴 팔은 좀 어떠니?" 그가 에바의 팔을 들여다보았다. 어제 불에 데어 털이 타 버린 부위는 연고를 바른 불그스름한 피부가 드러났다.

"괜찮아요." 에바가 나직이 대답했다.

"털 아래 피부는 보통 사람들과 다르지 않구나." 무선기사가 에바의 팔을 자세히 들여다보며 중얼거렸다.

"네, 아주 평범해요." 에바가 들릴 듯 말 듯 나직한 목소리로 말했다.

"그건 그렇고…… 여기 이 기계가 바로 모스전신기란다. 여길 이렇게 누르면 전류를 이용해 신호를 보낼 수 있어. 너도 철로를 따라 전선이 늘어진 걸 본 적이 있지? 바로 그 전선을 통해 전류 신호를 보내는 거야. 그 신호는 번개처럼 빠르게 전달된단다."

"번개처럼요?"

"그렇지. 내가 이렇게 모스전신기를 누르면 거의 동시에 수도의 카롤리우스가 신호를 받을 수 있어."

"거의 동시에요?"

"그렇단다. 그는 너무나 멀리 떨어져 살지만 내가 신호를 보내는 즉시 받아 볼 수 있지. 이상하지 않니? 자, 이제 준비되었으니까 네가 한번 신호를 보내 보렴."

"제가요?"

"물론이지."

한나가 헛기침을 하며 말문을 열었다. "글쎄요…… 아르크탄데르 역장님이 뭐라고 하실지……. 우린 단지 고맙다는 말씀을 전하려 왔을 뿐인데요……. 역장님이 에바가 이곳에 출입하는 걸 금지하셨기 때문에……."

"상관없어." 무선기사가 의기양양하게 말했다. "어차피 역장님은 여기 안 계시잖아. 게다가 역장님도 예전에 무선기사로 일해 본 적이 있단다. 지금은 초침 사나이로 알려져 있지만……. 하하."

"정말 아버지가 그랬나요?" 에바가 깜짝 놀라 무선기사를 쳐다보았다.

그도 에바를 바라보았다. "그랬지. 에바, 이제 신호 보낼 준비가 되었니?" 에바의 머리를 쓰다듬으며 말했다. 에바는 순간적으로 몸이 굳는 것 같았다. 그가 살며시 에바의 머리에서 손을 뗐다. "자, 이제 한번 해 봐. 카롤리우스에게 말을 걸어 보라고."

그가 상체를 굽히고 전신기를 누르자 기계에서 딸깍딸깍 소리가 났다.

"내가 카롤리우스를 불러 놨어." 그가 만족스럽게 말했다. 왼손으로 코끝을 문지르며 신호를 보내는 동안 혼잣말처럼 중얼거렸다. "여기 내가 말한 아름다운 소녀가 있다네. 마침표. 지금 내 무릎에 앉아 있어. 마침표."

카롤리우스는 번개처럼 빠르게 답신을 보냈고, 무선기사가 읽어 주었다. "자네 지금 뭘 하고 있나. 물음표. 운이 너무 좋은 거 아냐. 물음표. 지금 거짓말을 하는 건 아니겠지. 물음표."

무선기사가 다시 답신을 보내며 그 내용을 읽어 주었다. "그녀의 이름이 뭔지 궁금하지 않나. 물음표. 그녀가 직접 대답해 줄 거야. 마침표" 그리고 에바를 돌아보았다. "에바, 준비됐니?"

에바가 고개를 끄덕이며 무선기사처럼 전신기에 손을 올려놓았다. 무선기사는 전신기에서 조심스레 손을 뗐다.

"처음에는 손가락 두 개만 사용해서 신호를 보내렴. 그게 익숙해지면 차차 손바닥을 사용해 봐. 시간이 지나면 그게 더 쉬울 테니까."

에바는 집게손가락과 가운뎃손가락을 반짝반짝 광이 나는 모스전신기의 검은 베이클라이트 절연체 버튼에 올려놓았다. 기계에서 금속과 기름 냄새가 났다.

“이제 신호를 보내면 돼.” 무선기사가 말을 이었다. “먼저 네 이름부터 써 보렴.”

에바가 전신기를 조심스레 눌렀다.

“좀 더 힘을 줘서 눌러 보렴.”

에바가 손가락에 힘을 주었다. 전신기의 버튼이 아래로 쑥 내려갔다. 에바는 깜짝 놀라 얼른 손을 떼고 다시 버튼을 꾸욱 눌렀다.

“어이쿠.” 무선기사가 지적했다. “아주 긴 ‘다’가 되었구나.”

“죄송해요.” 에바가 속삭이듯 나직이 말했다.

“죄송할 것 없어, 에바. 괜찮아. 다시 한번 시도해 보렴.” 에바는 그의 말대로 다시 전신기 버튼을 눌렀다.

*

점. 점 점 점 선. 점 선. 에바는 자신의 이름을 세상에 내보냈다. 그녀의 이름은 기차역을 떠나 반짝이는 철로 옆 전선을 타고 교차분기기를 지나 숲과 산, 강과 바다를 건넜다. 에바는 드넓은 세상으로 여정을 떠난 자신의 이름을 상상해 보았다. 그 이름은 반짝이는 은빛 새처럼 전봇대 사이를 훨훨 날아 평원과 도시와 마을을 지나고 풀을 뜯는 소들과 역에 정차한 기차들을 지나 카롤리우스가 앉아 있는 수도의 전신국에 도착할 것이다. 마침내 카롤리우스 앞에 자리한 기계에서 딧 - 딧 딧 딧 다 - 딧 다의 형태로 종이에 찍힐 것이고, 그는 종이를 뽑아 읽어 볼 것이다. 에바…….

카롤리우스뿐 아니라 전국 곳곳의 전신국에 앉아 있는 무선기사들도 에바의 이름을 읽어 볼 것이다. 그녀의 얼굴은 볼 수 없지만 다들 이구동성으로 전달된 신호를 읽을 것이다.

에바. 딧. 딧 딧 딧 다. 딧 다.

*

에바는 순서를 기억하는 게 어렵지 않았다. 그녀는 규칙적인 순서를 매우 좋아했다. 규칙적인 것들을 떠올리면 어느새 마음이 안정되는 것 같았다. 에바가 무선기사를 찾은 다음다음 날 한나가 저녁을 먹고 에바의 방에 들어왔다. 에바는 책상 앞에 앉아 카드놀이를 하고 있었다.

"네게 편지가 왔어." 한나가 들뜬 목소리로 말했다.

"편지? 내게 편지가 왔다고?"

에바는 지금껏 단 한 번도 편지를 받아 본 적이 없었다.

"응, 그런 것 같아." 한나가 의미심장한 표정을 지으며 커다란 갈색 봉투를 내밀었다. 기차역에서 쓰는 공무용 봉투였다. "겉면에 네 이름이 보이지? 에바 아르크탄데르. 그 옆에는 점과 선이 찍혀 있어. 누가 봐도 이건 네 앞으로 온 편지야."

에바는 의자에서 벌떡 일어나 한나에게 다가갔다.

“내게 편지가 왔다고…….” 그녀는 멀뚱히 봉투를 바라볼 뿐이었다.

· ···– ·–

·– ·–· –·–· – ·– –· –·· · ·–·

(EVA ARCTANDER, 에바 아르크탄데르)

공무용 봉투 한 귀퉁이에 철도공사의 로고인 날개 달린 기차 바퀴와 왕관이 찍혀 있었다. 평상시 에바는 그 로고가 겁먹은 수탉처럼 보인다고 생각했다. 그녀는 알파벳과 모스부호로 적힌 자신의 이름을 한참이나 들여다보았다.

“무선기사가 보낸 편지 같아. 한나도 그렇게 생각하지?”

한나는 환한 미소로 대답을 대신했다.

그날 저녁 나는 정말 행복했어, 한나. 무언가 새롭고 흥미로운 일이 생긴 날이니까. 자주 있는 일은 아니잖아. 평상시 저녁 시간은 조용하기 짝이 없었고, 매일매일이 똑같았어. 마치 기차역을 오고 가는 기차들처럼.

에바는 아버지의 책상에서 우아한 편지봉투용 칼을 가져왔다. 엄숙하고 진지하게 봉투를 열었다. 아버지가 그 기다란 상아 칼로 봉투를 여는 모습을 자주 보았지만 직접 해 보기는 처음이었다.

그녀에게 온 편지. 봉투에는 커다란 종이 한 장이 들어 있었다. 그녀는 떨리는 손으로 종이를 꺼냈다.

친애하는 에바. 이렇게 시작된 편지는 보기 좋고 선명한 글자로 가득했다.

친애하는 에바

며칠 전 모스부호를 대하는 모습을 보며 네게 재능이 있다고 생각했단다. 내가 함께 보낸 걸 살펴보면 너도 흥미를 느낄 거라 믿는다.

애정을 담아

너의 벗

무선기사 아저씨가

편지 내용은 그것뿐이었다. 아니, 잠깐만, 편지 아래쪽을 보니 무언가 더 적혀 있었다.

추신. 뒷장을 보렴.

에바는 종이를 뒤집어 보았다.

A	·–	W	·––
B	–···	X	–··–
C	–·–·	Y	–·––
D	–··	Z	––··
E	·	Æ	·–·–
F	··–·	Ø	–––·
G	––·	Å	·––·–
H	····		
I	··	0	–––––
J	·–––	1	·––––
K	–·–	2	··–––
L	·–··	3	···––
M	––	4	····–
N	–·	5	·····
O	–––	6	–····
P	·––·	7	––···
Q	––·–	8	–––··
R	·–·	9	––––·
S	···		
T	–	마침표	·–·–·–
U	··–	쉼표	––··––
V	···–	물음표	··––··

모스부호였다. 무선기사는 에바에게 보물상자를 보낸 것이다.

*

순서를 외우는 것쯤은 식은 죽 먹기였다. 에바는 순서 외우는 걸 매우 좋아했다. 그동안은 다른 생각을 하지 않아도 되니까. 그녀는 모스부호가 적힌 종이를 책상 서랍에 넣고 잠자리에 들었다. 아버지나 한나가 들어와 잘 자라는 인사를 건네고 불을 끄면 살금살금 일어나 다시 불을 켤 생각이었다.

에바는 편지를 다시 읽었다. 먼저 앞장을 읽은 뒤 모스부호를 살펴보았다. 이불 속에서 손가락으로 모스부호를 쳐 보았다. 숫자 부호는 한 번만 보고도 외울 정도로 체계적이었다.

L과 J는 외우는 게 쉽지 않았고, 무슨 이유인지 U는 매번 잊어버렸다.

에바는 매일 밤 이불 속에서 쉬지 않고 모스부호를 연습했다. 일주일이 지나자 모스부호로 단어를 만들 수 있었다. 에바는 모스부호를 이용해 편지를 쓰고 불을 끈 뒤 침대에 누웠다. 수많은 점과 선이 눈을 감아도 사라지지 않았다. 모스부호는 숫자와 악보처럼 어둠 속에서도 빛을 발했다.

얼마 지나지 않아 무선기사가 보내 준 종이를 보지 않고도 모스신호를 작성했다. 에바는 기억력이 좋은 아이니까. 하지만 매일 저녁 무선기사가 보내 준 종이를 펼쳐 놓고 처음부터 끝까지 꼼꼼하게 읽었다. 거기에는 이렇게 적혀 있었으니까.

너의 벗

무선기사 아저씨가

*

그녀에겐 철저하게 금지된 일이지만 용기를 내어 전신송출실에 가 보기로 마음먹었다. 무선기사에게 모스부호를 배운 지 열흘 만이었다. 그날 저녁 무선기사가 교대근무라는 걸 알고 있었다. 창문으로 그가 출근하는 모습을 지켜봤으니까.

에바는 살금살금 소리 죽여 계단을 내려간 다음 문을 열고 매표소 옆의 복도를 살펴보았다. 그녀에게 금지된 구역이었다. 아버지의 집무실 문은 평상시처럼 철저하고 확실하게 닫혀 있었다. 거울에 비친 문을 보니, 그 문을 닫은 사람은 아버지가 틀림없다는 걸 확신할 수 있었다.

발소리를 죽인 채 재빨리 전신송출실로 향했다.

문을 살짝 여니까 무선기사의 등이 보였다. 책상 앞에 앉아 모스 기계로 무언가를 보내고 있었다. 그는 오른쪽 팔뚝에 고무줄을 둘러 걷어 올린 셔츠 소매를 고정해 놓았다.

모스 기계에서 딸깍딸깍 소리가 났다.

눈앞에서 벌어지는 일이 흥미롭기 그지없었다. 이상할 정도였다. 저토록 조그만 기계로 먼 곳에 메시지를 보낼 수 있다는 걸 생각해 본 적이 없었다. 에바는 딸깍거리는 소리를 듣고 무슨 내용인지 이해할 수 있었다. 전부는 아니지만 대부분은 알아들었다. 딧과 다. 점과 선이 모여 단어를 이루다니.

에바는 제자리에 멍하니 서 있었다.

"……15시 10분. 이곳에서 출발 예정." 에바가 소리 내어 말했다.

무선기사가 깜짝 놀라서 재빨리 의자를 돌려 소리 나는 쪽을 쳐다보았다. 그리고 에바를 발견했다.

"아이구, 깜짝이야!" 그가 손을 들어 올려 짧게 자른 머리를 몇 번 매만지고 허벅지를 탁 쳤다. 에바는 어쩔 줄 몰라 제자리에 가만히 서 있을 뿐이었다. 한순간 발을 들이지 않아야 하는 곳에 왔다는 생각이 들어 두렵기도 했다. 하지만 무선기사는 놀란 마음을 잠재웠는지 에바에게 상냥한 미소를 건넸다. "나쁘지 않은걸. 나쁘지 않아!" 앞머리를 다시 매만졌다. "아주 빨리 배웠구나."

"네." 에바가 작은 소리로 대답했다.

"아버지와 함께 연습했니?"

"아니요……." 에바가 놀란 표정으로 대답했다.

"혼자서 연습했단 말이야? 잘했어!"

다시 기계에서 딸깍거리는 소리가 나기 시작했다. 두 사람은 그 소리에 귀를 기울였다. 잠시 후 무선기사가 에바를 쳐다보았다.

"VN…… 물…… 물 제공…… 말…… 말 운송! VG 12…… TG 1906. 마침표."

무선기사가 믿지 못하겠다는 듯한 표정으로 에바를 바라보았다. "훌륭해! 정말 훌륭해!"

"제가 정확하게 해석한 건가요?"

"정확하냐고? 물론이지! 물론이고 말고!"

"그런데 VN은 무슨 뜻이에요?"

"VN은 요청 사항이라는 뜻이고, TG는 기차, VG는 객실을 의미한단다. 우리는 자주 쓰는 단어를 이처럼 줄여 쓰기도 해. 시간과 힘을 절약할 수 있거든."

"L을 웃음소리 대신 사용하는 것과 마찬가지군요?"

"그렇지. 세상에! 넌 참 영리한 아이구나!" 그가 고개를 절레절레 흔들며 에바를 바라보았다.

"말도 기차를 타고 여행하나요?"

"뭐라고? 아, 가끔 그런 일이 있기도 해. 오늘은 1906호 기차에 말이 타는 모양이구나." 그가 문이 살짝 열린 걸 보고 말했다. "에바, 가서 문을 잘 닫고 올래?"

에바는 그가 시키는 대로 문을 꽉 닫았다.

"말이 혼자서 여행할 수 있나요?" 그녀는 무선기사에게 다가가며 질문을 던졌다.

"혼자 여행할 수 있냐고? 글쎄, 그건 나도 잘 모르겠는걸.

기차가 도착하면 확인할 수 있겠지. 그건 그렇고 이리 와서 앉아 봐." 그가 무릎을 탁탁 치며 말했다. 에바가 그의 무릎에 앉자 무선기사는 메시지를 전송하기 시작했다.

"1906호 기차에 동물이 몇 마리 타고 있습니까. 물음표."

답신은 금방 도착했다.

한 마리. 일등급 말.

"에바, 이젠 네가 답신을 보내 보렴." 그가 문을 흘낏 바라보며 말했다.

"제가요?"

"응. 내가 말하는 대로 모스부호를 작성하면 돼."

에바는 전신기에 손가락을 얹었다.

"메시지 수령 및 확인." 에바는 신호를 보내고 나서 불안한 눈빛으로 무선기사를 바라보았다.

"잘했어, 에바. 하나도 틀리지 않고 정확하게 잘 썼어."

에바는 살짝 기분이 상한 듯 그를 쳐다보았다. 그녀는 평상시에도 철자를 틀리는 법이 없었다.

"저는 책을 많이 읽어요."

"그렇구나. 그래서 그런가 보다. 다른 아이들은 그렇지 않거든."

에바는 어깨를 으쓱 추켜 보였다. 다른 아이들이 무엇을 하며 시간을 보내는지 알 길이 없었다.

"아버지가 참으로 자랑스러워하실 거야."

"정말 그렇게 생각하세요?"

"물론이지!" 무선기사가 말을 이었다. "너무나 자랑스러워서 가슴이 터질 것 같은 기분일 거야."

*

에바는 아버지와 마주칠 일이 거의 없었다. 저녁이 되면 홀로 누워 이불 속에서 모스부호를 연습했다. 아무도 몰래 무선기사를 만나러 간 전신송출실에서 들은 메시지와 비슷한 문장을 만들어 어둠 속으로 내보내곤 했던 것이다.

129호 기차의 환자는 도착 즉시 도움이 필요함.

출발 4분 지연됨.

지난밤 기차가 산을 넘을 때 객실에 홀로 있던 말이 두려워하는 모습을 보였음.

그녀가 이렇게 메시지를 내보내면 어둠이 대답했다.

수령 및 확인. 169호 기차가 교차할 때까지 189호 기차를 정차시키겠음.

확인.

나는 기차역에 홀로 있는 또 다른 아이.

네 이름이 뭐니?

*

에바의 방은 전신송출실에서 비스듬한 사선 방향으로 2층에 있었다. 낮 동안 한쪽 벽에 자리한 세면대 받침 아래쪽에 귀를 대면 아래층 전신송출실 모스전신기의 딸깍딸각 소리를 들을 수 있었다. 적어도 외부로 송신되는 소리는 들을 수 있었다. 하지만 내부로 들어오는 수신 메시지는 들을 수 없었다. 그 소리를 들으려고 바닥에 오래도록 비스듬히 누워 있으면 불편하기 짝이 없었다. 그럼에도 불구하고 바닥에 몸을 웅크리고 몇 시간씩 누워 모스전신기 소리를 듣곤 했다. 무언가 집중할 일이 있어 좋았다. 덕분에 화를 내지도 않고 소리를 지르지도 않았다.

그녀는 기억을 더듬어 모스전신기를 그려 보았다. 발전기, 자침과 코일, 전건키, 두루마리 종이 그리고 배터리. 벽에 걸린 칠판과 책상 앞에 앉아 모스부호를 송신하는 무선기사도 함께 그렸다.

무선기사가 교대근무를 하는 날이면 남몰래 찾아가곤 했다. 그는 그녀의 벗이니까. 그는 에바가 찾아올 때마다 환한 얼굴로 맞았다. 그녀는 문을 닫고 책상 앞으로 다가가 그의 무릎에 앉았다. 그가 일이 많아 바쁜 날이면 벽 쪽에 놓인 작은 걸상에 앉아 오고 가는 메시지 소리에 귀를 기울였다. 그는 간간이 그녀를 돌아보며 빨간 앞머리 아래로 환한 표정을 짓곤 했다.

물론 한나와 함께 가는 화물창고나 공터 또는 엔진창고에 발길을 끊은 건 아니었다. 하지만 기회가 생길 때마다 전신송출실에 가는 걸 가장 좋아했다. 한나는 그런 에바를 모르는 척해 주었다. 에바가 전신송출실에 가는 건 엄격히 금지된 일이지만 말이다. 사실 아버지가 전신송출실에서 메시지를 송신하는 시간만 피하면 되는 거였다. 아버지는 시간을 매우 정확히 지키기 때문에 그다지 어려운 일도 아니었다. 아버지는 오전에 집무실에서 일을 보고 정오가 되면 표준 시각을 조정하기 위해 전신송출실에 들어왔다. 그리고 오후 4시까진 전신송출실을 찾지 않았다.

한번은 에바가 전신송출실에 있을 때 아버지가 들어왔다. 그녀는 복도에서 들려오는 아버지의 묵직한 발소리를 들었다. 아버지의 손이 문손잡이에 닿자마자 재빨리 무선기사의 책상 밑으로 몸을 숨겼다. 아버지의 발이 책상 쪽으로 점점 가까이 다가왔다. 그녀는 반짝반짝 광이 나는 아버지의 신발이 회계장부와 돈을 보관하는 금고 앞에 멈춰 선 것을 보았다. 그녀는 무선기사의 발 옆에서 한껏 몸을 웅크린 채 앉아 있었다. 다행히도 아버지는 에바를 발견하지 못했다. 8, 9, 18, 21. 아버지는 비밀번호를 입력하고 금고 안에 서류를 넣은 다음 무선기사에게 다가와 급한 무선을 보내야 한다며 수신역과 주소를 알려 주었다. 잠시 후 문 쪽으로 걸어가는 아버지의 발꿈치가 보였고, 문을 닫는 소리가 들렸다.

무선기사의 낡은 신발을 보니 왼쪽 엄지발가락 쪽에 구멍이 나 있었다. 날카로운 구두약 냄새가 코를 찔렀다. 무선기사는 다리를 꼬고 앉아 메시지를 송신했다. 그의 오른발이 왼쪽 정강이 뒤에서 아래위로 천천히 흔들거렸다. 책상에서는 모스 기계의 딸깍딸깍 소리가 들려왔다.

그녀가 책상 밑에서 뛰쳐나왔다. 무선기사는 궁금한 눈빛을 보낼 뿐 아무 말도 하지 않았다.

"감사합니다." 그녀는 죄지은 사람처럼 기어들어 가는 목소리로 말했다.

그는 대답 없이 보일 듯 말 듯 한 미소를 지으며 고개를 절레절레 저었다.

*

코끼리. 그녀는 라델베르거의 동물백과사전을 읽고 있었다. 코끼리과. 코끼리는 무리를 지어 생활하는 동물이며 포유류에 속한다. 가족의 연계를 바탕으로 살기에 무리 중 허약하거나 병든 구성원이 외부 포식동물의 공격을 받을 때면 그 구성원을 빙 둘러싸고 우두머리 격에 속하는 힘센 코끼리가 앞에 나서서 공격하는 동물을 위협하고 쫓아낸다. 가끔은 무리의 우두머리가 약체를 보호하다 목숨을 잃는 일도 발생한다.

코끼리는 부모, 조부모, 숙모, 삼촌, 사촌 등으로 무리를 이루어 살기에 인간의 대가족과 그 구성이 비슷하다. 서로에게 각별한 애정과 관심을 보이는 동물로 잘 알려져 있다. 우두머리 격인 수컷이 무리에서 떨어져 홀로 야생을 방황하는 시기가 되면 그에 해당하는 몇 달 동안은 무리의 결속력이 떨어지기도 한다. 암컷의 임신 기간은 최대 22개월로 다른 어떤 동물보다 길다. 코끼리가 무리에서 특이한 결속력과 애정을 보이는 건 바로 그 때문이라고 주장하는 학자들도 있다. 무리는 임신한 암컷을 위해 임신 기간 내내 물심양면으로 배려하고 보호해 준다. 새끼가 성체로 자라는 기간도 매우 길다. 물론 코끼리의 결속력과 애정을 단순화된 이론을 바탕으로 설명하는 것은 온당치 않으나, 이처럼 강인하고 당당한 동물을 관찰하고 연구한 사람이라면 그 결속력과 애정의 바탕이 어디에 근거하는지 유추해 보는 건 어렵지 않다.

그녀는 평상시처럼 온 얼굴로 책을 읽었다. 눈으로 책장을 훑어 가며 가끔 비스킷을 입에 넣기도 했다. 비스킷의 계피향과 정향, 책장 사이의 먼지가 코를 간질였다.

코끼리는 장비목(포유류의 한 분류로 자유로이 움직이는 긴 코가 특징이다.-옮긴이)의 한 분류군으로 이에 속하는 포유류 중 현재 생존하는 유일한 동물이다. 과거 장비목에는 다양한 종류의 코끼리과 동물이 있었다. 멸종되어 볼 수 없는 마스토돈과 매머드도 포함된다. 학자들은 이들도 코끼리처럼 무리 지어 살며 연계력이 강했으리라 짐작한다. 마스토돈과 매머드는 온몸이 털로 뒤덮였으며 주로 북반구 위쪽에 터전을 잡고 살아갔다. 최근 극지방 부근에서 떼를 지어 함께 숨을 거둔 이들의 화석이 발견된 것으로 미루어 죽을 때까지 무리 생활을 했다고 유추할 수 있다. 시베리아와 알래스카에서는 진갈색 털의 사체가 냉동 상태로 고스란히 보존된 채 발견된 적도 있다.

이들 동물은 거대한 골격과 등에 보이는 커다란 혹 그리고 온몸을 뒤덮은 털을 제외한다면 생존하는 인도코끼리나 아프리카코끼리와 거의 비슷하다. 이들의 털은 추운 극지방에서 살기에 적당한 반면 열대 지방의 코끼리는 인간처럼 몸에 털이 거의 없다. 열대 지방의 코끼리가 털이 있다면 그 신체 면적을 참작했을 때 생존이 쉽지 않을 것이다. 이들은 꼬리 부분만 털이 무성하고 매우 가는 털이 듬성듬성 돋아났을 뿐이다. 현존하는 인간의 몸도 털이 거의 없는 걸 보면 우리 인간 역시 태초에는 열대 지방에 삶의 근거를 두었으리라 짐작할 수 있다. 하지만 열대 지방에서도 털이 두꺼운 동물을 수없이 볼 수 있다. 매머드가 현존하는 코끼리의 조상 또는 코끼리와 같은 조상을 둔 동종의 동물이라는 학설은 논의의 여지가 있다고 봐야 할 것이다.

비르게르손 약사 부부의 집에 모여 차를 마시는 중이었다. 에바는 지루해져서 구석진 곳에 앉아 라델베르거의 동물백과사전을 읽으며 시간을 보냈다. 어른들은 함께 커피를 마셨다. 의사 레빈도 앉아 있었다. 에바는 어른들이야말로 시시콜콜한 이야기를 나누며 시간을 허비하는 데 일가견이 있다고 생각했다. 비르게르손 부부의 책장에는 셀 수 없이 많은 온갖 종류의 책이 꽂혀 있었다. 식물과 조류, 인간의 몸과 지구의 탄생 등에 관한 책이었다. 에바는 그 집에 가면 항상 책을 읽었다. 가끔은 책을 빌려서 집에 가져가기도 했다. 비르게르손 부부는 에바가 책을 빌려 간다고 하면 두말없이 승낙했다. 그녀는 오늘도 구석진 자리에 앉아 레드커런트 주스를 마시고 비르게르손 부인이 직접 구운 과자를 먹으며 책을 읽었다. 이따금 궁금한 게 있으면 그들에게 물어보았고, 그들은 기꺼이 대답해 주었다.

그녀는 책을 매우 좋아했다. 손가락으로 테이블을 톡톡 치며 책을 읽는 동안에는 어른들이 나누는 이야기도 귀에 들어오지 않았다.

늙은 수컷 코끼리는 어린 수컷과 리더의 지위를 놓고 싸워서 지면 무리를 떠나 죽을 때까지 홀로 방랑 생활을 한다.

그녀는 한참 후에야 알아차렸다. 그녀를 노려보는 아버지의 얼굴이 붉게 달아올랐고, 그 때문인지 백발이 성성한 수염은 더 하얗게 보였다. 대화를 나누던 어른들이 갑자기 말을 멈추고 자기 딸을 노려보는 역장에게 시선을 던졌다.

그는 하얀 테이블보에서 톡톡 움직이는 황금색 털로 뒤덮인 손가락을 노려보았다. 에바는 아버지의 시선을 느끼곤 그제야 황급히 손가락의 움직임을 멈췄다. 그녀의 얼굴엔 어두운 그림자가 드리워졌다.

무슨 일이 일어난 것일까? 그녀는 도대체 무슨 신호를 보낸 것일까?

"흠, 그렇단 말이지……." 아버지가 딸의 손가락을 노려보며 나직이 말했다. "정말 그렇게 생각한단 말이지……."

그녀는 불안한 시선을 아래로 떨구었다.

정말 그녀가 신호를 보낸 것일까? 그녀는 알지 못했다. 하지만 용기를 내어 가만히 한마디를 던졌다. "저는 무선기사가 되고 싶어요."

"흠."

"무선기사 중엔 여자도 많아요."

"흠."

"정말 그렇다고요. 무선기사 아저씨도 그렇게 말했어요." 그녀는 기어들어 가는 목소리로 말한 뒤 눈을 살짝 치켜뜨고 아버지의 표정을 살폈다.

"흠, 정말 그렇단 말이지……."

비르게르손 부부와 의사 레빈은 영문을 모르겠다는 표정으로 두 사람을 바라보았다. 아버지는 그들의 시선에 당황하여 얼굴이 더욱 붉게 달아올랐다.

"혹시 모스부호를 배웠니, 에바?" 엘사 비르게르손이 손뼉을 치며 들뜬 목소리로 외쳤다.

에바는 어두운 표정으로 고개를 끄덕였다.

"믿을 수가 없구나." 엘사 비르게르손이 말을 이었다. "도대체 네가 못하는 건 뭐가 있니?"

그녀의 남편이 고개를 끄덕이며 에바에게 환한 미소를 지어 보였다. 의사 레빈도 마찬가지였다.

"신동이 나타났군! 구스타브, 당신도 그리 생각하지 않습니까?"

"물론입니다." 아버지는 에바를 노려보며 말했다. "물론이고 말고요." 다시 딸을 노려보며 커피잔을 한 모금에 비웠다.

*

그날부터 전신송출실 출입이 금지되었다. 아버지의 말에 순종하지 않았기 때문이다. 역 매표소 근처의 모든 공간에 접근금지령이 내려졌다. 특히 전신송출실은 가장 엄격하게 금지되었다. 에바는 다락방 창고에서 훌쩍훌쩍 흐느껴 울었다. 최근 들어 창고에 갇힐 일이 없었다. 창고에서 순종과 반항에 대해 깊이 생각해 볼 시간이 충분했다.

그녀는 눈동자를 가득 채워 오는 어둠 속에서 머릿속에 떠오르는 생각들을 모스부호로 바꿔 보았다.

나는 반항했다. 아버지의 말에 순종하지 않았다. 나는 이런 내가 싫다.

점과 선이 눈앞에서 반짝반짝 빛을 발하며 생겨났다. 어둠 속에서 황금색을 띠고 있었다. 문득 모스 기계의 전건스위치만큼이나 강한 소리가 귓전에 울렸다. 하지만 그것은 심장이 뛰는 소리일 뿐이었다. 그녀의 심장은 아연과 황동으로 만들어진 게 분명하다. 그녀가 반항하고 순종하지 않는 것은 바로 그 때문이리라.

이번에는 한나도 아버지의 꾸중을 들어야만 했다. 그녀는 닫힌 문 밖에서 한나에게 화를 내는 아버지의 목소리를 들으니 마음이 한결 가벼워지는 것 같기도 했다. 그도 그럴 것이 평상시엔 어둠을 머금은 정적 속에 오롯이 홀로 남겨졌는데, 그날은 그나마 아버지의 화난 목소리를 들을 수 있었으니까. 아버지는 한나에게 자주 화를 내지 않았다. 야단 칠 일이 있어도 신중하고 조심스레 대했다. 한나가 집으로 돌아가 버릴까 봐 걱정되었던 것이다. 한나도 몇 번 그런 말을 한 적이 있었다. 그가 부적절하고 비합리적인 요구를 한다면 당장 일을 그만두겠다고 나직하지만 매우 단호하고 분명하게 말했다. 에바는 한나의 말을 믿지 않았다. 한나가 그만두면 누가 에바를 돌봐 준단 말인가. 한나의 논지도 바로 그거였다. "제가 일을 그만두면 누가 아이를 돌봐 줄 수 있을까요, 아르크탄데르 역장님?"

에바를 돌볼 사람은 아무도 없었다. 그래서 아버지는 한나를 야단칠 일이 있어도 매우 신중하고 조심스러웠다. 하지만 이번에는 달랐다. 에바는 아버지의 화난 목소리를 들을 수 있었다. 또한 지금껏 단 한 번도 일어나지 않은 일이 벌어졌다. 아버지의 목소리가 점점 높아지고 격해졌다. 한나도 지지 않고 목소리를 높였다. 잠시 후 문이 쾅 닫히는 소리와 함께 정적이 이어졌다.

에바가 창고에서 나오자 아버지가 저녁 식사를 준비했다. 잠들기 전에 씻겨 준 사람도 아버지였다. 아버지는 초점 없이 멍한 눈빛으로 아무 말도 하지 않았다. 머리를 빗겨 줄 때도 무심하게 빗질하다 머리카락을 아프게 당기기도 했다.

그럼에도 불구하고 에바는 그 자리에 아버지가 있다는 사실이 좋았다. 그녀는 아무 말도 하지 않았다. 아버지 말에 순종하지 않고 반항했다는 죄책감을 느낀 것이다. 동시에 그가 바로 자신의 아버지라는 사실이 행복하기만 했다.

머리를 빗겨 주고 잠자리를 봐 준 사람 또한 아버지였다. 그녀는 이제 아버지 말을 고분고분하게 새겨들었다. 아버지가 머리카락을 아프게 잡아당겨도 불평하지 않았다. 그녀가 잠자리에 들자 놀랍게도 아버지가 《정글북》을 펼쳐 들고 한

챕터나 읽어 주었다. 여전히 생각은 딴 데 있는 것처럼 무심했지만, 책을 읽어 준 것은 틀림없는 사실이었다. 그의 시선은 종이의 글자를 따라 움직였다. 아버지는 책을 읽고 나서 이불을 덮어 주고 저녁 인사를 한 뒤 방을 나섰다.

다음 날 에바는 아버지가 일하러 간 사이 홀로 집을 지켰다. 아버지는 딸이 잘 있는지 확인하기 위해 시간을 내서 집에 들르기도 했다. 그는 오후 5시가 되자 저녁 식사를 준비했고, 밤 9시가 되자 간식을 만들어 주었다. 그녀가 간식을 먹고 난 후엔 잠자리에 들도록 도와주고 책을 읽어 주었으며 저녁 인사를 건넨 뒤 방을 나섰다.

그렇게 이틀이 흘렀다. 사흘째 되는 날 에바는 잠자리에서 조심스레 말을 건네 보았다. "아버지, 한나는 어디 있나요?"

그가 에바를 바라보며 뺨을 어루만졌다. "한나는 내일 올 거야." 그리고 무뚝뚝하고 짤막하게 말했다. "어서 자렴."

다음 날 한나가 돌아왔다. 일상은 예전으로 돌아갔다. 아니, 어쩌면 그새 모든 것이 변했을지도 모른다. 그녀에게 포옹을 건네는 한나는 기쁜 것 같기도 하고 조금 긴장한 것 같기도 했다. 하지만 며칠 전 일에 대해 단 한마디도 입 밖에 내지 않았다.

"왜 이토록 오래 집을 비웠어?" 에바가 한나의 뺨에 입을 맞추며 물었다.

"나도 가끔은 가족과 함께 시간을 보내야 하지 않겠니." 한나가 말을 이었다. "너도 이해할 수 있지?"

에바는 한나의 말을 이해할 수 없었지만 고개를 끄덕여 보였다.

다시 며칠이 흘렀다. 에바는 무선기사가 일하는 곳에 너무나 가 보고 싶었지만 용기를 낼 수 없었다. 계단을 내려가 매표소 옆 복도를 지나서 전신송출실까지 가는 일은 상상도 할 수 없었다.

대신 바닥에 엎드려 아래층에서 벽을 타고 올라오는 소리에 귀를 기울였다. 밤이 되면 그리움에 지친 몸으로 모스부호를 세상에 내보냈다. 물론 그녀의 머릿속에서만 가능한 일이었다. 창을 통해 세상을 바라보았다. 그녀의 창밖에선 기차가 오고 갔다.

이렇게 지내다간 다시 아버지 말에 순종하지 않는 나쁜 아이가 될 것 같았다.

일주일 후 어느 날 오전 누군가 에바의 방문을 두드렸다. 한나의 노크 소리와는 거리가 멀었다. 한나는 문을 짧게 두드린 뒤 에바의 대답을 듣기도 전에 방문을 열곤 했다. 그때마다 양팔에 침대보나 담요 같은 걸 들고 있었다. 그날 방문을 두드린 소리는 묵직하게 세 번 똑똑똑 두드리는 아버지의 노크 소리와도 거리가 멀었다. 길고 힘차게 두드리는 소리. 에바는 퍼즐을 풀다 의자에서 벌떡 일어났다. 두 번의 긴 소리와 한 번의 짧은 소리만 듣고서도 방문을 두드리는 사람이 누군지 알 수 있었다.

그녀가 방문을 열자 무선기사가 환하게 미소 지었다. 그가 모자를 팔 아래쪽에 끼고 있어서 에바는 그의 빨간 머리를 볼 수 있었다.

그녀가 두 걸음 뒤로 물러났다.

“안녕.” 그가 먼저 인사를 건넸다.

“안녕하세요.” 그녀는 예의 바르게 인사를 했지만, 그다음엔 무슨 말을 해야 할지 몰라 가만히 선 채 그를 멀뚱멀뚱 바라보기만 했다.

“나를 문밖에 계속 세워 둘 참이니?” 무선기사가 물었다.

“앗, 아니에요.” 그녀는 서둘러 말했다. 사실은 낯선 이가 찾아왔을 때 어떻게 행동해야 하는지 알지 못했다. 잘 알고 지내는 사람들 말고 외부인이 그녀의 방을 찾은 건 그날이 처음이었다.

그는 방 한가운데 서서 책장과 선반을 훑어보았다. 갖가지 책과 퍼즐 게임, 레고 상자, 그림 도구가 자리하고 있었다.

“네 방에는 인형이 없구나.” 그는 모자를 침대에 던져 놓고 벽 쪽에 있는 의자를 가져와 책상 앞에 앉았다.

사실 그녀에게도 작은 곰인형이 있었다. 하지만 무선기사에게 곰인형을 보여 주고 싶지 않았다. 그녀는 당황한 나머지 제자리에 서서 생각에 잠겼다. 마음 같아선 가지고 있는 것들을 모두 보여 주고 싶었다. 하지만 무선기사가 퍼즐 게임에 흥미를 느낄 리는 없었다. 생각 끝에 그림을 그린 스케치북을 꺼내 들었다.

그녀는 평상시처럼 책상 앞에 앉아 기차역과 화물열차, 제설기 등을 그린 그림 중 가장 잘된 걸 보여 주었다. 그는 특히 화물열차 그림에 감탄했다. 창밖의 풍경을 그린 그림도 보았다. 창을 통해 본 겨울과 봄, 여름과 가을을 고스란히 스케치북에 옮겨 놓았다. 그녀는 축전기, 배터리, 전건스위치 그리고 무선기사를 그린 그림도 보여 주었다. 그는 휘파람을 나직이 불며 두 눈을 휘둥그레 떴다. 그녀는 얼른 다음 장으로 넘기려 했지만, 그가 그녀의 손을 멈추었다.

"이건 나를 그린 거니?" 그가 물었다.

에바는 당황하고 수줍어 시선을 아래로 떨구었다. 그에게 그 그림을 보여 주고 싶지 않았다.

"실제하곤 많이 달라요." 그녀가 입을 열었다.

"내 눈에는 똑같아 보이는걸. 특히 머리카락과 코는 완전히 똑같아." 그가 웃음을 터뜨리며 말을 이었다. "내 코는 실제로도 주먹코잖아."

"이 그림이 훨씬 좋아요." 그녀가 얼른 다음 장으로 넘겼다. 아버지의 옆모습을 스케치한 거였다.

무선기사가 그림을 뚫어지게 바라보았다.

"참 잘 그렸구나." 그가 노련한 전문가 표정을 지으며 말을 이었다. "하지만 난 네가 나를 그린 그림이 훨씬 좋은데?"

에바는 양 볼이 화끈 달아올랐고, 화물열차와 무선기사를 그린 그림을 다시 들여다보았다.

"네 그림은 여느 아이들이 그린 그림과 다르구나."

그의 말에 에바는 어깨를 으쓱 추켜올렸다. 그녀는 다른 아이들이 어떻게 그리는지 알지 못했다.

두 사람은 한동안 말없이 앉아 있었다. 그녀는 손님이 찾아왔다는 사실에 기분이 좋았다.

"너는 평상시 여기 앉아 있는 모양이구나." 그가 창밖을 내다보며 혼잣말처럼 중얼거렸다.

그녀는 말없이 고개만 끄덕였다.

"네 방엔 창문이 있어서 좋겠구나. 내 작업실엔 창문이 없단다. 그래서 항상 캄캄하고 공기가 탁하지."

그녀가 살짝 웃어 보였다.

"여기 하루 종일 앉아 있니?" 그가 생각에 잠긴 표정으로 물었다.

"아니에요." 그녀는 신이 나서 말했다. "아저씨도 알겠지만 한나랑 밖에도 나가요. 거실에 앉을 때도 있고 부엌에 앉을 때도 있어요. 가끔은 아래층으로 내려가기도……." 이쯤에서 갑자기 말을 멈췄다.

무선기사는 아무 말도 하지 않고 자리에서 일어나 방 안을 찬찬히 둘러보았다. 벽 위쪽과 아래쪽을 살펴보더니 바닥 쪽을 유심히 살폈다. 그러다 갑자기 재킷 안주머니에서 줄자를 꺼내 벽의 너비를 재기 시작했다.

에바는 영문을 모르는 몰라 두 눈을 휘둥그레 뜨고 그를 바라보았다.

"210." 그가 구석에서 중얼거렸다. "210을 반으로 나누면 105……. 여기서 이걸 더하면……." 긴 벽을 자로 쟀다. "……350을 반으로 나누면 175. 105 더하기 175는 280이니까……." 긴 벽 중앙에서 에바의 책상이 있는 곳까지 바닥의 길이를 쟀다. "여기서 155를 더하면……. 흠……."

"435." 에바가 금세 계산을 끝내고 알려 주었다.

그가 에바를 물끄러미 바라보았다. "고마워."

"천만에요."

그는 몽당연필로 수첩에 숫자를 적은 다음 무릎을 바닥에 대고 엉거주춤 앉아 굽도리 널의 높이를 재고 다시 수첩에 무언가를 적었다. 몸을 일으키고 사방을 한 번 둘러보더니 만족한 표정으로 고개를 끄덕인 뒤 줄자를 접었다.

"에바, 난 이제 가 볼게."

"아……."

"하지만 다시 올 거야."

그녀가 의자에서 몸을 일으켰다. 그는 줄자를 한 손에 쥐고 문 앞에 서 있었다. 모자를 쓰고 줄자를 이마 옆으로 가져가 경례하는 시늉을 하며 작별 인사를 건넸다.

"잘 지내거라, 에바."

"찾아 주셔서 감사합니다."

그는 다시 오겠다는 약속이 무색하게 며칠이 지나도 모습을 드러내지 않았다. 하지만 에바의 창 밑을 지날 때마다 위쪽을 향해 웃는 얼굴로 인사를 보냈다. 이제 창문 너머에 에바가 앉아 있다는 걸 알기 때문이었다. 비록 에바를 볼 수 없지만 매번 창문을 올려다보며 인사를 보냈다.

*

어느 날 오전 에바는 여느 때와 마찬가지로 책상 앞에 앉아 그림을 그리고 있었다. 문득 어디선가 쿵쿵하는 소리와 윙윙거리는 이상한 소리가 들려왔다. 그녀는 연필을 놓고 창밖을 내다보았다. 하지만 그 이상한 소리는 창밖이 아니라 그녀의 방 안에서 들리는 소리 같았다. 방 안을 휘휘 둘러보았지만 소리가 어디에서 들려오는지 알 수 없었다. 벽 안에서 들려오는 소리 같기도 했다. 그녀는 자리에서 벌떡 일어나 소리가 나는 쪽을 향해 걸어갔다. 갑자기 소리가 멈췄다. 에바는 제자리에 가만히 서서 귀를 기울여 봤지만 그 소리는 다시 들려오지 않았다.

그녀는 다시 책상 앞에 앉아 연필을 손에 쥐었다. 다시 그림을 그리려는 순간 또다시 조금 전의 그 이상한 소리가 들려왔다. 그녀는 낯선 아이들이 사는 낯선 마을의 기차역과 바다 그리고 밤하늘의 달을 그리는 중이었다. 그림 속의 기차역은 저 멀리 바다 건너에 자리해서 작은 점처럼 보였다.

문밖에서 발자국 소리가 들리더니 노크 소리가 이어졌다. 그녀가 미처 대답하기도 전에 방문이 열렸고, 아버지와 무선기사가 함께 들어왔다. 에바는 깜짝 놀라 자리에서 벌떡 일어났다. 쥐고 있던 연필이 바닥에 떨어져 또르르 굴렀다.

무선기사는 기분 좋게 인사를 건넸고, 아버지는 조금 당혹스러워하는 표정을 지었다. 그녀는 의자에서 일어나 두 사람을 바라보았다. 한편으로는 두렵기도 했고, 다른 한편으로는 기쁘기도 했다. 이유는 알 수 없지만 곧 동화 같은 이야기가 펼쳐질 거라는 기대감이 밀려왔다. 무슨 일이 벌어지는지 이해할 수 없었지만, 지금껏 단 한 번도 없었던 일이 곧 눈앞에서 벌어질 거라는 막연한 기대감이 스멀스멀 피어올랐다.

무선기사는 커다란 연장통을 쿵 소리가 나게 바닥에 내려놓은 뒤 아버지와 함께 방 안의 가구를 옮기기 시작했다. 두 사람은 옷장을 옮기고 세면대를 옆으로 밀어 놓았다.

무선기사가 연장통에서 긴 드릴을 꺼내고 줄자를 펼쳐서 벽 아래쪽의 굽도리 널을 잿다. 잠시 후 그가 드릴로 벽에 구멍을 뚫기 시작했다. 에바는 그 소리가 귀에 익숙하다고 생각하며 아버지를 쳐다보았다. 아버지는 무선기사의 드릴만 뚫어지게 바라보았다.

"이것 보세요! 한 번 만에 정확하게 뚫었다고요!" 무선기사가 자랑스럽게 말하며 드릴로 뚫은 구멍을 향해 엎드리곤 바닥에 흩어진 나뭇조각과 톱밥을 입으로 후 불었다. "역장님, 죄송하지만 거기 전선 좀 주시겠습니까?"

아버지는 무선기사가 말하는 대로 연장통에서 커다란 두루마리 전선을 꺼내 흔쾌히 건네주었다.

"지금 잘하는 거라고 믿어도 되는가?" 역장이 농담처럼 물었다.

"걱정 마십시오, 역장님." 그가 전선을 풀어 드릴로 뚫은 구멍에다 조심스레 집어넣었다. 두루마리에서 풀려 나간 전선은 바닥에 뚫어 놓은 구멍으로 한없이 들어갔다. 잠시 후 그는 전선 반대편 끝을 그녀의 책상 쪽으로 가져가서 작은 고정못을 이용해 전선을 벽에 고정했다. 그리고 바닥 쪽 굽도리널에 못을 박으려다 역장에게 자신 없는 시선을 던졌다. 역장은 고개를 끄덕이며 무선기사에게 확신을 주었다. 무선기사는 전선을 꼬아 책상 다리를 거쳐 책상 위로 올린 뒤 플라이어로 전선 끝을 잘라 냈다. 그가 연장통에서 신발 상자와 비슷한 크기의 묵직한 갈색 상자 두 개를 꺼내자, 에바는 그게 뭔지 대번에 알아챘다. 상자에는 모스 기계와 배터리 그리고 수신기가 들어 있었다. 크기만 조금 작을 뿐 무선기사의 작업실에서 본 것과 똑같았다.

무선기사는 그것들을 에바의 책상 오른쪽에 올려놓고 배

터리를 책상 아래쪽에 고정했다. 그 일을 하는 동안 혼잣말로 중얼거리기도 하고 숨을 몰아쉬기도 했다. 에바는 아버지를 쳐다보았다. 아버지는 무선기사의 손끝만 바라보고 있었다.

잠시 후 무선기사가 전선 끝을 양 갈래로 나눠서 한쪽은 모스 기계에, 다른 한쪽은 바닥에 뚫어 놓은 구멍으로 사라진 전선의 윗부분에 연결했다.

"이제 다 됐어. 작동될 거야!" 그가 에바에게 미소 지으며 말했다.

"자네를 믿네." 아버지가 무선기사를 향해 말한 뒤 에바에게 시선을 돌렸다. "너는 무선기사가 교대근무를 할 때만 모스부호를 송신할 수 있어. 알았지? 그렇다고 해서 그를 너무 귀찮게 하면 안 된다."

"정말 이걸 제가 사용해도 되나요?" 에바가 들릴 듯 말 듯 나직하게 물었다.

"무선기사가 되려면 연습을 해야 하지 않겠니?" 무선기사가 말을 이었다. "무선기사가 되기 위해 공부하는 학생이라면 대부분 이 기계를 가지고 있을 거야. 자취방에 설치해 놓고 다른 학생들과 연락하지. 이 기계는 아래층의 전신송출실과 연결되어 있단다. 예전엔 나도 이런 기계로 연습했어. 네 아버지도 그랬을걸? 그렇죠, 역장님?"

"맞아. 이것과 똑같은 기계였지. 멜비그와 나. 참, 무선기사의 이름이 멜비그라는 건 너도 알지? 우린 네가 모스부호에 관심 있다는 걸 알고, 네게도 이런 기계를 주면 좋겠다고 생각했단다. 이건 우리 기차역이 소유한 학습용 기계야. 네가 원한다면 얼마든지 빌려 줄 수 있어." 그가 헛기침을 하며 목을 가다듬고 나서 말을 이었다. "사실 이건 무선기사의 아이디어란다."

"이 기계를 네가 사용해도 좋다고 허락한 사람은 바로 네 아버지였지……."

"어쨌든!" 아버지가 말을 이었다. "이제 너는 다른 사람을 귀찮게 하지 않고도 모스부호를 연습할 수 있는 거야."

기차역에 모습을 드러내지 않고도 모스부호를 연습할 수 있다는 말이겠지…….

"어때, 만족하니?"

"네." 에바는 들뜬 마음을 감출 수 없었다.

"한번 시험해 보렴."

"네." 그녀가 나직이 대답했다.

아버지는 에바의 어린이용 의자에 앉으려다 포기하고 책상 옆에 엉거주춤 앉았다.

"전류는 정상적으로 흐르나, 멜비그?"

"아마 그럴걸요?"

"그렇다면 자네는 아래층으로 내려가 기계를 연결하고 시험해 보게."

"그렇게 하겠습니다." 무선기사는 에바에게 찡긋 윙크하고 방문을 나섰다.

아버지가 진지한 눈빛을 에바에게 건넸다. "사실은 한나도 이야기하더구나." 목소리를 한껏 낮춰서 말을 이었다. "네가 방 안에서 홀로 지내는 시간이 너무 많다고 말이야." 그리고 한숨을 내쉬었다. 에바는 아무 말도 하지 않았다. "너도 다른 사람들이 어떤지 잘 알지, 에바? 항상 긍정적이진 않다는 걸……."

"네, 잘 알아요." 그녀가 고개를 끄덕였다.

"이 기계가 있으면 그리 지루하진 않을 거야."

그녀는 다시 고개만 끄덕였다.

"무선기사와 한나에게 고맙다고 전하는 걸 잊지 마라. 비르게르손 부인에게도 꼭 감사하다고 말하렴. 보아하니 한나가 비르게르손 부인에게도 말한 것 같더구나. 그래…… 에바…… 나는 가끔 너무…… 그래……."

"아버지!"

"응?"

"고마워요." 에바는 아버지의 목을 두 팔로 감싸 안았다. 이 집에서 자주 볼 수 있는 장면은 아니었다.

아버지는 감동하여 에바의 머리를 쓰다듬어 주었다.

"자, 자…… 이제 네 기계가 잘 작동하는지 한번 살펴볼까?" 그는 조심스레 에바의 팔을 풀고 기계를 향해 상체를 굽힌 채 여덟 번의 긴 신호를 보냈다.

잠시 후 여덟 번의 긴 신호가 되돌아왔다. 아버지는 얼굴에 미소를 띤 채 번개처럼 빠른 손놀림으로 모스부호를 보냈다.

멜비그, 자네 거기 있는가?

잠시 후 전송된 무선기사의 답신은 에바의 목소리에 묻혀 버렸다.

"아버지! 아버지도 모스부호를 아시는군요!"

그가 의미심장한 미소를 지으며 에바를 돌아보았다. "물론이지! 나는 우리 동기들 중에서 가장 손이 빨랐단다. 귀도 아주 예민한 축에 속해서 답신을 놓치는 법이 없었지. 아마 네 재능은 나한테 물려받은 것 같구나."

그녀가 웃음을 터뜨렸다.

"그렇지 않다면 일전에 네가 비르게르손 씨의 집에서 책을 읽다가 '아버지는 코끼리'라고 모스부호를 찍은 걸 내가 어떻게 알아냈겠니?"

"아……죄송해요, 아버지." 그녀가 나직이 말했다.

"괜찮아. 우린 학교에서 친구들끼리 코끼리라고 부르기도 했단다. 자, 이제 네가 한번 메시지를 보내 보렴."

그녀가 전건키에 손을 얹었다.

안녕하세요, 무선기사님. 감사합니다.

"좋아." 아버지가 만족스럽게 말했다. "좋아, 아주 좋아."

천만에, 에바. 너의 벗 무선기사 아저씨가.

*

기차는 하루의 시간에 흔적을 남긴다. 그것은 헉헉 숨을 몰아쉬며 기차역으로 들어온다. 무선기사는 내 방 창문 아래쪽을 지나칠 때마다 위를 올려다보며 미소 짓는다. 그는 내가 보낸 모스 메시지에 대답해 주고, 나를 볼 때마다 모자에 손을 가져가 인사를 건넨다. 나는 그가 참 좋다. 그는 나의 벗이니까. 나는 여전히 아버지 몰래 아래층의 전신송출실로 내려가 오고 가는 메시지를 엿듣곤 한다. 그가 교대근무를 할 때면 송신된 메시지를 내게 전달해 주기도 한다. 덕분에 아래층에서 무슨 일이 벌어지는지 알 수 있다.

에바, 집중해. 곧 들어올 128번 기차에 흑인이 탔대. 153번 기차에는 환자가 타고 있어. 1545번 기차는 서커스단 장비를 싣고 올 예정이란다.

내 방에 있는 작은 전신송출실. 이 모든 걸 어떻게 받아들여야 할까? 어른들 스스로 양심의 가책을 덜어 내기 위한 것일까? 기차역에서 내 모습이 보이면 안 되기 때문일까? 현실적으로 기차역에 내려가 사람들에게 내 모습을 보여 주고 돈을 받아도 될 일이다. 그렇게 한다면 아버지와 무선기사, 한나는 나를 이용해 큰돈을 벌 수도 있을 것이다. 주식회사를 설립하고 부자가 될 수 있을지도 모른다. 나는 사람들이 기이한 내 모습을 보기 위해 줄을 설 거라고 확신한다.

이런저런 일들

세상의 이런저런 일들은 그녀와 상관없는 거였다. 그녀는 세상의 일을 직접 보고 경험하기보다는 가까운 사람들의 입을 통해 전해 들을 뿐이었다. 대부분은 한나의 입을 통해서였다. 크리스마스 파티나 생일 파티에 관한 이야기처럼. 그녀의 집에선 생일 파티를 하지 않았다. 아버지의 생일도 그녀의 생일도 함께 모여 축하하는 일이 없었다. 아버지가 결정한 일이었다. 물론 생일날이면 원하는 선물을 받았지만 노래를 부르거나 케이크를 먹으며 축하하는 일은 없었다. 생일날 아침에 눈을 떠도 촛불을 밝힌 케이크를 가져와 생일 노래를 불러 주는 사람은 없었다. 꽃을 건네주는 사람도 없었다. 생일이어도 그녀는 검은색 옷을 입어야 했다. 꽃도 있긴 했지만 오후가 되면 어머니 묘에 가져다 놓았다. 어머니 묘를 찾는 사람은 에바와 아버지뿐이었다. 그날은 항상 살을 에는 듯 추웠다. 묘 앞에 선 아버지와 딸은 고개를 숙인 채 아무 말도 나누지 않았다. 아버지가 먼저 입을 떼는 일은 절대 없었다. 그의 얼굴에선 아무런 표정도 찾아볼 수 없었다. 그들은 눈 덮인 묘비 앞에 꽃을 놓고 집으로 발길을 돌렸다. 그녀는 저녁이 되어야 생일 선물을 받을 수 있었다.

생각해 봐야 하는 일들

생각해 봐야 하는 일들이란 누군가, 예를 들어 아버지가 오랫동안 곰곰이 생각한 뒤 없던 일로 하자고 결정하는 경우가 대부분이었다. 에바가 학교에 가느냐 마느냐 하는 일도 마찬가지였다. 그녀는 아버지의 결정에 매번 동의하진 않지만, 이 일만큼은 따르는 게 좋겠다고 생각했다. 사실 그녀가 동의하든 안 하든 달라지는 건 없었다. 항상 없던 일로 해 버리기 일쑤였으니까. 하긴 그것이 최선의 결정이기도 했다. 이 모든 건 아버지가 설명해 준 것이다.

하지만 아버지가 결정을 번복한 적이 없지는 않았다. 크리스마스 파티나 모스 기계에 관한 일처럼. 이처럼 가끔 결정이 번복될 수도 있다는 걸 생각하면 참으로 흥미롭다. 어떻게 보면 꽤 불쾌한 일이기도 하다. 최종 결정이 내려지면 반드시 지켜야 하며, 어길 경우 그에 걸맞은 대가를 치러야 하는 법이다. 실제로 결정을 번복하고 새로운 결정을 내릴 때도 대가를 치러야 한다. 크리스마스 파티처럼. 이번에도 마찬가지였다. 모스 기계와 관련해 아버지가 마음을 바꾼 터라 반드시 대가를 치를 날이 올 것이다. 아직 그날이 도래하지 않았을 뿐. 가끔 무언가를 간절히 오래도록 원하면 이루어질 때도 있다고 했다. 그래서 우연히 의사 레빈과 마주쳤을 때 기쁘기도 하고 걱정되기도 했다. 그는 에바와 관련한 증명서를 학교에 제출한 사람이기도 했다.

그날 에바는 한나와 함께 기차역 옆 공터에서 시간을 보내고 있었다. 그런데 의사 레빈이 바로 그곳에 나타난 것이 아닌가. 이상했다. 그가 공터에 볼일이 있어서 온 것은 아닐 테니 말이다. 한나와 에바는 의아한 마음을 숨기고 반갑게 인사를 건넸다. 그들은 화창한 여름 날씨에 관해 가볍게 대화를 나누었다. 대화가 시들해질 무렵 의사 레빈과 한나가 에바더러 엔진창고에서 잠시 놀다 오라고 했다. 에바가 엔진창고에 있는 동안 의사와 한나는 담장 옆 벤치에 앉아 한동안 둘만의 이야기를 나누었다. 그는 담배를 피워 물고 심각한 표정을 지었다.

엔진창고에서 일하던 직원들이 에바에게 인사를 건네고 나서 스펀지 한 뭉치를 던졌다. 입환용 기관차의 엔진을 청소하는 날이었다.

그녀는 엔진을 박박 문질러 닦으며 제진 강판이 장착된 곳까지 살금살금 발을 옮겼다. 마침내 직원들이 그녀를 볼 수 없는 곳에 이르자 살그머니 창고를 빠져나갔다. 그리고 들고양이처럼 구석에 웅크리고 앉아 벤치에서 들려오는 대화에 귀를 기울였다.

"……그렇게 생각하지 않니, 한나?"

"같은 생각이에요. 그 아이도 다른 아이들과 함께 시간을 보내야 해요. 이젠 저도 홀로 아이를 돌보는 게 쉽지 않고요. 제가 가르쳐 줄 수 있는 것도 슬슬 바닥나기 시작했고…… 아이가 혼자 지루해하는 시간도 점점 더 늘어나고 있어요."

에바는 몸을 더욱 조그맣게 웅크렸다.

"그건 그렇고 난 학교 측과 사이가 좋다고는 할 수 없어. 하지만 그건 중요하지 않아. 얼마든지 해결할 수 있는 일이거든. 어쨌거나 학교 측에선 의사의 말을 무시할 수 없으니까."

한나가 소리 죽여 웃었다. "듣고 보니 의사로 살아가는 것도 그리 나쁘진 않은 것 같군요."

"물론이지. 어쨌든 에바도 다른 아이들처럼 학교 교육을 받는 게 좋을 것 같아. 에바가 학교에 가지 않고 홀로 집에서 시간을 보내는 걸 보니 자꾸 걱정이 느는군."

"네, 저도 그래요." 한나가 맞장구를 쳤다.

"이젠 우리가 함께 힘을 모아야 할 때가 되었어, 한나."

엔진창고 앞 자갈길에서 발자국 소리가 들려왔다. 직원 한 명이 창고를 나서는 중이었다. 에바는 서둘러 창고 안의 어둠 속으로 발길을 돌렸다.

"누군가 했는데, 너였구나." 에바와 마주친 직원이 말을 걸었다.

"네. 잠시 바깥바람 좀 쐬고 싶어서 나갔다 왔어요." 거짓말로 둘러대느라 얼굴이 화끈거렸지만, 그는 에바의 달아오른 얼굴을 볼 수 없었다. 창고가 어두웠기 때문이리라. 그녀는 의사와 한나의 대화를 엿들은 뒤로 걱정이 점점 커졌다. 과연 아버지는 이미 내린 결정을 번복할 수 있을까. 기대와 걱정으로 가슴이 두근두근했다.

다른 아이들

다른 아이들 몸에선 냄새가 났다. 그 냄새가 얼마나 강렬한지는 상상도 못 할 정도였다. 뿐만 아니라 아이마다 냄새가 달랐다. 에바는 아이들 몸에서 냄새가 난다는 걸 알고 있었지만, 이토록 가까운 곳에서 풍기는 이 이상한 존재들의 냄새를 맡은 건 처음이었다. 어떤 아이는 샐비어 잎처럼 날카롭고 쓰디쓴 냄새가 났고, 또 어떤 아이는 식초처럼 시큼한 냄새를 풍겼다. 어떤 여자아이는 달짝지근한 라즈베리 사탕 냄새가 나기도 했다. 남자아이들은 대부분 흙냄새가 났다. 그들은 갖가지 흙을 섞어 놓은 존재 같았다. 아이들로 가득 찬 교실은 온갖 서로 다른 냄새가 섞여 코를 찔렀다. 냄새가 너무나 강렬해 그들이 보내는 날카로운 눈초리마저도 지워 버릴 정도였다. 교실 문을 열고 들어서는 에바가 맞닥뜨린 건 냄새의 벽이었다.

교실은 배였다. 그녀는《벤허》의 주인공이 노를 저은 갤리선과 교실이 비슷하다고 생각했다. 교실의 꽉 막힌 듯한 느낌은 그녀가 익숙해진 폐쇄 공간의 느낌과는 또 달랐다. 교실에 들어서자마자 자신만의 안전하고 고립된 공간이 그리워지기 시작했다. 그 배는 출항한 지 1년이 지난 터라 처음부터 배에 오른 일원들은 서로에 대해 잘 알고 있었다. 그들은 나란히 짝을 지어 앉아 눈을 가늘게 뜨고 기대에 찬 표정으로 그녀를 바라보았다. 킥킥 코웃음을 치는 아이들도 있었다. 하델란 선생님이 어색하게 환영의 말을 시작했다. 그녀는 분필 냄새와 빵 냄새가 났다. 아버지와 한나는 에바를 교실에 남겨 두고 발길을 돌렸다. 선생님은 에바를 정해진 자리로 안내했다. "에바, 너만을 위한 자리란다." 에바는 딩그러니 자리한 책상 앞에 앉으며, 이젠 모든 것을 혼자 헤쳐 나갈 수밖에 없다는 걸 어렴풋이 깨달았다.

한나와 아버지가 나간 문은 꽉 닫혔고, 에바는 다른 아이들과 함께 교실에 앉았다.

한나는 에바의 옷을 정성 들여 신중하게 골라 주었다. 목깃이 높다랗게 올라온 베이지색 긴 팔 원피스. 황금색 머리털은 머리핀으로 올려 고정한 다음 납작한 빵모자 속에 숨겼고, 얼굴 털은 양옆으로 가지런히 빗어넘겼다. 이처럼 정성을 들였어도 다른 아이들에게 좋은 인상을 줄지 확신할 수는 없었다. 에바는 지난 사흘 동안 잠을 설쳤다. 학교에 간다는 게 두렵기도 하고 기대되기도 했다. 즐겁기도 하고 무섭기도 했다. 지난 사흘 동안 무얼 하며 시간을 보냈는지도 기억할 수 없을 정도였다.

하지만 1교시가 끝나자마자 그녀의 옷은 엉망진창이 되어 버렸다. 에바는 등교 첫날이 생각한 것과 다르지 않아서 오히려 안심이었다. 아버지의 말은 틀림이 없었고, 의사 레빈과 다른 어른들 말은 믿을 만한 게 못 된다는 것도 다시 한번 깨달았다. 아이들은 모른 척하며 지나가다 에바의 털을 잡아 당기거나 심지어는 손으로 밀치기도 했다. 힘껏 밀치지는 않았지만 에바가 넘어질 정도의 힘이었다. 다른 아이들은 그랬다. 에바는 이제 그런 아이들 틈에서 홀로 싸워야 한다는 걸 깨달았다.

수업 시간

수업 시간은 생각과 다르게 진행되었다. 2교시에는 하델란 선생님의 지도 아래 모두 그림을 그려야 했다. 아이들은 색연필을 꺼내 들고 실력을 뽐내기 위해 기대감에 가득 찬 표정을 지었다. 하델란 선생님을 그려도 되고, 교실에 자리한 지구본을 그려도 되지만, 하델란 선생님은 고양이를 그려야 한다고 말했다. 교실에서는 고양이를 찾아볼 수 없는데도 말이다. 게다가 하델란 선생님이 원하는 고양이는 정원 울타리나 공터 구석에 웅크리고 앉은 유연한 동물이 아니라 동그라미와 선으로 이루어진 기형적인 모습에 번개를 연상시키는 뾰족뾰족한 털과 이빨을 지닌 동물이었다. 보아하니 하델란 선생님은 고양이 그리는 방법을 이미 정해 놓은 것 같았다.

에바는 고양이가 어떻게 생겼는지 떠올리며 길고 부드러운 선을 그었다. 하델란 선생님이 옆에 다가와 연필을 뺏어 들고 자기 방법대로 선을 그어 보였다. 이렇게 그리면 돼. 그녀는 단호한 손짓으로 명확하게 동그라미 하나를 그렸다. 그 옆에는 조금 더 작은 동그라미와 삼각형 몇 개를 그렸다. 삼각형들은 귀와 코, 입이 되었고, 세 개의 십자 표시는 수염이 되었다. 가장 큰 동그라미 아래쪽에는 타원형 세 개가 발

대신 자리 잡았다. 마지막으로 긴 꼬리를 그리니 고양이가 완성되었다.

그녀는 선생님이 시키는 대로 그려 보려고 했지만 마음처럼 잘되지 않았다. 몇 번이나 시도했지만 결과는 마찬가지였다. 몇 개의 선과 동그라미가 만들어지긴 했는데 고양이하곤 거리가 멀었다. 하델란 선생님은 매우 실력 있는 예술가이자 교사로 이름이 알려진 만큼 물건이나 동물을 그리는 정해진 방법을 많이 알고 있었다. 기차도 마찬가지였다. 하델란 선생님은 동그라미와 직사각형만으로 종이를 채워서 기차라고 말했다. 그녀는 몇 번이나 시도했지만 선생님 방식대로는 도저히 기차를 그려낼 수 없었다. 첫 미술 시간이 끝나자 앞으로는 그림 그리는 걸 좋아할 수 없을 것 같았다. 선생님은 한 남자아이가 그린 커다란 고양이 그림을 교실 뒤쪽 벽에 걸어 놓았다. 동그라미와 삼각형으로 그린 고양이였다. 그림 아래쪽에는 '고양이 에바'라는 제목이 적혀 있었다. 몸에서 썩은 흙 냄새가 나는 아르비드의 그림이었다. 에바는 기름때가 덕지덕지 낀 금발에 손에는 사마귀가 돋아난 그 아이를 혐오했다. 집에 돌아오자마자 그 아이를 그리고 '강아지 아르비드'라고 적었다.

"학교에 가 보니 어땠어, 에바?" 저녁 식탁에서 아버지가 기대감에 가득 찬 표정을 지으며 물었다.

그녀는 어깨를 으쓱 추켜올릴 뿐 아무 말도 하지 않았다.

"학교에 그토록 가고 싶어 하지 않았니. 이제 드디어 학교를 다닐 수 있잖아."

"그럭저럭 나쁘진 않았어요."

3장

나의 일기장 1

수염이나 털이 덥수룩한 유명인

1. 에서
2. 삼손
3. 압살롬
4. 여성 파라오 하트셉수트
5. 누가 더 있을까…….
6. 하랄 1세(노르웨이 전역의 통치권을 주장한 최초의 왕. 머리카락이 아름다워서 '미발왕 하랄'이라고 부르기도 한다.-옮긴이)

수염이나 털이 덥수룩한 유명인의 목록을 작성해 보려고 한다. 그런 사람이 적지 않을 텐데, 나는 털이나 머리카락이 삶에서 중요한 역할을 한 사람만 추려 볼 생각이다. 대표적 인물이 삼손이다. 수염을 길렀지만 그 수염이 삶을 결정지을 만큼 중요한 역할을 하지 않았기에 예수님은 제외했다. 앞으로도 그러한 사람이 떠오를 때마다 목록에 첨부할 것이다.

이 목록에 들어갈 인물로 여성 파라오를 찾아냈다는 사실이 기쁘다. 전에는 이런 사람이 있는 줄도 몰랐다. 그녀는 내 목록에서 네 번째로 이름을 올렸다. 스바메르담 씨가 책을 보

고 말해 줘서 그녀를 알았다. 나는 파라오 하면 람세스나 아멘호텝의 이름만 들어 보았을 뿐이다. 클레오파트라도 들어 보았다. 그녀는 수염이 없었다. 하지만 책에는 그녀가 당시 세상에서 가장 아름다운 여인이었다고 적혀 있었다. 그렇게 따지자면 하트셉수트도 수염을 기르진 않았을 것이다. 혹시 세상을 지배하는 파라오가 되기 위해 가짜 수염을 붙인 건 아닐까. 어쨌든 나는 그녀의 얼굴에 정말 수염이 있었다고 믿는다.

그렇다. 내가 적은 건 바로 이런 것이다. 내가 말한 건 바로 이런 것이다. 하지만 말과 글은 공인된 통역사나 속도가 빠른 속기사 또는 주의 깊고 기억력이 좋아 신뢰할 만한 증인이 한 명 이상 자리하지 않는 한 의심의 여지가 남기 마련이다. 내 기억력은 그리 나쁘지 않다. 특히 차례와 순서를 기억하는 재능이 있다. 하지만 내 기억력이 아무리 좋다 해도 내게 실질적으로 도움이 되는지는 확신할 수 없다. 제아무리 수사적인 말을 잘하는 사람이라도 훗날 대화 당시의 상황을 다시 설명할 때면 자신이 뱉은 말을 더 화려하고 아름답게 꾸미기 마련 아닌가.

사람들은 현재 상황에 맞춰 과거 자신이 뱉은 말의 요점을 더 부각하곤 한다. 스스로 더 엄격한 잣대를 대며 있는 그대로 표현하려 해도 피할 수 없는 일이라 생각한다. 로도스의 운동선수든, 스포츠 낚시를 하는 낚시꾼이든, 서커스 단장이든, 경험이 전무한 젊은이든 자신을 내보이고 자랑하는 일에서 완전히 벗어날 수는 없다.

이런 면에서 본다면 사람은 당나귀나 다름없다. 아무리 자랑해도 타인의 귀에는 좋게 들릴 리가 없다. 바로 그런 이유로 기록이 필요한 것이고, 대화나 말을 기록으로 남겨 둘 때는 요점만 간결히 적는 것이다. 말하는 사람이 헛기침하는 소리나 무의식적으로 발산하는 생리적인 소리는 기록에서 빼놓을 수밖에 없다. 기록은 또 하나의 언어이며, 말이나 대화와 다른 점이 적지 않다. 그럼에도 불구하고 우리는 말보다 기록을 더 신뢰하는 경향이 있다. 로마의 갈릴레이 총독이 그런 것처럼 우리도 문자로 기록된 것을 최종적이고 취소 불가한 것으로 간주한다. 내가 쓴 일기처럼.

나는 자주 아르메 필라투스(Arme Pilatus)를 떠올린다. 그는 이러지도 저러지도 못하는 법적 상황에 부딪혔다. 나는 그가 전쟁영웅이라기보다는 법과 수사학을 공부한 훌륭한 로마 정치인이라고 생각한다. 그는 구세주의 기적을 바라며 아우성치는 성난 군중들 앞에서 기존의 믿음에 위배되는 말을 한 소위 신의 아들을 재판해야 하는 입장이었다. 날벌레. 열병과 불쾌감. 군인들의 사기 저하. 혹자는 대화라고 주장하는 심문과 취조. 그것은 부조리한 망언에 불과했다. "나의 기록은 최종적이다."라는 그의 말에서 섬세하고 미묘한 불합리성을 발견할 수 있다.

대화나 상황을 묘사한 기록은 미미한 주석 하나조차도 두드러질 정도의 중요성을 지니기에, 문서나 기록의 근거에 목을 매는 사람들은 이를 원하는 대로 교묘하게 사용할 수도 있는 것이다. 주석은 일반 문서나 고유한 증명서 같은 경우도 결함이나 결점을 흔히 찾을 수 있다는 의미이며, 동시에 악마의 수단으로 이용되기도 한다. 반면 피의자나 비난의 대상자는 기록을 남기지 않는다. 그들의 기록은 모래 위에 남겨져 바람이 불면 사라질 뿐이다. 출처 미상.

그처럼 쉴 새 없이 이야기한 사람과 그의 말을 들으며 고개를 끄덕이고 맞장구를 치는 데 바빴던 사람들이 이제는 그의 죄를 증명하는 증인과 참고인이 되어 버렸다. 모래 위에 남긴 순간의 느낌과 흔적은 회반죽으로 본을 뜬 듯 고정되어, 노련하고 능숙한 법률인의 손에 넘어가 피의자의 죄를 입증하는 증거로 사용되기도 한다.

바로 그 때문에 가슴을 꽉 채운 말이 더 이상 참지 못하고 몸 밖으로 나와 눈앞에 자리하면, 사람들은 그제야 자신이 그것을 기록했음을 인정한다. 동시에 바람이 그 기록을 지워 버렸으면 좋겠다는 생각도 한다. 마찬가지로 열두 살, 열세 살의 내가 일기장에 적은 글들을 보면서 당시의 내가 어떤 사람이었는지 짐작할 수 있다. 아, 그때는 내가 이런 글을 적었구나. 그때는 내가 이런 생각을 했구나. 나는 바로 그런 사람이었구나. 어찌 보면 그 당시의 나는 지금의 나보다 훨씬 나다운 성격이었다는 느낌도 없지 않다. 바로 그 때문에 내가 쓴 글을 볼 때마다 당황스럽고 어색하며 불편한 느낌을 갖는 것이다.

내가 처한 상황을 설명하자면

나는 대부분의 시간을 홀로 지낸 것 같다. 물론 학교를 다녔지만 사실을 말하자면 학교에서도 외톨이로 지냈다. 사랑을 받고 싶으면 먼저 사랑하라는 말도 있다. 하지만 나는 사람들에게 사랑받기보다 그들이 예의 바르게만 행동해 준다면 좋겠다고 생각했다. 내가 아무리 나를 사랑해도 타인의 사랑을 받는 건 불가능하다는 사실을 일찌감치 깨달았던 것이다. 나는 다른 아이들과 어울리는 것보다 홀로 지내는 걸 훨씬 좋아했다. 또래 아이들 사이에서 내 자리를 찾을 수 있다는 꿈을 버렸고, 우정이나 동지애에 관한 유치한 환상도 갖지 않았다. 그런 것들을 바라지도 않았다.

오히려 그 반대였다. 가능한 한 그들과 거리를 두려고 안간힘을 썼으며, 그들이 어디론가 멀리 가 버리기를 바랐다. 그들은 거기서 무리 지어 하얗고 아름다운 집을 짓고 그들만의 우정, 그들만의 술책과 음모, 그들만의 고민과 걱정거리를 안고 살아가면 될 일이었다. 그곳에서는 성스러운 장막처럼 하늘에서 스르르 행복이 떨어져 내려 그들을 감쌀 것이다. 우정과 음모는 다루기 힘들고 성가실 뿐인데 따지고 보면 동전의 양면과도 같다. 또한 그곳의 삶은 아이들을 위해 화학적으로 다소 정련되었을 것이다.

내 기준으론 또래 아이들의 대화가 재기 넘친다거나 훌륭하지 않았다. 그들이 하는 말도 포괄적이고 유익한 것과는 거리가 멀었다. 물론 내가 그들보다 책을 훨씬 많이 읽었기 때문일 것이다. 그들의 대화는 다른 아이들이 한 말을 그대로 옮기거나 극장에서 본 영화와 잡지에서 읽은 내용 또는 라디오에서 들은 걸 그대로 옮겨 놓은 것에 불과했다. 집에 라디오가 있는 아이들은 어린이 프로그램의 출연자가 어떤 말을 했는지, 또는 어떤 노래를 불렀는지 지루할 정도로 재잘거렸다. 나는 무선기사와 얘기하다 라디오에 대해 알아내곤 라디오를 사 달라고 꽤 오랫동안 졸랐다. 아버지는 내가 원하는 건 모두 사 주었다.

라디오는 낯선 이가 하는 말을 들을 수 있다는 점에서 무선기기와 비슷했다. 물론 라디오는 대답을 돌려줄 수 없었다. 나는 홀로 앉아 라디오를 들었는데, 갖가지 교육 강좌와 콘서트 음악 프로그램을 애청했다. 아버지와 함께 앉아 각자 헤드셋을 끼고 들을 때도 있었다. 어린이 프로그램은 아버지는 말할 것도 없고 나 역시 전혀 흥미롭지 않았다. 이따금 아버지는 어린이 프로그램을 들어 보라고 권유하기도 했다. 가까이하기는커녕 그 어떤 관계도 맺고 싶지 않은 또래 아이들(물론 또래 아이들도 나와 같은 생각을 할 것이다)과 어울릴 수 있는 얘깃거리를 얻어 보라는 거였다.

내 주변엔 어른들뿐이었다. 어른들의 말과 행동은 적어도 예측할 수 있었다. 약사 부부와 의사는 매우 친절했으며 심지어 책도 빌려 주었다. 하지만 그들과 함께 앉아 시간을 보내는 건 그다지 흥미롭지 않다고 고백할 수밖에 없다. 그들은 대화 도중 말다툼을 할 때도 있었다. 특히 정치 이야기를 할 때면 더욱 그랬다. 비르게르손 부인은 최근 들어 공산주의 이념에 흠뻑 빠졌고, 이해 못 할 사상 서적을 읽고 난 후에는 새로운 소비에트연방공화국의 정치 이념을 찬양하기에 이르렀다. 당연히 남편의 보수적인 생각과 마찰을 빚곤 했다. 공산주의와 정반대 사상을 지닌 남편은 정치 이야기만 나오면 아내와 언쟁을 벌이기 일쑤였다. 의사 레빈은 좀 더 실용적이라 두 사람의 말다툼에 원치 않는 중재자 역할을 하곤 했다. 우리는 일요일마다 약사 부부의 집에 모여 시간을 보냈다. 시간 가는 줄도 모르고 정치 이야기에 빠져들면 아버지는 예의 바른 추임새를 넣으며 졸음을 쫓곤 했다.

한나는 일요일 모임에 빠지고 싶어 이 핑계 저 핑계 둘러댔으나 가끔은 어쩔 수 없이 따라나섰는데, 어른들의 대화가 시작되면 멍하니 창밖만 내다보았다. 그들의 대화는 그다지 유익하지도 않을뿐더러 사실 여부를 확인하지도 않은 채 자기 느낌이나 감정에 좌우되었다. 나는 그들의 대화가 시작되면 책에 코를 박고 읽다가 가끔 한나가 지루해하는 눈치를 보이면 함께 퍼즐 게임을 하곤 했다. 그녀가 지루해하지 않도록 내가 도와줘야 한다는 이상한 책임감이 있었다. 물론 약사 부부와 의사의 호의와 애정은 무시할 수 없는 것이었다. 한나와 나는 그들 말고는 가까이 지내는 사람이 없었고, 일요일마다 약사 부부의 집에 가는 건 기대하거나 들뜨거나 하진 않았지만 작은 활력이 되었다. 적어도 단조로운 일상에서 벗어나는 기회가 되었으니까.

나는 1년에 두 번 정도 한나와 함께 의사 레빈의 진료실을 찾아 건강 검진을 받았다. 물론 진료 시간이 끝난 후에 개인적으로 찾아갔다. 보아하니 그는 어머니의 죽음과 나의 출생에 관해 의사로서 책임감을 느끼고, 또 아버지와 약속한 일 때문에 나를 특별히 보살펴 주는 것 같았다. 의사 레빈은 반년에 한 번씩 나의 건강 상태를 살피고 스트룀 교수의 지시에 따라 내 몸의 털이 어떻게 변화하는지 검사했다. 그는 털 길이와 색깔의 변화, 모낭의 상태 등을 살펴보았다.

스트룀 교수는 2년에 한 번씩 우리 마을을 찾았다. 그토록 높은 지위에 있는 낯선 전문가가 직접 기차를 타고 내 건강을 확인하기 위해 발걸음을 한 것이다. 이 일은 그가 의학 포럼에 나의 사례를 선보이는 날이 올 때까지 계속되었다. 그는 내가 태어난 지 반년도 채 되지 않았을 때부터 나를 여행 가방에 넣어 어디론가 데려가고 싶어 했다. 아버지와 의사 레빈은 그의 바람을 잠재우느라 무진 애를 써야 했다. 그가 2년에 한 번씩 내 상태를 확인하기 위해 우리 마을에 오는 것은 그들 사이에 체결된 타협적 계약이었다. 물론 그에 따른 조건도 없지 않았다. 스트룀 교수는 내가 그 어떠한 약물도 복용하지 않는 대신 그가 권하는 약은 무료로 먹게 해 주었다. 이는 한나와 아버지의 경우에도 적용되었다.

스트룀 교수는 단 한 번도 자신을 제대로 소개하지 않았고, 인사말도 건네지 않았으며, 내가 진료실에 들어서면 내 눈을 똑바로 쳐다보지도 않았다. 단지 필요한 진료만 하고 바람처럼 사라질 뿐이었다. 아주 어릴 때는 그의 손가락을 깨물어 버리기도 했다. 그가 내 혀에도 털이 자라는지 확인하기 위해 손가락을 입속에 쑥 넣었을 때였다. 모두 화를 냈다. 특히 아버지는 불같이 화를 냈다. 하지만 스트룀 교수는 화를 내기보다 놀란 표정으로 물린 손가락을 들여다볼 뿐이었다. 그는 아무렇지도 않은 척 내 어깨를 톡톡 건드린 뒤 검진을 계속했다. 좀 더 자란 후에는 그가 내 시간을 필요 이상으로 빼앗아 간다는 걸 표현하기 위해 하품을 하거나 콧노래를 흥얼거리곤 했다. 아버지는 예의 바르게 행동해야 한다고 주의를 주었지만 그다지 신경 쓰는 것 같진 않았다. 스트룀 교수의 태도도 그리 예의 바른 건 아니었으니까. 그는 나의 무례함과 건방진 태도를 알아차리지 못하는 것 같았다. 진료가 끝난 지금은 억지로라도 그의 말에 맞장구를 쳐 주는 등 좀 더 살갑게 대하지 못한 걸 후회한다.

의사 레빈은 스트룀 교수와 달리 매우 친절했다. "이제 다시 우리 둘뿐이구나, 아가야." 내가 진료실에 들어서면 환한 표정으로 밝게 인사말을 건넸다. 내가 전국에서 가장 확실하게 건강 검진을 받은 아이일 거라며 농담을 던지기도 했다. 그는 나를 위해 청진기를 미리 따스하게 데워 놓을 필요가 없었다. 우선 몸무게와 키를 재고, 작은 망치 같은 것으로 무릎을 살짝 두드려 보기도 했으며, 눈동자와 목을 살펴보았다. 그는 요즘 내가 많이 자랐다며 만족해했으나 항상 키에 비해 몸무게가 적은 편이라고 말했다. 이어서 혈압과 혈액 침강 상태도 확인한 뒤 모든 것이 정상이라고 말하며 기분 좋은 체념을 담은 한숨을 내쉬고 파란색 노트에 기록했다. 비정상적인 면이 발견되지 않았기 때문일 수도 있고, 어쩌면 그 반대 이유일 수도 있었다. 의사 레빈 앞에서 옷을 벗고 진료를 받는 건 아무런 문제도 되지 않았다. 그가 우리 가족의 주치의이기 때문이기도 하며, 그가 나를 태어날 때부터 지켜보았기 때문일 수도 있다. 그보다 더 중요한 이유는 내가 진료받기 위해 옷을 벗을 때 그가 내 입장을 이해해 주기 때문이었다. 그는 내가 옷을 입지 않았을 때 내가 나체라는 점을 이해하고 염두에 두는 사람이었다. 옷을 벗어도 온몸이 털로 뒤덮여 있긴 하지만 말이다. 반면 스트룀 교수는 이런 나의 입장을 전혀 이해하지 못했다. 나는 의사 레빈의 진료를 받을 때면 그의 시선과 손동작이 재빠르면서도 침착하게 움직인다는 걸 알고 있었다. 또한 진료가 끝나면 아버지한테 비밀로 하라며 초콜릿 한 조각을 슬며시 건네주었다. 작별 인사를 나누고 진료실을 나서며 뒤돌아보면 그는 항상 책상 앞에 구부정하게 앉아 저널에 얼굴을 파묻고 있었다. 고개를 들고 나를 쳐다보는 법은 없었다. 왠지 근심으로 가득 찬 사람처럼 보였다. 무엇 때문일까. 그는 항상 나처럼 건강한 사람은 본 적이 없다고 말했는데.

약사 부부의 집에서 모임을 갖는 일요일이면 의사 레빈은 내가 읽을 책을 따로 가져오곤 했다. 그는 내가 이 세상 그 무엇보다 책 읽는 걸 가장 좋아한다는 사실을 잘 알고 있었다. 나는 그가 하델란 선생님이 심술궂은 마녀라는 것도 안다고 생각했다.

하지만 그는 나의 벗이나 친구와는 거리가 멀었다. 그는 항상 나를 지켜보고 보살펴 주는 인척 또는 수호자 같은 사람이었다. 가끔씩 그가 나를 특별히 대하는 이유가 궁금했다. 내가 세상에 태어났을 때 어머니가 그의 손안에서 세상을 떠났기 때문은 아닐까. 나는 그 이유를 한 번도 물어본 적이 없다.

스바메르담도 빼놓을 수 없다. 나는 일주일에 두 번씩 방과 후 그의 집으로 가서 음악 레슨을 받았다. 아버지는 집에 있는 오르간 외에도 피아노를 사 주었지만, 내가 가끔 집 밖으로 나가는 건 여러모로 좋다는 생각에서 그렇게 결정한 것이다. 아버지와 한나도 가끔은 나를 보살펴 주는 일에서 해방되고 싶어 했을지도 모른다. 기차역 건물은 벽이 얇고 방음이 제대로 되지 않아 2층 관사에서 악기를 연주하면 아래층 대기실에서도 그 소리가 들렸다. 그래서 아버지는 걱정을 늘어놓곤 했다. 아버지는 왜 그렇게 걱정이 많을까. 이런 걱정 저런 걱정…… 걱정이 떨어질 날이 없었다. 나는 기차를 기다리며 지루해하는 사람들이 음악을 들을 수 있다면 더 좋다고 생각했는데.

스바메르담은 전 인류가 음악을 들으면 세상에 평화가 온다고 믿는 사람이었다. 사람들이 아름다운 음악을 듣는다면 이 세상은 지금보다 훨씬 조화롭게 변할 것이라 믿었다. 심지어는 이 세상의 온갖 불운과 압제, 기아와 혁명, 전쟁까지도 모차르트 앞에서는 봄 햇살에 눈이 녹듯 사라져 버릴 거라고 믿었다. 어쩌면 그의 말이 맞는지도 모른다. 하지만 그렇게 되자면 스바메르담 같은 군인이 더 많아야 하지 않을까. 그는 단순한 영혼의 소유자인데 가끔은 복잡한 일도 해결해야 한다는 사실 때문에 자신을 매우 복잡미묘한 사람이라고 믿었다.

나는 그에게 발성법과 아르페지오, 손가락 사용법과 음계, 화성법과 간단한 대위법을 배웠다. 내 실력이 향상될 때마다 그의 얼굴이 기쁨과 행복으로 빛날 지경이었다. 그가 만족해한 이유는 내가 꽤 실력 있는 제자이기도 하지만, 누군가에게 자신이 할 수 있는 것들을 가르치고 그 결과를 볼 수 있다는 사실 때문이었다. 그렇다. 그는 음악으로 세상을 발전시킬 수 있다고 믿는 순진하고 단순한 영혼의 소유자였다. 내 목소리는 또래 여자아이들의 가늘고 높은 목소리에 비해 맑고 청아한 메조소프라노 음역이며 귀도 상당히 예민한 편이었다. 음악 재능과 열정이 있어서 그렇다기보다는 숫자와 순서에 민감한 천성 때문일 것이다. 하지만 스바메르담은 그런 나의 생각을 이해하지 못했다. 그는 내게 음악 재능이 풍부하다고 믿었으며, 나는 그의 믿음과 기대에 어긋나지 않도록 적지 않은 노력을 해야만 했다. 그는 자신이 맡은 성가대에 들어오라고 끊임없이 권유하기도 했다. 그는 음정과 박자에 상관없이 노래 부르는 그 성가대가 평생의 업인 듯 성가대원들 앞에서 혼신을 다해 지휘했다. 그런 모습을 볼 때마다 그 순수한 열정에 감동하지 않을 수 없었다. 내가 성가대에서 노래하지 않은 것은 그들의 음정 박자를 무시한 노래에 귀가 피곤한 이유 외에 내가 사람들 눈에 띄는 걸 탐탁해하지 않은 아버지가 허락하지 않았기 때문이다.

하지만 가장 큰 이유는 바로 내게 있었다. 나는 성가대에서 노래하는 내 모습을 상상할 수도 없었다. 음악이란 오롯이 스스로 만족할 수 있어야 하는 것 아닐까. 나는 일정한 규칙 속에서 서로 다른 음의 조화를 창조해 내는 아름다운 음악을 오롯이 홀로 즐기고 싶었다. 그래서 음악 시간에 합창할 때도 입만 벙긋거릴 뿐 소리 내어 노래하지 않았다. 아이들은 내가 노래를 전혀 못하는 줄 알았지만 나는 개의치 않았다. 오히려 더 잘된 일이었다. 나는 개인의 기호와 만족감은 오롯이 그

당사자의 몫이라고 생각했다. 예를 들어 내게 음악의 대위법은 소리와 음으로 변환된 수학적 자극제이며, 그것은 악기와 악보, 연필을 사용해 홀로 즐길 수 있어야 하는 것이었다. 그것을 다른 사람들과 함께 나누고 싶은 생각이 추호도 없었다. 내가 스바메르담에게 음악 레슨을 받은 건 음악을 내 삶의 만족을 위해 사용하고 싶었기 때문이다. 따라서 그의 열정과 과다한 칭찬을 참고 받아들일 수밖에 없었다. 그는 매우 친절하고 착한 사람이지만, 내 능력에 감동하며 레슨에 필요 이상의 열성을 보이는 건 참을 수 없었다.

〈오, 성스러운 단순함이여〉 레슨을 받을 때였다. 그가 갑자기 세상을 떠난 어머니 이야기를 꺼내며 어머니에 관한 기억을 쏟아 냈다. 어머니의 성격과 외모, 어머니와 함께 성가대 활동을 하던 시기의 일까지. 나는 아무 말도 하지 않고 그의 말에 귀를 기울였다. 하지만 다시 한번 같은 이야기를 꺼냈을 때는 말없이 악보를 챙겨 자리에서 일어났다. 그는 내가 문을 열고 나설 때까지도 내가 왜 그러한 행동을 하는지 이해하지 못했다. 인간은 자신과 가장 가까운 존재다. 이 금언은 일상의 이해관계나 개인의 만족감에만 해당되는 것이 아니라 자신과 조금도 상관없는 타인의 영역을 침범하고 간섭하고 싶은 한 개인의 터무니없는 충동과 욕구와도 관계가 있다. 스바메르담은 적어도 나의 이러한 뜻을 눈치챈 것 같았다. 나를 쳐다보는 그의 커다란 눈이 예민한 감수성과 실망, 놀라

움으로 가득 차 있었다. 그는 두 번 다시 그런 이야기를 꺼내지 않았다.

진정한 벗은 희귀한 새처럼 눈에 잘 띄지 않는 법이다.

레슨을 마치고 얼떨떨한 기분으로 스바메르담의 집을 나서는 나 자신을 제3자의 눈으로 보았다.

에바. 나는 욕실 거울을 통해 그녀를 자세히 바라보며 핀셋으로 입가의 털을 하나하나 뽑았다. 아무도 보지 못하는 팔뚝 위쪽의 털을 밀어 보기도 했다. 다음 날 털을 제거한 부위에서 핏기 없이 민둥민둥한 피부를 볼 수 있었고, 사흘이 지나자 다시 빳빳하고 짧은 털이 올라오기 시작했다. 얼굴의 털도 밀어 보고 싶었지만 용기를 낼 수가 없었다.

창가에 서서 텅 빈 기차역 플랫폼을 내려다보았다.

저녁이 되면 텅 빈 방에 멍하니 앉아 무선기사와 모스부호를 주고받거나 라디오의 어린이 프로그램을 몰래 들었다.

나의 일기장 2

압살롬 또는 압살론. 왕의 아들로 태어난 압살롬은 아름다운 머리카락으로 유명했다. 아버지 다비드 왕은 나라를 세우고 그의 손에 목숨을 잃은 이들을 애도했다. 압살롬의 형 솔로몬은 훗날 아버지를 이어 왕이 되었다. 그는 나라법을 정립하고 성경의 일부를 쓰기도 했지만 학자들에게 인정받지 못했다.

언젠가 학교 과제로 이 글을 썼고, 방과 후에 남아야만 했다. 학교 과제에 불과한 글이지만 법과 규칙에 목을 매는 사람들이라면 이토록 사사로운 일에도 끔찍한 결과를 가져올 수 있다.

압살롬의 긴 머리카락은 붉은색을 띠었다(우리 어머니의 긴 머리카락도 붉었다!). 얼굴에 털이 없었다고 하지만, 짐작하건대 조금은 있지 않았을까. 그는 테르펜틴나무에 매달려 죽음을 맞이했다. 요압을 피해 도망치다 말등에서 떨어지며 나무에 머리카락이 걸렸다. 얼마나 아팠을까. 그는 옴짝달싹도 못 하고 적에게 죽임을 당했다. 압살롬은 사악한 사람이었다. 아버지의 왕권에 반기를 들었다. 하지만 머리카락은 참으

로 아름다웠다고 한다. 너무나 아름다워서 그 머리카락만 봐도 사랑에 빠졌다고 한다. 다비드 왕은 압살롬이 사악하다는 걸 알았지만 그의 죽음을 애도해 주었다. 아들을 잃은 아버지의 슬픔을 생각하니 금방이라도 눈물이 나올 것 같다. 그는 나의 아리마를 연상시키기도 한다.

그렇다. 나는 이런 글을 쓴 적이 있다. 사냥꾼을 피해 숲으로 달아나는 붉은 여우 같은 사악한 압살롬에 관한 글을. 그의 부도덕함보다는 그가 느꼈을 아픔과 고통에 관해 썼다. 이 글에서 사냥꾼처럼 나를 쫓는 존재들에 관한 이야기는 단 한 줄도 찾아볼 수 없다. 어쩌면 나는 그런 존재들에게 너무나 익숙해져서 무심코라도 글로 내뱉을 생각을 못 한 것은 아닐까. 폭군에 길들여진 일상.

사냥

그들이 나로 인해 만족감을 느낀 어느 겨울날. 평화를 원한다면 전쟁 치를 준비를 해 놔야 한다는 옛말이 있다. 라틴어라면 일가견이 있고 이런 금언을 알면서도 학교나 방과 후 하굣길에 나를 괴롭히는 아이들에게서 나를 보호하는 방법을 미리 생각해 두지 못했다. 나는 열한 살 혹은 열두 살에 불과했으며, 라틴어 문장이나 금언을 안다고 해도 그 진정한 의미는 이해하지 못했다. 더욱 중요한 건 내가 그들의 공격을 예방할 수 있었다 하더라도 수적으로 열세였기에 나의 예방책은 먹혀들지 않았을 거라는 사실이다. 내게는 병사가 없는 반면 갈리아인은 셀 수도 없이 많았다. 그렇다. 나는 그들을 갈리아인이라 불렀다. 그들은 마치 수수밭의 두꺼비 떼처럼 달려들었다.

그들을 피하기 위한 나의 전술이란 가능한 한 모든 걸 짧게 줄이는 일뿐이었다. 매일 마지막 수업 시간을 알리는 종이 울리면 미리 가방을 챙겨 놓고 외투가 어디 걸려 있는지 확인한 뒤 어느 누구보다도 빠르고 효과적으로 움직여 햇살 쏟아지는 강물의 재바른 물고기처럼 교문을 나섰다. 집으로 갈 때도 지름길을 이용한 것은 물론이다. 하지만 매번 같은 길을 걷지는 않았다. 도랑을 따라 걸을 때도 있고, 길가에 나란히 자리한 집들의 담벼락을 따라 걸을 때도 있었으며, 덤불과 눈덩이 또는 뒷마당이나 공터를 가로질러 걸을 때도 있었다. 이처럼 대여섯 개의 경로를 이용해 집으로 갔다. 어떤 때는 두세 개의 경로를 조합하기도 했지만, 항상 확실한 지름길이 될 수 있도록 신경 썼다.

학교 운동장에서 교문에 이르는 길은 큰 문제가 되지 않았다. 아이들의 행동거지를 매의 눈으로 살피는 선생님이 한둘은 있었기 때문이다. 약사 부부의 집이 자리한 스토르가텐거리를 따라 걸을 때면 안심이 되었다. 예상치 못한 일이 벌어지면 바로 그들의 집에 뛰쳐 들어가면 되니까. 의사 레빈의 진료실이 자리한 엘베가텐거리도 마찬가지였다. 하지만 그는 가끔 진료실을 비울 때도 있었다.

대개는 그들이 내 그림자를 밟기도 전에 무사히 집에 도착했지만, 가끔은 초능력을 사용한 듯 그들이 내 앞길을 막아설 때도 있었다. 그들이 잘 훈련된 영국 귀족의 사냥개처럼 사냥감이 달아나도록 놓아줬다가 느긋하게 뒤를 밟는 게 아닐까 생각해 본 적도 있다. 그렇게 하면 귀족들의 사냥놀이는 오후까지 지속될 것이고, 해가 질 무렵 사냥감을 손에 넣었을 때 그 만족감은 더 커지기 마련이며, 모임에서 이야기할 거리도 더 많아질 테니까.

여우는 털갈이를 하지만 그 천성은 변하지 않는다. 내 경우는 그 반대라고 해도 좋다. 내 감정과 성격은 시시각각 변하지만 털이 빠지는 법은 없다. 하지만 그들은 어떻게든 나를 발견해 냈다. 그날 오후도 마찬가지였다. 구름 한 점 없는 하늘에서 싸락눈이 내리는 추운 겨울날이었다. 허공에서 얼어붙은 수증기가 마치 크리스털 조각처럼 햇살에 반짝였다. 나는 평상시 잘 이용하지 않는 지름길로 집에 가고 있었다. 마부 군데르센 씨의 집을 지나 엘베가텐거리로 들어서는 찰나, 앞으로 고꾸라져 눈 속에 처박히고 말았다. 청아한 공기 속을 떠돌던 눈앞의 크리스털 조각은 온데간데없이 사라지고 보이는 거라곤 차가운 어둠뿐이었다. 손길이 느껴졌다. 뒤를 이어 눈더미가 쏟아졌다. 눈이 시리고 따끔따끔했다. 얼굴과 뒷목 그리고 온몸이 차가운 눈과 아이들의 뾰족한 말로 뒤덮였다. 나는 또 이런 일이 벌어지는구나, 생각하며 덤덤하게 받아들였다. 운명에 항복한 채 그들의 입에서 쏟아지는 말을 보지 않으려고 눈을 감았다. 그 와중에도 책과 노트가 눈에 젖을까 봐 가방을 살짝 밀쳐 냈다. 차가운 눈더미가 등줄기를 타고 흘렀다. 그들의 우악스런 손이 외투와 스웨터, 블라우스 속의 털을 마구 잡아당겼다.

나는 소수를 떠올렸다. 1과 그 자신의 수로만 나눌 수 있는 수. 끝없는 자연수를 나열하다 보면 소수와 소수 간의 간격은 점점 멀어지고, 더는 소수를 찾을 수 없다고 생각했을 때 갑자기 나타나는 아름다운 소수를 발견하는 희열감이란. 그렇다. 내가 울지 않기 위해 할 수 있는 일은 그것뿐이었다.

그들은 내 머리카락을 잡아당겼고, 내 등에는 누군가의 무릎이 박혔다. 예쁜 빨간 모자는 이미 눈 속에 처박힌 지 오래였다. 그들이 사냥을 마무리하기 위해 내 몸을 돌렸을 때 어디선가 구세주 같은 목소리가 들렸다.

"그만두지 못해! 관둬!"

정적이 흘렀다. 아무 소리도 들리지 않았다. 묵직한 검처럼 강인하고 엄한 그 목소리는 더 이상 들리지 않았다. 그럼에도 불구하고 나는 전기에 감전된 것처럼 행복감에 온몸을 떨었다. 나를 잡아당기고 밀치던 우악스런 손길은 멈추었고, 싸락눈으로 뒤덮인 길을 뛰어오는 발자국 소리가 들렸다.

엄지장갑을 낀 손이 나를 일으켜 세웠다. 나는 멍하니 서서 눈만 껌벅거리다 정신을 차리고 얼굴과 목을 뒤덮은 눈을 털어 냈다. 햇살을 가로막은 목소리의 주인공은 파란색 그림자처럼 보였다. 어두컴컴하던 세상에 깜박이는 초록색 불빛이 보인다고 생각했다. 그와 동시에 그의 얼굴이 눈에 들어왔다. 같은 반의 아르비드였다. 평상시 그를 좋아하지 않았지만 그 순간만큼은 싫지 않았다. 그도 예전에는 나를 사냥하는 무리에 있었다. 꽤 여러 번 나를 괴롭혔는데, 곰곰이 생각해 보니 최근에는 사냥꾼들 속에 그의 모습이 보이지 않았다. 그는 파란 눈동자로 침착하게 나를 찬찬히 살펴보았다. 그의 눈동자는 나를 꿰뚫는 듯한 이기적이고 탐욕스런 사람들의 눈동자와 달랐다. 반 아이들의 경멸과 조소를 담은 눈동자와도 거리가 멀었다. 그는 나를 일으킨 손으로 내 재킷에 묻은 눈도 털어 주었다.

"도가 지나친 것 같아서." 그는 무심하게 한마디를 툭 던질 뿐이었다.

나는 아무 말도 하지 않고 눈 속에 파묻힌 모자를 찾기 시작했다. 하지만 모자는 이미 그의 손안에 있었다. 그가 모자를 내밀었지만 나는 받아 들지 않았다. 그저 헝클어진 머리를 손으로 빗으며 아무 말 없이 고개만 끄덕였을 뿐이다.

"너도 참……." 그가 보일 듯 말 듯 한 미소를 지으며 말끝을 흐렸다.

나는 여전히 아무 말도 하지 않았다.

그가 걱정스런 눈으로 나를 바라보았다. "온몸이 젖었네. 날씨가 이렇게 추운데……. 내가 집까지 데려다 줄게."

나는 고개를 저었다.

"괜찮아."

"너는 기차역까지 갈 거잖아. 가까운 거리는 아냐. 게다가 넌 지금 울고 있잖아."

"난 울지 않아."

"그렇군. 눈이 녹아서 흘러내리는 걸 잘못 봤나 봐. 어쨌든 추워. 영하 15도라고. 자, 얼른 가자."

그는 내 가방을 집어 들고 나를 부축해 걷기 시작했다. 그 순간 내 가슴속에선 거부감과 호의감, 두려움과 행복감, 불쾌감과 즐거움이 섞인 이상한 감정이 치솟아 올랐다. 아르비드는 그다지 체격이 좋은 아이는 아니지만 유연함과 우아함이 느껴졌다. 꼿꼿한 어깨 아래 나를 부축하는 두 팔이 견고한 안정감을 지니고 있었다.

정문 앞에 이르자 그가 나를 부축한 손을 떼고 내 눈을 깊이 들여다보았다.

"네가 들어갈 때까지 지켜볼게. 얼른 들어가. 자칫 잘못하면 폐렴에 걸릴 수도 있어."

나는 고개를 끄덕이며 몸을 돌렸다. 그에게 고맙다는 말을 했는지는 기억 나지 않았다. 문을 열려는 찰나 등 뒤에서 그의 목소리가 들려왔다.

"난 네가 참 예쁘다고 생각해."

나는 몸을 돌리지 않고 천천히 안으로 들어가 조용히 문을 닫았다.

나의 독립심

시간이 흐르고 성장하면서 소위 독립심도 내면에 자리를 잡았다. 그 독립심은 내가 비참한 고통에 이르렀을 때 의지할 수 있는 수단이기도 했다. 나는 학교에서 겪는 불행한 일들과 아버지 몰래 결석했다가 벌 받는 일이 일어나는 간격을 내 의지에 따라 조절하기 시작했다. 그것이 다른 누구도 아닌 나만의 특권이라는 사실은 물론 그 결과 또한 내가 인내하고 받아들여야 한다는 점도 깨달았다. 그즈음 나는 고집 센 안하무인처럼 누가 바른말을 하며 충고해도 한 귀로 듣고 한 귀로 흘려 버렸다. 한나와 아버지는 절망했고, 선생님들은 화를 냈다.

한마디로 말하자면 나는 시도 때도 없이 어딘가로 숨어 버렸다.

자취를 감추는 것만큼은 잘할 수 있었다. 정확하게 말하자면 '거의' 자취를 감추는 행위라 해야 할 것이다. 학교에서 쉬는 시간이 되면 어디론가 사라져 버려야겠다 마음먹고 실행에 옮겼다. 눈 깜짝할 사이에 아이들에게서 떨어져 창고 뒤편이나 건물 모퉁이의 구석진 곳 또는 덤불 속에 몸을 숨겼다. 자취를 감추기 전의 전초 행위이기도 했다. 가끔은 수업을 마치기 직전에 스스로 심부름을 하겠다고 나서거나 교실을 나서자마자 사라져 버렸다. 가방은 항상 제자리를 지켰다. 그 일은 다음 시간 수업에 다른 선생님이 들어올 때면 더욱 효과가 있었다. 내가 없어졌다는 걸 금방 알아채지 못하기 때문이었다. 알아챈다 하더라도 이미 학교를 벗어나 어디론가 자취를 감춰 버린 뒤였다. 가끔은 그들이 알고도 속아 넘어가는 척하는 건 아닐까 싶기도 했다. 에바는 어디 있니? 에바가 없어졌어? 나는 그들이 하는 말을 들을 수 있을 것만 같았다. 네, 에바가 없어졌어요. 사라졌어요.

나는 학교 교문을 나서기 전부터 이미 다른 아이들 눈에 띄지 않았다. 그렇다. 나는 투명한 강물처럼 교문을 지나 거리로 흘러들었고, 방향을 바꿔서 나만 아는 지름길로 스며들어갔다. 한나가 나를 데리러 올 때도 있었지만 도움이 되진 않았다. 자취를 감추는 일은 학교 운동장에서 아이들이 일렬로 줄을 설 때부터 시작되었으니까. 아이들이 팔을 뻗어 줄 간격을 맞추다 보면 어느새 내 자리는 텅 비어 있었다. 누구 하나 내 어깨에 손을 얹으려 하지 않는 상황도 내겐 큰 도움이 되었다.

사라진다는 것. 내게 사라짐은 어느 특정한 장소를 의미하기도 했다. 숲속 외딴곳에 자리한 커다란 바위. 난공불락의 성이기도 했다. 1미터 높이 바위 위에 움푹 파인 구덩이가 있는데, 평평해서 몸을 숨기기에 안성맞춤이었다. 열 살 혹은 열한 살 무렵 처음으로 작정하고 학교에서 몰래 도망쳐 나왔을 때도 이곳을 찾았다. 거기까지 가는 길을 어떻게 찾아 냈는지는 나도 모른다. 그저 발이 가는 대로 마을을 가로지르고 강을 따라 걷다가 오솔길로 접어들어 덤불과 초목이 우거진 오르막길을 올랐다. 그곳에 이르니 저 멀리 떨어진 외딴 농가 외에는 사람 그림자라곤 코빼기도 보이지 않았다. 내 가슴은 보이지 않는 격정과 난생처음 느낀 독립된 존재라는 사실에 세차게 뛰기 시작했다. 주변에는 키 큰 소나무와 무성한 덤불밖에 보이지 않았다. 나만의 숲이었다. 숲속으로 점점 더 깊이 발을 들였다. 작은 언덕을 넘고 덤불과 솔잎으로 뒤덮인 오솔길을 지나자 키 작은 전나무가 즐비했다. 오솔길 옆의 작은 시냇물을 건너자 커다란 바위가 눈에 띄었다.

나는 그 바위를 누구의 도움도 받지 않고 오롯이 혼자 찾아냈다. 고대 신화에 나오는 거인들이 옮겨 놓은 바위리라. 나는 조금도 주저하지 않고 바위를 올라갔다. 단 한 번도 높은 곳에 기어오른 적이 없지만 바위에 오르는 것은 문제 되지 않았다. 바위 꼭대기의 평평한 구덩이는 부드러운 이끼로 뒤덮여서 몸을 뉘기에도 안성맞춤이었다. 거기서 그 누구의 눈에도 띄지 않은 채 나만의 시간을 즐길 수 있었다. 다들 내가 자취를 감췄다고, 사라졌다고 말하겠지.

처음부터 바위 위 평평한 구덩이가 국가라고 생각했다. 나라 이름은 라세. 어린 시절 카드놀이를 하며 만들어 낸 상상의 나라. 바위 위쪽 평평한 구덩이에는 산과 평원, 작은 시냇물과 길, 농가와 집도 있었다. 거실 테이블 서랍의 카드 상자에 존재했던 나만의 사람들도 있었다. 왕과 여왕, 공주와 왕자, 병사와 장군, 농부와 아리마. 오, 나의 아리마. 바위를 발견하는 순간 그곳에 나만의 사람들이 살고 있다는 걸 직감으로 알아냈다. 그곳에 누워 햇살이 따스하게 데워 놓은 바윗돌에 얼굴을 대고 그들을 바라보았다. 그들이 일으킨 국가, 라세. 그곳에서 삶을 꾸려 나가는 사람들. 그곳에는 그들이 있었고, 자취를 감춰서 무(無)의 존재가 되어 버린 내가 있었다.

바위를 찾은 건 너무나 다행이었다. 나는 눈이 오나 비가 오나 그곳을 찾았다. 한겨울에도 몇 시간씩 추위에 덜덜 떨며 앉아 있곤 했다. 학교 교실에 앉아 있는 것보다 훨씬 좋았다. 나는 다른 이들이 그곳을 발견하지 못하도록 세심한 주의를 기울였고, 그런 노력이 헛되지 않았다는 점이 꽤 자랑스러웠다. 시간이 흐를수록 그곳을 찾는 횟수가 점점 늘었다. 가끔 뒤를 밟는 사람이 있을까 봐 무거운 가슴을 억누르고 모른 척 바위를 지나치기도 했다. 그런 날이면 몇 시간이나 걷고 또 걷다가 몸이 지쳐서야 집으로 돌아가곤 했다.

집에 돌아오면 꾸중과 벌이 나를 기다렸다. 훈계와 간힘. 하지만 삶을 갉아먹는 불행이 찾아드는 시간의 간격을 내 마음대로 결정하는 것은 나만의 특권이며, 어떤 결과가 따르든 참고 받아들여야 하는 거라고 생각했다.

학교 수업을 빼먹고 자취를 감추는 일이 짧은 기간에 너무나 자주 일어날 경우 학교와 집에서 받는 감시의 눈초리도 그 강도를 더했다. 벌과 꾸중이 더욱 엄해지는 건 물론이었다. 그럼에도 불구하고 내 가슴속에는 행복감이 스멀스멀 피어올랐다. 적어도 나 스스로 선택한 일이니까.

동시에 나의 선택과 행동에 지나침이 없도록 조심하는 것도 잊지 않았다. 학교에서 도망치는 걸 자제하고 몇 주 정도 모범적인 태도를 보이면 감시의 눈길과 아버지의 걱정도 눈에 띄게 줄어들었다. 모든 것이 잠잠해지고 삶이 이전의 모습으로 되돌아가면 다시 학교에서 도망치는 일을 시작했다. 어느 날 갑자기 사라져 버리는 것이다. 사람들은 내가 어디 있는지 짐작도 못 했다.

가끔 날씨가 좋으면 바위에서 책을 읽기도 했다. 그 자리에서 읽을 책은 미리 자루에 담아 숲속 시냇가 옆 외딴 창고에 넣어 두었다.

나의 독립심은 이렇게 자라났다.

나의 일기장 3

하랄 1세를 '수염이나 털이 덥수룩한 유명인' 목록에 넣을 수 있는지 확실치 않다. 하지만 그는 내가 찾아낸 사람 중 유일한 노르웨이인이다. 물론 다른 바이킹 왕들도 수염과 머리카락이 있었을 테지만, 그는 머리카락의 힘으로 분산된 노르웨이를 통일한 유일한 바이킹 왕이기에 목록에 넣었다. 사람들은 그를 '하랄 털모자'라고 불렀다. 머리카락이 너무나 덥수룩하고 길어서 손을 대지 못할 정도였기 때문이다. 게다가 빨간색이었다(역시 빨간색!). 그의 머리엔 이도 많았다. 얼마나 가려웠을까. 털이 가려우면 짜증이 솟구치기 마련이다. 그러면 싸움도 더 잘하지 않을까. 바로 그런 이유로 나서는 전쟁마다 다 이겼을지도 모른다. 그는 노르웨이를 통일한 뒤 머리를 짧게 자르고 정리했다. '미발왕 하랄'이라는 애칭이 붙은 건 그때부터였다. 하랄은 위다에게 청혼했지만, 그녀는 그가 노르웨이를 통일하기 전에는 청혼을 받아들이지 않겠다고 단호하게 말했다. 그는 왕의 아들이고 아름다운 붉은색 머리카락을 지녔지만 말이다. 그는 청혼을 거부당하자 노르웨이를 통일하기 전까지는 절대 머리를 자르지 않겠다고 맹세했다. 통일을 이룩하고 노르웨이를 아우르는 통치자가 되자 마침내 머리를 잘랐다. 그리고 위다에게 사람을 보내서 청혼

할 마음이 없어졌다고 통보했다. 나는 그가 매우 멋있는 사람이라고 생각했다. 그녀는 그의 전갈을 받고 슬퍼했을까. 역사책 삽화에서 본 그녀는 금발을 땋아 내린 머리하며 매우 오만한 여자 같았다.

이러한 이야기를 스노레 사가에서 접한 것은 의사 레빈 덕분이었다. 그는 노르웨이 왕조 실록과 창세 전설에 관심이 많았으며, 특히 고 에다서와 신 에다서를 즐겨 읽었다. 발숭 대계도 마찬가지였다. 그가 스노레 사가를 여러 권 가지고 있어서 그중 몇 권을 빌려 읽었다. 어떤 책은 1년 넘게, 아니 2년 가까이 집에 두고 읽기도 했다. 덕분에 책 속의 인물과 삽화를 모두 기억할 수 있었다. 그 때문인지 바위 위 나의 왕국과 국민에 대해 시간이 흐를수록 관심이 시들해졌다.

은밀한 부분

문자는 얼굴을 붉히지 않는다. 앵글로색슨족의 금언에 의하면 진실은 어떤 날씨에도 갖춰 입고 나갈 수 있는 옷이 가지런히 보관된 근사한 옷장 같은 것이다. 물론 미국이나 영국의 돈 많은 여자들이 차려입는 고가의 스포츠웨어 같은 것과는 거리가 멀다. 진실은 그 어떤 것도 감내할 수 있다. 진실을 말하자면 당시 내 몸의 한 부분이 내 손가락에 의해 부드럽게 항복하는 듯한 느낌을 받았다. 두 다리 사이의 그 은밀한 부위는 내 몸의 외부와 내부가 일체감을 이루는 듯한 느낌을 주었다. 나도 모르게 갑자기 그런 경험을 한 것은 책 때문이었다.

그렇다. 나는 책을 많이 읽었다. 다른 아이들은 누가 옆에서 자장가를 불러 주거나 부드럽게 머리를 쓰다듬어 주면 금방 잠에 빠지지만, 나는 그러면 그럴수록 정신이 더욱 번쩍 들곤 했다. 그래서 자기 전에는 책을 읽곤 했다. 가끔은 밤새 시간 가는 줄 모르고 책을 읽을 때도 있었다. 그날도 책을 읽었다. 무슨 책인지는 기억할 수 없다. 동이 틀 무렵 조금이라도 눈을 붙여야 다음 날 정상적으로 움직일 수 있다는 생각에 불을 끄고 누웠다. 여전히 말똥말똥했고, 여느 때처럼 어둠 속에서 잠을 청하려고 애를 썼다.

마음이 진정되지 않았다. 억지로 눈을 감고 평상시처럼 상상 속의 이야기를 그림으로 그려 가며 펼쳐 보았다. 그러노라면 나도 모르게 따스하고 깊은 파도에 몸이 실리는 느낌과 함께 잠에 빠질 때도 있었다. 하지만 그날 저녁은 달랐다. 아무리 애를 써도 마음이 진정되지 않았다. 머릿속을 휘도는 그림이라곤 노르웨이 왕조 실록에 나온 마그누스 엘링손 왕의 얼굴뿐이었다. 왕관을 쓴 젊은 왕의 얼굴은 너무나 멋지고 아름다웠다. 왕좌에 앉아 머리를 조아리는 신하들을 둘러보는 그의 얼굴에 외로움이 묻어 있었다.

아, 내 몸이 털로 뒤덮인 게 얼마나 다행인가. 그렇지 않다면 지금쯤 부끄러움과 수치심에 온몸이 발갛게 달아올랐을 것이다.

눈을 떴다. 나도 모르는 사이 손가락은 두 다리 사이의 은밀한 부분에 있었고, 손가락이 천천히 움직이자 감전된 듯 축축하고 강렬한 느낌에 온몸을 떨었다. 내 손가락은 어디로 어떻게 움직여야 하는지 아는 것 같았다. 정신은 더욱 또렷해지는 것 같으면서 동시에 나른하게 축 늘어지는 것 같았다. 갑자기 내게 필요한 건 소년이라는 걸 깨달았다. 그가 마그누스 엘링손을 닮았으면 좋겠다고 생각했다. 내 몸의 내면과 외면이 일체감을 이루는 순간 두 다리에 힘을 주었다. 두 눈은 떴다 감았다를 쉴 새 없이 반복했다. 어느 순간 세상은 그 은밀한 부분에 집중되었고 어둠이 내렸다.

나는 이제껏 존재하는 줄도 몰랐던 나의 은밀한 부분을 생각하며 잠에 빠졌다.

그날 이후 같은 경험을 여러 번 했다. 지금 이 글을 적으면서 나는 얼굴을 붉히지 않는다. 나는 얼굴을 붉힐 수 없으니까. 손가락을 은밀한 부분에 가져가는 밤의 여정은 계속되었다. 나는 인간의 생물학적 특질에 결코 무지하지 않았다. 그것이 무엇을 의미하는지 어렴풋이 이해할 수 있었다. 내가 원하는 게 뭔지 알았지만 그를 찾아 나서는 걸 거부했다. 아직 어리기 때문이기도 하고, 무의식 속에 존재하는 제3자의 눈에 비친 내 모습 때문이기도 했다. 아이들의 경멸과 조소가 담긴 말들, 어른들의 손가락질과 놀란 표정으로 뚫어지게 바라보는 얼굴 그리고 항상 닫힌 문을 마주하고 살아야 하는 고립된 나의 처지. 동시에 내 몸은 소녀에서 여성으로 변하기 시작했다. 불쾌하기도 하고 당황스럽기도 했다.

한나는 갖가지 위생에 관련된 조언과 충고를 남몰래 전해주었다. 나는 이 모든 것을 밀쳐 두었다. 생각하고 싶지도 않았다. 내 손가락과 내 은밀한 부분이 인간의 생물학적 특성과 어떤 관련이 있는지 정확히 알고 싶지도 않았다. 오히려 상상 속에 존재한 왕국과 그곳에 사는 아름다운 사람들 그리고 눈앞에 어른거리는 그림들이 욕정으로 부풀어 올라 자리바꿈을 했다. 그들은 여전히 비밀스런 벗이자 동료였지만, 그들을 둘러싼 내 상상 속의 이야기는 그가 어떻게 그녀를 손에 넣었는지, 어디서 어떤 식으로 그러한 일이 일어났는지로 한정되기 시작했다.

물론 차마 입에 올릴 수 없는 그 일들이 어떻게 벌어지는지는 정확히 알지 못했다. 생물학 서적, 백과사전의 삽화는 어린 독자를 위한 것이 아니어서 나 같은 어린아이가 자세히 알기는 어려웠다. 결국 나만의 그림을 머릿속에서 그려냈다. 내 상상 속의 남녀들은 높은 첨탑 또는 저주받은 숲속의 깊고 푸른 호숫가 옆에서 찾아볼 수 있었다.

그해 겨울 내 손을 이용해 꽤 큰 만족감을 얻는 일이 점점 더 빈번해졌다. 그러면 그럴수록 은밀한 욕구를 충족하고 싶은 욕망도 더욱 자주 찾아왔다. 교실에서도 앞자리에 앉은 남학생의 목덜미를 보는 순간 나의 은밀한 부분이 녹아내릴 듯 뜨거워지기 일쑤였다. 그럴 때면 두 다리를 꼬아 힘을 주었고, 말로 표현할 수 없는 쾌감을 얻곤 했다. 이상하고도 아름다운 동시에 당황스럽고 혼란스러운 느낌이었다. 수업 중에도 그러한 욕구가 생기면 어떻게든 풀어야만 했다. 안 그러면 하루 종일 마음을 진정할 수 없었으니까.

글자들은 종이 위에서 얼굴을 붉히진 않지만 적어도 연필 끝에서 달아나려 시도해 보지 않을까. 나는 지금 바로 그런 느낌에 사로잡혀 있다. 책상 앞에 앉아 지난 일을 되새겨 보니 그 은밀하고 수치스러운 경험은 내가 다른 아이들보다 너무나 일찍 외로움을 맛보았고, 그 외로움이 내면에서 열정과 욕구라는 이름으로 자랐을 거라는 생각이 스친다. 당시 나의 열정과 욕구는 사랑이라는 이름보다 위로라는 이름으로 다가왔고, 그것은 현재까지도 계속되고 있다.

과학과 의학을 향한 여정

그 여정은 이미 오래전에 시작되었다. 나, 에바, 이상한 외모를 지닌 이 소녀는 의학 저널의 한 실례이자 사례일 뿐이었다. 시도해 보지 않은 건 절대 아니다. 아버지의 면도기로 왼팔 털을 전부 밀어 보았지만 내가 의학 분야의 한 사례라는 이름표를 떼어 내지 못했다. 털을 밀어낸 자리에 드러난 연약한 피부는 거칠거칠하고 여기저기 조그만 상처로 가득했으며 다시 털이 자랐다. 내가 관심을 갖지 않은 것도 아니다. 나는 의사 레빈이 줄 수 있는 것보다 훨씬 많은 대답을 원했다. 시도 때도 없이 의학 서적과 생물학 관련 서적을 읽은 것은 물론이다. 특정 변성에 의한 격세유전, 생식 불능으로 인한 자손 번식 불가……. 그러한 글들을 읽을 때마다 온몸에 식은 땀이 흘렀다. 절망스럽고 두려웠다.

이제 나는 과학과 의학의 힘을 빌리기 위한 여정을 떠나려고 한다. 조금 기대되는 것도 사실이다. 에바, 의학계의 한 사례에 불과한 나는 이제 관찰과 실험의 대상이 되기 위해 여정을 떠난다. 그녀도 기대에 가득 차 있다고 말했다. 이 여정은 시작되기 전에 이미 시작된 셈이었다. 한나는 의학계의 한 사례인 그녀를 위해 신중하게 필요한 것들을 사고 바느질을 시작했다. 수 주일이나 걸리는 일이었다. 여정을 앞둔 그녀에게 필요한 것은 여행 중에 입을 옷과 코트, 파티용 드레스와 일상용 드레스 등이었고, 이 옷들은 그녀의 몸을 뒤덮은 털에서 사람들의 시선을 돌려 옷 자체에 관심을 기울일 수 있도록 인상적이고 우아하게 두드러져야만 했다.

한나는 이러한 옷을 만드는 데 일가견이 있었다. 높은 목깃, 긴 팔, 장식용 털의 위치, 모자와 스카프.

여정을 앞둔 역장도 준비할 게 적지 않았다. 우선 제복을 결점 없이 완벽하게 손질했고, 정장(이전의 정장은 작아져서 입을 수 없었다)과 새 코트 한 벌, 구두와 장갑도 새로 맞췄다. 의학 총회의 여러 교수, 의사와 주고받은 편지나 전보가 수십 장은 넘었다. 역장은 명예와 체면 그리고 사람들의 시선을 의식할 수밖에 없는 민감한 여행길이라는 점을 고려해 총회 측에서 일등급 호텔과 세 끼 식사를 제공해야 한다고 주장했다. 자기 돈으로 일등급 기차를 타고 코펜하겐까지 가니까 그 정도는 요구할 수 있다고 생각했다. 총회 측은 회의를 열었고 여러 가지를 고려해 역장의 요구를 받아들였다.

하지만 보모인 한나의 여행 경비는 제공할 수 없다고 거절했다. 역장은 포기하지 않고 수차례 정중한 서신을 보냈지만 총회 측의 결정을 되돌릴 수는 없었다. 총회 측에서는 에바가 덴마크에 도착하는 즉시 능력 있고 친절한 간호사를 붙여 줄 거라고 덧붙였다. 역장은 하는 수 없이 그들의 의견을 받아들여야만 했다. 물론 한나는 크게 실망했다. 하지만 실망하는 기색을 감추기 위해 옷을 재단하고 바느질하는 데 심혈을 기울였다. 직접 갈 수는 없지만 적어도 자신이 만든 옷을 에바가 입을 거라는 사실에 위안을 받은 것이다. 한나는 파란 눈을 천에 고정하고 한 땀 한 땀 바느질을 하며 번화한 거리와 높이 솟은 건물들의 반짝이는 창문을 상상해 보았다.

여정은 시작되기도 전에 이미 시작된 셈이었다. 세면도구와 의류용 솔, 신발과 갖가지 개인용품이 여행 가방과 핸드백에 자리를 잡았다. 아버지는 고급 레스토랑에서 어떻게 행동해야 하는지 짧은 강의를 하기도 했다. 에바는 학생이 되고 한나는 관객이 되었다. 아버지는 웨이터가 되기도 하고 수행하는 가정교사가 되기도 했다.

"냅킨은 무릎에 내려놓아야 한다. 한쪽 모서리는 이렇게 허벅지 밑에 둬야 해. 나는 이런 식탁 예절을 매우 어릴 때 배웠단다. 그래, 그렇지. 그렇게 하면 냅킨이 무릎에서 미끄러져 내리더라도 바닥에 떨어지지 않는단다."

"네."

"잔을 들 때는 다리 부분을 잡아야 해."

"네."

"음료는 조금씩 마셔야 한다."

"네."

에바는 아버지가 시키는 대로 유리잔의 다리 부분을 잡고 물을 마셨다.

"이제는 내가 웨이터가 되어 볼게. 웨이터는 항상 손님 왼쪽에서 시중을 든단다. 이렇게 말이야. 아가씨, 감자가 더 필요하신가요?"

에바는 코웃음으로 킥킥 웃었다.

"감사하지만 사양하겠습니다라고 말하는 거야." 아버지가 속이 타는 듯 짜증스럽게 말했다. "에바, 이건 아주 중요한 거야. 자, 다시 해 보자. 감자를 더 드시겠습니까, 아가씨?"

이번에 코웃음으로 킥킥 웃은 사람은 한나였다.

"아이고, 안 되겠구나. 이제 식탁에서 일어나는 법을 가르쳐 주마. 식사를 마치면 웨이터나 동행한 사람이 의자를 빼 줄 때까지 앉아서 기다려야 해. 자리에서 일어난 후에는 정중하게 고맙다고 해야 한단다."

"네."

그들은 기대감으로 가득 찬 비르게르손 부부, 의사 레빈과 함께 마지막 저녁으로 스테이크를 먹었다. 레빈은 매우 자랑스러운 듯 보였지만 의학 총회에 초대받지 않은 데다 심포지엄 프로그램에 자기 이름이 언급되지 않아서 자못 심술이 난 것 같았다. 현학적이나 꾸밈없고 명백한 전문 용어의 유희로 가득한 팸플릿에는 총회의 정점으로 에바를 조명했다.

여정은 시작되기 전에 이미 시작되었다. 에바는 옷을 재단하는 한나와 이런저런 예절 교육을 하는 아버지 등 모든 준비 과정을 제3자의 눈으로 바라보았다. 그녀는 책상에 있는 프로그램을 읽어 보았다. 제목은 '제16회 국제 피부과학 총회'였다. 제3장은 그녀를 다룬 내용이었다. 오전 9시. 대강당. 주제: 곤살부스증후군이라고도 부르는 배냇털 과다증 사례(스칸디나비아 출신의 13세 소녀). 현세기의 유일한 유럽 지역 사례자. 발표 및 토론: J.Q. 스트룀 의학박사.

여정은 시작되기 이미 오래전부터 시작되었다. 에바는 그 준비 과정을 외부인의 눈으로 지켜보았다. 그녀는 이번 여정에서 의학계의 한 사례에 불과했다. 에바는 밤이 되면 그제야 여정이 시작되었다는 걸 느낄 수 있었다. 기차가 역에 들어올 때 선로가 살짝 떨리듯 그녀의 몸도 기대감에 젖어 살짝 떨려왔다. 코펜하겐. 호텔. 웨이터. 국제 총회.

에바는 밤이면 어둠 속에서 빛을 발하는 두 개의 눈동자가 되었다. 잠이 드는 건 쉽지 않았다. 코펜하겐. 국제 총회. 낮에는 피로를 참을 수 없어 수업 시간에 졸기 일쑤였고, 그럴 때마다 선생님에게 꾸중을 들었다. 아이들이 킥킥 코웃음을 쳤다. 그녀는 개의치 않았다. 후덥지근한 교실에서 코펜하겐과 웨이터를 떠올렸다. 집에 돌아오면 한나의 재봉틀 소리를 들으며 숙제를 하고, 어느새 책 속의 시베리아 강물 위에서 잠에 빠지곤 했다.

어느 날 오후 에바는 여행복을 갖춰 입고 여행 가방을 옆에 둔 채 기차역 별관에 섰다. 마침내 여정이 시작된 것이다. 크늦존과 한나가 짐을 들어 주었다. 벽시계의 시곗바늘이 소리를 내며 움직였다. 기차가 역에 들어왔다. 아버지는 2분이나 더 기다렸다가 플랫폼으로 나갔다.

에바는 베이지색 코트를 입고 같은 색 머프와 모자를 착용했다. 목에는 빨간 스카프를 둘렀다. 베이지색 코트의 가장자리는 자주색 천을 덧대고 모자의 가장자리는 털을 둘러 장식했다. 그렇게 하면 사람들의 시선이 에바의 얼굴보다 옷에 닿을 것이다. 에바가 해야 할 일은 당당하고 재빠르게 발을 옮기는 것뿐이었다.

그들은 당당하면서 재빠르게 발을 옮겨 플랫폼으로 나갔다. 기차가 브레이크 소리를 내며 역으로 들어왔다. 그들의 짐작은 틀리지 않았다. 일등석 객차를 향해 발을 옮기는 동안 그녀의 얼굴을 유심히 살펴보는 이는 한 명도 없었다. 일등석 객차 앞 플랫폼에는 의사 레빈과 스바메르담 그리고 비르게르손 부부가 작별 인사를 건네기 위해 이미 자리를 잡고 서 있었다. 몇 마디 격려의 말을 포함한 작별 인사는 길지 않았다. 의사 레빈은 총회에서 만나는 교수와 의사들을 예의 바르게 대해야 한다고 충고하며 일등석 객차 쪽을 동경 어린 시선으로 바라보았다. 한나는 꼭 안아 주었고 스바메르담은 말없이 악수를 청했다. 비르게르손 부부는 집에서 준비해 온 도시락 두 개를 건넸다. 여행길을 떠나는 상관에게 경례하는 크늦존의 제복에는 상관이 부재중일 때 사용할 수 있는 반짝이는 호루라기가 계급장처럼 달려 있었다.

아버지가 기차에 오르자 검수원이 그를 도와 짐을 실었다. 여행 가방 네 개는 화물칸에 싣고 작은 가방 두 개는 객실로 옮겼다.

10분간 정차!

그들은 기차에 올라 지정된 객실로 향했다. 아버지는 이미 객실 하나를 통째로 예약해 두었다. 상급 검수원이 한 손으로 객실 문을 잡고 다른 손으로 제복을 차려입은 아버지에게 경례하느라 엉덩방아를 찧을 뻔했다. 에바는 그에게 눈을 돌리지 않았다. 아버지는 코트를 벗어 옷걸이에 걸었지만, 에바는 코트를 입은 채 복도로 나가 창밖을 바라보았다. 의사 레빈 일행은 여전히 플랫폼에 서서 손을 흔들었다. 크늣존은 호루라기를 입에 문 채 상급 검수원과 얘기를 나눴다. 에바는 기차가 역을 떠날 때마다 검수원들과 얘기를 나누던 아버지를 떠올렸다. 기차가 들고 날 때마다 보아 온 익숙한 광경을 다른 방향, 다른 각도에서 보니 조금 이상한 기분이 들었다.

자리에 앉으십시오!

에바는 차가운 객실 창문에 왼손을 얹었다. 이제 여행이 시작되었다. 뱃속이 간질간질했다. 기차 문이 닫혔다. 기차역 관사 2층의 자기 방 창문을 올려다보았다. 회색 커튼이 가리고 있는 창문은 안개가 낀 듯 우중충했다.

언제 왔는지 아버지가 다가와 곁에 섰다. 항상 그렇듯 이번에도 초침까지 잰 것처럼 정확했다. 크늣존이 호루라기를 불어 발차를 알렸다. 기차가 서서히 움직이기 시작하면서 경적을 울렸다. 플랫폼에 있는 사람들은 더 열심히 손을 흔들기 시작했다. 한나가 우는 걸까, 아니면 단지 뿌연 창문 때문에 그렇게 보이는 걸까? 비르게르손 부인이 손으로 입을 막은 것은 긴장했기 때문일까? 의사 레빈은 창백한 얼굴로 모자를 벗어 들었다. 그 모습이 의식을 치르듯 신성해 보일 정도였다. 어쩌면 그는 병마에 시달리는 누이를 생각할지도 모른다. 스바메르담은 에바 쪽을 바라보고 쉴 새 없이 입을 움직이며 말을 내뱉었다. 성가대원 앞에서 발음을 고쳐 주듯. 그는 도대체 무슨 말을 하는 걸까? 에바는 이해하지 못한 채 웃음을 터뜨리며 그에게 고개를 끄덕여 보였다. 기차가 역을 벗어나기 시작했다. 아버지는 한 손을 들어 천천히 두 번 점잖게 손을 흔들어 보였다. 기차가 완전히 역을 벗어나자 손을 내리고 몸을 돌렸다.

"이제 객실로 돌아가자." 아버지가 객실 문을 열며 말했다. 아버지는 기차를 타는 일에 익숙한 사람이었다.

에바는 두말없이 아버지를 따라 객실로 돌아왔다. 마음 같아서는 기차역이 저 멀리 한 점으로 변할 때까지 그 자리에서 바라보고 싶었지만 어쩔 수 없었다. 복도에는 다른 승객들도 있었으니까. 아버지는 객실 문 앞의 커튼을 내리고 다시 한번 문이 제대로 닫혔는지 확인했다. 에바는 창가에 앉았다.

아버지는 신문을 집어 들었다.

"이제 정말 여행을 시작하는구나." 아버지가 미소 띤 얼굴로 말했다.

"네."

"기대되니?"

"네, 조금요."

의미심장한 미소를 짓던 아버지가 코끝에 안경을 걸치고 신문을 펼쳤다.

그녀는 창가에 코를 댔다. 몇 번 지역 열차를 탔을 때 본 익숙한 선로들이 눈에 들어왔다. 어쩐 일인지 그 선로들조차 새롭게만 보였다. 기차가 속력을 내기 시작했다. 그들이 탄 기차는 조그마한 지역 열차와 달리 무심한 듯 조용하지만 훨씬 빠르게 달렸다. 속도를 늦추는 일도 없었다. 그녀의 눈에 익숙한 몇몇 기차역이 휙휙 지나쳐 갔다. 플랫폼에 선 사람들이 꼼짝 않고 제자리를 지키는 전신주처럼 보였다. 움직이는 거라곤 에바가 탄 기차에서 내뿜는 증기와 바람 때문에 좌우로 나부끼는 그들의 모자와 스카프뿐이었다.

에바에게 익숙한 마지막 기차역이 창밖으로 스쳐 갔다. 기차는 계속 달렸다. 이제 창밖에는 새로운 풍경이 펼쳐지기 시작했다. 낯익지 않은 곡선과 처음 보는 길들. 한 번도 보지 못한 강과 언덕. 아버지는 무심하게 신문만 읽었다. 그녀는 말없이 창밖만 내다보았다.

어스름한 저녁. 기차를 갈아탈 시간이 다가왔다. 그들이 탄 기차는 좌우로 흔들리며 길고 완만한 내리막길로 접어들었다. 길 양옆에는 불을 환히 밝힌 높다란 건물들이 나란히 서 있었다. 에바는 그처럼 번화한 곳을 단 한 번도 본 적이 없었다. 잠시 후 기차가 선로를 바꿔 어둠 속에서 반짝이는 가로등 아래로 진입했다. 그녀는 눈을 휘둥그레 뜨고 밖을 내다보았다. 아버지는 그런 에바를 곁눈질로 바라보았다. 아버지의 눈은 딸의 마음을 이해한다는 듯 미소를 머금고 있었다.

기차가 커다란 역으로 들어왔다. 거기서 코펜하겐까지 가는 밤기차로 갈아탈 예정이었다. 플랫폼은 사람들로 발 디딜 틈 없이 빽빽했다. 아버지는 단호한 몸짓으로 에바의 팔을 잡아당겼다. 그녀는 아버지의 손에 이끌려 바쁘게 움직이는 사람들 사이에 섞였다. 에바는 발을 멈추고 주변을 둘러보았다. 빛을 발하는 커다란 전광판, 커다란 쇠기둥, 산더미처럼 짐을 실은 손수레, 머리 위에 높이 솟은 반원형 천장 그리고 사람들. 너무나 많은 사람들. 코트와 망토를 걸친 남자와 여자, 일렁이는 강물처럼 움직이는 모자 행렬. 군인과 어린이, 검수원과 신문팔이 소년과 짐꾼. 담배 냄새와 향수 냄새, 석탄 냄새와 기름 냄새, 기차에서 나는 쇠 냄새 속에 두툼한 외투를 걸친 사람들의 미적지근한 체취가 섞여 코를 찔렀다. 에바는 그러한 사람들의 강을 단 한 번도 본 적이 없었고, 그러한 냄새들의 강물에 단 한 번도 몸을 적셔 본 적이 없었다.

두 사람은 잠시 발을 멈췄다. 사람들의 시선이 그들을 향했다. 하지만 그녀는 개의치 않고 높다란 천장만 바라보았다. 반원형 유리 천장이 그녀를 중심으로 천천히 빙글빙글 도는 것 같았다. 그녀는 위를 바라보는 것만으로도 어지러워질 수 있다는 걸 그날 처음 깨달았다.

"8번 트랙." 아버지가 다시 그녀의 팔을 잡아당겼다. 두 사람은 황급히 발을 옮겼다. 아버지가 개찰구 앞에서 표를 건네고, 두 사람은 새로운 플랫폼에 들어섰다. 사람들은 거의 보이지 않았지만 기차는 이미 정차해서 승객들을 기다리고 있었다.

"아버지, 너무 빨리 걸어서 힘들어요."

"기차를 놓치지 않으려고 그러는 거야." 아버지는 소리를 지르며 걷는 속도를 조금 늦췄다.

에바는 기차역에 설치된 커다란 벽시계를 보았다.

"기차가 출발하려면 아직 33분이나 남았어요." 아버지는 그녀가 중얼거리는 소리를 듣지 못한 것 같았다. 곧 두 사람은 기차 앞에 이르렀다. 일등 검수원이 그들에게 경례를 하다 말고 에바의 얼굴을 바라보았다. 그는 깜짝 놀란 표정으로 자기 뺨을 어루만질 뿐 아무 말도 하지 않고 앞장서서 걸으며 그들을 지정된 자리로 안내했다. 잠시 후 두 사람은 예약해 둔 침대칸에 도착했다. 에바는 침대칸이 작은 거실 같다고 생각했다. 고급 원목 침대, 팔걸이가 널찍한 의자, 수를 놓은 빳빳한 의자 커버, 작은 테이블 그리고 고즈넉한 빛을 발하는 램프. 아버지는 검수원이 문을 닫고 나가자 한결 편안해 보였다.

아버지는 의자에 무겁게 털썩 앉았지만, 에바는 그 자리에 선 채로 정확히 32분 30초 동안 창밖의 낯설고 거대한 기차역을 바라보았다.

타들어 가는 모닥불처럼 환한 도시를 뒤로하자 곧 거뭇거뭇한 숲이 다가왔다. 가끔 탁 트인 평지가 보이기도 했다. 컴컴한 들판과 강물 위로 침대칸 창문을 통해 새어 나가는 불빛이 어스름하게 내려앉았다. 그녀는 창에 비친 자신의 그림자를 보았다. 그녀의 그림자는 길가의 도랑, 밭과 보쟁기 위에서 길고 가냘프게 흔들렸다. 다시 칠흑처럼 어두운 거대한 숲이 기차를 감싸 안았다.

아버지가 그녀의 등을 톡톡 두드렸다.

"잠시 밖에 나가 있을 테니 머리와 옷을 좀 손보거라." 그녀는 영문을 몰라 아버지를 멍하니 쳐다보았다. 순간 아버지의 말은 식당칸에 가서 식사하자는 거라는 생각이 머릿속을 스쳤다. 이제 집에서 배운 예절 교육을 실천할 때가 온 것이다. 리허설인 셈이다. 아니, 초연이 될지도 모른다.

그녀는 아버지가 밖에서 기다리는 동안 목깃이 높은 옷으로 갈아입고 작은 모자를 썼다. 거울 앞에 서서 머리카락과 얼굴, 목을 덮은 털을 빗으로 가지런히 빗어 내렸다. 흔들리는 기차에서 거울 속의 자신을 바라보았다. 커다란 짙은 색 눈동자가 그녀를 되쏘아 보았다. 살짝 미소 지었지만 털에 가려 보이지 않았다. 뱃속이 간질간질했다. 이제 시작이다. 지금. 바로 지금 이 순간.

기차가 경적을 울리며 방향을 틀었다. 그녀는 세면대를 잡고 몸의 균형을 유지했다. 여행을 시작하며 느낀 낯선 긴장감과 기대감은 말랑말랑한 혹이 되어 명치에 자리 잡았고, 다리 힘은 쭉 빠져서 제대로 서 있기조차 힘들었다.

그녀는 식당칸에 갈 것이다. 기차가 직선로를 달리기 시작하자 서둘러 뺨의 털을 빗질했다. 세면 가방에서 찾아낸 파란 리본은 관자놀이 쪽에 고정했다. 목깃을 올리고 모자를 쓴 다음 턱밑으로 끈을 묶었다. 다시 한번 뺨의 털을 가다듬고 불안한 눈빛으로 거울을 바라보았다. 거울 속에 보이는 사람은 바로 그녀였다. 여행 중인 그녀. 명치 부근이 간질간질했다. 거울에 비친 자신이 꽤 예쁘다고 생각했다.

장갑을 끼고 침대칸을 나선 그녀는 복도에서 기다리는 아버지에게 다가갔다.

식당칸은 다음 칸이었다.

"모자가 날아가지 않게 잘 잡아."

아버지가 복도 끝의 문을 열었다. 그녀는 발을 옮길 수 없었다. 아버지가 어정쩡하게 서 있는 그녀를 잡아당겼다.

기차의 굉음과 바람 소리, 어둠이 그들을 덮쳤다. 그녀는 갑작스레 맞닥뜨린 차가운 공기 때문에 숨을 쉴 수가 없었다. 하늘을 바라보았다. 좌우로 흔들리며 전진하는 기차가 뿜어내는 뿌연 증기, 양옆으로 휙휙 지나가는 나무들과 달리 반짝이는 하늘의 별들은 미동도 없이 고요하게 제자리를 지키고 있었다. 발밑으로 레일을 지지하는 침목이 바람처럼 휙휙 지나갔다. 발 앞에는 객차와 객차 사이의 범퍼가 보였다. 객차와 객차는 너무나 작고 보잘것없어 보이는 가느다란 디딤대 두 개와 가죽을 덧씌운 쇠사슬로 이어져 있었는데, 무섭게 좌우로 흔들렸다. 그녀는 두려움에 온몸이 굳어졌다.

앞에 서 있던 아버지가 뒤를 돌아보며 미소 지었다. 순간 에바는 아버지가 너무나 젊어 보인다고 생각했다. 거리낌 없고 자신감에 가득 찬 미소. 아버지는 그녀에게 용기를 주듯 찡긋 윙크한 뒤 작은 단철 보호대를 열고 재빨리 자신 있게 발을 옮겼다. 왼손은 여전히 보호대 손잡이를 잡은 채 노련하고 능숙한 움직임으로 뒤를 돌아보며 그녀에게 오른손을 내밀었다. 에바는 자신의 손을 잡으라고 말하듯 손가락을 까딱까딱 움직이는 아버지의 얼굴에서 눈을 떼지 않았다. 아버지가 무슨 말을 했지만 귀를 찢는 듯한 기차의 굉음에 묻혀 알아들을 수 없었다. 하지만 입 모양으로 그 뜻을 짐작할 수 있었다. 괜찮아. 전혀 위험하지 않아.

정말 그럴까.

그녀는 가장자리로 발을 내디뎠다. 순간 발밑에서 무서운 속도로 흔들리는 디딤대와 휙휙 지나쳐 가는 선로의 침목이 눈에 들어왔다. 그녀는 다시 발을 멈췄다. 굳어 버린 몸은 움직이지 않았다. 양옆의 손잡이를 꽉 잡은 채 한 발짝 뒤로 물러났다. 아버지가 손가락 두 개를 들어 자신의 눈을 가리켰다. 집중하라는 뜻이었다. 아버지가 다시 손을 내밀었다. 그녀는 침을 꿀꺽 삼키고 몸을 앞으로 내밀어 아버지가 내민 손을 잡으며, 순간적으로 밤하늘의 별을 올려다본 다음 다시 아래를 내려다보았다. 발밑에서 자갈돌과 레일 침목이 무서운 속도로 지나쳐 갔다. 아버지가 그녀의 손을 꽉 잡고 힘껏 끌어당겼다. 순간 그녀는 별과 차가운 공기와 소음에서 벗어날 수 있었다. 아버지는 그녀의 뺨을 쓰다듬고 나서 식당칸의 문을 열었다.

"무서워할 필요 없어. 위험하지 않아."

"네."

"마음을 정했으면 주저하지 않고 재빨리 움직이면 돼."

"네."

"어떤 일은 멈춰 서서 생각하면 할수록 더 어려워진단다. 세상일은 그런 법이야. 사람들은 생각을 너무 많이 하는 경향이 있어."

"네."

아버지가 이중문 안쪽을 열자 눈앞에 식당칸이 펼쳐졌다. 사람들이 두 사람에게 시선을 던졌지만, 그녀는 후들후들 떨리는 다리를 억지로 옮기느라 사람들은 눈에 들어오지도 않았다.

고위 간부의 제복을 알아본 수석 웨이터가 황급히 다가왔다. 그가 머리를 깊이 숙이며 인사를 건네려는 순간 시선이 에바의 얼굴에 꽂혔다.

아버지가 그의 어깨를 툭툭 쳤다. 그가 어안이 벙벙한 표정을 지으며 역장을 쳐다보았다. 그의 검고 매끈한 머리카락은 두피에 딱 붙어 있었다.

"실례합니다." 아버지가 말문을 열었다. "아르크탄데르라고 합니다. 좌석을 예약해 놓았습니다."

수석 웨이터는 그제야 정신을 차린 듯 미소 지었다.

"아, 물론이죠, 물론입니다. 잠시만 기다리시겠습니까, 아르크탄데르 역장님? 네, 물론이죠. 이쪽으로 오십시오." 그는 에바에게 눈길도 주지 않은 채 두 사람을 지정된 테이블로 안내하고 에바를 위해 의자를 당겨 주었다(아버지와 집에서 연습한 그대로였다). 뿐만 아니라 그녀를 위해 냅킨을 펼쳐 주고 아버지의 장갑과 모자도 받아 들었다. 잠시 후 메뉴판과 물 두 잔, 바구니에 담긴 빵이 나왔다.

주변에서 식사하던 사람들이 그들에게 시선을 던졌다. 아버지는 그들을 향해 성난 눈빛을 던졌다가 곧 모른 척하고 메뉴판을 확인하기 시작했다. 그녀도 아버지를 따라 했다.

"솔직히 말하자면 좀 무섭긴 했어요." 그녀가 나직이 고백했다.

"무섭다고? 객차와 객차 사이를 통과하는 게?"

그녀가 고개를 끄덕였다.

"수프와 로스트 비프를 먹을까?" 아버지가 웨이터를 돌아보며 말을 이었다. "오늘의 수프와 로스트 비프를 2인분 주시면 고맙겠습니다. 제 딸에게는 사과 주스를 주시고, 제겐 보르도 와인 반병을 주십시오."

그녀는 훗날 깨달았다. 그날 그 순간 자신이 아버지를 사랑한다는 사실을 깨달은 것이다. 젊고 품위 있고 당당한 아버지를.

수석 웨이터는 식사 내내 그들 곁에 머물며 노련하고 친절하게 시중을 들었다. 그렇다고 해서 주변 사람들의 시선을 피할 수 있었던 것은 아니다. 식당칸에 막 들어선 사람들이 목을 길게 빼고 쳐다보기도 했다. 대부분은 여자들의 목이었다. 그녀는 아버지가 불쾌해한다는 걸 느낄 수 있었다. 아버지를 누구보다 잘 알고 있으니까. 그녀는 아버지를 안심시키기라도 하듯 조용히 아버지 팔에 손을 올려놓았다. 그녀는 아버지를 사랑하니까.

"신경 쓰지 마세요, 아버지." 그녀가 나직하고 친밀하게 말했다.

아버지는 놀란 눈으로 그녀를 바라보았다. 그도 그럴 것이 그녀는 지금껏 단 한 번도 그런 말을 한 적이 없었던 것이다. 단 한 번도.

"흠……." 아버지가 체념한 듯 말했다. "그래, 네 말이 맞구나." 그녀를 바라보는 아버지의 콧수염에 미소가 묻어 있었다. "우리가 함께 이토록 먼 여행을 하다니……." 아버지는 어느새 기분이 좋아졌는지 웃음을 터뜨리며 말했다. "그것도 외국으로 말이야. 아르크탄데르 가문의 부녀가 함께."

그녀가 코웃음으로 킥킥 웃었다.

"너도 이제 숙녀가 다 되었구나." 아버지가 그녀의 옷과 장갑을 바라보며 말했다. 어쩐 일인지 아버지는 평상시와 많이 달라 보였다. "세상에, 시간이 이처럼 빨리 가다니……. 이제 곧 너도 성인식을 할 때가 되었구나."

"네." 그녀는 주저하며 고개를 끄덕였다. 성인식 절차를 생각하니 머리가 지끈지끈 아파 왔다. 내키지 않았다. 혹시 집에서 성인식을 치르는 방법은 없을까. 어차피 집에만 있으니 문제 될 일은 없을 것이다. 그들의 집은 예약한 기차의 객실처럼 고립된 공간이라는 생각이 스쳤다. 그나저나 아버지는 평상시와 너무 달랐다. 식당칸에 들어오기 전 어두운 심연을 건너며 아버지 속에 있던 무언가가 다시 깨어난 듯했다. 아버지는 수프를 먹으며 생기 가득한 목소리로 이런저런 이야기를 늘어놓았다. 자신이 성인식을 치를 때 이야기, 남편의 머리에 뜨거운 커피를 쏟아부은 정신 나간 숙모 이야기, 코펜하겐에서 국제 의학 총회를 마치고 시간이 남을 경우에 할 수 있는 여러 가지 일에 관한 이야기. 그녀는 이처럼 근심 없고 생기 가득한 아버지의 모습을 처음 보았다. 그처럼 말이 많은 아버지의 모습도 처음이었다. 아버지가 학창 시절 이야기와 할아버지 이야기를 늘어놓는 동안 음식이 나왔다. 수석 웨이터는 보르도 와인 반병을 더 권했고, 아버지는 흔쾌히 그의 제안을 받아들였다.

그녀는 괴이쩍은 표정으로 아버지를 바라보았다. 어쩌면 이미 그때 먼 여행이 인간에게 어떤 영향을 미치는지 짐작했는지도 모른다. 일단 기차나 배가 움직이기 시작하면 그간 일상이라는 이름으로 존재한 삶은 진정으로 동경해 온 삶과 자리바꿈을 하고, 사람들은 지금껏 타인이 아는 내가 아니라 진정으로 나 자신이 원한 모습을 찾는다. 구속처럼 여겨 온 지난 삶을 자유롭고 가벼운 마음으로 한발 떨어져 들여다보노라면 자신을 위한 보르도 와인 반병은 물론 딸을 위해 초콜릿 소스를 얹은 아이스크림도 흔쾌히 사 주는 것이다.

그녀는 아버지를 사랑한다는 걸 이제야 깨달았다. 진중하나 활기차고 재미있게 이야기를 늘어놓는 아버지를 보며, 그녀는 웃음을 터뜨리고 좋아했다. 그들의 목소리는 바닐라 아이스크림과 초콜릿처럼 부드러워졌고, 수석 웨이터는 그들 옆을 떠나지 않고 탄산수와 와인, 커피 등을 따라 주었다. 그들을 흘낏흘낏 쳐다보는 사람들의 시선은 조금도 개의치 않았다. 학창 시절로 돌아간 아버지는 스톡홀름과 베를린을 여행한 이야기를 들려주었다. 코펜하겐도 가 본 적이 있다고 했다. "이미 오래전 일이지. 그때 이후 단 한 번도 가 본 적이 없단다." 아버지는 코펜하겐에 머무를 때 젊은 쇠에러(덴마크의 쇠에르 출신 사람들을 이르는 말-옮긴이) 여성과 산책했다고 덧붙였다. 에바는 쇠에러가 뭔지 너무나 궁금했지만, 질문을 던지기 위해 아버지의 말을 끊고 싶지 않았다. 그처럼 행복하고 기분 좋은 분위기를 깨고 싶지 않았던 것이다.

침대칸으로 돌아오는 길은 별빛 아래 침묵을 동반한 재바른 발걸음이었다.

*

특급 호텔 안내 직원의 머리카락에선 빛이 흘러내렸다. 높다란 창문에서 새어 들어오는 반짝이는 햇살은 그가 그들을 향해 고개를 돌린 후에도 한참이나 그의 머리카락에 머물러 있었다. 아버지가 고객 명부에 그들의 이름을 적는 동안 그는 차갑고 거만한 눈빛으로 에바와 아버지를 번갈아 가며 쳐다보았다. 기둥과 샹들리에, 유리문과 엘리베이터 등이 자리한 호텔 로비는 마치 왕궁처럼 보였다. 하얀 돌로 마감한 바닥은 반짝반짝 빛이 났다.

에바는 상하좌우를 두리번거렸다. 너무나 크고 너무나 넓었다. 문득 크리스마스 파티가 떠올랐다. 물론 호텔 안의 정경은 프레드헤임회관과는 비교할 수 없을 정도로 넓고 화려했다.

안내 직원의 입에서 목구멍이 꽉 막힌 듯한 이상한 소리가 새어 나왔다. 에바는 그가 덴마크어로 말한다는 걸 깨달았다. 그가 무덤덤하게 표정 없는 미소를 짓자 어금니 쪽에 박힌 금니가 반짝 빛을 발했다. 그는 등 뒤의 벽에 나란히 걸어 놓은 객실 열쇠 중에서 가장 아래쪽 왼편에 자리한 열쇠 하나를 집어 들고 몸을 돌려 노련하고 고상한 손짓으로 데스크의 종을 탁탁 쳤다. 그러자 빨간 유니폼을 입고 반짝이는 상아색 챙이 달린 모자를 쓴 남자 둘이 모습을 드러냈다.

"137호실." 에바는 안내 직원이 중얼거리듯 하는 말이 무슨 뜻인지 알아들을 수 있었다. 빨간 유니폼을 입은 벨보이 한 명이 고개를 들어 숫자 137을 말하며 되물었기 때문이다. 안내 직원은 무덤덤한 표정으로 고개만 까딱했다. 벨보이는 어깨를 으쓱 추켜 보이며 짐을 집어 들었다.

그들은 벨보이를 따라 긴 복도를 걷기 시작했다. 계단 두 개를 올랐다가 내려온 뒤 모퉁이를 돌아 끝이 보이지 않을 정도로 길게 펼쳐진 카펫을 걸으며 아버지는 만족스런 표정으로 콧노래를 흥얼거렸다. 천장에는 반짝이는 샹들리에가 보였고, 벽에는 장식이 화려한 램프가 달려 있었다. 양옆에 자리한 묵직한 목조 문에는 숫자를 새긴 반짝이는 청동 팻말이 걸려 있었다. 매끈하게 광이 나는 가구 위에는 갖가지 화려한 장식품이 즐비했고, 그 위에는 순록의 뿔을 그린 그림이 걸려 있었다. 다시 모퉁이를 돈 벨보이가 평범하게 보이는 하얀 문을 열고 아래쪽으로 향하는 계단을 내려가자 조금 전과는 다른 분위기의 복도가 펼쳐졌다. 조금 전과 달리 더 짧고 좁은 복도에는 자주색 카펫이 깔려 있었고, 천장에는 반짝이는 샹들리에가 아닌 반원형 색유리 전구가 달려 있었다. 아버지가 콧노래를 멈췄다. 복도 한쪽 옆에는 객실 문이 세 개밖에 보이지 않았다. 짙은 초록색 문에 달린 팻말은 싸구려 페인트로 칠한 듯 조악하기 짝이 없었다.

벨보이가 열쇠를 돌려 문을 활짝 열었다.

"137호실입니다!"

벨보이가 방 안으로 들어가 커튼을 걷고 욕실 문을 열어 보인 뒤 불을 켰다. 벨보이의 뒤를 따라 방 안으로 들어선 에바와 아버지는 사방을 둘러보았다. 에바는 그 방이 꽤 좋다고 생각했다. 벽에 걸린 황금색 액자에는 순록 뿔을 그린 그림과 포도송이를 들고 있는 여인의 그림이 보였다. 벨보이는 짐을 내려놓고 아버지가 건네는 동전 몇 개를 받아 든 뒤 정중하게 인사하고 문을 닫았다.

에바는 방 안을 찬찬히 둘러보았다. 중앙에는 커다란 더블 침대가 있고 칸막이 뒤에는 작은 싱글 침대가 있었다. 에바는 작은 가방을 싱글 침대에 올려놓았다. 아버지는 침대 끝에 걸터앉아 창밖을 내다보았다. 그들의 방은 반지하층에 자리한 듯 창문과 바깥쪽 땅이 거의 비슷한 높이에 있었다. 창밖에는 손수레에 가득 실어 놓은 우유병이 보였다.

"아버지, 이걸 좀 보세요! 시계가 너무 예뻐요!" 서랍장 위에는 아칸투스 잎 모양으로 장식한 황금색 시계가 있었다. 오후 3시 30분. 아버지는 딴생각을 하는 듯 무덤덤하게 고개만 끄덕였다.

"방이 참 예뻐서 기분이 좋아요." 에바가 들떠서 말했다.

"음……."

갑자기 아버지가 몸을 일으키고 다시 창밖을 내다보았다. 우유병을 실은 손수레는 어느새 자취를 감추고, 그 자리에는 참새 몇 마리가 폴짝폴짝 뛰어다니고 있었다.

"따라와." 아버지가 에바의 손을 잡았다.

그는 문을 잠그지도 않고 에바를 데리고 나가 어둑어둑한 복도를 거쳐 방금 지나온 길을 되돌아갔다. 긴 카펫과 순록 뿔 장식, 대리석 기둥을 지나 넓고 화려한 로비로 다시 나왔다. 그는 단호한 발걸음으로 로비를 가로질러 안내 데스크로 향했다. 안내 직원은 멀리서부터 그들을 보았지만 표정은 여전히 무덤덤하기만 했다.

아버지가 객실 열쇠를 데스크에 내려놓았다.

"무엇을 도와드릴까요?" 안내 직원이 물었다. 창으로 새어 들어오는 햇살은 여전히 그의 머리카락을 비춰 내리고 있었다.

“도대체 이게 무슨 의미입니까?” 아버지가 물었다.

“무슨 말씀이신지요?”

“이 방은 우리가 예약한 방이 아닙니다.”

안내 직원은 서류를 뒤적거리며 고개를 갸우뚱하더니 다시 무덤덤한 눈빛으로 아버지를 바라보았다.

“무슨 말씀인지 이해할 수 없군요.”

아버지는 열쇠를 다시 들어 올렸다가 소리 나게 내려놓았다.

“나는 이 호텔이 특급 호텔인 줄 알았소.” 아버지가 무겁게 숨을 몰아쉬며 소리쳤다. 근처에 있던 사람들이 고개를 돌려 아버지를 바라보았다.

또 다른 안내 직원이 모습을 드러냈다.

“무슨 문제라도 있나?” 그가 동료 직원에게 물었다.

“이 손님분이 객실에 만족하지 않으시는 것 같습니다.”

“전혀!” 아버지가 다시 소리쳤다.

“이 손님분께 어떤 객실을 배정했나, 쇠렌센?”

“137호실입니다.” 쇠렌센이라는 직원이 대답했다.

방금 모습을 드러낸 직원은 쇠렌센을 매섭게 쏘아볼 뿐 아무 말도 하지 않았다.

쇠렌센이 에바와 아버지에게 살짝 손을 들어 보이자 새로운 직원이 제복을 입은 아버지와 에바를 향해 시선을 돌렸다. 그의 눈길은 에바에게 멈춘 채 심각하게 변했다. 에바가 쏘아보자 그는 보일 듯 말 듯 미소를 지었다. 그리고 쇠렌센을 향해 몸을 돌렸지만, 여전히 아무 말도 하지 않았다.

햇살이 쇠렌센의 머리카락에서 흘러내렸다. 그는 무덤덤한 표정으로 어깨를 으쓱 추켜 보이더니 등 뒤에 있는 열쇠꾸러미에서 열쇠 하나를 골라 들었다. 이번에는 중앙에 자리한 열쇠였다.

"217호실입니다." 그는 아르크탄데르 역장과 에바에게 억지 미소를 지어 보였다.

*

217호실. 그녀가 머물 곳. 우리가 머물 곳. 내가 머물 곳. 아버지, 나는 아직도 기억한답니다. 높다란 창의 아름다운 장식용 창살을 통해 흘러 들어온 4월의 햇살은 침대 두 개와 살롱 테이블을 비춰 내렸지요. 저 멀리서 시끌벅적한 도시의 소음이 들렸고, 작은 베란다에는 예쁜 화분이 있었으며, 서랍장 위에 자리한 커다란 장식용 시계는 9시 30분을 가리켰지요. 상감 세공을 한 살롱 테이블에는 튤립과 수선화가 있었고, 욕실 바닥은 모자이크 타일로 장식되어 있었어요. 벨보이가 우리의 여행 가방을 가져오자 아버지는 안락의자에 앉아 만족

한 미소를 지었지요. 아버지는 나와 벨보이에겐 눈길도 돌리지 않고 창밖만 바라보며 미소를 지었답니다. 나는 방 안을 돌아다니며 눈에 보이는 걸 전부 만져 봤어요. 값비싸고 고급스러운 온갖 가구와 장식품을 살펴본 뒤 창밖을 내다보며 우리가 머물 낯선 도시의 풍경을 눈에 넣었지요. 저 아래 길고 구불구불한 길에는 옷을 잘 차려입은 사람들이 바쁘게 움직이고 있었어요. 벨보이는 만족한 표정으로 아버지를 바라보았죠.

훗날 암울한 생각이 나를 덮칠 때마다 밝고 아름다운 그 호텔방을 떠올렸답니다. 근사한 벽지와 황금색 침대보로 장식된 훨씬 더 넓고 아름다운 방, 217라는 숫자보다 훨씬 더 큰 숫자를 가진 방에 머물렀을 때도 왠지 코펜하겐의 그 호텔방이 내 생애에서 가장 아름답고 고즈넉한 방이라는 느낌은 지울 수가 없어요. 217이 가장 높은 숫자는 아니지만, 내겐 청아한 봄 햇살처럼 가장 아름답고 가장 밝은 숫자로 자리 잡은 것이죠. 아버지는 그 숫자 속에 마치 한 나라의 왕처럼 앉아 있었답니다. 그날은 내가 당신의 공주가 된 날이었습니다.

나는 코트를 입고 당신의 팔을 잡고 방을 나서서 화창하게 내리쬐는 햇살과 시끌벅적한 도시의 소음 속으로 발을 옮겼습니다. 긴 대로변과 쭉 뻗은 거리를 지나 작은 도시가 연상될 만큼 커다란 잔디밭과 광장을 지났습니다. 기둥으로 둥근 지붕을 받친 거대한 건물과 드높은 첨탑, 교회와 극장, 의사

당과 왕궁, 근사하고 우아한 건물의 처마 장식과 벽 장식, 마차와 자동차 등 눈부신 광경에 어리둥절할 뿐이었습니다. 당신의 팔을 잡고서 말이죠.

아버지, 코펜하겐의 그 첫 몇 시간은 천국과도 같았습니다. 오목하게 자리 잡은 번화한 도시를 어루만지는 햇살 아래 화려한 옷을 입은 사람과 누추한 옷을 입은 사람, 마부와 운전수, 급사와 배달원 그리고 가슴 아픈 애환을 지닌 아버지와 딸이 손을 맞잡은 채 걷고 있었습니다.

*

오후 2시 동물원에 도착했다. 동물원에 가고 싶어 한 건 아버지였다. 에바는 동물원의 울타리와 우리를 지나칠 때 주변의 시선을 끌고 싶지 않아 짙은 색 망사를 드리운 모자를 깊이 눌러 썼다.

동물에 관한 지식이 전무한 아버지는 우리 앞의 팻말에 적힌 라틴어 학명을 읽고 즉흥적으로 설명해 주었다. 분홍색 쿠바홍학. 가늘고 긴 다리에 몸을 의지한 채 꾸벅꾸벅 졸던 홍학들이 동시에 잠을 깬 듯 일제히 파도처럼 고개를 들었다.

"왜 저러는 거죠?"

"뭘? 고개 드는 걸 말하는 거니? 호기심이 생겼거나 불안해서 그럴 거야."

"홍학들이 한꺼번에 고개를 든 이유가 뭔지 궁금해서 여쭤봤어요."

아버지는 생각에 잠겼다.

"그건 나도 잘 모르겠구나. 그냥 그러는 걸 거야."

"그냥 그런다고요?"

"응. 같은 무리니까."

파충류가 사는 집은 너무나 무덥고 습기로 가득해서 장갑과 모자를 낀 에바는 숨이 턱턱 막혔다. 게다가 길고 굵직한 왕뱀과 비단뱀이 똬리 튼 모습을 보니 소름이 쫙 끼쳐서 말 그대로 온몸의 털이 곤두섰다. 그녀는 지금껏 단 한 번도 그런 경험을 한 적이 없었다. 울타리 뒤에 있는 뱀이 무섭진 않았지만, 뱀을 보는 것만으로도 온몸이 반응한 거였다.

아버지는 그녀의 상태를 전혀 눈치채지 못했다.

"보아뱀." 팻말을 읽던 아버지가 말을 이었다. "저기 있는 저 왕뱀이 보아뱀인 것 같구나." 그가 초록색 철망 뒤 나뭇잎과 바위 사이에 둥그렇게 똬리를 틀고 있는 붉은 점이 박힌 왕뱀을 가리켰다. "독사 종류는 아니야." 아버지가 아는 척을 했다. "먹잇감을 돌돌 말아 질식시킨단다."

에바는 무덤덤한 표정으로 고개를 끄덕였다.

"그렇게 죽여서 잡아먹지."

에바는 다시 무표정한 얼굴로 고개를 끄덕였다.

"보아뱀은 4년에 한 번씩 먹이를 잡아먹는단다. 적어도 먹이를 먹는 일이 그만큼 드물다는 말이지. 그 외에는 대부분 저렇게 가만히 누워 지낸단다. 나는 아주 어렸을 때 이곳에 와 본 적이 있어. 그때도 가만히 누워만 있는 뱀을 보았지. 저 뱀과 똑같았단다. 어쩌면 저 뱀은 그때 내가 본 바로 그 뱀일지도 몰라."

"어쩌면 저 뱀은 죽었을지도 몰라요." 하지만 그녀의 털이 삐죽 솟구치는 것으로 보아 그 뱀은 살아 있는 게 분명했다. 그녀는 다시 몸을 떨었다. 뱀이 두렵진 않았지만 이상하게도 몸이 반응을 보였다.

"죽은 건 아냐. 단지 먹은 음식을 소화시키는 거란다." 아버지가 말을 이었다. "저 뱀은 대부분의 시간을 소화시키는 데 사용하지. 에바, 이제 정말 살아 있다는 게 느껴지는 동물을 보여 줄게." 아버지가 한쪽 눈을 찡긋하며 장난스럽게 말했다.

선선한 밖으로 나오니 허공으로 삐죽 치솟았던 털이 가라앉았다. 두 사람은 양옆에 얼룩말과 물소 우리를 둔 자갈길을 걸었다. 영양 두 마리가 유리알처럼 반짝이는 커다란 눈으로 그들을 지켜보았다. 반대편 우리에는 매끈한 털을 지닌 가냘픈 검은색 동물이 왔다 갔다 하고 있었다.

"동물원이 존재하는 이유는 뭔가요, 아버지?" 에바가 생각에 잠긴 표정으로 물었다.

"왜 존재하냐고? 글쎄…… 에바, 넌 참 이상한 질문을 자주

하는구나." 아버지가 얼떨떨한 표정으로 그녀를 바라보더니 허공으로 눈길을 돌렸다.

그녀는 궁금한 표정으로 아버지를 바라보았다. 곁을 지나가던 커플이 목을 길게 빼고 그녀를 뚫어지게 바라보았지만, 그녀는 모른 척 아버지만 쳐다보았다.

"그건…… 동물원의 존재 목적은 단 한 번도 본 적이 없는 갖가지 동물을 보여 주기 위한 것이 아닐까. 세상에는 산 채로 볼 수 없는 희귀한 동물이 많잖아. 동물원은 배움의 장소이기도 해. 박물관처럼. 사람들은 역사가 오래된 희귀한 물건을 보러 박물관에 가잖아. 미술관도 마찬가지야. 그건 그렇고 동물원을 둘러본 다음 박물관에도 가 볼까? 흠…… 내일이나 되어야겠구나." 아버지가 시계를 보며 이맛살을 찌푸렸다.

"동물원을 가장 먼저 생각해 낸 사람은 누군가요, 아버지? 박물관은요?"

그가 어이없다는 표정을 지으며 에바를 내려다보았다. "글쎄다…… 그건 나도 잘 모르겠구나." 그는 다시 생각에 잠겼다. "아주 오래전, 수백 년 전에 말이다…… 그때는 왕과 귀족이 온 세상의 값진 물건을 수집하곤 했지. 그렇게 수집한 물건은 자신의 성과 왕궁에 보관해 두었단다. 지금도 그런 사람들이 없지 않지. 그들이 수집한 물건 중에는 희귀한 동물은 물론 왕궁과 성 주변의 공원과 바다에서 가져온 온갖 진귀한 물건들도 있었단다. 그건 옆나라 왕들에게 보여 주고 자랑하기 위해서였지. 올센 부인이 커튼을 새로 사면 동네 사람들을 불러 자랑하듯이 말이야. 그 모습을 본 페데르센 부인도 곧장 새 커튼을 산 걸 기억하니?"

에바는 미소를 지었다.

"예를 들어 올센 왕이 탐험가에게 오랑우탄 한 마리를 받았다면 얼마 지나지 않아 페데르센 귀족도 곰 두 마리를 손에 넣는 것과 같은 이치란다."

"그렇게 모아서 무엇을 하려는 건가요?"

"그냥 보며 즐기려는 것이지."

에바는 이해할 수 없다는 표정을 지으며 그를 바라보았다.

"물론 그들에겐 다른 수집품도 많겠지." 그가 나지막이 중얼거리며 에바를 내려다보았다. "그 옛날에는 그처럼 지위가 높은 사람들과 그들의 친구나 초대받은 손님만 그러한 물건들을 볼 수 있었단다." 아버지의 목소리에는 점점 생기가 어리기 시작했다. "귀족의 수가 적으면 적을수록 세상은 좀 더 공평하게 돌아갈 거야. 그러면 평범한 사람들도 그처럼 희귀한 물건을 볼 기회가 많아지겠지. 러시아처럼 말이야. 너도 알다시피 러시아에선 혁명이 일어났잖아. 비르게르손 부인이 자주 이야기했으니 너도 들어 알고 있겠지? 그곳의 황제가 수집한 물건들은 이제 일반인을 위한 박물관에 보관되어 있단다. 긍정적인 일이지. 볼셰비키 혁명을 부정적으로 보는 사람들도 있지만, 따지고 보면 좋은 점도 얼마든지 찾아볼 수 있단다. 그리고 현대는 과학이 세상을 지배한다고 해도 과언이 아니란다. 과학! 오늘날 동물원이 존재한 것은 과학의 힘이라 해도 틀린 말은 아닐 거야."

"흠……."

"과학은 빛이야. 과학은 과거 어둠 속에 살던 사람들에게 정보와 지식이라는 빛을 가져다주었지. 바로 그 때문에 과거의 귀족들이 수집한 예술품이나 진귀한 동식물도 단지 개인적 위안이나 오락의 목적이 아니라 무언가에 유용하게 사용하게 되었단다. 바로 이곳처럼 말이야."

아버지가 의미심장한 미소를 지었다.

코끼리. 그녀는 코끼리가 그처럼 거대한 동물인 줄 몰랐다가 첫눈에 호감을 느꼈다. 느릿느릿 움직이는 모습이 매우 착해 보였다. 그녀는 코끼리를 보며 웃음을 터뜨렸다. 피부는 은빛을 띤 회색 가죽처럼 보였고, 꼬리는 장식용 술처럼 보였으며, 묵직하고 두툼한 발은 커다란 물통처럼 보였다. 거대하지만 비단결처럼 부드러운 움직임으로 천천히 자세를 바꾸는 그들의 발에는 커다란 쇠사슬이 채워져 있었다. 가끔 묵직한 숨소리를 내다가 코를 번쩍 치켜들고 귀가 찢어질 듯 날카롭고 높은 소리를 만들어 내기도 했다. 에바는 그 소리에 두 손으로 귀를 막았다. 코끼리는 사람의 눈동자를 가지고 있었다. 에바는 그 눈동자를 좋아할 수 없었다. 방금 울고 난 것처럼 슬프기 그지없기 때문이었다.

"어때? 아직도 네 아비가 코끼리 같다고 생각하니?"

"네."

그녀가 웃음을 터뜨리며 대답했다. 두 사람은 한참 그대로 서서 코끼리가 먹는 모습을 지켜보다 다음 동물을 만나러 발길을 옮겼다.

*

진원류(척추동물 포유강 영장목에 속한 아목-옮긴이). 신이 창조한 이 세상에서 원숭이 우리보다 끔찍한 것은 없을 것이다. 지옥 같은 진화 과정의 가장 핵심 부분에 자리하는 정신병원 같다. 우리 앞 팻말에는 비단원숭이, 긴꼬리원숭이, 긴팔원숭이라고 무심하게 적혀 있었다. 그 안에는 종이 다른 동물도 많이 있었다. 그물망 이쪽 편도 마찬가지였다. 어린이와 어른. 팻말에는 원숭이에게 땅콩을 던지면 안 된다고 분명히 적혀 있었으나, 사람들은 아랑곳하지 않고 땅콩을 마구 던져 댔다. 보아하니 원숭이 우리는 동물원에서 가장 인기 있는 곳 같았다. 나는 그 이후 다른 나라 다른 도시의 동물원뿐 아니라 그보다 훨씬 규모가 작은 기관에서도 원숭이 우리가 가장 인기 있는 걸 봐 왔다. 동물원을 찾은 사람 중 열에 아홉은 원숭이 우리 앞에서 발을 떼지 못했다. 그들이 정말 원숭이를 좋아하는지 확신할 수는 없다. 단지 열 명 중 한 명만 슬픔에 잠긴 표정으로 원숭이들 앞에서 얼굴을 돌렸을 뿐이다.

원숭이. 거칠거칠한 가죽 껍질 같은 손가락과 흔들거리는 몸동작은 차치하고라도 얼굴이 섬뜩할 정도였다. 그들의 얼굴은 무지하고 무심해 보이기도 했고, 마법이나 주문에 걸린 사람 또는 동물 같기도 했다. 동시에 자랑스러움과 거만함 그리고 마음을 다친 어린아이처럼 이해할 수 없는 슬픔이 묻어 있었다.

이 절망적인 분노는 짤막하고 무시무시한 비명 소리와 으드득 이빨 가는 소리, 쇠기둥과 인조 나무 둥치에 몸을 던지는 행위로 분출되곤 했다.

멍청한 사내아이가 우리 속에서 느릿느릿 움직이는, 착해 보이는 오랑우탄 파벨에게 돌멩이를 던졌을 때도 마찬가지였다. 파벨은 그곳에서 가장 인기 있는 동물이었다. 돌멩이를 맞은 파벨은 한순간에 갈색 털을 지닌 느릿느릿한 동물에서 성난 살인자처럼 변해 버렸다.

그 모습을 본 사내아이는 웃음을 터뜨렸다. 중절모를 쓰고 장갑을 끼고 폭이 넓은 줄무늬 바지를 입은 아이의 아버지도 함께 웃음을 터뜨렸다. 잠시 후 감시원이 다가와 엄하게 주의를 주었다. 그들은 매우 진지하게 미안하다고 사과했다. 하지만 감시원이 돌아가자마자 고개를 돌려 코웃음을 킥킥 내뱉었다.

그 와중에도 우리 안의 파벨은 분노를 이기지 못해 위협적인 몸짓으로 왔다 갔다 했다.

사내아이는 손에 든 봉지에서 땅콩 한 알을 꺼내 먹으며 성난 오랑우탄을 바라보았다. 아버지를 향해 땅콩 하나를 던져줘도 되냐고 묻자 아버지는 고개를 저었다. 하지만 나는 땅콩을 던지고 싶어 하는 그 아이의 속내를 보았다.

원숭이. 침팬지 우리 앞에 이르자 모자 아래로 드리운 망사가 스르륵 떨어져 내렸다. 무심한 표정으로 서로의 꼬리를 다듬어 주던 암수 침팬지 한 쌍이 내 얼굴을 보았다. 순간 무심한 표정은 어디론가 사라지고, 내 얼굴을 흘낏거리며 쳐다보는 사람들처럼 두 눈이 휘둥그레 얼어붙었다. 침팬지들이 몸을 일으켜 마구 뛰기 시작했다. 철망 밖으로 손을 쑥 내밀며 내게 기괴한 소리를 질렀다. 내게. 나를 향해. 수컷 침팬지는 이를 으드득 갈며 한 손을 뻗어 인조 나뭇가지에 매달린 채 다른 한 손으로는 자기 가슴을 위협적으로 쿵쿵 두드렸다. 암컷 침팬지는 화난 표정으로 나를 향해 욕설을 퍼부었다.

순간 나는 원숭이들의 언어를 이해할 수 있었다.

다른 이들도 나를 손가락으로 가리키며 소리를 질렀다. 저 안에 있던 사람들. 아니, 저 밖에 있던 사람들. 사내아이가 아버지에게 소리쳤다. 아빠, 아빠, 저기 여자 옷을 입은 원숭이가 있어요. 순간 나는 덴마크어를 이해할 수 있었다. 세상에. 호기심 어린 사람들 사이에서 동요가 일어났다. 놀란 표정,

얼떨떨한 미소, 나를 가리키는 손가락들. 세상에, 저길 좀 봐. 저길 좀 보라고.

나는 떨리는 손으로 망사를 들어 얼굴을 가렸다. 하지만 사람들의 시선과 고함 소리, 나를 향한 손가락은 사라지지 않았다. 낯선 얼굴과 몸뚱이가 나를 에워쌌다.

그때 나를 잡아당긴 사람은 아버지였다. 아버지는 내 어깨에 팔을 둘렀고, 나는 고개를 푹 숙이고 손으로 얼굴을 가린 채 아버지를 따라갔다.

*

동물원을 나서니 하늘은 어느새 거뭇거뭇한 구름으로 뒤덮이고 날씨도 쌀쌀해졌다. 아버지는 나를 이끌고 재빨리 발을 옮겼다. 아무 일도 없었다는 듯. 그녀는 물론 주위 사람들에겐 눈도 돌리지 않고 오직 허공에만 시선을 고정한 채 걸었다. 방금 침팬지 우리 앞에서 벌어진 일은 입 밖에 꺼내지 않았다. 그녀는 이처럼 아무 일도 없었다는 듯 행동하는 아버지를 이해할 수 없었다. 아버지의 발길이 점점 빨라졌다.

"자, 이제 여기를 한번 둘러볼까."

아버지는 그녀를 끌어당겨 자갈길 모퉁이를 돌았다.

"싫어요." 그녀가 나직이 말했다. "더는 싫어요."

하지만 아버지는 그녀의 목소리를 듣지 못한 것 같았다.

"바로 여기야."

사자.

사자들은 깊숙한 해자와 높은 철망 안에 자리한 외딴섬 같은 바위에서 느긋하게 누워 있었다. 두 마리. 그들의 누런 털은 구름 낀 날씨 때문인지 잿빛을 띠었고 야윈 몸 군데군데 힘줄이 드러났다. 수컷은 커다랗고 거뭇거뭇한 갈기를 지녔으며 체구는 호리호리하고 아름다웠다. 그들은 바깥세상과 상관없다는 듯 잠에 취한 것처럼 반쯤 감은 눈으로 먼 곳을 응시했다.

잠시 후 수컷이 몸을 일으켜 어슬렁어슬렁 우리 안을 걷다가 다시 자리를 잡고 누워 가슴속에 존재하는 저 멀리 지평선 바깥쪽을 응시했다.

사자들은 아름다운 그림의 동물들처럼 선선한 날씨를 즐기며 바위에 누워 있었다. 아버지의 손가락이 그녀의 어깨 위로 조심스레 사자들을 가리켰다.

*

아버지의 제복도 소용없었다. 아니, 오히려 역효과를 가져온 것 같았다. 그들은 화장실 옆 테이블로 자리를 안내받았다. 기차 식당칸에서 맛본 기분 좋은 경험들은 이 전설적인 특급 레스토랑과 동떨어진 일이 되어 버렸다. 수석 웨이터는 거만하기 짝이 없고 하급 웨이터들은 무심했다. 식사하러 온 손님들은 화장실에 갈 때마다 그들을 향해 흘낏흘낏 곁눈질했다. 여자들은 앉은자리에서 목을 길게 빼고 그들을 바라보며 고개를 절레절레 저었다. 믿지 못하겠다는 듯 자기 얼굴에 손을 가져가거나 장갑 낀 손을 휘휘 내젓는 이들도 있었다.

에바의 수플레는 식어서 푹 꺼졌고, 아버지의 비프 스테이크는 질기고 미적지근했다.

처음엔 아버지도 아무 일 아니라는 듯 미소 짓거나 그녀를 향해 호탕하게 웃음을 터뜨리기도 했다. 하지만 시간이 갈수록 아버지의 미소와 농담은 어색하게 변해 갔다. 같은 이야기를 되풀이하는가 하면 요점을 벗어나기도 했다. 눈동자는 쉴 새 없이 웨이터를 찾아 두리번거렸고, 그들 곁을 지나 화장실로 가는 손님들에겐 성난 눈빛과 불안한 눈빛을 번갈아 가며 던졌다.

아버지는 좋지 않은 테이블을 배정받은 걸 상쇄하듯 레스토랑에서 가장 값비싼 와인을 주문했다. 하지만 그마저도 의도한 것과 정반대 효과를 가져왔다. 반질반질하게 닦아 광이 나는 구두처럼 머리부터 발끝까지 정갈하게 꾸민 웨이터들이 아버지 잔에 와인을 따라 주고는 아버지의 눈길을 피하는 듯 어디론가 자취를 감춰 버렸다.

"못 먹겠어." 아버지가 비프 스테이크를 턱으로 가리키며 저 멀리 서 있는 수석 웨이터의 관심을 끌기 위해 손을 크게 저었다.

"무슨 일인가요?" 수석 웨이터는 뾰족한 코를 치켜들고 거만하게 아버지를 바라보았다. 그는 노르웨이 말을 못 알아듣는 척하는 것이 분명했다.

"음식을 먹을 수가 없소."

"음식이 뭐가 잘못되었다는 말씀인가요?"

"그렇습니다."

"그렇군요." 수석 웨이터는 아버지의 접시에 담긴 먹다 만 고기 조각을 내려다보았다. 길고양이가 어디선가 물어 온 쓰레기를 보는 듯한 시선이었다. 이어서 콧구멍을 벌렁거렸다. 그는 아무 말 없이 접시를 가져갔다.

아버지와 에바는 그때 자리에서 일어났어야 했다. 역장의 지위에 걸맞게 진지하고 단호한 목소리로 계산서를 요구하고 음식값을 지불한 뒤 조금의 팁을 남겨 둔 채 자리에서 일어났어야만 했다. 하지만 아버지의 와인은 너무나 고가였고, 와인은 아직 반 이상 남아 있었다.

그곳은 화려한 고급 레스토랑이었다. 손님으로 온 여성이 에바를 보자마자 거의 정신을 잃어버렸다. 일은 그렇게 시작되었다. 그녀의 남편은 아내가 정신을 되찾을 수 있도록 코끝에 작은 병을 가져갔다. 정신을 되찾은 여인은 무지막지하게 화를 냈고, 남편은 에바를 향해 혐오스런 표정을 지으며 고개를 절레절레 흔들었다. 여인은 밥맛이 떨어졌다고 투정을 부렸다. 에바의 아버지는 여전히 와인병을 앞에 놓고 이야기하며 분위기를 북돋우려 했지만, 그의 입에서는 몇 마디 단어만 흘러나올 뿐이었다.

수석 웨이터는 한참이나 지나서야 모습을 드러냈다. 이미 아버지가 와인 한 병을 다 비운 후였다. 그는 아르크탄데르 역장 앞에 접시를 내려놓았다. 새로 가져온 비프 스테이크는 먹을 만했다. 허기를 느낀 에바의 아버지는 음식에 곁들여 먹기 위해 와인 한 잔을 더 주문했다.

디저트가 나오는 데도 한참이나 걸렸다. 아버지는 인내심을 잃어버린 듯 와인 한 잔을 더 비웠고, 와인을 한 모금 마실 때마다 무거운 한숨을 내쉬었다. 에바는 얼떨떨한 표정으로 그런 아버지를 바라보았다. 평상시 술을 잘 마시지 않는 아버지가 변한 것 같았다. 눈 밑이 벌게지면서 눈빛도 흐리멍덩해지기 시작했다.

마침내 디저트가 나왔지만 상황은 달라지지 않았다. 에바는 무슨 일이 벌어지는 건지 이해할 수 없었다. 캐러멜 푸딩이 정말 잘못된 것인지, 아니면 아버지가 너무나 변해 버려서 모든 일이 잘못된 것인지 알 수 없었다. 아버지가 성난 표정으로 의자에서 벌떡 일어나 수석 웨이터를 소리쳐 부르고는 레스토랑에 관한 전반적인 느낌을 늘어놓으며 일장연설을 했다. 음식값을 지불하지 않겠다고도 했다. 수석 웨이터는 무표정한 얼굴로 아버지 말에 귀를 기울였다.

결국 음식값은 지불해야만 했다. 아버지는 벌겋게 상기된 얼굴로 레스토랑을 나왔다. 레스토랑 측에선 택시도 잡아 주지 않았다. 그녀는 아버지의 손을 잡고 호텔까지 걸어가야만 했다.

그들의 외국 여행 첫날은 이렇게 막을 내렸다. 다음 날은 의학 총회가 그들을 기다리고 있었다.

사절단의 삶

"……귀하의 따님과 함께 여기까지 와 주셔서 진심으로 감사드립니다. 총회는 이미 이틀 전에 시작되었고, 일련의 흥미로운 주제들이 발표되었습니다. 저는 이 자리를 통해 하이델베르크에서 오신 그로브샤츠 교수님의 이야기를 하지 않을 수 없습니다. 그분은 통풍 치료법에 관해 매우 다채롭고 유익한 강연을 하셨습니다. 더불어 레이든에서 오신 보시 교수님과 반덴브뢰크 교수님의 강연도 빼놓을 수 없군요. 그분들은 온몸이 비늘로 뒤덮인 희귀한 증상에 관한 사례를 발표하셨습니다. 이처럼 이번 총회에서는 의학계의 갖가지 흥미로운 사례를 접할 수 있습니다. 내일 오전에는 핀트센 박사의 획기적인 진료법도 접할 수 있습니다……. 그야말로 이번 총회는 의학계의 각종 사례자를 두 눈으로 확인해 보는 좋은 기회가 될 것입니다. 여기에는 에바의 사례도 포함되어 있지요. 저는 에바의 사례를 바탕으로 작성한 논문을 발표할 예정이며, 이의가 제기될 경우를 대비해 만반의 준비를 해 왔습니다." 그는 안주머니를 톡톡 두드리며 말을 이었다. "자, 이제 가 볼까요?"

역장이 애원하는 듯한 눈빛으로 그를 바라보았다. "아…… 저는…… 제 딸아이가…… 사실 알고는 있었지만…… 혹시……."

"친애하는 역장님." 스트룀 교수가 상냥하게 말을 이었다. "귀하도 이해하시겠지만 에바의 사례는 의학계를 대표하는 이번 총회에서 가장 중요하고 흥미로운 주제입니다. 이미 말씀드렸듯이 저는 에바가 외부의 관심과 눈길에 지치지 않기만을 바랄 뿐입니다. 에바를 향한 의학계와 과학계의 관심은 지대합니다. 우리는 에바를 위해 갖가지 진료와 치료를 함께 이행할 예정이며, 또한 에바를 외부로부터 철저히 보호하기 위해 잠시 격리해서 보호할 것입니다. 에바가 호텔과 총회 장소를 매일 왔다 갔다 한다면 그 어린 몸에 얼마나 피곤하겠습니까? 외부에서 맞닥뜨리는 미디어와 일반인의 관심을 견뎌 내는 것도 만만치 않을 것입니다. 우리는 에바가 총회 장소 근처에 자리한 병원에서 지낼 수 있도록 조치를 취해 두었습니다."

아르크탄데르 역장은 낙담한 눈으로 그를 바라보았다. 어제 일어난 불행한 일들 때문에 모든 기대감은 이미 사라진 후였다.

"친애하는 역장님." 스트룀 교수가 여전히 밝고 상냥하게 말했다. "너무 낙담하지 마십시오. 저희는 최선을 다해 따님을 보살펴 드릴 겁니다. 따님은 다른 환자들과 떨어져 독실에 묵을 것이고, 따님을 위해 식사도 일반 병원 음식과는 다른 수준으로 준비하겠습니다. 뿐만 아니라 훌륭뇌 수간호사가 밤낮으로 에바를 보살펴 줄 것입니다. 저는 이미 홀름뵈 수간호사를 직접 만나 보았습니다. 매우 친절하며 자기 일을 완벽하게 해내는 사람이라고 확신합니다. 그녀는 에바가 불편하거나 부족함을 느끼지 않도록 최선을 다할 것입니다. 피부과 과장인 레르켄펠트 박사님이 친히 약속하신 사항이기도 합니다. 에바는 긴 여행의 여파로 많이 피곤할 거라 예상합니다. 내일 총회는 정확히 오전 8시에 시작될 것입니다. 의사와 학자들은 기차역의 시계처럼 시간을 철저히 엄수한답니다. 하하. 저의 이러한 비교가 실례가 되었다면 용서해 주시기 바랍니다. 어쨌든 우리는 총회 기간 동안 에바를 격리 보호하는 것이 최선이라고 생각합니다. 에바가 이곳에 머무는 동안 역장님께서는 오후 시간을 자유롭게 보낼 수도 있지 않겠습니까? 이 또한 자주 있는 일은 아니라고 생각합니다만……."

하지만 역장은 미심쩍은 눈길로 그를 바라보았다.

"단 이틀뿐입니다." 스트룀 교수가 역장을 안심시키듯 말했다. "총회가 끝나면 두 분이 만나 반나절 동안 도시 이곳저곳을 구경하셔도 되지 않겠습니까. 자, 어떠신지요?"

"그렇다면야……." 역장은 이마를 문지르며 에바를 향해 질문하는 듯한 눈빛을 던졌다.

그녀는 어른이 된 듯한 느낌이 들었다. "저는 괜찮아요." 차분하게 말을 이었다. "제 가방을 가져올게요."

*

잘될 거야. 다 잘될 거라고. 스트룀 교수는 차 안에서 시가를 피웠다. 시가의 끝부분이 염소가 핥은 암염처럼 축축하게 반질거렸다. 그는 아버지와 쉴 새 없이 대화를 시도했지만 아버지는 어디가 불편한 사람처럼 보였다. 차창 밖에는 비가 내렸다. 나는 다 잘될 거라는 생각을 하니 마음이 차분해졌다. 병원에 이르자 정문 앞에 꽤 많은 사람이 모여 있었다. 지금 돌이켜 생각하니 그 모습에 꽤 놀랐던 기억이 스친다.

나는 그 도시의 사람들이 어떤 말을 주고받는지도 몰랐고, 전날 호텔과 동물원 그리고 레스토랑에서 일어난 일이 그 도시의 일간지에 어떤 식으로 실렸는지도 몰랐다. 당시에는 이해할 수도, 알 수도 없는 일이었다. 나는 단지 호기심으로 가득 찬 기자와 구경꾼들이 병원 앞에 몰려든 모습을 놀란 눈으로 바라볼 뿐이었다.

잘될 거야. 다 잘될 거야. 아버지가 내 팔을 잡았다. 비옷을 입은 스트룀 교수는 망사를 드리운 모자를 쓴 내 어깨에 팔을 얹었다. 그때까지만 해도 다 잘될 거라고만 생각했다. 우리는 병원 옆에 자리한 총회 건물 앞 계단을 함께 올랐다. 높이 솟은 기둥과 아칸투스 잎을 새겨 장식한 사암 벽을 지나 유리문을 열고 로비로 들어가니, 그제야 사람들의 호기심 어린 눈빛에서 벗어났다는 안도감이 스쳤다. 적어도 그 때는 그렇게 생각했다.

처음 몇 시간이 지루하지 않을 때는 식탁에 둘러앉아 음식을 먹을 때뿐이라고 했던가. 하지만 나는 피부과 의학 총회에서 하나의 사례로 그 자리에 함께 한 처음 몇 시간이 그곳에 참석한 이들에게 충분한 오락적 가치와 학문적 자극을 줄 수 있다고 생각했기에 전혀 지루하지 않았다.

사절단의 삶은 까다롭긴 하지만 꽤 만족스러웠다. 그곳에 도착하자마자 나는 아버지와 떨어져야 했다. 아버지는 다른 방으로 안내받아 융숭한 대접을 받았고, 스트룀 교수와 호리호리한 키다리 백발 교수는 나를 데리고 바닥에 차가운 돌을 깐 복도와 계단을 걸어 작은 방으로 들어갔다. 나는 백발 교수의 상냥하고 호의적인 덴마크어를 이해할 수 없었다.

작은 방에서는 훌륭뵈 수간호사로 보이는 중년 여성이 나를 맞아 주었다. 수간호사의 태도로 보아 나를 데려간 백발 교수는 레르켄펠트 의학 박사라고 짐작했다. 두 교수는 가볍게 목례한 뒤 방을 나섰고, 40대 중반으로 보이는 훌름뵈 수간호사는 정중하고 상냥하나 매우 단호한 태도로 내 옷을 하나하나 벗겨 내렸다. 망사와 모자, 목깃이 높은 아름다운 드레스. 내가 사람들 사이에 자연스레 섞일 수 있도록 한나가 그토록 신중하게 만들어 낸 나의 정체성은 하나하나 사라졌고, "팔을 쭉 뻗어 보세요."라고 말하는 여성 앞에서 결국 손바닥만 한 속옷만 걸친 채 서 있었다.

거부하고 싶었지만 훌륭뵈 수간호사의 태도가 너무나 정중하고 단호했기에 한마디도 내뱉지 못한 채 뒤에 끈이 달린 하얀 병원복과 파란 줄무늬 가운, 적어도 내 신발보다 두 사이즈는 커 보이는 슬리퍼를 신었다.

"자, 이제 다 됐습니다." 그녀가 만족스런 눈길을 던졌다. 그녀의 눈빛은 평상복을 벗고 잠옷 차림이 된 환자를 보는 의사들의 눈빛과 다르지 않았다. 그녀는 당황한 눈빛으로 병실 침대에 널브러진 옷가지를 바라보는 내 등을 떠밀었다. 나는 커다란 슬리퍼를 질질 끌며 복도로 나가는 수밖에 없었다.

그곳에서 나를 기다리던 두 교수가 환한 표정으로 만족스런 미소를 지었다. 차가운 돌바닥에서 올라오는 한기 때문에 발과 종아리가 시려 오기 시작했다. 나는 그들에게 등을 떠밀린 채 긴 복도를 지나 계단을 올랐다. 스트룀 교수는 앞으로 있을 일들에 대해 쉴 새 없이 떠들었다. 나는 그가 사실은 나와 대화를 나눌 생각이 없다고 짐작하며 그의 말을 한 귀로 듣고 한 귀로 흘렸다. 솔직히 그는 코펜하겐의 날씨와 식물원 또는 놀이동산(그때는 문을 열지 않는 시기였다)에 관해 이야기하고 싶지 않았을 것이다. 그의 목소리는 복도의 높다란 천장 아래에서 메아리를 만들어 냈다. 교수들의 구둣발 소리, 수간호사의 모카신 소리 그리고 나의 슬리퍼 소리가 차가운 안개처럼 나를 감쌌다.

우리가 들어선 곳은 커다란 강당의 무대 뒤편이었다. 나는 접이식 가림막 뒤에 있는 조그만 의자에 앉아 관중석에서 들려오는 웅성거림과 시가 연기를 느낄 수 있었다. 스트룀 교수는 긴장된 모습으로 안주머니에 들어 있는 원고를 만지작거렸다. 레르켄펠트 교수는 매우 상냥하고 호의적으로 내 뺨을 쓰다듬으며 무슨 말인가 했지만, 나는 입속에서 웅얼거리는 듯한 그의 덴마크어를 이해할 수 없었다. 홀름뵈 수간호사는 매의 발톱에 걸려 꼼짝 못 하는 희생물처럼 내 의자 옆에 꼼짝 않고 서 있었다. 강당은 어두어둑했으나 무대는 불빛으로 환했다.

나는 불안하고 두려운 마음을 진정하기 위해 나와 관중석 사이에 자리한 하얀 가림막에 시선을 고정하고 폴더를 하나하나 세기 시작했다. 가림막 오른쪽에 세로로 드리워진 폴더는 모두 38개였지만, 왼쪽에는 23개밖에 없었다. 가림막 한가운데를 중심으로 양쪽 너비가 똑같아 보이는데 폴더의 수가 다른 것이 이상했다. 나는 가림막의 폴더를 고정한 두 개의 철제 막대를 중심으로 위쪽과 아래쪽을 살펴보기 시작했다. 마찬가지로 폴더 수가 적은 쪽에 고정 매듭이 더 많았다. 이상하기 짝이 없었다. 뿐만 아니라 가림막 위쪽 5분의 1 정도 되는 지점에 자리한 폴더의 수는 나머지 지점보다 더 많았다. 정말 이상했다. 나는 가림막의 폴더를 하나하나 시선으로 따라가 보았다. 양쪽 가장자리에서 시작된 폴더의 주름이 중앙 지점으로 오며 사라지는 듯 서로 만났다. 가림막 너머에서는 관중들의 주목을 끄는 독일어와 함께 내가 알아듣지 못하는 외국어가 뒤를 이었다. 내가 이해할 수 있는 건 스트룀 교수의 직위와 함께 그를 소개하는 말뿐이었다. 가림막 뒤에서 기대감을 실은 관중들의 정중한 박수 소리가 들려왔다.

스트룀 교수의 독일어는 노르웨이어 억양이 너무나 심하게 섞여서 내가 알아들을 수 있을 정도였다. 내 삶이 그의 연구 사례로 등장했다. "사례자가 태어날 때부터 지닌 체모는 지금 우리가 보는 것과 마찬가지로 계속 발달해 왔습니다." 거기까지는 꽤 쉽게 이해할 수 있었다. "사례자의 조모증 또는 체모과다증은 매우 희귀한 증상으로 성별의 모호성 또는 왜곡된 신체적 특징을 동반하는 것이 일반적입니다. 그 외의 경우 조모증은 조산으로 태어난 신생아 또는 출생 전 모체에서 숨을 거둔 태아에게서도 볼 수 있습니다." 하얀 가림막의 가장자리를 눈으로 따라가노라니 온몸에 한기가 스쳤다. 자신의 연구와 논문에 관해 말하는 스트룀 교수의 목소리는 귀에 들어오지 않았다. "제가 연구한 사례자의 체모는 상당히 두꺼운 편임에도 불구하고……." 나는 스트룀 교수가 쌓아 올린 경력의 정점에 내가 있다는 걸 깨달았다. 그의 목소리가 열정과 흥분으로 심하게 떨리기 시작했던 것이다. "지난 13년 동안 단 한 번도 내향성 모발은 발견되지 않았습니다."

가림막 뒤에서 흘러가듯 들려오는 말이었지만, 바로 그 부분은 틀림이 없다는 걸 깨달았다. 보아하니 내향성 모발 연구는 요한 Q. 스트룀 교수가 생을 바쳐 연구한 분야인 것 같았다.

그는 화면의 사진을 가리키며 내향성 모발의 특성을 더욱 자세하게 설명하는 것 같았다. 농양과 고름집, 지방종과 감염 등 갖가지 의학 용어가 난무하는 와중에 그 증상을 지닌 사람들의 인간적 고통은 단 한마디도 언급되지 않았다. 관중석에서는 지루함을 견디지 못한 사람들의 웅성거리는 소리가 나직이 들려왔지만 스트룀 교수는 개의치 않았다. 화면의 사진이 바뀌는 소리와 함께 날이 무디거나 청결하지 않은 면도칼부터 불결한 신체 위생 등을 언급하던 그가 마침내 결론에 이르렀다. 내향성 모발의 원인은 불결한 위생 상태보다는 오히려 선천적인 요소가 크다는 거였다. 너무나 자세한 예들과 함께 그의 발표가 지리멸렬하게 계속되자 관중석의 웅성거림은 더욱 커졌다. 나는 가림막의 폴더를 세다가 멈춰 버렸다. 국제 피부의학 총회에서 내향성 모발에 관한 연구를 발표하는 스트룀 교수의 목소리가 한층 더 높아지고 떨리기 시작했다. 나의 특이한 체모 성장 현상과 다모증을 유발하는 모낭 및 염색체 조직에 관한 설명이 이어지자 어느새 관중석이 조용해졌다. 자리를 뜨는 사람도 없었다. 기대감은 더욱 높아지고 정적은 더욱 강렬해졌다. 스트룀 교수가 마지막 사진을 보여 주자 화면의 불이 꺼졌다. "지금까지 귀 기울여 들어 주신 명망 높은 의학자분들께 진심으로 감사드립니다." 이어서 관중석을 향해 관심 있는 사람들은 무대로 올라와 직접 확인해도 좋다고 말했다. 그와 동시에 홀름뵈 수간호사가 등을 쭉 펴고 내 앞에 놓인 가림막을 걷어 냈다.

충격과 경악을 담은 한숨 소리가 바람처럼 강당을 휩쓸었다. 나는 그 소리를 이전에도 여러 차례 들은 적이 있었다. 나를 처음 본 사람들의 입에서 예외 없이 흘러나온 그 소리가 이번에는 좀 더 정중하고 체면을 갖춘 소리로 변형되어 내 귓전에 다가왔다. 통제력이 부족한 이들의 입에선 행복감에 겨운 듯한 감탄사가 흘러나오기도 했다. 하지만 이번처럼 많은 사람이 한꺼번에 내뱉는 경악의 한숨 소리는 난생처음 경험해 보는 일이었다. 그 소리는 어둑어둑한 강당에 크고 깊은 심연을 만들어 냈다. 나는 질끈 감은 눈을 살짝 떠 보았다. 교수의 실루엣과 함께 넥타이핀, 시곗줄, 왁스로 매끈하게 다듬은 콧수염이 보였다. "이제 일어나 보시겠습니까?" 스트룀 교수가 매우 상냥하게 노르웨이어로 말했다. 나는 자동으로 몸을 일으켰다. 그와 동시에 뒤에 서 있던 수간호사가 나의 병원 가운을 벗겨 내렸다. 환한 무대 조명이 주요 부분만 겨우 가린 속옷 차림으로 서 있는 나를 비춰 내렸다.

다시 경악의 한숨 소리가 강당에 번졌고, 여기저기서 웅성거리는 소리가 뒤를 이었다.

너무도 환한 불빛에 어질어질했다. 세상에 홀로 남겨진 듯

한 기분이었다. 깎아지른 절벽 앞에 서 있는 느낌이 스쳤다. 뱃속이 당기면서 사지가 마비되었다. 나는 가만히 제자리에 서 있기 위해 온 힘을 다해야만 했다. 스트룀 교수는 내 곁을 빙빙 돌며 긴 작대기로 사춘기에 이른 고양이 같은 내 몸 곳곳을 가리켰다.

그가 무슨 말을 하는지 귀에 들어오지 않았다. 나는 관중석 어딘가에 앉아 있을지도 모르는 아버지를 찾아 두 눈을 껌벅거렸지만, 아버지는 어디에도 보이지 않았다. 아니, 저기! 아버지가 보였다. 거의 맨 뒷줄에 앉아 있는 남자. 나는 그의 머리카락과 구레나룻을 보며 아버지가 틀림없다고 생각했다. 아버지를 보자마자 마음이 진정되기 시작했다. 소리를 지르고 문제를 일으킬 필요는 없었다. 아버지가 나를 지켜보고 있다면 무서울 게 없으니까. 나는 무대에 선 채 사람들의 시선과 스트룀 교수의 작대기를 말없이 견뎌 냈다. 관중석에서는 학자와 의사들의 눈동자 112쌍이 나를 지켜보고 있었다. 코걸이 안경을 걸친 눈, 내 몸을 아래위로 훑어보는 만족스러운 눈은 스트룀 교수의 작대기를 따라 바쁘게 움직였다. 그의 작대기는 감추고 싶은 은밀한 부분까지도 드러냈다. 그것이 스트룀 교수의 충동적 몸짓인지, 아니면 의학적 호기심인지는 알 수 없었다.

누군가 나를 천천히 한 바퀴 빙그르르 돌렸다. 사람들의 눈은 나의 옆면, 뒷면 구석구석으로 향했다. 뿐만 아니라 나는 교수의 지시에 따라 두 팔을 들어 올리기도 하고 몸을 숙여 보이기도 했다. 깎아지른 절벽 앞에 서 있는 듯한 느낌은 좀체 가시지 않았다. 하지만 아버지가 나를 지켜본다는 생각을 하니 어지럽긴 하지만 두렵진 않았다. 나는 무대에 차분히 서서 스트룀 교수가 시키는 대로 했다. 잠시 후 그가 관중석을 향해 직접 사례자를 관찰해 보고 싶은 사람은 무대로 올라오라고 말했다.

의사와 교수들은 마치 조그만 학생들처럼 열성적인 모습으로 서로 밀쳐 가며 줄을 섰다. 무대 앞에는 순식간에 긴 줄이 만들어졌다. 그들은 서너 명씩 무리를 지어서 무대로 올라와 내 몸을 구석구석 관찰하고 손가락으로 찔러 보기도 하며 알 수 없는 아름다운 외국어 발음으로 감탄사를 내뱉었다. *세상에, 이처럼 흥미로울 수가! 참으로 특이하군요! 역시 주목할 만한 사례입니다. 진실로 엄청난 광경이군요.* 그들은 마치 동전을 눈앞에 둔 고리대금업자처럼 욕심 가득한 눈으로 나의 체모에 손을 대 보거나, 심지어는 손가락 사이에 끼워 문질러 보기도 했다. 나는 다시 관중석에 있을 아버지를 찾았다. 하지만 내 앞에는 의학 박사이자 총회 의장인 훌쭉한 키다리 백발 교수가 서서 시야를 가렸다. 그는 내 앞에서 살짝 옆으로 비켜난 곳에서 자리를 뜨지 않았다.

관찰 행위가 끝나자 사람들은 반원을 그리며 나를 둘러쌌다. 스트룀 교수는 기다렸다는 듯 면도칼을 꺼내 내 팔의 털을 조금 도려냈다. 성냥갑처럼 작은 사각형을 그리며 털 아래 피부가 드러났다. 너무나 급작스럽게 일어난 일이라 나는 반항할 겨를도 없었다. 모여든 사람들은 털이 도려낸 부위를 보기 위해 고개를 들이밀었다. 나는 반항하지 않았다. 반항할 겨를도 없거니와 반항할 수도 없었다. 단지 그 자리에 멍하게 서 있을 뿐. 내 몸은 팔에 달린 부속품처럼 제자리만 지켰다. 다시 눈으로 아버지를 찾았다. 하지만 내가 아버지라고 생각한 사람은 아버지가 아니었다. 콧수염과 구레나룻, 머리카락으로 아버지라 짐작한 남자는 도르트문트에서 온 듯한 통통하고 평범한 백발 교수일 뿐이었다.

나는 절벽 아래로 떨어졌다. 끝없이 아래로 추락했다. 뱃속에 자리 잡은 덩어리가 긴장감과 고통으로 더욱 딱딱하게 뭉쳤고, 나는 끝없이 추락했다. 한 시간쯤 지나서 훌름뵈 수간호사가 병원 가운을 다시 입혀 주었을 때, 내 몸은 거의 마비가 된 것 같았다. 사지가 바들바들 떨려서 주체할 수 없을 정도였다. 누군가의 손에 이끌려 무대를 벗어나 복도에 나오니 아버지 얼굴이 보였다. 방금 관중석에서 아버지라 착각한 구레나룻과 얼굴이 아닌 진짜 아버지. 나는 아버지를 보고서도 총회에 참석한 학자인 줄 알았다. "아가, 어떻게 되었니? 잘했어?" 아버지의 목소리에는 걱정과 자랑스러움이 함께 묻어나왔다. "네. 걱정할 건 아무것도 없어요. 다 잘되었어요." 우리는 작은 홀로 안내받았다. 급사가 들어와 차와 빵을 내려놓았다. 아버지는 여전히 자랑스러움과 걱정을 담은 눈으로 나를 바라보았다. 나는 억지 미소를 머금으며 초점 없는 눈으로 아버지를 바라보았다. 내면의 나는 여전히 절벽 아래로 끝없이 추락하기를 멈추지 않았다. 면회 시간이 끝나자 아버지는 문 쪽으로 걸어가며 내게 미소를 지어 보였다. 심지어는 소리 내어 코웃음으로 웃기도 했다. 아버지는 저녁 시간을 홀로 즐겨 볼 생각이라고 말하며 문밖으로 사라졌다. 나는 한 시간 정도 쉴 수 있다는 말과 함께 내 방으로 안내되었다.

침대에 앉았지만 온몸의 떨림은 멈추지 않았다. 이불을 덮고 누워도 마찬가지였다. 결국은 방 전체가 흔들리는 것 같은 느낌이 나를 덮쳤다. 나는 가만히 누워 있었지만 벽과 바닥, 침대까지 세차게 흔들리는 것 같았다. 하지만 그 느낌은 서서히 사라졌고, 온몸에 따스한 기운이 스며드는 동시에 깊은 잠에 빠져들었다. 얼마나 지났을까, 수프를 가져온 수간호사가 나를 깨웠다. 그녀는 부드럽게 내 머리를 쓰다듬으며 이해할 수 없는 덴마크어로 상냥하게 말을 걸었다. 하지만 나는 관자놀이에 머무는 그녀의 손길이 낯설기만 했다. 조용히 몸을 일으키고 수프를 먹었다.

잠시 후 레르켄펠트 교수와 스트룀 교수가 내 방을 찾았다. 그들은 내게 앞으로 무슨 일이 일어날 것인지 설명했다. 나는 다시 진료실처럼 보이는 곳으로 이동해야만 했다. 강당에서 본 사람들 중 3분의 1 정도 되는 학자들이 모여 나를 기다리고 있었다. 그들은 한 사람씩 또는 두 사람씩 짝을 지어 나를 관찰했다. 나는 다시 병원 가운을 벗어야만 했다. 그들은 스트룀 교수와 내게 번갈아 가며 질문을 던졌다. 나는 멍한 상태에서 대답할 때도 있었지만 대부분은 입을 다물었다. "수줍음이 많은 아가씨랍니다." 그들은 내 몸에 손을 대 보거나 털을 잘라 내기도 했다. 그들은 잘라 낸 털을 죽은 새의 장례 준비를 하듯 솜을 깔아 놓은 작은 상자에 조심스레 넣었다. 레르켄펠트 교수는 백발 아래 자리한 홀쭉한 얼굴에 격려가 담긴 온화한 미소를 담아 나를 지켜보았다. 그가 나를 보호해 줄 거라고 생각했다. 그렇게 생각하니 이 모든 일을 그럭저럭 견뎌 낼 수 있다는 작은 용기도 생겨났다.

창밖에 어둠이 깔렸다. 영원히 계속될 것 같은 하루가 어느새 막바지에 접어든 것이다. 스트룀 교수와 레르켄펠트 교수는 수차례나 내게 고맙다고 하며 저녁 인사를 건넸다. 홀름뵈 수간호사를 따라 내 방으로 돌아오니 우유 한 컵과 밤참이 기다리고 있었다. 그녀가 방을 나간 다음 음식을 먹다 말고 세면대에 토한 뒤 침대에 누워 바로 잠에 빠졌다.

……꿈 없는 깊은 잠에서 깨어났다. 눈을 떠 보니 홀름뵈 수간호사가 침대 옆에 서 있었다. 그녀는 잠을 자지 않는 것일까. 어쩌면 고통에 시달리는 환자들을 돌보느라 잠을 잘 여유가 없을지도 모른다. 코펜하겐의 플로렌스 나이팅게일. 그녀가 조심스러우나 단호한 손짓으로 내 머리를 쓰다듬고 램

프에 불을 밝힌 뒤 차분한 목소리로 무슨 말인가 했다. 짐작하건대 레르켄펠트 교수가 다시 나를 진찰해 보고 싶다는 말인 것 같았다. 그녀가 방을 나서자 레르켄펠트 교수가 차분한 미소를 지으며 들어왔다. 그는 내가 누워 있는 침대로 조용히 다가와 기분이 어떠냐고 상냥하게 물었다.

기분은 나쁘지 않습니다. 감사합니다. 그가 손을 뻗어 한참이나 내 몸을 쓰다듬어 주었다. 관찰하는 듯한 그의 눈빛에 따스함이 스며 있었다.

*

그날 밤 자다가 볼일이 급해져서 눈을 떴다. 평상시에도 한밤중에 볼일을 볼 때면 침대 밑의 요강을 이용하지 않고 화장실에 가곤 했다. 침대에서 몸을 일으켜 혐오스러운 병원 가운을 걸치고 슬리퍼를 질질 끌며 복도로 나섰다.

문 앞에는 빈 의자가 있었다. 보아하니 홀름뵈 수간호사 또는 그녀의 동료가 사용하는 의자 같았다. 의자 옆에는 작은 테이블이 있고, 테이블에는 미적지근한 커피가 담긴 커피잔이 놓여 있었다. 그 옆에는 여러 번 읽은 듯한 잡지 한 권과 뜨개질바늘이 자리했다. 언뜻 보기에도 전혀 어울리지 않는 다양한 색깔의 실로 짠 양말도 있었다. "누구 없나요?" 처음에는 나직했던 내 목소리가 점점 높아졌다. 램프 불빛을 머금고 회색빛을 발하는 차가운 초록색 벽이 메아리를 만들어 냈다.

"여보세요? 누구 없나요?"

아무런 인기척도 들리지 않았다. 내게 대답해 주는 사람도 없었다. 담당 간호사는 분명 더 중요한 일로 자리를 비웠으리라. 어쩌면 그녀는 지금쯤 죽어 가는 환자의 손을 잡아 주고 있는지도 모른다. 아니, 그 손은 의사의 손일지도 모른다. 진실을 알기는 쉽지 않다. 복도에는 정적뿐이었다.

화장실을 찾아 복도 끝으로 발을 옮기노라니 병원 건물이 숨 쉬는 소리를 들을 수 있을 것만 같았다. 거대한 짐승이 코펜하겐의 어둠 속에서 콧김을 내쉬며 잠자는 것 같았다. 짐승의 핏줄 속에는 거뭇거뭇하고 오래된 피가 흐르며, 나는 그 핏줄 속을 거니는 것 같다는 생각이 스쳤다.

마침내 화장실을 찾았다. 불을 켜고 하얀 벽을 보니 기분이 좋아졌다. 잠자는 건물의 숨소리도 더는 들리지 않았다. 한기에 몸을 떨며 볼일을 보고 손을 씻었다. 찬물을 한 모금 들이켜자 잠이 달아나 정신이 또렷해졌다. 평상시에도 밤이 되면 자주 겪는 일이었다. 그럴 때면 글자와 음악, 책과 노래 또는 대화를 찾아 나서곤 했다. 사실 내가 원하는 건 잠이었다. 가만히 누워 눈꺼풀 안쪽의 어둠을 벗 삼아 밤새도록 깨어 있는 것이 두렵기만 했다. 그래서 무언가 할 일을 찾곤 했던 것이다. 혼잣말을 하거나 책을 읽거나 글을 쓰거나 라디오를 듣거나 그 어떤 일이라도 상관없었다. 그저 어둠을 내가 아닌 다른 무엇으로 채우고 싶었기에.

담당 간호사가 자리로 돌아왔기를 기대하며 발을 옮겼다. 어쩌면 그녀는 반 시간 정도 나의 말동무가 되어 줄지도 모른다. 대화를 나누다 보면 피곤해져 다시 잠들 수 있을 것이다. 하지만 병실 앞의 의자는 여전히 비어 있었다. 분명 그녀는 이 거대한 건물의 어둠 속에서 무언가 더 고귀하고 중요한 일을 하고 있을 것이다. 뜨개질 중인 양말을 살펴보니 화장실에 가기 전과 비교해 전혀 달라진 것이 없었다. 나는 의자에 앉아 세 줄이나 뜨개질을 해 놓고 내 방을 지나쳐 정처 없이 발을 옮겼다. 춥고 두려웠다. 복도 모퉁이를 돌아가니 조금 전 복도와 비슷한 길고 새로운 복도가 어둠 속에 뻗어 있었다.

여보세요? 거기 누구 없나요? 귀를 기울였다.

건물이 숨 쉬는 소리. 나란히 자리한 병실 문 뒤에서도 숨소리가 들렸다. 잠든 환자의 방이든 빈방이든 할 것 없이 들려오는 소리. 문득 저 멀리서 나직하게 흐느끼는 소리가 들리는 것 같았다. 죽어 가는 아이 앞에서 눈물 흘리는 어머니의 울음소리인가. 아니, 나만의 착각일지도 모른다. 낙담한 채 세 번째 복도로 들어섰다가 발을 멈췄다. 어디서 발자국 소리가 들려온 것 같았다. 다시 귀를 기울였다. 들리는 소리라곤 어둠과 뒤섞인 나의 발자국 소리가 만들어 내는 메아리 소리뿐. 그 소리가 잠잠해지자 다시 발자국 소리를 들을 수 있었다. 분명 내 소리는 아니었다. 차분하고 가벼운 발자국 소리가 저 앞에서 들려왔다. 나는 다시 걷기 시작했다. 야간 근무 중인 간호사거나 호리호리한 레르켄펠트 교수일지도 모른다. 그 누구라도 상관없었다. 잠시 대화만 나눌 수 있다면 그가 다시 나의 은밀한 부위를 진료한다 해도 받아들일 것 같았다. 나는 서둘러 발을 옮겼다. 모퉁이를 돌아 발자국 소리의 주인을 향해 뛰기 시작했다.

나는 깜짝 놀라서 비명을 질렀다. 세상에 태어나 그처럼 놀란 적은 단 한 번도 없었다. 내 비명 소리가 날카로운 메아리를 만들어 냈다. 그 소리에 잠이 필요한 수많은 환자가 다시 깨어났을지도 모른다. 어쩌면 내 비명 소리가 그들의 수명을 단축시켰을지도 모른다. 정신을 차리고 눈앞에 서 있는 존재를 바라보았다. 그 역시 나처럼 비명을 지르고 있었다. 보아하니 환자들의 수명을 단축시켰을지도 모르는 비명 소리를 홀로 책임지지 않아도 될 것 같았다.

내 앞에는 기이한 존재가 서 있었다. 중세의 지옥을 그린 그림에서나 볼 수 있는 존재처럼 기괴하기 짝이 없었다. 병원 가운을 걸친 홀쭉하고 구부정한 몸, 나와 비슷한 키. 나는 그가 내 또래의 남자라고 짐작했다. 머리카락은 거의 없는 데다 작고 파란 사팔뜨기 눈과 관자놀이 주변에만 털갈이하는 동물처럼 갈색 털이 듬성듬성 보였다. 게다가 온몸이 피부 대신 비늘로 덮여 있었다. 파충류 또는 바닷속에 사는 갑각류처럼 뻣뻣하고 단단하며 푸르스름하게 반짝이는 비늘이 그의 얼굴과 손과 몸을 뒤덮은 것이다. 비늘과 비늘 사이의 갈라진 틈으로 핏줄이 보였다. 입술은 평범한 인간의 입술과 다를 게 없지만 보라색을 띠었다. 그가 눈을 깜박이자 눈꺼풀에도 비늘이 박힌 걸 볼 수 있었다.

그와 나는 동시에 튕겨나듯 뒤로 펄쩍 뛰었다. 함께 지른 비명 소리의 메아리마저 사라질 무렵이 되자 목구멍까지 올라온 심장이 그제야 제자리를 찾아가는 것 같았다. 우리는 제자리에 가만히 서서 서로를 뚫어지게 바라보았다. 그를 보는 순간 이상하게도 내가 참으로 아름다운 존재라는 생각을 했다. 절망적이기도 했다. 그 또한 나와 같은 생각을 했는지 흥미로운 눈으로 나를 뚫어지게 쳐다보았으니까.

그의 얼굴을 뒤덮은 비늘이 갈라졌다. 나는 그가 미소를 짓는다고 짐작했다. 그가 가늘고 높은 목소리로 스칸디나비아어를 연상시키는 낯선 억양의 말을 뱉어 냈다.

"안녕하십니까. 보아하니 당신도 의학 총회에 참석한 사절단의 일원인 것 같군요."

그의 보라색 입술이 벌어지며 기괴한 미소를 만들어 냈다. 나는 그가 내 미소를 볼 수 없을 것이라 짐작했기에 대신 손을 내밀어 파충류를 닮은 손을 잡았다. 순간 온몸에 소름이 쫙 끼쳤다. 그는 살짝 고개를 숙여 인사한 뒤 다시 미소를 지었다.

"안드레이 보르라고 합니다." 그가 정중하게 자기 소개를 했다. "원하신다면 안드레아스라고 불러도 됩니다."

나는 내 이름을 말했다.

"아, 그렇군요. 정말 기대됩니다. 이제 우린 서로를 소개한 사이니까 저와 함께 가시겠습니까? 잠시 대화를 나누고 싶습니다만."

그의 높은 목소리는 가늘긴 했지만 잘 통제된 선명한 소리였다. 그는 마치 중세의 기사처럼 한 팔을 들어 올려 자신이 걸어온 복도를 가리켰다. 나는 놀라움이 가시지 않아 멍한 상태로 그를 따랐다. 그 모습을 누가 봤다면 꽤 이상하다고 생각했을 것이다. 기괴한 존재들이 동일한 병원 가운을 입고 함께 걷는 모습이란…….

그가 방문을 열었다. 그의 방은 내 방과 다르지 않았지만, 이미 오래전부터 생활해 온 듯 갖가지 물건으로 가득했다. 의자 등받이에는 짙은 색 정장 한 벌이 걸려 있고, 문 앞에는 구두 두 켤레가 있고, 침대 옆 테이블과 선반에는 개인용품이 나열되어 있었다. 구석에 놓아둔 여행 가방을 보니 안드레이보르 또는 안드레아스는 나처럼 호텔에서 생활하다 온 게 아니라 총회 첫날부터 이곳에 짐을 푼 것 같았다.

그는 매우 정중한 태도로 의자를 권하고 맞은편 의자에 앉았다.

"에바 씨, 당신은 이번 총회에서 가장 유명 인사더군요. 그런 당신을 만나다니 정말 영광으로 생각합니다. 아시다시피 당신의 사례는 엄청난 관심을 불러일으켰지요."

나는 말없이 그를 뚫어지게 바라보았다.

"놀라게 해서 진심으로 사과드립니다. 나는 원래 피부가 너무 따갑고 아파서 밤에 잠을 자지 못한답니다. 의사들이 피부라고 부르지만, 나는 그냥 비늘이나 껍데기라고 말할 때도 있습니다." 그가 자기 손을 흘낏 내려다본 뒤 생각에 잠긴 표정으로 천천히 내게 시선을 돌렸다. "나는 이 외모 때문에 지금까지 개최된 여러 번의 의학 총회에서 지대한 관심을 받아왔습니다. 하지만 이번에는 사정이 다릅니다. 그건 그렇고 당신도 고통을 느끼시나요?"

"고통을 느끼냐고요? 무슨 말씀인지요?"

그가 턱으로 내 손을 가리켰다. "당신의 상태로 인해 신체적 고통을 느끼는지 궁금해서 물어봤습니다."

"신체적 고통이라니요?"

"그런데……." 그가 정중하게 말을 이었다. "당신은 항상 질문의 대답을 새로운 질문으로 대신하는지요?"

"고통은 느끼지 않습니다. 전혀."

"정말 다행입니다. 당신은 매우 희귀한 사례입니다. 엄청나게 희귀한 사례지요. 나 또한 희귀한 사례라고 할 수 있지만 당신에 비하면 아무것도 아닙니다. 나는 태어날 때부터 이런 모습이었고, 시간이 흐를수록 상태가 더 심각해졌습니다. 부모님은 보헴의 작은 마을 돌니브라노프에서 가난하게 살았습니다. 교육을 받지 못해 아는 것이 없는 부모님은 내 몸에 젖기름을 발랐습니다. 그렇게 하면 상태가 나아질 줄 알았던 거지요. 그래서 나는 갓난아이일 때 온몸에 느끼한 젖 냄새를 풍겼답니다. 그렇게 해도 상태가 나아지지 않자 부모님은 나를 가둬 놓고 키우기 시작했습니다. 걱정과 수치심 때문이었으리라 짐작합니다. 에바 씨, 당신도 갇혀서 자랐습니까?"

나는 그가 무슨 의미로 그런 질문을 하는지 되물어보려다 얼른 생각을 바꿨다. "갇혀서 자라진 않았습니다. 단지 집 안에서 대부분의 시간을 보냈을 뿐이죠."

"이해합니다. 네, 이해하고 말고요. 우리 같은 사람들은 흔히 경험하는 일이죠."

나는 그를 바라보았다. 양팔에 소름이 끼쳐 털이 쭉 뻗쳐 올랐다.

"당신을 만나서 매우 흥미롭습니다." 안드레이 보르가 기분 좋게 말을 이었다. "나는 여덟 살, 아니 열 살쯤 되었을 때 상태가 더욱 악화되었답니다. 내 몸의 비늘이 갈라지면서 여기저기 피가 흘러내렸지요. 외모가 점점 파충류처럼 변하면서 아프기까지 했습니다. 풍요로운 보헴 지방에서 생산되는 젖기름을 아무리 발라도 도움이 되지 않았습니다. 나는 너무나 아파서 그대로 죽는 줄만 알았죠. 무식하고 가난한 부모님은 나를 굶겨 죽이려는 생각까지 했답니다. 그런 나를 발견하고 거둬 준 사람이 바로 요아킴 교수입니다."

"그렇군요. 이해합니다." 나는 거짓말을 했다.

"그때부터 새로운 삶을 살기 시작했습니다. 그건 그렇고 제가 큰 실례를 했습니다. 한밤중에 손님을 초대해 놓고 아무것도 대접하지 않다니!" 그가 몸을 일으켜 여행 가방에서 비스킷 상자와 여행용 술병을 꺼냈다. 비스킷 상자에는 갈색 과자가, 술병에는 투명한 액체가 담겨 있었다. 그는 세면용 컵 두 개를 가져와 투명한 액체를 따랐다.

"한번 맛보겠습니까? 스페퀼로스 비스킷과 베케로브카 술입니다. 이제야 손님 대접을 제대로 한 것 같아 마음이 놓이는군요. 그건 그렇고 당신은 요아킴 교수님을 모르나요?"

"모릅니다. 그분도 의사인가요? 피부과 의사?"

안드레이 보르가 웃음을 터뜨렸다. "하하하, 농담도 잘하는군요. 아닙니다. 전혀 아닙니다. 그분은 의사가 아니라 유람단의 단장입니다. 이해하겠습니까?"

"네." 나는 다시 거짓말을 했다. 질문에 질문으로 대답한다며 또 지적할까 봐 두려웠기 때문이다.

"그분의 유람단에는 우리 같은 사람이 수도 없습니다. 난쟁이, 샴쌍둥이, 뚱뚱한 여자, 힘센 남자, 머리가 두 개 달린 사람 그리고 파충류 인간, 그건 바로 나죠, 외에도 많이 있습니다. 수염 난 여자도 있답니다." 그가 헛기침을 하며 목을 가다듬었다. "하지만 그녀는 당신하고 많이 다릅니다. 어떻게 설명하면 좋을까요? 남자 같은 여자라고 해야 하나, 어쨌든 그렇습니다. 자, 건배할까요?"

그가 잔을 들어 올렸다.

나는 주저하며 내 잔을 들어 올리는 동시에 술을 마셨다. 술을 넘기자 목구멍이 따끔따끔했다. 숨을 쉴 수가 없었다. 술을 한 번도 마셔 본 적이 없었지만, 아무렇지 않은 척 억지로 술을 넘겼다. 내 얼굴은 털로 뒤덮여서 그가 내 표정을 볼 수 없는 것이 불행 중 다행이었다.

자신의 질문에 대답하는 대신 다시 질문하는 걸 참지 못하는 그는 아무것도 모른 채 신이 나서 말을 이었다. "매우 유망한 유람단이죠. 유럽에 꽤 이름이 알려져서 전 세계를 돌며 공연합니다. 최근 몇 년은 그 성과가 너무 좋아서 두 그룹으로 나누어 활동하고 있답니다. 요아킴 교수는 전 세계를 돌아다니며 우리 같은 사람을 채용하고 살 곳을 제공하는 것은 물론 온갖 도움을 주고 있습니다. 자, 건배! 비스킷도 드세요. 그는 나를 발견하고 데려가는 조건으로 부모님에게 엄청난 돈을 지불했습니다. 정확한 액수는 알 수 없지만 적지 않은 것은 확실합니다. 어머니의 걱정스런 얼굴과 아버지의 손찌검 속에서 자라다 그분 덕에 세상 빛을 볼 수 있었습니다. 유명해진 것은 물론 수많은 나라를 구경할 수 있었지요. 그는 내가 정기적으로 의사의 진료를 받을 수 있게 해 주었습니다. 그는 최고의 의사들과 각별한 친분을 맺고 있거든요. 덕분에 젖기름이 아닌 갖가지 연고와 약을 얻었습니다. 사시사철 햇살이 화창한 나라에서 일광욕을 하고 반신욕 치료를 받기도 했답니다. 뿐만 아니라 그는 내가 교육을 받을 수 있도록 후원도 해 주었습니다. 우리 유람단에는 교사도 많습니다. 한창 배워야 할 나이의 어린아이도 꽤 많기 때문이죠. 덕분에 우리 유람단에는 많이 배운 사람이 부지기수입니다. 이런 의학 총회에 참석하는 등 세계 곳곳을 돌아다니다 보면 자연스레 배우는 것도 많아지기 마련이지요."

"부모님과 헤어졌을 때 슬프지 않았나요?"

그는 내 말에 가늘고 높은 웃음소리를 토해 냈다. "전혀 슬프지 않았습니다. 나를 보세요. 나는 지금 여덟 개 언어를 유창하게 합니다. 가진 재산도 아주 많습니다. 모두 요아킴 교수 덕분이지요. 그는 우리가 한 일에 충분한 대가를 지불합니다. 이번 의학 총회만 봐도 그렇습니다. 여기까지 오는 비용도 만만치 않을 텐데 내 주머니에서 나간 돈은 한 푼도 없습니다. 내가 여태까지 부모님 밑에 있었다면 가난하고 무식한 사람으로 살았을 겁니다. 세상이 어떻게 돌아가는지도 전혀 모르겠지요. 물론 내가 아직 살아남았다면 말입니다. 그런데 지금의 나는 어떻습니까? 나는 세상에서 가장 유명한 파충류 인간 안드레이 보르입니다. 독일어로는 안드레아스 바우어라고 알려져 있습니다. 자, 건배!"

우리는 다시 술을 마셨다.

"그건 그렇고 에바 씨…… 당신은 어느 유람단 소속입니까?" 그가 의미심장한 미소를 지으며 물었다.

"저는 이곳에 아버지랑 왔습니다."

"설마…… 설마 그럴 리가……." 그가 체념한 표정을 지으며 비늘로 뒤덮인 머리를 절레절레 흔들었다.

"사실입니다."

"당신의 미래에 관해 생각해 봤나요? 사업을 해 볼 생각은 없는지요? 외롭진 않은가요?"

나는 한참 동안 그를 지긋이 바라보고 나서 진실을 말하기로 마음먹었다.

"네."

"많이 외로운가요? 주변에 당신과 비슷한 사람이 없기 때문에?"

"네."

"이젠 그런 생각을 할 필요가 없습니다. 요아킴 교수의 유람단에 들어오면 절대 외롭지 않을 겁니다. 그곳에는 당신과 비슷한 사람이 많으니까요. 물론 외모는 서로 다르지만요. 그곳에 있으면 당신도 정상이라는 생각을 할 겁니다. 당신 같은 외모라면 큰돈을 벌 거라고 확신합니다. 아주 큰 부자가 될 수 있다고요." 그가 피부에 자리한 비늘처럼 반짝이는 눈빛으로 나를 뚫어지게 바라보았다. "비슷한 상황에 있는 이성도 만날 수 있습니다. 우리 유람단에는 결혼해서 행복하게 사는 부부도 많습니다. 연애 중인 커플도 많이 있지요. 우리처럼 외모가 눈에 띄는 사람들은 마음만 먹으면 매우 자유로운 애정 생활도 할 수 있습니다. 당신도 아름다움은 내면에서 우러난다는 말을 알고 있지요?"

방이 천천히 흔들리는 것 같았다.

"글쎄요." 나는 당황하여 말을 얼버무렸다.

"아름다움은 내면에서 우러나는 것입니다." 그가 생각에 잠긴 표정으로 말을 이었다. "하지만 그렇지 않은 경우도 있습니다. 그래서 이상하다고 생각할 수밖에 없습니다. 요아킴 교수의 단원 가운데 한 난쟁이 여성은 세상에서 가장 키가 큰 남성과 결혼했습니다. 얼굴과 몸이 어린아이 얼굴만 한 사마귀로 가득한, 세상에서 가장 추한 여성은 가재손을 가진 남성과 결혼했습니다. 그들은 아이 셋을 낳았는데, 그중 둘은 아버지처럼 가재손으로 태어나서 가족의 미래를 책임질 수 있었지요. 그렇습니다. 그들은 행복한 결혼 생활은 물론 상상할 수 없을 정도로 엄청난 부를 누리며 살고 있어요. 나의 경우……." 의자에 앉은 채 아랫도리를 불쑥 내밀며 말을 이었다. "나는 온몸을 파고드는 고통 때문에 밤잠을 잘 이루지 못합니다. 물론 밤이 되면 찾아드는 고통은 한시적으로 잠재울 수 있지만, 세월이 흐를수록 조금씩 더 악화되고 있습니다. 내가 언제까지 살 수 있을지도 모르는 일이고……." 그가 말을 멈추고 나를 뚫어지게 바라보았다. "하지만 한 가지만큼은 확신할 수 있습니다." 장난기 담은 목소리를 낮추어 나직이 말했다. "나는 지금까지 꽤 많은 여자를 행복하게 해 주었습니다. 셀 수 없을 정도로 많습니다. 지금 당신 눈에 보이는 이 비늘딱지는 신체의 일정 부위에 국한되어 있습니다. 생식기는 비늘과 상관없다는 말입니다. 그 부위는 오히려 최상의 조건을 갖추고 있습니다. 크기부터 어느 누구에게도 뒤지지 않습니다. 조류로 친다면 그저 그런 새가 아니라 독수리에 비교할 수 있습니다. 독수리 중에서도 크고 강인한 검독수리라 할 수 있지요."

나는 술잔에 손을 뻗었다.

"나의 저주받은 몸과 그로 인한 고통을 잠재울 수 있는 건 바로 그것뿐입니다."

"무슨 말씀을 하시는지 잘 모르겠군요." 나는 혼잣말처럼 중얼거렸다. 솔직히 말해 사실이었다.

"하하!" 그가 큰 소리로 웃음을 터뜨렸다. "이처럼 저주받은 몸으로 평생을 살아야 한다면 부여받은 환경에서 최선의 삶을 살고 가능하다면 즐길 수도 있어야 하지 않겠습니까? 그런 면에서 나는 꽤 직선적인 사람입니다. 이런 태도가 당신을 민망하게 만들었는지요?"

나는 비늘로 뒤덮인 그의 얼굴에 숨어 있는 진실을 찾아내려고 뚫어지게 바라보았다. 어쩌면 그 역시 나의 숨은 얼굴을 찾아내려 하는지도 모른다.

"그렇진 않습니다." 나는 거짓말을 했다.

"건배! 그렇다면 우린 서로를 이해한다고 할 수 있겠군요. 그런데 당신은……." 그가 주저하며 말을 이어 갔다. "꽤 냉정하고 반항심이 강한 사람 같군요. 남자를 만나기는 힘들 것 같습니다. 평범한 남자는 절대로 만날 수 없어요. 당신이 꿈꾸는 걸 줄 수 있는 남자는 포기해야 할 것 같습니다."

방 안이 조금 전보다 훨씬 심하게 흔들렸다.

"저 바깥세상에서는 불가능한 일입니다. 하지만 우리 세상에선 충분히 가능한 일이지요. 이곳에서는 당신도 행복해질 수 있습니다. 사랑을 받고 사랑을 줄 수 있습니다. 아름다움은 내면에서 우러나오는 거란 사실만 마음에 둔다면 말이지요."

"네." 나는 술을 한 모금 더 마셨다. 취했다는 느낌은 전혀 없었다.

"중요한 점은 그 생각에서 단 한 시도 벗어나지 않아야 한다는 것입니다. 단 한 시도. 그렇게만 한다면 모든 일이 저절로 이뤄질 겁니다. 당신은 기쁨과 행복을 즐길 뿐 아니라 엄청난 부를 축적할 수도 있습니다. 당신은 주어진 상황에서 최선의 방식으로 살아가는 방법을 찾아야 합니다. 나처럼 말이죠. 인생을 살아가는 기회는 한 번뿐이고 사람은 누구나 때가 되면 죽기 마련입니다."

그가 허리를 쭉 폈다. 나는 그가 어디 아픈 모양이라고 생각했다. 비늘이 갈라진 부분이 따끔따끔하게 아픈 건 아닐까. 그가 병원 가운의 아랫도리 매듭을 풀며 말을 이었다.

"에바 씨, 욕구는 우리를 이상하고도 신비스러운 길로 인도합니다. 당신은 이번 총회에서 모든 이의 관심을 받았지만 매우 냉정하고 반항적입니다. 나는 당신이 오기 전까지만 해도 모든 이의 관심을 한몸에 받았는데 이제 당신이 그 자리를 차지했습니다. 하지만 당신은 평범한 남자를 얻을 수 없습니다. 자명한 사실입니다. 주어진 삶의 기본 조건 이상으로 당신이 더 요구할 수 있는 건 없습니다. 사람들은 이러한 진실을 세월이 한참 흐른 후에야 깨닫곤 합니다. 하지만 우리는 다릅니다. 건배!"

나는 의자에서 일어나 세면대로 걸어갔다. 바닥이 심하게 흔들렸다. 세면대에다 전부 토해 버렸다. 소화가 채 되지 않은 비스킷과 솔잎 향이 나는 술이 쏟아졌다.

잠시 후 그가 옆에 서 있는 걸 느낄 수 있었다. 내 이마를 쓰다듬던 그가 수건에 물을 적셔서 내밀었다.

"미안합니다." 안드레이 보르는 휘파람을 불듯 높고 가녀린 목소리로 힘없이 말했다. "술을 잘 이겨 내지 못하는 것 같군요."

"네." 나는 수치심을 억누르고 대답했다.

"에바 씨, 혹시 나이가 어떻게 되는지요?"

나이를 말하자 그가 깜짝 놀란 표정으로 나를 바라보며 미안한 듯 말했다. "아, 죄송합니다. 정말 진심으로 사과드립니다. 나는 당신이 나이가 훨씬 많은 줄 알았습니다. 겉으로만 봐선…… 짐작하기가 힘들었어요."

나는 말없이 고개만 끄덕였다.

"나는 스물여섯 살입니다." 그가 불행한 표정으로 말했다.

"나는 당신이 그보다 훨씬 어린 줄 알았습니다." 나는 수건으로 입을 닦으며 말했다.

"네, 물론 그렇겠지요. 외모와 가늘고 높은 목소리 때문에 충분히 그럴 수 있다고 생각합니다. 어쨌든 미안합니다."

나는 다시 고개만 끄덕였다. 그는 진심으로 미안한 표정을 지으며 물컵을 가져왔다. 내가 물을 마시는 동안 그는 나를 뚫어지게 바라보았다.

"입을 잘 헹궈 내세요. 입속에 남아 있는 역겨운 냄새를 하나도 남기지 말고 다 씻어 내세요."

나는 세상에서 가장 혐오스러운 비스킷과 베케로브카 술 냄새를 없애기 위해 입속을 말끔하게 헹궜다.

"이제 기분이 좀 나아졌습니까, 에바 씨?" 그가 걱정이 가득한 목소리로 물었다.

나는 고개를 끄덕였다.

"내가 배웅해 줄게요."

야간 근무를 하던 간호사가 돌아와 자리를 지키고 있었다. 안드레이 보르와 나는 복도의 모퉁이를 돌기 직전에 말없이 작별했다. 그는 뻣뻣하고 겸연쩍은 미소를 던지고 왔던 길을 되돌아갔다. 간호사는 나를 발견하자 놀란 표정을 지었다. 나는 화장실에 다녀왔다고 혼잣말처럼 중얼거린 뒤 그녀가 무슨 말을 하기 전에 얼른 방으로 들어와 버렸다. 그녀는 내 얼굴이 창백한 것도 알아채지 못했으리라.

나는 침대에 눕자마자 바로 잠에 빠져들었다.

*

날이 밝자 어제 미처 나를 관찰하지 못한 또 다른 의사와 학자들이 찾아왔다. 나는 그들 앞에서 다시 옷을 벗었고, 그들은 한 명씩 또는 두 명씩 짝을 지어 내 몸 여기저기를 관찰했다. 심지어는 은밀한 부분의 안쪽에도 체모가 있는지 세심하게 들여다보았다. 레르켄펠트 교수는 여전히 내 곁을 지켰다. 그의 미소는 온화하고 차분했지만 어제와 달리 어딘지 모르게 의미심장하고 비밀스런 분위기를 머금고 있었다.

점심시간이 되자 아버지가 면회를 왔다. 나는 다시 옷을 입고 마비가 된 듯한 온몸의 근육을 쥐어짜서 억지 미소를 지었다. 마치 아무 일도 없는 것처럼. 서로 다른 두 세상의 경계를 왔다 갔다 하다 보니 어느 것이 현실인지 감을 잡을 수가 없었다. 아버지와 점심을 먹고 함께 산책했다. 조각가 토르발센의 동상을 지나쳤을 때 아버지가 걱정스럽게 쳐다보며 잘 지내냐고 물었다. 나는 매우 잘 지낸다고, 조금 피곤할 뿐이라고 말하면서 멍한 얼굴로 억지 미소를 지어 보였다. 아버지는 나를 병원까지 데려다준 뒤 총회가 지불하는 혼자만의 오롯한 저녁 시간을 즐기기 위해 호텔로 돌아갔다.

저녁을 먹고 병원 건물이 조용해지자 아니나 다를까 레르켄펠트 교수가 내 방을 찾았다. 그는 내 머리와 어깨를 한동안 부드럽게 쓰다듬고 나서 어제와 마찬가지로 산부인과 진료를 시작했다. 나는 이번만큼은 반항하지 않고 그가 은밀한 부위를 관찰하는 데 협조했다. 냉정하고 까칠한 성격 때문에 평생 평범한 남자를 얻지 못할 거라던 안드레이 보르의 말이 떠올랐기 때문이다. 나는 저항하지 않고 두 다리를 벌린 채 교수의 입에서 나오는 차분하고 상냥하고 이상한 말들을 들으며, 눈을 감고 그의 어깨에 두 손을 얹었다.

사흘째 되는 날 또 다른 의사와 학자들이 나를 관찰했다. 역시 내 몸 이곳저곳을 가리키고 털을 도려내는 등 전날과 다르지 않았다. 하지만 나는 아무것도 기억할 수 없었다. 점심시간이 되어 아버지가 찾아왔다. 차를 마시고 빵을 먹다가 갑자기 아버지 목에 매달려 떨어지려 하지 않았다. 결국 아버지는 의사와 학자들의 성난 목소리와 반발을 뒤로한 채 나를 호텔로 데리고 갔다. 아버지는 총회의 마지막 프로그램도 취소해 버렸다. "아이가 피곤하다고 말하는 소리가 안 들립니까? 교수님도 보시다시피 에바는 아직 어린아이일 뿐입니다." 나는 여전히 아버지 목에 매달려 너무 피곤하다는 말만 수없이 되풀이하며 울먹였다. 아버지는 학자들을 향해 화를 내며 아름다운 우리의 호텔방으로 나를 데려갔다. 하지만 그 방은 처음과 달리 우중충하기만 했다. 창밖의 하늘도 차가운 회색빛을 띠고 있었다. 저녁이 되자 우리는 콘서트를 관람했다. 나는 지휘자의 회색 앞머리가 음악에 맞춰 흔들리는 것만 기억날 뿐 다른 것은 아무것도 기억할 수 없었다. 어쩌면 구노의 음악이었는지도 모른다.

다음 날 아침 우리는 코펜하겐을 뒤로하고 집으로 향했다. 나는 한마디도 하지 않았다. 아버지는 어떻게든 내 입을 열어 보려고 평상시와 달리 말이 많았지만, 나는 피곤하다는 말만 되풀이할 뿐 아무 말도 하지 않았다. 마침내 집에 돌아와서야 커튼으로 닫힌 내 방에 들어서자마자 집이 떠나갈 듯 크게 소리쳤다. 거실에 있는 아버지도 그 소리를 들었을 것이다. 그도 그럴 것이 다음 날 현관 앞에는 반짝반짝 광이 나는 빨간 자전거가 나를 기다리고 있었으니까.

나의 일기장 4

가나안의 에사우. 고귀하고도 야성적인 그는 피부가 매끈거리는 교활한 동생 야곱의 속임수에 넘어갔다. 그들은 이삭과 레베카의 자손이었다.

두 민족이 너의 태 안에 들어 있다.
너의 태 안에서 두 백성이 나뉠 것이다.
한 백성이 다른 백성보다 강할 것이다.
형이 동생을 섬길 것이다.

뱃속에서 두 아들이 요동치자 괴로움을 호소하는 레베카에게 신이 한 말이다. 창세기에 있는 이야기다. 신이 레베카에게 전한 말은 예언이었으나 나는 훗날 첨부된 변명으로밖에 보이지 않았다. 이 부분은 나중에 다시 언급할 생각이다.

먼저 태어난 자손은 온몸에 망토를 걸친 것처럼 털이 수북했다. 이삭은 그를 에사우라 불렀다. 털이 수북한 사람이라는 뜻이다. 그의 털은 나 같은 사람들과 마찬가지로 불그스름한 빛을 띠었다고 한다. 후에 태어난 자손은 온몸이 매끈매끈했으며 형의 발목을 잡고 세상에 나왔다. 이삭은 그를 야곱이라 불렀다. 뒤에 바짝 붙어 있다는 뜻과 함께 때로는 사기꾼이라는 의미로도 해석된다고 한다.

에사우는 산과 들에서 시간을 보냈으며 매우 유능한 사냥꾼으로 성장했다. 반면 성격이 온화하고 유순한 야곱은 집 안에서만 생활했다. 부엌에서 많은 시간을 보낸 그는 어머니 레베카의 치맛자락 아래서 마마보이로 성장했다. 이삭은 에사우를 좋아했는데, 야생 짐승의 고기를 선호했기 때문이다. 하지만 나는 그게 사실인지 확인할 수 없기에 무엇이 진실인지는 모른다.

어느 날 에사우는 허기지고 지친 몸으로 사냥에서 돌아왔다. 교활한 야곱은 부엌에서 팥죽을 끓이고 있었다.

에사우(피곤함): 배가 고프니 먹을 걸 가져오렴. 그 빨간 팥죽이 참으로 맛있어 보이는구나.

야곱(교활함): 안 돼. 장자의 특권을 내게 팔기 전에는 음식을 줄 수 없어.

아직 어린 에사우는 야곱의 말에 쉽게 넘어갔다. 산과 들을 돌아다니며 생활하는 터라 하루 벌어 하루 사는 하루살이 같은 삶에 익숙했다. "이토록 배가 고픈데 장자의 특권이 무슨 소용이란 말인가?" 그는 장자의 특권을 팥죽 한 그릇과 바꿨다. 이제 배가 부르자 다시 사냥하러 밖으로 나갔다. 그는 한참이나 시간이 흐른 뒤에야 자신이 한 일을 곰곰이 돌이켜 볼 수 있었다. "도대체 내가 무슨 짓을 한 것일까." 아버지 이삭은 노쇠하여 병상에서 죽음만 기다리고 있으니(적어도 그는 그렇게 믿었다), 마지막 순간이 되면 장자의 축복을 (이 축복이 엄청나게 중요한 모양이다) 자신이 아닌 교활한 쌍둥이 동생 야곱에게 줄 것이다. 아니나 다를까 임종이 다가왔다고 느꼈는지 이삭은 장자 에사우를 불러 사냥한 고기로 맛좋은 음식을 만들어 달라고 부탁했다. 그 음식을 가져오면 장자의 축복을 내려 줄 거라고 덧붙였다. 이를 알아챈 동생은 머리를 굴려서 어머니와 함께 모의했다. 어머니는 염소 고기로 근사한 요리를 만들어 야곱에게 주며 아버지한테 건네라고 일렀다. 뿐만 아니라 눈먼 이삭이 알아보지 못하도록 털이 수북한 염소 가죽을 야곱의 팔과 손 그리고 목에 둘러 주었다.

이삭: (아들에게 손을 뻗으며) 에사우, 너냐?

야곱: (음식을 손에 든 채) 네, 그렇습니다. 에사우입니다.

이삭: 네가 정말 에사우냐?

야곱: 그렇습니다.

이삭: 이렇게 빨리 사냥해서 음식을 만들어 오다니 놀랍구나.

야곱: 텐트 옆에서 야생 짐승 한 마리를 발견했습니다. 신이 아버지의 뜻을 알고 짐승을 그곳에 둔 것이 분명합니다.

이삭: 네가 정말 에사우냐?

이삭은 아들에게 손을 내밀어 보라고 말했다. 털이 북슬북슬한 손을 만져 본 이삭은 장자 에사우가 틀림없다고 믿었다.

야곱: (손을 내밀며) 여기 있습니다, 아버지. 저는 에사우

가 분명합니다.

이삭: (손을 떨며) 참으로 이상하구나. 목소리는 야곱일진대 손은 에사우의 손이로구나.

눈멀고 노쇠한 이삭은 야곱이 가져온 음식을 먹고 장자의 축복을 내려 주었다. 야곱의 백성은 그 수를 늘려 세상을 지배하고 오래도록 번창하리니, 야곱은 그들의 우두머리이자 형제 중에서도 우위를 차지하리라.

잠시 후 사냥에서 돌아온 에사우가 직접 만든 음식을 이삭에게 가져왔다. 혼란이 시작되었다. 이삭은 소리 지르며 불같이 화를 냈다. 그제야 에사우는 교활한 쌍둥이 동생 야곱에게 속아 넘어갔다는 걸 깨달았다. 아버지는 방금 자신이 저지른 일에 매우 슬퍼하며 더는 장자의 축복을 내릴 수 없다고 말했다. (나는 왜 장자의 축복을 단 한 번만 내릴 수 있는지, 또는 무효화할 수 없는지 이해하기 힘들다. 잘못된 상황에서 실수로 내린 불공평한 축복이 확실한데도 말이다.) 에사우는 절망했다. 잘못된 운명을 받아들이지 못하고 화를 내며 아버지가 땅에 묻히는 순간 야곱에게 복수하겠다고 맹세했다. 이 말을 들은 겁 많은 야곱은 너무나 두려워 온몸을 사시나무 떨듯 바들바들 떨었다. 어머니는 상황을 지켜본 뒤 야곱을 외가가 있는 라반으로 보냈다.

훗날 이 이야기에서 영웅이 되고 이스라엘 민족을 이끈 사람은 사기꾼이자 비겁한 겁쟁이 야곱이었다. 어머니의 말을 듣고 라반으로 향하던 야곱은 사막에서 한밤중에 천사와 맞닥뜨렸고, 둘은 동이 틀 때까지 힘겨루기를 했다. 천사인지 유령인지 모를 그는 동이 텄으니 자신을 놓아달라고 애원했다. 하지만 야곱은 천사가 축복을 내려 주기 전까지는 절대 놓아줄 수 없다고 단호히 말했다. 천사는 하는 수 없이 야곱에게 축복을 내려 주었다. 그는 이번에도 자기 몫이 아닌 걸 받아 든 것이다. 라반에서도 상황은 다르지 않았다. 그는 자기가 소유하지 않은 것에 욕심을 냈고, 결국 그마저도 손에 넣었다.

이 이야기는 처음부터 끝까지 이상하기 짝이 없다. 우선 어머니를 보자. 과연 어머니의 성품을 지녔다고 할 수 있을까? 에사우와 야곱은 둘 다 그녀가 낳은 자식이다. 그런데도 부엌에서 제 치맛자락을 잡고 자란 야곱에게만 사랑을 주었다. 나는 바깥으로만 돌던 에사우가 그녀의 마음에 들지 않았다고 짐작한다. 너무나 분명하지 않은가. 그녀는 정상적인 아들을 원했을 것이다. 자기 옆에서 응석 부리고 사랑받을 짓을 하는 그런 아이 말이다.

반면 에사우는 숲과 들판을 돌아다니며 사람들과 떨어져 짐승들과 더 많은 시간을 보냈다. 그들의 집을 찾은 친척이나 힘 있는 사람들에게 자식을 보여 줄 기회도 많지 않았을 것이다. 후계자. 에사우는 단순하고 순진한 사람으로 묘사되었지만 나는 확신할 수 없다. 그는 정식으로 교육받지 못했다. 그가 배운 거라곤 사냥하고 덫을 놓는 등 자연 속에서 생존하는 방법뿐이었다. 하지만 그는 착하고 용기 있고 정직했으며 정의로운 사람이었다. 아버지가 시키는 일이라면 무조건 다 해내고 아버지를 신처럼 떠받들었다.

이제 그의 아버지 이삭이 어떤 사람인지 살펴보자. 그는 장자의 특권을 훔친 야곱의 뻔뻔한 행위를 무효화하려는 노력도 하지 않았다. 야곱을 불러 장자의 특권은 팥죽 한 그릇과 바꿀 수 있는 것이 아니라고 야단치지도 않았다. 단지 자신의 실수를 침묵으로 넘길 뿐이었다. 나는 그런 이삭이 아내보다 나은 사람이라고 생각하지 않는다. 이제 눈물 없이는 볼 수 없는 임종의 순간을 살펴보자. 앞에서도 말했듯이 이삭은 앞을 보지 못했다. 하지만 성경의 어느 구절을 살펴봐도 귀가 들리지 않는다는 말은 없다. 즉 그는 야곱의 목소리를 알아듣고도 에사우라 믿었다. 자식의 목소리보다 늙고 쇠약한 자기 손을 더 믿은 것이다. 더욱 이상한 것은 따스한 체온을 머금은 자식의 살갗과 야곱의 팔에 두른 염소 가죽을 구별하지 못했다는 점이다. 가죽의 이음새와 삐죽삐죽한 가장자리를 느끼지 못한 것일까. 생각하면 생각할수록 이상하기 짝이 없다. 또한 장자의 축복은 단 한 번만 내릴 수 있는 것이며 취소할 수 없는 것이라니, 이 얼마나 불공평하고 기괴한 일인가.

나는 이삭도 한편이라고 생각한다. 그는 앞이 보이지 않는다는 핑계로 겉으로는 야곱에게 속아 넘어간 척하며 속으로는 만족했을지도 모른다. 그도 털이 북슬북슬한 짐승 같은 에사우보다 피부도 매끈매끈하고 그럴싸하게 생긴 야곱에게 유산은 물론 후손의 조상이 될 지위를 물려주고 싶었을 것이다. 어쩌면 그들 부부는 쌍둥이 자식이 태어나는 순간부터 누구를 더 가까이하고 누구를 더 멀리할지 무언의 합의를 주고받았을지도 모른다. 성경을 아무리 읽어 봐도 이삭이 에사우와 함께 사냥 나갔다는 말은 보이지 않는다. 정상적인 아버지라면 분명히 아들과 함께 사냥을 나갔을 것이다. 하지만 에사우는 항상 혼자였다. 야생의 숲과 들판이 얼마나 위험한가. 그런 곳에 어린 자식이 홀로 나간다면 목숨을 잃을 수도 있을 것이다. 이삭은 에사우가 훌륭한 사냥꾼으로 성장할 수 있도록 칭찬을 아끼지 않았다. 에사우가 사냥한 고기 요리를 먹고 싶었기 때문이라고 생각한다.

나는 에사우에게 연민을 느낀다. 사냥을 마치고 지친 몸으로 돌아와 아버지의 칭찬을 구걸했을 그를 생각하니 마음이 아프다. 어쩌면 아버지는 교활한 어머니와 달리 약간은 가책을 느꼈을지도 모른다. 그 또한 어렸을 때 아버지 아브라함에 의해 전지전능하고 질투가 많은 신을 위하여 제단의 제물로 바쳐질 운명에 처하지 않았던가. 하지만 그는 신은 물론 자기가 낳은 장자를 속이는 데도 성공했다. 눈먼 어둠 속에 누워 혼신을 다해 속임수를 생각해 내는 그의 노력이 가상하지 않은가. 그는 자신이 보지 못하는 것은 신도 보지 못할 거라고 확신했을 것이다. 그리고 저울의 눈금을 속이는 행상인처럼 행동했다. "목소리는 야곱일진대 손은 에사우의 손이로구나." 나는 에사우가 영혼의 평안을 얻기 위해서라도 아버지의 속내를 끝까지 알아채지 못하기를 바랐다.

순진하고 정직한 에사우는 이런 식으로 속아 넘어갔다. 쌍둥이 동생뿐 아니라 부모에게도.

나는 형제자매와 어머니가 없다는 사실을 고마워해야 할 것이다. 세월이 흐르자 에사우의 굳은 마음도 서서히 녹아내렸다. 하지만 이삭은 어떠했을까? 그는 여전히 살아 있었다! 죽음을 눈앞에 둘 정도로 노쇠했지만 목숨은 붙어 있었다. 죽음의 문턱에서 되돌아오기라도 한 것일까. 그들의 이야기는 가족 모두가 화해하고 성대한 파티를 치르는 것으로 마무리되었다. 부정한 일과 악한 일을 단죄하는 행위는 어디에서도 볼 수 없었다. 야곱은 눈곱만큼도 후회하는 빛을 보이지 않을 뿐 아니라 장자의 특권과 그에 따르는 축복도 내놓지 않았다. 오, 에사우, 에사우! 그는 체모과다증이라는 저주받은 삶을 살면서도 온화함과 겸손함을 잃지 않았다. 이처럼 사람들은 세월이 흐름에 따라 더욱 온화하고 겸손해진다. 내가 코펜하겐에서 배운 수많은 것 중 하나다.

호수

그녀가 자취를 감추는 일이 더욱 잦아졌다. 날씨가 점점 따스해지기 시작하여 새싹이 피어오르는 들판에서는 나직이 날갯짓하는 뜸부기를 볼 수 있었고 목초지를 날아다니는 제비도 간간이 눈에 띄었다. 공기 중에서 다가올 여름을 어렴풋이 느낄 수 있었다. 그녀는 자전거에 몸을 싣고 들판과 목초지, 외딴 폐허를 지나 마가목이 무성한 숲속 호숫가의 바위로 향했다. 호수는 짙푸른 색을 띠고 햇살을 받아 바짝 마른 바위는 따스한 기운을 머금었다. 그녀는 햇살 아래 몇 시간씩 누워 있곤 했다. 비가 오면 비옷을 입은 채 바위에 누워 있었다. 그녀만 아는 비밀스런 구덩이에는 여전히 상상 속의 난쟁이 같은 사람들이 나라를 이루어 살고 있었다.

여전히 도시와 성이 자리를 지켰지만 이전과 같지는 않았다. 사람들은 쑥 줄어들었고 재미있는 일도 하지 않았다. 전쟁도 없어진 지 오래였다. 대신 예전보다 훨씬 아름다워졌고 더 아름다운 일을 했다. 그곳에서 일어나는 일들은 점점 정적으로 변했다. 공주와 기사들은 길고 외로운 산책으로 시간을 보냈다. 일마-일은 십자군 전쟁에 참가하기 위해 먼 곳으로 떠나 버린 기사 아리마를 사무치게 그리워했다. 아리마도 일마-일을 그리워했으리라. 하지만 그의 앞길에는 수많은 위험과 유혹이 기다리고 있었으며 적군에게 포로로 잡혀 고문을 당하기도 했다. 일마-일의 외로움은 너무나 컸기에 이야기가 멈추는 적도 많았다. 에바는 일마-일의 외로움을 자신의 외로움인 양 가슴 깊이 간직했다. 그 외로움은 때로는 달콤했고 때로는 떨리는 듯 이상한 기분으로 다가오기도 했다.

학교에서 돌아오니 아버지가 체념한 표정으로 한숨을 쉬며 교장 선생님과 하델란 선생님이 보낸 편지를 보여 주었다. 하지만 꾸중하지는 않았다. 대신 에바의 가슴 한편에 남아 있을지도 모르는 온순하고 순종하는 또 다른 자아를 끄집어내려 무진 애를 썼다. 에바는 그런 아버지의 노력이 마음에 들지 않았다. 자신의 내면에 그런 자아가 있을지도 모른다는 생각조차 싫었기 때문이다. 하지만 아버지를 봐서라도 정신을 차려야겠다고 생각하여 일주일가량은 수업 시간에 숲으로 몰래 도망치는 일을 자제했다.

어느 날 갑자기 학교 운동장 구석에 홀로 서 있는 에바 앞에 그가 다가왔다. 수업종이 울려서 다른 아이들은 교실로 들어가는 참이었다. 운동장 구석에 서 있는 두 사람에게 눈길을 주는 이는 아무도 없었다.

"안녕." 그가 조심스레 말을 걸었다.

"안녕."

긴 침묵이 흘렀다.

"오늘도 수업 빼먹고 어디론가 가 버릴 생각이니?" 아르비드는 여전히 조심스레 말했다.

그녀는 그를 쳐다보지도 않았다. 그에게 대답할 필요도 없다고 생각했다.

그는 다른 아이들보다 훨씬 더 나빠. 단지 착한 척하는 것일 뿐.

하지만 그는 포기하지 않고 다시 물었다. "수업을 빼먹는 날이면 어디로 가니?"

"알 필요 없어!" 그녀가 그를 노려보며 말했다.

"그렇군." 그가 미소 지었다. 그 미소는 무언가 매우 웃기는 말을 들었을 때처럼 크고 하얗게 반짝였다. "알 필요가 없다고?" 그가 생각에 잠긴 표정으로 그녀의 말을 되풀이했다. "그곳에 나도 함께 가면 안 될까?"

그녀가 화난 표정으로 그를 쏘아보았다. *그와 눈을 마주치면 안 돼. 그는 다른 아이들보다 훨씬 사악한 아이니까.*

"어때?" 그가 기대감에 가득한 표정으로 한 발짝 더 가까이 다가왔다. 다시 커다랗고 하얀 미소가 공기 중에 흩어졌다. 그 미소를 눈으로 따라잡던 그녀의 얼굴에 옅은 미소가 번졌다. 그 미소는 그녀의 목구멍을 타고 내려가 배를 거쳐 손가락 발가락으로 퍼져 나갔다. 하지만 그는 그녀의 미소가 사라지기도 전에 발을 돌렸다.

그녀는 한동안 그의 뒷모습을 바라보다 생각을 고쳐먹고

교실로 들어가는 아이들의 행렬에 끼어들었다. 아이들은 그런 그녀를 놀렸지만 털을 잡아당기거나 몸을 밀치지는 않았다.

다음 날 그는 학교에 오지 않았다.

"아르비드?" 하델란 선생님은 출석을 부르다 말고 놀란 표정을 지었다. 아르비드는 지금껏 단 한 번도 결석한 적이 없었으니까. "아르비드가 왜 결석했는지 아는 사람?" 대답하는 아이는 아무도 없었다. 하지만 선생님은 큰 걱정을 하는 것 같지 않았다. 그는 다음 날도 학교에 오지 않았다.

그날 쉬는 시간은 유난히 시끌벅적했다. 아이들은 그녀에게 욕을 퍼부었을 뿐 아니라 뒤를 쫓아가 털을 한 움큼이나 뽑아 버리기도 했다. 그녀는 그런 아이들 속에서 그를 볼 수 없어 조금 안도가 되기도 했다.

"염소수염!" 아이들이 소리쳤다. "네 몸에는 벼룩도 수두룩할 거야." 그녀는 입을 꾹 다문 채 말없이 아이들을 피할 뿐이었다. 눈물을 흘리진 않았다. 사내아이 하나가 몰래 다가와 털을 한 움큼 뽑았다. 그는 승리를 거머쥔 병사처럼 털을 뽑아 쥔 손을 높이 치켜들었다. 아이들이 환호성을 질렀다.

다음 시간은 가사 실습 시간이었다. 시간은 더디게만 흘렀다. 가사실습실은 여느 때와 마찬가지로 무덥기 짝이 없었고, 재봉틀로 박음질하는 천은 치마가 아니라 누더기처럼 보였다. 손을 덮은 긴 털도 그날따라 더욱 협조해 주지 않았다. 여기저기 천과 함께 바느질되거나 뭉쳐 버렸다. 하지만 눈물을 흘리지 않았다. 그녀는 단 한 번도 울어 보지 않았다. 가끔 눈가가 촉촉하게 젖어 올 때도 있었지만, 그것만으로 운다고 할 수는 없지 않은가. 그녀는 아무리 슬퍼도 울음소리를 내지 않으려고 무진 애를 썼다. 그런데 털이 재봉틀의 실채와 실걸이에 걸려 빠지지 않았다. 그녀는 다른 아이들이 눈치채지 못하도록 조용히 털을 빼내려고 안간힘을 썼다.

"제기랄!" 그녀는 소리 나지 않게 외마디를 질렀다. 갑자기 실습실이 조용해졌다. 여기저기서 들리던 재봉틀의 페달 소리도 멈췄다. 재봉틀의 노루발에 낀 털을 빼내려 했지만 손을 움직이면 움직일수록 털이 더 많이 끼어서 급기야는 손을 옴짝달싹하지 못할 지경에 이르렀다. 손재주가 많아 무슨 일이든 가볍게 해내는데 오늘은 달랐다. 오른손을 빼내려고 왼손을 움직여 보았지만, 그 또한 컨베이어 틈새의 톱니 사이에 끼어 버렸다. 화가 난 나머지 무의식중에 페달을 꾹 눌렀고, 그녀의 털은 천에 박음질되어 버렸다.

주변이 조금 전보다 더 조용해졌다. 그녀는 천을 홱 잡아당겼다.

"제기랄!" 이번에는 들릴락 말락 소리가 높아졌다. 동시에 여기저기서 키득거리는 코웃음 소리가 들려왔다. 농익어 흐물흐물해진 자두가 땅에 툭 떨어져 터지는 소리 같기도 했다. 그녀는 여전히 울지 않았다.

"조용히 해!" 하델란 선생님이 매섭게 소리쳤지만 아이들의 웃음소리는 썩은 자두처럼 퀴퀴한 냄새를 풍기며 실습실을 채웠다. "도대체 이게 무슨 일이니?" 에바를 향한 선생님의 목소리에 체념이 담겨 있었다. 그녀는 고개를 절레절레 흔들며 에바를 도와주기 위해 다가왔다. "세상에, 이럴 수가!" 재봉틀을 중심으로 한 지옥 같은 광경에 어쩔 줄 몰라 했다. 에바는 선생님이 재봉틀에 박힌 털을 빼 주거나 잘라 줄 10여 분의 시간 동안 아이들의 구경거리가 되고 싶지 않았다. 선수를 쳐야겠다고 생각하여 재봉틀에 고정된 양손과 천을 한꺼번에 홱 잡아당겼다. 하지만 실이 노루발 아래에 고정되었기 때문에 쉽지 않았다. 에바의 몸이 앞뒤로 흔들린다 싶더니 균형을 잃어버렸다. 그 와중에 그녀가 앉은 의자가 넘어져 버렸다. 순간 양팔을 허공으로 치켜들었고, 그녀의 양손 사이에는 천 한 조각이 거머리처럼 딱 달라붙어 있었다. 웃음소리는 더욱 커졌다. "조용, 조용!" 그녀는 선생님의 말을 듣는 둥 마는 둥 공처럼 박음질된 천을 실습실 구석에 힘껏 팽개쳤다.

"젠장!" 그녀가 소리쳤다. 하지만 울지 않았다.

그녀는 선생님이 무슨 말을 하기도 전에 얼른 그곳을 빠져나와 자취를 감춰 버렸다. 아무도 찾지 못하는 곳으로.

그날 오후 그녀는 바위에 가만히 앉아 있었다. 구름이 가득 낀 하늘 아래로는 바람이 세차게 불었다. 그녀는 두 손을 무릎에 모은 채 멍하니 앉아 호수는커녕 아무것도 보지 않았다. 긴 황금색 털이 바람에 흩날렸다. 두 손은 그녀의 일부가 아닌 양 저절로 흔들렸다. 그녀는 자신의 두 손에서 벗어나 어디론가 도망치고만 싶었다. 자유로운 숲속의 동물들처럼.

"젠장." 그녀는 두 손을 내려다보며 나직이 중얼거렸다.

다음 날 그녀는 사람들이 눈을 뜨기 전 이른 아침에 일찌감치 자취를 감춰 버렸다. 보슬비가 내렸다. 바람을 실어 움직이는 구름 사이로 간간이 햇살이 내리쬐기도 했다. 비옷을 입었으니 몸이 젖을까 염려하지 않아도 좋았다. 그녀의 자전거는 햇살과 바람과 보슬비 사이로 쌩쌩 달렸다. 잠시 후 마가목으로 둘러싸인 호숫가의 바위에 도착했다. 바람 때문에 호수가 거친 물결을 만들어 냈다. 그녀의 가방에는 아버지 책장에서 가져온 아담센의 《세계 역사》와 그가 집필한 저널 한 권이 들어 있었다.

그녀는 여느 때와 마찬가지로 덤불 속에 자전거를 숨기고 조심스레 주변을 둘러본 다음 가방을 어깨에 메고 바위로 기어 올라갔다. 그제야 마음이 진정되었다. 그녀는 보슬비를 맞으며 한동안 멍하니 앉아 있었다. 챙이 넓은 방수 모자는 머리 위에서 비를 막아 주는 지붕 역할을 했다. 하지만 책을 읽기에 적합한 날씨는 아니었다. 얼마간 시간이 흐르자 구름이 걷히고 햇살이 내리쬐기 시작했다. 저 멀리서 새들이 지저귀는 소리도 들렸다. 그녀는 모자를 벗고 비옷의 단추를 푼 뒤 바위에 등을 대고 누웠다. 책은 조금 있다 읽기로 했다. 하늘의 구름은 급히 움직였고 햇살이 그 뒤를 따랐다.

여름이 오면 양심의 가책 없이 마음껏 결석하겠다고 결심했다. 따스한 햇살을 향해 고개를 들고 눈을 지그시 감았다.

어디선가 발소리가 들렸다. 바위 아래 오른쪽에서 바위를 기어오르는 듯한 소리가 뒤를 이었다. 그녀는 감은 눈을 뜨고 팔꿈치에 의지한 채 비스듬히 몸을 일으켰다. 구름 아래 누군가 서서 그녀를 내려다보고 있었다.

그녀는 언젠가는 누군가에게 들킬 줄 알았다고 생각하며 체념했다. 구름이 걷히면서 그림자에 가려진 낯선 얼굴의 윤곽이 드러났다.

"안녕!" 아르비드였다.

그녀는 대답하지 않은 채 몸을 일으키지도 않고 그를 바라보기만 했다.

"네가 말한 곳이 바로 여기였구나." 그가 미소 지으며 말했다. 이번에는 그의 미소가 하늘색으로 보인다고 생각했다.

그녀는 여전히 대답하지 않았다. 그가 그녀 옆에 웅크리고 앉았다. 그녀가 손을 뻗는다면 그의 옷소매에 닿을 수 있을 정도로 가까웠다. 그의 옷소매는 빨간 테를 둘렀으며 그의 손가락은 길고 가늘었다.

무언가 달그락거리는 소리가 들렸다. 보아하니 그의 책가방에서 들리는 소리 같았다.

"오늘은 나도 어디론가 사라져 버린 셈이지. 모두가 나를 찾고 있을 거야."

그녀는 대답하지 않았다.

"어제 네 뒤를 밟았어. 무척 화난 것 같더라. 내가 따라가는 것도 모르고 앞만 보며 가던걸." 그녀는 놀란 표정으로 그를 바라보았다. "너도 알다시피 난 달리기를 꽤 잘하잖아. 모히칸족처럼 숲길을 찾아내는 데도 일가견이 있지. 너도 모히칸족에 대해 들어 봤지?"

그녀는 의아한 표정을 지으며 조심스레 고개를 저었다.

"적의 눈에 띄지 않고 살금살금 몰래 움직이는 데는 그들을 따를 자가 없어."

그가 다리를 쭉 뻗고 앉았다. 그녀는 여전히 팔꿈치에 상체를 의지한 채 비스듬히 누워 있었다. 그가 흘낏 그녀를 내려다보며 걱정스럽게 말했다.

"내가 여기 오지 말았어야 한다고 생각하니?"

"응."

"흠, 그렇군……." 그가 바위에 몸을 뉘었다. 침묵이 흘렀다. 그는 *아주 나쁜 아이야. 다른 아이들보다 훨씬 더*…….

"하지만 오늘은 이왕 여기까지 왔으니 어쩔 수 없어." 그가 혼잣말을 하듯 중얼거린 뒤 가방에서 주섬주섬 꺼낸 스웨터를 차곡차곡 접어 베개처럼 머리 밑에 집어넣었다. 스웨터는 빨간색이었다. 두 사람은 한동안 아무 말도 없이 누워서 하늘의 구름만 바라보았다. 가끔 보슬비가 내리기도 하고 구름 사이에서 햇살이 살짝 내비치기도 했다. 그는 꼼짝 않고 누워 아무 말도 하지 않았다. 그녀 역시 그에게 눈도 돌리지 않았다. 한동안 그렇게 누워 있노라니 그가 옆에 있다는 사실도 잊어버릴 정도였다. 하지만 그녀는 부드러운 빗방울과 산들바람이 그의 얼굴을 스쳐 간다는 것을 느낄 수 있었다.

갑자기 더워졌다. 눈을 떠 보니 햇살이 화창했다. 그녀는 자신이 깜박 잠들었다는 걸 깨달았다. 얼른 몸을 일으켰다. 그가 보이지 않았다. 그의 가방과 빨간 스웨터는 여전히 자리에 있는 걸 보면 멀리 간 것 같지는 않았다.

아르비드가 숲에서 모습을 드러내 바위로 돌아왔다. 잔가지를 한 움큼 들고 있었다.

"배고프지 않니?" 그가 물었다.

그녀는 고개를 저었다.

"도시락은 어쨌니?"

"버렸어." 그녀는 거짓말을 했다. 평상시 자주 도시락을 버리곤 했다.

그가 눈을 휘둥그레 뜨고 놀란 표정을 지었다. "음식을 버리면 안 돼."

"그렇게 하면 안 된다는 법도 없잖아."

그가 그녀를 뚫어지게 바라보았다. "여기 있으면 배고픈 걸 못 느끼니?"

"응." 그녀는 단호하게 말했지만 갑자기 배가 고파지는 것 같기도 했다.

"할 수 없지……." 그가 한숨을 내쉬며 숲에서 모아 온 나뭇가지를 내려다보았다.

"사실 조금 배가 고픈 것 같기도 해."

그녀의 들릴 듯 말 듯 한 목소리에 그가 고개를 들어 미소 지었다. "그렇다면 음식을 나눠 먹자. 난 지금 몹시 허기져. 벌써 시간이 이렇게나 흘렀으니 당연해." 그리고 나뭇가지에 불을 붙였다.

"안 돼, 안 돼!" 그녀가 세차게 고개를 흔들며 말했다. "여기선 안 돼!" 아리마의 성 한가운데에서 모닥불을 피울 수는 없었다.

그가 의아한 표정으로 그녀를 쳐다보았다. "그렇다면 어디서 불을 피울까?"

그녀가 바위 주변을 둘러보았다. 그녀의 바위니까.

"저긴 어때?" 그녀가 조금 떨어진 곳을 가리켰다. 그는 말없이 나뭇가지를 모아 옮기고 가방에서 불쏘시개를 꺼냈다. 불은 금방 붙어서 활활 타올랐다. 그는 속으로 자랑스러워했을까. 그렇다 하더라도 겉으로는 티를 내지 않았다. 축축하게 젖은 나뭇가지가 하얀 연기를 내며 타들어 갔다. 손놀림이 매우 익숙한 걸 보니 모닥불을 많이 피워 본 것 같았다. 갑자기 그가 호수로 뛰어가 작은 주전자에 물을 담아 왔다.

"커피도 한잔 해야지." 그가 어른처럼 의젓하게 말하며 주전자에 커피 가루를 집어넣고, 모닥불 위에 나무 작대기 세 개를 이어 만든 튼튼한 버팀 장치에 주전자를 걸었다. 곧 물이 끓기 시작하면서 나무 연기 냄새 속에 커피 향이 섞여 코끝을 간질이기 시작했다.

그가 가방에서 작은 양철 컵 두 개를 꺼내 그중 하나를 건넸다.

"난 커피를 마시지 않아." 그녀가 주저하며 말했다.

그가 어처구니없다는 표정으로 그녀를 바라보며 자랑스럽게 말했다. "난 이미 오래전부터 커피를 마셨어."

"아버지가 커피는 아이들에게 좋지 않다고 했어."

"넌 아이가 아니잖아. 혹시 지금까지 단 한 번도 커피를 마셔 보지 못한 건 아니겠지?"

그녀가 고개를 끄덕였다.

그가 체념한 듯 고개를 절레절레 흔들며 각설탕을 꺼내 그녀의 컵에 넣고 작은 나뭇가지로 젓기 시작했다. 설탕은 뜨거운 갈색 액체 속에서 순식간에 녹아내렸다.

"커피를 처음 마실 때는 설탕을 곁들이는 게 좋아." 그가 설탕 넣은 커피를 그녀에게 건네고 자기 컵에 커피를 따랐다. "마셔 봐." 그가 컵에 입김을 후후 불고 커피를 마셨다.

그녀는 주저하며 컵을 들고 입김을 분 뒤 커피를 살짝 마셔 보았다. 너무나 뜨거웠다. 씁쓸함과 달싹함이 동시에 느껴지는 이상한 맛이었다. 호숫물로 끓인 탓인지 이끼 맛이 나는 것 같기도 했다. 그런데 커피를 한 모금 넘기고 나서야 단순한 음료가 아닌 신의 음료라는 걸 깨달았다. 그처럼 이상하고도 황홀한 맛은 처음이었다.

"어때? 좋아?" 그가 만족스런 표정을 지으며 그녀를 바라보았다. 두 눈이 살짝 가늘어졌을까? 그는 *다른 아이들과 마찬가지로 사악하기 짝이 없어. 단지…….*

"응." 그녀는 나직이 대답하고 커피를 한 모금 더 마셨다.

그가 가방을 뒤져 도시락을 꺼냈다. 샌드위치 다섯 개 중 두 개는 염소젖 치즈를 넣었고, 두 개는 시럽을 발랐으며, 나머지 한 개는 햄이 들어 있었다. 그는 도시락 뚜껑을 열어 그녀에게 내밀다 말고 갑자기 생각난 듯 방금 베고 누웠던 빨간 스웨터를 펼쳐 바위에 깔았다.

"이제 먹으면 돼." 그녀는 시럽 바른 샌드위치를 집어 들고 잠시 망설였다. 평상시 시럽을 좋아하지 않았다. 너무나 달고 너무나 끈적거려서 삼키기가 쉽지 않을뿐더러 입가와 손가락 털에 묻으면 닦아 내기도 힘들었다. 그녀는 주저하다가 결국은 샌드위치를 입에 넣었다.

샌드위치에서는 구겨진 빨간 스웨터 냄새와 함께 알아차리지 못할 정도로 희미한 소금기가 느껴졌다. 그녀는 서둘러 샌드위치를 목구멍으로 넘겼다. 생각보다 훨씬 맛이 좋았다. 문득 지금껏 열린 자연 속에서는 단 한 번도 음식을 먹어 보지 않았다는 생각이 스쳤다. 이상했다. 밖에 있을 때는 단 한 번도 허기를 느껴 본 적이 없다는 사실도 이상하기만 했다. 그녀는 그날 난생처음으로 아무것도 아니라는 듯 커피를 마셨다. 시럽을 바른 샌드위치도 먹었다. 어쩌면 그녀는 항상 배가 고팠기 때문에 그것이 배고픔이란 걸 깨닫지 못한 건 아닐까. 조금 식은 커피를 마시니 맛이 더 좋았다. 이번에는 커피에서 히스 덤불과 나무껍질, 흙 맛도 나는 것 같았다. 지금까지 먹어 본 그 어떤 음식보다 좋은 맛이었다.

나뭇가지가 계속 타들어 가다 이글거리는 숯덩이로 변했다. 날씨는 여전히 변덕스러웠지만, 어느새 바위는 햇살을 받아 뜨겁게 달궈져 있었다. 저 먼 하늘에서는 회색 구름이 몰려오고 있었다. 보아하니 저 멀리 어디에는 비가 내리는 곳도 있는 것 같았다. 그가 에바의 빈 컵을 움켜 쥐었다. 순간 그의 손이 그녀의 손등에 닿았다. 그가 그녀의 손을 바라보았다. 잠시 후 그의 입가에 미소가 번졌다. 히스 덤불, 이끼와 마찬가지로 초록색을 띤 미소였다. 내면으로 잦아드는 듯한 그 미소에서는 비밀스러움도 엿볼 수 있었다. 그는 그녀의 컵을 씻기 위해 호숫가로 내려갔다가 잠시 후 바위로 올라와 컵을 가방에 넣었다.

"여기 있을 때 호수에서 헤엄도 치곤 하니?"

그녀는 대답 대신 얼굴을 붉혔다. 하지만 그는 그녀의 달아오른 얼굴을 볼 수 없었다. 그는 *내 얼굴을 볼 수 없어.* 거짓말을 하기는 너무나 쉬웠다.

"물이 너무 차가워." 그녀가 무덤덤하게 말했다. 그렇게 하면 수치스러운 상황을 무마할 수 있을 것 같아서였다. 물론 상대가 아르비드라는 이유 때문만은 아니었다.

"그 말은 믿을 수가 없는걸."

그 말에 그녀가 움찔했다. 그는 셔츠를 벗고 허리를 굽혀 신발끈을 풀었다. 그녀는 때가 낀 듯한 그의 맨발을 보다가 얼른 시선을 돌렸다.

"누가 빨리 가나 내기할까?" 그가 소리치며 호수를 향해 뛰어갔다.

그녀는 그의 뒷모습과 햇살을 머금고 반짝이는 호숫물을 바라보았다. 잠시 후 풍덩 하는 소리가 들렸다.

그의 머리가 햇살을 등지고 수면 위로 솟아올랐다. 그는 젖은 머리를 세차게 흔들고 나서 그녀를 향해 팔을 휘저었다.

아르비드.

그가 소리쳤다. "물은 전혀 차갑지 않아!"

그녀는 수면 위로 치솟았다가 잠기기를 반복하는 그의 머리를 바라보았다.

"너도 얼른 들어와!"

그녀는 못 들은 척했다.

그는 한참 동안 물개처럼 호수를 휘저으며 헤엄을 쳤다. 바위에 홀로 앉아 있던 에바는 갑작스런 외로움을 느꼈다. 벌떡 몸을 일으키고 신발을 벗었다. 칙칙하고 헐렁한 속바지와 치마를 벗고 긴 팔 블라우스의 단추를 풀었다. 잠시 주저하다 결심한 듯 나머지 옷을 재빨리 벗어 내렸다. 바위에 서서 벗은 몸을 내려다보았다. 산들바람에 긴 황금색 체모가 누런 밀밭처럼 물결치듯 살랑거렸다. *도대체 지금 내가 뭘 하는 걸까?* 그녀는 바위에서 내려가 호수를 향해 달리기 시작했다. 자갈돌에 발바닥이 따끔거리는 것도 개의치 않았다. 호숫가의 갈대밭에 이르러 물속에 잠긴 그의 얼굴을 보았다. 놀란 표정으로 그녀를 바라보는 그의 얼굴은 거대한 호수 때문인지 조막만 해 보였다. 그녀는 주저하지 않고 물속으로 첨벙 뛰어들었다.

물속은 그녀가 생각한 것과 너무나 달랐다. *도대체 무슨 생각으로 여기까지 온 걸까?* 물속은 어둠과 차가움과 공포로 가득했다. 눈과 코가 따끔거리기 시작했다. 숨을 쉬며 물을 들이켰고, 곧 온몸이 가라앉는 걸 느낄 수 있었다. *도대체 나는 무슨 생각을 한 걸까?* 공포를 느껴 사지를 버둥거리긴 했지만 이상하게도 마음은 차분하게 진정되었다. 숲의 호수 속은 이런 것이구나. 그녀는 눈을 떴는지 감았는지도 알 수 없었다. 차디찬 물이 성난 어둠의 짐승처럼 그녀의 몸을 파고들었다. 그녀는 물에 빠져 죽으면 이런 느낌이 들 것이라 짐작했다. 삼손. *클레오파트라. 하트셉수트.* 순간 책망하는 듯한 아버지의 얼굴이 떠올랐다. 슬픔을 담은 얼굴. 별안간 눈앞에 한 줄기 빛이 느껴졌다. 어쩌면 그녀는 물속에서 계속 눈을 뜨고 있었는지도 모른다. 그녀는 계속 사지를 버둥거리며 어둡고 깊은 물속으로 빠져들었다. 한쪽 팔을 번쩍 올려 보았지만 다시 스르르 물속으로 빠져들었다.

문득 누군가 옆에 있는 것 같았다. 누군가 어둠 속에서 그녀를 감싸 안는 듯한 느낌. 그는 쉴 새 없이 사지를 버둥거리는 그녀를 잡아 보려고 했다. 그녀는 본능적으로 차분히 있어야 한다는 걸 느끼고 버둥거림을 멈췄다. 동시에 그녀의 몸이 묵직한 바위처럼 물속으로 가라앉기 시작했다. 극심한 공포감이 밀려들었다. 순간 그가 그녀의 뒤편에서 허리를 감싸 안고 물 위로 끌어올리기 시작했다. 그가 호수 가장자리로 가는 동안 그녀는 쉴 새 없이 기침을 하고 입속의 물을 뱉어 냈다. 그는 이미 지쳐 버렸는지 깊은숨을 헐떡였다. 그녀가 호숫가의 갈대를 잡을 수 있는 곳까지 왔지만, 그는 허리를 감은 팔을 풀지 않았다. 그녀는 뒤통수로 다가오는 그의 무거운 숨결을 느낄 수 있었다. 기침을 쏟으며 물을 토해 냈다.

마침내 그의 숨결이 정상으로 돌아왔다.

"수영을 못한다는 걸 왜 진작 말하지 않았니……." 뒤통수에서 그의 심각한 목소리가 들려왔다. 하지만 화를 내는 것 같지는 않았다.

"그건……." 그녀는 가책을 느낀 나머지 주저하며 말을 잇지 못했다.

"그건?" 그가 숨을 몰아쉬며 되물었다.

"어쨌든 지금은 헤엄을 칠 수 있을 것 같아." 그녀가 나직이 말했다.

심각하고 진지한 그의 눈길이 느껴졌다. 그가 그녀 오른쪽 어깨 뒤에서 머리를 쑥 내밀고 미소 지었다. 그의 미소는 어두운 호수에서 반짝반짝 빛났다. 그의 이마에 흙이 묻어 있었다.

"넌 정말 어쩔 수 없는 애구나." 그가 웃음을 터뜨리며 말했다.

그녀는 왼손으로 갈대를 꽉 움켜쥐고 오른손을 쭉 뻗어 그의 이마에 묻은 흙을 털어 주었다. 그가 물속으로 얼굴을 집어넣었다. 그녀를 잡은 손은 여전히 놓지 않았다.

"자, 이제 됐지?" 그가 물을 뱉으며 말했다. "네 말대로 물이 좀 차갑긴 했어."

"응." 그녀는 웃지 않을 수 없었다. 문득 둘 다 이를 딱딱 부딪치며 오들오들 떨고 있다는 걸 깨달았다.

"내가 도와줄게."

두 사람은 다시 바위로 올라갔다. 공기는 조금 전보다 훨씬 차가워졌다. 그가 빨간 스웨터를 집어 들고 잠시 그녀를 바라보다 시선을 돌리고 고개를 숙였다.

"자, 이걸로 닦아." 그가 스웨터를 내밀었다.

그는 비스듬히 몸을 돌렸다. 그녀는 몸을 오들오들 떨며 잠시 그를 바라보았다. 그의 호리호리한 몸은 햇볕에 그을린 갈색이었고, 군데군데 보이는 털을 제외하곤 온몸이 매끈했다. 그가 한기 때문에 떨리는 숨을 내쉬었다. 그녀는 그가 자신의 시선을 의식한다는 걸 잘 알고 있었다. 순간 그의 떨림이 진정되었다고 생각한 건 단지 그녀의 착각일까? 그는 여전히 제자리에 서서 비스듬히 몸을 돌린 채 그녀의 시선을 받아 냈다. 그녀는 갑자기 당황하여 재빨리 등을 돌리고 스웨터로 물기를 닦아 내기 시작했다.

스웨터 하나로는 어림도 없었다. 빨간 스웨터는 얼마 가지 않아 축축하게 물을 머금은 행주처럼 변했다. 그녀의 황금색 털도 여전히 젖은 상태였다. 얼마간 시간이 흐르자 물기가 좀 가시는 것 같았지만, 그녀의 털은 여기저기 뭉치고 머리카락은 사방팔방으로 쭉 뻗어 버렸다. 등 뒤에서 한기를 머금은 떨리는 웃음소리가 들려왔다. 하지만 그녀는 화가 나지 않았다. 당황스럽지도 않았다.

"어휴……." 그녀는 손가락으로 머리를 빗으며 한숨을 내쉬었다.

"웃어서 미안해." 그가 말을 이었다. "그런데 지금 네 모습을 보니 물에 빠진 우리 집 고양이가 떠올랐어."

"웃지 마. 난 지금 심각하단 말이야." 하지만 그녀도 웃음을 터뜨리고 말았다.

"알았어." 그가 터져 나오는 웃음을 억누르며 나직이 말했다. "난 그런 네가 좋아."

그녀는 모른 척 아무 말도 하지 않고 머리를 빗어 보았지만 소용이 없었다. 그녀의 손가락은 차갑기도 하고 뜨겁기도 해서 마비가 된 것 같았다. 그녀가 그를 향해 몸을 돌렸다.

"네 스웨터…… 여기 있어." 그녀가 스웨터를 내밀었다. 두 사람은 잠시 서로를 마주 보며 서 있었다.

"응." 그가 물을 흠뻑 머금고 행주처럼 변해 버린 스웨터를 받아 들고 큰 소리로 웃기 시작했다.

그녀도 함께 웃기 시작했다.

두 사람은 서로에게서 조금 떨어진 채 햇볕에 몸을 말렸다. 해가 구름 뒤로 사라지자 다시 한기가 밀려왔다. 그녀는 피곤해져서 스르르 눈을 감았다.

그는 아무 말도 하지 않았다. 그 역시 피곤한 게 분명했다.

눈을 감았지만 그의 시선을 느낄 수 있었다. 그녀는 아무 말도 하지 않고 몸을 쭉 뻗은 뒤 그를 등지고 살짝 돌아누웠다. 그의 시선이 부담스럽기도 하고 이상하기도 했지만, 어쩐 일인지 불편하지는 않았다. 어느덧 그녀는 노곤한 기운에 편안히 몸을 맡겼다.

등 뒤에서 그를 느낄 수 있었지만 그녀는 눈을 뜨지 않았다. 그는 도대체 무엇을 원하는 걸까?

그가 한 손을 뻗어 그녀의 긴 머리카락을 조심스레 쓰다듬기 시작했다. 그의 손이 조심스레 목을 거쳐 어깨로 내려왔다.

그녀는 눈을 뜨고 그를 향해 고개를 돌렸다. 그의 진지하고 심각한 얼굴을 보니 그가 고양이를 떠올리며 그녀를 쓰다듬는 것 같진 않았다. 그는 조심스런 손길을 멈추지 않았다. 별안간 그녀가 한 손을 내밀어 그의 가슴과 배에 가져갔다.

"넌 참 매끈매끈하구나."

"넌 그렇지 않지……." 그는 여전히 그녀를 쓰다듬는 손길을 멈추지 않았다.

갑자기 그녀가 벌떡 일어나 옷을 입기 시작했다. "이제 집에 가야 해."

그는 말없이 가만히 앉아 있었다. 그녀가 옷을 다 입고 신발을 신을 때까지도 꼼짝 않고 가만히 앉아 있을 뿐이었다.

"다음에 여기 또 와도 될까?"

그녀는 대답하지 않았다. 비옷을 입고 바위에서 내려와 자전거를 숨겨 둔 덤불로 걸어갔다. 그가 바위 위에서 몸을 일으켜 시선으로 그녀를 따랐다.

"여기 다시 와도 되니?" 그가 소리쳤다.

그녀는 그에게 흘낏 눈길을 던지고 대답 대신 크게 소리쳤다. "아르비드!"

"응. 왜?" 그의 목소리는 깊은 호수처럼 어둡고 부드러웠다.

"안녕! 잘 가!"

그녀는 자전거에 몸을 싣고 울퉁불퉁한 자갈길을 달렸다.

햇살과 보슬비 사이로.

진흙 식충이들 사이에서

믿을 수 없지만 사실이다. 그는 다시 그곳에 왔다. 아르비드. 학교에 결석한 지 사흘째 되는 수요일, 그는 내가 숲에 도착하기도 전에 이미 바위에 앉아서 기다리고 있었다. 나는 저 멀리서 흘러오는 희미한 커피 향과 모닥불 연기로 그가 있다는 걸 알아챘다. 반짝이는 빨간 자전거를 타고 가다 보니 공기 중에 그의 향기로 이루어진 얇은 장막을 뚫고 가는 듯한 느낌이 스쳤다. 나는 돌멩이와 작은 흙무덤으로 이루어진 울퉁불퉁한 길을 가며 벅찬 즐거움을 느꼈다. 한편으로는 왠지 두렵기도 했다. 커피를 다 마시고 나면 다시 차갑고 어두운 물속에 뛰어들어야 할 것 같아서였다. 자전거를 세우고 그냥 되돌아갈까 생각해 보기도 했다. 배에는 귀가 없다고 했던가. 나는 발을 앞으로 내디뎠다. 커피를 마시고 싶어서였다.

내가 원한 게 과연 커피였을까? 그는 커다랗고 하얀 미소를 머금은 채 바위에 앉아 있었다. 내가 도착하는 걸 보곤 주전자를 들어 컵에 커피를 따랐다. 모닥불은 지난번과 같은 자리에 피워 놓았다. "널 기다리고 있었어." 그에겐 컵이 하나밖에 없었다. 우리는 같은 컵에 커피를 나누어 마셨다. 잠시 후 그의 매끈한 몸이 내 앞에 자리했다. 그는 내 손을 잡고 호숫가로 내려갔다. 나는 말없이 그가 이끄는 대로 따랐다. 그는 나의 배와 허벅지를 받치고 조심스레 물속으로 들어가서 갈대를 꽉 움켜쥔 채 몸의 중심을 잡았다. (그는 도대체 손이 몇 개였을까?) 그는 내게 헤엄치는 법을 가르쳐 주려고 했다. 물론 그의 노력은 만족스런 결과를 가져오지 못했다. 하지만 나는 행복했다. 이젠 내게도 나를 지켜 주고 함께 있어 주는 친구 또는 형제가 생겼으니까. 나는 더 이상 혼자가 아니었다.

지난번과 비교해 실력이 조금 나아진 것 같기도 했다. 우리는 헤엄을 치고 바위에 누워 햇살을 쬐기 시작했다. 어느 정도 물기가 마르자 아니나 다를까 내 몸의 털이 사방팔방으로 정신없이 뻗기 시작했다. 그는 부스스한 내 머리카락을 조심스레 쓰다듬어 주었다. 나는 호숫물과 커피 향을 입에 머금은 채 기분이 좋아져 꾸벅꾸벅 졸았다. 우리는 그렇게 하루를 보내고 각자 집으로 향했다.

계절이 무르익었고 화창한 날은 더욱 많아졌다. 우리가 바위에서 만나는 일도 더욱 잦아졌다. 우리는 단 한 번도 미리 약속한 적이 없었다. 가끔은 주중에 만나기도 하고, 가끔은 토요일 오후나 일요일에 만나기도 했다. 미리 약속하는 일이 없어서 그를 만나지 못하는 날도 많았다. 그곳에 가면 그를 볼 수 있든지, 볼 수 없든지 둘 중 하나였다.

우리가 함께 무슨 이야기를 나눴는지는 기억할 수 없다. 솔직히 그다지 많은 이야기를 나누진 않았다. 내게도 친구가 생졌다. 자유가 가져오는 공포 가운데 하나는 바로 대화라 할 수 있다. 가끔 그에게 책을 읽어 주기도 했다. 메소포타미아의 역사나 피보나치 수열에 관한 책 또는 그때그때 관심이 가는 주제의 책을 숲에 가져가 그에게 읽어 주었다. 그는 내가 읽어 주는 소리에 예의 바르게 귀를 기울였지만, 나는 그가 한없이 지루해한다는 걸 알아차렸다. 그의 눈동자가 나무 꼭대기나 나의 입가 또는 목 주변에서 헤맸기 때문이다. 키플링이나 콘래드의 책을 읽을 때는 그나마 좀 나았다. 그들의 책에서는 어떤 일이 쉴 새 없이 벌어지니까. 주로 바다와 배에 관한 이야기였다. 보아하니 남자아이들은 소금기 가득한 바닷물에 관한 책을 좋아하는 것 같았다. 그리고 아르비드는 물을 좋아하는 아이였다. 적어도 나는 그렇다고 생각했다.

그는 내게 헤엄치는 법을 가르쳐 주었고, 내가 물속에 가라앉으면 나를 끌어올려 주었다. 하지만 우리는 바위에서 햇볕을 쬐며 시간을 보냈다. 나는 더 이상 책을 읽지 않았고, 그는 말을 하지 않았다. 그는 내가 다른 곳을 보는 척하면 내게 시선을 던졌다. 나는 그가 나를 본다는 걸 알았지만 모른 척했다. 그러면 그는 조심스레 내 등을 쓰다듬곤 했다.

몇 주가 흐른 어느 날 용기를 내어 내 등을 쓰다듬는 그의 눈을 빤히 쳐다보았다. 그러자 그는 황급히 시선을 돌리고 바위에 엎드려 눈을 감았다. 나는 그의 얼굴이 발갛게 달아오른 걸 볼 수 있었다. 그는 어디가 아픈 사람처럼 몸을 비틀었다.

다가가서 그의 몸을 내 쪽으로 돌렸다. 그는 여전히 눈을 감고 있었다. 나는 조용히 그의 입술에 내 입술을 포개고 그의 미소를 야금야금 갉아먹기 시작했다. 그는 한참이나 지나서야 이해했는지, 그제야 내게 입술을 열어 주었다.

우리의 키스는 여름이 찾아올 때까지 계속되었다. 학교는 방학을 했고 우리는 성적표를 받았다. 우리는 이전보다 더 자주 숲에서 만나 입을 맞추었고, 나의 헤엄치는 실력은 그럴듯하게 향상되었으며, 그는 내 손에 하얀 액체를 뿌리며 사정을 했다. 꽤 흥미로운 광경이었다. 그는 나의 목털을 부여잡고 깊은숨을 몰아쉬며 몸을 비트는 등 이상하게 변했다. 우리는 아무 일도 없었던 것처럼 그 일에 관해 단 한마디도 하지 않았으며, 나는 여전히 나만의 방식으로 그를 관찰했다.

종이는 얼굴을 붉히지 않는다. 반면 여우의 털은 자신이 저지른 온갖 나쁜 짓 때문에 수치심을 느껴 항상 붉은색을 고수한다. 내 몸의 털은 한마디로 표현할 수 없는 색이지만, 내 속에는 항상 작은 여우가 산다는 생각을 지울 수 없었다. 지금에서야 깨달은 사실이지만, 사랑은 얼굴을 붉히지 않고서는 시작할 수 없다. 물론 그때는 이런 것들에 대해 생각하지도 않았다. 글쎄, 그때 나는 도대체 무슨 생각을 한 걸까? 그가 나를 좋아한다고 생각했다. 그는 내가 참으로 아름답다고 생각했다. 내 눈에는 그가 훨씬 아름다운데도 말이다. 나는 더 깊이 생각하지 않았다. 입술을 열고 나의 은밀한 부분과 욕구로 그의 손을 잡아끌었다. 눈을 감으니 내 속에서 발버둥 치는 작은 붉은 여우가 보였다. 나는 무엇이 그리 특별한지 도무지 알 수가 없었다. 호숫가에서 물에 젖은 몸으로 본능에 따라 움직이는 소년과 소녀. 그녀의 몸이 털로 뒤덮이지 않았다면 모든 건 달라졌을지도 모른다. 세월이 흐른 뒤 그녀는 그와 앞날을 약속했을지도 모른다.

책과 거리가 멀다는 것만 제외하면 그는 건장하고 수려한 외모에 착하고 신뢰할 수 있는 사람이라 생각한다. 물론 조금 지루한 면도 없지 않다. 하지만 내 눈에는 그의 아름다운 외모밖에 보이지 않았다. 매끈매끈한 피부, 푸른 미소, 까칠까칠하고 청결한 혓바닥, 욕구를 발산하지 못했을 때 고통으로 몸부림치는 호리호리한 몸. 내가 원하면 언제든 그를 가질 수 있었다. 그해 여름 나는 구름 위에 있는 것처럼 항상 멍하니 현기증을 느꼈고, 현실과 동떨어진 세계에서 살았다 해도 과언이 아니다. 내게 무슨 일이 벌어지는지도 감지하지 못했다. 설령 알았다 하더라도 나의 어휘력으로는 설명할 수 없었으리라. 나는 입술과 은밀한 부분으로 이루어진 침묵의 순간 속에서 살았다. 그 또한 말로 설명할 수 없었다.

아르비드, 그는 미사여구, 아니 말이나 단어와는 거리가 먼 사람이었다. 그의 입에서 나오는 말은 단순했지만 순수하고 진실했다. 반면 나는 그때나 지금이나 말과 언어로 가득 찬 사람이었다. 소리 없는 말, 떠들썩한 말, 어려운 단어, 낯선 단어. 그는 나의 말을 알아듣지 못했기에 나는 그에게 아무 말도 하지 않았다. 그 때문에 그때나 지금이나 나의 내면에는 온갖 말들로 가득하다. 상황이 조금만 달랐어도 지금쯤 모든 게 평범하고 올바르게 돌아가고 있을 것이다.

한번은 그가 어쩌다 지금의 모습이 되었는지 단도직입적으로 물어본 적이 있다. 그는 바위에 앉아 갈대를 입에 물었고, 하늘은 회색 구름으로 뒤덮여 있었다. 날씨가 꽤 추워서 헤엄치지 않기로 마음먹은 날이었다. 나는 아직도 회색 바위 위에 회색 구름이 낀 그 여름날을 잊을 수 없다.

"나도 몰라. 태어날 때부터 그랬으니까. 아주 희귀한 경우라고 하더군."

그가 고개를 끄덕였다. "소문에 의하면 네 어머니가 너를 낳을 때 늑대 사진을 보았다고 하더라. 그래서 네가 그렇게 태어난 거라고……."

나는 말없이 침묵을 지키는 회색 바위를 내려다보았다. "나도 그 소문은 들어 본 적이 있어."

"하지만 난 소문을 믿지 않아." 그가 거의 동시에 덧붙였다.

"그 소문은 사실이 아냐. 우리 집엔 늑대 그림을 걸어 놓은 적이 없어. 그건 그렇고 네가 모르는 사실을 하나 말해 줄게. 모든 아이는 어머니 뱃속에 있을 때 나처럼 털로 뒤덮인 시기를 보낸대. 얼마간 시간이 흐르면 그 털이 자연히 없어지는데 나는 그대로 남은 거야." 나는 목소리를 높여 진지하게 말을 이었다. "선천적으로 타고난 거지. 매우 희귀한 경우래."

"그러니?" 그가 말을 끌며 생각에 잠겼다. "그렇구나……." 그는 더 이상 아무 말도 하지 않았다. 나는 그가 말을 더 하지 않고 생각에 잠겨서 다행이라고 생각했다. 그가 손을 뻗어 내 몸을 어루만지며 미소 지었다. 자유의 적은 대화라 했던가. 갑작스런 전율이 내 몸을 휘감았다. 사랑이었을까. 아니, 사랑과 그것을 넘어선 더욱 깊은 감정이었을 것이다. 우리는 물이 차가웠지만 호수에서 헤엄을 쳤다. 호수에서 나와 서로의 몸을 덥혀 주며 그가 내 몸에 올라와 입을 맞췄다. 별안간 주저할 필요 없다는 생각이 스쳤다. 그가 나를 느껴 보지 못할 이유는 전혀 없었다. 나는 다리를 벌렸고 아래위로 몸을 움직였다. 곧 그가 내 몸으로 들어왔고 우리는 하나가 되어 짧은 영원을 맛보았다. 나는 그간 그가 느낀 고통을 선명히 이해할 수 있었고, 모든 게 제자리를 찾았다는 느낌도 가질 수 있었다.

자연은 공허함을 혐오한다고 했던가. 나는 이것이 진실이라 믿는다. 공허함이 스며들면 그 뒤는 어떻게든 채워지기 마련이다. 이것이 자연의 섭리 아닐까. 그는 내게도 즐거움을 주었다. 우리는 이 행위를 반복했고, 그토록 혐오한 내면의 공허함은 내가 미처 깨닫기도 전에 사라져 버렸다. 동시에 그는 나의 남자가 되었다. 나는 지금도 그 순간을 선명하게 기억한다. 그는 나의 왕자였다. 상상의 세계에서만 존재하던 나의 왕자가 마침내 살아 숨 쉬는 존재로 내게 다가온 것이다. 그의 고통이 나의 해마체(대뇌변연계의 양쪽 측두엽에 존재하는 기억을 담당하는 뇌 기관-옮긴이)까지 도달했을 때, 그는 알 수 없는 이상한 말을 중얼거렸다. 나는 그 말에 관해 곰곰이 생각해 보지 않았다. 두 팔과 두 다리로 그의 몸을 감싸 안았을 뿐. 그는 여러 차례 환희의 절정에 도달했다. 나는 그가 무슨 말을 내뱉든 상관없다고 생각했다. 그의 자유니까. 나는 그를 사랑한다고 나직이 속삭였다.

그 광경을 떠올리면 내 몸에 존재하는 작은 짐승이 전율을 일으키는 것 같다. 내 머릿속의 그와 그녀. 그의 몸이 차가워지기 시작했다. 그가 몸을 떨었다. 그는 두려워하고 있었다. 두 팔로 무릎을 감싸 쥔 채 창백한 얼굴로 오들오들 떨었다. 그녀는 옆에 앉아 이해할 수 없는 눈으로 그를 바라보며 위로했다. 이 얼마나 이상한 광경인가. 그녀는 그의 등을 쓰다듬어 주었고, 그는 금방이라도 울 듯한 얼굴로 온몸을 바들바들 떨었다. 그녀는 그가 감정에 북받쳤다고 생각했다. 하지만 그녀가 모르는 사실도 없지 않았을 것이다.

얼마간 시간이 흐르고 마침내 그가 입을 열었다. 마치 겁에 질린 어린아이처럼 아기가 생기면 어떻게 하냐고 조용히 말했다. 그녀는 그를 한참 동안 뚫어지게 바라보았다. 그때 그녀가 무슨 생각을 했는지는 알 수 없다. 그녀의 얼굴에서 감정을 읽는다는 건 불가능한 일이었으니까. 하지만 그녀의 눈동자가 흔들린 건 사실이다. 그녀의 두 눈동자에서 어두운 그림자가 쏟아졌다. 그녀는 아랫입술을 꽉 깨물고 나직이 말했다. "난 아이를 가질 수 없어. 그건 자연의 법칙이야."

그는 그제야 진정이 된 듯했다. 차갑고 창백한 몸에 온기가 돌기 시작했고, 두 사람은 아무 일도 없었다는 듯 다시 입을 맞췄다. 그는 다시 욕구를 충족시키고 싶어 했다. 이 또한 자연의 법칙이리라. 두 사람은 조금 전과 달리 더 차분하고 진지하게 욕구를 발산했으며, 두 눈을 뜨고 서로를 바라보며 웃음을 터뜨리기도 했다. 이제 내면의 공허함이 채워졌으니 만족할 수 있었던 것이다. 모든 것은 이전과 마찬가지였다. 문득 그가 처음 욕구를 발산하고 혼잣말처럼 내뱉은 말을 떠올렸다. 그녀는 이제 그를 사랑한다는 말을 하지 않았다.

*

이 일은 아무에게도 말하면 안 돼. 특히 아버지가 알면 안 된다고.

아버지가 알았을까?

그녀는 기차역 플랫폼에 서 있었다. 나는 그녀를 볼 수 있었다. 플랫폼에 서 있는 그녀를.

*

아버지의 얼굴엔 피곤한 기색이 역력했다. 사람들은 과로 때문이라고 말했다. 갑작스런 일이었다. 최근 들어 아버지는 기운 없이 축 늘어진 모습을 자주 보였다. 밤잠을 이루지 못하는 날도 많았다. 걱정거리가 너무 많기 때문일까. 갖가지 치료약은 물론 아로마 테라피까지 권하던 의사 레빈이 어느 날 갑자기 역장에게도 휴가가 필요하다며 피오르 근처의 외딴 지역으로 요양을 보냈다. 너무나 갑작스런 일이었다. 그는 에바에게도 요양을 권했다. 분주한 일상에서 벗어나 여유로운 휴식이 필요하다는 이유였다.

그녀는 아름다운 옷과 핸드백 등으로 치장하고 플랫폼에서서 기차를 기다렸다. 옆에 서 있는 아버지는 여행을 앞두고 기분이 좋아진 것 같았다. 그들을 배웅한 사람들은 스바메르담이 없다는 사실만 제외하면 지난번과 다르지 않았다. 역장이 자리를 비우는 동안 그를 대신해 막중한 임무를 맡아야 하는 크눗존의 이마에 깊은 주름이 보였다.

두 사람은 산중에 있는 비르게르손 부부의 별장에서 며칠 지낸 걸 제외하면 단 한 번도 함께 휴가를 떠난 적이 없었다. 그녀는 멍한 표정으로 배웅 나온 이들을 바라보았다. 갑자기 휴가를 떠나야 하는 이유를 이해할 수 없었다. 아버지는 지난 수년간 휴가를 가지 않고도 잘 살아왔다. 그녀는 휴가를 떠나는 대신 숲속 호숫가에 가서 아르비드를 만나고 싶었다. 아르비드를 만난 이후 매일 흥분된 상태로 지내 왔지만, 휴가를 앞둔 지금은 멍할 뿐이었다. 갑자기 집에서 멀리 떨어진 곳으로 가야 하는 이유가 아르비드와 관계된 건 아닐까 짐작했다. 그녀의 비밀이 탄로 난 것은 아닐까. 그게 아니라면 아버지 휴가에 왜 따라가야만 하는 것일까? 그것도 아버지의 요양 휴가에? 그녀는 아버지의 창백한 모습을 보지 못했다. 크늣존의 걱정 어린 주름살, 의사 레빈의 생각에 잠긴 눈빛도 전혀 눈치채지 못했기에 양심의 가책이라곤 조금도 갖지 않았다.

그녀는 자기도 모르는 사이에 그런 사람으로 변해 버렸다. 그녀는 사람들 눈에 띄지 않게 생활하는 데 익숙했다. 하지만 지금은 자기 눈으로도 자신을 볼 수 없는 상황에 이르렀다.

*

나는 아무것도 보지 못했다.

우리가 도착한 요양지는 외딴곳에 자리한 커다란 흰색 건물 주위로 비슷비슷한 작은 집들이 둘러싸여 있었고, 그곳의 하루하루는 지루하기 짝이 없었다. 문득 세계 어느 곳의 요양지를 가도 본관은 항상 흰색이라는 생각이 스쳤다. 환자들의 창백한 피부가 건강해 보이는 착시 효과를 노리는 건지도 모른다. 그런 건물 앞에 가만히 서 있기만 해도 스스로 건강한 기분이 들 것이다. 어쩌면 궁극적인 백색 세계를 접하기 위한 준비 과정일지도 모른다.

그곳에 모인 선택된 자들이 하얀 수선화를 보며 타나토스와 고귀한 죽음에 관한 낭만시 〈*아, 나는 삶에 지쳤노라!*〉 등을 쓰는, 폐렴을 앓는 창백한 젊은 남자들이라 생각했다면 큰 실수다. 실제로는 노인과 현실적인 병을 앓는 환자를 위한 곳이었다. 나는 그들을 수병환자라 불렀다. 다리 통증, 편두통, 습진이나 무좀, 원기 부족 등 병명을 막론하고 모두 물 치료를 받았기 때문이다. 물의 종류도 다양했다. 소금이 함유된 물과 소금이 함유되지 않은 물, 찬물과 더운물은 기본이며 산소, 해조, 진흙, 라듐은 물론 기름이나 탄산이 함유된 물도 있었다. 이러한 물속에 가만히 누워 있거나 열심히 움직이는 등 치료 방법은 다양했다. 뿐만 아니라 하루에도 수십 번씩 반짝이는 청동 컵에 엠저 소금물이나 엡솜염을 풀어 놓은 물을 따라 마셨다. 치료에 사용되지 않는 물은 하얀 본관에서 몇 백 미터 떨어진 곳에 있는 푸르고 깨끗한 바닷물밖에 없었다. 그 바다에서는 나를 제외한 어느 누구도 헤엄치는 걸 본 적이 없다.

요양지에 상주하는 의사와 직원들은 우리를 보자마자 경악을 담은 한숨 소리를 자아냈다. 물론 온몸이 털로 뒤덮인 나를 향한 반응이었다. 그곳에 머무는 환자들도 마찬가지였다. 환자 그룹은 살날이 얼마 남지 않은 노인이 대부분인데 남자보다는 여자가 많았다. 우리는, 아니 정확히 말하자면 나는 그해 여름 그곳의 센세이션이라 해도 과언이 아니었다. 그들이 치료를 목적으로 요양지를 찾은 사람은 내가 아니라 아버지라는 사실을 깨달은 건 한참이나 지난 뒤였다.

내겐 단 한 컵의 탄산 미네랄 음료수도 처방되지 않았다. 나는 편안히 쉬기만 하면 되는 거였다. 나는 지금도 흰 가운을 입은 의사와 치료사, 반팔 옷 아래로 강인하고 굵직한 갈색 팔뚝을 자랑스레 드러낸 직원들의 실망스런 눈길을 잊을 수가 없다. 그들의 눈빛은 내게 탄산수소염을 함유한 물과 경석 마사지, 전기욕을 권했다. 물론 모두 무료였다. "에바 아가씨, 진흙욕을 한번 해 보지 않겠습니까?" 그들은 팔의 근육을 본능적으로 불뚝 내보이며 말했지만, 나는 항상 정중하게 미소 지으며 사양했다. 그리고 바람을 가르며 외로이 자리한 바위섬 사이의 매혹적인 바닷가로 달려갔다.

나는 그때 난생처음으로 바다에서 헤엄쳤다. 두려웠다. 아직도 바다에서 헤엄칠 때면 두려움이 밀려온다. 바다는 작은 호수와 달리 짭짤하고 야생적이며 벌거벗은 채 스스로 이리저리 움직였다. 그렇다. 바다는 벌거벗은 자연이라는 말 외에 다른 말로는 표현할 길이 없다. 헤엄을 치고 바람과 햇살에 몸을 말릴 때면 아르비드를 생각했다. 그에게 작별 인사도 없이 요양지로 온 게 후회되었다. 작별 인사를 나눌 수 있었다면 그는 분명 내 목을 어루만지며 잘 다녀오라고 했을 것이다.

나는 아르비드를 떠올렸다. 그의 몸, 그의 입술, 그의 피부, 그의 손 그리고 그의 은밀한 부분.

나는 그가 한 말을 생각하지 않기로 결심했다. 그는 이미 여러 번 그 말을 내뱉었다. 호숫가에서 헤어질 때도 그 말을 했지만 염두에 두지 않기로 마음먹었다. 대신 그의 몸, 그의 입술, 그의 피부 등을 생각했다. 바람과 햇살에 젖은 몸을 말리며 그를 떠올렸다. 그가 내 옆에 있다면 얼마나 좋을까. 그는 단 한 번도 바다를 직접 본 적이 없다.

그료토르네트 부인도 요양지에 머무는 사람이었다. 남편의 성을 따른 그녀는 헤이베르그 출신으로 꽤 명망 있는 가문 출신이었다. 요양지에 치료하러 온 사람은 그녀의 남편이었다. 그는 여기저기 찾아든 병마로 고생하고 있었다. 나는 그가 품위 있고 온화하며 조용한 남자라고 기억한다. 그는 남자 환자들과 살롱에 앉아 카드 게임을 하곤 했다. 그들은 하나같이 이런저런 병을 몸에 달고 있었다.

우리 아버지는 요양지에 머무는 동안 가능하면 그들과 어울리지 않으려고 피했다. 하지만 저녁 시간이 되면 어쩔 수 없이 그들과 함께 식탁에 앉아야만 했다. 그럴 때면 우리는 날씨 등 평범한 주제로 대화를 나누었다. 식사를 마친 후엔 다른 이들과 떨어져 단둘이서만 카드 게임 혹은 체스 게임을 하거나 책을 읽었다. 노부인들은 우리를 보며 호기심을 참지 못했다. 그들의 말을 빌리자면 호기심이 아니라 호의적인 관심이었다. 그들은 노폐물이 빠져나가지 않아 퉁퉁 부은 얼굴로 호기심을 내보이는 데 주저하지 않았다. 가끔은 과장된 표정을 지으며 그들의 테이블에 와서 퍼즐 게임이나 문답 게임을 하자고 권하기도 했다. 하지만 우리는 그들의 제안에 단 한 번도 응하지 않았다. 항상 정중하게 사양하며 아버지와 나 단둘이서만 시간을 보냈다. 나는 항상 이른 저녁 시간에 방으로 돌아갔다. 그럴 때면 내 등에 꽂히는 그들의 타는 듯한 시선을 느낄 수 있었다.

혼자 남은 아버지는 가끔 못 이기는 척 그들과 함께 카나스타(우루과이에서 유래한 카드 게임-옮긴이) 게임을 하기도 했다. 아버지는 노부인들을 좋아하지 않았다. 짐작하건대 그들이 봇물 터지듯 질문을 던져도 짧은 몇 마디 대답만 돌려주었을 것이다. 보름 정도 지나자 그들의 호기심은 부정적인 시선으로 바뀌었다. '도대체 뭐가 그리도 잘나서?' 따지고 보면 이상한 일도 아니었다.

하지만 그료토르네트 부인은 달랐다. 항상 신중하고 그 어떤 이들과도 마음을 터놓는 깊은 대화를 나누지 않았다. 또한 어디를 가나 기품과 우아함을 발산했다. 패션에서도 다른 이들과 달리 그녀만의 품격이 느껴졌다. 화려하진 않지만 자세히 보면 매우 고급 천을 사용한 값비싼 옷이었다. 정신적으로 나 물질적으로나 그곳에 머무는 다른 여자들하곤 다른 차원의 삶을 산다는 걸 알 수 있었다. 그녀가 착용하는 액세서리도 보석의 크기가 그 기원과 가격을 나타낼 뿐 단순하면서 우아했다. 무엇보다 매우 아름다웠다. 윤기 흐르는 갈색 머리가 양쪽 관자놀이 근처에서 곱슬거렸는데, 대부분은 올림머리를 했으나 가끔은 한데 묶기도 했다. 주름 하나 없는 얼굴은 매끈하게 빛났고, 빨간 입술은 보기 좋게 도톰했으며, 가는 허리는 영국 왕족을 보는 듯했다. 나이를 짐작할 만한 것은 손등과 눈가의 주름뿐이었다. 하지만 눈가의 주름마저도 단 몇 초만 보일 뿐 매끈한 피부로 감춰졌다.

반면 남편인 그로토르네트 씨는 언뜻 보기에도 일흔에 가까운 나이였고 불쑥 튀어나온 배는 산더미만 했다. 보아하니 그녀의 값비싼 옷과 액세서리 사는 돈은 그의 주머니에서 나오는 듯했다. 들리는 말에 의하면 전쟁 직후 주식으로 엄청난 돈을 모았는데, 최근에 주식을 모두 팔아 에이전트 회사를 차려서 다시 돈을 불리기 시작했다고 한다. 넥타이에 진주를 박아 넣은 핀을 꽂고 다녔으며 서쪽 지방 사투리를 썼다. 그 역시 온갖 병마에 시달리는 듯 행동이 굼떴다. 그의 아내는 대부분의 시간을 살롱에 홀로 앉아 하이네 등의 고전을 읽으며 보냈고, 저녁이 되면 일찍 자리를 떴다.

그곳에 도착한 지 닷새 또는 엿새째 되는 날, 바닷가에서 그녀와 마주쳤다. 그녀는 파도 위로 솟아오르는 비너스처럼 우아하게 바위에 앉아 그림을 그리고 있었다. 흰색과 파란색 옷차림에 챙이 넓은 모자를 얇은 스카프로 고정하고 앉아 있는 모습이 너무나 아름다웠다. 그녀는 나를 흘낏 돌아보더니 고개를 끄덕여 인사를 건네고 다시 그림으로 시선을 돌렸다. 나는 당황하기 시작했다. 바닷가에서 누군가를 만날 거라곤 생각지도 못한 터라 얼른 젖은 몸을 닦기 시작했다. 주섬주섬 옷을 입으며 다시 그녀를 흘낏 돌아보았다. 하지만 그녀는 바위틈에서 자라는 하얀 야생화를 그리느라 내겐 눈길도 주지 않았다. 마침내 옷을 다 입자 어떻게 알았는지 그녀가 내게 천천히 고개를 돌렸다.

"당신도 여느 사람들과 다름이 없군요?" 그녀의 나직한 목소리는 꿈을 꾸는 듯 낮았지만 매우 선명했다.

나는 고개를 끄덕였다. 그녀의 미소가 남기는 희미하고도 매혹적인 여운에 그 자리에서 발을 뗄 수가 없었다.

"방해할 생각은 없었어요." 그로토르네트 부인이 말했다. "낮엔 남편이 치료받기 때문에 무료하게 지낸답니다. 소일거리를 찾다가 이곳에 와서 그림을 그리기 시작했어요. 자가수정화를 그리죠."

"저는 헤엄을 쳤어요." 말을 맺자마자 내가 바보 같은 말을 한 것 같아 얼굴이 달아올랐다.

"알고 있어요. 가끔 나도 여기서 헤엄치곤 하죠."

"그렇군요."

"하지만 나는 수영복을 입고 헤엄쳐요. 나이 든 숙녀가……." 그녀는 내 블라우스를 흘낏 바라보며 말을 이었다. "……순전한 자연의 상태에서 수영한다는 건 있을 수 없는 일이에요."

나는 '물리적 세상에서'라고 한마디 덧붙이려다 얼른 생각을 고쳐 사과하듯 말했다. "저는 주변에 아무도 없는 줄 알았어요."

"따지고 보면 당신의 경우는 알몸이란 의미가 우리와 다를 것도 같군요." 그료토르네트 부인이 화제를 바꿨다. "그건 그렇고 보통은 나이가 어린 사람이 연장자에게 먼저 자기 소개를 하는 게 예의 아닌가요?"

나는 그녀에게 손을 내밀며 내 소개를 했다. 심지어는 귀족들이 하듯 무릎을 살짝 굽히기도 했다.

"에바!" 그녀가 놀라서 말했다. "정말 즐거운 우연이군요! 내 이름도 에바랍니다. 에바 그료토르네트라고 해요."

"정말 기쁘군요."

"난 그렇지 않아요." 그녀가 거의 들리지 않을 정도로 나직이 웃음을 토했다. "참으로 기괴한 이름이라고 생각하지 않나요? 에바가 아니라 그료토르네트 말이에요. 이 이름을 들으면 우연히 인간 문명 세계에 발을 들인 야생 소년이 떠올라요. 내 기억엔 그 소년이 올센인 것 같아요. 에바 씨." 그녀가 바위를 톡톡 치며 곁에 앉으라는 신호를 보냈다. "내가 그린 꽃을 보고 싶지 않나요?" 그녀의 하얗고 아름다운 미소는 눈이 부실 정도였다. 한순간 그녀의 미소가 아르비드의 미소와 닮았다고 생각했다.

그녀는 내가 곁에 앉자 스케치북을 펼쳐 천천히 종이를 넘기며 그림을 설명해 주었다. 나는 그녀의 그림 솜씨에 놀라지 않을 수 없었다. 그녀의 꽃 그림은 매우 정교하고 균형이 잘 맞아서 실물을 보는 것만 같았다. 다음 날 그녀는 내게 수채화 물감과 스케치북을 주며 꽃을 그려 보라고 했다. 그녀는 자가수정화, 즉 충매화가 아닌 야생화에 특별한 관심을 보였다. 어떤 면에서 보자면 지금 네 번째 남편과 사는 그녀의 상황하고도 잘 맞아떨어졌다. 나는 순진함과 거리가 멀지만 여전히 어리고 세상물정을 잘 모르는 터라 그녀를 이해하지 못했다.

우리는 매일 오전 내가 바닷물에서 헤엄을 치고 나서 만났다. 그녀는 내게 식물 스케치하는 방법을 가르쳐 주었다. 처음에는 연한 연필로 그려 나가다 윤곽이 잡히면 물감을 칠했다. 학교 미술 시간 이후 그림에 소질이 없는 줄 알았는데, 그녀를 만나면서 내가 그림 그리는 걸 좋아할 뿐 아니라 꽤 잘 그린다는 사실을 깨달았다. 그녀의 조심스럽고 차분하며 관조하는 듯한 태도 덕분이었다. 나는 증기기관차를 세세하게 그릴 때처럼 다시 그림에 흥미를 갖기 시작했다. 문득 내가 그림에 흥미를 잃은 건 하델란 선생님이 원과 삼각형으로 고양이 그리는 법을 가르쳐 줬을 때부터라는 걸 깨달았다. 에바 그료토르네트는 내가 그린 그림을 보고 칭찬과 격려를 아끼지 않았다. 우리는 나란히 앉아 바닷가의 야생화를 그렸다. 나는 세세한 정밀화를 그릴 때 찾아드는 차분함과 평온함을 즐겼다.

우리는 별 대화를 나누지 않았다. 그녀는 자기 이야기를 하지 않을 뿐 아니라 내 이야기도 묻지 않았다. 내겐 잘된 일이었다. 서로 높임말을 썼는데 나는 훨씬 편했다.

가끔 바닷물에서 함께 헤엄치기도 했다. 나는 옷을 갈아입으며 에바 그료토르네트가 지닌 아름다움을 더욱 가까이 볼 수 있었다. 여성미의 정점이랄 수 있는 그녀의 눈부신 아름다움은 젊은이의 부드러움과 매력을 함께 발산했다. 온몸이 털로 뒤덮인 나와 그녀가 함께 서 있는 모습은 누가 보더라도 확연한 대조를 이루었으리라. 그녀가 여성성의 크고 하얀 본관이라면 나는 그 주변에 자리한 작고 볼품없는 헛간쯤 되지 않았을까.

못생긴 사람들은 아름다운 여성에게 매력을 느낀다. 물론 반대의 경우도 자주 볼 수 있다. 우리도 겉모습만 본다면 극과 극이라 할 수 있었다. 그녀는 나의 흘낏거리는 곁눈질을 눈치챘는지 꿈꾸는 듯 차분한 미소를 지으며 아무 말도 하지 않았다. 그녀는 수영 실력도 상당했다. 내가 감히 엄두도 내지 못하는 먼 곳까지 헤엄쳐서 내게 손을 흔들어 준 다음 하얀 물거품을 머리에 인 파도를 헤치고 긴 팔다리를 쭉쭉 뻗으며 헤엄쳐서 다시 돌아왔다.

그녀의 실력에 매료된 나는 지난봄에 헤엄치는 법을 처음 배웠다고 고백했다. 그녀는 내게 꽃 그리는 법을 가르쳐 줄 때와 마찬가지로 차분하고 온화하게 헤엄치는 법을 가르쳐 주었다. 먼저 얕은 곳에서 기본 동작부터 시작해 꽤 어려운 동작까지 선보였다. 팔을 움직이는 법, 눈을 뜨고 물속에 들어가는 법, 올바르게 숨 쉬는 법. 그녀는 내 배를 받치고 팔다리를 어떻게 움직여야 하는지 찬찬히 설명해 주었다. 그녀의 손놀림은 가볍고 부드러웠으나 나는 모범적인 학생이라 할 수 없었다. 어느 날 그녀는 누가 이렇게 수영을 아무렇게나 가르쳐 주었냐고 넌지시 물었다. 나는 남자아이한테 배웠다고 무덤덤하게 대답했다. 그와 동시에 나를 바라보는 그녀의 눈빛이 의미심장하게 반짝였다.

"남자아이라…… 그렇군요. 올해 봄이었나요?"

"네." 나는 짤막하게 한마디로 대답하고 헤엄쳐 나가 그녀에게서 멀어졌다.

그녀가 내 뒤를 따라왔다. 우리는 하늘을 보며 물 위에 둥둥 떠서 숨을 골랐다.

그녀가 내게 바짝 얼굴을 들이밀며 보일 듯 말 듯 미소 지었다.

"그 남자아이랑 해 봤어?" 그녀가 나직한 목소리로 갑자기 말을 놓았다. 너무나 갑작스럽고 이상했다. 별안간 그녀와 온갖 비밀도 나눌 수 있는 가까운 사이가 된 것 같았다.

"무슨 말씀인지요?"

그녀는 대답도 하지 않고 내 어깨를 어루만졌다. "난 이런 일엔 단 한 번도 틀린 적이 없어." 의미심장하게 말을 이어 갔다. "난 다 볼 수 있거든. 처음부터 짐작했지. 불쌍해라. 이렇게 나이도 어린데……."

나는 대답하지 않았다. 마음 같아선 바닷속으로 깊이 가라앉아 몸을 숨기고 싶었지만, 다시 수면 위로 올라올지 장담할 수 없기에 시선만 아래로 향할 뿐이었다.

"성인 남자와 시도해 봤더라면 더 좋았을 텐데." 그녀가 안타까운 듯 말했다.

나는 그 말에도 대답하지 않았다. 대신 고개를 들어 그녀를 뚫어지게 바라보았을 뿐.

그녀가 경박스러운 웃음을 터뜨리며 다시 내 어깨를 쓰다듬고는 잠수해서 모래사장 쪽으로 헤엄쳐 갔다.

그녀는 우리가 물기를 닦고 옷을 입는 동안 아무 말도 하지 않았다.

나는 그녀를 바라보다 생각지도 않은 말을 뱉어 버렸다. "저는 당신이 참으로 아름답다고 생각해요."

그녀가 내게 미소 지었다. "정말 그렇게 생각하니?"

"네." 나는 고개를 끄덕였다. 솔직히 이 세상에서 그녀보다 더 아름다운 사람은 단 한 번도 만나 본 적이 없었다. 내 눈에는 그녀가 기품 있고 아름다운 여성의 상징이라 해도 과언이 아니었다.

"고마워. 그런데 내가 몇 살쯤 되었다고 생각하니?"

나는 그녀를 자세히 바라보고 진지하게 대답했다. "서른다섯 살?"

그녀가 다시 웃음을 터뜨렸다. 이번에는 꽤 긴 웃음이었다. "넌 정말 사랑스러운 아이구나." 그녀가 웃음을 멈추고 숨을 고르며 말했다. "정말 사랑스러운 아이야!"

내 얼굴이 털로 뒤덮였지만 그녀는 나의 뾰로통한 표정을 본 것이 분명했다. 그녀의 얼굴이 순식간에 진지하게 변했다. "그보다 더 많아. 너도 알다시피 이곳저곳 요양지를 찾아다니는 사람은 그료토르네트 씨뿐만이 아니란다."

"무슨 말씀인지 이해할 수가 없어요."

"올여름 이곳에 온 건 물론 남편 때문이란다. 그의 주치의가 강력하게 권고했고, 다행히도 남편은 주치의 말이라면 거부하지 않으니까. 난 남편을 따라왔을 뿐이야. 여름을 북쪽 지방에서 보내고 싶었기 때문이지. 하지만 가을이 오면……. 그건 그렇고 정말 내가 아름답다고 생각하니?"

"네." 나는 내 말이 사실이라는 것을 뒷받침하듯 침을 꿀꺽 삼켰다. "당신은 내가 본 사람 가운데 가장 아름다워요."

"하지만 너도 알다시피 아름다움은 거저 얻는 게 아니란다. 나는 아름다움을 위해 엄청난 투자를 했어." 그녀가 한숨을 쉬며 머리를 빗어 내렸다. 나도 길고 넓적한 빗을 꺼내 머리를 빗기 시작했다.

"가을이 오면 내가 요양지로 갈 차례지. 그료토르네트 씨는 집에 있을 거야. 나는 이곳보다 훨씬 흥미로운 곳으로 갈 생각이야. 첨단 과학을 바탕으로 치료하는 곳이란다. 나는 수년 동안 해마다 최첨단 요양지를 다녔단다. 물론 그 비용은 그료토르네트 씨가 지불하지. 그와 결혼하기 전에는 전남편들이 지원해 줬어. 나는 아름다움을 유지하고 더 가꾸기 위해 봄 가을 계절을 막론하고 요양지를 찾아다녔단다. 피와 땀과 돈을 투자해야 하는 일이거든. 아름다움을 유지하는 건 쉽지 않아. 최근 몇 년은 세인트샬롯의 레베데프 쿠마치 박사가 운영하는 달팽이 요법을 받았어. 마흐메드 레베데프 쿠마치 박사는 불가리아 출신인데 이 분야에서는 매우 명망이 높단다. 그가 운영하는 세인트샬롯 요양지는 이곳과 비교할 수 없을 정도로 최첨단 시설을 갖추고 있지. 수욕 치료법, 진흙 치료법, 갖가지 마사지 요법, 전기욕 치료법 등의 시설은 물론 그 유명한 달팽이 치료 요법도 받을 수 있어."

"달팽이 치료 요법이라고요?"

"그래, 언뜻 들으면 혐오스럽기 짝이 없어. 너도 그렇게 생각하지? 하지만 경험자로서 말하건대 직접 치료받으면 혐오스럽다는 생각은 들지 않아."

"달팽이 치료 요법은 어떤 건가요?"

"아주 간단해. 레베데프 쿠마치 박사는 아나톨리아달팽이가 분비해 내는 점액이 피부와 피하조직을 활성화하는 데 큰 효과가 있다는 걸 발견했지. 달팽이는 먹을 때 치설이라고도 부르는 혀를 사용하는데, 그 혀에는 이빨처럼 작고 오톨도톨한 것이 빽빽하게 붙어 있단다. 환자는 무화과 잎과 껍질을 갈아 만든 발삼을 온몸에 바르고 한동안 먹지 못해 배고픈 아나톨리아달팽이가 가득한 욕조에 들어가서 기다리지. 달팽이는 흰색이고 크기는 2인치 정도 된단다. 달팽이 치료 요법은 두 단계로 나뉘어 있어. 그 첫 단계는 달팽이들이 오톨도톨한 치설을 이용해 환자 몸에 바른 먹이를 먹는 것인데, 환자의 몸에 붙어 있는 죽은 피부와 점, 지방까지 흡입한단다. 심지어는 피하조직 지방까지 싹 제거해 주지. 이렇게 배를 채우고 포만감이 느껴지면 몸에서 쉴 새 없이 점액을 분비해 내는 거야. 최대 여섯 시간까지 점액을 분비해 낸 달팽이들이 기분 좋게 잠에 빠지면, 환자들은 욕조에서 나와 온몸을 깨끗하게 씻고 나르두스 오일을 바르지. 한 달쯤 이 과정을 반복하면 말 그대로 열 살은 어려 보인단다. 피부가 아기 피부처럼 매끈매끈하게 변해. 물론 이 요법을 진행하는 동안 레베데프 쿠마치 박사가 개발한 특별한 식이요법을 병행하지. 암말의 젖과 꿀, 채소, 스위스 의사 비르켄 벤네르가 개발한 뮤즐리, 육회 등을 달걀 흰자와 섞은 음식을 먹어야 해. 하지만……." 그녀가 한숨을 쉬며 말을 이었다. "시간이 매우 오래 걸려. 몇 주 동안 욕조에 가만히 누워 있으면 얼마나 지루한지 아니? 책을 읽을 수도 없어. 두 손도 달팽이 분비물을 받아내기 위해 욕조 속에 담그고 있어야 하니까. 손은 매우 중요해. 나이가 들면 가장 먼저 손에서 세월을 느낄 수 있으니까."

그녀가 불만에 가득 찬 눈길로 자기 손등을 내려다보았다. 자세히 보니 그녀의 손등은 젊은이의 피부와 달리 주름이 가득하고 손마디도 튀어나와서 울퉁불퉁했다. 하지만 내 머릿속에는 달팽이 생각뿐이었다.

"달팽이가 가득한 욕조에 그렇게 누워 있으면 불편하지 않나요?"

"처음엔 달팽이를 보는 것만으로도 혐오스럽고 불편한 게 당연해. 하지만 이 요법에 익숙해지면 달팽이가 온몸을 기어다니는 데 익숙해진단다. 눈을 감고 보지 않으면 괜찮아. 솔직히 나도 달팽이들이 내 피부를 갉아 먹는다고 생각하니 굉장히 이상한 기분이 들었어. 특히 얼굴에 달팽이들이 기어 다닐 때는 더했지. 무언가 사각사각 긁히는 느낌과 함께 쭉쭉 빨아들이는 느낌이라고나 할까. 게다가 달팽이들이 분비해낸 점액이 피부에 닿으면 조금 따끔거리기도 해. 하지만 산소 치료 요법에 비하면 이 정도 불편한 건 아무것도 아냐. 산소 요법은 밀폐된 기밀실에 들어가서 일반 공기가 빠져나가고 산소와 오존이 다량 함유된 특별한 공기로 채워질 때까지 가만히 누워 있어야 한단다. 문제는 칠흑처럼 캄캄한 기밀실에서 하루에 열두 시간씩 최대 두 달 동안 치료받아야 한다는 거지. 그것도 1년에 두 번씩이나. 그 요법을 개발해 낸 사람은 세인트모리츠의 만네켄 모르겐쿠알름 박사란다."

나는 우리 집 다락방을 떠올리고 몸서리를 쳤지만 아무 말도 하지 않았다. 에바 그료토르네트는 계속 말을 이었다. "산소 치료 요법의 효과는 굉장히 좋았어. 하지만 시간이 흐르면 흐를수록 너무나 지루해서 미칠 것만 같았단다. 3년 연속 치료를 받았는데, 돌이켜 보니 1년에 120일씩, 그러니까 내가 어둠 속에 꼼짝 않고 누워 있던 시간이 모두 합쳐 1년이나 되더구나. 무의미하다는 생각이 들었어. 비용도 엄청났지. 다행히 그 비용은 당시 내 남편이던 랑게 영사관이 지불했어. 하지만 그도 결국은 비용 문제 때문에 반발했지. 나도 그때만큼은 남편의 뜻에 동의했단다."

"기밀실에서 잠들면 안 되나요? 치료받는 동안 꼭 깨어 있어야 하나요?"

"너도 알다시피 너무 캄캄하면 잠도 잘 오지 않아. 게다가 만네켄 모르겐쿠알름 박사는 한낮에만 치료한단다. 세월이 흐르면서 엄청난 비용 때문에 환자가 줄어들기 시작했고, 학계에서도 그의 입지가 낮아지자 최근엔 외진 웨스트팔렌에서 조그맣게 요양 시설을 운영하지. 하고많은 곳 중에서 웨스트팔렌이라니, 너도 상상할 수 있겠지?"

"세상에!"

"하필이면 웨스트팔렌이라니!" 에바 그료토르네트는 다시 한번 강조했다. "나는 그 외에도 여러 종류의 치료 요법을 받아 보았단다. 치비타베키아의 안드리노 아무리 박사를 찾아갔을 땐 양의 피로 목욕하기도 했어. 그 외에도 전기 목욕, 이온 밀실 요법, 진흙 요법부터 시작해 각종 마사지와 증기 요법 같은 것도 받아 보았지. 심지어는 고래의 분비물 속에서도 목욕을 했단다. 그건 정말 불쾌했어. 내가 이런 말을 하는 건 아름다움을 유지하려면 비용을 지불해야 한다는 걸 알려 주고 싶었기 때문이야. 흔히 아름다움은 내면에서 우러나오는 거라고 말하지만 절대 아냐. 아름다움을 얻고 유지하려면 엄청난 비용과 시간 그리고 인내심이 필요하단다. 게다가 본인의 의지도 필요해. 이러한 치료 요법을 강행하기 위해선 진심으로 아름다움을 얻으려는 의지가 있어야 한단다. 너는 지금 네 외모가 불만이지만 대신 더 중요한 일에 관심을 쏟을 수 있으니 나쁘진 않아. 따지고 보면 너도 꽤 사랑스러운 면이 있거든." 그녀가 내 몸을 머리부터 발끝까지 찬찬히 살펴보며 말했다. "맞아, 결코 나쁘지 않아."

나는 대답하지 않았다.

"자, 다시 한번 물어볼게." 그녀가 눈부신 미소를 머금으며 다시 물었다. "솔직히 내가 몇 살로 보이니?"

"서른다섯 살." 나는 조금 전과 같은 대답을 돌려주었다. 에바 그료토르네트는 처음으로 크게 소리 내어 웃었다. 지금까지의 옥구슬이 굴러가는 듯 나직하고 아름다운 웃음소리와는 너무나 달랐다. 입을 벌리고 목을 뒤로 제쳐 큰 소리로 웃는 모습이 경박스럽기까지 했다. 나는 처음으로 그녀의 잇몸이 이뿌리까지 말려 올라간 걸 보았다.

"정말 고맙구나." 그녀가 숨을 고르고 말을 이었다. "하지만 그 대답은 틀렸어. 쉰다섯 살이란다."

그녀는 믿지 못해 놀라는 내 표정을 즐기듯 바라보았다.

"이제 알겠니? 난 네가 생각한 사람과 달라. 이미 말했듯이 나의 젊음과 아름다움은 엄청난 돈을 쏟아부었기에 가능한 것이란다. 물론 그 돈은 남편들이 지불했지. 내게 남편의 역할은 바로 그런 거란다. 지금은 그료토르네트 씨가 그 역할을 하지. 올레 그료토르네트."

그녀가 나직이 웃음을 터뜨렸다.

"그렇다면 그분은 무엇을 대가로 얻을 수 있나요?" 생각지도 못한 말이 내 입을 빠져나왔다. 그녀가 나를 쏘아보았다. 나는 민망해서 어쩔 줄 몰랐다.

하지만 그녀는 단도직입적으로 대답해 주었다. "그 대가로 아름다운 아내와 함께 살고 있지."

"아름다운 아내와 함께 살면 어떤 점이 좋은가요?" 나는 다시 나의 무례함에 얼굴을 붉혀야만 했다. 하지만 이미 내뱉은 말을 되돌릴 수는 없었다.

그료토르네트 부인은 이번에도 거리낌 없이 대답해 주었다. "그는 아내에게 돈을 주고, 아내는 그 돈으로 기분 좋게 자신의 관심 분야를 더욱 깊이 파헤칠 수 있지. 나는 여행에 관심이 많단다. 낯선 나라를 다니며 진정으로 영원한 아름다움을 감상하는 일이지. 모자이크, 그림, 조각상 그리고 아름다운 건물들. 나는 꽃 그림만 그리진 않아. 프레스코화와 갖가지 명화를 따라 그리기도 한단다. 불행히도 이곳에는 그러한 명작들을 볼 기회가 자주 없어. 그료토르네트 씨는 내가 이러한 취미 활동을 할 수 있도록 비용을 지불하지. 그 대가로 나는 항상 예의 바르고 기분 좋게 그를 대하고 규칙적으로 그를 즐겁게 해 준단다."

"네, 그렇군요."

그녀가 다시 나직한 웃음을 터뜨렸다. "네가 완전히 이해한 것 같진 않구나. 세월이 흐르면 너도 이해할 수 있을 거야. 특히 너라면 이해할 수 있을 것 같아. 어쨌든 나는 네가 부럽기도 해."

"그 말씀은 믿을 수가 없군요." 나는 짤막하게 한마디를 내뱉었다.

그녀가 생각에 잠긴 표정으로 나를 뚫어지게 바라보았다.

"글쎄, 네 말이 맞는 것도 같구나." 그녀가 한참 뒤에 말문을 열었다. "그래, 네 말이 맞아. 설령 기회가 주어진다 하더라도 네 삶과 바꾸진 않을 거야. 지금까지 내가 손에 넣은 것들, 더 많은 기회를 잡기 위해 내가 필요로 한 것들은 모두 나의 타고난 아름다움 덕분이었지. 나의 아름다움은 진실로 큰 역할을 해 왔단다. 아주 어릴 때부터 내가 남달리 아름답다는 걸 깨닫고 매우 자랑스러워했어. 물론 그 아름다움을 이용하는 데도 주저하지 않았지. 열두 살이 되자 길 가던 남자들은 모두 한 번씩 나를 돌아보았단다. 하지만 지금 내게 남은 건 옛날에 가졌던 아름다움의 그림자에 불과해. 네 나이 때 이미 애인이 있었단다."

나는 눈을 휘둥그레 뜨고 그녀를 쳐다보았다.

"바로 그 때문에……." 그녀가 내 눈을 빤히 바라보며 말을 이었다. "난 알 수 있어. 나의 첫 연인은 아버지 친구였단다. 매우 아름답고 낭만적인 사람인 데다 큰 부자였어. 그는 내게 예술의 역사를 가르치는 가정교사였고, 우리는 수년 동안 비밀 연애를 했지. 그가 예술 작품을 보여 준다며 나를 피렌체로 데려갔을 때 우리의 연애가 발각되면서 큰 말썽이 생겼단다. 피렌체에서 그와 함께 살다가 2년 후 헤어지고 베트로 가문의 백작과 사귀기 시작했어. 나중에 안 사실이지만, 그는 내게 세상 곳곳의 예술 작품과 아름다운 건물을 보여 줄 정도로 돈이 많지 않았어. 피렌체의 명소를 거의 다 둘러본 후엔 내게 더 해 줄 것이 없었단다. 그를 만날 때만 하더라도 나는 여전히 세상 경험이 없는 어린아이에 불과했고, 그는 나의 욕구를 충족시켜 줄 만큼 부자가 아니라서 그를 떠났어. 그리고 새로운 사람을 만났지. 난 지금까지 그렇게 살아왔어. 내가 지나온 삶과 경험을 바탕으로 배운 건 이 세상에서 가장 덧없는 게 인간의 아름다움이며, 그 아름다움을 유지하는 것보다 더 어려운 일은 없다는 사실이란다. 아름다움에 투자하는 것보다 바보 같은 짓도 없어. 아름다움은 세월과 함께 사라지기 마련이거든. 나처럼 제 아름다움에 도취한 사람이라면 그 아름다움이 사라지는 걸 두 눈으로 보는 게 크나큰 고통으로 다가올 거야. 달팽이 분비물과 암말의 젖도 소용없어. 어차피 사라질 테니까. 진정한 아름다움의 가치를 영원히 지니는 건 대리석과 청동으로 만든 예술 작품뿐이야. 하지만 너는 기본적으로 그러한 고통 없이 살 수 있으니 그보다 더 좋은 일은 없어. 하지만 네가 부럽진 않아. 어쨌든 너는 마음먹기에 따라선 꽤 행복한 삶을 살 수도 있어. 그러니 네 삶을 이성적이고 훌륭하게 살겠다고 약속해 주렴."

한동안 침묵이 흘렀다.

"저는 당신처럼 아름다운 사람이 되고 싶어요." 나는 속삭이듯 나직하게 말했다.

그녀는 따스한 미소를 지으며 내 뺨을 쓰다듬어 주었다. 나를 바라보는 그녀의 눈빛이 반짝였다.

"물론 그렇겠지. 아름다움은 이 세상 모든 이가 원하고 우러러보는 거니까. 아름다움을 지니지 않은 사람은 물론이고, 심지어는 아름다움을 가진 사람들조차도 그렇단다. 오히려 그런 사람들은 더 완벽한 아름다움을 원하지. 하지만 이미 말했듯이 동물원의 수많은 동물마다 살 자리가 있는 것처럼 아름다움에도 여러 가지 아름다움이 있단다. 그래서 사람마다 열망과 욕구가 다르다고 할 수 있어. 예전에 카이로에 갔을 때 세상에서 가장 실력 있는 배꼽춤 무용수를 본 적이 있단다. 그녀는 세상에서 가장 몸집이 큰 무용수이기도 했어."

"그래서요?"

"그녀는 너무나 뚱뚱하고 커서 거대한 산을 보는 것만 같았단다. 보기만 해도 두려워질 정도였지. 그녀가 창백한 몸을 움직일 때마다 온몸의 살이 전율하듯 떨렸어. 하지만 배꼽춤만큼은 그녀를 따라갈 사람이 없었단다. 위, 아래. 위, 아래. 그녀는 마치 커다란 풍선처럼 음악에 맞춰 허리를 돌리며 무대를 천천히 걸었어. 하나-둘, 하나-둘…… 위, 아래. 위, 아래……."

그녀가 배꼽춤을 추는 흉내를 내자 나는 웃음을 참을 수 없었다. 그녀도 함께 웃음을 터뜨렸다.

"관중석에 앉은 남자들은 넋을 잃고 그 모습을 바라보았지. 아름다움이 주는 감동과 욕망에 온몸을 떨었을 거야. 가끔 동경과 욕망을 주체하지 못한 남자들이 자리에서 일어나 열정이 넘치는 아랍어로 소리를 지르기도 했어. 호리호리하고 작은 아랍 남자들이었지. 그들이 무슨 말을 하는지 정확하게 알아들을 수 없었지만, 그들의 의도를 이해하는 건 어렵지 않았단다. 몸집이 거대한 무용수는 그들을 거만하고 무덤덤한 눈빛으로 내려다보았지. 남자들이란 참으로 이상한 동물이야. 또 한번은 코르푸섬에 갔을 때 팔다리가 없는 여자를 본 적이 있어. 얼굴도 그리 예쁘지 않고 머리에 든 것도 많지 않다는 느낌을 받았지만, 그녀의 남편은 이 세상 그 누구보다도 그녀를 사랑했지. 그는 팔다리가 없는 아내를 마치 인형처럼 안고 다니며 사랑이 가득 담긴 눈으로 바라보곤 했단다. 이 세상에 아내보다 더 예쁜 사람은 없다는 듯한 눈빛이었어. 물론 두 사람은 매우 행복하게 살았지."

그녀는 잠시 말을 멈추었다. 나는 그들 부부를 떠올리며 몸을 떨었다.

"바로 그런 이유로 너의 특이한 외모에도 불구하고 남자들의 사랑을 받을 수 있다고 확신해. 아니, 어쩌면 벌써 경험했는지도 모르겠지만……."

나는 지난 시간들을 떠올려 보았지만 아무 말도 하지 않았다.

"어떤 면에서 보자면 너는 기본적으로 나보다 더 자유로운 삶을 살 수도 있어. 어릴 때는 삶 자체가 아름다움이란다. 아름다움은 모든 것의 목적이자 의미가 될 수도 있어. 아름다움은 동경과 유혹이자 그 자체만으로도 신에 이르는 방법이 될 수도 있단다. 시인들은 아름다움이 세상을 구제할 수도 있다고 했어. 그런데 아름다움이 뭘까? 무엇이 진정한 아름다움일까? 나는 아름다움의 공허함과 덧없음을 깨닫기까지 오랜 세월을 보냈단다. 이제 내 삶의 아름다움은 천천히 사라지는 중이야. 달팽이 목욕을 하고 온갖 치료 요법을 이용해도 막을 수는 없더구나. 그러니 너는 슬퍼할 필요 없어. 단지 이러한 것들을 염두에 두고 살면 돼. 너는 보통 사람과 다른 외모를 지녔고, 바로 그 점 때문에 아름다움에 구속되지 않고 더 자유롭게 살 수 있으니까. 그건 그렇고 이제 뭔가 재밌는 일을 해 보지 않을래?"

그녀가 의미심장한 미소를 지으며 자리에서 일어났다.

"잠깐만요. 당신은 앞으로 무엇을 하실 생각인가요?"

"앞으로라니, 무슨 뜻이지?"

"아름다움과 관련해서요."

그녀가 나를 뚫어지게 바라보았다.

"우선 그로토르네트 씨를 보내 줘야겠지. 그는 살날이 얼마 남지 않은 데다 온갖 병마로 고생하고 있어. 나는 랑게 영사관을 포함해 이전 남편들과도 그런 식으로 헤어졌단다. 그로토르네트 씨는 지금까지 나와 결혼한 남자들 중 가장 돈이 많은 사람이지만, 일주일에 두 번씩은 그를 배신했다고 고백해야겠구나. 그럼에도 불구하고 그는 나를 원했단다. 그와 헤어진 뒤엔 내 운명을 받아들일 생각이야. 치료받기 위해 요양지를 찾아다니는 일도 그만둘 거야. 이젠 그런 일에 돈과 시간을 쓰지 않을 거란다. 주름 가득한 노인이 되어 세계 곳곳을 여행하며 그림을 그릴 생각이야."

그녀가 다시 경박한 듯한 웃음을 터뜨렸다.

"그런 당신의 모습은 상상할 수가 없어요." 나는 목구멍에 치솟아 오르는 슬픔의 덩어리를 억누르며 말했다. 이처럼 아름다운 존재가 언젠가는 보잘것없이 사라질 거라고 생각하니 견딜 수가 없었다. 내겐 그러한 생각 자체가 불가능하고 불합리했다. 하지만 그녀는 다시 소리 내어 웃었다. 이번에는 그녀의 웃음소리에 어두운 그림자가 담겨 있었다.

"그건 피할 수 없는 일이야. 어쩔 수 없는 일이기에 받아들이는 수밖에 없어. 그것이 바로 아름다움과 즐거움을 추구한 삶의 대가란다. 하지만 그 전에……." 그녀가 다시 생기발랄한 목소리로 말을 이었다. "새로운 남자를 만나 결혼할 거야. 여전히 영원한 것이 존재한다고 믿는 젊고 원기 왕성한 남자 말이야. 그의 머릿속에는 예술과 아름다움에 관한 낭만적인 생각이 가득 차 있어야 해. 돈은 없지만 재능 있는 남자, 세상과는 동떨어진 남자. 나는 그런 남자를 만나 정성을 다해 뒷받침해 줄 생각이야. 그를 위해 모든 걸 다 해 줄 준비가 되어 있어. 단 피할 수 없는 황혼의 길을 걷는 내 옆에서 나를 보살피고 위로해 줄 수 있는 사람이어야 해." 그녀가 시선을 떨구더니 갑자기 몸을 일으켜 옷에 묻은 흙을 털어 냈다. "이제 뭔가 재밌는 일을 해 볼까? 난 진흙 식충이들을 보러 갈까 하는데, 넌 어때?"

"진흙 식충이들이라뇨?"

"노르웨이의 보잘것없는 작은 요양지에서 그들이 무엇을 하는지 엿볼 거야. 나를 따라와. 저기 가면 작은 창이 있어."

우리는 작은 소녀들처럼 코웃음으로 킥킥 웃으며 작고 하얀 목조 건물로 걸어갔다. 에바 그료토르네트는 목조 건물 뒤편 창가에 자리한 작은 벤치를 가리켰다. 벤치에 올라가면 위쪽 창을 통해 집 안을 들여다볼 수 있을 것 같았다.

"지금은 남자들이 진흙 목욕을 하는 시간이야." 벤치에 올라선 그녀가 나직하게 코웃음을 쳤다.

창을 들여다보니 남자들이 진흙에서 뒹굴고 있었다. 그중에는 진흙욕을 마치고 샤워한 뒤 물기를 닦는 사람들도 있었다. 나는 그들을 지켜보는 게 꽤 흥미로웠다.

우리는 한동안 벤치에 서서 창문 안쪽을 들여다보며 그들이 각각 어떤 병으로 고생하는지 알아맞히는 게임도 했다. 잠시 후 에바 그료토르네트는 남자들의 성기를 가리키며 한마디씩 던졌다. 나는 남자들의 성기가 꽤 흥미롭다고 생각했으나 그녀는 무의미한 것으로 치부하는 듯 자주 코웃음을 쳤다. 나는 민망함과 두려움, 흥미와 관심이 섞인 눈으로 그들을 바라보며 에바의 말에 귀를 기울였다. 다행히 아버지는 보이지 않았다.

"저기 땅딸한 남자 보이지? 저 남자는 아무것도 못 할 거야. 저 남자가 달고 있는 물건은 한마디로 흉측하기 짝이 없어. 마치 지렁이를 보는 것 같아. 미켈란젤로라면 대번에 그림으로 그렸을 거야. 미켈란젤로는 비율을 맞추는 데 소질이 없었거든. 반면 저기 저 남자의 물건은 길고 매끈해서 보기도 좋아. 넌 어떻게 생각하니?"

나는 대답하지 않았다.

그녀는 웃음을 터뜨리며 말을 이었다. "불행히도 평상시에는 남자들의 물건을 볼 수 없으니 안타까운 일이야. 옷에 감춰져 있으니까. 그럴 때는 방법이 하나밖에 없어. 옷을 입지 않았을 때 직접 확인해 보는 수밖에. 그 때문에 생기는 오해는 필수불가결하지. 예를 들어 그리스 조각상처럼 키가 크고 훤칠하게 잘생긴 남자라도 그 물건은 페르시아의 내시처럼 보잘것없는 경우가 있어. 반면 겉모습은 작고 보잘것없지만 벗겨 놓으면 커다란 기둥 같은 물건을 내보이기도 하지. 꽤 흥미롭지 않니?"

나는 여전히 아무 대답 없이 그녀가 봇물처럼 쏟아 내는 말에 귀를 기울였다. 그녀의 말은 요양지에서 여름의 반을 보내는 동안 멈추지 않았다. 그 와중에도 우리는 함께 바닷가에서 야생화를 그리고 헤엄을 쳤으며 요양지에 자리한 건물들을 돌아다니며 창문으로 엿보았다. 나는 그녀와 처음 만났을 때 말없이 조용하게 함께 한 시간이 그립기도 했지만, 그녀가 쏟아 내는 이야기에 흥미롭게 귀를 기울였다. 전 남편들 이야기, 아름다움을 유지하기 위한 갖가지 치료법에 관한 이야기,

이탈리아와 그리스의 명소를 둘러본 이야기, 파리의 파티 이야기, 세인트피터스버그에서 발레를 관람한 이야기, 알자스와 슈바벤의 포도 농장에서 나무통에 보관된 와인을 그대로 마신 이야기, 알프스산맥의 조그만 성에서 개최된 음악회 이야기, 런던의 박물관과 극장을 찾은 이야기…….

그런 이야기를 듣는 동안 동경을 참을 수 없어 한숨을 내쉬면 그녀는 의미심장한 표정으로 고개를 끄덕이며 말했다. "조금만 기다려. 너도 그런 곳을 다 둘러볼 수 있을 거야. 언젠가는." 나는 그녀의 말을 믿지 않았다. 하지만 그녀는 확신에 찬 표정으로 되풀이해서 말했다. "언젠가는 너도 그런 걸 다 경험할 수 있을 거야." 차가운 바닷물에서 헤엄치고 몸을 말릴 때면 그녀는 어김없이 남자 성기의 표본실을 연상시키는 이야기를 했고, 나는 입을 쩍 벌린 채 그녀의 말에 귀를 기울였다. 그녀의 이야기에 등장하는 남자는 수도 없이 많았다. 가느다란 지렁이 같은 물건을 소유한 이러저러한 백작이나 경영인, 나뭇가지 같은 학생 B, 보기만 해도 만족스러운 피아니스트 E 등.

나는 그녀의 이야기를 즐길 때도 있었지만 혐오할 때도 없지 않았다. 그녀는 이러한 이야기를 꽃잎 속에 숨겨진 은밀하고 아름답고 연약한 수술과 암술 등을 그릴 때처럼 객관적이고 이성적으로 늘어놓았다. 뿐만 아니라 기회만 생기면 나의 경험을 물어보았지만, 나는 진주를 담은 홍합 껍데기처럼 입을 굳게 다물고 단 한마디도 발설하지 않았다. 아르비드에 관한 이야기도 거의 하지 않았고, 코펜하겐의 일은 더더구나 입에도 올리지 않았다. 나는 아직 어렸고, 그녀는 그런 나를 존중해서 얼마 후에는 더 묻지 않았다. 단지 의미심장한 눈빛으로 말없이 나를 바라보기만 할 뿐.

시간이 흐르자 지금껏 친구라고는 한 명도 사귀지 못한 나는 이 이상하고 아름답고 기품 있는 여인이 점점 또래 친구처럼 여겨지기 시작했다. 물론 내게도 비르게르손 부인과 한나가 있지만, 그건 또 다른 차원의 이야기 아닌가. 우리 사이에는 나이가 존재하지 않는 것 같았다. 내가 숫자와 동물에 관심이 많다고 하자 그녀는 예의 바르게 내 말을 들어 줄 뿐 아니라 큰 관심을 나타내기도 했다. 나는 그녀의 반응에 신이 나서 어른이 된 듯 말을 늘어놓았다. "너는 먼 곳을 여행할 수 있을 거야." 에바 그료토르네트가 의미심장하게 말했다. 나는 그녀를 둘도 없는 친구로 생각했기에 여름의 끝자락이 다가오자 슬퍼지기 시작했다.

치료가 막바지에 이르자 아버지는 예전처럼 생기 있고 활력 있는 모습을 되찾았다. 하지만 나는 그런 아버지의 변화를 느끼지 못했다. 예전과 달리 가까운 주변인들에게 무덤덤해졌기 때문일까. 대신 나는 꽃 그림에 큰 재능을 보였고 헤엄도 제법 잘 칠 수 있을 정도로 변했다.

그곳을 떠나는 날 아침 그녀를 찾아 작별 인사를 건넸다. 우리는 함께 외진 바닷가에 내려가 헤엄을 쳤다. 그녀는 나의 눈물을 못 본 것 같았다. 어쩌면 내 눈물을 짜디짠 바닷물이라 생각했을지도 모른다. "우린 꼭 다시 만날 거야." "정말 그렇게 생각하나요?" 그녀는 말없이 미소를 지었다. 그녀는 내게 먼 여행을 할 거라며 꼭 안아 주었다. 처음 있는 일이었다. 내 몸을 감싸는 그녀의 손길이 딱딱하고 무거웠다. 내게 헤엄을 가르쳐 주던 손길과 정반대였다. 그녀는 내 목의 털을 쓰다듬어 주기도 했다. 그 손길은 꽃 그림을 그릴 때와 마찬가지로 부드럽고 조심스러웠다. 자가수정화를 그릴 때처럼.

"안녕. 건강하게 잘 지내."

과거의 일과 미래의 일

요양지에서 돌아온 다음 날 아침 그들이 찾아왔다. 단 한 번도 본 적이 없는 이상한 제복을 입었고 가슴에 단 계급장도 낯설었다. 그녀는 지금까지 기차역 관계자들의 제복은 모두 다 안다고 생각했다. 그들은 이른 아침 기차에서 내렸다. 심각한 표정의 두 남자. 그들의 제복도 낯설고 그들의 얼굴도 낯설었다. 그들은 제복 모자를 쓰지 않은 대신 얇은 가죽 서류첩을 끼고 있었다. 그녀는 창을 통해 그들을 맞이하는 크눗존을 보았다. 아버지는 하루 더 휴식을 취하고 다음 날부터 일을 시작할 예정이었다. 크눗존은 그들에게 경례하고 진지한 표정으로 손을 내밀어 악수했다. 두 사람은 고개를 끄덕이며 답례했다.

그들은 플랫폼을 걷다가 그녀의 창문 아래에서 자취를 감췄다. 창가에 서 있던 그녀는 그들이 기차역 건물로 들어왔다는 걸 느낄 수 있었다. 그녀의 집 안으로.

문밖에서 아침을 먹으라는 한나의 목소리가 들렸다.

*

일은 그렇게 시작되었다. 어느 화창한 여름날, 낯선 남자

둘이 제복을 입고 기차역에 내렸다. 나는 몰래 복도로 나가서 그들이 집무실에 앉아 서류와 종이를 뒤적거리는 모습을 엿보았다. 그들의 제복에는 납으로 만든 단추가 아닌 청동 단추가 달려 있었고, 구두는 일반인의 구두와 다르지 않았다. 가슴께 주머니에는 줄무늬 계급장도 보이지 않았다.

아버지의 집무실에서는 크누존이 그들과 함께 심각한 표정으로 대화를 나누고 있었다.

건물 밖으로 나오다 엔진창고 뒤에 쌓아 둔 상자 위에서 담배를 피우는 무선기사와 마주쳤다. 그는 미소를 지으며 한 손을 높이 치켜들고 내게 인사를 건넸다.

문득 그와 모스 전신을 주고받거나 대화를 나눈 지 꽤 오래되었다는 생각이 스쳤다. 얼마나 오래되었을까? 곰곰이 생각해 보니 코펜하겐에 다녀온 뒤로는 한 번도 그와 마주친 적이 없는 것 같았다.

사실은 그날 아침 빨간 자전거를 타고 숲속 호숫가에 갈 생각이었다. 그곳에서 아르비드와 만나면 수영 실력이 늘었다는 걸 자랑하고 싶었다. 하지만 호숫가에 가겠단 생각을 접고 무선기사 옆에 앉았다.

"오랜만이구나."

"네."

"그동안 많이 컸구나. 이제 옛 친구와 모스로 대화할 시간도 없는 모양이지?"

“그동안 이런저런 일이 많았어요. 게다가 집을 떠난 시간도 꽤 길었고……. 여기저기…….”

“그래…….” 무선기사는 파이프에 담배를 새로 채우며 말했다. “요양지에선 어떻게 지냈니?”

“그런데 저 사람들은 누군가요?”

무선기사가 내게 고개를 돌렸다. “회계감찰관이라고 하더구나.”

“그렇군요.”

“요양지에선 잘 지냈니?”

“좀 지루했어요.”

“좋은 사람들을 하나도 만나지 못했어?”

“하나같이 나이 많은 사람뿐이었어요.”

그가 웃음을 터뜨리며 내게 의미심장한 눈길을 던졌다.

“헤엄은 많이 쳤어요.” 별안간 생각지도 않은 말이 툭 튀어나왔다.

“그랬어?” 그가 놀란 표정을 지었다. “헤엄치는 법을 배웠다고?”

“네. 거기서 배웠어요. 갖가지 방법으로 목욕할 수 있는 시설이 즐비했어요.”

“그렇구나. 어쨌든 거기서 시간을 낭비한 것 같진 않으니 잘되었구나.”

“네. 그런데 저 사람들은 무슨 일로 온 거예요? 저 두 남자 말이에요. 회계감찰관이라는 남자들…….”

나는 기차역 건물 안쪽을 턱으로 가리켰다.

“아, 저 사람들?” 무선기사가 천천히 말을 이었다. “회계장부를 살펴보러 왔어. 크누존이 와 달라고 부탁했나 봐. 몇몇 사항이 어긋난 것 같더구나. 저 사람들은 오늘만 여기 있다가 다시 돌아갈 거야.”

“그렇군요.”

“너도 알다시피 숫자는 항상 정확해야 해. 일을 하려면 확실히 해야지.”

“그럼요.”

*

일은 그렇게 시작되었다. 두 남자는 그날 오후 저녁 기차를 타고 돌아갔다. 올 때와 마찬가지로 낯선 제복에 심각한 얼굴이었다. 나는 그들의 뒷모습을 지켜보았다.

아르비드는 그날 호숫가에 오지 않았다. 다음 날도 마찬가지였다. 사흘째 되는 날 그가 모습을 드러냈다. 내가 집에 돌아왔다는 소문을 들은 모양이었다. 나는 그에게 수영 솜씨를 뽐냈다. 그는 나를 애무하고 연거푸 나를 행복하게 해 주었다. 나는 그런 그의 모습을 자세히 관찰해 보았다. 그료토르네트 부인을 만나기 전과는 다른 눈으로 그를 바라본 것이다.

방학이 끝나고 개학을 하자마자 우리는 성인의 삶을 살기 위한 준비 작업에 들어갔다. 성인의 삶은 현실적이고 진지한 것이라고 했다. 적어도 교리교사의 말에 의하면 그랬다. 그는 교회에서 성인식을 하기 전에 필요한 교리와 태도 등을 가르치기 위해 특별히 초빙된 교사였다.

*

그해 우리 마을에 온 교리교사는 한마디로 혐오스러운 존재였다. 이상하게도 바로 그 때문에 그의 주변엔 사람들이 끊이지 않았다. 어쩌면 끈적끈적하게 치근덕거리는 그의 성격 때문에 사람들이 몰린 건 아닐까.

원래 성인식 준비를 위한 교리 교습은 교구 목사의 일이었다. 하지만 올해는 교리교사가 그 일을 맡았다. 교구 목사는 나이가 많아 휴식을 취해야 한다고 했다. 이미 말했듯 교리교사는 혐오스럽기 짝이 없는 사람이지만, 기독교계의 진보적이고 젊은 축을 담당하는 새로운 얼굴에 속했다. 그는 학교에서도 종교 과목 시간에 들어와 수업을 진행했다. 교구 목사가 엄격하고 가끔 우리가 이해할 수 없는 이유 때문에 큰 소리로 화를 내는 두렵고 먼 존재였다면, 교리교사는 상냥하고 친절했으며 얼굴에서는 항상 미소가 떠나지 않았다. 가끔은 너무 밝고 즐거워 보여 경박스럽기까지 했다. 구세대와 달리 젊은

이들이 춤과 노래를 즐기는 게 죄악이 될 수 없다는 걸 신문 기고를 통해 조심스럽게 피력한 적도 있었다. 그는 춤 자체가 문제 되는 게 아니라 춤을 추는 당사자가 어떤 사람인지, 또 어떤 의도인지가 더 중요하다고 했다. 또한 교구 목사와 달리 항상 사랑과 기쁨에 대해 말했다. 우리가 성경을 통해 아는 복수심에 불타고 영광스러우며 비인격적인 신, 사막의 종족과 이스라엘에 일곱 개의 재앙을 내린 난폭하고 오만한 신에 대해서는 단 한 번도 말하지 않았다. 이러한 그의 됨됨이는 금발의 말끔한 외모와 잘 어울리는 것 같았지만, 사랑과 기쁨에 관해 말할 때는 입가에 왠지 느끼하고 축축한 미소가 어린 듯한 이상한 느낌도 지울 수 없었다.

나는 학교 수업과 동떨어진 삶을 살았지만, 홀로 책에서 배운 건 또래 아이들보다 훨씬 많았다. 성경의 교리와 신의 의미에 관한 지식도 상당했다. 적어도 신은 매우 흥미롭지만 불가사의한 존재라는 것쯤은 알고 있었다. 습관은 폭군이라는 말도 있다. 비록 우리 아버지는 독실한 기독교도라고 할 수 없지만, 그렇다고 해서 내가 기독교가 지배하는 주류 사회를 벗어나 독단의 삶을 산다는 건 있을 수 없는 일이었다. 그럼에도 불구하고 교회가 주도하는 성인식에 또래 아이들과 함께 참여하겠다는 의사를 내보이자 아버지는 적잖이 놀랐다. 아마도 아버지는 내가 가정식 성인식을 원할 거라고 짐작했을 것이다.

나는 맨 뒷줄에 앉아 물레바퀴처럼 매끄럽게 교리문답서와 부활과 가나안의 결혼식에 관해 이야기하는 교리교사의 목소리에 건성으로나마 귀를 기울이는 척했다. 동시에 내게 이러한 불운을 내린 신에게 의문을 품기도 했다. 하지만 신은 내게 타인의 의도와 바람 등 그 내면을 읽을 수 있는 능력도 주었다. 나이가 들면서 내게 그러한 능력이 있다는 걸 의식적으로 깨달은 것이다. 어쩌면 코펜하겐의 경험과 요양지에서 여름 한 철을 보내며 에바 그료토르네트와 갖가지 대화를 나눈 경험이 나의 의식을 일깨워 주었는지도 모른다. 그 일 이후 내가 처한 상황과 타인의 삶에 관해 열린 눈으로 볼 수 있었다.

교리교사를 첫 번째 실험 대상으로 이용했다. 수업 시간에 내뱉은 첫마디만 듣고도 그가 오늘은 어떤 주제로 이야기할 것인지 감이 잡혔고, 나의 짐작은 매번 맞아떨어졌다. 그는 요점을 말하기 위해 믿을 수 없을 정도로 긴 서론을 펼치곤 했다. 그가 역사 속의 크고 작은 일들, 진실과 거짓, 가볍고 재미있는 이야기와 묵직하고 진중한 이야기들을 늘어놓은 것은 단지 주기도문의 *'우리를 유혹에 빠지지 말게 하시고'* 한 문장을 위한 거였다. 뿐만 아니라 그는 내가 이미 외운 교리문답서의 한 부분, *'저희에게 잘못한 이를 저희가 용서하오니 저희 죄를 용서하시고 저희를 유혹에 빠지지 않게 하시고 악에서 구하시어 아버지 나라에서 영원히 살게 하소서'*라는 문장을 설명하기 위해 꼬리만 길고 몸통은 없는 고양이처럼 갖가지 이야기를 주절주절 늘어놓았다.

나는 그게 정확히 무엇을 의미하는지 이해할 수 없었다. 그저 앞자리에 앉은 아르비드의 갈색으로 그을린 목덜미에 이를 대 보고 싶은 충동을 쉴 새 없이 느낄 뿐이었다. 그래서 아버지의 예상을 뒤엎고 다른 아이들과 함께 교리 공부를 하겠다고 말한 거였다. *아버지에게 기쁨과 선한 놀라움을 줌으로써 네가 하는 일의 의도를 숨김과 동시에 아버지가 네게 칭찬과 선물을 내리도록 하라.* 이것은 나의 교리이기도 했다. 아버지는 내게 멋진 가을 코트와 세계지도책을 사 주었다. 그동안 보던 세계지도책의 국경선이 달라진 것도 없는데 말이다. 최근 들어 이 세상에는 국경선을 바꿀 만큼 큰 전쟁이 일어난 적도 없었다.

우리의 선물이 준비되었나이다.
오, 자비의 신이시여,
우리에게 축복을 내리소서.
그리하여 우리가 힘을 얻게 하소서.
하늘나라의 빵과 과일을 보며 한숨짓는
배고픈 우리를 돌보소서.

나는 교리 공부가 끝나고 건물 모퉁이에서 몰래 만난 아르비드에게 내가 개사한 찬송가의 일부를 읊으며 키득키득 웃었다.

우리의 은밀한 부분이 준비되었나이다.
오, 자비의 신이시여,
이 소년에게 축복을 내리소서.
그리하여 그가 힘을 얻게 하소서.
하늘나라의 성기와 빵을 보며 한숨짓는
배고픈 저를 돌보소서.

그는 눈물까지 찔끔찔끔 짜며 웃었다. 그의 커다란 눈동자가 그 어느 때보다 강렬한 욕구로 반짝였으며, 교리 공부가 끝나면 항상 우리만의 새로운 비밀 장소에서 나를 기다렸다. 나는 두렵지 않았다. 그는 어딜 가든 항상 나를 기다렸고, 자전거를 끌며 집으로 가는 나를 바래다 주기도 했다. 가끔 교리 공부가 일찍 끝나는 날이면, 우리는 기차역의 어둑어둑한 창고 뒤편으로 가서 서로의 입을 열고 하늘나라의 황홀감에 이를 때까지 서로의 몸을 더듬었다. 나를 바라보는 그의 입가에는 항상 미소가 어렸으며, 그 미소는 내 심장에 깊숙이 파고들었다.

그것뿐이었다면 인간의 존재와 내면을 읽으려는 나의 관심사는 거기서 그쳤을 수도 있다. 종이는 얼굴을 붉힐 수 없다. 나도 마찬가지다. 솔직히 말하자면 나는 이쯤에서 얼굴을 붉혔어야 한다.

교리교사가 예쁜 소녀들에게 관심을 보인다는 건 너무나 자명했다. 그가 특히 관심을 보인 소녀는 잉게르였다. 그녀는 길쭉길쭉한 팔다리하며 신이 심혈을 기울여 만든 존재가 분명했다. 자작나무를 닮은 금발 머리, 노르웨이청소년협회지의 표지처럼 파란 눈동자, 꾸미지 않은 아름다움, 적당한 백치미. 그녀가 손을 들고 말하면 언제나 그럴듯하게 들렸다. 학교에서도 마찬가지였다. 그녀는 부유한 상인의 딸이었다. 화려하고 값비싼 옷은 아니지만 차림새가 수수하면서도 아름다웠다. 사람들은 그녀가 매우 아름답다고 생각했다.

그렇다. 타고난 아름다움이었다. 세상에는 자신이 무엇을 원하는지, 자신이 무엇을 가졌는지 모르는 경우도 있다. 그저 놀라울 정도로 단순한 스카프 한 장만 둘러도 아름답게 보이는 사람이 있는 것이다. 그런 사람들은 눈에 보이는 대로 집어 든 형형색색의 액세서리를 아무렇게나 걸쳐도 매력적으로 보일 수밖에 없다. 고전적 의미의 미와는 거리가 먼 자신만의 아름다움을 창조할 수 있는 능력을 지닌 사람은 의자 등받이에 낡은 속옷 하나만 휙 던져 놓아도 다들 혀를 내두르며 그 아름다움에 감탄한다.

잉게르는 무의식적으로 이러한 아름다움을 내보일 수 있는 데다 선천적으로 타고난 아름다움까지 지니고 있었다. 예쁜 데다 공부도 잘하는 그녀야말로 내겐 최악의 적이었다. 심지어는 가녀린 목소리로 노래도 잘했다. 그녀를 두고 소년은 물론 나이 많은 남자들까지 감탄의 눈길을 보내는 것은 당연한 일이었다.

아르비드도 예외는 아니었다. 나는 피부가 매끈하고 하얀 그녀를 바라보는 아르비드의 눈동자가 흔들리는 걸 자주 보았다. 그럴 때마다 절망하며 긴 털로 뒤덮인 내 손등을 내려다보곤 했다. 그녀가 천상의 기쁨을 담은 듯한 파란 눈동자를 반짝이며 찬송가를 부를 때면 교리교사는 감동의 눈물을 머금은 젖은 눈으로 바라보았다. 내가 조금만 더 나이가 들었다면 요양지에서 만난 나의 벗, 헤이베르그 출신의 에바 그료토르네트를 떠올렸을 것이다.

하지만 아직 어렸기 때문에 잉게르를 질투와 혐오의 눈길로 바라보았다. 나는 그녀의 아름다움은 물론 쉬는 시간이면 불빛을 향해 모여드는 나방 떼처럼 그녀를 둘러싸는 아르비드와 다른 남자아이들을 혐오했다. 하지만 아르비드는 집으로 향하는 나를 바래다 주는 걸 잊지 않았다. 교리교사가 성인식에 참석하는 아이들에게 동네 어른과 부모님을 위해 작은 콘서트를 하자며 그룹을 만들어 주지 않았다면 아무 일 없이 지나갈 수 있었을 것이다.

나는 프레드헤임에회관에서 열리는 그 콘서트에 교리와 상관없는 갖가지 프로그램을 집어넣은 걸 보고 카바레라는 이름이 더 어울린다고 생각했다. 마을에서 그런 콘서트가 열린 적이 없는 터라 구세대는 회의적인 눈으로 바라보았지만, 주민들 대부분은 긍정적으로 생각했다. 우리는 라디오와 그라모폰, 믿을 수 없는 효능을 지닌 신식 구두약이 존재하는 새로운 사회에 살고 있었으니까.

자유롭고 신세대의 사고방식을 가진 교리교사의 아이디어는 콘서트라는 이름으로 선보였다. 그는 콘서트를 위해 자발적인 지원자가 필요하다고 말했다. 보아하니 그가 말하는 자발적인 지원자는 목소리가 아름다운 소녀들을 말하는 것 같았다. 대부분의 남자아이들은 제외되었다. 우연을 가장한 의도적인 눈짓과 함께 이 콘서트가 성인식을 앞둔 청소년들을 위한 행사라고 말하는 그를 보며, 나는 매우 유능한 마술사의 속임수를 떠올렸다. 그도 그럴 것이 그가 천천히 아이들 사이를 거닐다가 '자발적인 지원자'라는 말을 입 밖에 내는 순간 잉게르의 파란 눈동자를 우연인 듯 쳐다보았기 때문이다. 그녀는 목이 잘린 암탉처럼 멍한 눈길로 그를 따르다가 마치 최면에 걸린 것처럼 손을 번쩍 들었다. 그녀는 자발적으로 콘서트에 지원한 첫 참가자였다.

나는 적잖은 충격을 받았다. 나도 콘서트에 참여하고 싶어서가 아니라 다른 아이들은 그의 속내를 전혀 알아차리지 못했다는 걸 깨달았기 때문이다.

물론 그는 자발적인 지원자가 더 필요하다며 몇몇 아이에게 의도적인 눈길을 보내긴 했지만, 그 눈길은 내게 미치지 않았다. 이 또한 그의 의도가 명백히 들여다보이는 증거라고 할 수 있지 않은가. 여자아이 몇이 가늘고 길쭉한 팔을 번쩍 치켜들었다. 교리교사는 남자아이도 조금 필요하다고 말했다. 작은 우리 마을의 현실을 꼬집는 풍자극과 극적인 콩트도 포함할 예정이라 변성기에 이른 남자아이라도 참가할 수 있었다. 나는 아르비드가 손을 번쩍 치켜드는 모습을 보고 놀라지 않을 수 없었다. 물론 그는 유머 감각도 있고 그다지 못생기지도 않았다. 하지만 그가 자발적으로 지원했다는 사실이 몹시 불쾌했다.

역할을 맡은 아이들은 수요일과 토요일 저녁에 교리 공부를 마치고 함께 모여 연습했다. 이제 아르비드와 몰래 만나는 일은 사라져 버렸다. 그는 콩트《신앙의 기적》에서 술 때문에 손님과 직업과 돈과 아내와 자식까지 잃어버리는 장사꾼 역할을 맡았다. 아르비드는 그 역을 꽤 잘해 냈다. 그들이 프레드헤임회관에서 연습할 때 창밖에 서서 몰래 훔쳐보곤 했기 때문에 잘 알았다.

그는 한 손에는 술병, 다른 한 손에는 팔지 못한 실패를 들고 목청껏 대사를 읊으며 절망에 빠진 불행한 장사꾼 역할을 해냈다. 콩트가 막바지에 이르자 취한 흉내를 내며 더욱 불행한 표정을 지었다. 아르비드의 연기는 매우 그럴듯해서 무대를 장악할 정도였다. 하지만 우연히 길에서 선교사를 만나 마침내 삶의 빛을 발견하고 행복해하는 장면에서는 그다지 감동을 주지 못했다. 뒤를 잇는 장면에서는 그가 잃어버린 것들을 차례차례 되찾는 모습을 보여 주었다. 희곡의 세계에서 흔히 볼 수 있는 주제였다. 적어도 대다수 남성 희곡작가의 작품에선 자주 다뤄졌다. 그는 사랑하는 아내의 발 밑에 꿇어앉아 용서를 빌며 확고한 결심을 보여 주듯 술병을 전부 깨뜨렸고(신문사 편집장 얀이 기부한 빈 술병이었다), 아내는 이성을 되찾은 남편의 모습에 기뻐하며 잘못을 용서함으로써 성경적 의미의 사랑과 자비를 베풀었다.

이 모든 건 교리교사의 열정적인 지도 아래 진행되었다. 물론 자비롭고 아름다운 아내는 잉게르가 맡았다. 그녀가 아니라면 누가 이 역을 맡을 수 있을까. 즐거움과 생기로 가득 찬 아이들에게 대사와 동작을 가르치는 교리교사는 잉게르를 바라볼 때마다 눈으로 사정할 듯 황홀하게 빛을 발했다.

나는 건물 밖 어둠 속에 서 있었다. 어둠의 그림자 속에 서서 부부 역할을 맡은 소년 소녀들이 팔짱을 끼고 웃음을 터뜨리는 모습과 다른 또래 아이들이 행복한 표정으로 재잘거리는 모습을 보았다. 연습을 마치고 나오는 아르비드를 향해 휘파람을 불듯 나직이 '쉬잇' 소리를 내 보았다. 언뜻 바람을 머금고 흔들리는 잔가지 소리를 닮은 그 휘파람 소리는 우리만의 은밀한 신호였다. 나는 나직이 소리를 냈고, 그는 분명히 들었다. 그는 어둠 속 그림자에 몸을 숨긴 내게 두려움과 짜증이 살짝 섞인 눈길을 던졌다.

지금은 안 돼. 그의 눈길이 말했다.

지금은 안 돼. 그는 잉게르와 팔짱을 낀 채 다른 아이들과 함께 사라졌다. 내가 어둠 속에 서서 그를 바라보고 있다는 걸 잘 알면서도. 그 그림자는 기차역 엔진창고의 행복으로 향하는 열쇠라는 걸 잘 알고 있으면서도.

지금은 안 돼. 그렇다면 언제가 되어야 할까. 언제든 가능하지만 지금은 안 된다는 의미였다. 하지만 그 가능한 때도 그림자 속, 담벼락 뒤 또는 화물창고나 엔진창고를 벗어날 수는 없었다. 나는 여분의 창고 열쇠를 어디 두는지 잘 알고 있었다. 이처럼 우리의 만남은 햇살의 따스함과 빛이 존재하지 않는 차갑고 어두운 호수 속처럼 변해 버렸다. 반면 프레드헤임회관에는 밝음과 따스함이 존재했다. 교리교사는 열정을 다해 아이들을 가르쳤고, 노래를 부르는 잉게르의 가녀리면서 맑고 아름다운 목소리는 내가 서 있는 건물 밖 창문 밑까지 흘러나왔다.

교리교사는 그녀의 노랫소리에 감동받은 기색이 역력했고, 가끔은 연습이 끝나면 따로 남으라고까지 했다. 물론 그녀에게 부족한 부분을 더 가르쳐 주겠다는 의도였다. 그녀는 가끔 다른 아이들보다 일찍 연습 장소에 오기도 했다. 그즈음 일이 이상하게 돌아간다는 느낌과 함께 나는 무언가라도 해야겠다는 결심을 하기에 이르렀다.

사랑에 빠지는 순간 이성적으로 행동한다는 것은 불가능한 일이다. 그 주체가 신이라 하더라도 불가능할 것이다. 적어도 내겐 불가능한 일이 분명했다. 특히 그의 손이 그녀의 등을 어루만지는 것을 본 이후 더더욱 그랬다. 그녀의 등과 그의 손, 그의 등과 그녀의 손(또 다른 조합도 충분히 가능하겠지만 내 눈으로 직접 보진 못했다. 반면 아르비드가 잉게르에게 키스하는 모습은 두 눈으로 똑똑히 보았다. 너무나 달콤하고 조심스러운 키스여서 내가 아는 욕심 많고 성격 급한 소년과 같은 인물인지 의심이 들 정도였다).

불쾌감과 모욕감을 견딜 수 없어서 내 생각을 행동으로 옮길 수밖에 없었다. 나를 위해서가 아니라 아르비드를 위해서였다. 그는 자기 등 뒤에서 무슨 일이 일어나는지 전혀 몰랐기 때문이다. 불쾌감과 모욕감은 이성과 거리가 먼 것이다. 바로 그런 비이성적인 행동을 하고야 말았다. 수업 시간에 찬송가를 부를 때 잉게르의 가녀린 목소리를 덮을 만큼 힘차게 노래한 것이다. 높고 가느다란 그녀의 목소리가 따가운 햇살에 힘없이 고개를 숙이는 가녀린 아네모네꽃처럼 시들어 버렸다. 그때 부른 찬송가를 아직도 기억한다. 바흐를 공부하면서 대위법과 화성법을 섭렵했기에 내 방식대로 노래 부르는 건 어렵지 않았다. 물론 스바메르담이라면 내 노래가 창의적이라고 생각하지 않았겠지만, 교리교사는 음악성이라면 백지장 같은 순진함을 자랑하는 사람이라 내가 하늘에서 떨어진 사람인 양 두 눈을 휘둥그레 뜨고 감탄을 숨기지 않았다.

내가 노래 부르는 동안 주변 아이들의 목소리는 조금씩 작아졌다. 어디서 들려오는 노랫소리인지 궁금해하던 아이들은 급기야 입을 다물고 나만 쳐다보았다. 스바메르담에게 배운 바로크식 카덴차를 활용해 노래를 맺을 무렵에는 아이들의 숨소리도 들리지 않을 정도였다. 난생처음 들어 보는 아름다운 가락에 아이들은 나를 뚫어지게 바라보았다. 나는 아무렇지도 않은 척 그 누구에게도 눈길을 돌리지 않았다. 심지어 아르비드에게도. 상대방에 대해 아무것도 모르다가 갑자기 조금 알았다고 해서 사람이 바뀌는 건 아니니까.

노래가 끝나고 아이들이 웅성거리기 시작하자 교리교사가 내게 다가와 프레드헤임 콘서트에 참가할 생각이 있는지 물었다.

그는 주저하며 내 얼굴을 바라보았다. 물론 그는 내 표정을 읽을 수 없었다. 나는 최대한 순진한 척 기회가 주어진다면 꼭 해 보고 싶다고 대답했다. 그 순간 그의 눈빛이 변했다. 아주 미미한 변화였지만 나는 알아볼 수 있었다. 나는 내게 맞는 찬송가를 찾아보겠다고 말하며 갑자기 생각난 듯 〈주 예수의 영광〉을 제안했다. 복수심과 집념, 무자비함을 적당히 포함한 내용이라 내게 안성맞춤이라고 생각했다. 하지만 교리교사는 다른 찬송가를 추천했다.

"난 네가 〈드높은 하늘의 영광〉을 불렀으면 좋겠어."

"네."

"그 노래는…… 음…… 그걸 뭐라고 하더라……. 네가 혼자 불렀으면 하는데……."

"솔로 말인가요?"

"그렇지. 그리고 반주자도 있어야 해. 피아노 반주가 있다면 좋을 거야."

그 상황에서 스바메르담을 추천하는 게 자연스러운 일일 테지만, 나는 그의 눈을 똑바로 쳐다보며 말했다. "선생님이 제 노래의 반주를 해 주셨으면 좋겠어요."

"그래……." 교리교사가 침을 꿀꺽 삼키며 말했다.

"악보는 제가 준비하겠습니다."

"그렇다면 따로 만나 연습해야 하지 않겠니? 오늘 저녁 다른 아이들이 리허설하기 전에 조금 일찍 올 수 있니?"

"아니에요. 그렇게 하면 다른 아이들 시간을 뺏을 수밖에 없어요. 게다가 오늘은 집에 일찍 가야 해요. 내일 저녁은 어떤가요?"

"좋아. 저녁 7시." 그는 조금도 주저하지 않고 말했다.

"네." 나는 프레드헤임회관에 모여 연습할 아이들을 뒤로 하고 바로 교실을 나왔다. 창으로 건물 안을 엿보지도 않았고, 어둑어둑한 가을의 그림자 속에 서서 기다리지도 않았다. 집에 돌아오자마자 교리교사를 위한 반주용 악보를 작성하기 시작했다. 악보는 적당히 쉬우면서도 그가 만만하게 생각하지 않도록 적당히 어려워야만 했다. 리듬과 멜로디는 듣기에 자연스러워야 했다. 나는 신중을 기해 피아노 반주곡을 편곡한 뒤 말끔하고 보기 좋게 악보를 그려서 다음 날 저녁 정각 7시 프레드헤임회관으로 갔다. 그는 현관에서 기다리다가 내가 들어서자 서툴고 어색한 움직임으로 내 코트를 받아 들었다. 우리는 바로 피아노 앞에 앉았다.

"네가 그렇게 노래를 잘하는 줄 몰랐어." 그가 피아노 의자에 앉으며 말했다.

"네……." 나는 교리교사 앞에 악보를 내려놓았다.

"이 곡으로 우리 콘서트의 격이 높아질 거라고 생각해."

"네."

내가 악보를 펼쳤으나 그는 피아노 칠 생각은 하지 않고 할 말이 있는 사람처럼 나를 쳐다보기만 했다.

"저…… 피아노 뚜껑을 열지 않으실 건가요?"

그가 죄지은 사람처럼 얼른 피아노 뚜껑을 열고 눈살을 한껏 찌푸린 채 악보를 들여다보았다.

"흠……."

"연습 들어가기 전에 몇 번 쳐 보시는 건 어떨까요?"

그가 고개를 끄덕이며 용기 내어 피아노 건반을 두드리기 시작했다. 나는 예의를 차리기 위해 발소리를 죽여 가며 피아노에서 멀찍이 떨어졌다. 프레드헤임회관의 대강당을 이리저리 돌아다니며 벽에 걸린 초상화와 램프 등을 둘러보았다. 생각 없이 둘러본 거라 아무것도 보지 않았다 해도 틀린 말은 아니었다. 그가 더듬거리며 반주곡을 세 번 연주했다. 내가 그에게 돌아갔을 때는 네 번째 연습을 시작하려는 참이었다. 나는 피아노 옆에 서서 팔짱을 끼고 감탄하는 눈길로 그를 바라보았다.

"얼마 연습하지도 않았는데 꽤 그럴듯하게 들리는군요." 나의 솔직한 속내를 알아차리지 못하도록 미묘한 어투로 말했다.

그가 고개를 들어 심하게 얼굴을 붉히더니 다시 피아노를 치기 시작했다. 나는 적당한 순간에 맞추어 노래를 부르기 시작했다. 그는 다시 고개를 들어 매우 놀란 눈빛을 던졌다. 나는 그가 피아노를 칠 수 있도록 악보를 가리키며 도와줘야만 했다.

우리는 조금 삐걱거리긴 했지만 끝까지 연주할 수 있었다.

그가 연주를 마치고 만족한 표정으로 크게 소리쳤다. "이 곡은 콘서트 맨 앞이나 뒤에 넣어야겠어!"

"그런데 선생님은 다른 사람도 아닌 제가 이 노래를 부르는 게 좀 부적절하다고 생각하지 않으시나요?"

그는 내 질문의 저의를 생각하는 듯 한참 뜸을 들였다가 대답했다. "아니, 전혀! 하늘은 모두를 위한 것이란다. 네가 이 노래를 부르면……." 살짝 주저하며 말을 이었다. "……모두에게 감동을 줄 거라고 생각해."

나는 그와 마찬가지로 생각에 잠긴 표정을 지으며 고개를 끄덕였다. 그는 자기 대답에 만족했는지 다시 피아노를 치기 시작했다. 내가 왼손 베이스 상부에 집어넣은 대위법적 주제를 연주하는 데 어려움을 겪는 듯했다. 양손의 엄지와 검지를 번갈아 가며 사용해야 하는 까다로운 부분이기도 했다. 그도 그럴 것이 그는 종교 음악에 익숙한데, 악보는 바흐의 곡이었다. 나는 그 부분을 어떻게 치면 되는지 그의 왼쪽 어깨 위로 몸을 낮추어 직접 시범을 보여 주었다.

"정말 아름다운 멜로디야. 네가 직접 편곡했니?"

그의 얼굴이 내 어깨 바로 옆에 있었지만, 그의 목소리는 저 멀리서 들려오는 것 같았다. 프레드헤임회관의 대강당 끝에서 들려오는 듯 낮고 단조로운 메아리가 섞인 것 같기도 했다.

"네, 제가 편곡했어요." 내 목소리 또한 먼 곳에서 들려오는 것 같았다.

"보통 실력이 아닌걸?"

"감사합니다." 나는 그 부분의 운지법을 보여 준 뒤 허리를 펴고 다시 노래 부르기 시작했다.

그는 피아노를 연주했다.

"너는 노래를 참 잘하는구나." 그가 두 번째 연습을 마치고 나서 말했다. 별안간 그와 잉게르의 등이 떠올랐으나 서둘러 마음을 가다듬었다.

"감사합니다."

"정말 감동이야." 그가 나를 뚫어지게 바라보았다. 나는 이제 올 것이 왔구나 하는 생각을 했다. 짐작대로 그는 내가 예상한 질문을 던졌고, 내 입에서는 생각할 겨를도 없이 자동으로 대답이 튀어나왔다. 그 와중에도 나는 머릿속으로 삼사정계와 단사정계의 좌표와 각을 떠올렸다. 그의 이어지는 질문은 자기 지식을 은연중에 자랑하려는 의도가 담긴 체모과다증에 관한 이야기로 이어졌다.

"네 삶이 쉽지 않을 것 같구나. 신은 왜 이런 벌을 내렸을까 하고 궁금해 본 적도 있을 것 같고……. 그렇지 않니, 에바?"

"뭐가 그렇다는 건가요?" 나는 그의 말을 못 알아들은 척했다.

"신이 너를 힘든 상황에 가뒀다는 생각을 해 본 적이 있니?" 그가 진심을 담은 목소리로 말했다.

"네…… 가끔……." 나는 말끝을 흐렸다.

"기도할 때 단 한 번도 신에게 물어보지 않았니? 왜 네게 이런 벌을 내렸냐고?" 그는 나의 의도에 점점 휘말려 들기 시작했다.

"물론이죠. 왜 내게 이런 모습을……. 그렇긴 하지만……."

"그래, 그렇지?" 그가 열정적으로 맞장구를 쳤다. "그럴 것 같았어."

"하지만…… 신에게 직접 물어본 적은 없어요." 나는 매우 어둡고 진지하며 슬픔에 잠긴 목소리로 특히 '신'이라는 단어를 강조했다.

"그랬어?" 그가 흥미롭다는 표정을 지으며 신문기자나 경찰처럼 예리하게 물었다.

"네." 나는 나직하게 말을 이었다. "도저히 그런 질문을 할 수가 없었어요."

"도저히 할 수가 없었다고?" 그가 조용히 내 말을 되풀이했다.

"할 수 없었어요. 기도를 할 수가 없었다고요."

그가 침묵을 지키며 특이 증상 환자를 진찰하는 의사처럼 심각한 표정을 지었다. 동시에 전문가의 야심도 표정에 드러냈다. 자신의 천직과 사명을 수행하기 위해 그동안 축적해 온 지식을 사용하려는 듯 결연한 표정으로 청진기를 들어 올리는 의사처럼, 교리교사는 털로 뒤덮인 내 손을 잡고 매우 심각하고 권위 있는 목소리로 말했다.

"에바…… 너는 그런 삶을 살아왔구나." 나는 이제 곧 그가 결론에 이를 거라고 생각했다. 보아하니 진심으로 내 말을 믿는 것 같았다. 내 머릿속에는 결정계 시스템의 열네 가지 브라베 격자와 서른두 개의 서로 다른 결정학적 점군(點群)이 떠올랐다. "정말 그랬단 말이지……. 기도를 할 수 없다고 생각한 건 혹시 네가 신에게 분노를 느꼈기 때문은 아닐까?"

"그런 것 같기도 해요." 나는 슬픔에 잠긴 목소리로 대답했다.

"기도는 신과 소통하는 방법의 하나란다." 교리교사가 매우 심각하게 말을 이었다. "그리고 신은 영원하고 유일하며 진실한 존재지."

대칭 결정계에서는 동일한 길이의 축 세 개가 수직을 이루며 자리한다. 이는 불변의 법칙이다. 정방정계에서는 세 개의 축이 수직을 이루지만 그중 두 개만 길이가 동일하다.

"에바, 너도 소통이 무슨 뜻인지 알지?"

"네, 알 것 같아요." 나는 순진한 척 대답했다.

"소통은 대화를 의미한단다."

"네, 그렇군요."

"대화는 함께 한다는 의미를 지니고 있어. 교회는 모두가 함께 하는 곳이란다." 그가 진지하게 말했다.

나는 교회가 이런 곳이구나 생각하고 짐짓 흥미로운 표정을 지어 가며 고개를 끄덕였다.

"신과 함께 하는 곳, 신과 소통할 수 있는 곳. 에바, 내 말을 이해할 수 있지?" 그가 죽어 가는 폐렴 환자를 바라보듯 절박하고 슬픔에 잠긴 눈빛을 보냈다.

"아뇨." 사실이었다. 나는 그가 하는 말을 이해할 수 없었다.

"너는 신의 제단 앞에서 성체성사를 받을 거야." 그는 자신의 전문 지식을 자랑하듯 당당하게 설명했다. "그것이 바로 신과 소통하는 거란다. 하지만 이번에 성인식을 치르는 학생 중 누구 하나라도 교회에 소속감을 느끼지 못하거나 신에게 향하는 길을 찾지 못한다면, 나는 교구 목사에게 그 학생을 성인식에서 제외하라고 제안할 수밖에 없단다. 이해하지?"

"네." 나는 최대한 심각한 표정을 지어 보였다. "무슨 말씀인지 알 것 같아요."

"이건 매우 심각한 일이야." 그가 다시 말을 이었다. "세례를 통해 성인이 된다는 것은 공허한 의식이나 파티와는 거리가 멀단다. 물론 성인이 된 걸 축하하는 의미에선 파티라고 볼 수도 있지. 젊음과 아름다움과 열정, 성인의 존재감을 즐기는 파티지. 하지만 그게 전부는 아니란다."

"네……."

"나와 함께 교리 공부를 하면서 신에게 향하는 길을 찾지 못한다면 성인으로서 접하는 첫 성찬 예배를 볼 자격이 없어."

"저는 신에게 향하는 길을 찾고 싶어요." 나는 가능한 한 슬픈 표정을 지으며 말했다.

"좋아, 에바. 네가 그런 마음이라면 신은 분명 네게 다가올 거야. 두고 보렴. 신은 고통받는 자를 굽어보는 존재란다. 신은 너의 아름다운 목소리도 들을 수 있어. 너무 슬퍼하지 마. 따지고 보면 결코 어렵지 않은 일이란다. 매우 쉬운 일이지. 신에게 향하는 길을 찾는 건 아주 쉬워."

“정말 그런가요?” 나는 미심쩍은 표정을 지었다.

“그렇고말고!” 그가 강조했다. “내가 직접 보여 줄게.”

“그건 그렇고 한 번만 더 연습해 보면 안 될까요?” 나는 급하게 말을 내뱉었다. 갑자기 긴장되었기 때문이다. “연습이 잘되고 있었는데 이 분위기를 조금 더 이어 가면 좋지 않을까요?” 어떻게 해서든 긴장을 누그러뜨리고 싶었다.

“좋아! 아주 좋아! 매우 좋은 생각이야!”

나는 노래하는 동안 호흡에 특별히 더 신경을 써야만 했다. 조금 전과 달리 별안간 명치가 답답해지고 횡경막이 아프기도 했다. 하지만 어깨를 내리고 등을 쭉 편 다음 심호흡을 하며 마음을 진정하려 애썼다. 교리교사가 연주하는 곡의 리듬과 멜로디에도 귀를 기울이지 않았다. 오직 나의 멜로디와 하모니만 신경 쓰면서 머릿속으로 결정계들을 떠올렸다. 비로소 마음이 진정되는 것 같기도 했다. 노래가 끝나자 그는 내게 신에게 다가갈 수 있는 길을 보여 주었다.

마름모계는 서로 다른 길이의 축 세 개가 수직으로 연결된 결정계다. 이는 불변의 법칙이다.

그가 수술을 앞둔 의사처럼 신중하고, 짝짓기를 앞둔 수컷 오리처럼 열정적으로 기도했다. 내 곁에 무릎을 꿇고 앉아 내게 심호흡을 하고 마음을 가라앉힌 후 가슴을 활짝 열어 보라고 말했다. 신의 부재는 호흡 질환인 것처럼.

육방정계는 중심축 C가 각각 120도의 각을 이루는 세 개의 축이 공극을 이루는 지점에 위치한 결정계다.

내 목덜미에 그의 손길이 느껴졌다. 이미 예상한 일이었다. 대부분의 교사나 남자는 무슨 이유인지 내 목덜미 털에 손을 올려놓는 걸 좋아한다는 사실을 일찍부터 알고 있었다. 그 손은 아래쪽으로 미끄러지듯 내려가기 마련이었다. 교리교사의 손도 다르지 않았다.

그의 손은 내 엉덩이뼈 가까이 이르자 움직이지 않고 그 자리에 머물렀다.

나는 그를 빤히 쳐다보며 말했다. "조금 전보다 기분이 훨씬 좋아졌어요."

그가 미소 지으며 내게서 손을 뗐다. "서두를 필요 없어. 조금씩 나아가면 돼. 너도 봤지? 그렇게 어려운 일은 아니야."

"네. 이제 저는 가 봐야겠어요." 나는 몸을 일으켜 피아노 쪽으로 걸어가 악보를 챙기고 가방을 집어 들었다. 악보를 가방에 집어넣으려다 말고 갑자기 생각난 듯 그에게 다가가 악보를 건넸다. 그는 환한 미소를 지었다.

"혹시 따로 연습하고 싶어 하실 것 같아서……."

"그래, 그게 좋겠구나. 그리 쉬운 곡은 아니라서 말이야."

"선생님은 피아노를 참 잘 치시는 것 같아요. 저한테도 이렇듯 친절히 대해 주셔서 기분이 좋아졌어요."

"그러니? 정말 그렇게 생각하니? 그렇다면 우린 더 자주 만나서 대화를 나눠야 할 것 같구나." 그가 내 뺨을 쓰다듬으며 작별 인사를 건넸다. 특별한 말은 더 하지 않았지만 그가 진심으로 나를 위해 기도한다는 걸 느낄 수 있었다. 나는 코트를 입고 차분하게 걸어서 그곳을 빠져나왔다. 프레드헤임 회관 앞 내리막길에 이르자 속이 울렁거려 토하려고 했지만 입에서 빠져나오는 것은 아무것도 없었다.

삼방정계는 서로 다른 길이의 축이 각각 다른 각도로 이어진 결정체다. 다행히 이 또한 불변의 법칙이다.

훗날 돌이켜 보니 그즈음의 나는 잘못된 선택을 했다는 생각을 지울 수가 없다. 들어서지 말아야 할 곳에 발을 들여놓아서 내 의도와 반대 상황에 처한 것 같았다. 하지만 이미 앞에서도 말했지만(지금도 그것은 변함이 없다) 내가 전략을 선택한 것이 아니라 전략이 나를 선택했다고 할 수 있다. 합리적이든 아니든 간에. 사랑에 빠지는 순간 이성적으로 행동한다는 것은 불가능한 일이다. 솔직히 복수하겠단 목적 외엔 아무런 의도가 없었다.

나의 복수. 결과적으로 봤을 때 복수를 했는지는 확신할 수 없다. 단어 자체만 봤을 때 복수는 매우 의도적이고 실질적인 의미를 갖는다. 진실을 말하자면 종이와 마찬가지로 나는 얼굴을 붉힐 수 없는 존재다. 그래서 종이에 글을 남기는 것이고, 선명한 기록으로 남은 일은 이의를 제기할 수 없다. 그 일 이후 더 이상 그 누구에게도 어둠의 깊은 그림자가 드리워지는 걸 원하지 않았다. 나는 아르비드가 하고 싶은 대로 하도록 내버려 두었다. 그가 금발 소녀와 팔짱을 끼고 걷든, 그가 그녀의 등이나 금발 머리에 손을 얹든 개의치 않았다. 가을 낙엽처럼 부드러운 휘파람 소리도 사라지고, 내 손과 내 눈빛과 내 입술과 나의 은밀한 부분을 찾아 헤매는 존재도 사라져 버렸다. 모든 게 끝나 버린 것이다. 화물창고의 열쇠는 제자리를 지켰고, 나는 더 이상 프레드헤임회관의 창으로 안을 엿보지 않았다. 대신 거리낌 없이 기분 좋게 교리교사와 연습했다. 그는 세 번째 연습 이후 더 이상 잉게르에게 관심을 보이지 않았다. 아르비드도 마찬가지였다. 그녀는 너무나 아름답고 여성스러우며 품위 있는 소녀인데도 말이다. 짐작하건대 그녀는 갑자기 세상이 무너지는 듯한 느낌에 사로잡혔으리라. 내가 바라는 일이기도 했다. 어쩌면 이상적이고 균형 잡힌 삶을 사는 사람들처럼 아무렇지 않게 세상의 이치겠거니 하며 무덤덤하게 받아들였을지도 모른다. 인기가 많은 매력적인 사람들을 보면 하나같이 그런 삶을 사는 것 같다.

그 일로 인해 이 세상에는 두 종류의 사람이 있다는 걸 깨달았다. 하나는 화나는 일이 있어도 기분이 좋아질 만한 다른 일을 찾아 마음을 가라앉히는 사람이고, 다른 하나는 다른 즐거움을 찾지 않고 계속 분노 상태에 머무는 사람이다. 교리교사가 나를 보며 작은 고양이를 쓰다듬는 것처럼 부드럽다고 말했을 때, 그를 내 손에 넣었다고 생각했다. 하지만 어쩐 일인지 전혀 기쁘지 않았다. 물론 그가 나를 신에게 인도했을 때 두 눈을 감은 채 내가 날씬하고 아름다운 금발의 고상한 잉게르 또는 에바 그료토르네트가 되었다고 상상할 수도 있었다. 아니, 아예 아무도 떠올리지 않을 수도 있었다.

비록 부정적인 의도를 깔고 있긴 했지만, 나는 신에게 더욱 가까워지려 노력했고 자연히 주변 일에 관심을 잃어버렸다. 집에서 무슨 일이 벌어지는지도 몰랐다. 아버지는 코펜하겐을 다녀온 뒤로 부쩍 나이 들어 보였다. 요양지에서 보낸 여름 한 철을 비료 삼아 근근이 삶을 이어 가는 그림자처럼 변해 버린 것이다. 더 이상한 것은, 어쩌면 전혀 이상하다고 볼 수 없을지도 모르겠지만, 사춘기에 접어든 10대들이 으레 그렇듯이 나 또한 오만과 무관심으로 아버지의 변화된 모습을 무덤덤하게 넘겨 버렸다는 사실이다. 한나의 꾸지람과 조언은 민둥산에 내리는 눈송이처럼 내 속에 쌓이지 않고 흘러내려 버렸다. 그나마 내가 평범한 대화를 나누며 귀를 기울일 수 있는 사람, 내게 조금의 영향력이라도 행사할 수 있는 사람은 무선기사뿐이었다.

어느 날 학교에서 돌아오니 기차역의 분위기가 이상했다. 사람들은 슬픔을 속으로 삭이려는 것처럼 입을 꾹 다문 채 여기저기 허둥지둥 발을 옮겼고, 그들의 침묵은 건물에 커다란 메아리를 만들어 냈다.

나는 무슨 일이냐고 물어보았지만, 사람들은 여전히 입을 꾹 다문 채 더욱 슬픈 표정만 지을 뿐이었다. 무선기사라면 무슨 일이 일어났는지 설명해 줄 수 있을 것 같았다.

전신송출실로 달려갔다. 하지만 무선기사는 보이지 않고 낯선 젊은이가 앉아 있다가 내 모습에 너무나 놀란 나머지 의자에서 떨어질 뻔했다.

나는 얼른 미안하다는 말을 중얼거리고 황급히 2층으로 뛰어 올라갔다. 한나도 보이지 않았다. 다시 아래층으로 내려가서 사람들을 찾아 텅 빈 건물을 헤맸다. 역장실에서 말소리가 새어 나왔다. 그 소리는 점점 낮아지더니 정적으로 변했다. 역장실에서 누군가 종이에 뭔가를 쓰는 것 같았다. 이유는 알 수 없었다. 회색빛 침묵이 느껴졌다. 잠시 후 문이 열리고 무선기사가 발소리를 쿵쿵 내며 뛰쳐나왔다. 그는 나를 흘낏 쳐다보더니 말없이 지나쳐서 건물 밖으로 나갔다. 뒤를 이어 크눗존과 아버지가 나왔다. 크눗존의 표정은 세상의 종말을 앞둔 사람처럼 어둡기 짝이 없었다. 아버지는 창백한 얼굴에 눈빛은 초점을 잃은 듯 멍해 보였다. 너무나 이상했다. 그들도 무선기사와 마찬가지로 나를 흘낏 쳐다보고는 말없이 지나쳐 갔다. 그 뒤로 제복 차림의 남자 둘이 따라 나왔다. 언젠가 본 적이 있는 얼굴이었다. 본부에서 내려온 회계감찰관. 그들 또한 무표정한 얼굴로 나를 본 척 만 척 지나쳤다. 나는 유리문을 통해 네 남자가 플랫폼에 서서 심각한 표정으로 이야기하는 걸 볼 수 있었다. 아버지는 당황해서 어쩔 줄 모르는 표정이었다. 나는 아무것도 이해할 수 없었다.

잠시 후 스웨터, 외투, 운동화 등 평상복 차림의 무선기사가 커다란 배낭과 낡은 여행 가방을 들고 나와 플랫폼에 툭 내려놓았다. 그는 아버지를 비롯한 네 남자를 지나치면서도 눈길을 주지 않았다. 그가 다시 기차역으로 들어갔다. 그리고 돈을 꺼내 기차표를 샀다. 나는 눈앞에서 벌어지는 일을 이해하면서도 이해하지 못했다. 그가 전신송출실로 들어가는 걸 보고 얼른 뒤를 따랐다. 그는 얼마 되지 않은 개인용품을 챙겼다. 책과 무선 교본, 필통, 어머니 사진을 담은 검은색 플라스틱 액자는 손에 쥐고, 작은 수첩과 주판, 벽에 압정으로 꽂아 놓은 공작새 깃털은 외투 주머니에 집어넣었다. 우리는 전신송출실 앞에서 마주쳤다.

나는 더듬거리며 말을 건넸다. "여기를 떠나시는 건가요?"

그가 한동안 나를 뚫어지게 바라보더니 손을 뻗어 머리를 쓰다듬었다. "응. 이제 여기를 떠나게 되었어."

그는 알 수 없는 미묘한 눈빛으로 나를 바라보기만 할 뿐 더는 아무 말도 하지 않았다. 나는 무슨 말인가 더 하고 싶었지만 입을 열 수가 없었다. 무선기사가 혼잣말처럼 나직하게 무언가를 중얼거렸지만, 나는 그 말을 이해할 수 없었다. 귀에 들린 건 내 이름뿐이었다. 그가 내게서 눈을 떼고 단호한 발걸음으로 플랫폼까지 걸어갔다. 평상시와 달리 문을 닫지도 않았다. 그의 등 뒤로 열린 문은 선선한 가을바람에 흔들렸다. 플랫폼까지 따라가서 그를 멈춰 세우고 싶었다. 왜 이런 일이 생겼는지 물어보고 싶었다. 하지만 마음과 달리 열린 문 앞에 서서 발을 떼지 못하고 그의 등만 바라보았다. 문득 내 몸도 가을바람에 이리저리 흔들리는 것 같았다. 나의 벗. 회색 외투를 입은 호리호리한 몸, 부스스한 빨간 머리. 그는 심각한 표정으로 서 있는 남자들을 지나쳐 배낭과 여행 가방을 놓아둔 쪽으로 걸어갔다. 동시에 기차가 연기를 내뿜으며 기차역에 들어왔다. 평상시와 다르지 않은 모습이지만 왠지 너무나 다르다고 느낀 건 무엇 때문일까.

나는 무선기사를 떠올렸다. 그는 배낭과 여행 가방을 삼등석 짐칸에 넣은 뒤 뒤도 돌아보지 않고 기차에 올랐다. 기차역 건물도, 네 명의 남자도, 가을바람에 흔들리는 열린 문도 돌아보지 않았다. 회계감찰관들과 함께 서 있던 아버지가 고개를 돌려 무선기사를 돌아보았다. 하지만 회계감찰관들에게 작별 인사를 건네느라 얼른 고개를 돌려야만 했다. 아버지는 그들과 심각하게 악수를 나누고 경례를 했다. 나는 아버지의 표정이 냉랭하다고 생각했다. 크눗존이 회계감찰관들을 일등석으로 안내했다.

두 사람은 기차가 떠나는 걸 보지도 않고 건물로 들어왔다. 아버지는 고개를 돌려 다시 삼등석 쪽으로 눈길을 던졌다. 두 사람은 문 옆에 서 있는 나를 그냥 지나치려다 걱정스러운 표정으로 소리쳤다. "여기 서 있지 말고 얼른 들어가." 나는 그 말 또한 왠지 마음이 담기지 않은 것 같다고 생각했다. 그저 습관처럼 하는 말일 뿐. 내가 꼼짝 않고 그 자리에 서 있는 걸 보고서도 아버지는 아무 말 없이 크눗존과 함께 안으로 들어가 버렸다.

나는 거기 계속 멍하니 서서 플랫폼 아래쪽을 바라보았다. 기차의 회색 유리창 너머로 무선기사의 옆모습을 볼 수 있었다. 빨간 머리 때문에 그를 알아보는 건 그리 어렵지 않았다. 보아하니 책을 읽는 것 같았다. 무선 교본일 것이다. 기차는 아직 역에 정차하고 있건만 그는 이미 여정을 시작한 것 같았다. 기차가 역에 정차한 6분 동안 나는 꼼짝 않고 제자리에 서서 그를 바라보았다. 그 또한 꼼짝 않고 책만 들여다보았다. 나는 그에게 가까이 다가갈 수가 없었다. 크눗존이 플랫폼으로 나와 발차 신호를 보내자 기차는 평상시와 마찬가지로 귀에 익은 소리를 내며 천천히 움직이기 시작했다. 기차역과 내 방 창문과 내 눈길을 뒤로한 채 떠나는 기차. 나는 그 기차에 앉은 무선기사의 옆모습이 보이지 않을 때까지 그 자리에 서 있었다. 그는 끝까지 내게 고개를 돌리지 않았다.

나의 일기장 5

삼손. 그는 이스라엘에서 20년 동안 판관으로 지냈다. 삼손은 일곱 가닥으로 땋은 아름답고 긴 머리를 가지고 있었다. 보아하니 그는 매우 까다롭고 무례한 사람인 것 같다. 적어도 무서운 사람인 것은 확실하다. 특히 그는 조금이라도 기분 나쁜 일이 생기면 견디지 못했다. 나는 이스라엘인들이 그의 비위를 맞추기 위해 판관의 직위를 주었다고 생각한다. 그는 판관이기 이전에 부랑배였기 때문이다. 그는 초인적인 힘이 있었고, 그 힘은 시간이 갈수록 더욱 강해졌다. 혼자서 일개 군단의 병력을 방불할 위력을 발휘했다. 누가 모욕을 주거나 싫어하는 사람이 생기면 눈 하나 깜짝하지 않고 죽여 버렸다. 그의 장점이라면 단 한 순간도 자신의 행위가 정당한지 부당한지 의심하지 않았다는 것이다. 그렇게 따지자면 우유부단하고 소심한 에사우와 정반대라고 할 수 있다. 삼손은 모욕을 당하면 바로 되갚음했다. 두 번 되풀이해서 묻지 않았고 눈물을 흘리지도 않았다. 나처럼 갇혀 살지도 않았다. 자신을 싫어하는 사람과 적들을 무자비하게 응징했다. 어쩌면 나도 성경을 그만 읽어야 할 때가 되지 않았을까.

신은 삼손에게 눈독을 들였다. 힘센 삼손을 신의 도구로 이용하기 위해서였다. 신은 같은 땅에 사는 명예롭고 고결한 이

스라엘과 할례를 받지 않은 이교도 블레셋이 전쟁을 하도록 만들었다.

젊고 힘센 삼손은 신의 뜻을 받들어 신의 도구가 되었다. 그렇다. 신은 전쟁을 만들었고 전쟁을 원했다. 삼손은 (신의 계획대로) 블레셋인의 딸과 사랑에 빠졌다. 여인의 부모는 삼손에게 무릎을 꿇고 애원했다. "같은 종족의 여인과 결혼하는 건 어떠신지요?" 삼손은 한마디로 거절했다. 그가 원한 여자는 블레셋인의 딸뿐이었다. 삼손은 그녀에게 청혼하러 가는 길에 사자 한 마리와 맞닥뜨렸다. 예상한 대로 사자를 한 손에 갈기갈기 찢어 죽였다. 그 순간 천사가 내려와 이 일을 아무에게도 발설하지 말라는 지시를 내리며, 죽은 사자를 꿀벌집으로 만들었다. 덕분에 삼손은 그 꿀로 배를 채우며 먼 길을 갈 수 있었다.

문제는 결혼 전날 파티에서 시작되었다. 삼손은 파티에 참석한 블레셋인들에게 풀 수 없는 수수께끼를 냈다. "먹는 자에게서 먹는 것이 나오고, 강한 자에게서 단것이 나왔느니라." 그 수수께끼를 풀 수 있는 사람은 아무도 없었다. 삼손은 수수께끼를 푸는 자에게 새 옷 서른 벌을 주겠노라고 하면서, 아무도 수수께끼를 풀지 못하면 자신에게 새 옷 서른 벌을 만들어 달라고 했다. 수수께끼의 답을 아는 이는 삼손밖에 없었다. 삼손과 사자의 이야기를 아는 사람이 아무도 없었기 때문이다. 삼손은 새 옷 서른 벌을 공짜로 얻는 방법을 찾아낸 것이다. 블레셋인들은 수수께끼를 풀어 보이겠다고 자신했지만 답을 찾아내는 건 불가능했다. 결국 그들은 삼손의 약혼녀에게 가서 답을 알아낼 때까지 울며 애원해 보라고 부탁했다. 기록에 의하면 그녀는 무려 이레 동안 삼손에게 눈물을 흘리며 애원했고, 삼손은 마지못해 이런 말을 남겼다. "꿀보다 더 달콤한 것은 무엇이며, 사자보다 더 힘센 것은 무엇인가?"

이레째 되는 날 그녀는 블레셋인들에게 수수께끼의 답을 가르쳐 주었다. 이를 알아챈 삼손이 가만히 있을 리 없었다. 그도 그럴 것이 수수께끼의 답은 자신만 아는 것이기 때문이었다. 여기서 이스라엘과 블레셋의 전쟁을 계획한 신의 의도를 눈치챌 수 있다. "당신들은 수수께끼를 풀기 위해 내 아내를 이용했다! 내 아내가 아니었다면 당신들이 수수께끼를 푸는 건 불가능했을 것이다!" 그는 당장 아슈켈론으로 가서 블레셋인 서른 명을 죽이고 옷을 벗겨 파티장으로 가져왔다. "이 옷을 받아라!" 그는 놀란 사람들 앞에 피 묻은 옷을 내동댕이쳤다. "나는 이것으로 약속을 지켰다!" 삼손은 화를 내며 파티장을 떠나 자기 집으로 돌아갔다.

시간이 흘러 가을이 되자 삼손은 화를 가라앉히고 아내를 데려오기로 했다. 염소 한 마리를 가지고 장인을 찾아가 딸의 침실에서 몇 시간만 보낼 수 있도록 허락해 달라고 말했다.

장인은 악몽 같은 상황에서 어쩔 줄 몰라 하며 체념한 듯 말했다. "그날 이후 자네가 내 딸을 원하지 않는다 생각하고,

내 딸을…… 그러니까…… 내 딸을…… 다른 이에게 줘 버렸네. 하지만…… 하지만…… 친애하는 삼손…… 너무 화내지 말게나. 내겐…… 내겐…… 더 어린 딸도 있다네. 아, 저기 있군. 아름답지 않나? 동생이 언니보다 예쁘지? 훨씬 예쁘고말고! 언니 대신 동생을 데려가게! 제발 부탁이네. 삼손! 삼손!"

삼손은 불같이 화를 내며 이러한 모욕은 절대 참을 수 없다고 소리쳤다. "이제 내가 블레셋인들에게 복수해도 누구 하나 뭐라고 하지 못할 것입니다!"

그가 말한 블레셋인은 블레셋 종족 전체를 가리켰다. 그는 복수를 결심하고 숲으로 가서 여우를 사로잡았다. 한 마리도 아니고 다섯 마리도 아닌 삼백 마리를 잡아 두 마리씩 동여맨 뒤 그 꼬리에 횃불을 달아 놓았다.

그 이후의 일은 기록이 없지만, 나는 그가 한밤중에 블레셋인의 마을에 여우를 풀어놓았을 거라고 짐작한다. 날이 밝았을 때 그 비옥한 땅에 남은 건 별로 없었다. 밀밭과 올리브밭은 불에 타서 재만 남았다. 올리브가 다시 열매를 맺기까지 60년이 걸린다고 하니, 삼손의 복수가 블레셋인들에게 어떤 결과를 초래했을지는 자명한 일이다. 절망한 블레셋인들은 화를 내며 누가 이런 짓을 했을까 궁금해했다. "삼손이 이런 짓을 했다는군. 장인이 딸을 다른 사람에게 주었기 때문이래!"

삼손과의 적대 관계를 원하지 않은 그들은 곧장 장인의 집으로 달려가서 온 식구를 집 안에 가둬 놓고 불을 질러 버렸다. 장인과 두 딸은 산 채로 불에 타 죽었다. 블레셋인들은 그렇게 하면 아무리 야만적이고 무례한 삼손이라도 화를 풀고 화해하리라 기대했다.

하지만 그들의 짐작은 빗나갔다. 아내가 불에 타 죽었다는 소식을 전해 들은 삼손은 분노를 이기지 못했다. "이런 일을 당하고도 내가 마음의 평안을 얻을 줄 알았다면 당신들이 잘못 생각한 거요. 이제 나는 당신들 모두에게 복수할 테니 그리 아시오!"

삼손은 온 나라를 돌아다니며 눈에 보이는 블레셋인은 모두 죽여 버렸다.

그 후 삼손은 슬픔에 잠겨 산중으로 몸을 숨겼다. 그를 산에서 끌어내는 데 무려 삼천 명이 필요했다고 한다(나라를 지배한 블레셋인은 삼손의 화를 돋우지 않으려고 이스라엘인들을 산 위로 올려 보냈다). 삼손은 자신의 복수가 정당했다는 걸 확인받은 후에야 순순히 두 팔이 묶인 채 산을 내려왔다. 이스라엘인들이 삼손의 사지를 묶어 블레셋인들에게 데려갔을 때 다시 신의 도움이 내렸다. 그가 온몸에 힘을 주자 그를 동여맨 밧줄이 힘없이 툭 터져 버린 것이다. 삼손은 그 틈을 타서 길 위에 보이는 당나귀 턱뼈를 집어 들고 홀로 블레셋인들과 싸웠다. 그가 당나귀 턱뼈로 죽인 블레셋인이 천 명이 넘는다고 한다.

그 후 블레셋인과 삼손 사이에 정전 협정이 맺어졌다. 삼손은 이스라엘의 판관이 되었다. 판관이라니! 이상하지 않은가? 기록에는 없지만 아마도 양측은 평화를 위해 정치 협상을 했고, 그 결과 삼손에게 그럴듯한 직책인 판관의 자리를 주며 화려한 판관의 옷을 입혀 놓은 게 아닐까.

그 협정은 20년 동안 지속되었다. 삼손은 아무 문제도 일으키지 않고 지내는 게 지루했는지 어느 날 블레셋인이 모여 사는 가자시로 발을 옮겼고, 매춘부를 찾아 하룻밤을 지냈다. 그는 유독 블레셋 여인에게 매력을 느낀 것 같다. 이 사실을 알아챈 블레셋인들은 매춘부의 집 앞에서 삼손이 나오기만 기다렸다. 하지만 삼손은 그들을 피해 한밤중에 몰래 빠져나왔고, 가자시의 성문을 뽑아 근처 산등성이에 내동댕이쳤다.

세월은 다시 흘렀고, 삼손은 세 번째 블레셋 여인과 사랑에 빠졌다. 그는 시골 출신의 아름다운 델릴라와 함께 살며 안정을 되찾은 듯했다. 하지만 블레셋의 관료들은 무례하고 무책임한 삼손에게 이미 학을 뗐고, 이스라엘의 관료들조차 야만적이고 난폭한 삼손을 보호해 줄 수 없다고 판단했다. 블레셋 관료들은 델릴라에게 삼손의 힘이 어디서 나오는지 알아내면 거액을 주겠다고 약속했다.

사람들과 떨어져 외진 시골에서 살아온 델릴라에겐 큰 유혹이 아닐 수 없었다. 어쩌면 삼손이 그녀만큼은 매우 친절하게 대했을지도 모른다. 하지만 돈의 유혹을 이기지 못한 델릴라는 관료들이 시키는 대로 하겠다고 약속했다. 그들은 포도나무 골짜기라는 의미의 소렉골짜기에 살고 있었다.

밤이 되자 그녀는 삼손에게 힘의 원천이 무엇이냐고 넌지시 물어보았다. 삼손은 질문의 저의를 의심하면서도 순순히 대답해 주었다. 말리지 않은 버들가지 일곱 줄기를 엮어 그의 몸을 묶어 놓으면 힘을 쓸 수 없다고 말한 것이다.

그 말을 전해 들은 블레셋 관료들은 곧장 버들가지 일곱 줄기를 엮어 델릴라에게 주었고, 그녀는 삼손이 잠에 빠진 틈을 타서 그의 몸을 묶어 놓았다. 그리고 아침이 되자 삼손을 깨우며 소리쳤다. "삼손! 블레셋인들이 쳐들어왔어요."

삼손은 벌떡 몸을 일으켜 온몸에 힘을 주었다. 버들가지 줄기는 불을 만난 삼베 조각처럼 힘없이 끊어져 버렸다.

이상하게도 삼손은 다음 날 저녁 똑같은 질문을 하는 델릴라에게 화내지 않았다. 이번에는 한 번도 사용한 적이 없는 새 밧줄로 그의 몸을 묶으면 힘을 쓸 수 없다고 대답했다.

"블레셋인들이 쳐들어왔어요." 한밤중에 새 밧줄로 삼손의 몸을 묶은 델릴라는 새벽이 되자 다시 소리쳤고, 아니나 다를까 삼손은 어제처럼 아무렇지도 않게 밧줄을 끊어 버렸다. 다음 날 밤도 마찬가지였다. 그녀는 삼손이 일러 준 대로 그의 머리카락과 실 일곱 가닥을 엮어 놓았다. 하지만 며칠 밤을 거쳐 연마한 그녀의 직조 기술은 이번에도 소용없었다. 삼손의 힘이 사라질 거라고 믿었지만, 그런 일은 일어나지 않았다.

나흘째 되는 날 밤 삼손은 마침내 진실을 말했다. 그날 델릴라가 무엇을 어떻게 말했는지는 아무도 모른다. 삼손은 힘의 원천이 머리카락에 있다고 실토했다. 그녀가 삼손의 머리카락을 잘라 버리면 그냥 평범해질 거라고 덧붙였다. 그는 태어나서 단 한 번도 머리를 자르지 않았다. 그녀는 본능적으로 삼손의 말이 진실임을 깨닫고 그가 잠든 사이에 머리카락을 전부 잘라 버렸다. 다음 날 아침 돈에 눈이 먼 델릴라는 블레셋 관료들을 불렀고, 삼손은 힘없이 끌려갔다. 삼손은 가자시의 거대한 맷돌을 돌리는 벌을 받았다. 잘 길들인 가축처럼, 자신이 사자인 줄도 모르는 사자처럼 쉴 새 없이 맷돌을 빙글빙글 돌려야 했다.

자신의 신에게 감사 제사를 올리던 블레셋인들은 자만에 가득 차서 신전 앞으로 삼손을 끌고 왔다. 사람들은 삼손이 모욕당하는 모습을 구경하려고 너도나도 지붕 위로 올라갔다. 그들이 생각하지 못한 건 그동안 삼손의 머리가 자랐다는 사실이었다. 삼손은 자신을 보살펴 주는 소년에게 신전 지붕을 받친 기둥 옆으로 데려가 달라고 부탁했다. 그는 마지막으로 신을 향해 힘을 돌려달라고 기도했으며, 신은 그의 기도를 들어주었다. 그는 있는 힘을 다해 신전 지붕을 받친 기둥을 뽑아냈다(그는 건물의 약점을 이미 간파한 것 같다). 그와 동시에 신전이 그의 머리 위로 무너졌고, 의기양양하게 지붕에 앉아 있던 블레셋인들은 땅바닥에 떨어져 죽었다. 기록에 의하면 그때 죽은 블레셋인이 삼손이 살아생전에 죽인 모든 블레셋인을 합친 것보다 많았다고 한다. 지난날 그가 죽인 블레셋인도 적지 않았다는 것을 감안하면 그날 목숨을 잃은 이는 엄청났을 것이다.

삼손은 고대 켈트족처럼 머리카락에서 힘이 나온다고 믿었다. 여기서 두 가지 가능성을 생각해 볼 수 있다. 하나는 머리카락과 힘이 아무런 상관관계가 없는데도 그렇게 믿었다는 것이고, 다른 하나는 실제로 머리카락과 힘이 연관성을 지닐지도 모른다는 점이다. 그의 힘이 머리카락에서 나온다는 걸 신이 알려 주었다는 구절은 성경 어디에서도 찾아볼 수 없다. 나는 그가 스스로 믿은 거라고 생각한다. 그는 자신이 무적의 사나이라고 믿었으며, 그래서 놀라운 힘을 가진 것은 아닐까. 소년티를 벗지 못한 새파란 젊은이가 멋진 군복을 입고 전쟁터에 나가면 죽음도 불사할 정도로 용감해지는 것과 같은 이치이며, 플라시보 효과라고 할 수 있다.

세계 역사상 최초의 미용사가 된 델릴라는 삼손의 자아상을 산산이 부수는 데 큰 몫을 했다. 하지만 그는 다시 일어났다. 그의 분노는 너무나 크고 강력했다. 그는 나그네쥐처럼, 신화 속의 신처럼 분노 때문에 죽음에 이르렀다. 그가 분노한 건 만족할 만큼 복수하지 못했기 때문이다.

세속적인 것들에 관한 짤막한 대화

"무선기사가 일을 그만두었나요?"

"응? 뭐라고?"

"무선기사가 쫓겨난 거예요?"

"쫓겨났냐고? 아냐, 전혀 아냐. 그런 일은 없었어. 그건 그렇고 거기 소금 좀 줄래?"

"그런데 왜 그가 보이지 않나요?"

"소금을 달라고 했잖아. 젠장. 한나, 한나!"

"그가 출근하지 않는 이유를 묻잖아요."

"한나! 소금통이 텅 비었어. 이 조그만 병에 소금을 채워 넣는 게 그렇게 어렵니?"

"아버지, 그건 우리가 소금을 너무 많이 뿌려 먹기 때문이에요."

"쓸데없는 소리! 그건 그렇고 그는 쫓겨난 게 아니야. 스스로 일을 그만둔 것뿐이지."

"그랬군요."

"그래, 그랬지."

"음식을 짜게 먹으면 혈압에 좋지 않아요. 레빈 선생님도 그렇게 말했어요."

"쓸데없는 소리!"

"레빈 선생님이 아버지가 음식을 너무 짜게 먹는다고 걱정했어요."

"오, 한나! 이제야 왔구나! 이 소금통에 소금 좀 채워 주겠니? 고마워……. 그래, 레빈 선생이 그렇게 말했단 말이지?"

"그런데 그는 왜 스스로 일을 그만두었나요?"

"누구? 레빈 선생은 스스로……."

"제가 누구를 두고 말하는지 알잖아요. 일부러 모르는 척하지 마세요, 아버지."

"아비에게 그런 식으로 말하면 안 돼! 본부에서 내려온 회계사들이 내부 감찰을 했어. 상당한 액수의 나랏돈이 감쪽같이 사라졌단다. 음, 고마워, 한나……."

"네?"

"그는 모든 걸 자백하고 잘못을 인정했어. 나와 크눗존……그러니까 크눗존과 나는 선처를 부탁했고, 덕분에 일을 원만하게 해결할 수 있었단다."

"하지만 그는 일자리를 잃어버렸잖아요."

"그건 그래. 그도 동의했어. 재판에 넘기지 않도록 합의한 거지. 그렇게 하지 않았으면 일이 더 커질 뻔했어."

"아버지와 우리 기차역에도 영향을 미칠 수 있었다는 말씀인가요?"

"그렇지. 무선기사뿐 아니라 모든 이에게. 자, 이제 이런 이야기는 그만하자. 너한테도 쉽지 않은 일이라고 생각한다. 그는 늘 네게 친절했잖니. 하지만 너도 한번 시도해 보렴."

"뭘요?"

"이 일을 철학적 관점에서 바라보도록 하라고."

"철학적 관점이라고요……. 좋은 생각이군요."

"아비에게 그런 식으로 말하면 안 된다고 했지? 비꼬는 건 아무 도움이 되지 않아. 살다 보면 이런 일을 겪기 마련이란다. 너는 아직 어리니까 이해하는 게 쉽지 않을 거야. 결과적으로 이 일은 쉽게 해결된 셈이지. 모두를 위해. 무선기사도 마찬가지야. 철학적으로 생각해 보렴. 자, 이제 이 이야기는 그만 하자."

"그러면 이제 무슨 이야기를 하면 되나요?"

"글쎄? 오, 고마워, 한나. 아주 잘 먹었어. 정말 훌륭한 식사였어."

"고마워, 한나. 잘 먹었어."

"성인식에 관해 이야기해 볼까? 성인식 때 입을 새 옷이 필요하지 않니?"

"그럴 것 같기도 해요."

"성인식 선물은 뭘 원하니?"

"결정체 각도계요."

"그래?"

"값이 좀 비싸긴 하지만……."

"그걸 어디에 쓰려고?"

"설명하기가 좀 어려워요. 간단하게 말하자면 그건 대칭적 결정체의 각도를 측정하기 위해 사용하는 거예요. 그 특징을 찾아내면 어떤 결정체가 어떤 결정계에 속하는지 알 수 있어요. 이 원리는 변하지 않기 때문에 결정체의 크기나 분할 비율이 달라져도 적용 가능해요."

"그렇구나."

"그걸 모르면 결정체를 분류할 수 없어요."

"너는 참 특별한 아이구나, 에바."

"네."

"결정체……."

"각도계."

"알았어, 각도계. 한번 알아볼게. 그런데 각도계를 사용할 만한 결정체는 가지고 있니?"

"무선기사와 함께 몰리브데넘(전이금속이며 수연이라고도 부른다.-옮긴이) 광산에 가서 찾아보기로 약속한 적이 있어요."

"그렇구나. 이제 알겠어."

"결정체 각도계는 사물을 철학적으로 보도록 도와주는 도구라고도 할 수 있어요. 그건 그렇고 저는 새 부츠가 필요해요. 방금 잡지에서 본 롱부츠를 신고 싶어요. 나중에 한나가 그 잡지를 보여 드릴 거예요. 그리고 성인식 때 착용할 진주 목걸이도 필요해요. 진주알이 아주 커야 해요. 알이 작으면 목털에 가려 보이지 않거든요."

과학의 미

저기에 내가 아닌 에바가 있다. 나는 그녀를 보고 있지만 그녀를 이해할 수는 없다. 에바는 사물을 철학적으로 바라본다. 그녀는 매일, 아니 이틀 또는 사흘에 한 번씩 특별 교습을 받기 위해 저녁나절 집을 나선다. 작은 복수심에서 시작된 일이지만 시간이 흐르면서 끝없이 커졌다. 매일 지평선에서 조금씩 더 높아지고 더 차가워지며 더 강렬해지는 가을 하늘의 별빛처럼.

그녀는 생기발랄하고 진실하고 열정적인 그를 처음부터 좋아하지 않았다. 하지만 그는 그녀를 원했다. 적어도 잉게르보다는 그녀를 더 원했다. 그녀를 피하려 하지도 않았다. 오히려 이 일이 신의 뜻을 행하는 것이라 믿었다. 게다가 꽤 그럴듯한 물건을 가진 남자이기도 했다. 그녀는 저녁이 되면 무선기사와 주고받던 소소한 메시지가 그리웠다. 앞으로 각도와 길이를 측정할 갖가지 결정체를 떠올렸다. 무선기사가 떠났으니 이제 홀로 해야만 했다. 결정체 각도계를 얼른 손에 넣고 싶었다. 이젠 각도계가 벗이 될 것이다. 그녀는 생각을 멈추고 눈을 지그시 감았다.

"나의 작은 사랑!" 저 멀리 어디선가 들려오는 목소리.

"우리 같은 사람의 특징으로 생식불능을 들 수 있어요. 자식을 낳지 못한다는 말이죠."

그녀는 주문한 각도계가 도착하기를 기다리는 동안 최근 손에 넣은 생물학 서적을 읽으며 시간을 보냈다. 노르웨이의 유명한 유전학자가 집필한 책이었다. 그녀는 개개 생명체에 존재하는 열성인자는 세대를 거듭하며 도태되기 마련인데, 개체를 번식하기 위한 종족보존본능으로 볼 수 있다는 글을 읽었다. 수오리를 예로 들어 보자.

오리는 일부일처제를 바탕으로 사는 동물이며 죽을 때까지 동일한 짝과 함께 산다. 수컷은 질투가 심해서 암컷의 일거수일투족을 감시한다. 건강하고 생존력이 강한 수컷은 다른 수컷의 눈에도 꽤 매력적으로 보인다.

첫 번째 번식기가 끝나면 암컷은 다른 수컷에 눈을 돌리기도 한다. 짝이 없는 열등한 수컷들은 이 기회를 놓치지 않는다. 봄이 되면 오리가 사는 호수 근처에서 질투 때문에 극적인 장면이 연출되는 것도 바로 이 때문이다.

이러한 외부 침입자들 때문에 이미 가정을 이룬 수컷은 이 시기에 자리를 피하기도 한다. 물론 이러한 행위는 아내를 넘보는 다른 열등한 수컷에게 기회를 제공하는 위험 요소가 되기도 한다. 이 시기에 남편이 아닌 다른 수컷과 함께 호숫가를 어슬렁거리며 산책하는 암컷을 자주 볼 수 있다. 하지만 이 광경을 남편이 본다면 전쟁을 방불케 하는 장면이 연출되고, 열등한 수컷은 피를 흘리며 몸을 피한다. 우성의 수컷이라 해도 항상 편안하게 사는 건 아닌 셈이다. 그의 삶은 암컷을 지키기 위한 라이벌과의 싸움으로 점철되기 마련이다. 오리와 비교하면 훨씬 복잡하지만 이러한 일은 인간 세계에서도 간혹 볼 수 있다. 인간 사회는 비교적 균등하고 동일하지만 열등한 개인이나 종족의 경우 더 나은 물질적 정신적 환경(물론 이러한 환경은 우월한 개인이나 종족에 의해 만들어진 것이다)에서 살기 위해 본능적으로 최선을 다한다. 유대인은 역사상 수많은 제약을 받은 민족이지만, 그들만의 탁월한 능력과 동화력으로 빠른 시간에 그들만의 사회를 건설했고, 다른 사회에서 쉽게 뿌리내리기도 했다. 이를 가능하게 만든 건 타민족과의 생물학적 결합이었다. 집시들이 살아온 방식은 이와 정반대라고 할 수 있다. 그들은 유대인의 동화력을 찾아볼 수 없다. 세월이 흘러도 원시 형태에 머물렀으며, 종족보존본능은 폭력과 사기를 포함한 갖가지 방법을 바탕으로 근친 관계를 야기했다. 유대인들의 현명하고 은밀하며 개별적인 종족 번식 전술과 달리 매우 직접적이고 인상적이라 하지 않을 수 없다.

집시의 본능적 삶은 에스키모인, 롬인, 노예 집단, 열등 라틴족 등에서도 찾아볼 수 있다.

열등 종족의 외모와 생물학적 특징이 시사하는 건 적지 않다. 오리의 세계에서는 외모를 통해 열등 개체와 우등 개체를 인식할 수 있어서 그 구별이 아주 쉽다. 반면 인간의 경우는 꽤 복잡하다. 외형적으로 우월한 개체라 하더라도 두개골의 형태와 크기, 의복 탈의 시 갖가지 해부학적 관찰을 통해 열등한 개체로 판명 나는 경우가 허다하다. 삽화에서도 볼 수 있듯이 열등 개체의 경우 겉으로 드러나지 않는 조건을 면면이 살펴보았을 때, 우월 개체인 북유럽 종족과 상당히 차이 나는 걸 알 수 있다. 하지만 열등 개체도 북유럽 종족처럼 아름다운 머리카락과 인상적인 콧날 그리고 커다란 눈을 지닌 개개인을 찾아볼 수 있다. 이 경우 면밀한 해부학적 관찰을 통해서만 알 수 있는 열등 요소는 자주 간과되기 마련이다. 물론 열등 개체 중에서도 소수이긴 하지만 비교적 우월한 개체가 존재한다는 점은 기억해야 할 사항이다.

*

과학은 아름다운 학문이다. 에바는 분명 그렇게 생각했을 것이다. 그녀는 책에 표기된 삽화 중 하나를 찾아볼 수 없다는 걸 알고 내심 기뻤다. 우월 개체와 열등 개체의 외모를 자신만의 상상력으로 메우는 게 좋았기 때문이다. 그녀는 인간도 결정체와 마찬가지로 신체 각 부위의 비율과 각도에 따라 분류할 수 있다는 사실이 매우 흥미로웠다. 그렇다면 인간에겐 인류각도계가 필요하지 않을까. 인류를 빠르고 정확하게 분류하기 위해 누군가 이러한 도구도 발명해야 한다고 생각했다. 그러한 생각이야말로 매우 유익하고 아름답다고 느꼈다. 물론 이러한 자신의 모습을 늘 제3자의 눈으로 바라보았다.

이처럼 인간은 신 혹은 자연에서 얻은 몸을 보석처럼 그 반짝임의 정도와 크기, 가치, 각도와 비율에 따라 분류함으로써 세상을 정리할 수 있지 않을까. 가장 상층은 아름답고 정결하며 크나큰 가치를 지닌 사람, 세상을 이해하고 전문 지식을 가진 사람들로 채울 수 있을 것이다. 무선기사, 의사 레빈 그리고 그녀 자신 같은 사람들. 그 하위층에는 교리교사, 회계감찰관(그녀는 그의 콧날 각도가 마음에 들지 않았다), 아버지 그리고 아르비드가 자리할 것이다.

*

아르비드: 세상에! 이럴 수가! 연습한다면서 저런 추악한 짓을 하고 있었구나! 이럴 수가! 젠장! 정말 더러워!

프레드헤임회관의 창문은 다양한 방식으로 이용되었다. 아르비드 또한 창문 밖에 상자를 딛고 서서 건물 안을 엿볼 수 있었던 것이다.

하지만 그는 우월한 수컷 오리와 달리 뒤도 돌아보지 않고 가 버렸다.

디베르티멘토

(18세기 후반에서 19세기에 독일 등에서 유행한 다악장의 곡-옮긴이)

연이어 네 번에 걸친 악마의 부름을 겪은 뒤로 내게 성인식의 의미는 사라져 버렸다. 나는 그날부터 교회와 거리를 두겠다고 결심했으며, 교리교사의 저녁 레슨을 그만두는 걸 시작으로 결심을 실행에 옮겼다. 그는 내게 이유를 묻지 않았고 아무 일도 없었다는 듯 콘서트 준비를 해 나갔다. 사람들의 눈을 사로잡을 만한 프로그램은 아니지만 그럭저럭 콘서트는 마무리할 수 있었으리라 짐작한다. 하지만 변한 게 없지는 않았다. 잘 증류된 럼주의 맛과 향 같았던 그의 인기가 공기 중으로 사라져 버렸다. 마을 사람들이 그를 두고 수군거리기 시작했다. 그는 그해를 마지막으로 교리교사를 그만두고 마을을 떠났다.

아버지는 교회와 거리를 두겠다는 나의 갑작스런 통보에 꼬치꼬치 캐묻지 않았다.

성인식을 포기했지만 각도계와 새 옷과 진주 목걸이를 선물로 받았다.

교회식으로 치르는 성인식의 의미는 내게서 사라진 지 오래였지만, 나만의 정신적 또는 운명적 성인식을 치르기 위해 눈에 보이지 않는 더 근본적이고 장기적인 계획을 세웠다. 그렇게 함으로써 어린 시절 마술사에게 해를 가한 일, 일기장에 내 생각을 담은 일, 과학에 대한 관심 그리고 음악 레슨 등 모든 것이 혼란스럽고 고통스럽고 터무니없으나 동시에 고무적이고 긍정적인 운명의 한 지점, 즉 나의 진정한 성인식으로 이를 수 있기를 바랐다.

그 운명은 시골길을 달려온 은색 버스와 트럭의 형태로 내게 찾아왔다.

환영합니다!
유럽 각국의 도시에서 공연을 마치고 막 도착한 공연단.
일반인은 물론 학계의 관심을 한몸에 받아 온 공연단.
요하네스 요아킴 박사의 진두지휘 아래
인류의 다양성을 주제로 공연을 펼칩니다.
딱 하루뿐!

프레드헤임회관
12월 13일 토요일
오후 8시 30분
입장료: 성인 2크로네, 어린이 75외레
부모를 동반한 어린이만 입장 가능
부모를 동반한 세 명 이상의 어린이는 50외레

다음 날 저녁의 이상한 분위기는 어떻게 설명해야 할지 알 수 없다. 가끔은 말이 필요하지 않을 때도 있다.

바깥 날씨는 쌀쌀해졌지만 프레드헤임회관은 197명의 어린 영혼이 만들어 내는 기대감으로 후끈하게 달아올랐다. 회관의 작은 연단은 판자를 덧대어 몇 미터 더 넓어졌으며, 막과 주악석 사이에는 간이 앞무대를 설치해 붉은 카펫을 깔고 조명을 밝혔다. 그 오른쪽에는 다섯 명으로 이루어진 소규모 관현악단이 자리했다. 회관에는 두 종류의 향이 찾아들었다. 관중석에서는 작은 시골 마을 특유의 향이 스멀스멀 피어올랐고, 무대 쪽에서는 드넓은 세상과 흥행술이 만들어 내는 바닐라 향을 닮은 달콤한 화장품, 낯선 언어, 장식 페인트 냄새가 피어올랐다. 다른 이들과 마찬가지로 기대감에 가득 찬 아버지, 한나, 나는 이 두 종류의 냄새가 만나는 지점에 자리를 잡고 앉았다. 나는 새로 산 옷을 입고 아버지가 시키는 대로 망사를 드리운 모자를 썼다(아버지는 내게 더 이상 아버지의 권위를 행사하지 못했지만, 그날만큼은 아버지가 아니라 역장의 권위를 이용했다).

내가 기대한 건 뭘까. 기대가 크면 실망도 크다고 하지 않았는가. 나는 며칠 동안 원인 모를 불안감을 떨칠 수가 없었다. 왠지 나쁜 일이 일어날 것 같은 불안한 예감이 사로잡았지만, 치과 병원이나 사형장에 가는 사람처럼 피할 수 없는 일이라 여기고 불안감을 억지로 잠재웠다. 나는 새 옷을 입고 망사를 드리운 모자를 쓴 채 프레드헤임회관 관중석의 네 번째 줄에 앉아 무대를 가린 장막만 뚫어지게 바라보았다. 이대로 자리에서 벌떡 일어나 아물지 않은 상처를 가린 듯한 장막을 뒤로한 채 뛰쳐나가고 싶은 충동을 느꼈다. 하지만 아버지와 한나 사이에 앉아 꼼짝없이 자리를 지켰다. 사실 그곳에 가자고 두 사람을 부추긴 건 나였다.

그렇다. 그곳에 가고 싶어 한 건 다른 누구도 아닌 바로 나였다. 아버지는 거부하지 않았다. 아버지는 이제 내가 무슨 말을 하거나 어떤 행동을 해도 나를 거부하는 일이 없었다.

드럼 소리가 울려 퍼졌다. 날카롭고도 묵직하게 울리는 드럼 소리에 등골이 서늘해졌다. 그와 동시에 백지장처럼 희고 창백한 손이 무대의 장막을 열었다. 하얀 손의 주인이 반짝이는 육중한 비단 장막 사이로 나와 관중 앞에 설 때까지는 1~2초에 불과했지만, 끔찍했던 그날 저녁 시간만큼이나 길게 느껴졌다.

가늘고 길고 우아하고 아름다운 하얀 손. 붉은 장막 사이로 드러난 반짝이는 손톱. 내 눈에는 그것밖에 보이지 않았다.

그의 얼굴은 손만큼이나 희고 창백했다. 포마드를 발라 뒤로 빗어넘긴 칠흑 같은 검은 머리, 치켜뜬 눈썹, 회색빛을 띤 파란 눈동자. 검은 정장을 입은 그는 무거운 진지함과 가벼운 장난기를 적절히 쏟아 냈다. 경험상 전 세계의 어떤 관중이라도 단숨에 매료될 만한 매력이었지만 내겐 어떠한 영향도 미치지 못했다.

그는 놀랄 만큼 유창한 노르웨이어로 무대를 소개하며 관중들을 도취시켰지만, 나는 그의 창백하고 길쭉한 손끝만 바라보았다. 그의 오른손 넷째 손가락에는 검은 사각형 보석이 박힌 금반지가 끼워져 있었다. 그는 하얀 나뭇잎처럼 손을 쭉 펼치지 않을 때면 느슨하게 주먹을 쥐고 있었다. 그런 모습이 긴장된 것 같기도 하고 편안해 보이기도 했다. 내 눈에 띈 건 그것뿐이었다. 그 때문에 나는 다시 팡파르가 울리며 장막이 옆으로 걷힌 다음 순간을 마음의 준비 없이 맞이해야만 했다. 허공으로 사라진 남자의 하얀 손은 (갑자기 조명이 꺼져서 그렇게 보일 수도 있었을 것이다) 어둑한 무대와 검은색 사이드 장막으로 대체되었다. 그와 동시에 하얀 옷을 입고 파란 리본으로 머리를 장식한 예쁘장한 소녀 둘이 무대에 등장하여 그날을 위해 흰색과 베이지색 덮개로 특별히 장식한 프레드헤임의 피아노 의자에 앉았다.

두 소녀는 연탄곡을 연주하기 시작했다. 연탄곡이지만 피아노 건반 위에 보이는 손은 세 개밖에 없었다. 한 소녀의 손은 연주하는 동안에도 옆에 앉은 소녀의 등을 감싸고 있었던 것이다. 조금 이상하게 보이기도 했다. 그들의 연주 실력은 사뭇 기계적으로 들리긴 했지만 나이에 비해 나쁘지 않았다. 쌍둥이 같은데 열한 살 또는 열두 살 정도로 나보다 어려 보였다. 그들이 〈봄의 행진곡〉을 마치고 피아노 의자에서 몸을 일으키는 순간 그제야 모든 걸 이해할 수 있었다. 두 소녀의 몸이 붙은 걸 보는 순간 그 놀라움이 축축하고 메스꺼운 공기처럼 나를 후려쳤다. 그중 한 명의 팔이 다른 한 명의 등 아래쪽에 영원한 포옹을 하듯 붙어 있어서 둘은 평생 세 개의 손으로 연주할 수밖에 없는 운명이었던 것이다. 그들은 날렵하고 가벼운 몸짓으로 피아노 의자에서 비스듬히 내려와 청중을 향해 인사한 뒤 우쿨렐레와 피리를 집어 들고 새로운 곡을 연주하기 시작했다. 뒤늦게야 나사처럼 돌돌 말린 곱슬머리 소녀들의 운명을 이해한 관객들은 피리 연주가 피아노 연주보다 훨씬 부족했지만 개의치 않았다. 이번 연주의 핵심이 음악이 아니라는 걸 이해했기 때문이리라.

다시 검은 옷을 입은 남자가 무대에 등장했다. 이번에는 하얀 손에 길고 굵은 지팡이를 들고 있었다. 그 지팡이는 많은 의미를 품고 있었다. 그 무대에선 학자연하는 지시적 도구이자 사육사의 채찍 또는 낙타를 조종하는 대상들의 작대기 역할을 했다.

나는 감탄 섞인 한숨을 자아내는 청중들에게 인사하는 작은 소녀들에게 마음을 빼앗긴 터라 창백한 사회자가 무슨 말을 하는지 귀 기울이지 못했다. 문득 한 몸의 두 소녀에겐 다리가 세 개밖에 없다는 것도 눈치챘다. 세 개의 다리도 평범한 사람들과 비교했을 때 하나가 더 많긴 하지만 말이다.

이러한 모습으로 태어나 죽을 때까지 이런 모습으로 살아야 한다며 두 소녀를 소개하는 창백한 남자의 콧소리 섞인 목소리가 귓전을 때렸다. 두 소녀는 혈관까지 공유했다. 그것이 그들의 운명이었다. 둘 중 한 명이 먼저 숨을 거둔다면, 나머지 한 명도 얼마 지나지 않아 싸늘하게 식은 몸으로 죽음을 맞이할 것이다. 두 소녀는 싫으나 좋으나 삶과 죽음을 함께 할 운명인 것이다.

남자는 능숙한 손놀림으로 작대기를 움직여 쌍둥이의 더블 원피스 뒷부분에 자리한 매듭을 조심스레 풀었다. 원피스가 스르르 떨어져 내리자 두 몸이 붙은 자리의 매끈한 피부가 드러났다. 이제 사람들은 쌍둥이의 몸 사이에 달랑달랑 붙어 있는 꽤 작은 네 번째 다리도 볼 수 있었다.

한숨이 파도처럼 관중석을 적셨다. 등 뒤에서 속삭이는 남녀의 목소리가 귓전을 때렸다. 저들 중 한 명과 결혼하면 나머지 한 명은 거저 얻을 수 있는 거야? 꽤 좋은 조건이군. 그 순간 무대의 창백한 남자가 관중들이 무슨 생각을 하는지 잘 아는 듯 조금 뜸을 들이다가 "여러분, 벙커 형제를 소개하겠습니다."라고 큰 소리로 외쳤다. "창 벙커와 엥 벙커! 샴쌍둥이로 태어난 형제는 또 다른 샴쌍둥이 자매와 결혼했답니다. 이들 형제는 하루는 한 집안의 가장으로, 다른 하루는 삼촌 역할을 하며 부부생활을 하고 있습니다." 다시 뒤쪽에서 경악을 감추지 못한 여인들의 목소리와 놀라움을 섞은 한숨이 새어 나왔다. 하지만 자리에서 일어나 관중석을 뜨는 사람은 아무도 없었다. 어른이나 아이나 할 것 없이 갑자기 바뀐 무대의 모습에 정신을 빼앗긴 것이다.

어느새 음악을 연주하던 쌍둥이는 사라지고 평범하고 건장한 남자가 등장했다. 레오파드 가죽을 걸친 그는 한 손에 활활 타오르는 횃불을 들고 무대를 거닐며 입에서 불꽃을 토해 내거나 활활 타는 불꽃을 껐다. 날카로운 단도와 검, 포크와 나이프 등을 입으로 삼켜 보이기도 했다. 관중들은 하나같이 숨을 죽이고 무대를 지켜보았지만, 나는 예외였다. 나는 여전히 한 몸으로 살아가야 하는 쌍둥이 자매, 그들이 나눠야 하는 끔찍한 삶과 죽음을 머릿속에서 떨쳐 낼 수가 없었다. 알고 보니 무대의 남자는 어떤 것도 삼킬 수 있는 특별한 소화기관을 지녔을 뿐 아니라 온몸을 뱀처럼 자유자재로 굽히거나 접을 수도 있었다. 그가 갖가지 기이한 각도로 사지를 접고 구부리자 관중석이 조용해졌다. 간간이 경악을 담은 여자들의 한숨 소리가 흘러나오기도 했지만, 앞에서 기분이 상한 듯 뱉어 낸 불쾌한 비명 소리는 들을 수 없었다. 적어도 그 순간만큼은.

내게 깊은 인상을 남긴 출연자는 다음으로 무대에 등장한 사나이였다. 젊고 호리호리한 남자는 병색이 완연했다. 배에 붙은 여분의 다리 두 개, 엉덩이에 붙은 여분의 팔 한 개가 아니었다면 꽤 평범한 신경쇠약증 환자처럼 보이는 사람이었다. 그의 몸에 붙은 여분의 팔다리는 아주 작아서, 언뜻 보면 네댓 살짜리 사내아이가 그의 뱃속으로 기어 들어가 자리 잡고 앉아 있는 것처럼 보이기도 했다. 여분의 팔다리까지도 실크 턱시도와 하늘색 실크 셔츠를 걸치고 자유 의지를 지닌 생명체처럼 움직이는 것을 보니 더더욱 이상했다. 옆에 서 있는 창백한 사회자가 다시 작대기를 들어 올리자 기이한 남자의 옷이 스르르 떨어져 내리며 감춰진 부분을 드러냈다.

남자의 어깨에서 검은색 비단천이 떨어져 내리자 관중들은 경악을 했다. 그의 어깨에 붙은 건 기괴하기 짝이 없는 어린아이의 머리였다. 반짝이는 오렌지색 머리카락은 부스스하게 사방팔방으로 뻗치고 얼굴 표정은 딱딱하게 일그러져 있었다. 나는 남자의 어깨에 붙은 작은 얼굴이 배와 엉덩이에 붙은 팔다리와 달리 가짜가 아닌가 의심의 눈길을 보냈다. 하지만 관중들은 내 생각과 달리 어깨의 작은 머리가 진짜라고 믿는 것 같았다. 한나는 핏기 없는 얼굴로 자기 목에 손을 가져갔고, 아버지는 입을 쩍 벌린 채 말을 잇지 못했다. 나는 그 모습을 보고 조금 실망할 수밖에 없었다.

싸구려 같은 무대 장면은 곧 효과를 발휘했다. 기괴한 작은 머리는 다시 검은 천으로 감싸졌고, 검은색 옷을 입은 사회자는 여분의 신체에 대한 생물학적 배경과 함께 전설과 동화까지 언급하며 관중들에게 재미를 주었다.

"네, 그렇습니다, 신사 숙녀 여러분. 우리 마이클의 몸에 기생하는 이 생명체는 독립된 삶을 살아간다고 할 수 없습니다. 적어도 의학의 관점으로 봤을 때는 그렇습니다. 하지만 우리는 이 여분의 머리와 사지가 스스로 눈을 깜박이거나 자발적으로 움직이는 걸 보며 이 또한 생명체가 아닐까 생각해 보지 않을 수 없습니다. 이것이 생명체라면 도대체 어떤 종류의 생명체라고 할 수 있을까요? 또한 이 생명체도 의식이 있을까요? 만일 그렇다면 어떤 종류의 의식과 지각 능력일까요? 이미 여러분도 눈치챘겠지만 올해 스물일곱 살이 된 마이클은 매사에 아주 조심스럽게 움직입니다. 온몸에 핏기가 없어 매우 창백해 보입니다. 마이클의 심장은 두 사람, 아니 적어도 한 사람 반의 생명을 책임져야 하기에 항상 과부하에 시달리고 있습니다. 두 생명체의 핏줄이 어떤 식으로 연계되었는지는 아직 의사들도 정확히 밝혀내지 못했습니다. 때문에 마이클은 전 세계 의학도들의 관심을 한몸에 받고 있습니다. 그의 행동은 매우 느리고 조심스럽지만 지능은 그 누구보다도 높아서 매우 영리하고 현명합니다. 뿐만 아니라 마이클은 작년에 결혼한 새신랑이기도 합니다. 부부가 낳은 아이는 정상이며 매우 건강하게 잘 자라고 있습니다. 아, 보십시오! 지금도 저 작은 두 다리가 움직이지 않습니까! 여기서 우리는 다시 질문하지 않을 수 없습니다. 마이클의 신체에 기생하는 여분의 팔다리에도 의식이 있을까요? 있다면 과연 어떤 종류의 의식일까요? 알다시피 인간의 의식에는 여러 종류가 있습니다. 크게 두 가지로 나누어 본다면 의식은 명확히 깨어 있는 상태와 안개가 낀 듯 불명확한 회색지대 상태라 할 수 있습니다. 타나토스와 히프노스. 죽음과 수면. 그 의식의 회색지대에서 어떤 일이 벌어지는지는 아무도 모릅니다. 마이클은 이미 어릴 때부터 의식과 관계된 갖가지 이상한 현상을 경험했습니다. 그는 프랑스 남부의 푸이에서 태어나 자랐습니다. 부모님은 매우 가난했지만 최선을 다해 지극정성으로 마이클을 돌봤습니다. 이미 그때부터 마이클과 신체를 나눈 또 다른 생명체, 즉 정상적으로 태어나지 못한 그의 형제는 마이클에게 의식을 통한 대화를 나누려고 시도한 것으로 보입니다. 마이클은 정상적인 신체를 지닌 형제가 셋이나 있습니다. 그들은 여느 형제자매처럼 말다툼을 하고 갈등을 겪으며 자라 왔습니다. 나이 많은 누나나 형들은 동생들에게 말하지 못할 비밀도 가지고 있지요. 그들도 마찬가지였습니다. 마이클은 자기 몸에 기생하는 또 다른 생명체도 그러한 형제자매 간의 삶에서 한 자리를 차지하려 한다는 걸 느꼈습니다. 물론 마이클을 통해서겠지요. 마이클은 자기 몸에 붙은 또 다른 형제를 통해 누나와 동생들의 생각과 비밀을 알아챌 수 있었습니다. 이 괴이한 생명체가 신체를 나눈 마이클만 이해할 수 있는 신호를 통해 다른 형제들이 머릿속으로만 생각한 사실들을 알려 준 것입니다. 형제자매들의 생각뿐 아니라 부모님과 이웃 등 주변 사람들의 마음을 다 읽어 낸 것은 물론입니다. 세월이 흐르면서 마이클만 알아듣던 자그마한 한숨 소리나 휘파람 소리가 점점 커지는 바람에 주변 사람들까지 눈치챌 수 있었습니다. 하지만 그게 무엇을 의미하는지 이해할 수 있는 사람은 마이클뿐이었습니다. 그럼에도 불구하고 마이클은 두 사람 간의 원시적이고 개인적인 언어가 어떻게 생겨났는지 설명하지 못했습니다. 신사 숙녀 여러분, 이제 마이클의 어깨에 존재하는 또 다른 생명체가 만들어 내는 소리를 들어 보겠습니다. 모두 숨을 죽이고 귀를 기울여 주시기 바랍니다."

나는 무대의 광경보다 사회를 보는 창백한 남자의 말에 더 매료된 채 귀를 기울였다. 사실 다른 사람의 생각을 읽는 게 별로 어렵지 않았다. 전혀 모르는 낯선 사람이라도 오감을 최대한 이용하고 머리를 잘 쓰면 가능한 일이었다. 타인의 생각을 알아채는 건 관심과 통찰력을 요구하는 일에 불과했다.

하지만 마이클과 그의 몸에 기생하는 또 다른 생명체의 능력은 놀라웠다. 마이클의 모국어는 프랑스어인 데다 기생체의 언어는 그보다 더 낯선 말이니 내겐 이국적으로 보일 수밖에 없었다. 마이클의 어깨에 자리한 혹 같은 얼굴에서 불평을 담은 듯한 가는 신음 소리가 흘러나왔다. 그들은 관중석에 앉은 사람들의 갖가지 생각을 알아맞히는 중이었다. 카드 숫자를 맞혀 보라고 하거나 칠판에 그림을 그려 놓고 맞혀 보라고 했다. 마이클은 자기 몸에 기생하는 기괴한 생명체의 도움을 받아 편지를 기다리는 사람, 월급날을 손꼽는 사람, 이런저런 걱정거리와 기쁜 일을 머릿속에 담고 있는 사람 등 갖가지를 알아맞혔다. 핍 핍. 어깨에서 휘파람을 부는 듯한 소리가 흘러나오자 마이클은 "스와상트 너프."라고 말했다. 사회를 보는 남자가 숫자 69라고 통역하자 관중석에서 박수와 환호가 터져 나왔다. 사람들은 그제야 수줍어하는 프랑스 청년과 기이한 기생 생명체의 텔레파시 능력을 믿고 감탄했다. 다음 순서를 기다리는 관중들은 더욱 기대감에 넘쳤다.

다음 차례는 세상에서 가장 힘센 남자의 무대였다(물론 우리는 그가 진실로 세상에서 가장 힘이 센지 정확히 알 수는 없었다). 빨간 트리 코트를 입고 등장한 그는 마을에서 힘이 세다고 알려진 사내들을 마치 장난감 다루듯 공중으로 던져 올렸다가 받아 내는 등 갖가지 묘기를 선보였다. 관중들은 웃음을 터뜨렸다. 몇몇은 웃음을 참지 못해 딸꾹질까지 할 정도였다. 그도 그럴 것이 건장한 성인 남자들이 세상에서 가장 힘센 사람의 손에 작은 공처럼 다뤄지는 모습이 꽤 코믹했다. 마지막으로 그는 무대 앞으로 나와 준 마을 남자들에게 찬사를 보냈다. 덕분에 비록 사람들 앞에서 놀림거리가 되긴 했지만 체면은 세울 수 있었다. 그는 무대에서 사라지기 전에 자못 아쉬운 듯 커다란 말발굽 두 개를 구부리고 이로 못을 뽑아내며 마지막을 장식했다. 막이 닫히자 막간 음악이 연주되었고, 그와 동시에 막 뒤편에서 바쁘게 움직이는 사람들의 발소리가 들려왔다.

사회를 보는 창백한 남자가 다시 무대에 등장했다.

"다음 순서는 대립과 병치를 주제로 한 무대입니다."

사람들은 그게 무슨 의미인지 쉽게 알아차리지 못했다. 하지만 시간이 흐르면서 그 의미를 이해하는 건 어렵지 않았다. 막이 옆으로 걷히자 작고 평범한 거실처럼 꾸며 놓은 무대가 드러났다. 안락의자, 소파, 테이블의 과일 바구니, 램프, 벽지에 그린 시계, 박제한 앵무새를 넣어 둔 작은 새장, 카펫, 책을 꽂아 놓은 키 작은 책장, 옷걸이. 안락의자에는 작은 인형을 수놓은 쿠션 옆에 기대어 놓았다.

어디선가 들릴 듯 말 듯 나직한 소리가 들려왔다. 너무나 작아서 전구나 전기 장치에서 흘러나오는 소리처럼 들리기도 했다. 어쩌면 조명 장치의 전구에서 흘러나오는 소리인지도 모른다. 그 소리는 점점 커져 모기가 윙윙거리는 소리처럼 변했다가 어느새 여리고 가는 새의 지저귐처럼 들리기 시작했다. 한참 지나자 매우 아름답고 가녀린 콧노래처럼 들렸다. 목청과 입술을 지닌 매미의 울음소리처럼 들리기도 했다.

"그리움이 무엇인지 아는 사람만 나의 고통을 이해할 수 있어요." 어둑어둑한 관중석 저 멀리서 스바메르담의 한숨 소리가 들려왔다. 다음 순간 관중석에서 놀라움과 경악을 담은 비명 소리가 흘러나왔다. 안락의자의 작은 인형이 움직이기 시작한 것이다. 몸을 일으킨 인형이 팔걸이에 손을 얹고 노래를 부르는 중이었다.

사람들은 그제야 인형이라 생각한 것이 인형이 아니라 매우 작은 소녀라는 걸 알아챘다. 아니, 그녀는 매우 성숙한 몸

매를 지닌 여인이라 해야 옳았다. 여인의 신체 비율은 정상적인 여인의 비율과 다름이 없을 정도로 완벽했다. 그녀는 기품 있고 날씬했지만 너무나 작아서 인간이라는 생각이 들지 않을 정도였다. 가느다란 피리 소리처럼 노래를 부른 사람은 바로 그녀였다. 관중들은 그녀에게서 눈을 떼지 못한 채 꼼짝 않고 앉아 있었다. 여기저기서 나직한 비명 소리와 함께 "엄마, 이상해!"라고 외치는 작은 사내아이의 목소리가 들려왔다. 무대의 여인이 몸을 일으켜 서 있어도 30센티미터가 되지 않았으니까. 하지만 그녀의 몸은 성인 여성과 다르지 않았다. 그 어디에서도 어린아이의 통통함이나 난쟁이들의 뭉툭하고 땅딸한 느낌을 찾아볼 수 없었다. 나는 그녀의 손과 조금 튀어나온 듯 커다란 파란 눈동자로 보아 실제로는 나이가 많을 거라고 짐작했다. 얼굴에 비해 조금 큰 듯한 눈이 다른 부위보다 훨씬 인간적이고 매혹적이었다. 그녀가 슈베르트의 가곡을 다 부르자 관중들은 환호하며 있는 힘껏 박수를 보냈다.

다시 등장한 사회자는 무대에 오르지 않고 간이 앞무대에 서서 인형처럼 작은 여인을 무대 중앙으로 불러냈다(무대 중앙에 서자 조금 전보다 훨씬 더 작아 보였다). 사회자가 들고 있는 작대기는 앞에서 사용한 것보다 조금 더 굵고 길었다. 그걸 알아차린 사람은 나밖에 없는 것 같았다.

"신사 숙녀 여러분, 세상에서 가장 작은 여인 니콜리네 페데를레를 소개합니다. 저는 그녀가 세상에서 가장 작은 여인이라고 감히 확신을 담아 말씀드릴 수는 없습니다. 미국에는 그녀보다 더 작은 여인이 적어도 한두 명은 더 있다는 소문을 들었기 때문입니다. 하지만 그녀는 지금 이 자리의 여러분이 보아 온 여성 가운데 가장 작은 사람이라는 걸 확신합니다. 그녀는 지금까지 단 한 번도 스칸디나비아 국가에서 인사를 드린 적이 없기 때문입니다. 이곳 공연을 마친 후엔 수도인 오슬로에서 네 번 연달아 공연하고, 그 후엔 코펜하겐과 스톡홀름에서도 공연할 예정입니다. 어쨌든 오늘 저녁 여러분에게는 매우 특별한 경험이 될 거라고 자신합니다. 니콜리네 씨는 벨기에 국왕, 이탈리아 왕, 아스투리아스 왕자, 몬테카를로의 공작뿐 아니라 전 세계 유명 인사들 앞에서 공연한 경험이 있습니다. 어릴 때는 상트페테르부르크와 베를린에서 황제의 가족을 위해 특별 공연을 한 적도 있습니다. 의학계의 기적이라 일컬어지는 그녀는 생물학적으로 매우 희귀한 사례입니다. 뿐만 아니라 아름다운 목소리와 예의 바르고 기품 있고 상냥하며 매력적인 태도로 전 세계에서 자신만의 입지를 넓혀 가는 사람입니다. 이 조그만 두 발로 말이죠. 숙녀 여러분, 니콜리네 씨의 신발 사이즈가 얼마인지 짐작해 보시겠습니까? 네, 신발 사이즈 말입니다. 여러분의 짐을 덜어 드리기 위해 제가 먼저 말해 볼까요? 어차피 짐작하실 수도 없을 테니 말입니다. 네, 그녀의 신발 사이즈는 20(약 12센티미터-옮긴이)입니다. 평범한 작은 신발도 맞지 않을 정도로 작아서 매번 특별히 제작해야 한답니다. 다행히도 그녀를 여신처럼 떠받드는 파르마의 구두수선공이 선뜻 그녀의 구두를 제작하겠다고 나섰습니다. 그는 파르마 귀족 부인들의 구두를 전담하여 제작하는 실력 있는 장인이기도 합니다. 그가 제작하는 신발은 여느 평범한 신발과 달리 매우 고급스럽답니다. 그는 페데를레 씨가 원하는 신발은 무엇이든 다 제작해 주겠다고 약속했습니다. 덕분에 그녀는 갖가지 색깔과 갖가지 형태, 모임의 성격과 계절의 차이를 막론하고 원하는 구두는 공짜로 손에 넣을 수 있습니다. 그녀는 그 대가로 구두수선공과 가족들을 위해 시간이 날 때 소규모 공연을 해 주면 됩니다. 그뿐이 아닙니다. 그녀는 유럽 대륙의 가장 솜씨 좋은 재단사들에게도 사랑받고 있습니다. 그들은 갖가지 값비싼 옷을 디자인하고 제작하여 공급합니다. 그들에게는 기술적인 면과 미적인 면에서 실력을 키울 수 있는 도전이나 다름없기 때문입니다. 지금 여러분이 보시는 아름다운 흰색 드레스는 파리의 드롤링어가에서 제작했습니다. 1863년 유진 황녀를 위해 특별히 제작한 파티복을 그대로 재현한 것이지요. 자, 이제 니콜리네 페데를레 씨가 우리를 위해 한 곡을 더 부를 겁니다. 조금 전보다는 가벼운 장르의 곡입니다. 모두 힘찬 박수를 보내주시기 바랍니다."

나는 사회자가 말하는 내내 무대의 작은 생명체를 뚫어지게 바라보았다. 그녀는 시선을 관중석의 가장 뒷자리, 아니 알 수 없는 저 먼 곳에 두고 있었다. 나는 그녀가 상트페테르부르크 또는 그보다 훨씬 먼 곳을 생각할 거라고 짐작했다. 그녀는 입을 다문 채 시종일관 미소를 머금었으며, 파란 눈동자는 반짝반짝 빛을 발했다. 하지만 표정에는 설명할 수 없는 결핍감과 수동적인 면이 자리하고 있었다. 나는 그녀의 시선과 표정에 담긴 존재적 결핍감이 그 누구도 건드리지 못할 견고한 것이라는 점에 설명할 수 없는 만족감을 느꼈다. 그녀는 사람들이 여러 각도에서 볼 수 있도록 무대를 천천히 거닐었다.

니콜리네 페데를레가 소규모 관현악단의 나직한 반주와 함께 모국어로 노래를 부르기 시작했다. 손뼉을 치며 부르는 흥겨운 독일 민요인데 노르웨이에서는 술자리에서 많이 부르는 노래였다. 곡 중간에 손뼉을 치는 부분에서 "짝, 짝!" 하고 말하는 유리처럼 가늘고 높은 목소리를 들으니 귀엽기도 하고 이상하기도 했다. 관중석의 남자가 그 부분에서 너털웃음을 터뜨리자 니콜리네 페데를레가 미소 지으며 찡긋 윙크했다. 하지만 그녀의 시선은 마을회관이 아니라 저 멀리 러시아의 겨울왕궁을 향하는 것처럼 보였다.

4절이 시작될 때 예상치 않은 일이 벌어졌다. 후렴 부분이 돌아오자 니콜리네 페데를레가 입을 꾹 다물고 작은 손을 귀에 대어 귀를 기울이는 시늉을 했다. 그와 동시에 무대 반대편에서 천둥 치듯 "짝 짝!" 하고 노래 부르는 굵고 묵직한 남자 목소리가 들려왔다. 굵직한 저음이 코믹하게 들렸고 관중석 여기저기에서 웃음이 터져 나왔다. 다음 후렴 부분도 마찬가지였다. 마지막 후렴구가 시작되자 무대 왼쪽에서 반짝이는 검은색 물체가 움직였다. 나는 무대 장식을 바꾸려고 대기하는 사람인 줄 알았다. 잠시 후 그가 무대에 모습을 드러냈다. 그제야 깊고 굵직한 목소리의 주인공이라는 걸 알아챘다.

턱시도를 입고 중절모자를 쓴 그는 무대로 나오기 위해 허리를 굽혀야만 했다. 무대에 올라서자 허리를 펴고 진지하게 노래하며 니콜리네 페데를레에게 한 발자국 다가섰다. 그 모습을 본 관중들은 소리 지르며 박수를 쳤다. 사회자가 대립과 병치의 무대라고 소개한 걸 이해하지 못한 사람들은 그 모습을 보고서야 그 의미를 알아차릴 수 있었다. 노래가 끝나자 두 사람은 관중들의 박수를 받으며 바로 다음 곡을 시작했다. 조용하고 느릿느릿한 왈츠곡이 연주되자 이름을 알 수 없는 거인이 손바닥만큼 작은 여인에게 다가가 정중하게 모자를 벗고 춤을 권했다. 여인은 기품 있게 허리를 굽히며 그의 제안을 받아들였다.

믿을 수 없는 광경이었다. 그녀의 키는 남자의 무릎에도 닿지 않을 정도로 작았다. 그는 허리를 굽혔지만 그 커다란 손으로 여인의 작은 손을 쥐는 것조차 쉽지 않아 보였다.

"신사 숙녀 여러분!" 사회자의 목소리가 들렸다. 그는 어느새 소리 없이 무대 뒤쪽에 서 있었다. "유럽에서 가장 키가 큰 사람, 삼손 그림손 씨를 소개합니다. 전 세계의 주목을 받는 이 남자는 바로 여러분의 나라, 노르웨이의 텔레마크 출신입니다."

그를 환영하는 박수 소리가 끝없이 이어졌다. 그의 엄청난 키 때문인지, 같은 나라 사람이라는 이유 때문인지는 알 수 없었다. 니콜리네 페데를레와 삼손 그림손은 무대를 거닐며 노래 한 곡을 더 불렀다. 사회자는 그들의 간략한 이력과 생물학적 특징을 소개했다. 삼손 그림손이 어린아이가 크리스털 접시를 들어 올리듯, 혹은 햄릿이 요리크의 해골을 들어 올리듯 커다란 손으로 니콜리네 페데를레를 조심스럽게 들어 올려 얼굴 앞으로 가져가자, 사회자는 그 순간을 놓치지 않고 두 사람이 얼마 전 브뤼셀에서 약혼했으며 머지않아 스톡홀름에서 결혼할 예정이라고 발표했다.

그와 동시에 마을회관은 장대한 오르간 멜로디와 두 사람의 결혼을 축하하는 관중들의 환호와 박수 소리로 채워졌다. 나는 이해할 수 없었다. 물론 두 사람의 결합이 괴이하고 섬뜩한 일이긴 하지만, 결혼은 매우 사적인 영역 아닌가. 나는 이들의 결혼 발표가 갑자기 이뤄진 거라는 생각을 지울 수 없었다. 조그마한 장래의 신부가 콩알만 한 손을 기품 있게 들어 올려 브뤼셀의 가이거 보석상에서 제작한 커다랗고 값비싼 다이아몬드 반지를 자랑해 보이자 관중석의 끝없는 박수와 환호 소리는 더욱 커졌다. 뒤쪽에서 두 사람의 외모를 두고 이야기하는 사내들의 말소리조차 무대에서 신체적 불협화음을 자아내는 두 사람의 상냥하고 호의적이며 행복한 모습에 매료된 듯 사라져 버렸다. 두 사람은 미녀와 야수, 삼손과 델릴라(또는 니콜리네)에 비교되었다. 믿을 수 없는 광경이었다. 심지어 우리 아버지까지 그들의 모습에 매료된 듯 힌나와 나를 돌아보며 행복한 미소를 지었다. 나는 코펜하겐에서 만난 안드레이 보르를 떠올렸다. 문득 삼손 그림손의 은밀한 부위도 그의 체격만큼이나 웅장할까 궁금해졌다. 그렇다면 니콜리네 페데를레는 삼손 그림손과 어떻게 첫날밤을 보낼 수 있을까.

니콜리네와 삼손은 이중창으로 그들의 무대를 마무리했다. 그들은《마술피리》중 간단하게 편곡된 곡을 불렀다. 모차르트의 멜로디지만 가사는 시카네더 거였다. 보아하니 삼손 그림손은 음악 재능이 다소 부족한 것 같았다. 음정과 박자가 자주 어긋났다. 그는 노래를 마치고 관중석을 향해 돌아서서 노르웨이어로 인사했다.

"감사합니다! 감사합니다!"

그는 커다란 바윗돌을 들어 올리듯 뻣뻣하게 한 손을 들어 올려 천천히 흔들며 미소 지었다. 막이 내렸다. 우레 같은 박수 소리 사이로 관현악단의 생기를 머금은 연주가 들려왔다. 조명이 바뀌자 사회자가 다음 순서를 소개했다.

생기 가득한 음악은 묵직한 드럼 소리와 함께 느릿느릿한 멜로디로 바뀌었다. 드럼 소리 위로 오보에의 단조 가락이 흘렀다.

"보르네오의 정글은……." 사회자가 장엄한 목소리로 말문을 열었다. "이 지구상에서 가장 위험하고 야생이 살아 있는 곳입니다. 그곳에는 아직도 알려지지 않은 원시 부족이 살고 있습니다. 그렇습니다. 우리 인류는 다양하기 그지없습니다. 이번 순서는 그 다양성을 주제로 한 무대입니다."

막이 열리자 어둑어둑한 무대가 모습을 드러냈다. 야자수와 이름 모를 덩굴식물, 대나무와 맹그로브를 비롯해 갖가지 정글식물이 윤곽을 드러냈고, 무대 바닥은 드라이아이스가 피워 내는 묵직하고 하얀 연기로 서서히 채워졌다. 어디선가 작은 새들이 지저귀는 소리와 짐승들이 울부짖는 소리가 들려왔다. 그와 동시에 무대 뒤쪽의 막이 걷히면서 바람에 흔들리는 나뭇가지들이 그림자를 드리웠다. 그 효과가 매우 사실적이라 관중들은 정글 한가운데 있는 듯한 느낌을 받았다.

무대의 어둠에 시야가 적응하니 무대 배경을 더욱 자세히 볼 수 있었다. 무대 오른쪽으로 커다란 나뭇가지가 아치를 드리우는 가운데 그림으로 그린 갖가지 덤불과 바윗돌 등이 모습을 드러냈다. 무대 아래쪽을 채운 자욱한 연기는 꿈을 꾸는 듯한 장면을 연출했지만 매우 사실적이었다. 자세히 보니 팽팽하고 투명한 막으로 무대 전체를 가려 놓았다. 사람들은 그것을 캔버스라고 불렀다. 무대 뒤쪽에서 드리우는 조명과 앞쪽의 하얀 불빛이 캔버스를 경계로 만나자 투명함을 잃어버린 것 같기도 했다. 정글 위를 파도처럼 움직이는 신비한 조명 연출 때문에 무대가 물속처럼 느껴지기도 했다.

"보르네오의 열대 정글에는 여러 종류의 나무늘보와 각종 원원류(원숭이와 유인원을 제외한 영장류-옮긴이), 여우원숭이, 이구아나, 원시 파충류, 거대한 뱀 등 희귀한 동물이 살고 있습니다. 1909년 호주의 탐사대가 이 보르네오 정글에서 깜짝 놀랄 만한 사실을 발견했습니다. 보르네오 산업부와 협력하여 탐광 작업을 하려다 이 정글에 원시 부족이 산다는 걸 발견한 것입니다. 이들 부족은 동굴에서 생활하고 있었으며, 구세대에서는 여전히 동족포식이 행해졌습니다. 그들은 문명 사회에서 온 사람들을 처음 본 것입니다……."

무대 뒤쪽에 골판지로 만들어 놓은 동굴에서 미세한 움직임이 느껴졌다. 무언가 움직이고 있었다. 동시에 음악이 변했다. 드럼 소리는 더욱 거세지고 빨라졌으며 멜로디는 깊고 묵직하게 가라앉았다. 조명은 붉은빛으로 바뀌었다. 관중들은 목을 쭉 빼고 무대를 지켜보았다.

인공 동굴에서 팔 하나가 쭉 뻗어 나왔다. 시간이 멈춘 것 같았다. 훗날 그 순간을 잊고 싶었지만 마음처럼 잘되지 않았다. 어쩌면 그 순간을 무의식적으로 기억하고 싶었을지도 모른다. 붉은 조명을 향해 뻗은 길고 주름진 팔의 주인공이 보르네오 정글의 동굴 밖으로 모습을 드러냈다. 원숭이, 아니 두 다리를 쩍 벌리고 위협적인 자세를 취한 짐승이었다. 드럼 소리는 더욱 커졌다. 관중들은 비명을 질렀고, 기절하는 여자도 있었다. 원숭이 인간. 아니, 짐승이었다. 아니, 동물 가죽으로 최소 부위만 가린, 한쪽 어깨가 기괴하게 비틀어진 반나체 여인이었다. 머리가 커다란 여인. 그녀는 코펜하겐의 동물원에서 본 원숭이처럼 입을 벌리고 하얀 이를 드러낸 채 위협적으로 관중들을 바라보았다. 그녀의 얼굴을 뒤덮은 검고 뻣뻣한 털은 목과 비틀린 어깨를 거쳐 가슴까지 내려왔다. 두 다리도 허벅지까지 검고 뻣뻣한 털로 뒤덮이긴 마찬가지였다. 털이 없는 부분은 허리 아랫부분뿐이었다. 관중들은 경악하여 저마다 한마디씩 내뱉었다. 짐승일까? 아니, 여자 같아!

"이것은 짐승일까요?" 사회자가 연극배우처럼 한마디를 던졌다. "아니면 여자일까요? 그것도 아니라면 짐승과 인간의 중간 부분에 존재하는 낯선 생명체일까요? 생물학적 격세유전에 의해 태초의 원시적 유전인자를 물려받은 존재는 아닐까요? 호주 탐사대도 이들을 처음 봤을 때 같은 질문을 했습니다."

사회자의 말이 끝나자마자 이상한 야생의 존재는 마치 약속이라도 한 듯 기괴한 소리로 울부짖었다. 사람들은 그 소리에 깜짝 놀라 몸을 움찔했다. 야생의 존재는 전장에 나가는 용사처럼 무겁고 어설픈 동작으로 춤을 추기 시작했다. 어찌 보니 원하지 않는 춤을 추는 것 같기도 했다. 드럼 소리는 점점 크고 빨라졌다.

"짐승인가, 인간인가? 그 해답은 오직 철저한 의학적 검증을 통해서만 알 수 있습니다."

비록 어둠 속이긴 했지만 나는 아버지의 얼굴이 핏기 없이 뻣뻣하게 변하는 걸 볼 수 있었다. 한나의 얼굴도 마찬가지였다. 오색 조명 속에서 색이라곤 조금도 머금지 않은 두 얼굴.

관중석 뒤쪽에서 누군가 소리쳤다. "우리 마을에도 저런 사람이 있어요!" 웃음소리가 뒤를 이었다. 그 때문에 분위기가 조금 가벼워지는 것 같기도 했다. 또 다른 사람이 회관에 모인 사람들이 다 들을 수 있게 내 이름을 말했고, 그것은 보르네오 정글의 바윗돌 사이에서 메아리를 만들어 냈다. 나는 일그러진 얼굴, 비틀어진 어깨, 반나체의 몸으로 무대를 어슬렁거리는 존재를 뚫어지게 바라보았다.

사회자가 다시 말문을 열었다. "이제 여러분은 이 야생의 존재가 짐승인지 인간인지 직접 확인해 보실 수 있습니다."

하얀 연기가 사라지고 어둑한 조명이 밝아지면서 무대 앞을 가로막은 투명한 캔버스가 걷혔다. 그와 동시에 무대의 괴이한 존재는 매혹적인 춤을 추며 몸을 가린 짐승 가죽을 벗어던졌다. 한 개인의 체면과 품위가 적당히 손상되는 장면을 보는 것 같았다. 무대의 정글에서 모자라는 것이 있다면 수간호사 홀름뵈 역할을 할 존재뿐이었다.

"신사 숙녀 여러분, 인간짐승 아르보라를 소개합니다!" 사회자의 말과 함께 관중들은 무대의 존재가 여성이라는 걸 확인할 수 있었다. 그녀가 짐승 가죽을 다시 몸에 걸치는 순간 다시 뒤쪽에서 내 이름을 외치는 소리가 들려왔다.

"그녀는 이러한 모습으로 보르네오 정글에서 발견되었고, 이러한 모습으로 유럽까지 왔으며, 인간의 언어와 예의범절이라곤 익히지 못한 상태에서 우연한 기회에 저와 만났습니다. 함께 시간을 보내는 동안 그녀가 무엇을 원하는지 차츰 이해한 것은 물론 그녀가 매우 특별한 능력을 지녔다는 것도 발견할 수 있었습니다. 텔레파시가 통했기에 가능한 일이었습니다. 텔레파시를 통해 소통하도록 도와준 남자는 그녀가 동물원에 갈 뻔한 운명에서 구제해 주었고 이제 그녀와 평생을 함께 할 배우자가 되었습니다. 신사 숙녀 여러분, 그는 바로 여러분이 만나 본 마이클입니다!"

마이클이 사람들의 박수를 받으며 다시 무대에 등장했다. 그는 여분의 팔다리를 흐느적거리며 아내 앞으로 다가갔다. 어느새 짐승의 가죽을 다시 걸치고 주요 부위를 가린 그녀는 남편 앞에서 유혹하는 자태로 춤을 추기 시작했다. 그는 자신만만한 태도로 배 앞에 불쑥 튀어나온 여분의 두 팔을 사용해 그녀의 비틀어진 어깨를 감싸 안았다. 그 순간 드럼의 리듬이 바뀌고 관악기의 멜로디가 뒤를 이었다. 동시에 무대는 정글과 정반대 분위기로 바뀌었다. 인간짐승 아르보라는 남편의 품에 안겨 매혹적인 자태로 춤을 추었고, 그 역시 가볍게 몸을 흔들며 여러 개의 팔로 그녀를 감싸 안았다. 그 모습은 먹이를 앞에 두고 춤을 추는 사마귀처럼 보이기도 했다. "두 여자를 동시에 만족시킬 수도 있겠는걸!" 누군가의 농담에 사람들이 웃음을 터뜨렸다. 그와 동시에 밤바람에 흔들리는 마른 나뭇잎처럼 공기 중에 내 이름이 던져졌다. 드럼의 리듬과 관악기가 연주하는 멜로디가 점점 빨라졌다. 두 사람의 춤사위도 함께 빨라지면서 인간짐승 아르보라가 몸을 들썩이는 모습이 마치 꼭두각시처럼 보였다. 그 모습에 사람들은 다시 웃음을 터뜨렸다.

무대는 클라이맥스로 향했지만 나는 그것을 보지 못했다. 아이들에게 보여 주기엔 적합하지 않은 무대 장면에 온몸이 마비되는 듯한 충격을 받은 아버지와 한나가 그제야 정신을 차렸기 때문이다. 아버지는 단호하게 내 손목을 잡아끌었고, 한나는 스카프를 내 어깨에 걸쳐 주었다. 나는 두 사람의 손에 이끌려 그곳을 떠날 수밖에 없었다. 사람들의 눈초리와 자극적인 음악을 뒤로한 채 우리는 프레드헤임회관을 나섰다. 나는 안개 자욱한 겨울밤의 거리가 무대의 보르네오 정글을 닮았다고 생각했다.

마지막 순서를 볼 수 없었지만, 피날레라는 이름에 걸맞게 매우 놀랍고 근사한 무대였으리라 짐작했다.

앙코르

안개 낀 조용한 아침 바람 한 점 없는 가운데 기차 한 대가 지나갔다. 하지만 그녀가 잠을 깬 것은 기차 소리가 아니라 집 안을 채운 말소리였다. 어쩌면 그녀는 가슴 중앙의 털을 눌러 오는 끈적끈적하고 불쾌한 꿈의 잔해 때문에 깼을지도 모른다. 그녀는 하얀 아침 햇살 속으로 미끄러져 들어갔다. 그녀의 뒤, 불쾌한 끈적임이 시작된 곳에는 여전히 거대한 어둠이 요동치고 있었다. 하얀 아침 햇살을 받아들이자 불쾌한 꿈은 가슴께에 끈적끈적한 느낌만 남겨 놓은 채 서서히 사라져 버렸다. 그녀는 온몸에 식은땀을 흘렸다. 잠을 깬 것은 목소리 때문일까. 집 안 어딘가에서 들려오는 목소리. 아버지의 목소리와 또 다른 목소리. 낯선 목소리가 분명했지만 어디선가 들어 본 듯 이상하게도 귀에 익은 목소리. 서로 다른 두 목소리와 억양이 뒤섞인 채 벽과 벽지 속에 스며들어 그녀에게 다가왔다. 그들이 무슨 말을 하는지는 정확하게 알아들을 수 없었다.

그녀는 조용히 일어나 모닝가운을 걸쳐 입고 발소리를 죽인 채 침실 문을 소리 없이 열었다. 이미 오래전에 문을 여닫을 때 소리를 내지 않기 위해 손잡이와 자물쇠에 기름칠을 해 놓은 터였다. 목소리는 복도 끝 거실 쪽에서 들려왔다. 여전히 목소리의 주인이 무슨 말을 하는지는 정확히 알아들을 수 없었다. 하지만 자신과 관계된 말이라는 걸 잘 알고 있었다. 귀를 기울였다. 발소리를 죽이고 카펫을 살금살금 걸어서 거실 앞에 귀를 가져갔다. 아버지의 목소리가 들렸다.

"……있을 수 없는 일입니다. 어떤 일이 있어도 안 됩니다. 이전에도 두 번이나 말씀드렸습니다. 불행히도 이미 뱉은 말을 되풀이하는 수밖에 없군요."

노래하는 듯 부드럽고 낯선 목소리가 뒤를 이었다. "아르크탄데르 씨, 저는 당신과 만나기 위해 이 먼 곳까지 다시 발걸음을 했습니다. 저는 지금까지 모든 걸 솔직하게 말씀드렸고, 어제저녁에는 따님에게 어떤 일이 기다리고 있을지 당신에게 직접 보여 주기까지 했습니다."

"지극히 혐오스럽고 수치스러운 일일 뿐입니다." 아버지의 격정적인 목소리가 들렸다.

"글쎄요, 그건 당신의 견해일 뿐이라고 생각합니다. 물론 당신도 얼마든지 개인적인 견해를 드러낼 권리가 있습니다만, 어제저녁의 공연을 통해 당신도 코펜하겐의 의사와 교수들을 위한 무대와 달리 오직 혐오와 수치가 아닌 수많은 다른 요소를 내포한다는 걸 느꼈으리라 믿습니다. 그렇지 않습니까?"

"저는 오직 불쾌감만 느꼈을 뿐입니다."

"하지만 아르크탄데르 씨, 관중들은 공연을 즐길 수 있었습니다. 저는 이 즐긴다는 단어가 수많은 의미를 내포한다고 생각합니다. 즐긴다는 건 순간순간 즐거움을 얻기도 하고 때로는 놀라움을 얻기도 하며 무대의 인물들과 한몸이 된 듯 집중한다는 걸 의미합니다. 그들은 감동을 얻고 충격을 받기도 합니다. 하지만 어제도 보셨듯이 그 어느 누구도 눈앞의 광경에 무심한 태도를 보이진 않았습니다. 어제의 공연이 없었다면 이곳은 겨울 저녁의 평범하고 조용한 시골 마을에 지나지 않았을 것입니다. 아르크탄데르 씨, 이해하시겠습니까? 사람들은 원합니다. 때로는 그것이 충격과 혐오일지라도 말입니다. 그들은 바로 그런 것을 원하고 좋아합니다. 그렇습니다. 특별히 까다로운 사람, 심미주의자 또는 도덕주의자에겐 충격과 경악으로 다가올 수 있는 요소라 할지라도 역시 엔터테인먼트의 한 형태입니다. 심미주의자, 도덕주의자 그리고 학자들의 관심을 얻을 수 있는 건 바로 이러한 것입니다. 이것은 바로 그들이 즐기는 방식의 한 형태이기도 합니다. 겉으로는 혐오스럽다 말할지 몰라도 그 속을 들여다보면 그렇지 않다는 것이지요."

그녀는 아버지의 무거운 한숨 소리와 함께 뒤를 잇는 말소리에 귀를 기울였다.

"지금 당신이 말하는 것은 엉터리 협잡에 불과합니다. 나라 곳곳에서 더 많은 공연을 펼치고 돈을 벌기 위한……."

"아르크탄데르 씨, 저는 이미 이 나라는 물론 세계 곳곳에 안 가 본 곳이 없습니다……."

"당신은 농담을 꽤 좋아하는 모양이군요. 나는 당신이 매우 무례하고 뻔뻔한 사람이라는 생각밖에 들지 않습니다."

"무례를 범했다면 진심으로 사과하겠습니다. 그럴 의도는 전혀 없었습니다. 하지만 제가 그처럼 값비싼 공연단을 이끌고 한겨울에 이처럼 작은 시골 마을을 찾은 이유는 돈을 벌기 위해서가 아니라 오직 당신에게 보여 드리기 위해서였습니다."

"요아킴 씨, 보아하니 우리의 대화는 끝나지 않을 것 같군요. 우리는 지금 몇 년 전과 마찬가지로 같은 말만 빙빙 돌며 되풀이하지 않습니까? 저는 당신이 어디에서 공연하든 상관하지 않습니다. 이제 그만 돌아가 주셨으면 합니다."

"아르크탄데르 씨, 당신은 큰 부자가 될 수 있습니다. 따님도 마찬가지입니다. 세상 부러울 것 없이 떵떵거리고 살 수 있단 말입니다."

"안녕히 가십시오, 요아킴 씨. 만에 하나라도 제가 당신의 말대로 한다면 세상을 떠난 제 아내가 뭐라고 하겠습니까? 아니, 우리 마을 사람들이 나를 두고 무슨 말을 하겠습니까?"

"아르크탄데르 씨, 당신은 저 넓은 세상에서 어떤 명예와 부를 얻을 수 있을지 감히 상상도 못 할 겁니다……."

"쓸데없는 말씀은 그만두시지요."

"미국을 생각해 보셨습니까? 따님이 드넓은 미국 땅을 돌며 부와 명예를 얻는다면 이 작은 시골 마을 사람들이 뭐라고 할지는 생각해 보지 않으셨나요? 아르크탄데르 씨, 금은보화를 원하는 만큼 손에 넣는 것은 어렵지 않습니다. 여기에 더해 따님은 드넓은 세상을 직접 두 눈으로 볼 수도 있습니다. 미국! 아니, 미국뿐이겠습니까? 베를린, 파리, 런던……. 따님이 경험할 그 무궁무진한 가능성을 현실적으로 생각해 보시기 바랍니다."

아버지는 무거운 숨만 내쉴 뿐 아무 말도 하지 않았다.

"따님은 처지가 비슷한 사람들과 함께 삶을 나눌 수 있습니다. 제가 이끄는 공연단에서는 일반 사람들과 다르게 생겼다 해도 절대 이상한 눈으로 바라보는 법이 없습니다. 따님은 더 이상 외롭지 않게 살 수 있습니다. 드넓은 세상을 보고 경험하는 것은 물론이지요. 저는 따님이 어떤 방식으로든 모욕을 당하거나 힘든 일을 겪지 않을 거라고 확실히 보장할 수 있습니다. 믿지 못하시겠다면 제 공연단 중 아무나 붙잡고 한번 물어보시지요. 그들이 지금껏 단 한 번이라도 모욕을 당하거나 추행을 당한 적이 있는지. 그들의 대답은 한결같을 것입니다. 그들은 안락하고 부유하게 살며 여행할 때도 일등석만 이용합니다. 남부럽지 않게 먹고 엄청난 돈을 벌 수도 있습니다. 뿐만 아니라 전 세계의 유명 인사는 물론 각 나라의 귀족과 왕족, 정부 요인, 명망 높은 예술가와 학자들도 만나 볼 수 있습니다. 나이 어린 단원들에게는 개인교사를 붙여 수준 높은 교육을 받도록 후원도 합니다. 그들은 갖가지 언어와 예절, 음악과 무용 등을 배우고 있습니다. 특히 언어는 전 세계를 돌며 공연하는 동안 저절로 터득할 수도 있습니다. 어제 보신 인간짐승 아르보라 씨를 당신이 직접 만났다면 더 좋았을 텐데요. 그녀는 프랑스어와 핀란드어를 유창하게 구사하는 학식과 교양을 갖춘 사람이며, 보르네오 정글이 아니라 포르투갈 출신이랍니다."

"당신이 무슨 말을 해도 소용없습니다. 내 딸은 핀란드어와 프랑스어를 배울 필요도 없습니다. 써먹을 데도 없을 테니까요."

"일단 제 말을 끝까지 한번 들어 주십시오. 저를 보세요. 이 넥타이핀이 보입니까? 루비입니다. 제 커프스단추도 보십시오. 저는 큰돈을 벌어 남부럽지 않게 삽니다. 제 단원들도 마찬가지입니다. 그들 또한 일한 대가로 엄청난 부를 축적해 왔습니다. 그 어떤 속임수도 없이 정직하게 일한 대가지요. 그들이 일한 대가로 어느 정도의 돈을 버는지 상상하실 수 있는지요? 이미 말씀드렸듯이 저는 따님의 미래를 보장할 수 있습니다. 솔직히 우리 공연단의 개개인이 하는 일은 매우 단순하고 쉽습니다. 세상 어디에서 그처럼 쉽게 돈을 벌 수 있다고 생각하십니까? 그들은 매일 저녁 15분 정도 무대에 올라 있는 그대로의 모습만 보여 주고 평생을 보장받을 만큼 돈을 법니다. 당신을 예로 들자면 매일 저녁 무대에서 콧수염만 보여 주는 것으로 돈을 벌 수 있다는 말입니다."

"요아킴 씨, 이제 그만 일어나 주시기 바랍니다. 갖가지 장비와 공연단을 데리고 이 먼 곳까지 힘든 발걸음을 해 주신 것은 이해하나 제가 부탁한 일도 아니니……."

"아르크탄데르 씨! 제 주소와 에이전트의 연락처를 가지고 계시지요? 혹여 생각이 바뀌면 주저 말고 연락 주시기 바랍니다. 부탁드리겠습니다. 따님의 행복과 미래를 생각해 보시기 바랍니다."

"제가 생각하는 것도 바로 그겁니다."

"무례한 말씀이지만 당신은 따님의 행복과 미래에 대해 아무것도 모릅니다. 당신이 따님을 위해 할 수 있는 일이 뭐가 있습니까? 따님을 수도원에 보낼 생각인가요? 이 작은 시골 마을에서 따님을 평생 품에 끼고 살아갈 생각인가요? 죄송한 말씀이지만 당신은 이미 황혼길에 접어들었습니다. 언젠가는 더 이상 따님을 보호하고 위로해 줄 수 없는 날이 올 겁니다."

"안녕히 가십시오." 아버지가 말을 이었다. "에바가 곧 일어날 겁니다. 나는 당신이 우리 집에 왔다는 걸 에바가 알아채지 않았으면 합니다. 어제저녁 공연이 끝난 후에도 아이를 진정시키느라 꽤 많은 시간이 걸렸습니다. 처음부터 공연을 보러 가지 말았어야 했는데……."

"제가 따님을 한번 만나 봐도 되겠습니까?"

"안 됩니다. 그것만큼은 어떤 일이 있어도 허락할 수 없습니다. 안녕히 가십시오."

문으로 향하는 무거운 발자국 소리가 들려왔다. 복도를 걷는 재바른 발소리 뒤로 문 닫히는 소리가 났다. 그녀는 계단을 내려가는 발소리를 들으며 침대에 엎드렸다. 심장이 쿵쿵 뛰는 소리와 함께 온몸이 떨렸다.

*

현기증이 난다며 아침 식사를 거른 채 몰래 집을 빠져나왔던가?

하얀 겨울 아침 오들오들 몸을 떨면서 지름길을 달려 호텔로 갔던가?

호텔 근처에는 멀리서나마 공연단을 보려는 구경꾼들이 무리를 지어 서 있었다. 그녀는 재빨리 울타리를 넘어 재판관의 관사를 가로지른 다음 건물 뒤쪽의 쓰레기통 옆에 몸을 웅크린 채 화려한 호텔 건물을 바라보았다. 식당에는 여전히 아침을 먹는 사람들이 있었고, 창을 통해 식당을 왔다 갔다 하며 서빙하는 웨이터의 모습을 볼 수 있었다.

그녀는 몸을 떨고 있는 걸까?

호텔 밖에 모여든 구경꾼들은 공짜로 공연단의 모습을 보려고 목을 쭉 빼며 시선을 집중했다. 그녀는 그들에게 발각

되지 않고선 아무것도 볼 수 없다는 걸 깨달았다. 짜증도 나고 두렵기도 하고 긴장되기도 했다. 그녀는 왜 이곳까지 왔을까?

긴장되고 두렵고 짜증이 나. 내가 왜 이곳에 있는지 모르겠어.

공연단을 태우고 갈 은색 버스가 입구에 정차하자 호텔 직원들이 공연단의 짐과 여행 가방을 버스에 싣기 시작했다. 재판관 관사 뒷마당의 쓰레기통 옆에 몸을 숨긴 그녀의 눈에는 사람들의 등만 보였다. 잠시 후 짐을 다 실었는지 버스에 시동 거는 소리가 들렸다. 버스는 후진하여 건물 입구 앞에 바짝 대고 다시 정차했다. 호텔의 출입문이 열리자 모여든 사람들이 만들어 내는 작은 감탄과 한숨 소리가 들려왔다. 그녀는 아무것도 볼 수 없었지만 공연단이 건물 밖으로 나온다는 걸 알 수 있었다. 그들은 갖가지 망사와 기묘한 옷차림으로 기괴한 모습을 숨긴 게 분명했다.

그녀는 계단을 내려와 커튼을 내린 버스로 향하는 그들의 모습을 상상해 보았다. 그 순간 사람들의 모든 관심은 문에서 문으로 향하는 단원들의 움직임에 집중될 것이다. 그 순간만큼은 거리에 하마가 질주하더라도 돌아보지 않을 것이다. 그녀는 그 틈을 타서 몸을 살짝 일으켜 보았다. 여전히 단원들의 모습을 자세히 보기는 쉽지 않았다. 심장이 쿵쿵 뛰었다. 그들을 볼 수 없다는 사실에 슬슬 짜증이 나기 시작했다. 동시에 스스로 짜증 내는 이유를 이해하지 못했다.

왜 이렇게 짜증이 나는지도 모르겠어.

단원 중 한 명이 몸을 돌렸다.

눈에 익은 모습이었다. 모자 밖으로 불쑥 삐져나온 머리카락, 낯설지 않은 등. 하지만 그다지 아는 척하고 싶지 않은 존재였다. 그는 정확히 그녀가 어디 있는지 아는 듯 몸을 돌려 그녀를 똑바로 쳐다보았다. 위험할 정도로 진지한 파란 눈동자가 그녀의 시선을 관통했다. 그녀는 버스가 움직이는 순간 발을 돌려 달리기 시작했다. 재판관 관사의 뒷마당과 언덕, 그녀만이 아는 은밀한 지름길을 거쳐 정신없이 발을 옮겼다. 누군가 그녀를 따라오는 느낌이 스쳤다. 하지만 개의치 않았다. 그녀는 이미 어디로 가야 할지 잘 알고 있을 뿐 아니라 미행자와의 거리가 충분했기 때문이다. 다시 달리기 시작했다.

그녀가 향하는 곳은 바로 프레드헤임회관이었다. 버스가 그곳을 거쳐 가리라는 걸 잘 알고 있었다. 문제는 버스가 도착하기 전에 먼저 가 있어야 한다는 점이었다. 그녀는 토끼처럼 덤불을 뛰어넘어 구불구불한 언덕길을 달렸다. 숨을 헐떡이며 프레드헤임회관이 자리한 작은 언덕에 도착하니 공연단을 실은 버스가 느릿느릿 다가오는 게 보였다.

예상한 대로 버스는 그곳에 정차하여 회관에 보관해 둔 갖가지 무대 장치와 조명 기기 등을 싣기 시작했다. 기술자와 관현악단원들은 회관을 정리하고 마지막으로 남은 장비들을 버스 짐칸으로 옮겼다.

서리 낀 노간주나무 향이 코끝을 스쳤다. 운전기사가 핸드브레이크를 올렸다. 버스 문이 열리고 공연단원들이 밖으로 쏟아져 나왔다. 여기저기를 떠돌며 공연하는 전문가답게 그들은 짧은 자투리 시간도 놓치지 않고 최대한 이용했다. 기차역 관사에서 자란 그녀는 그런 모습을 수도 없이 보아 왔다. 삶의 대부분을 버스나 기차에서 보내는 사람들은 단 5분간의 휴식 시간이라도 허투루 사용하는 법이 없었다. 그들에겐 이 5분의 시간이 정지된 세상을 즐길 수 있는 매우 중요한 순간이리라. 그녀는 여행자들이 잠시 휴식 시간을 이용해 기차역에 내려 두 다리를 쭉 뻗거나 담배를 피워 무는 모습을 자주 보았다. 허리를 쭉 펴고 느긋하게 걷다가 주변을 둘러보거나 하늘을 올려보다가 기차가 출발을 알리면 담뱃불을 끄고 다시 기차에 오르는 모습. 그들은 항상 무심하게 담뱃불을 끄고 뒤도 돌아보지 않은 채 결심한 듯 단호한 움직임으로 기차에 오르곤 했다.

프레드헤임에서 만난 공연단원들의 모습도 그와 다르지 않았다. 그들은 마지막 장비가 버스에 실릴 때까지 담배를 피우거나 발을 쭉 뻗으며 관현악단원이나 기술자들에게 인사를 건넸다. 그 와중에도 서로 일정한 거리를 유지했다. 그도 그럴 것이 버스에서 싫으나 좋으나 한가족처럼 지내야 할 테니까. 한 여자 단원이 망사 달린 모자를 벗고 가발을 떼어 냈다. 자그마한 니콜리네 페데를레였다. 짧고 부스스한 빨간 머리가 눈에 들어왔다. 그녀는 얼른 작은 털모자를 눌러쓰고 몸에 비해 거대해 보이는 담배에 불을 붙인 뒤 연기를 깊숙이 빨아들였다. 머지않아 남편이 될 삼손 그림손은 그녀에게 조금의 관심도 보이지 않고 멀찍이 떨어져 마이클과 이야기하고 있었다.

에바는 눈앞의 광경이 실질적인 작별을 의미한다고 생각했다. 조금 전 호텔 앞의 광경은 필수불가결한 앙코르 무대였을 뿐. 어제저녁의 무기력한 모습과 달리 생기로 가득한 마이클을 보니 그 생각은 더욱 확실해졌다. 그는 능숙한 손놀림으로 코트 안쪽 어깨에 작은 혹처럼 불쑥 솟아난 손바닥만 한 머리를 덮은 천을 조여 매고 버스에 올랐다.

요아킴 박사는 버스 주변을 거닐며 공연단원들과 대화를 나누거나 그들의 어깨에 손을 올려놓고 그들의 말을 주의 깊게 듣기도 했다. 적어도 그녀의 눈엔 그렇게 보였다.

삼손 그림손이 담뱃불을 끄고 어딘가에 시선을 고정한 채 제자리에 꼼짝 않고 서 있었다. 키가 크기 때문에 다른 이들보다 더 멀리 볼 수 있는 건 아닐까. 어쩌면 그는 텔레마크의 높은 언덕에 서서 먼 곳을 바라보는 데 익숙할지도 모른다. 그가 옆에 서 있는 삼쌍둥이의 어깨를 툭 치자 네 개의 파란 눈동자도 그가 손으로 가리키는 곳을 향했다. 요아킴도 그들과 같은 곳을 응시하기 시작했다.

그녀는 자신의 모습이 발각되었다는 것을 알아차렸다.

어떡하지. 들켜 버렸어. 내 코끝에는 여전히 노간주나무 향과 겨울 향이 어려 있었다. 요아킴 박사는 회색빛 하늘 아래에서 더 자세히 보려는 듯 천천히 손을 들어 눈 위로 가져갔다.

나는 천천히 그들에게 다가갔다. 몸을 숨긴 장소에서 벗어나 알고 싶지만 동시에 알고 싶지 않은 기괴한 사람들에게 천천히 발을 옮기며 얼굴을 가린 스카프를 내렸다.

세상에! 휘파람을 부는 듯 가녀린 목소리가 들렸다. 니콜리네 페데를레였다.

그들은 내 얼굴을 뚫어지게 바라보았다.

잠시 후 그들의 얼굴에는 수줍은 듯 기쁜 듯 알 수 없는 미소가 번졌다.

저 멀리 망사로 얼굴을 가린 존재가 천천히 내게 다가왔다. 나는 그녀가 두려웠다. 그녀가 망사로 얼굴을 가렸다는 사실이 큰 위안이 되었다. 그녀는 내 앞에서 발을 멈추고 말없이 뚫어지게 나를 쳐다보았다. 잠시 후 그녀가 내게 묻지도 않은 채 내 장갑 한쪽을 벗겨 내리고 털이 북슬북슬한 손등을 내려다보았다. 장갑이 땅으로 떨어져 내렸다. 그녀는 여전히 아무 말도 없이 고개를 절레절레 흔들었다. 내 손을 살짝 만져 보곤 뒷걸음을 쳤다.

그 모습을 지켜보던 요하네스 요아킴이 미소를 지었다.

그가 신중하고 사려 깊은 표정으로 내 어깨에 손을 올리며 옆에 있는 이들에게 양해를 구하듯 고개를 끄덕여 보였다. 그의 손길을 느끼는 순간 내 가슴은 콩콩 뛰기 시작했고, 그의 목소리는 내 가슴속에서 파도치듯 일렁거리며 긴 여운을 남겼다.

"안드레아스에게 너에 관해 많은 말을 들었어. 그가 안부를 전해 달라고 하더군."

그들은 버스에 올라타고 마을을 떠났다. 삼손 그림손은 내 양쪽 뺨에 가볍게 키스하며 "이런, 온몸이 다 젖었구나."라고 친절하게 말했다. 마이클은 프랑스어로 무엇인가 말하고 정중하게 고개를 숙이며 작별 인사를 건넸다.

버스는 언덕 아래로 내려갔다. 커튼 뒤로 나를 향해 흔드는 손 하나가 보였다.

나는 몸을 돌렸다. 힘없는 발을 비틀거리며 천천히 왔던 길을 되돌아갔다. 프레드헤임회관 앞에는 항복을 알리는 장갑처럼 내 젖은 장갑 한 짝이 차가운 눈더미에 떨어져 있었다.

시계공 옌센의 집 뒤편, 장작을 쌓아 둔 헛간 앞에 아르비드가 서 있었다.

"드디어 만났네." 그가 적개심 어린 눈으로 그녀를 바라보았다. 나. 그녀. 나는 대담하고 거리낌 없이 다가가 손을 내밀어 그의 모자를 벗겨 내렸다. 무슨 말인가 허공을 맴돌았지만 나는 그게 뭔지 알 수 없었다. 나는 장작더미 뒤로 그를 끌어당기고 그의 옷을 벗긴 뒤 그의 입술에 내 입술을 포갰다. 그리고 그에게 모든 것을 맡겼다. 나는 너무나 특별하고 기이하고 불쾌한 그날의 일을 지우기 위해 환희의 절정에서 말 없는 외침을 토해 냈다.

내가 그를 내버려둔 채 떠날 무렵 그는 말없이 장작더미에 몸을 기댄 채 나를 바라보기만 했다. 그의 옷과 신발에는 진흙이 묻었고, 그의 눈빛은 내 등에 활활 타오르는 불꽃처럼 꽂혔다.

하지만 그녀의 열망과 욕구는 사그라지지 않았다. 그녀는 더 원했다. 그녀. 나. 인간짐승.

멈출 수 없는 움직임은 내 가슴속에서 시작되었다. 그것은 아래쪽으로 스멀스멀 내려가 다리와 두 발에 이르렀다. 삶 그 자체가 두 발에 자리 잡은 듯한 느낌이 스쳤다. 그렇지 않다면 나는 왜 젊고 호리호리하고 아름다운 아르비드와 헤어진 뒤 교리교사의 집으로 향했을까. 열쇠 꾸러미를 손에 든 교리교사는 세 들어 사는 마부 군데르센의 집 부엌 쪽 옆문으로 막 들어가려는 참이었다.

안녕하세요. 어린 소녀의 목소리. 두 사람은 함께 집 안으로 들어갔다. 그가 온몸을 떨었다. 여전히 몸을 떠는 그는 그녀가 지금껏 어디서 무엇을 했는지 전혀 알지 못했다. 단지 온몸을 떨고 있을 뿐. 하지만 그녀는 몸을 떨지 않았다. 그녀는 다시 절정의 순간에 말 없는 외침을 토했지만, 그 어떤 기쁨도 얻지 못했다.

어스름한 저녁 무렵에 고프지도 않고 부르지도 않은 영혼을 담고 기독교도의 셋방에서 나오는 내 모습이 아르비드의 눈에는 어떻게 비쳤을까?

불꽃처럼 활활 타오르는 그의 눈빛이 푸르스름한 눈더미와 어둑어둑한 그림자를 뚫고 내 등에 꽂혔다.

*

모든 짐승은 교미 후에 슬픔을 느낀다.

가위

그 일은 새해로 접어든 다음 주에 일어났다. 그들은 어둠 속에서 내게 다가왔다. 어떤 의도를 품은 일은 항상 어둠 속에서 찾아오기 마련이다. 어둠이 없으면 안 되는 것처럼. 어떤 면에서 보자면 그런 일에 어둠이 필요하다는 건 긍정적이라고 볼 수도 있다. 어둠은 그 일을 행하는 자들의 수치심과 양심의 가책을 숨겨 줄 수도 있을 테니까. 긍정적이라는 말은 조금 잘못된 표현일 수도 있다. 따지고 보면 긍정적인 일과는 거리가 멀다. 하지만 의미상으로는 그렇게 말해도 되지 않을까. 해결되지 않은 잔재들. 그것은 때로 어둠 속에서 자라 날이 채 밝기도 전에 놀랄 만큼 빠른 속도로 사라지기도 한다. 환한 오전에 건물의 창을 깨거나 불이 깜박이는 가로등 전구를 깨는 것으로 해결되기도 한다.

무심한 신문팔이 소년이 오후 신문을 배달하기 위해 교양 있는 마을 사람들의 문 앞을 지나치는 동안 호리호리한 청년들이 철없고 무책임한 여자의 머리카락을 가위로 잘라 버리는 광경을 보고서도 모른 척 지나치는 남자들. 그들은 수선공, 회계사, 마사지사 등 하나같이 건장하며 책임감 있다고 알려진 남자들일 수도 있다. 어쩌면 그들은 청년들의 행위에 동참하고 싶은 유혹을 느낄 수도 있을 것이다. 청년 중 하나가 그녀에게서 시선을 떼지 않은 채 담배를 꺼내 들어 불을 붙이고 연기를 한 모금 깊이 빨아들였다가 허공으로 후욱 내뿜었다. 그는 눈앞에서 벌어지는 광경을 매우 만족스런 눈으로 바라보았다. 하늘로 치솟은 담배 연기가 사라졌다.

하지만 그 일은 어둠 속에서 일어났다. 그러한 의도를 지닌 다른 모든 일과 마찬가지로. 그들은 인간사에서 볼 수 있는 다른 일들처럼 그걸 매우 즐기는 것 같았다. 술을 마시거나 대화를 나누거나 매춘부를 찾거나 공공 도서관을 불태우는 일은 환한 대낮에 행할 경우 그리 신나지도 않을뿐더러 원래의 색채를 잃어버리기 마련이다.

나는 집으로 가는 길이었다. 나는 그 일이 끝나기 전까지도 무슨 일이 벌어지는지 이해하지 못했다. 어둠 속에서 모습을 드러낸 네 개의 그림자. 겨울날 저녁 내 앞에 서 있던 그들은 캄캄한 하늘보다 더 까맣게 보였다. 그들은 순식간에 나를 에워쌌다.

나는 고개를 숙였다. 보고 싶지 않은 것들로부터 고개를 돌렸기에 나는 그 자리에 없었다고 말할 수도 있을까. 그들에게서 도망칠 수 없다는 걸 깨달았기에 체념하고 앞으로 벌어질 일을 기다렸다. 그때까지만 하더라도 어릴 때 겪은 것과 비슷한 일이 벌어질 거라고 짐작했다. 내 어깨를 툭툭 치거나 머리카락을 잡아당기는 따위. 돌이켜 보니 꽤 오래전 일이었다. 하지만 왜 하필이면 지금 그런 일을 다시 겪어야 하는 걸까.

그들은 나를 땅에 뉘었다. 나는 꽤 편안하다고 느꼈다. 그래서 마음의 준비도 없이 내게 다가오는 일을 맞이해야만 했다.

그들은 미리 약속이라도 한 듯 소리 없이 기계적으로 움직여 내 모자와 스카프를 벗겨 내렸다. "꽉 잡아!" 한 청년의 목소리가 머리 위에서 들렸다. 내 머리를 거머쥐고 누르는 손이 마치 상어 이빨 같았다. 나는 뒤통수가 땅에 닿는 순간 갑작스런 통증에 신음을 흘렸다. 그와 동시에 그들이 내뱉는 나직하고 긴장된 웃음소리가 어둠을 갈랐다. 순간 내게 닿은 것은 차가운 눈덩이가 아니라 무언가 다른 것임을 직감했다. 눈을 떴다. 그들의 얼굴을 볼 수도 있었지만 대신 가위를 선택했다. 길고 가느다란 가위. 겨울밤의 어둠 속에서 반짝이는 가위가 입을 쩍 벌린 채 내게 다가왔다. 나는 몸을 비틀며 비명을 질렀다. 그 순간 엄지장갑을 낀 묵직한 손이 내 입을 막았다. 그 손이 너무나 크고 무거워 앞니가 목구멍까지 밀려갈 것 같았다. 가위가 움직이기 시작했다.

나는 가위를 보지 않으려고 다시 눈을 감았다. 하지만 귓전을 때리는 가윗날이 맞부딪치는 소리는 피할 수 없었다. 날카로운 소리가 나를 에워쌌다. 그 소리는 귀 옆에서 들릴 때도 있었고, 저 멀리서 들릴 때도 있었다. 싹둑싹둑. 거리낌 없는 소리. 나는 몸을 비트는 걸 포기하고 가만히 누워 있었다. 하지만 내 몸의 털은 하나하나 가윗날을 피하려는 듯 몸부림치는 걸 느낄 수 있었다. 종이를 자르는 무딘 가위였기 때문이다. 차라리 양털 깎는 가위를 사용했다면 더 빨리 일을 끝낼 수 있지 않았을까. 나의 털. 나의 머리카락. 나의 얼굴. 나의 마스크. 나의 보호막이자 방패. 도대체 그들은 왜 그런 일을 하는 것일까?

가윗날이 내 피부에 더 가까이 느껴지기 시작했다. 부드럽고 상처받기 쉬운 내 뺨과 목의 피부에 차가운 가윗날이 다가왔다. 나는 차갑고 매끈매끈한 가윗날을 느낄 수 있었다. 악의를 품고 애무하는 손길처럼 같은 곳을 여러 번 지나쳤다. 나는 겁먹은 생쥐처럼 눈을 감은 채 꼼짝 않고 누워 소리 없이 눈물을 흘렸다. 입가의 털을 자르기 위해 엄지장갑을 낀 손이 사라졌음에도 불구하고 나는 소리치지 않았다. 단지 싹둑싹둑 움직이는 가윗날 소리를 듣고 있을 뿐.

"털이 없으니 어떻게 생겼는지 볼 수 있군. 이제야 알았어."

머리 위에서 말소리가 들렸다. 밤하늘의 별처럼 너무나 먼 곳에서 들려오는 소리 같았다. 뒤를 이어 돌멩이 구르는 듯한 소리가 들렸다. 웃음소리일 수도 있고, 쓰디쓴 감정을 삼키는 훌쩍이는 소리일 수도 있고, 마침내 복수했다는 기쁨과 경멸을 담은 소리일 수도 있었다. 젠장! 재수 없는 창녀 같으니! 나는 눈을 뜨고 그와 눈을 마주쳤지만 그의 이름을 입에 올리진 않았다. 그들은 나를 때리거나 발로 차지 않았다. 침을 뱉고 몸을 돌렸을 뿐. 내 입술에 떨어진 침 한 방울을 혀로 핥아보았다. 달짝지근했다. 그들은 어둠 속으로 사라졌다.

집으로 돌아가는 내 뒤로 길게 울부짖는 듯한 이상한 소리가 따라왔다. 집에 도착한 뒤에야 그것이 내 울음소리라는 걸 깨달았다.

나는 등 뒤의 문을 꼭 닫고 집 안으로 들어갔다.

감사의 말

이 책을 마무리하며 의학 자문을 해 준 올레 퓌란 박사의 도움에 진심 어린 감사의 말을 전한다. 혹여 잘못된 의학 지식이나 옳지 않은 학문적 해석이 발견될 경우 전적으로 내 책임임을 밝힌다.

에릭 포스네스 한센

사자를 닮은 소녀

초판 1쇄 발행 | 2022년 1월 12일

지은이 | 에릭 포스네스 한센
옮긴이 | 손화수
펴낸이 | 이정헌, 손형석
편집 | 이정헌
교정 | 노경수
디자인 | 이정헌
인쇄 | 공간코퍼레이션

펴낸곳 | 도서출판 잔
출판등록 | 2017년 3월 22일 · 제409-251002017000113호
주소 | 경기도 김포시 김포한강3로 432 502호
팩스 | 070-7611-2413
전자우편 | zhanpublishing@gmail.com
웹사이트 | www.zhanpublishing.com

ISBN 979-11-90234-20-7 03850

NORLA

본 도서는 NORLA(Norwegian Literature Abroad)의
후원을 받아 출간되었습니다.